Über die Autorin

Silja C. Hoppe lebt in der schönen Märchenstadt Buxtehude und verwirklicht von dort aus ihre diversen Träume. Als Sängerin begeistert sie in der Band »Leonea« schon seit 2020 Zuschauer auf Livebühnen und bei twitch. Gemeinsam mit ihrem Mann hat sie zwei Alben produziert.
Ihr Anspruch ist es, Fantasy so zu gestalten, dass jede*r sich willkommen fühlt. Dazu entführt sie in Welten, die vielfältig und fantastisch sind.

Mit »Die Hüllen der Macht – Die Diebinnen« erscheint nun ihr Debütroman und damit der Auftakt eines ganzen Buchuniversums.

Mehr über die Autorin unter

www.siljabusiness.wixsite.com/siljachoppe

Silja C. Hoppe

DIE HÜLLEN DER MACHT
DIE DIEBINNEN

Roman

Band 1

ISBN
Taschenbuch: 978-3-910739-00-0
EPUB: 978-3-910739-01-7

»Die Hüllen der Macht – Die Diebinnen«
Erstauflage

Silja Hoppe
Apensener Straße 16
21614 Buxtehude
silja.business@outlook.de
Alle Rechte vorbehalten

Lektorat: Anja Koda
Satz: Laura Kier
Umschlaggestaltung: Holly from Hollysbookstore

Druck: Amazon Europe in Luxemburg

Die Handlung und alle handelnden Personen sind frei erfunden.
Jegliche Ähnlichkeit mit lebenden oder realen Personen ist rein zufällig.

Für mein 9-Jähriges Ich, das sicher gar nicht glauben würde, dass wir tatsächlich unser erstes, eigenes Buch in Händen halten.

Montegrad
Sarém
KAN
Pórta
Aztalonisches
Gebirge
WESTMEER
SINTHA
Quirins
Anwesen Altherra
AZAARIS
SCHLUND

1. Kapitel
Die Diebinnen

Es war nur die Hälfte ihres normalen Lebens, wenn Sinphyria Leon ein schlichtes, beigefarbenes Kleid und eine graue Schürze darüber trug. Es stellte nur einen Teil ihrer Realität dar, wenn sie betrunkene Soldaten mit derbem Bier bediente und manchen von ihnen kokette Blicke zuwarf. In diesem Moment tat sie es gerne.

Sie befand sich in der belebten Taverne »Zum Torkelnden Waldgeist«, einem ausladenden, zweistöckigen Holzhaus mit bunt beglasten Fenstern. Die Ecken waren gesäumt mit gemütlichen Fellen und runde Tische standen überall im Hauptraum, der von gut beschützten Öllampen in warmes Licht getaucht wurde.

In dieser Hälfte ihres Lebens arbeitete Sinphyria, eine junge Frau, die zwanzig Winter schon längst überschritten hatte, als Schankmaid. Ihre hellen, blauen Augen, das dunkelblonde Haar, aber vor allem das selbstbewusste Auftreten, sorgten in so manchen Nächten für viel Aufruhr.

Auch an diesem Abend hatte sich Sin, wie sie ihr großer Bruder stets zu nennen pflegte, bereits einen Mann ausgeguckt. Er hatte ebenso stechend blaue Augen wie sie und dichtes, dunkelbraunes Haar. Außerdem war er sehr gut gebaut und schien nur über die anspruchsvolleren Witze zu lachen. Die, die sein Hauptmann machte.

Doch eigentlich hielt sie nach einer anderen Person Ausschau. Sie erwartete jemanden, jemanden aus der anderen Hälfte ihres sonst recht normalen Lebens.

»Mädchen, willst du den ganzen Abend hübsche Männer anstarren oder endlich mal was tun für kostenloses Futter und ein Dach über'm Kopf?«, beschwerte sich Tante Mol lautstark, die Besitzerin des »Torkelnden Waldgeist«.

Sie war eine gedrungene Frau mit dichten, schwarzen Locken und derbem Tonfall. Tatsächlich war sie Sinphyrias leibliche Tante, eine Schwester ihrer Mutter, die sie aufgenommen hatte, als ihr Vater vor ein paar Monaten in den Krieg gezogen war. Der Krieg, der dafür sorgte, dass immer weniger attraktive Soldaten Sinphyria Trinkgeld zustecken konnten, weil sie so nett lächelte.

Der im Süden wütende Krieg machte das Geschäft etwas schleppend, aber Tante Mol pflegte zu sagen, dass sie schon über die Runden kommen würden, mit dem, was sie angespart hat. Und wenn die Krieger zurückkamen, würden sie feiern und trauern und noch mehr Geld in der Schenke lassen.

Bloß kamen so wenige zurück ...

Man hörte kaum, Berichte aus dem Krieg. Entweder, weil die Schrecken des Krieges zu unaussprechlich waren. Oder, weil sie vom Königshaus zurückgehalten wurden.

Beides deutete Sinphyria nicht als gutes Zeichen. Immer wieder stellte sie sich die gleichen Fragen.

Ihr Vater war vor mehr als vier Monaten eingezogen worden. Normalerweise schickte er regelmäßig kurze Briefe. Doch der letzte war schon vor fünf Wochen angekommen und seitdem hatte Sin nichts mehr von ihrem Vater gehört. Das war ungewöhnlich.

Immerhin gab es Menschfalken, die innerhalb von wenigen Tagen die Distanz zwischen Kanthis, also Sinphyrias Heimatland, und Sinthaz, wo der Krieg herrschte, überwinden konnten.

Warum gab es keine Geschichten über den Feind, über die Lage in Sinthaz? War ihr Vater noch am Leben? Warum kehrte kaum jemand zurück? Ob er wohl Angst hatte, jetzt gerade, in diesem Moment? Ob er an Sinphyria, Tante Mol und Nobbe dachte?

Es machte sie wahnsinnig, dass sie auf keine dieser Fragen eine Antwort bekam. Deshalb musste sie hoffen, dass der Gast, den sie heute Abend erwartete, einen Auftrag für sie hatte.

Es war Zeit, dass Sinphyria ihre Arbeit erledigte.

Bevor die Sorge um ihren Vater sie also übermannen konnte, schnappte Sinphyria sich das Tablett mit den Bierkrügen und war dankbar dafür, dass sie stärkere Unterarme hatte, als man auf den ersten Blick meinen würde. Bierkrüge für eine ganze Mannschaft an Soldaten, waren alles andere als leicht zu transportieren.

»So, die Herren, dann einmal die Bierkrüge«, verkündete Sinphyria und stellte schwungvoll jeden Krug vor seinem Besitzer ab. Gerade lachten alle Anwesenden über irgendeinen schmutzigen Witz.

»Danke, Liebchen!«, tönte der eine und holte wohl nach Sinphyrias Hinterteil aus.

Bevor sie selbst reagieren konnte, schnappte der Soldat mit den hübschen, blauen Augen nach seinem Handgelenk. Dabei fixierte er Sin mit eben diesen Augen.

»Vergiss bloß deine Manieren nicht.«

Sinphyria verdrehte die Augen, konnte sich ein Lächeln aber nicht verkneifen. Sie konnte sich ganz gut selbst verteidigen. Aber manchmal hatte sie auch nichts dagegen, wenn jemand zu ihrer Rettung einsprang.

Egal, ob Mann oder Frau. Sie mochte beide Geschlechter ganz gern, auch wenn ihr öfter Männer über den Weg liefen, die versuchten, bei ihr zu landen.

Ob der Soldat für sie eingesprungen war, um sie zu beeindrucken? Um vielleicht mehr von ihr zu bekommen, als ein hübsches Lächeln? Oder fand er es generell nicht so toll, wenn seine Kameraden sich respektlos gegenüber Frauen verhielten?

Sin sah, wie fest der Soldat das Handgelenk seines Kameraden hielt und wie sein Kiefer mahlte. Er schien wirklich nicht begeistert von dem Verhalten seines Kameraden zu sein. Vielleicht war der Soldat mal wieder jemand, der nicht nur ein schönes Gesicht hatte.

»Gut zu wissen, dass manche von euch noch welche besitzen«, sagte sie charmant und räumte die leeren Krüge ab.

Jetzt, wo Sinphyria der Gruppe einmal nähergekommen war, nahm sie sich das erste Mal Zeit, die Kameraden des gutaussehenden Soldaten zu mustern. Diese kamen ihr auf unangenehme Weise bekannt vor. Sie hatten faltige, schmutzige Gesichter, es ging ein unangenehmer Geruch nach abgestandenem Bier mit einer Note Pferdemist von ihnen aus, und außerdem konnte Sin nirgendwo das Emblem des Königs auf ihren Gewändern erkennen.

Doch bevor Sinphyria sich weiter Gedanken darüber machen konnte, flog die Tür der Schenke auf und ein kühler Lufthauch zog durch den »Torkelnden Waldgeist«. Die Gestalt, die soeben die Schenke betrat, war in einen dunkelblauen Mantel gehüllt, der ihn beinahe mit der sternenklaren Nacht hinter ihm verschmelzen ließ.

Direkt über dem Verschluss des Mantels des neuen Gastes prangte eine Brosche. Sie zeigte eine Hand, die eine Goldmünze umschloss. Das Zeichen von Sinphyrias Diebesgilde.

Dies war der Mann, auf den Sin gewartet hatte.

Er verweilte einen Moment im Türrahmen und fasste Sinphyria ins Auge. Als er seine Kapuze zurückschlug, erkannte sie einen Mann mittleren Alters, dessen Gesicht von Narben überzogen war. Sinphyria glitt leichtfüßig zurück zum Tresen, als hätte sie den Neuankömmling gar nicht bemerkt, und brachte die leeren Krüge in die Küche.

»Empfäng'ste deinen zwielichtigen Besuch jetzt schon zur Hauptzeit?«, maulte Tante Mol, ohne Sinphyria direkt anzublicken. Nur ab und zu glitten die kleinen, schwarzen Augen der Wirtin zu ihr hinauf und widmeten sich dann sofort wieder den schmutzigen Krügen.

»Ich weiß gar nicht, was du meinst«, flötete Sinphyria.

Tante Mol hatte dafür nur ein verächtliches Schnauben übrig. »Du jagst dir damit noch die Garde auf den Hals, Kind. Dann wirst du auch in diesen furchtbaren Krieg gezwungen, so wie dein Vater. Der deine Umtriebe mit diesen ... Gesetzlosen übrigens alles andere als gutgeheißen hätte.«

Die Erwähnung ihres Vaters versetzte Sinphyria einen Stich. Es stimmte, dass ihr Vater schon vor dem Krieg Wind davon bekommen hatte, was Sinphyria in ihrem zweiten Leben trieb. Er hatte es verboten und missbilligt, doch Sinphyria hatte die Kontakte nicht gekappt. Und nun, da ihr Vater nicht zu Hause war, musste sie eben das Geld verdienen.

Außerdem pflegte die Gilde Kontakte, die Sinphyria gebrauchen konnte.

Die Boten, die ihr schon so lange keine Nachricht von ihrem Vater mehr überbracht hatten, vertrösteten sie mit Worten wie »So ist eben der Krieg« und »Immerhin ist er nicht eindeutig tot«. Aber für Sinphyria hatte das nicht wirklich etwas Tröstendes an sich.

Die Arbeit bei der Diebesgilde verschaffte ihr die Möglichkeit, mit Menschen in Kontakt zu kommen, die sie auf ehrbarem Wege niemals kennengelernt hätte und die ihr vielleicht wichtige Informationen über den Krieg liefern konnten. Zudem erhielt sie bei ihren Aufträgen mehr Geld, als sie in der Taverne verdienen konnte. Damit konnte sie sich vielleicht bald einen Botengang per Menschfalke leisten, der angeblich jeden Menschen anhand seines Geruchs finden konnte. Egal, wo derjenige sich befand.

»Mein Vater ist aber nicht hier«, knurrte Sinphyria mit bitterem Ton und schnappte sich eine Flasche mit Wein, um ihn dem gerade eingetroffenen Gast zu servieren. Sie vermutete, dass er dieses Getränk bevorzugen würde.

»Außerdem werden die Diener der Goldenen Hand vom König anerkannt. Zumindest inoffiziell. Sie sind nützlich für ihn. Sonst würde er ...« Dabei nickte sie in Richtung des Neuzugangs,

»...wohl kaum mit einem Zeichen seiner Gilde in unsere Taverne voller Soldaten marschieren.«

Dazu wusste Tante Mol nichts zu sagen.

Es stimmte, dass die Diebesgilde, der Sinphyria angehörte, gelegentlich Aufträge für den König erledigte. Zum Beispiel, um fällige Steuern von reichen Fürsten oder Grafen einzustreichen, die sonst versuchten, ihren Reichtum vor den Eintreibern des Königs zu verstecken.

Oder um Streit zwischen zu mächtig werdenden Stadtverwaltern zu säen.

Sinphyria kannte einiges an dreckiger Wäsche des Königs und seiner Familie und würde ihr Verhalten im Zweifel auch so vor ihrem alten Herrn rechtfertigen. Wenn sie ihn denn wiedersah.

Nur einen Moment später schüttelte Sinphyria den Kopf über sich selbst. Bei Azaaris, der Blödsinn, den sie hier dachte, durfte sie auf keinen Fall jemals ihrem Vater erzählen. Der würde ihr gehörig den Marsch blasen.

Sie sollte sich wohl tatsächlich wieder an die Arbeit machen und den Kopf frei bekommen.

Den Wein auf ihrem Tablett vor sich her balancierend, steuerte sie auf den Gast mit dem Narbengesicht zu, der sich in eine etwas dunklere Ecke gesetzt hatte. Seinen Mantel hatte er anbehalten.

»Guten Abend, Prius.«

Sinphyria stellte den Krug Wein in einer elegant fließenden Bewegung vor dem Mitglied der Diebesgilde ab und konterte den wenig begeisterten Blick, den er ihr zuwarf, mit einem selbstbewussten Grinsen.

»Das Übliche, denke ich?«

Sie nahm den Krug und ließ schwungvoll den schweren Wein in das Glas schwappen.

Der Wein kam gefährlich nahe an den Rand heran und Prius beäugte seine Bedienung aus misstrauischen Augen. Das war für Sinphyria nichts Neues. Seit sie Prius vor ein paar Jahren kennengelernt hatte, war er keinem Menschen jemals besonders freundlich begegnet. Selbst Gefährten, die ihn Ewigkeiten kannten, beschrieben ihn als grimmigen Gesellen, der stets ein Messer im Rücken erwartete.

»Hast dir schon wieder einen Bewunderer gesucht, hm?«, sagte er mit leiser, schnarrender Stimme und blickte in Richtung des Soldaten, den Sinphyria ins Auge gefasst hatte.

Die verstohlenen Blicke, die dieser ihr immer wieder zuwarf, hatte sie bereits bemerkt. Sinphyria wunderte sich etwas über diesen Satz von Prius, weil er sonst niemals eine beiläufige Unterhaltung mit ihr führen wollte. Eigentlich war er derjenige, dem es immer sofort ums Geschäft ging. Deshalb ging sie auch gar nicht darauf ein.

»Ich habe in einer halben Stunde Pause, dann können wir draußen über das reden, weswegen du wirklich hier bist«, antwortete Sinphyria und ignorierte damit seine Bemerkung.

Ob er dachte, dass sie sich neben dem Stehlen und der Arbeit als Schankmaid noch ein drittes Standbein verdiente und gegen Geld mit Männern (oder Frauen) in die Kiste sprang?

Falls das so sein sollte, musste sie Prius bei Gelegenheit mal tüchtig den Kopf waschen. Nur, weil Sinphyria gern mehr turtelte und Liebschaften pflegte, als andere Frauen, war sie noch lang keine Prostituierte.

Oder interpretierte sie zu viel in einen so beiläufigen Satz?

Manchmal war es sogar nützlich gewesen, dass Sinphyria andere gekonnt mit Worten, dezenten Berührungen und kecken Blicken umgarnen konnte. Hatte es vielleicht etwas mit ihrem Auftrag zu tun, dass Prius ausgerechnet jetzt neugierig war?

Doch Prius antwortete nicht. Stattdessen ließ er eine schimmernde Goldmünze auf den Tisch fallen und begann, mit den Fingern auf die Tischplatte zu trommeln.

Eine halbe Stunde später konnte Sinphyria die Schürze ablegen und begab sich, einen großen Krug Apfelwein in den Händen, hinaus an die kühle Nachtluft. Prius war ein paar Minuten früher gegangen und wartete bereits auf sie.

Halb verborgen im Schatten einer kleinen Baumgruppe etwas abseits von der Taverne. Er lehnte an einer Hauswand und sog Rauch, der eigenartig hell im Mondlicht schimmerte, durch eine lange Pfeife.

»Ist Arátané immer noch nicht von ihrem Auftrag zurück?«, fragte er. Seine grünen Augen musterten Sinphyria eingehend.

»Doch. Nun, sie war zurück. Jetzt ist sie wieder in die Wälder gezogen. Sie bleibt nicht gerne in der Taverne. Zu viele Menschen. Aber was du suchst, hat sie hiergelassen.«

Sinphyria deutete auf einen Ziegel, der ein Stück aus der Mauer herausragte, an der Prius lehnte.

Prius drehte sich danach um und ruckelte daran. Als er den Stein entfernt hatte, kam dahinter ein unscheinbarer Sack zum Vorschein. Prius klemmte sich seine Pfeife zwischen die Zähne und angelte den Beutel heraus. Den Ziegel schob er anschließend in die Mauer zurück. Prüfend wog er den Beutel in der Hand, wobei Sinphyria das Klimpern der Goldmünzen hören konnte.

»Scheint genug zu sein.«

»Dass du nie nachzählst, wundert mich immer wieder.«

Sie nahm einen großen Schluck aus ihrem Krug und musterte Prius neugierig. Doch anstatt darauf zu reagieren, ließ er erst den Beutel in den Tiefen seines Mantels verschwinden und nahm seine Pfeife wieder in die Hand.

»Bisher hat sich meine Methode stets bewährt«, antwortete er schließlich und starrte ausdruckslos in die Nacht.

»Ich wusste nicht, dass Schätzen als Methode durchgeht.«

Sinphyria grinste ihr Gegenüber frech an, erhielt jedoch nur einen undeutbaren Blick.

Eine Weile schwiegen sie, während Sinphyria den Mond und die Sterne betrachtete und froh war, dass sie derzeit Sommer hatten. Selbst jetzt war es warm, dass sie ihre Pause auch zu so später Stunde ohne Umhang draußen verbringen konnte.

»Du hast dich also mit diesem Soldaten bereits angefreundet?«
Misstrauisch warf Sinphyria Prius einen Blick zu.
»Wieso dieses plötzliche Interesse an meinem Leben abseits der Gilde?«
»Könnte was mit eurem neuen Auftrag zu tun haben«, antwortete Prius, und es war das erste Mal an diesem Abend, dass sich ein Lächeln auf seine Lippen schlich. Sinphyria zog eine ihrer dunklen Augenbrauen in die Höhe.
»Was genau könnte dieser Soldat denn mit unserem Auftrag zu tun haben?«
Wie sie sich hätte denken können, ignorierte Prius ihre Frage. Verdammt, der Kerl raubte Sinphyria noch den letzten Nerv.
»Ist Arátané bereit, um einen weiteren Auftrag anzunehmen?«
Einen Moment lang schien Sinphyria zu überlegen.
»Ich brauche einige Tage, um sie zu erreichen, aber ich denke schon«, antwortete sie schließlich und verschränkte die Arme vor der Brust.
»Ein paar Tage sind in Ordnung. Wir haben einen Auftrag mit vorzüglicher Belohnung erhalten, der hier ganz in der Nähe ausgeführt werden soll. Und der Auftraggeber hat explizit nach euch verlangt.«
Sinphyria zuckte bei diesen Worten zusammen.
»Woher weiß der Auftraggeber von uns?«
Zwar hatten Arátané und sie einige erfolgreiche Aufträge zusammen erledigt, aber das konnte noch nicht ausreichend sein, um ihnen einen derartigen Ruf einzubringen, dass man speziell nach ihnen verlangte.
Oder doch?
Prius schien ihre Gedanken zu erraten, denn ein verächtliches Grinsen lag auf seinen Lippen und er schüttelte den Kopf.
»Der Auftraggeber hat einfach nach den Diebinnen vom Auftrag in Kanthri verlangt. Wie er davon erfahren hat, sollte bei dem Aufruhr, den ihr verursacht habt, ja wohl klar sein.«

Beleidigt schürzte Sinphyria die Lippen und verschränkte die Arme vor der Brust.

»Ihr habt die Halskette dem König übergeben können, oder nicht? Arátané hätte ihren Kopf verloren, wenn ich nicht ein wenig Aufmerksamkeit erregt hätte.« Prius lachte heiser auf und blies den letzten Rauch seiner Pfeife in die Luft. Kurz darauf verschwand sie in seinem Gewand.

»Ein Bote wird euch in drei Tagen das Material bringen, das der Auftraggeber bereitgestellt hat«, erklärte er, während er wieder seine Kapuze über den Kopf zog und sich zum Gehen wandte. »Bis dahin solltest du Arátané gefunden haben, damit ihr beide euch umgehend auf den Weg machen könnt.«

Er war schon fast in der Dunkelheit verschwunden, als sie ihn noch murmeln hörte: »Ein wenig Aufmerksamkeit. Dass ich nicht lache.«

Sinphyria blieb noch eine Weile stehen und atmete unbewusst das Aroma von Prius Pfeife ein, das noch in der Luft hing. Es roch beerig.

»Was hat eine Frau wie du mit einem Mann der Goldenen Hand zu tun?«, tönte auf einmal eine Stimme hinter ihr und Sinphyria zuckte zusammen. Während sie herumfuhr, schoss ihre Hand an ihren Gürtel, wo sie gut verborgen ein Messer trug.

Vor ihr stand der gutaussehende Soldat, den sie im Laufe des Abends ins Auge gefasst hatte. Wieder überlegte sie, was er mit ihrem neuen Auftrag zu tun haben konnte. Sollte sie sich besser von ihm fernhalten? Verdammter Prius und seine verdammten, heimlichen Andeutungen.

»Du hast keine Ahnung, was für eine Frau ich bin«, antwortete Sinphyria, doch lächelte sie dabei. Ihre Augen funkelten und sie legte den Kopf etwas schräg, während sie den Soldaten betrachtete.

»Ist das als Aufforderung zu verstehen?«, erwiderte der und ließ seinen Blick demonstrativ an ihrem Körper entlangwandern, ein breites Grinsen auf seinen Lippen.

Arátané wäre spätestens jetzt davongelaufen, aber Sin mochte diesen Soldaten aus irgendeinem Grund. Außerdem konnte Sin gerade ein wenig Ablenkung gebrauchen.

»Mein Name ist Athron, Athron Burkental.«

Aus der Tasche seines Umhangs zog er ein kleines Päckchen mit grünem Pulver hervor. Sinphyria zog angewidert die Augenbrauen in die Höhe. Offenbar hatte sie sich in dem Mann geirrt.

»Bechda? Ernsthaft?«

Athron zuckte mit den Schultern und legte sich etwas von dem Pulver auf die Zunge.

»Ich passe schon auf, dass ich nicht süchtig werde. Falls du dir Sorgen machst, äh ...«

»Sinphyria Leon.«

Athron antwortete mit einem verführerischen Lächeln. »Ich hingegen bleibe beim Alkohol. Prost«, fügte Sinphyria hinzu und hob ihren Krug Apfelwein. Athron nickte ihr, immer noch grinsend, zu. *Was soll's*, dachte sie sich. *Wer ist schon perfekt?*

»Vielleicht hast du Lust, den Rest meiner Pause mit mir zu verbringen, Athron Burkental. Dann kannst du mir erzählen, was ein stattlicher Krieger wie du noch im Norden macht, wo im Süden doch der Krieg der Flammen tobt.«

Sinphyria bot Athron ihren Arm an und er hakte sich mit einem breiten Grinsen ein. Gemeinsam entfernten sie sich ein Stück von der Taverne.

»Du bist gut informiert. Tatsächlich bin ich mit meiner Kompanie auf dem Weg Richtung Süden. Allerdings mussten wir einen Zwischenstopp machen.«

»Einen Zwischenstopp?« fragte Sin interessiert und schmiegte sich dichter an Athrons Seite.

»Mein Hauptmann ist ein sehr ... gläubiger Mann und er möchte vor der Schlacht eine Wallfahrtsstätte besuchen, die sich hier ganz in der Nähe befindet. Vielleicht gar keine schlechte Idee, so, wie es für uns läuft ...«

Athrons Lächeln schien für einen Moment auf seinen Lippen zu gefrieren.

Sinphyria konnte ihn gut verstehen. Es kamen kaum Verwundete zurück aus den Schlachten im Süden und wenn, dann wiesen sie furchtbare Brandwunden auf und sprachen kaum ein Wort. Das erzählten zumindest Reisende, die Grünwald passierten und aus Richtung Königsthron kamen. Bisher konnte sich keiner ihre Verletzungen und die hohen Todeszahlen erklären.

Einige Stimmen wurden sogar schon laut, die befürchteten, dass der Feuergott Azaaris höchstpersönlich die gegnerischen Truppen anführte. Doch die Götter waren für den Großteil der Bevölkerung nicht mehr als Legenden und einfach bloß Teil ihrer alltäglichen Schimpfworte und Flüche. Kaum jemand hielt sie ernsthaft für real. Und noch viel weniger konnten sie eine aktive Rolle in diesem Krieg spielen. Oder?

Mit Sicherheit konnte Sinphyria das nicht wissen. Noch nie war einer der Krieger aus dem Dorf nach Hause zurückgekehrt. Und die Existenz der Götter war weder eindeutig bewiesen, noch widerlegt. Konnte es sein, dass es sie doch gab?

Athron teilte sie nichts von ihren Gedanken mit. Stattdessen streichelte sie sanft seinen Oberarm.

»Hm, es kann nicht ganz aussichtslos sein, oder? Der König würde doch sonst kapitulieren, anstatt noch mehr Männer und Frauen in einen sinnlosen Tod zu schicken.«

Zumindest hoffte Sinphyria das. Musste es hoffen. Athron antwortete nicht.

Schweigend gingen sie durch das verschlafene Dorf Grünwald, das nur von ein paar spärlichen Fackeln, dem Mond und den Sternen beleuchtet wurde.

Die Gaststätte »Zum Torkelnden Waldgeist« wurde von einigen, simplen Holzhäusern und ganz wenigen, steinernen Hütten gesäumt. Das Dorf lag zwischen dem riesigen Nordostwald und Königsthron, dem Regierungssitz von Kanthis. Dementsprechend florierte hier der Handel und Grünwald wuchs stetig. Doch jetzt, da der Krieg im Süden sich immer mehr in die Länge zog, wirkte das Dorf selbst am Tage wie ausgestorben.

Viele Männer, aber auch einige Frauen waren in den Süden gegangen. Zuerst freiwillige, gut ausgebildete Truppen der Krone. Dann hatte man Bürger aus Berufsgruppen eingezogen, die eigentlich nicht für den Krieg vorhergesehen waren. Köche, Gärtner, Schmiede – darunter auch Sinphyrias Vater. Nun zogen sie sogar Alte und Jugendliche ein. So wenige fähige Krieger gab es noch im Land ... Und kaum einer kehrte zurück. Es mussten furchtbare Kämpfe wüten, dort unten in dem Königreich Sinthaz, mit dem Kanthis vor vielen Jahren eine Allianz eingegangen war, weshalb es in diesen Krieg hingezogen worden war. Warum genau in Sinthaz Krieg herrschte, wusste keiner in Kanthis genau.

Es gab viele Gerüchte, aber selten eindeutige Berichte, die etwas Klarheit über die Lage schaffen konnten. Es gab wirre Geschichten von Flammenkugeln und lebenden Toten. Manche behaupteten, dass Magie im Spiel wäre, aber das war unmöglich. Magie wie diese gab es nur in Sagen und Legenden. Zwar gab es jahrtausendealte Aufzeichnungen über Zauberer, die die Elemente bändigen oder den Willen von anderen Menschen kontrollieren konnten, die unbewegte Objekte zum Schweben brachten oder aus totem Material Krieger erschufen.

Doch das hielt man – zumindest bisher – für nichts als blanken Unsinn.

Zwar gab es eine Form von Magie, aber diese war äußerst selten und hatte auch nichts mit Feuerbällen zu tun: die sogenannte Fluchmagie, wie sie in der allgemeinen Zunge genannt wurde. Fluchmagier konnten Amulette herstellen, die vor Krankheiten schützten, Seile so verstärken, dass sie größeres Gewicht tragen konnten oder unzerstörbar wurden, oder Tränke brauen, die Wunden heilten und Krieger für kurze Zeit viel stärker machten.

Doch diese Macht beruhte, Sinphyrias Informationen nach, auf ganz bestimmten Zutaten, Pulvern und Flüssigkeiten. Diese

Magier konnten jedoch nicht einfach aus dem Nichts Feuer erschaffen oder Tote wiedererwecken.

So also lebte man im Norden in Unwissenheit über die wahre Lage im Süden und der Handel des Landes litt immer stärker, genau wie die zurückgebliebenen Familien.

Dies führte sogar dazu, dass immer mehr Menschen nun doch begannen, den Geschichten von Göttern und Magie Glauben zu schenken. Sie versuchten an vermeintliche oder echte fluchmagische Gegenstände heranzukommen, um sich zu schützen.

Währenddessen kamen keine Nachrichten aus dem Haus des Königs. Gerüchteweise hielt er sogar seinen eigenen Sohn, den Hauptmann Erik Bjoreksson, von den Schlachten fern, weil er um dessen Leben fürchtete. Oder weil Erik selbst ein Angsthase war. Die Hauptmänner oder Generäle, die Grünwald auf ihrem Weg nach Sinthaz passiert hatten, hatten Fragen bezüglich des Königshauses immer abgewimmelt. Also hatte Sinphyria keine Informationen aus erster Hand. Ob Athron ihr welche geben konnte? Seinem Abzeichen zufolge war er ein Feldwebel, als niemand mit besonders hoher Stellung.

Schade. Mittlerweile hatten sie die letzten Häuser des Dorfes erreicht und die Bäume des Waldes ragten wie eine dunkle Mauer vor ihnen auf. Sin war ein Gedanke gekommen.

»Von welcher Wallfahrtsstätte sprichst du eigentlich? Mir ist keine in der Gegend bekannt, und ich wohne hier schon mein ganzes Leben.«

Mit einem scherzhaften Unterton, um ihr aufkeimendes Misstrauen zu überspielen, fügte sie hinzu: »Mir drängt sich der Verdacht auf, dass du mir einen Bären aufbinden willst, werter Athron.«

Die beiden blieben stehen. Die schlichte Schönheit der Natur um sie herum wirkte wie beruhigender Balsam und Sin spürte, wie sich ihre aufgewühlten Sinne beruhigten. Der Himmel war etwas aufgeklart, seit Prius verschwunden war. Ein Meer aus Sternen glitzerte hinter den letzten dunklen Wolken hervor und der volle Mond erhellte ihre Gesichter, als versuche er, der Sonne Konkurrenz zu machen.

Sinphyria drehte das Gesicht in Athrons Richtung und blickte zu dem größeren Soldaten auf.

»Wenn du mir verrätst, wo euer Weg euch wirklich hinführt, wäre ich vielleicht bereit, dir einen Kuss zu schenken«, schlug sie mit leiser Stimme vor und ließ ihren Blick verführerisch von Athrons Lippen bis hinauf zu seinen blauen Augen wandern.

»Hat denn jeder deiner Küsse einen Preis?«, fragte er neckisch und seine Hände strichen sanft über ihre Oberarme.

»Das kommt darauf an, wie gut du küsst«, sagte Sinphyria, ihre Stimme war nur noch ein Hauchen.

»Gut.«

Athron beugte sich ein Stück hinab und seine Augen glitzerten im Schein des Mondes.

Sofort fiel Sinphyria auf, dass seine Pupillen vergrößert waren, vermutlich durch die Wirkung des Bechda.

»Wir sind auf dem Weg zu der namenlosen Festung«, raunte er und kam Sinphyrias Gesicht immer näher. »Dort soll es einen Gegenstand geben, der den Krieg im Süden entscheiden kann. Einen Gegenstand aus den Sagen und Legenden, als Hunin und Karin noch unter uns weilten.«

Die letzten Worte hatte er schon so dicht an Sinphyrias Lippen geflüstert, dass kein Finger mehr zwischen sie gepasst hätte. Ihre Nasenspitzen strichen seicht aneinander und Sinphyria spürte ein Kribbeln ihren Körper hinaufwandern. Sie konnte nicht mehr antworten, da Athron seine Lippen auf die ihren legte. Lange dauerte der Kuss, als würde der Soldat seine »Bezahlung« wirklich auskosten, und er verdrängte alle Gedanken an den Auftrag aus dem Kopf, der sie eigentlich dazu getrieben hatte, Athron so nahe zu kommen.

Wenn Sinphyria ehrlich zu sich selbst war, dann wusste sie allerdings, dass es nicht nur geschäftliches Interesse war, das sie hegte. Leidenschaftlich legte sie die Arme um seinen Hals und forderte einen zweiten Kuss ein. Er zog sie an sich, hielt sie fest.

Als sie sich schließlich wieder voneinander lösten, schien eine Ewigkeit vergangen zu sein.

Auf einmal brüllte jemand Sinphyrias Namen. Sinphyria zuckte zusammen und erkannte nach dem zweiten Ruf Tante Mols Stimme. Athron lachte leise auf, lockerte den Griff um Sinphyrias Hüfte allerdings nicht.

»Schläfst du mit deiner Kompanie heute in der Taverne? Vielleicht hättest du Lust, mir nach meiner Schicht etwas mehr über die Festung zu erzählen ... Zu ganz anderen Konditionen«, schlug Sin vor und biss sich auf die Unterlippe. Athron lachte und küsste sie noch einmal.

»Es wäre mir lieber, wenn du dich mir hingibst, ohne eine Gegenleistung zu verlangen.«

Sinphyria lachte.

»Verstehst du keinen Spaß, Athron Burkental?«

»Sinphyria!«, brüllte Tante Mol durch das halbe Dorf. Also löste sich Sinphyria von Athron und er gab sie frei, verneigte sich ein Stück, jedoch mit einem schelmischen Lächeln auf den Lippen.

Sinphyria antwortete mit einem kleinen Knicks, wobei sie ebenfalls grinste, und eilte dann zurück zur Taverne, bevor Tante Mol erneut das Dorf zusammenbrüllte.

Das Kaninchen lebte gefährlich. Allerdings war ihm das nicht ganz bewusst. Arátané kauerte hinter einem besonders dichten Gebüsch und wartete. Ihre Augen verengten sich zu Schlitzen, während sie das Kaninchens beobachtete. Neben ihr kniete Baldin, der den Bogen im Anschlag hielt. Er hatte wie jedes Mal beteuert, dass sie nicht mit auf die Jagd kommen musste, aber mittlerweile war es zur Tradition geworden, dass Arátané sich zu ihm gesellte, um ihm bei der Jagd zuzusehen. Sie tat es gern, wenn sie von einem Auftrag wiederkam und etwas Ruhe brauchte. Mit Sinphyria konnte es turbulent und aufregend werden und Arátané liebte jeden Moment, den sie zusammen waren. Aber sie hatte, im Gegensatz zu ihrer Freundin, auch eine ruhigere Seite.

Mit Baldin konnte man wunderbar gemeinsam allein sein. Er spannte die Sehne seines Bogens und schoss. Das Kaninchen hatte keine Chance. Es war tot, bevor es überhaupt wusste, wie ihm geschah.

Zufrieden richtete Arátané sich auf und ließ dabei alle Gelenke knacken. Ihre Gelenke taten mit jedem Lebensjahr ein wenig mehr weh, eine Schwäche, die sie von ihrem Vater geerbt hatte. Vermutlich eine Form der Gicht. Doch momentan waren es nur unterschwellige, schwache Schmerzen, die Arátané nicht groß im Alltag einschränkten. Ein Übel, das eher nebensächlich war, angesichts dessen, was er ihr sonst noch so angetan hatte.

Baldin ging unterdessen auf seine Ausbeute zu und kniete sich vor das Kaninchen. Er legte die Hände auf dessen toten Körper und murmelte leise Worte vor sich hin.

Inzwischen hatte Arátané sich daran gewöhnt, dass Baldin einer der letzten, wirklich gläubigen Menschen in diesem Land zu sein schien. Doch am Anfang waren all seine kleinen Rituale befremdlich für sie gewesen. Dabei war sein immer noch starker Glaube an die Licht- und Naturgöttin Cahya nicht einmal das Seltsamste an ihm: Er war in der Wildnis des Nordostwaldes aufgewachsen und schien eine ganz eigentümliche Beziehung zu dem Wald und dessen Bewohnern zu haben. Niemand wusste, wo er überhaupt die gängige Zunge Kanthis erlernt hatte, und er schien sich manchmal so schnell durch den Wald zu bewegen, dass man meinen konnte, er sei an zwei Orten zur selben Zeit. Arátané hatte Baldin nie nach seiner Vergangenheit gefragt. Und er nicht nach ihrer. Genau deshalb mochten sie einander so. Manchmal hatte Arátané Angst, was Baldin von ihr denken würde, sollte er jemals herausfinden, was sie aus Rache getan hatte.

»Komm«, sagte Baldin mit seiner rauen Stimme und riss sie damit aus ihren düsteren Gedanken.

Arátané antwortete nicht gleich. Viele Worte waren nicht ihre Stärke. Aber sie folgte dem ulkigen Waldschrat, wie sie ihn manchmal liebevoll nannte, und ließ es sich nicht nehmen, ihn noch einmal eingehend zu betrachten. Baldin war ein Stück kleiner als sie selbst, was nicht verwunderlich war, da sie für eine Frau ungewöhnlich groß war. Sein Haar war schwarz und seine Haut auf eine Art gebräunt, die nicht erkennen ließ, ob er von Geburt an so einen Hautton gehabt hatte oder zu oft von der Sonne geküsst worden war. Baldin war kein besonders gepflegter Mann. Er hatte langes Haar und einen ebenso langen Bart, und manchmal sah Arátané sogar, wie der ein oder andere Zweig darin steckte.

Was andere Frauen eher abstieß, störte sie nicht besonders. Sinphyria wäre nach eigener Aussage niemals in der Lage, in Baldin mehr als nur einen Freund zu sehen. Arátané fühlte diesbezüglich ganz anders. Sie wusste nicht ganz genau, was sie für Baldin empfand, aber es war nicht das Gleiche wie zum Beispiel für Sinphyria. Allerdings hatte Arátané nicht gerade viele Menschen, die ihr etwas bedeuteten. Woran sie selbst natürlich nicht ganz unschuldig war. Wenn sie an ihre Familie dachte, fühlte sie nur Schmerz, Wut und Bedauern. Keine besonders gute Basis, um neue Freundschaften zu knüpfen.

So fiel es ihr auch schwer, die feinen Unterschiede zwischen Freundschaft und Liebe auszumachen. In diesem Moment konnte und wollte Arátané sich allerdings nicht mit Baldin oder ihren Gefühlen für ihn beschäftigen. Der Wald und die Natur, die sie umgaben, zogen die Aufmerksamkeit der jungen Frau in ihren Bann. Sonnenstrahlen drangen durch die kleineren und größeren Lücken, die die mächtigen Bäume ihnen boten. Moos schimmerte saftig grün und kleine Staubkörner wirbelten im Schein der warmen Mittagssonne umher, als hätte sie jemand zum Tanz aufgefordert. An jeder Ecke konnte man etwas Spannendes erkennen. Pilze in kräftigen Farben oder Insekten, die selbst Arátané noch nicht kannte, obwohl sie schon ihr Leben lang die Pflanzen und Tiere des Waldes studierte. Das Summen von Bienen lag in der Luft.

Irgendwann, wenn Arátané den Nervenkitzel ihrer Diebestouren endgültig überhatte, konnte sie sich vorstellen, sich hier irgendwo niederzulassen.

Ihr Blick wanderte wieder zu Baldin. Sie waren kaum mehr als Freunde, am ehesten enge Vertraute. Oft schon hatte er Sinphyria und Arátané aus der Klemme geholfen, wenn sie auf der Flucht waren oder wenn sie ein Versteck brauchten. Tief in ihrem Inneren hütete sie seit Langem ein Geheimnis. Sie wollte mehr von Baldin, als nur seine Freundschaft. Doch fühlte sie sich noch nicht bereit, den ersten Schritt in diese Richtung zu gehen.

Was, wenn er ihre Gefühle nicht erwiderte? Was, wenn sie ihn verlieren würde, so wie ihre Mutter? Was, wenn ihre Vergangenheit und ihre blinde Wut auf ihren Vater sie zu einem Monster gemacht hatten?

Arátané atmete tief durch und versuchte, die Bilder niederzukämpfen, die sie immer wieder verfolgten.

Nach einer Weile, die sie schweigend nebeneinander durch den Wald gelaufen waren, kamen sie auf eine Lichtung mit einer kleinen Erhöhung, auf deren Gipfel ein umgefallener Baumstamm lag. Darunter, von Moos und Kletterpflanzen bedeckt, konnte ein guter Beobachter den Eingang zu einer Höhle entdecken.

Auf Arátanés Lippen schlich sich ein wohliges Lächeln, da sie diese Höhle schon beinahe als ihr zweites Zuhause ansah. Plötzlich aber gefror der zufriedene Ausdruck auf ihren Lippen.

Sofort zog sie das lange Jagdmesser aus ihrem Gürtel und verfluchte die Tatsache, dass ein Schwert zum Jagen zu sperrig war. Baldin war stehen geblieben.

Nun war es Arátané, die sich voll in ihrem Element befand. Vorsichtig setzte sie einen Fuß vor den anderen, die Arme gespannt ausgebreitet, bereit zum Angriff.

Vor Baldins Hütte saß eine Gestalt. Sie hatte ein winziges Feuer entfacht und briet einen kleinen Vogel an einem Spieß. Arátané schlich sich so lautlos wie möglich an, während die Gestalt im Feuer herumstocherte. Von der Statur der Person war es Arátané nicht möglich, einzuschätzen, ob es sich um jemand Bekannten handelte. Und doch kam Arátané irgendetwas vertraut vor, sie konnte es nur nicht genau ausmachen, was es war. Plötzlich drehte sich die Gestalt um.

Bei dem Anblick des Jungen, der dort am Feuer saß, fiel sofort alle Anspannung von Arátané ab und sie verdrehte genervt die Augen.

»Nobb! Verdammt! Kannst du dich nicht so hinsetzen, dass man dein Gesicht sieht?«

Verschreckt klappte der Mund von Nobb auf und zu, die großen, braunen Augen waren weit aufgerissen. Arátané seufzte und winkte Baldin heran, der sogleich mit dem Kaninchen herbeigetrottet kam.

»Es ist nur ... Sinphyria schickt mich«, stotterte Nobb, offenbar unfähig, den Blick von Arátané abzuwenden.

»Natürlich tut sie das.«

Arátanés Gesichtszüge entspannten sich. Ihr Ärger über Nobb flaute bereits wieder ab und sie ließ sich neben ihm auf den Waldboden fallen. Baldin, der sich dazu setzte, betrachtete das Feuer, das der Junge entfacht hatte, argwöhnisch. Er konnte es nicht leiden, wenn Unerfahrene im Wald Feuer entzündeten. Er kannte Nobb nicht so gut wie Arátané, die wusste, dass der Junge sich durchaus mit dem Feuermachen auskannte.

Nobb war das Findelkind von Tante Mol und arbeitete bei ihr als Küchenjunge. Vor ungefähr sieben oder acht Jahren hatten Sinphyria und ihr Vater ihn von den Straßen Montegrads aufgesammelt und mit nach Grünwald gebracht. Tante Mol hatte ihr leibliches Kind ein paar Jahre zuvor an ein Fieber verloren und kümmerte sich um Nobb, als wäre er ihr eigener Sohn. Er war ungefähr vierzehn Winter alt, seine Haut war dunkelbraun und sein Haar schwarz und kraus gelockt. Er hatte deswegen ab und zu mit Anfeindungen zu kämpfen, da es in Kanthis nur wenige Menschen gab, die aussahen, wie Nobb. Und dies trotz der jahrzehntelangen Freundschaft mit dem südlichen Sinthaz, wo Menschen mit brauner oder schwarzer Hautfarbe die Mehrheit darstellten. Doch für Arátané war sein Äußeres nichts Außergewöhnliches mehr. Hätte sie sich nicht vor einigen Jahren von der adligen Erziehung ihres Vaters losgelöst, sähe das vielleicht anders aus.

»Ihr habt einen neuen Auftrag. Sinphyria bat mich, dir auszurichten, dass du so schnell wie möglich nach Grünwald zurückkommen sollst.«

Wieder entwich ein tiefer Seufzer Arátanés Kehle. Sie hatte nicht gerade lange Zeit gehabt, sich zu erholen. Verstohlen beobachtete sie Baldin aus den Augenwinkeln, dann glitt ihr Blick in etwas weitere Entfernung, wo ihr Pferd friedlich graste.

»So schnell wie möglich heißt, dass es nicht besonders dringend ist«, erklärte Arátané laut und lehnte sich, die Arme hinter dem Kopf verschränkt, gemütlich gegen die äußere Wand der Höhle. »Eine Nacht können wir noch hier übernachten, dann nehme ich dich mit nach Grünwald zurück.«

Entweder wagte Nobb nicht zu widersprechen oder es gefiel ihm ebenso gut im Wald. Jedenfalls vernahm Arátané keine Widerworte. Sie schloss die Augen, während Baldin begann, das Kaninchen zu zubereiten, und Nobb sich um seinen Vogel kümmerte.

Währenddessen verlor sich Arátané in Mutmaßungen über den nächsten Auftrag. Was er wohl beinhalten würde? Und warum waren sie so schnell wieder eingesetzt worden, obwohl Mitgliedern der Gilde zwischen den Aufträgen eigentlich eine mehrwöchige Erholungszeit gewährt wurde?

Reiste man mit Arátané, fielen niemals viele Worte. Sie war sich bewusst, dass sich viele deshalb unwohl in ihrer Nähe fühlten. Nobb sollte das allerdings schon gewohnt sein. So machte sie sich wenig Gedanken dabei, dass sie die eineinhalb-tägige Reise hauptsächlich schweigend verbrachten. In der Diebeskluft, die sie nun trug, um in das Dorf zurückzureiten, musste sie dennoch ein stückweit furchteinflößend auf den Jungen wirken. Es handelte sich immerhin um eine hochwertige, dunkle Stofftunika, die an Armen und im unteren Rücken- und Bauchbereich mit festem, dunkelbraunem Leder besetzt war. Zusätzlich trug Arátané eine ausladende Kapuze, die sie sich immer recht tief ins Gesicht zog und eine Maske, die bis unter ihre Augen reichte. Alles war in dunklem Braun und Grün gehalten, eine recht düstere Kombination also. Außerdem wusste Nobb genau, was die Brosche bedeutete, die Arátané sich an den Oberarm geheftet hatte. Das Zeichen der Goldenen Hand.

Bis jetzt hatte der Junge sie nur wenige Male in ihrer ganzen Gewandung gesehen, was damit zusammenhing, dass Arátané es meistens vermied, so gekleidet viel Zeit im Dorf zu verbringen. Sie wollte möglichst wenig Aufmerksamkeit erregen. Grünwald sollte nicht in den Ruf geraten, ein dauerhafter Stützpunkt der Goldenen Hand zu sein, da das Dorf Sinphyrias Rückzugsort war. Doch Arátané lebte lieber allein. Fernab vom geselligen Dorfleben. Deshalb musste sie auch keine Rücksicht auf andere nehmen. Sie fühlte sich nun mal am wohlsten in ihrer Arbeitskleidung, und da die Goldene Hand vom König geduldet war, war es auch nicht allzu dramatisch, wenn sie ab und zu so in Grünwald gesehen wurde. Es sollte auf einen Auftrag gehen und Arátané hielt nicht viel von zusätzlichem Ballast.

»Was hat sie dir eigentlich dafür geboten, mir diese Nachricht zu überbringen?«, fragte Arátané, während sie den Nordostwald verließen und auf das Tor von Grünwald zuritten.

»Eine Dukate. Und Sinphyria übernimmt zwei Tage lang meinen Spüldienst.«

Arátané lachte leise auf und trieb ihr Pferd in einen seichten Trab.

»Ich muss mit Sinphyria wohl noch einige andere Dinge besprechen, als unseren neuen Auftrag.«

Sie bezahlte den armen Jungen jedes Mal zu schlecht, das stand fest.

Sobald Arátané gemeinsam mit Nobb das Tor von Grünwald durchritten hatte, ließ sie das Pferd wieder in einen gemächlichen Schritt verfallen und schließlich anhalten.

Sie warf die Kapuze zurück.

»Steig ab, Junge«, befahl sie ihm, und als er dem nachgekommen war, sprang sie ebenfalls schwungvoll vom Rücken des Pferdes.

»Hier.«

Sie drückte ihm eine weitere Dukate und die Zügel ihres Pferdes in die Hand.

»Bitte stell ihn in eurem Stall unter. Dann kauf dir, was auch immer du möchtest. Ich entschuldige dich in der Taverne.«

Nobb verbeugte sich vor Freude und führte Arátanés Pferd fort. Sie selbst blinzelte der grellen Mittagssonne entgegen und machte sich auf den Weg in die Taverne »Zum Torkelnden Waldgeist«. Als sie die Tür aufstieß, bot sich ihr ein beinahe trauriges Bild. Abgesehen von ihr war nur ein weiterer Gast anwesend, der in einer Ecke seinen Rausch auszuschlafen schien. Obwohl, so ganz richtig war das nicht. In einer anderen Ecke der Gaststätte saß eine dunkelblonde Frau auf dem Schoß eines Mannes. Ihre Lippen klebten offenbar an denen ihres Gegenübers. Das war ja mal wieder klar. Man ließ das Weib eine Woche allein und schon hatte sie ein neues Opfer eingewickelt. Unverbesserlich. Arátané verdrehte die Augen und räusperte sich. Als das nicht die erhoffte Wirkung zeigte, machte sie ein paar Schritte auf das ineinander verschlungene Paar zu und setzte sich dann ungerührt mit an den Tisch, den die beiden blockierten. Wäre Baldin doch nur mitgekommen. Doch der verließ seinen Wald nur selten und ganz sicher nicht, um Sinphyria und Arátané auf einen Auftrag zu begleiten. Immerhin lebte er hauptsächlich von dem, was der Wald ihm bot. Das Ergreifen eines Berufes hatte für ihn keinen Mehrwert.

»Du hast den Jungen zu schlecht bezahlt.«

Die Frau zuckte zusammen und der Mann, seiner Uniform nach zu urteilen ein Soldat des Königs, der die Hand nach Arátanés Geschmack ein Stück zu weit in Richtung des Hinterteils der Frau platziert hatte, blickte sie böse an.

»Schon wieder«, fügte Arátané hinzu.

Ungeniert erhob sich Sinphyria vom Schoß des Mannes und wischte sich ohne jegliche Scham über die Lippen.

»Athron, das ist meine liebe Freundin Arátané.« Sinphyria deutete mit einer Handbewegung in Arátanés Richtung. Weder Athron noch Arátané reagierten. »Sie hat keine Manieren, aber ich schwöre dir, sie hat ein gutes Herz.«

Arátané lachte kurz auf. Der Soldat namens Athron lächelte und erhob sich dann schwerfällig.

»Na, macht nichts, wir hatten genug Zeit, um uns zu verabschieden. Ich hoffe wirklich, dass ich dich mal wiedersehe, Sinphyria«, sagte er und umfasste Sinphyrias Hüfte noch einmal. Sie küssten sich zum Abschied und Arátané konnte es nicht lassen, demonstrativ ihren Fingen in den Mund zu stecken, inklusive zugehöriger Geräusche.

Der Soldat ignorierte sie, ließ schließlich von Sinphyria ab und ging Richtung Tür.

»Auf Wiedersehen!«, schimpfte Arátané ihm nach. Manieren hatte der wohl auch nicht gerade.

Bereits halb aus der Tür hob er kurz die Hand und verließ dann die Schenke.

Unterdessen ließ Sinphyria sich neben Arátané auf einen Stuhl fallen, stützte ihren Kopf in die rechte Hand und sah dem Soldaten mit einem verträumten Blick hinterher.

»Schon wieder eine Eroberung?«, fragte Arátané.

»Mhm«, machte Sinphyria.

Genervt verdrehte Arátané die Augen. »Hör mal, wenn du mich nur aus dem Wald geholt hast, um mir von deinen Schwärmereien zu berichten, kann ich die Reise auch gleich wieder zurück antreten.«

»Er ist nicht nur eine Schwärmerei«, antwortete Sinphyria scharf und lehnte sich zurück.

»Vielleicht solltest du mal über etwas anderes als das Geschäft nachdenken. Würde dich zufriedener machen.«

Arátané betrachtete Sinphyria misstrauisch. Der glasige Blick, der schnippische Kommentar von eben, die sanfte Stimme ...

»Bei Azaaris, Sinphyria! Hast du dich etwa verliebt?«, rief sie entsetzt und machte Anstalten, die Stirn ihrer Freundin zu fühlen. Die schlug allerdings ihre Hände fort und erhob sich hektisch.

»Nein! Nein! Ich meine ... nein, niemals! Ach, halt die Klappe.« Dann drehte sie sich um und hastete schnell die Treppen hinauf.

Arátané murmelte: »Scheiße« und erhob sich, um Sinphyria hinauf zu folgen. Wenn Gefühle im Spiel waren, dann konnte es gefährlich für Sinphyria werden. Sie trug ihr Herz auf der Zunge und hatte sehr verträumte Vorstellungen von Romantik. Ihre Gefühle konnten ihre Handlungen stark beeinflussen und ihr Urteil trüben.

Arátané seufzte. Es nützte nichts. Auch wenn es ihr nicht gefiel, dass Sinphyria sich verliebt hatte, so war sie auch in gewisser Weise neugierig, was der neue Auftrag brachte. Außerdem hatte sie ihre Freundin gern. Deswegen trottete sie hinter Sinphyria die Treppen hoch und folgte ihr in deren Zimmer. Wo sich dieses befand, wusste Arátané schon seit Jahren. Seit die beiden sich kennengelernt hatten, damals, auf einem Markt in Königsthron.

Arátané war am Ende gewesen. Sie hatte nichts und niemanden mehr gehabt, nicht einmal mehr ihren Namen. Nach dem, was sie getan hatte, hatte ihr Onkel nur noch eine neue Identität verschaffen und ihr raten können, nach Sinthaz zu gehen. Doch irgendetwas hatte Arátané davon abgehalten.

In Königsthron war sie bereit gewesen, ihre Sünden zu gestehen, nur um Frieden zu finden. Da hatte sie Schreie in einer Gasse gehört. Es war Sinphyria, die in diesem Moment von einer Gruppe Männer überfallen worden war. Als Arátané dazugekommen war, war sie beeindruckt gewesen, wie sich diese Frau, die einen Kopf kleiner als Arátané war, wehrte und es mit der Gruppe aufnahm. Hier hatte Arátané die erste Gelegenheit seit Langem gesehen, ihre Fähigkeiten mit dem Schwert für etwas Gutes einzusetzen. Sie hatte Sinphyria geholfen, die Räuber in die Flucht zu schlagen. Als diese sich bei ihr bedankte, war ihr aus Versehen ihr echter Name herausgerutscht. Doch Sinphyria war dieser nicht bekannt gewesen und sie hatte auch nicht weiter nachgefragt. Stattdessen hatte sie Arátané der Gilde der Goldenen Hand vorgestellt. Dort allerdings auf Bitte Arátanés hin mit einem falschen Namen.

Dieses Erlebnis hatte sie fortan verbunden und jeder gemeinsame Auftrag hatte sie ein wenig mehr zusammengeschweißt. Sinphyria war Arátanés Familie geworden. Selbst dann, wenn sie sich ab und zu arg stritten.

Als Arátané Sinphyria einholte, stand sie in ihrem Zimmer im Dachgeschoss und holte einen großen Sack aus einer Kiste. Während Arátané die Tür hinter sich schloss, leerte Sinphyria den Inhalt des Sackes auf ihrem Bett aus.

»Was zum Azaaris ist das?«, fragte Arátané.

Sinphyria sah nicht wütend aus. Vielleicht musste sie sich gar nicht für ihre Art eben entschuldigen. Das musste sie bei Sinphyria sowieso selten. Diese akzeptierte Arátané so wie sie war.

Beide Frauen starrten auf die Gegenstände, die aus dem Sack auf das Bett gepurzelt waren. Normalerweise erhielten sie bei einem neuen Auftrag ein Schreiben sowie eine Anzahlung. Manchmal kam noch eine Karte oder ein Schlüssel dazu. Doch das, was jetzt auf dem Bett vor ihr lag, hatte Arátané noch nie gesehen.

Dünne Seile, die eher wie Fäden aussahen, Phiolen mit einer gelb schimmernden Flüssigkeit, Kleidungsstücke, die von so dünnem Stoff waren, dass Arátané sich nicht vorstellen konnte, wozu diese von Nutzen sein könnten.

»Es gibt eine Liste mit Erklärungen zu allen Gegenständen«, meinte Sinphyria und hielt Arátané ein Stück Pergament unter die Nase. »Unser Auftraggeber hat uns genau beschrieben, wie wir vorzugehen haben. Das sind fluchmagische Gegenstände, die uns beim Einbruch helfen sollen.«

»Wo genau sollen wir einbrechen?«, fragte Arátané, immer noch etwas sprachlos.

»In die namenlose Festung«, antwortete Sinphyria.

2. Kapitel

Das Kloster am Berg

»*Vortian ...*«

Immer, wenn er von ihr träumte, sah er sie ganz genau vor sich. Ihre wunderschönen, braunen Augen und das schwarze Haar, das sich nicht bändigen ließ. In seiner Vorstellung hatte sie einen guten Grund, ihn nicht selbst aufzuziehen. Vielleicht war sie zu jung oder sein Vater war jemand Besonderes, der nichts von ihm wissen sollte. So, wie in den alten Legenden über Hunin, dessen Vater ein brutaler Fürst gewesen war, der all seine Bastarde hatte ermorden lassen. Vortian träumte oft von seiner Mutter als Heldin. In seinen Träumen ...

»Vortian!«

Zwei grobe Hände rüttelten an seinen Schultern, während das Gesicht seiner Mutter, das vermutlich nicht mehr als reine Fantasie war, langsam verschwand. Stattdessen tauchte vor ihm ein Paar grüner Augen auf.

»Lass mich ...«, murmelte Vortian und versuchte, sich wieder auf seiner Schlafstätte herumzudrehen. »Aufstehen, sonst hole ich den Wassereimer«, antwortete die Gestalt über ihm in einem Tonfall, der eher amüsiert, als streng klang. Vortian war sich absolut sicher, dass derjenige, der ihn gerade so unsanft weckte, seine Drohung wahrmachen würde, wenn er nicht Folge leistete. Also stieß er einen genervten Seufzer aus und stemmte sich hoch.

Eigentlich war er niemand, der sich Befehlen widersetzte, aber zurzeit schlief er so schlecht auf seiner Pritsche aus Stroh und Holz, dass es ihm schwerfiel, sofort aufzustehen.

»Weißt du, in letzter Zeit bist du ein unerträglicher Muffel. Manchmal vergesse ich, dass ich dich eigentlich ganz gernhabe.« Mühsam erhob Vortian sich von seiner Pritsche und schenkte demjenigen, der ihn gerade so unsanft geweckt hatte, einen müden Blick. Obwohl er nicht gerade die beste Laune hatte, machte sein Herz einen kleinen, aufgeregten Hüpfer beim letzten Satz seines besten Freundes.

Natürlich war Pan schon wieder guter Dinge. Dem großen Hünen schien alles immer leichtzufallen.

Er war charmant, ein guter Handwerker, und alle schweren Arbeiten, die er trotz seiner Körpergröße nicht ausführen wollte, konnte er jederzeit einem anderen aufschwatzen. Pan war beliebt, tüchtig und gutaussehend. Vortian schätzte ihn für all diese Dinge, auch wenn es ihm manchmal ein wenig schwerfiel, sein nahezu perfektes Auftreten zu ertragen.

Pan war mehr für Vortian, als nur irgendein Freund. Sie machten alles zusammen, wenn sie konnten. Die anderen Mönche betrachtete Vortian als seine Brüder und Schwestern. Er mochte es, mit ihnen zu arbeiten, zu reden, stritt sich ab und zu mit ihnen, und war dann gern wieder allein. Aber Pan durfte immer bei ihm sein. Wenn er da war, gab es für Vortian niemand anderen im Raum. Sein Herz schlug schneller und in seiner Brust breitete sich ein warmes Gefühl aus, das wuchs, wenn Pan ihn anlächelte. Das war mehr als Freundschaft, Vortian wusste das. Auch, wenn er nicht gerade gut darin war, seine eigenen Gefühle zu deuten, wusste er, dass Pan ihm mehr bedeutete als alle anderen. Aber dass es Pan genauso gehen konnte, konnte Vortian sich nicht vorstellen. Deshalb musste er seine Gefühle um jeden Preis geheim halten. Denn er war lieber Pans Freund, als ihn mit seinen eigenen, dämlichen Gefühlen zu vertreiben.

Er kratzte sich den strubbeligen Kopf und versuchte, die schwarze Mähne mit einem Haarband zu binden, das Pan ihm vor ein, zwei Jahren zum Geburtstag geschenkt hatte. Eigentlich durften sie als Mönche der Cahya nur Dinge nutzen, die sie selbst hergestellt hatten. Weltlicher, erkaufter Besitz war in ihrer Religion strengstens verboten. Aber selbsthergestellte Dinge von anderen Mönchen geschenkt zu bekommen, war zumindest geduldet. Und Vortian war darauf angewiesen. Er besaß nicht das Geschick, ein eigenes Haarband zu knüpfen. Da die Mönche der Cahya ihre Haare immer bis zur nächsten Wiedergeburt wachsen ließen, sprich sieben Jahre ohne Haarschnitt verbrachten, waren seine schwarzen Haare zu einer langen, struppigen Mähne gewachsen. Auch das Bändigen seiner Frisur beherrschte Pan mehr als Vortian – er trug das kastanienbraune Haar in eng an den Schläfen liegenden Zöpfen, die er regelmäßig neu flocht. So blieb sein Haar von den Folgen von Wind oder Regen verschont.

Die Schlafstätten der anderen Novizen, mit denen Vortian sich eine Hütte teilte, waren bereits leer. Pan hatte sich also Zeit gelassen, Vortian zu wecken. Sofort schlug sein Herz höher und er begann zu schwitzen. Er hasste es wie die Pest, Regeln zu brechen. Nicht pünktlich zu sein gehörte dazu. Wahrscheinlich mussten sie sich nun sputen, um wenigstens nicht allzu spät zum ersten Gebet zu erscheinen.

»Nun guck nicht so, du weißt doch, dass Lena wegen deiner anstehenden Wiedergeburt nachsichtig mit dir ist. Ich wollte dich eben etwas länger schlafen lassen.«

Vortian wusste nicht, ob er dankbar sein oder wütend sein sollte. Der Blick, den Vortian seinem Freund nun zuwarf, schien eine komische Mischung aus beidem zu sein, denn Pan fing an zu lachen. Dann griff er nach Vortians Handgelenk und seine Berührung schickte einen warmen Schauer durch Vortians Körper. Er widerstand der Versuchung, seine Finger nach Pans Hand auszustrecken und diese zu streicheln. Beim Segen der Lichtgöttin, warum musste ausgerechnet er solche Gefühle haben?

Gemeinsam traten sie aus Vortians Hütte hinaus in den strahlend schönen Tag. Der Anblick des Klostergeländes lenkte ihn von seinen verwirrenden Gefühlen ab. Wie so oft bewunderte Vortian die schlichte Schönheit des Klosters der Cahya. Von der kleinsten Vorratskammer bis hin zu der großen Hauptkapelle war jedes Gebäude aus strahlend weißem Stein gefertigt worden. Keinerlei Malereien oder in den Stein gehauene Ornamente waren an den Fassaden zu finden. Außerdem gab es bloß in der Hauptkapelle und der Unterkunft für hohe Besucher des Klosters bunte Fenster. In den einfacheren Gebäuden gab es entweder nur schlichtes Fensterglas oder gar keins, sodass die Novizen im Winter ihre Fenster manchmal mit Tüchern oder alten Fellen verhängen mussten.

Wie diese reinen, weißen Wände in dem Licht der aufgehenden Morgensonne erstrahlten, ließ ein Gefühl von Heimat in Vortian entstehen, dass diesen gleichzeitig verwirrte, aber auch mit Freude erfüllte. Pan ließ nun seine Hand los und ging etwas voraus, den Hauptweg Richtung Kirche entlang.

Als Vortian den Weg betrat, spürte er kleine, runde Steine unter seinen Füßen. Sie lagen lose auf dem Boden und füllten alle Wege der Klosteranlage aus, die nicht von Kutschen befahren werden mussten. Ihre Oberfläche war glatt und sie schmiegten sich beinahe sanft an seine Fußsohlen. Vortian musste lächeln, da ihm der sanfte Druck der Steine so vertraut vorkamen.

Schon seit er sich erinnern konnte, war er über diese Steine gegangen, hatte geholfen, sie zusammenzuhalten und dafür gesorgt, dass sie immer den Weg zu den anderen Gebäuden markierten.

Dies hier war sein Zuhause, seit beinahe einundzwanzig Wintern schon. Sein Geburtstag stand an und damit die große dritte Zeremonie der Wiedergeburt. Bei dem Gedanken daran zog sich sein jedoch Magen unangenehm zusammen.

»Na komm, du Trödelmuffel, sonst verpassen wir das erste Gebet!«, verkündete Pan.

Er war einige Jahre älter und hatte das dritte Ritual bereits überstanden. Deshalb war seine Kutte bedeutend heller als Vortians und hatte einen haselnussfarbenen Ton. Damals hatte Vortian schreckliche Angst gehabt, den einzigen Menschen zu verlieren, der ihm wirklich wichtig war. Obwohl Vortian sein ganzes Leben im Kloster verbracht hatte und die meisten anderen Novizen und Novizinnen als seine Geschwister, seine Familie, bezeichnen würde, waren nur Pan und er sich wirklich nähergekommen. Die Wiedergeburt war gefährlich und körperlich zehrend. Viel zu oft war es vorgekommen, dass ein Mönch dabei sein Leben gelassen hat.

Während sie zügig den Weg zur Kirche entlanggingen, nahm Vortian sich wieder einmal einen Moment Zeit, seinen Freund eingehender zu betrachten. Schon früh hatte er bei Pan Eigenschaften entdeckt, die er bei sich selbst vermisste: dessen natürliche Fröhlichkeit, sein offenes Auftreten, die Art, wie er die jüngeren Novizen geschickt im Griff hatte und gleichzeitig beliebt bei ihnen war, mit ihnen auf Augenhöhe sprach. Außerdem war er größer als Vortian, attraktiver. Pan hatte sich das lange, braune Haar an der einen Hälfte seines Kopfes zu dünnen Zöpfen geflochten, sodass sie nicht so verfilzten, wie es bei Vortian der Fall war. Den Rest kämmte er mit einem selbstgeschnitzten Kamm.

Vortian schaffte es nie, sich einen Kamm oder eine Bürste selbst zu schnitzen.

Zwar hatte er Kraft, aber zwei linke Daumen, und da man eben als Mönch des Klosters alles, das man benutzen wollte, auch selbst herstellen musste – zumindest alles, mit Ausnahme der braunen Kutte, die er trug –, besaß er nicht allzu viel.

Vortian hastete hinter Pan her und folgte ihm am Haupteingang der Kapelle vorbei durch eine kleinere Tür. Pan hatte schon alle möglichen Aufgaben erledigt, und obwohl er am liebsten die jüngeren Novizen hütete, war er in den letzten Jahren auch häufig zu handwerklichen Aufgaben eingeteilt worden. Er war ein geschickter Handwerker und flickte Kessel oder setzte neue Scheiben in die Glasfenster der Kapelle ein. Deshalb kannte er viele Ecken und Enden der Gebäude so gut wie das Innere seiner Kuttentaschen.

Vortian lagen dahingegen eher die körperlichen Aufgaben wie das Ernten oder Sammeln auf den Feldern und im Wald, weshalb er sich besser in der Natur auskannte. Vermutlich hätte man mit Pans Wissen in die Vorratskammer einbrechen können, sich dort den Bauch vollfuttern und ungesehen wieder verschwinden können. Doch Vortian verstieß nicht gern gegen Regeln und so war es nie dazu gekommen, dass sie Pans Wissen für die ein oder andere Schandtat genutzt hätten.

Inzwischen huschten die beiden Mönche durch den kleinen Eingang, wo Pan sich kurz ducken musste, weil die Tür zu niedrig für ihn war. So leise wie möglich schloss Vortian die Tür hinter sich.

Sie waren direkt in der Galerie gelandet, auf der die Novizen hockten – die Köpfe gesenkt, die Hände in der Geste der Cahya erhoben. Pan und Vortian setzten sich auf zwei Plätze in der letzten Reihe und nahmen die gleiche Haltung ein. Die Hände ballte Vortian zu Fäusten und hielt sie sich vor die Brust, dann reckte er beide Daumen in die Höhe und legte die Stirn vorsichtig darauf. Spitze Fingernägel gruben sich in die Haut und er verfluchte sich dafür, dass er sich die Nägel nicht schon längst gekürzt hatte.

»Nun, da wir jetzt vollständig sind«, ertönte plötzlich die Stimme einer alten Frau und ertappt warf Vortian einen Blick in ihre Richtung. Obwohl er in seiner Haltung verblieb, konnte er Priesterin Lena erkennen, die Erste Priesterin des Klosters, die ihm einen verschmitzten Blick zuwarf.

Ihre Kutte wies einen hellen Beige-Ton auf, was bedeutete, dass sie eines der höchsten Ämter des gesamten Ordens bekleidete. Als Erste Priesterin und Leiterin eines Klosters unterstand sie nur dem Ordensführer und seinen Verwaltern, die als einzige im Orden weiße Kutten trugen.

Die Erste Priesterin hatte das Haar mit einem Kopftuch bedeckt, obwohl dazu niemand verpflichtet war. Doch die Novizen vermuteten, dass sie bereits lichte Stellen hatte und diese nicht zeigen mochte.

»Beginnen wir mit unserem Gebet«, fuhr sie fort und wandte den Blick nach vorn.

»Heilige Cahya«, begannen alle in der Kapelle anwesenden Mönche zu murmeln und Vortian sprach jedes Wort gewissenhaft mit.

»Du bist die einzige Göttin, deren Name unsere Lippen anbetungsvoll verlässt. Bitte, segne unsere Ernten und gib uns die Kraft, alles, was wir brauchen mit den eigenen Händen zu fertigen. Schenke uns dein Licht und deinen Regen, damit dein Gut auf unserem Acker wachsen und gedeihen kann. Vergib uns unseren Neid und unsere Gier, auf dass wir versuchen, deine Lehren zu heiligen. Darum bitten wir dich an jedem Tag, den wir in deiner Welt erleben dürfen. Gib uns Kraft, um die Ungläubigen zu belehren und dein Wort in ihre Herzen zu pflanzen. Heilige Cahya, verehrt sei dein Name.«

Als das Gebet beendet war, erhoben sich die Mönche nacheinander und gingen nach vorne, um sich ihre Aufgaben für den Tag bei der Ersten Priesterin abzuholen. Sobald die Jüngsten unter ihnen alt genug waren, Sprechen und Laufen konnten, durften sie in die Lehre gehen, stellten Seife und Brot selbst her oder schrieben und lasen. Die etwas Älteren wurden nach und nach in die verschiedenen Bereiche des Klosters eingeführt. Alle Novizen ab vierzehn Jahren hatten jeweils drei Bereiche zugeteilt bekommen, in denen sie abwechselnd arbeiteten. Vortian war für die Ernte, die Wasserversorgung und die Instandhaltung der äußeren Bereiche zuständig, also für das Pflegen der Steinwege, der Fassaden und der Gärten. Als er noch ein kleiner Junge war, hatte er sich besonders in diesen Bereichen bewährt, weshalb man ihm diese Aufgaben zugeteilt hatte.

Außerhalb des Klosters wäre er also vielleicht Bauer, Müller oder Gärtner geworden.

Ansonsten gab es noch die handwerklichen Bereiche wie zum Beispiel das Herstellen und Instandhalten von Fässern und Möbeln, das Nähen der Kutten oder das Blasen und Einsetzen von Glas für die bunten und schlichten Fenster der anderen Gebäude. Einige wenige Mönche verrichteten lehrenden Tätigkeiten, also das Unterrichten und Beaufsichtigen der Novizen bis sieben Jahre, sowie haushälterischen Aufgaben wie Kochen und das Putzen im Innenbereich.

Alles in allem war Vortian dankbar, dass er im Kloster leben durfte. Auch wenn es für die Mönche der Cahya einige Regeln gab, die man zu beachten hatte. So wie zum Beispiel das Verbot von weltlichem Besitz. Goldmünzen oder andere Schätze zu besitzen, mit denen man sich etwas kaufen konnte, war gar nicht gestattet. In den sieben Jahren zwischen den Wiedergeburten, dem heiligen Ritual der Mönche, durfte man nur das benutzen, was man selbst herstellt oder was einem die Natur so gab. Daher durften die Mönche sich mit Seife waschen, solange sie diese mit eigenen Händen hergestellt hatten und die dafür benötigten Kräuter nur aus der natürlichen Umgebung des Klosters stammten. Bei der Wiedergeburt mussten sie selbst das wieder loslassen.

Alles musste nach sieben Jahren dem Feuer übergeben werden. Nichts Materielles sollte den Geist belasten.

Alle sieben Jahre fand die Erneuerung statt in dem Ritual der Wiedergeburt, in dem die Geburt nachvollzogen wurde. Mit all ihren Gefahren. Tatsächlich stellte die Wiedergeburt für viele Mönche den Hauptgrund dar, aus dem Kloster der Cahya auszusteigen. Während der Wiedergeburt verbrannte man in einer für alle Mönche und Priester öffentlichen Zeremonie sämtlichen Besitz des Novizen. Ganz gleich, ob dieser vielleicht einen emotionalen Wert hatte.

Jegliches Körperhaar wurde entfernt.

Doch das eigentlich Gefährliche kam erst jetzt. Der Novize musste ein langes, schmales Becken durchschwimmen, das in den Boden eingelassen war. Seine Länge betrug ungefähr zwanzig Meter und es war gerade so breit, dass man beim Schwimmen nicht an die Seitenwände stieß. Ein Umkehren war nicht möglich. An den jeweiligen Enden des Beckens befand sich eine Öffnung, der übrige Bereich wurde von einer massiven Steinplatte verdeckt.

Das Becken und der Tauchgang, mit dem man es überwinden musste, sollten die menschliche Geburt nachstellen. Ein geübter Taucher konnte die Strecke zwischen dem Einstiegsloch und dem rettenden Ausgang in drei Minuten zurücklegen. Doch, so wie ein Säugling bei einer wirklichen Geburt an Luftmangel sterben konnte, passierte es auch hier immer wieder, dass ein Novize zu Tode kam.

Während Vortian nun in der Schlange stand, um sich einteilen zu lassen, konnte er den Blick nicht von dem Becken abwenden, das sich inmitten der Kirche befand. Nur diejenigen, die das Becken schon einmal durchquert hatten oder an dessen Säuberung beteiligt gewesen waren, wussten, wie es sich anfühlte. Ein massiver Tunnel aus Stein, bis oben hin mit Wasser gefüllt, aus dem man nur entkommen konnte, wenn man es rechtzeitig auf die andere Seite schaffte.

Doch Vortian war vorbereitet. Schon zweimal hatte er die Prüfung überstanden und das Becken durchquert. Körperliche Aufgaben waren seine Stärken. Er war ein guter Schwimmer. Noch dazu war er ein gläubiger Mönch und er vertraute seiner Göttin, ihn nach ihrem besten Willen und Vermögen ein drittes Mal durch den Tunnel zu geleiten.

Die schlimmen Geschichten der »Außenwelt«, die ab und zu durch Wanderpriester oder Händler an die Ohren der Mönche drangen, hatten ihm gereicht, um an seinem Orden, seinem Glauben, festzuhalten. Er erinnerte sich zum Beispiel an den Tag, als ein Wanderpriester einen Säugling mit ins Kloster gebracht und der Ersten Priesterin leise erzählt hatte, dass dessen Mutter von Wegelagerern überfallen und ermordet worden war. Oder an die

Gespräche, die Pan öfter belauscht hatte, wenn die Erste Priesterin und Gäste über die politische Lage im Land, über Bürgerkriege und Korruption sprachen. Vortian wusste nicht genau, was Korruption war, aber es hörte sich nicht nach etwas Gutem an.

Doch trotz all seiner Überzeugungen brach ihm der Schweiß aus, wenn er nur daran dachte, dass er schon in wenigen Tagen wieder durch das Becken schwimmen musste. Am Rande der Kraft, die seine Lungen, seine Muskeln in Armen und Beinen hergaben. Ganz allein in der Dunkelheit des Wassers, das auf seine Brust drückte, und umgeben von den unnachgiebigen Wänden aus Stein, die sein Verderben sein konnten.

»Vortian, mein Lieber«, riss die freundliche Stimme von Lena ihn aus seinen Gedanken, und verlegen bemerkte er, dass er in Gedanken versunken, wer weiß wie lange schon vor der Priesterin gestanden war.

»Nur, weil bald die dritte Prüfung ansteht, heißt das nicht, dass du dich nicht mehr benehmen musst, ja?«

Ein Lächeln zierte ihre Lippen und kein ernsthafter Tadel lag in ihrer Stimme. Wie Pan ihm gesagt hatte, war die Erste Priesterin mit allen Novizen und Novizinnen etwas nachsichtiger, wenn deren nächste Wiedergeburt anstand.

»Ja, Erste Priesterin«, antwortete Vortian dennoch ernst und senkte demütig den Blick. »Kommt nicht wieder vor.«

»Mach dir keine Sorgen, Sohn. Cahya wacht über dich«, sagte Lena dann mit einem Schmunzeln.

Dieses Mal lächelte Vortian zaghaft. Mit etwas mehr Mut im Bauch hob er den Blick und sah in das Gesicht der Statue von Cahya. Wohl wahr, sie hatte immer über ihn gewacht. Seine Göttin war bei ihm, ganz besonders im Moment der Wiedergeburt. Darauf konnte und sollte er sich verlassen.

»Du bist eingeteilt, um auf dem westlichen Weinberg die Ernte einzufahren. Aber ich sehe, dass deine Gedanken heute schwer wiegen. Wenn du willst, dann bist du zum Beten auf dem heiligen Hang entschuldigt.«

»Danke, Erste Priesterin«, sagte Vortian und lächelte abermals. Dann verließ er die Kapelle, um sich für die Ernte des Weines zu melden.

Obwohl er seine Göttin liebte und es ihm häufig half, zu ihr zu beten, wollte er nicht den ganzen Tag mit Meditation verbringen. Arbeit blies seinen Kopf frei und laugte ihn so sehr aus, dass er abends gut einschlafen würde. Das konnte Vortian mehr als alles andere gebrauchen.

Während er sich zum Gehen wandte, diesmal durch das mächtige Haupttor aus Eichenholz, konnte er gerade noch hören, wie Lena zu Pan sagte: »Pass auf ihn auf.«

Vortians Lächeln wurde breiter.

Gegen Mittag begann es leicht zu nieseln. Als Vortian schließlich mit der Weinernte fertig war, hatte selbst seine Kutte aus dickem Wollstoff nicht mehr dichtgehalten. Der kratzige Leinenstoff klebte an seiner Haut und lag Vortian schwer wie Blei auf den Schultern. Aber immerhin war sein Kopf ein wenig freier geworden. Pflichtbewusst schulterte Vortian den Korb mit den Trauben und machte sich auf den Weg zurück zum Kloster. Er sprach wenig mit seinen Brüdern und Schwestern, doch es gab niemanden, den er nicht mochte. Abgesehen von Torrvan vielleicht, der immer wieder versuchte, Pan und Vortian wegen ihrer innigen Freundschaft aufzuziehen. Doch der war gerade mit dem Putzen von Pilzen oder dem Schälen von Kartoffeln beschäftigt. Nachdem er seine zweite Wiedergeburt bestanden hatte, war Torrvan fest zum Küchendienst eingeteilt worden.

Wieder einmal wanderten Vortians Gedanken zu der dritten Wiedergeburt, die in einer Woche stattfinden würde.

Es war wirklich kein besonders angenehmes Ritual.

Vortian fürchtete sich vor dem Becken, mehr, als er sich eingestehen wollte. Dort unten war es dunkel, unheimlich still, eng und einsam. So beengt war es, dass große und breite Novizen manchmal nach Montegrad reisen mussten, um dort im größeren Becken ihre Wiedergeburt zu durchleben. Pan hatte bei seiner letzten Wiedergeburt schon Schwierigkeiten gehabt, weil er so groß war. Aber irgendwie hatte er es geschafft. Vermutlich wegen seines schlanken Körperbaus. Natürlich unterschied sich die Wiedergeburt von Novize zu Novize. Vor allem körperlich Schwächere hatten es schwerer, das Becken sicher zu durchqueren. Obwohl das Training für die Wiedergeburt zum festen Alltag eines jeden Mönchs gehörte, konnten Todesfälle nicht vermieden werden. Zwar mahnten einen die Lehrer, nicht in Panik zu verfallen, wenn man dort unten in der Dunkelheit allein war. Doch das war leichter gesagt als getan.

Vortian erinnerte sich an gute Freunde und Freundinnen, die bei der Wiedergeburt umgekommen waren. Außerdem dachte er immer wieder an seine letzte Prüfung zurück, an das Brennen in seiner Lunge und Gefühl, ihm würde die Luft ausgehen.

Nachdenklich fasste Vortian sich an die Kehle. Wenn man das Becken schließlich überwunden hatte, warteten noch die Tätowierungen auf einen. Die schwarze Zeichnung auf seinem Rücken, die sich bis auf seine Arme, sein Gesäß und die Rückseite seiner Oberschenkel zog, stellte einen Baum dar, der mit jeder Prüfung weiter ausgeschmückt wurde.

Seine dicken, schwarzen und blattlosen Äste symbolisierten das wachsende Leben, so, wie auch ein Mensch in seinem Leben immer weiterwuchs, sich veränderte, körperlich, aber auch charakterlich. Biegsam wie ein Baum und doch fest verankert, so sollte ein treuer Mönch des Ordens der Cahya leben, sich darstellen. Ohne die Wurzeln seines Glaubens zu vergessen, sollte er mit offenen Augen gegenüber den Begebenheiten des Lebens durch die Welt gehen. Sollte andere, Ungläubige, nicht verurteilen, sondern sie bekehren, ihnen helfen und sie sanft zu Cahya führen. Der Baum stellte das Symbol für all das dar.

Die Farbe wurde speziell angemischt und brannte sich permanent in die Haut. Nur das Schwarz wurde mit der Zeit blasser. Schmerzhaft war der Prozess der frischen Tätowierung, wie tausend kleine Nadelstiche, deren Wirkung die ganze folgende

Nacht anhielt. Doch danach war man in Cahyas Augen neugeboren und konnte gereinigt in ihrem heiligen Segen die nächsten sieben Jahre unter ihrem Schutz leben.

Alles in allem war Vortian froh, wenn er es endlich hinter sich haben würde. Trotzdem, wenn man alle Qualen überstanden hatte, war das Gefühl unbeschreiblich. Es war, als ob ein belastendes Gewicht auf einmal von seinem Körper genommen wurde und man nun doppelt so leicht durch die Welt gehen konnte. Das Gefühl, erneut Cahyas Lehren entsprochen zu haben und weiterhin mit ihrem Segen durch das Leben zu schreiten, verschaffte einem das wohlige Gefühl von Sicherheit, von Zufriedenheit. Als hätte man erneut etwas geschafft, das andere nicht schafften, das andere nicht einmal verstehen konnten.

Außerdem passierte es bei den älteren Novizen nicht mehr besonders oft, dass jemand im Becken ertrank. Kein enorm beruhigender Gedanke, aber irgendwie musste Vortian sich helfen. Allein der Glaube reichte ihm dabei leider nicht.

Aber mit den Erinnerungen an die Leichtigkeit, den Stolz und die Euphorie nach einer erfolgreich überstandenen Wiedergeburt, versuchte Vortian sich nun schon seit Wochen zu beruhigen. Doch so richtig hatte es bisher nicht gewirkt.

Als er auf das Kloster hinabblickte, hielt er einen Moment inne. Die Kapelle leuchtete strahlend weiß im orangefarbenen Licht der herabsinkenden Sonne. Ihre massiven Wände überragten die anderen Gebäude um einiges an Höhe und mündeten in einem Bogen, statt in einer Turmspitze.

Besonders mochte Vortian die dunkle Glocke, die in den Bogen über dem Eingang eingelassen war und zu jeder vollen Stunde schlug. Glöckner wäre ein Beruf, den er gerne für den Rest seines Lebens ausüben würde. Man benötigte Kraft und war stets in unmittelbarer Nähe zu Cahya.

Als Vortian den Hang hinunter durch den großen, runden Torbogen lief, konnte er sehen, dass offenbar Reisende angekommen waren. Eine Kutsche stand im Innenhof des Klosters.

Der Wagenkasten aus wetterfestem Material ließ darauf schließen, dass der Besitzer kein armer Schlucker sein konnte. Die meisten Lieferanten, die ihre Wagen ins Kloster fuhren, besaßen nur einen schlichten Karren auf Rädern mit einer Ladefläche und einem Kutschbock. Aber dieses Gefährt war anders. Es besaß sogar *Vorhänge*.

Neben der Kutsche stand die Erste Priesterin Lena. Sie unterhielt sich mit einem Mann, der in pompöse, bunte Kleidung gewandet war. Sein violettes Wams mit dazu passender Hose in demselben Farbton, deren Hosenbeine aussahen, als hätte jemand Luft in einen Kartoffelsack geblasen, wurde nur noch durch einen Hut mit breiter Krempe abgerundet, auf dem man eine gigantische, graue Feder befestigt hatte. Er hatte die Schultern weit bis zu den Ohren gezogen und puhlte ständig an seinen Fingern herum. Als wolle er, dass sein Anliegen möglichst unter ihnen blieb, sprach er außerdem sehr leise und beugte sich weit zu der Ersten Priesterin hinüber. Vortian war eigentlich kein neugieriger Mensch, aber er hätte einen großen Umweg gehen müssen, um das Gespräch nicht hören zu können. Dafür war ihm seine Last zu schwer. Außerdem begrüßte er eine Ablenkung gerade sehr. Während er immer näherkam, konnte er allmählich die Worte des Mannes verstehen.

»Ihr nehmt doch ab und zu ältere Novizen von anderen Klöstern auf, richtig? Meine Tochter ist sehr gut erzogen, aber versteht Ihr – ich kann sie an keinen Mann verheiraten. Niemand will sie haben! Ich flehe Euch an, was soll denn sonst aus ihr werden?«

Vortian konnte nicht anders, als den Mann anzustarren. Neben ihm stand ein Mädchen, bei dem es sich vermutlich um eben diese Tochter handelte. Sie war nur um weniges kleiner als Pan und überragte ihren Vater damit um mehr als einen Kopf. Außerdem besaß sie ein breites Kreuz und starke Arme und Beine, die in schlichten Hosen und einer sandfarbenen Tunika steckten. Letztere wirkte ein bisschen zu kurz, da sie knapp unter dem Gürtel endete. Sie hatte einen breiten Kiefer, der ihrem Gesicht beinahe kantenförmige Konturen verlieh und wies eine geduckte Körperhaltung auf, fast so, als wollte sie um jeden Preis kleiner erscheinen. Aus großen, dunkelgrünen Augen und mit ausdruckslosem Gesicht begutachtete sie das Kloster.

Während Vortian das Mädchen so betrachtete, verstand er das Problem des Vaters nicht ganz. Warum wollte sie kein Mann heiraten? Lag es an ihrem Äußeren? An ihrer Größe?

Klar, die Frauen in ihrem Alter, die Vortian kannte (hauptsächlich andere Novizinnen), waren alle deutlich zierlicher als sie. Aber es gab doch sicher jemanden in Kanthis, der dieses Mädchen trotz (oder gerade wegen) ihrer Besonderheiten heiraten wollte, oder? Hatte sie vielleicht eine Krankheit oder war auf irgendeine Weise gefährlich?

Vortian fiel kein Grund ein, warum man sich nicht in jemanden wie sie verlieben konnte. Selbst die Dinge, die er aufgezählt hatten, konnten doch die Liebe nicht bezwingen. Oder?

Vielleicht ging es auch gar nicht darum, dass sich niemand in das Mädchen verlieben würde. Sondern, dass niemand, der dem Vater recht war, seine Tochter heiraten wollte. Er wollte sie lieber ins Kloster geben, als einem Mann überlassen, der in seinen Augen nicht gut genug war. Vortian spürte, wie sich sein Magen leicht zusammenzog.

»Wir werden uns gerne ihrer armen Seele annehmen, verehrter Herr, aber seid Euch bewusst, dass es für Neulinge oft schwer ist, sich an unsere Gebräuche zu gewöhnen.«

»Sie wird sich schon daran gewöhnen«, erwiderte der Mann sofort und nickte dabei zustimmend. »Xundina ist eine tüchtige Arbeiterin und hat sich aus weltlichem Besitz sowieso kaum etwas gemacht. Bitte, ich weiß nicht, was aus ihr sonst werden soll, wenn sie keinen Mann findet und ich einmal nicht mehr bin.«

Die Erste Priesterin Lena antwortete nicht. Stattdessen drehte sie sich abrupt zu Vortian um, als hätte sie gewusst, dass er dort stand.

»Vortian! Du kommst gerade zur rechten Zeit«, sagte sie mit einem Lächeln auf den Lippen, das die Augen allerdings nicht mit einschloss. Die Erste Priesterin wirkte müde, zwischen ihren Augenbrauen hatte sich eine Sorgenfalte gebildet. »Bitte, führe unsere neue Novizin doch durch das Kloster und sorge dafür, dass sie eine Kutte erhält.«

Vortian nickte und fragte dann: »Welche Farbe, Erste Priesterin?«

»Hm, eine gute Frage.«

Die Priesterin wandte sich an das Mädchen und nun entspannten sich ihre Gesichtszüge etwas. Sogleich wirkte ihr Lächeln wieder sanfter.

»Sag, Kind. Und wie alt bist du?«

»Ich bin fünfzehn Winter alt, Erste Priesterin«, antwortete Xundina. Ihre Stimme war auffällig tief für ihr Alter und sie nuschelte etwas.

»Gut.«

Einen Moment lang schien die Erste Priesterin zu überlegen, dann nickte sie.

»Gib ihr eine Kutte in der Farbe der zweiten Novizen, Vortian.«

Und an Xundina gewannt fügt sie hinzu: »Du wirst eine Prüfung ablegen müssen, um ein offizielles Mitglied des Ordens werden zu können, Xundina. Jede offizielle Novizin muss eine Wiedergeburt unter den Augen der Lichtgöttin erleben.«

Vortian nickte, um zu signalisieren, dass er verstanden hatte. Er sah das Mädchen aufmunternd an und versuchte sich an einem Lächeln.

»Komm, ich muss die Trauben in den Weinkeller bringen. Dann werde ich dir alles zeigen.«

Verunsichert warf das Mädchen einen Blick zurück zu ihrem Vater. Vortian war überrascht, als er eine Träne über das Gesicht des Mannes rollen sah. Mit einer ausholenden Geste öffnete er die Arme und drückte seine Tochter fest an sich und flüsterte ihr etwas zu, das Vortian nicht verstehen konnte.

Doch als Xundina sich aus den Armen ihres Vaters löste und sich zu Vortian umdrehte, kullerten auch über ihre Wangen dicke Tränen. Schnell wischte sie sich mit dem Ärmel über die Augen und ging an Vortian vorbei in Richtung der Klostergebäude. Wortlos holte er sie ein und gab von nun an den Weg vor.

Vortian wusste eine Weile nicht, was er sagen sollte. Er verstand nicht, warum sie hier war oder was in ihr vorging. Aber er wusste, dass er einem Fremden nur ungern seine Gefühle offenbart hätte. Also beschloss er, Xundina einfach ein wenig vom Kloster zu erzählen.

Sie gingen gerade den Hauptweg mit den grauen Steinen entlang, am Brunnen vorbei und bogen dann links zum Speisehaus ab.

»Wenn du dich an den grauen Weg hältst, kommst du immer in diesen Hauptbereich des Klosters«, erklärte er.

Die Sonne senkte sich dem Horizont entgegen und tauchte die Gebäude des Klosters in tiefes Orange.

»Wir gehen nun in Richtung des Speisehauses. Es kann am Anfang bestimmt verwirrend sein, da die Gebäude alle gleich aussehen, aber ins Speisehaus findest du immer. Hier riecht es stets nach frisch gebackenem Brot oder gekochter Suppe. Manchmal sogar nach saftigem Braten, wenn es etwas zu feiern gibt.«

Während er sprach, kamen sie an das niedrige Gebäude mit der schönen Holztür, die gerade offenstand. Ein paar Novizen saßen auf den Bänken, und schälten die Kartoffeln für das Abendessen.

»Hier nehmen wir unsere Mahlzeiten ein. Drei, wenn du im Kloster arbeitest, zwei, wenn du auf dem Feld eingesetzt wirst. Dann bekommst du deine zweite Mahlzeit mit auf das Feld. Es gibt gutes Essen hier. Doch nur die Novizen, die sich nach ihrer ersten Wiedergeburt dafür qualifizieren, dürfen in der Küche arbeiten. Wir haben also begabte Köche und Bäcker.«

Xundina schwieg. Inzwischen hatte sie zwar aufgehört zu weinen, doch ihre Augen waren immer noch feucht und gerötet. Einige der Novizen verstummten, als sie an ihnen vorbeigingen, andere grüßten Vortian knapp.

Am Ende des Raumes, dort, wo das Essen ausgegeben wurde, gab es eine unscheinbare Tür. Dahinter lag eine Treppe, die tief hinab in das Gewölbe des Klosters führte. Die Decke des Treppenhauses war beinahe zu niedrig für Xundina und die seitlichen Wände fast etwas zu schmal. Doch als sie sich etwas duckte, konnten sie ihren Weg fortsetzen.

Während sie hinabstiegen, redete Vortian einfach weiter. »Wenn du dich einmal im Keller befindest, dann kannst du von dort aus überall hingelangen. Zum Beispiel in die Katakomben, wo große Steinstatuen an die Obersten des Klosters erinnern. Oder in die anderen Lagerräume. Aber besonders empfehlenswert finde ich es nicht, die anderen Gebäude über die Kellergewölbe erreichen zu wollen. Es ist kalt und feucht hier unten und oftmals müssen die jüngeren Novizen Ratten jagen.«

Vortian stellte seinen Korb mit Weintrauben zu den anderen. Hier unten beleuchteten nur ein paar Fackeln die Wände aus grobem Stein. An der Decke führten vier dicke Linien zu einem Scheitelpunkt in der Mitte eines jeden Raumes zusammen, wodurch eine Art Gewölbe entstand. Einige jüngere Novizen standen knietief in großen Holzbottichen mit Trauben, um eben jene so lange zu zerstampfen, bis der sogenannte Most entstand, aus dem der Wein gewonnen werden konnte.

Xundinas Gesicht war zu einer Art starren Maske geworden. Kein Anzeichen einer Träne war mehr zu erkennen. Doch was konnte man auch erwarten? Gerade hatte sie im Alter von fünfzehn Jahren ihr ganzes Leben aufgeben müssen. Wenn Vortian jetzt das Kloster verlassen und ein Leben in der Gesellschaft von Kanthis führen müsste, wäre er auch vollkommen verloren. Also sollte er das Beste daraus machen und Xundina so viel vermitteln, wie er wusste. Vielleicht lenkte sie das etwas ab.

Vortian beschloss, nicht denselben Weg wieder hinaufzugehen, sondern führte Xundina tiefer in die Katakomben. Die Wände des Kellers wurden nun etwas höher und die Kuppeln, die es in den Weinkellern schon gegeben hatte, war feiner gearbeitet. Ihre Linien waren filigraner und bildeten geometrische Muster.

Einige Meter weiter konnte man an den Wänden sorgfältig ausgearbeitete Steinplatten erkennen, in denen jeweils Namen eingeritzt worden waren.

»Im Glauben der Cahya ist es Brauch, die ehrbaren Mitglieder des Ordens von Erde umgeben zu begraben. Sie liegen draußen, auf dem Totenacker, ohne einen Stein auf ihrem Grab. Damit wird auch ihr Körper vollständig der Göttin der Erde übergeben und nur so kann die Seele des Verstorbenen Ruhe finden. Das Leben als Ordensmitglied ist als ein einziger Weg zu verstehen, um schlussendlich in das Reich der Cahya übergeben zu werden, sodass unsere Seele auf ewig von unserer Göttin bewacht werden kann. Draußen, auf dem Totenacker, soll nichts Weltliches wie ein Grabstein die Übergabe des Körpers an die Erde verhindern. Deshalb wird hier unten namentlich an die Toten erinnert.«

Vortian bekam jedes Mal wieder eine Gänsehaut, wenn er die Namen all der Verstorbenen las. An einigen Namen, deren Träger er zu ihren Lebzeiten noch gekannt hatte und die ihre Wiedergeburten nicht überlebt hatten, blieb sein Blick etwas länger hängen, und er sandte ein Stoßgebet an Cahya. Dass sie ihm noch weitere Lebensjahre schenken würde.

Je näher sie dem Gewölbe kamen, das sich direkt unter der Kirche befand, umso mehr veränderte sich die Lichtquelle. Hier waren die Fackeln durch helle Steine ausgetauscht worden, die man in die Wand eingelassen hatte.

»Mondsteine«, erklärte Vortian. »Die Legende besagt, dass der Gründer dieses Klosters eine Vision hatte, in der ihm gezeigt wurde, wo er die Mondsteine finden könnte. Er barg sie und nutzte sie, um uns den Weg zur heiligen Kapelle unterirdisch zu geleiten. Die Mondsteine erlöschen nur ganz selten.«

»Hat die Göttin denn jemals zu dir gesprochen?« Xundinas Stimme war so leise, dass Vortian sie kaum verstehen konnte.

Er schüttelte den Kopf.

»Nein, die Göttin spricht schon seit langer Zeit zu niemandem mehr«, antwortete er und fügte dann mit einem Lächeln hinzu: »Aber ich kann sie spüren. In meinen Träumen oder wenn ich der Natur ganz nah bin. In meinen Gebeten. Ich weiß einfach, dass sie mir zuhört.«

Xundina antwortete nicht und sah Vortian auch nicht an. Aber vielleicht dachte sie bloß darüber nach, was er gesagt hatte.

Sie erreichten einen Raum, in dem ungefähr vierzig Statuen an den Wänden aufgereiht nebeneinanderstanden. Sie waren unterschiedlich groß, standen aber jede auf einem Sockel, wodurch sie selbst Xundina noch um mindestens einen Kopf überragten.

Sie alle waren aus weißem Stein gehauen und besaßen viele, herausgearbeitete Details. Es gab zum Beispiel verschiedene, in den Stein gearbeitete Frisuren; lange, geflochtene Zöpfe in Bärten und Deckhaar oder einzelne Haarteile, die in die Höhe standen, während der Rest des Kopfes wie rasiert war. Teilweise hatten die Bildhauer Schmuck aus dem Stein herausgearbeitet oder den Figuren einen besonders freundlichen oder ernsten Gesichtsausdruck verliehen.

»Das sind die Heiligsten unseres Ordens, diejenigen, die sich einen besonderen Platz verdient haben. Wenn man viele Jahre im Sinne der Cahya gedient hat, muss man irgendwann keine Wiedergeburten mehr ablegen und darf aussehen, wie man möchte. Deshalb tragen diese hier auffällige Frisuren, Bemalungen oder Schmuck.«

Bei diesen Worten fuhr sich Vortian durch seine nicht zu bändigenden, schwarzen Haare, die vom Regen immer noch ganz feucht waren. Wie er wohl als Heiliger aussehen würde? Würde er sich irgendwann einen Platz unter diesen Statuen verdient haben? Und wenn ja, mit welchen Taten? Vortian war Cahya treu ergeben, doch er war kein großer Denker, Künstler oder Friedensstifter. Er würde sicher kein Kloster vor Eroberern oder einem wild wütenden Feuer retten. Er würde auch die nächsten Jahrzehnte seines Lebens noch Wiedergeburten ablegen, auf den Feldern arbeiten und abends am Feuer den Geschichten der Wanderpriester lauschen.

Schließlich erreichten sie eine Wendeltreppe aus weißem Stein, in deren Geländer aufwendige Blumenmuster eingearbeitet worden waren, und die hinauf in die Kirche führte. Sie erklommen die Treppe und schauten nun in den Innenraum der Kirche.

Die Kirche war das mächtigste Gebäude der Klosteranlage. Hier herrschten hohe, weiße Wände vor, deren Enden wieder mittels Linien in einem Scheitelpunkt in der Mitte der Decke mündeten. Durch große, spitz zulaufende Fenster mit buntem Glas schien die Sonne herein und tauchte den Raum in ein warmes Licht. Gegenüber von Xundina und Vortian lag die Galerie, auf der er heute Morgen mit den anderen Novizen und Mönchen gebetet hatte.

Rechts von ihnen befand sich die große Eingangstür aus massiver Eiche, die zu dieser Stunde offenstand. Davor stand eine große, gusseiserne Schale auf einem Sockel, in deren Innern man Ruß erkennen konnte. Schwarze Rückstände, die noch von den letzten Wiedergeburten zeugten.

Ging man an der Schale vorbei, entdeckte man auf dem Boden ein Mosaik. Aus Splittern in verschiedenen Formen und Farben hatte man eine Blüte geschaffen, so groß, dass man auf ihrem Stempel bequem stehen konnte.

Ein paar Meter weiter befand sich das Zeremonienbecken. Bei seinem Anblick zog sich Vortians Brust unangenehm zusammen und unterbewusst verkrampfte er die rechte Hand zu einer Faust.

Vortian erklärte Xundina, was es mit diesem Becken auf sich hatte.

»Es ist Teil der Prüfung, durch dieses Becken zu schwimmen. Ist man einmal in das Becken getaucht, gibt es kein anderes Entkommen, als das andere Ende zu erreichen. Dieser Prozess ist ein Sinnbild für die Geburt eines Menschen. Der enge Kanal symbolisiert den Geburtskanal der Frau, die drei Minuten sollen den Zeitraum darstellen, den eine menschliche Geburt dauert. So könnte man sagen, dass wir Mönche alle sieben Jahre neu geboren werden. Deshalb heißt die Zeremonie auch Wiedergeburt. Das ist der Wille unserer Göttin.«

Xundinas Augenbrauen zogen sich ganz leicht zusammen und sie biss sich auf die Unterlippe, bevor sie sprach.

Hoffentlich hatte sie das leichte Beben in seiner Stimme nicht mitbekommen. Er wollte ihr nicht unbedingt zeigen, wie viel Angst er selbst noch vor der Wiedergeburt hatte.

»Was ist, wenn man nicht in das Becken passt?«, fragte sie leise.

Vortian zögerte kurz, denn er wusste natürlich, weshalb sie fragte.

»Dann muss man nach Montegrad reisen. Vielleicht können wir später Pan fragen, er ist ein Freund von mir und kann dir Genaueres erzählen.«

»Zur Hauptstadt?«, fragte Xundina mit zitternder Stimme.

Vortian legte den Zeigefinger ans Kinn und schaute nachdenklich zur Decke.

»Ja, ich glaube, dort haben sie ein viel größeres Becken.«

Xundina nickte.

»Und ... wie säubert ihr das Becken? Wird das Wasser nicht irgendwann zu dreckig?«

»Klar, das Wasser muss regelmäßig ausgetauscht werden«, erklärte Vortian. »Es gibt einen Abfluss im Boden des Tunnels, der nur von der Gruft aus geöffnet werden kann. Wir lassen das

Wasser in einen großen Bottich ab und leeren es vor den Toren des Klosters aus. Dann wird das Becken ausgeschrubbt und anschließend mit neuem Wasser gefüllt. Eine undankbare Aufgabe.«

Zwischen Xundinas blonden Augenbrauen bildete sich eine tiefe Falte.

»Was, wenn es jemand nicht schafft? Stirbt man dann ... dort drinnen?«

Vortian nickte. Etwas zog sich in ihm zusammen, als er an seine eigene, bevorstehende Wiedergeburt und die Male dachte, an denen ein Novize gestorben war.

»Warum wird dann nicht versucht, sie durch den Abfluss zu retten?«

Xundinas Frage ließ Vortian stutzen. Er überlegte einen Moment, während der Knoten in seiner Brust sich ein wenig enger zog.

»Es ist der Willen unserer Göttin«, antwortete er dann und versuchte es mit einem Lächeln. Doch es fühlte sich eher halbherzig an. Xundina hatte mit ihrer Frage einen wunden Punkt erwischt. Jedes Mal, wenn einer seiner Freunde in dem Becken ertrunken war, hatte Vortian sich gefragt, wie das der Wille der Göttin sein konnte. Jemanden im Alter von sieben oder vierzehn jämmerlich ertrinken zu lassen, obwohl man ihn vielleicht retten könnte, wenn man das Wasser abließ. Aber er hatte sein ganzes Leben lang im Kloster verbracht und nie daran gedacht, seine Fragen laut auszusprechen.

Wenn er die Verstorbenen fragen könnte, würden sie dann auch friedlich sagen, dass ihr Tod der Wille der Göttin gewesen war?

Vortian räusperte sich, um die eigene Unsicherheit loszuwerden.

Die Falte zwischen Xundinas Augenbrauen verschwand nicht. Aber sie hob den Kopf, betrachtete den Rest des Raumes und stellte keine weiteren Fragen mehr.

Hinter dem Zeremonienbecken gab es eine weitere Blume aus Mosaik auf dem Boden. Dort kniete man vor dem Altar der Cahya, während man neue Tätowierungen bekam.

Doch Xundinas Blick wanderte zu dem Altar selbst, der aus einer gigantischen Statue der Cahya bestand.

Die Göttin wurde als nackte Frau dargestellt, deren Schambereich von ihrem bodenlangen Haar verdeckt wurde, das in langwieriger, mühevoller Arbeit aus dem weißen Stein gehauen worden war. Ihr Gesicht besaß eine tiefe Güte und es war so nach unten geneigt, dass sie jeden ansah, der in der Mitte der Kapelle stand. Einen Moment hielt Vortian ehrfürchtig inne, neigte den Kopf und vollführte die Geste der Cahya vor seiner Brust.

Leise murmelte er ein Gebet, in dem er Cahya kurz würdigte. Anschließend verließen sie die Kirche durch die große Eichentür, damit Vortian Xundina ihre Kutte besorgen konnte.

Während sie wieder auf dem grauen Weg zwischen den weißen Gebäuden des Klosters hindurchliefen, verschwand das letzte Licht der Sonne hinter dem Horizont und die Dämmerung trat ein.

Vortian und Xundina kamen nun auf eines der höchsten Gebäude zu, das von vielen kleineren umgeben war. Vortian steuerte darauf zu und hielt dann einen Moment inne, um zu erklären.

»Wir im Kloster der Cahya halten Fortpflanzung für etwas Normales. Deshalb ist es nicht verboten, dass Mann und Frau sich lieben. Dennoch schlafen die Geschlechter getrennt. Ehen können geschlossen werden, aber meistens verlassen die Paare danach freiwillig das Kloster. Beziehungen unter den gleichen Geschlechtern sind nicht gern gesehen. Aber es gibt keine Konsequenzen, wenn zwei Männer oder zwei Frauen sich lieben.«

Außer vielleicht den Spott seiner Mitnovizen, dachte Vortian. Seine Gedanken schweiften kurz zu Pan ab, für den er schon seit ein paar Jahren mehr als Freundschaft empfand. Einige der anderen Novizen machten Witze über ihre innige Freundschaft und trafen Vortians Gefühle damit mehr, als sie vielleicht ahnen konnten. Wenn er daran dachte, wie Pans muskulöser Körper nach dem Schwimmen im Licht der Sonne glänzte, übersäht mit Wassertropfen, die langsam von seiner Brust hinab zu seinem Bauchnabel perlten, spürte Vortian ein Gefühl der Wärme in seinem Bauch und ein Ziehen in seinen Lenden, das ihm die Röte in die Wangen trieb. Doch all das, diese Art von Gedanken an seinen besten Freund, behielt er für sich.

»Was passiert, wenn eine Novizin oder eine Priesterin ein Kind erwartet?«, fragte Xundina und wieder sprach sie mit so leiser Stimme, dass Vortian sie kaum verstehen konnte.

»Dann werden sie im Kloster aufgezogen. Allerdings als Mönche, so wie alle anderen, sie dürfen also niemals erfahren, wer ihre wirklichen Eltern sind. Den Eltern steht es auch frei, mit ihrem Kind zu gehen. Doch dann dürfen sie nicht zurückkommen und werden aus dem Orden ausgeschlossen.«

Vortian hatte auch schon oft miterlebt, dass es Eltern nicht gelang, ihren Kindern zu verheimlichen, wer sie waren. Auch das führte zum Ausschluss aus dem Kloster.

Das Thema faszinierte Xundina offenbar.

»Verlassen viele das Kloster?«, fragte sie, während Vortian sie in den Innenraum des Wäschehauses führte.

»Ein, zwei pro Jahr vielleicht. Einige haben Angst vor ihrer nächsten Wiedergeburt. Wenn sie nach ein paar Wochen Reue zeigen, bekommen sie noch eine Chance. Das sind die einzigen Ausnahmen.«

Vortian stockte. Wieder einmal dachte er an die Male, die er miterlebt hatte, wie Novizen oder Novizinnen im Becken ertrunken waren. Dann schwiegen alle auf der Tribüne immer. Priesterin Lena gab dem Chor ein Zeichen, der danach statt dem weiteren Lied der Wiedergeburt ein Trauerlied anstimmte. Manchmal schrien die Freunde der betroffenen Novizen und weinten laut. Auch Vortian hatte dann stumm mitgeweint und Pan dicht an sich gedrückt.

Und er hatte auch schon dabei helfen müssen, den Toten aus dem Becken zu bergen. Das Wasser wurde abgelassen, man stieg zu zweit hinunter in das trocken gelegte Becken und befreite den Leichnam. Die bleichen Gesichter mit den weit aufgerissenen Augen und die schlaff geöffneten Lippen verfolgten Vortian manchmal im Schlaf.

Auch er hatte mal kurz darüber nachgedacht, ob er ein Leben außerhalb des Klosters nicht besser finden würde, als im Becken der Wiedergeburt zu sterben, aber ... Das Kloster war seine Familie. Und er vertraute seiner Göttin. Cahya würde ihn schon so durch seine Wiedergeburt leiten, wie sie es vorgesehen hatte.

Xundina sagte nichts dazu. Vortian spürte sein Herz unangenehm heftig gegen seine Brust hämmern.

Als er die große Tür zu dem Wäschehaus aufstieß, schlug ihm heißer Dampf entgegen. Xundina schützte ihre Augen mit dem Unterarm. Vortian versuchte sich durch den Dunst zu der Kleiderausgabe durchzukämpfen. Es brauchte einen Moment, aber schließlich hatte er den breiten Tresen gefunden. Dort hockte ein dicker Mönch und schlief.

»Kurva!«, rief Vortian und sofort schreckte der dicke Mönch aus seinen Träumen. »Eine Kutte für zweite Novizen, bitte!«

»Aber natürlich, Vortian!«, lachte Kurva und drehte sich zu den zahllosen Haufen an Kleidern, die hinter ihm aufgetürmt waren.

»Wie groß denn?«

»Die größte, die du hast«, antwortete Vortian und deutete auf Xundina, die etwas hinter ihm stand.

Als Vortian sich zu ihr umdrehte, sah er ihren erstarrten Gesichtsausdruck. Ihm schoss die Hitze glühend heiß in die Wangen. Seine Bemerkung war ziemlich unsensibel gewesen, das wurde ihm gerade schlagartig bewusst.

Sollte er sich entschuldigen?

»Tut mir leid, ich ... ähm ... wollte nicht ...«

Aber Xundina schüttelte nur leicht den Kopf.

Du verdammter Esel, dachte Vortian und biss sich so stark auf die Unterlippe, dass es schmerzte.

Einen Moment lang suchte Kurva nach den richtigen Kutten, dann drehte er sich um und reichte eine über den Tresen. Dabei betrachtete er Xundina vielleicht etwas zu lang mit in die Höhe gezogenen Augenbrauen und leicht offenstehendem Mund.

Vortian schnappte sich die Kutte und warf Kurva einen scharfen Blick zu. Nach seinem bescheuerten Spruch musste der Wäscher nicht auch noch eins drauflegen. Dann wandte er sich um.

»Komm, ich zeige dir, wo du dich umziehen kannst.«

Gemeinsam verließen sie das Wäschehaus und machten sich schließlich auf den Weg in Richtung der Unterkünfte.

Dabei passierten sie das Badehaus, aus dessen Tür gerade lachend ein paar Novizinnen kamen. Auch aus diesem Gebäude zog heller Dampf ab und ein Geruch nach Minze strömte ihnen entgegen.

»Im Sommer und manchmal auch im Winter baden wir meist im anliegenden See. Für den Fall, dass es zu kalt ist, gibt es dann das Badehaus«, erklärte er, während er Xundina zu dem Schlafhaus der älteren Frauen brachte.

Es lag direkt hinter dem Badehaus und war ein kleines Gebäude, das sich kaum von den anderen unterschied.

»Wir schlafen auf einfachen Pritschen. Neben unserer Kutte und den Mahlzeiten ist sie das Einzige, das wir vom Kloster bekommen. Aber du wirst auch lernen, dir selbst eine Schlafstätte herzurichten.«

Immer noch zeigte Xundina nicht die kleinste Regung.

Sie starrte auf die Kutte, die sie in den Armen hielt.

»Zieh dich um. Du musst alles ablegen, das du einmal besessen hast. Nur deine Kutte darfst du behalten.«

»Was ist mit den Schuhen?«, fragte Xundina.

Gleichzeitig fasste sie sich an den Hals.

Vortian konnte nicht sehen, was sie dort berührte, aber er war sich sicher, dass es etwas war, das ihr viel bedeutete.

»Keine Schuhe«, antwortete er. Eine Spur Mitleid mischte sich in seine Stimme. Ohne ein weiteres Wort verschwand Xundina im Inneren der Schlaf-unterkunft, während Vortian draußen wartete.

Wie musste es wohl sein, fünfzehn Jahre in der Gesellschaft aufgewachsen zu sein, mit Kleidung und Schuhen, die andere für einen gemacht hatten? Mit Schmuck und Büchern und Dingen, an die man sein Herz verloren hatte? Wie musste es sein, das alles aufzugeben, bloß, weil man ohne einen Mann an seiner Seite fürchten musste, kein eigenständiges Leben führen zu können?

Xundina brauchte eine Weile, und Vortian setzte sich in der Zwischenzeit neben die Tür der Unterkunft, um noch ein wenig zu beten. Langsam wandelte sich die Dämmerung zu Dunkelheit und die ersten Sterne zeigten sich schwach leuchtend am Himmel. Vortian lehnte den Hinterkopf an die Wand hinter sich und entspannte sich zum ersten Mal seit dem Aufstehen vollkommen. Erst jetzt bemerkte er, wie seine Füße, Arme und Beine von der Arbeit auf dem Feld schmerzten und wie er in der immer noch feuchten Kutte und in der seichten Brise des Abends etwas zu frieren begann.

Xundina musste ihn beinahe wecken, als sie wieder herauskam. Auf ihren Wangen glänzten erneut Tränen im Mondlicht. Einen Moment lang überlegte Vortian, etwas dazu zu sagen, doch es fiel ihm nichts Gescheites ein. Sein ganzes Leben lang hatte er nichts besessen. Kein Gold, keine schöne Kleidung, nichts außer dem, was die Natur ihm bot. Außerdem kannte er nichts als das Kloster, seine Abläufe, seine Mitglieder, seine Bräuche.

Wie sollte er verstehen, was es bedeutete, seinen bisherigen Besitz, sein gesamtes Leben, aufgeben zu müssen? Wie konnte er tröstende Worte finden?

»Komm, es ist Zeit, zurück zu deinem Vater zu gehen. Hast du deine alten Sachen?«

Xundina nickte und hob ein Bündel hoch. Oben drauf lag ein silbernes Medaillon. Offenbar betrachtete Vortian das

Schmuckstück so lange, dass Xundina sich genötigt fühlte, etwas dazu zu sagen.

»Das ist das Amulett meiner Mutter«, sagte sie mit brechender Stimme und Vortian sah, dass eine weitere Träne ihre Wange hinunterkullerte. »Sie hat es nicht über das Herz gebracht, mich hierher zu begleiten. Ich denke, der Abschied wäre zu viel für sie gewesen.«

Während sie zwischen den Unterkünften zurück zu dem Brunnen gingen, sagte Vortian vorsichtig: »Es ist bestimmt schwer, dein altes Leben aufzugeben. Ich habe mein ganzes Leben hier verbracht. Die Mitglieder des Ordens sind zu meiner Familie geworden. Wer weiß? Vielleicht werden wir irgendwann auch zu deiner.« Und nach einem Moment fügte er hinzu: »Auch wenn dein Schmerz sicher unerträglich und schwer zu lindern sein muss.«

Er hatte nicht erwartet, dass seine Worte wirklich etwas bewegten, doch Xundina schaffte es, trotz der Tränen zu lächeln.

Als sie in den Innenhof zurückgingen, war dieser leer. Bloß die Erste Priesterin Lena stand noch dort und starrte in die Ferne. Besorgt warf Vortian einen Blick zu Xundina hinüber. Ihre Lippen zitterten und ihre Augenbrauen zogen sich tief zusammen. Beinahe krampfhaft biss sie sich auf die Unterlippe, in ihren Augen stand ein Ausdruck, den Vortian als Angst deutete, die kurz davor war, in Panik umzuschlagen.

»Es tut mir leid, Kind«, raunte die Erste Priesterin, als sie Xundina und Vortian bemerkte. »Dein Vater meinte, der Abschied wäre so leichter.«

Aber Xundina antwortete nicht. Sie brach in Tränen aus. Unschlüssig, ob er gehen oder bleiben sollte, stand Vortian in der Dunkelheit. Er entschied sich, zu bleiben. Die Erste Priesterin legte einen Arm um Xundinas Rücken. Ihre Schultern erreichte sie nicht.

Vortian nahm sich einmal mehr fest vor, sich von dieser furchtbaren Welt da draußen fernzuhalten.

3. Kapitel
Die namenlose Festung

Einige Tage waren vergangen, in denen sie die im Dunst liegende Festung beobachtet hatten. Sinphyria fand, dass das alte Gemäuer den Namen »Festung« eigentlich nicht verdient hatte. Die kastenförmige, graue Anlage schien von außen kaum Vorrichtungen zur Abwehr zu besitzen. Zwischen den Zinnen machten Wachen ihre Rundgänge, doch diese erfolgten nur unregelmäßig, etwa jede Stunde einmal. Beinahe hatte es den Anschein, als würde gar kein Angriff erwartet werden.

»Die Scheibe der Macht sollen wir stehlen, ja?«, fragte Sinphyria zum hundertsten Mal Arátané, die bereits genervt die Augen verdrehte.

»Ja.«

»Dafür kommt mir die Festung aber schlecht bewacht vor. Sieh dir die Wachen an! Sie tragen nicht einmal das Wappen des Königs.«

Arátané antwortete nicht. Sie starrte auf die unbemannten Zinnen, als ob sie eine Antwort von ihnen erwarten könnte. Manchmal fragte Sinphyria sich, was hinter der blassen Stirn ihrer Freundin so vorging. Fragte sie sich denn gar nicht, wie sie jahrelang in der Nähe eines solchen Gebäudes hatten leben können, ohne davon jemals zu hören? Oder warum die Wachen nicht mit dem Wappen des Königs gezeichnet waren? Und wie hatte ihr Auftraggeber von diesem Ort erfahren?

Sinphyria stellte sich vor jedem Auftrag mehr Fragen als Arátané, die meist eher an den Fakten und der schnellen, lautlosen Durchführung eines Auftrages interessiert war. Aber dieses

Mal stach Sinphyria die Neugierde beinahe unruhig in der Brust. Immerhin lebte sie kaum einen Tagesmarsch entfernt und war mit ihrem Vater viel durchs Land gereist. Sie hatte den grauen Klotz auch schon oft bemerkt, ihm aber nie besondere Beachtung geschenkt.

»Heute Nacht schlagen wir zu. Wenn die ersten Wachen der Nachtschicht ungefähr zwei Stunden geschafft haben, wiegen sie sich wahrscheinlich eher in Sicherheit und ihre Aufmerksamkeit sinkt.«

Arátané warf Sinphyria einen vielsagenden Blick zu. »Es könnte sein, dass es immer noch einfacher wäre, wenn du den Soldaten bequatschst. Sag ihm, dass du diesen Monat nicht geblutet hast und sein Balg trägst. Vielleicht lässt er dich dann in die Festung, um alles mit dir zu klären, und dann könntest du einen Weg finden, wie ich ungesehen und ohne so hohes Risiko zu dir stoßen könnte.«

Sinphyrias Blick verdunkelte sich und sie stieß ein abfälliges Zischen aus. »Nein!«

Dass ihre Freundin sie mit dem Thema nicht endlich in Ruhe ließ. Klar, sie war eine Diebin. Ihre Moralvorstellungen konnten sich nicht mit denen einer Edeldame messen und sie hatte das ein oder andere Mal eine äußerst zugewandte Person bezirzt, damit sie bei einem Auftrag vorankamen oder weniger Probleme hatten. Aber Athron mochte sie wirklich. Sie hatten die ganze Nacht miteinander geredet, gelacht, sich ausgetauscht. Sinphyria hatte dabei unter anderem gelernt, dass er nicht leicht verzieh, schon gar nicht, wenn er hintergangen wurde. Er hatte Vertrauensprobleme. War in Armut aufgewachsen und hatte immer mit einem offenen Auge schlafen müssen, damit ihm das Kissen nicht unter dem Kopf weggeklaut wurde. Die Wahrscheinlichkeit, ihn hier zu treffen, war groß. Doch das wollte sie unter allen Umständen vermeiden. Und schon gar nicht wollte sie sein Vertrauen aktiv missbrauchen.

Arátané seufzte.

»Das wäre aber der bessere Weg. Sicherer.«

»Wir müssen es anders schaffen. Ich werde ihn nicht ausnutzen. Zudem wissen wir nicht mal, ob er schon angekommen ist.« Niedergeschlagen lehnte Arátané sich gegen den Baum, der seit ein paar Tagen ihr Zuhause darstellte. Sinphyria beobachtete, wie ihre Freundin die Augen schloss und etwas vor sich hinmurmelte, das wie ein abschätziges ›Gefühle‹ klang.

Sie verkniff sich einen kecken Gegenspruch ausnahmsweise. Arátané war eben nicht so verständnisvoll, wenn es um Liebe ging. Weil sie selbst im Leben kaum welche erfahren hatte. Außerdem hatte sie leider recht. Wenn Sinphyria sich nicht so schnell verlieben würde, hätten sie jetzt vielleicht ein Problem weniger ...

Plötzlich sah Sinphyria eine Gruppe Reiter näherkommen. Als diese näherkam, konnte Sinphyria vier Männer auf Pferden ausmachen, die eine kläglich aussehende Truppe an Männern und Frauen zu eskortieren schienen, die zu Fuß gingen. Der Großteil von ihnen hatte entweder sechzig Winter weit überschritten oder noch nicht einmal zwanzig erreicht. Sie ähnelten eher Bauern und Kindern, doch trugen sie alle zumindest Umhänge in den Farben des Königs.

»Arátané, sieh mal. Das letzte Aufgebot von Kanthis«, raunte Sinphyria und drückte die Äste eines Busches etwas hinab, um besser sehen zu können. Arátané drängte sich dicht an Sinphyria heran und beobachtete ebenfalls den Trupp. Manchmal, wenn Sinphyria solche Trüppchen sah, nagte das schlechte Gewissen an ihr. Sie konnte kämpfen. Sie hätte in den Krieg ziehen sollen, gleich mit ihrem Vater zusammen. Doch der hatte sie angefleht, es nicht zu tun. Nur Männer wurden zwangsverpflichtet, ohne etwas verbrochen zu haben. Frauen gingen freiwillig oder wenn sie sowieso eine kämpferische Profession innehatten, so wie Söldnerinnen. Obwohl sich bei denen selbst die Männer häufig der Zwangsrekrutierung entzogen, indem sie in den Untergrund abtauchten.

Ansonsten gingen nur Verbrecherinnen als Zwangsrekrutierte in den Krieg.

»Kennst du den Mann an der Spitze?«, fragte Arátané. Sinphyria schüttelte den Kopf. »Sieht aus wie ein Hauptmann. Ich kann die Sterne an seinen Schultern sehen. Sein Gesicht sagt mir nichts.«

Sinphyrias Blick wanderte an das Ende der Kolonne und erstarrte. Ihre Gedanken überschlugen sich. Sollten sie den Auftrag abblasen?

Grob stieß sie ihre Gefährtin in die Seite »Der dort am Ende. Den kennen wir beide. Er ist der Alptraum aller Diebe.«

Der Mann hatte ein scharfkantiges Gesicht und fixierte ohne jegliche Regung den Weg vor sich. Seine Wangen waren von Pockennarben überzogen, sein Haar war grau meliert, doch seine gestrafften Schultern und die Hand, die immer auf dem Knauf seines Schwertes ruhte, zeugten von der steten Bereitschaft zum Kampf.

»Kathanter Irius«, murmelte Arátané tonlos.

»Der Jäger des Königs«, ergänzte Sinphyria mit Bitterkeit in der Stimme.

Lautlos zogen sie sich wieder in ihr Versteck zurück, während im Hintergrund das Knarren und Rütteln des sich öffnenden Haupttors ertönte. Man nannte Kathanter Irius nicht umsonst den Jäger. Er war derjenige, der gerufen wurde, wenn man es mit den schlimmsten Verbrechern zu tun hatte. Er setzte Deserteuren, Dieben, Mördern und allen, die er für gesetzlos hielt, gnadenlos nach. Außerdem war er dafür bekannt, sich ab und an über die Gesetze des Königs hinwegzusetzen und nach seinen eigenen Vorstellungen von Gerechtigkeit zu handeln.

So waren viele von Arátanés und Sinphyrias Gildenmitgliedern seiner Klinge zum Opfer gefallen, obwohl sie eigentlich unter der Hand des Königs gedient hatten. Für Irius hatte dieses Verhalten selten Konsequenzen. Er galt als Kriegsheld aus dem Bürgerkrieg vor einigen Jahren und war zu nützlich für den König.

Man schickte Kathanter Irius nicht für diplomatische Verhandlungen, sondern um Nägel mit Köpfen zu machen. Er war ein gefürchteter Schwertkämpfer und bekannt für seine Gnadenlosigkeit. Außerdem hatte er die Rebellen des letzten Bürgerkrieges eigenhändig im Namen des Königs hingerichtet. Das waren die letzten Todesstrafen gewesen, die es in Kanthis gegeben hatte.

Nach einem Augenblick bedrückenden Schweigens, seufzte Sinphyria.

»Blasen wir den Auftrag jetzt ab?«, fragte sie, ängstlich, was Arátané erwidern würde.

Der Auftrag war immer noch machbar, aber die Anwesenheit des Jägers stellte ein enormes Risiko dar.

»Nein«, erwiderte Arátané bestimmt, »wir ziehen es durch. Ein furchteinflößender Mann mehr oder weniger wird uns nicht behindern.«

»Wenn du meinst. Aber wenn es dazu kommt, dass wir mit ihm konfrontiert werden, darfst du dich mit ihm abgeben.«

Arátané gab nur ein tiefes Grummeln von sich. Sinphyria aber meinte es nicht ganz scherzhaft. Arátané war geschickter im Schwertkampf als Sinphyria. Sie selbst hätte vermutlich nicht einmal annähernd eine Chance gegen Irius.

Sie schwiegen eine Weile, dann lehnte Sinphyria sich gegen einen Baumstamm und schloss die Augen.

»Wenn wir diesen Auftrag erledigen, dann kann ich mir den Menschfalken leisten und meinem Vater eine Nachricht schicken«, sagte sie und versuchte, angesichts Kathanter Irius Anwesenheit nicht zu viel Mut zu verlieren.

»Was machst du eigentlich, wenn der Menschfalke deinen Vater nicht findet?«

Sinphyria antwortete nicht. Darüber wollte sie sich jetzt keine Gedanken machen.

Die Aufregung versetzte Sinphyrias Körper in Anspannung. Sie und Arátané hatten sich die Kleidung übergezogen, die ihr

Auftraggeber ihnen mitgegeben hatte. Sie bestand aus einem Material, das sich eng an die Haut schmiegte und schwarz wie Pech war. Etwas Ähnliches hatte Sinphyria noch nie in ihrem Leben zu Gesicht bekommen, weshalb sie davon ausging, dass es sich um Kleidung handelte, die fluchmagisch bearbeitet worden war.

Fluchmagier konnten durch bestimmte Substanzen Gegenstände verändern; das gesamte Material, das sie von dem Auftraggeber bekommen hatten, schien auf diese Weise verändert worden zu sein. Sie war deutlich dehnbarer, als jede Tunika, die Sinphyria besaß. Außerdem wurde ihr darin kaum warm, sie schwitzte kein bisschen, selbst wenn sie sich stärker anstrengte. Noch dazu hatte sie nie etwas besessen, das von Hals bis Fuß aus einem einzigen Teil bestand und kein Kleid oder Nachthemd war. Bestimmt war der Stoff auch noch reißfest oder tarnte sie besser, als normaler, schwarzer Baumwollstoff es tun würde.

Neben der Kleidung hatten sie zwei Seile erhalten, die aus dünnem Faden gesponnen worden waren und dennoch - laut den beigelegten Anweisungen - absolut reißfest waren. Außerdem waren da noch eine dunkelgrün schimmernde Mixtur in einer Phiole aus Glas, mit der sie in Glas und Stein Löcher ätzen konnten, und vier verschiedene Beutel, auf denen jeweils ein kleines Schild klebte, auf dem in schwungvoller Schrift »Nicht öffnen. Schlafpulver« geschrieben stand.

Durch die Kleidung, die Sinphyria und Arátané nun angelegt hatten, war kein Zentimeter nackter Haut zu sehen, bis auf einen breiten Schlitz für ihre Augen. Darin konnte man sich ohne Einschränkungen bewegen, allerdings boten weder das Oberteil noch die Hose Schutz vor Schwerthieben oder gar Pfeilen. Also mussten sie den offenen Kampf noch mehr vermeiden als bei anderen Aufträgen. Die Lederrüstungen, die sie sonst trugen, stellten zwar keinen so sicheren Schutz dar wie ein Plattenpanzer, aber dennoch fingen sie mehr ab als purer Stoff.

Selbst für die Aufbewahrung der Waffen hatten die Fluchmagier ihres Auftraggebers vorgesorgt. Für Arátanés Kurzschwert hatten sie eine Scheide beigelegt, die sich auf dem Rücken befestigen ließ und das Gewicht des Schwertes kaum mehr spürbar machte. Für ihren Dolch hatte sie einen filigranen Gürtel mit passender Scheide erhalten, in dem gleichen pechschwarzen Farbton wie die Kleidung.

Sinphyria hatte ebenfalls so einen Gürtel mitbekommen. Allerdings waren dort mehrere Scheiden und Schlaufen befestigt, die Platz für ihre Wurfmesser und -dolche boten. Sogar eine enge Schlaufe für ihren Oberschenkel war mitgeliefert worden.

»Mann, an die Dinger könnte ich mich gewöhnen«, flüsterte Sinphyria und ihre Augen leuchteten selbst in der durchdringenden Dunkelheit vor Freude.

»Darfst du wahrscheinlich auch. Ich kenne jedenfalls keinen, der meine Kleidergröße trägt«, bemerkte Arátané.

»Bei deinen langen Stelzen ja auch kein Wunder.«

Arátané war Sinphyria einen finsteren Blick zu.

Sie trug zusätzlich eine Tasche mit all den Utensilien – den Seilen und der Tinktur – und der Karte des Auftraggebers, die sie sich an den Gürtel geschnallt hatte.

Sinphyria hoffte und betete, dass sie Athron nicht begegnen würde. Obwohl es keine Götter gab, an die sie wirklich glauben konnte, flehte sie innerlich, dass sie nicht gegen ihn würde kämpfen müssen. Wahrscheinlich hatte Arátané recht damit, dass sie ihr Herz viel zu schnell verschenkte. Verdammtes Herz. Verdammte, tiefgründige Gespräche mit einem schönen Soldaten. Verdammtes Bedürfnis nach Nähe und Zuneigung.

Sinphyria spürte, wie Arátané ihr eine Hand auf die Schulter legte und sah zu ihr hinüber. Die grünen Augen ihrer Freundin schimmerten im Licht des Mondes, dessen silbrig-helles Leuchten selbst den Schatten hinter dem Baumstamm, der ihnen als Versteck diente, ein wenig erhellte. Sinphyria legte ihre Hand an Arátanés Dekolleté, wo sie den Anhänger spürte, den sie ihr als Zeichen der Freundschaft geschenkt hatte.

Arátané tat dasselbe bei Sinphyria, dann legte sie die Stirn auf Sins.

»Ob Glück oder der Segen der Götter, lass es heute bei dir sein«, flüsterte Sinphyria leise.

Ihre Freundin erwiderte nichts, so wie immer. Dennoch (oder vielleicht gerade deswegen), fühlte Sinphyria sich ihr so verbunden wie jedes Mal kurz vor einer Mission. Für Arátané würde sie ihr Leben geben. Und Arátané das ihre für Sinphyria,
Ohne ein weiteres Wort zu sagen, huschte Arátané vor ihr in die Dunkelheit.

Oft waren sie schon in Burgen oder große Herrenhäuser eingebrochen und so wussten sie instinktiv, wie das hier ablaufen würde.

Arátané packte das Seil, das sie an ihrer Seite getragen hatte und an dessen Ende eine Schlaufe befestigt war. Einen Herzschlag lang atmete Arátané mehrmals tief durch und versuchte sich zu konzentrieren. Dann warf sie die Schlinge. Eigentlich hätte diese eine der Zinnen erwischen und sich zuziehen sollen, doch Arátané hatte daneben geworfen. Sinphyria schloss stumm hoffend die Augen. Ihr Puls stieg. Natürlich hatten sie versucht, genug Zeit einzurechnen, aber es konnte jeden Moment passieren, dass plötzlich eine Wache auftauchte, die sich aus irgendeinem Grund entschieden hatte, genau jetzt hier entlangzugehen. Arátané versuchte erneut, die Schlinge zu werfen. Dieses Mal zog sie sich um eine der Zinnen fest.

Erleichtert atmeten Sinphyria und Arátané gleichzeitig auf. Das hätte auch noch deutlich länger dauern können, wenn man bedachte, wie leicht die Seile waren. Oder war da vielleicht auch Magie im Spiel?

Nun war Sinphyria an der Reihe.

Sie trat vor, packte das Seil und zog prüfend daran. Es schien, wie immer, zu halten.

Dann hängte Sinphyria sich mit ihrem ganzen Gewicht an das Seil und stieß die Füße gegen den Stein der Festung.

Die Wand der Festung bestand aus groben Steinen, die teilweise unsauber aufeinandergesetzt worden waren, als hätte man sie in großer Hast schnell zusammengezimmert. Teilweise ragten einzelne Steine aus der Wand hervor. Das würde den Aufstieg erleichtern, da Sinphyria an ihnen besser Halt finden konnte. Immer weiter zog sie sich in die Höhe. In ihr stieg eine Mischung aus Aufregung, der Angst erwischt zu werden und dem Hochgefühl auf, das dabei entstand, jemandem direkt unter der Nase zu entwischen. Diese Gefühle erfassten sie in diesem Moment völlig, brachten ihr Herz zum Rasen, verursachten ein flaues Gefühl im Magen, schickten warme Impulse durch ihre Gliedmaßen und schienen ihre Bewegungen dadurch zu beflügeln. Sinphyria genoss jeden Zug, der sie den Zinnen der Festung näherbrachte, und als sie sich schließlich an der Einbuchtung zwischen zwei Zinnen hinaufziehen konnte, gipfelten diese Empfindungen in einem erleichterten Seufzer. Hier war ihr Kopf gänzlich frei. Sie verschenkte keinen Gedanken an ihren Vater oder Athron.

Doch Sinphyrias Körper war keine Ruhe gegönnt.

Auf einmal hörte sie Schritte. Ihr Herz setzte für einen Moment aus. Dann schaltete sie schnell. Sinphyria reckte die Hand über den Rand der Zinne und symbolisierte Arátané, sich zu verstecken. Schnell schob sie das Seil wieder herunter, sodass es zu Boden fiel.

Jetzt war es an der Zeit, sich zu verstecken. Von rechts kamen die Schritte, also musste sie sich nach links wenden. Dort befand sich ein Wachturm. Zu diesem führte eine kleine Treppe hinauf und an deren Fuß befand sich eine Einbuchtung, in der eine Balliste stand.

Meist stiegen die wachhabenden Soldaten den Turm hinauf und warfen einen Blick auf den Waldrand, an dem Sinphyria und Arátané sich in den letzten Tagen versteckt hatten. In der Nähe der Balliste hatte Sinphyria in den letzten Tagen noch nie eine Wache gesehen. Also dorthin. Das war ihre beste Chance.

Sinphyria hechtete so leise wie möglich zu dem wenige Meter entfernten Wachturm und presste sich unter die Waffe, einem Gestell aus Holz, das auf Rädern stand, die man in diesem Fall allerdings mit Keilen befestigt hatte. Außerdem war kein Pfeil in dem Gespann. Diese standen in einem großen Köcher, direkt neben dem schmalen Schlitz, der in der Einbuchtung des Wachturms eingelassen worden war. Im Falle eines Angriffst konnte der Pfeil in das Gespann gelegt und dann durch diesen Schlitz auf die Angreifer geschossen werden. Doch der Staubschicht auf der Balliste und den Pfeilen nach zu urteilen, war das eine ganze Weile schon nicht mehr passiert.

Sinphyria drückte sich in den Schatten des Wachturms. Schwaches Mondlicht fiel durch den Ballistenschacht, und so versuchte Sinphyria, ihre Gliedmaßen in den Schatten zu pressen, fern vom Licht. Zwei Fässer, die am Eingang des Wachturms standen, verdeckten den Rest von ihr notdürftig. So konnte sie allerdings nicht sehen, wann und ob die Wache vorbeigehen würde. Sie musste sich weiterhin auf ihr Gehör verlassen.

Die Schritte kamen näher und wieder einmal vertraute Sinphyria auf ihr Glück. Kurz erstarben die Schritte.

Vielleicht blieb die Wache stehen und überlegte, welchen Weg sie einschlagen sollte.

Dann entfernten sich die Schritte ein Stück und Sinphyria konnte ein dumpfes Geräusch über sich hören. Quälende Minuten vergingen, in denen sie sich tiefer in ihr Versteck drückte. Jeder Atemzug konnte sie verraten. Jede noch so kleine Bewegung.

Endlich, nach mehreren Augenblicken, wurden die Schritte wieder leiser. Die Wache schien sich zu entfernen. Erst nach einigen Minuten traute sich Sinphyria aus ihrem Versteck. Vorsichtig lugte sie über den Rand der Fässer in die Dunkelheit hinaus.

Nun lag der obere Wachgang wieder ruhig und verlassen da. Leichtfüßig huschte sie aus ihrem Versteck zurück zu der Stelle, an der sie nach oben geklettert war.

Vorsichtig beugte sie sich über die Zinnen und warf einen Blick hinab. In der pechschwarzen Kleidung war Arátané kaum auszumachen, doch nach einem kurzen Augenblick entdeckte Sinphyria sie. Schnell blickte sie sich noch einmal um. Dann legte sie die Hände an die Lippen und stieß ein hohes Pfeifen aus, das dem Schrei eines Uhus nachempfunden war. Arátané löste sich langsam aus den Schatten, hob das Seil vom Boden auf, das Sinphyria zurückgelassen hatte und warf es schwungvoll in Sinphyrias Richtung.

Diese fing das Seil geschickt aus der Luft und schlang es um eine der Zinnen.

Kurz darauf stand Arátané neben ihr.

»Das war knapp«, murmelte Arátané so leise, dass es kaum zu verstehen war. Sinphyria nickte mit einem halben Lächeln, bevor ihr einfiel, dass ihr Gegenüber das vermutlich nicht erkennen konnte. Arátané sah sich um. Sie war diejenige, die sich die Karte vollständig eingeprägt hatte, also musste Sinphyria sich hauptsächlich auf sie verlassen. Sie hatte es zwar auch mit den wichtigsten Details versucht, besaß aber kein halb so gutes Gedächtnis wie ihre Freundin.

Schließlich nickte Arátané und lief los.

Die Karte hatten sie mit den anderen Sachen von ihrem Auftraggeber erhalten. Es gefiel Arátané nicht, in welchem Ausmaß sie sich hier auf jemand anderen verlassen mussten. Doch die Bezahlung war viel zu gut, um auf die Zweifel zu hören. Außerdem waren sie sich sicher, dass sie den Auftrag schaffen konnten. Nun beschlich Sin ein mulmiges Gefühl. Was, wenn Arátané den Weg nicht finden würde, den man ihnen beschrieben hatte?

Was, wenn ihr etwas passierte und Sinphyria die Führung übernehmen musste?

Arátané führte Sinphyria an das Ende des Wachgangs, an dem der Soldat verschwunden sein musste.

Dort führte eine flache Steintreppe hinunter, an deren Fuße das Licht einer Fackel schien. Niemand war zu sehen.

Arátané warf Sinphyria einen kurzen Blick zu und bedeutete ihr mit einem Nicken, die Treppe als erste auszukundschaften.

Sinphyria signalisierte mit einem Nicken ihrerseits, dass sie verstanden hatte, zog einen ihrer längeren Dolche und schlich sich, so weit wie möglich an die Mauer gepresst, die Treppe hinunter.

Ihr Herz klopfte hart gegen ihre Brust.

In einiger Entfernung gab es eine Tür, die in den grauen Stein geschlagen war. Aus dem Spalt unter der Tür fiel helles Licht und Stimmen tönten aus dem Innern.

»Burkental, hast du die Kleine eigentlich genommen? Wie war es so, hä?«

Einen Moment stockte Sinphyria, ihr Herz machte einen Satz. Athron?

»Das mit den Manieren meinte ich ernst, Hankis. Lass dir mal welche stehen.«

Für einen Moment setzte ihr Herz aus und trotz allem schlich sich ein Lächeln auf ihre Lippen. Er war es tatsächlich. Und er war selbst, wenn er keine Ahnung hatte, dass sie in der Nähe war, ein Charmeur.

Doch sofort schüttelte Sinphyria den Kopf. Sie durfte sich auf keinen Fall ablenken lassen. Immerhin war Athron beschäftigt. Vielleicht konnte sie das hier überstehen, ohne ihm weh zu tun.

Als sie sich noch einmal umgesehen hatte, gab sie Arátané das Zeichen, herunterzukommen.

Nun übernahm Arátané wieder die Führung. Sie folgte der Wand, an die sie sich gedrückt hielten, bis sie zu der südlichen Seite der Festung gelangten. Der Posten der Wache, dort, wo Athron sich befand, lag nun hinter ihnen.

»Hier muss es eine Falltür geben«, raunte Arátané leise. Beide Frauen begannen zu suchen. Während der konzentrierten Suche nach der Falltür, verblassten die Gedanken an Athron immer mehr. Hier war sie Sinphyria, die Diebin. Nicht Sinphyria, die Schankmaid.

Schließlich wurden sie fündig.

Arátané winkte Sinphyria nach einer Weile heran und deutete auf einen Ring am Boden, der im Mondlicht sanft schimmerte. Irgendwie schafften sie es, die Klappe leise aufzuziehen und hinunterzuhuschen. Doch obwohl Sinphyria sie vorsichtig herabsinken ließ, gab es einen dumpfen Klopflaut, als die Tür in ihre Fassung zurückglitt.

Sie hörten gerade noch, wie einer der Soldaten »Ich glaube, da war etwas!« rief.

Dann wurde sie von Arátané weitergezogen. Nur einen Moment hatte sie gezögert, und sich gefragt, was passierte, wenn Athron die Tür über ihr öffnen und sie sehen würde. Mit Gewalt zwang sie sich dazu, sich wieder auf ihren Auftrag zu konzentrieren.

Sie befanden sich nun in einem weiteren Raum mit steinernen Wänden, die bis zur Decke mit Regalen vollgestellt waren.

Arátané und Sinphyria befanden sich in einer Speisekammer, in der es wunderbar nach Wurst und Käse roch. Der Raum war nicht besonders hoch und es schien nur einen Ausgang zu geben. Sinphyria erinnerte sich, dass in dieser Speisekammer einer der schwierigen Teile beginnen würde.

Sie hatten die Festung erklommen und waren an dem Aufenthaltsraum für die Wachen vorbeigeschlichen.

Nach der Speisekammer, in der sie sich jetzt befanden, würden die Schlafbaracken der restlichen Soldaten kommen.

Falls jemand aufwachen würde, müssten sie Gebrauch von dem Schlafpulver machen und da sie noch nie damit gearbeitet hatten, konnte dieses ein Risiko darstellen. Zum Beispiel bestand die Möglichkeit, dass es nicht richtig wirkte, oder die Wachen, die gerade Dienst hatten, in irgendeiner Weise Wind davon bekamen.

»Komm wieder rein, du Idiot! Ich gewinne gerade!«, ertönte eine Stimme von oben. Sie drang dumpf durch das Holz der Falltür.

Schnell presste Sinphyria sich an die Wand zwischen zwei Regale. Arátané starrte wie gebannt zu der Decke über ihr. In der Speisekammer gab es keine Deckung. Falls die Soldaten darauf kommen sollten, hier unten nach dem Rechten zu sehen, würden sie augenblicklich auffliegen.

»Ich bin mir sicher, dass ich die Falltür gehört habe.« Sinphyria hörte zweimal dumpfes Klopfen. Schritte.

»Hatte bestimmt nur jemand Lust auf einen nächtlichen Schmaus und hat mal gelinst, was wir so machen. Jetzt komm wieder her und beende die Partie.«

Mit klopfendem Herzen harrte Sinphyria an der Wand aus, ihre Finger drückten krampfhaft gegen das kalte Gemäuer. Einer kaum auszuhaltenden Stille folgte wieder das dumpfe Klopfen von Schritten, das langsam leiser wurde.

So geräuschlos wie möglich atmete Sinphyria auf und drückte sich von der Wand ab. Mit einer schnellen Bewegung drehte sie den Kopf und sah zu Arátané hinüber, die nach der Karte in ihrem Brustbeutel suchte, sie aufschlug und kurz studierte.

Ohne ein Wort zu sagen, schlich Sinphyria zu ihrer Freundin hinüber und musterte ebenfalls die Karte.

Arátané fuhr mit dem Finger den nächsten Weg entlang – durch die Tür der Speisekammer, an den Schlafbaracken vorbei, hinunter in die Verließe.

Arátané stahl sich vorwärts und legte die Hand auf die Klinke der Tür. Ganz vorsichtig schob sie diese auf und spähte in den Gang hinaus. Ohne ein weiteres Wort öffnete sie die Tür ganz und huschte weiter. Sinphyria folgte ihr in einigem Abstand. Schon von Weitem konnten sie das Schnarchen der schlafenden Soldaten hören. Sinphyria betete darum, dass die Tür der Baracken geschlossen war.

Ihr Weg führte sie näher an das Schnarchen heran, ohne dass ihnen jemand begegnete, bis sie eine angelehnte Tür entdeckten. Arátané wandte sich halb zu Sinphyria um und legte den Finger auf die Lippen. Behutsam begann sie, an der halbgeöffneten Tür vorbeizuschleichen. Schweiß rann Sinphyria die Schläfen hinunter, als sie Arátané folgte, und sie hoffte, dass niemand erwachen oder ihnen von einem nächtlichen Spaziergang entgegenkommen würde. Doch was sich wie eine Ewigkeit anfühlte, dauerte nur wenige Sekunden – dann hatten beide Frauen die Tür passiert, ohne jemanden aufzuwecken.

Nun mussten sie nur noch die Tür in den Innenhof finden und bis ganz nach unten gelangen.

Der Weg in den Innenhof stellte sich als ein Leichtes heraus, denn hier gab es keine Wachen mehr.

Der Gang, in dem die Schlafbaracken untergebracht waren, mündete in einer steinernen Treppe ohne ein Geländer, deren Stufen abgerundet waren und aufgrund vieler Kerben und Kuhlen unsauber gearbeitet wirkte.

Beide Frauen huschten die Treppe hinab und gelangten auf den großen Platz des Innenhofes. Sie drückten sich am Fuße der Treppe an die Mauer, während Arátané nach der Tür suchte, die sie als nächstes passieren mussten.

Auch Sinphyria sah sich im Innenhof um.

Sie konnte in der Dunkelheit eine Ausbuchtung unten erkennen, die mit Gittern verschlossen worden war.

Eine Zelle vielleicht?

Ein paar Heuballen lagerten in einer Ecke neben der Treppe, achtlos mit einer Plane bedeckt.

Auf dem Wehrgang der Festung war gerade keine Wache zu sehen. Der Punkt, an dem sie die Mauer überklettert hatten, lag zu weit von ihnen entfernt, um ihn zu sehen.

»Sinphyria«, zischte Arátané mit Nachdruck, aber dennoch so leise es ging.

Als Sin sich umdrehte, deutete Arátané mit dem Daumen in Richtung der gegenüberliegenden Wand. Dort war eine doppelflügelige Tür eingelassen worden. Eine Pforte, die mit einem schweren Gitter gesichert war. Doch so, wie der Auftraggeber in seinen Anweisungen angekündigt hatte, stand das Tor einen Spalt breit offen.

»Scheiße.«

Der Fluch war Sinphyria einfach entglitten, ohne dass sie Kontrolle darüber hatte. Zwar war das Schimpfwort nicht besonders laut gewesen. Dennoch blickte Arátané sie vorwurfsvoll an. Der Grund für Sins Bedürfnis, sich kurz Luft machen zu müssen, war, dass vor der Pforte eine Wache saß.

Der Mann nahm seinen Dienst zum Glück nicht allzu ernst. Sein Kopf war auf die Brust gesunken und er schnarchte ausgiebig, während er an der Wand neben der Tür lehnte. Arátané und Sinphyria wechselten einen Blick. Schnell zogen sie sich zurück hinter die Heuballen.

»Wir müssen ihn ausschalten«, flüsterte Arátané.

»Schaffst du es, ihn mit einem Wurfmesser zu treffen?«

Sinphyria schätzte die Entfernung zu der Wache grob ab.

»Ich könnte es schaffen. Aber bei einem Angriff aus der Nähe kann weniger schief gehen.«

Zur Antwort nickte Arátané nur.

»Allerdings hätten wir auch noch das Schlafpulver, das für die Soldaten gedacht war. Wir würden keinen Blutfleck hinterlassen und laufen weniger Gefahr, entdeckt zu werden.«

Arátanés Augen verengten sich ein wenig.

»Ach, und wenn das Zeug nicht richtig wirkt? Wir es falsch dosieren oder der Typ aufwacht und sofort Alarm schlägt?«

»Wir erregen eher Aufmerksamkeit, wenn wir einen riesigen Blutfleck und eine Leiche hinterlassen. Komm, lass es mich versuchen.«

Sinphyria konnte den Widerwillen ihrer Freundin quasi spüren. Doch diese widersprach nicht weiter und kramte den kleinen Beutel mit der Aufschrift Schlafpulver aus ihrer Brusttasche. Sinphyria prüfte noch einmal, ob der Stoff über ihrer Nase gut saß. Dann warf sie einen prüfenden Blick in die Umgebung.

»Ich warne dich, wenn jemand kommt«, raunte Arátané ihr ins Ohr.

Sinphyria nickte und schlich auf die Wache zu.

Sie hielt sich gebeugt in den Schatten der Wände und achtete darauf, dass auf dem Boden nichts lag, das ein Geräusch erzeugen konnte, wenn sie dagegentrat.

Das Töten gehörte zu ihrer Tätigkeit dazu. Sinphyria machte es keinen besonderen Spaß, doch es war ein Mittel zum Zweck in genau solchen Situationen. Aber es war eben auch dreckig und konnte laut werden. Das Schlafpulver hatten sie übrig. Kurz überlegte sie, den ganzen Beutel zu benutzen, aber besann sich dann eines Besseren. Was, wenn sie später noch auf eine größere Menge Wachen treffen würden?

Da konnte Schlafpulver sicher nicht schaden. Vorsichtig nahm Sinphyria eine großzügige Prise Schlafpulver zwischen die Finger. Sie hatte es nun geschafft, sich im Schatten der Wände direkt hinter den Mann zu schleichen. Seitlich trat sie an ihn heran (er schlief ja sowieso gerade und sah sie daher nicht kommen) und warf ihm das Pulver ins Gesicht.

Mit einem tiefen Schnarcher sog die Wache das Pulver in die Nase. Sinphyria hielt die Luft an. Der Kopf des Mannes sank zu seiner Brust und es schien, als würde er einfach tiefer in seinen Schlaf sinken. Doch gerade, als Sinphyria aufatmen wollte, hob er den Kopf und nieste.

Violett gefärbter Schnodder verteilte sich auf seiner Hose, während sein Körper nach vorn geschleudert wurde.

Sinphyria zögerte nicht länger. Sie machte einen Satz nach vorne, packte die Haare des Mannes mit der linken Hand und schnitt ihm mit der rechten die Kehle durch. Blut spritzte aus der offenen Wunde und ein tiefes Gurgeln erklang, als das Blut in die Lungen des Mannes strömte.

Sinphyria trat einen Schritt zurück und wischte den Dolch kurz an ihrer Hose ab. Der Mann sackte zur Seite.

Schnell trat sie einen Schritt zurück und fing ihn auf.

Das Mondlicht schien hinab auf das blasse Gesicht des Mannes, dessen weit aufgerissene Augen langsam an Ausdruck verloren. Arátané kam aus der Dunkelheit auf sie zu, ebenso vorsichtig wie Sinphyria zuvor.

Gemeinsam hievten sie den Mann von seinem Stuhl und zogen ihn in Richtung einer Ansammlung von Kisten, die in einigen Metern Entfernung neben der Tür stand.

Hinter den Kisten würde er vielleicht etwas länger unentdeckt bleiben. Das Blut konnte man durch den Schatten der Mauer nicht von Weitem erkennen.

Dennoch versuchte Sinphyria, die Lache, die sich inzwischen gebildet hatte, mit etwas Sand aus dem Innenhof zu verdecken.

Arátané sagte nichts. Sie verurteilte Sinphyrias gescheiterten Versuch nicht, aber Sin konnte spüren, dass sie ihn missbilligte. Vielleicht sogar als Zögern deutete, das wieder mit Athron zu tun haben könnte. Aber dieses Mal hatte Sinphyria wirklich nur den Zweck im Blick gehabt. Hoffentlich kamen sie mit einem Toten aus.

Ohne ein Wort miteinander zu wechseln, ließen Sinphyria und Arátané den Toten zurück und betraten durch die offene Tür wiederum einen dunklen Gang.

Nun gab es laut dem Auftraggeber keine Wachen mehr, die sie aufhalten konnten. Nur noch Fallen. Durch die Karte wussten Arátané und Sinphyria genau, wo sich die Fallen befanden. Ein Problem weniger.

Arátané übernahm wieder die Führung. Der Gang, den sie durchquerten, war fenster- und türenlos und keinerlei Verzierungen oder Gemälde befanden sich an den Wänden. Bloß schwach leuchtende Fackeln erhellten mäßig alle paar Meter den Weg. In ihrem Schein konnte Sinphyria am Ende des Ganges eine schlichte Holztür erkennen.

Als sie diese erreichten, konnte Arátané einfach die Klinke herunterdrücken. Sie betraten einen Raum, der ebenfalls keine

Fenster besaß und von dem keine weiteren Türen wegführten. Hier sah es eher aus wie in einem herrschaftlichen Schlafzimmer, denn wie der Eingang zu einer Schatzkammer. Die Wände waren bunt tapeziert – rechts violett, geradeaus blau, links von ihnen grün und die Wand mit der Eingangstür gelb – und es standen ein Bett, ein Sofa und ein großer Kleiderschrank darin. Wäre der Raum Teil eines Schlosses oder einer Burg, wäre es nicht ungewöhnlich gewesen. Hier im Norden war es durchaus üblich, dass Grafen und Fürsten direkt über den Eingängen zu ihren Schatzkammern schliefen. Als wären sie selbst die besten Bewacher, die es dafür geben könnte.

Allerdings war das hier eine namenlose Festung, die keinem Fürsten gehörte. Sie war eine militärische Anlage, vermutlich im Besitz des Königs.

»Was hat der Auftraggeber noch mal geschrieben?«, fragte Sinphyria in die Stille hinein und Arátané zuckte wenig begeistert zusammen.

»Ein Schlüssel dort, wo wir sonst nur knien.«

Verwirrt verzog Sinphyria die Brauen zusammen.

»Was soll das? Bis hierhin hat er oder sie uns perfekte Anweisungen gegeben. Und nun ein Rätsel?«

Obwohl sie sich beschwerte, suchte sie gleichzeitig mit den Augen den Boden ab. Es war klar, dass man nicht auf einem Stuhl oder Sofa kniete. Es sei denn, man tat etwas eher Unsittliches. Bei dem Gedanken musste Sinphyria grinsen.

»Es ist ein ziemlich offensichtliches Rätsel«, meinte Arátané in abfälligem Tonfall. Sie stand vor dem Bett und starrte auf den Boden zu ihren Füßen. Als Sinphyria ihrem Blick folgte, sah sie auf einer Fliese ein kleines, gelbes Symbol, das einen Schlüssel darstellte. In seiner Mitte befand sich ein Schloss.

»Ich hatte beim Knien zwar an etwas anderes gedacht als an ein Gebet, aber gut ...«, konnte Sinphyria sich nicht verkneifen. Selbst in der Dunkelheit des Zimmers konnte Sinphyria erkennen, dass Arátané die Augen verdrehte.

Ohne einen Kommentar zog Arátané an ihrem Schlüsselbund und schob kurz darauf einen kleinen Schlüssel in das Schloss. Sobald sie ihn herumgedreht hatte, begann sich der Boden zu beben.

»Scheiße«, schaffte Sinphyria gerade noch zu sagen, dann verlor sie plötzlich den Halt unter den Füßen. Mühsam versuchte sie, einen Schrei zu unterdrücken, während sie in die Tiefe stürzte. Alles in ihr verkrampfte sich, doch bevor sie nach unten blicken konnte, prallte sie mit den Beinen voran auf die Oberfläche eines Gewässers. Der Schwung des Falls drückte sie hinab.

Das Wasser schlug über ihr zusammen, es war, als würde ein schweres Gewicht an ihren Fußgelenken ziehen. Mit aller Kraft versuchte Sinphyria, gegen die Massen des Wassers anzukämpfen, die sie nach unten drückten. Doch es half nichts. Sie konnte sich nicht wehren. Ihre einzige Chance war es, abzuwarten, bis das Wasser sie freiließ.

Sofort durchdrang das Wasser Sinphyrias Kleidung, sie spürte die Kälte an Zehen, Fingern, im Gesicht. Dann kroch sie durch ihren ganzen Körper. Plötzlich war sie froh, keine schwere Rüstung zu tragen. Um sie herum war so dunkel, dass sie nichts sehen konnte. Nur schemenhaft nahm sie aus den Augenwinkeln wahr, dass sich etwas in einiger Entfernung bewegte. Sie betete, dass es Arátané war.

Die Luft schwand allmählich aus Sinphyrias Lungen.

Auf einmal berührten ihre Füße ein Stück Boden. Ein Funken Hoffnung keimte in ihr auf und sie sammelte ihre letzten Kraftreserven, um sich abzustoßen. Die rettende Wasseroberfläche war in der Dunkelheit nicht auszumachen und sie spürte Panik in sich aufsteigen.

Aber sie bewegte ihre Arme weiter, versuchte, so gut wie möglich, das Brennen in ihrer Brust zu ignorieren. Schließlich konnte Sinphyria es nicht länger zurückhalten, sie gab den letzten Sauerstoff aus ihren Lungen an das Wasser ab. Unzählige Luftblasen tanzten vor ihr und Wasser gelangte in Mund und Nase.

Doch der Schwung ihrer Arme hatte gereicht. Keuchend nach Luft schnappend brach Sinphyria durch die Wasseroberfläche. Dunkle Flecken blitzten vor ihren Augen auf. Sinphyria keuchte und hustete.

»Sin! Hier!«, rief Arátané, deren Stimme so besorgt klang, wie Sinphyria es lang nicht mehr gehört hatte. Sin schüttelte sich und fuhr sich schwer atmend über das Gesicht.

Als ihre Atmung sich endlich etwas beruhigt hatte, blickte Sinphyria sich um, während sie ununterbrochen Schwimmbewegungen machte, um an der Oberfläche zu bleiben. Arátané hatte es bereits auf festen Grund zurückgeschafft und winkte in ihre Richtung. Sinphyria schwamm auf ihre Freundin zu, die ihr die Hand entgegenstreckte. Mit einem kräftigen Ruck zog Arátané Sinphyria aus dem Wasser, die sich an einer steinernen Kante abstoßen konnte. Offenbar waren sie in eine Art Becken gefallen.

Arátané war ebenfalls klitschnass, woraus Sinphyria schloss, dass sie ebenfalls in das Becken gestürzt war. Über ihren Köpfen befand sich ein klaffendes Loch, wo vorher der Boden des Raumes gewesen war. Die Möbelstücke hatte es allerdings nicht mit in die Tiefe gerissen.

»Hätte ... das nicht ... auch in den Aufzeichnungen stehen können?«, keuchte Sinphyria, während sie auf dem steinernen Boden saß und keuchend nach Luft schnappte.

Arátané zuckte wortlos mit den Schultern.

Sinphyria konnte sie manchmal verdammen für ihre wortkarge Art. Doch anstatt sich jetzt darüber zu ärgern, atmete sie gezielt tief ein und aus, um ihr wie verrückt schlagendes Herz zu beruhigen und die dunklen Sterne vor ihren Augen zu vertreiben.

»Was ist mit unseren Sachen?«

Arátané antwortete erst nicht. Dann hörte Sinphyria ein leises Tropfen und als sie vorsichtig die Augen öffnete, sah sie ein klägliches Stück Pergament in ihrem Blickfeld schweben. In dem

Wissen, dass das ihr Ende bedeuten konnte, schloss Sinphyria die Augen wieder.

»Die Karte. Ausgerechnet die hat's natürlich nicht überlebt! Verfluchtes Pergament!«, schimpfte sie und schlug sich die Hand an die Stirn.

»Müssen wir's eben ohne versuchen«, murmelte Arátané. Zwar hatten die beiden vor dem Auftrag versucht, sich die Karte bis ins kleinste Detail einzuprägen. Doch Sinphyria hatte kein sehr gutes Gedächtnis, besonders, wenn es um räumliche Vorstellung ging. Außerdem war sie sich nach dem brechenden Boden, vor dem sie nicht gewarnt worden waren, nicht mehr sicher, ob die Informationen des Auftraggebers wirklich vollkommen richtig waren.

»Komm, steh auf. Für Selbstmitleid bleibt keine Zeit.«

Ausnahmsweise musste Sinphyria ihrer Freundin recht geben, und so rollte sie sich auf die Seite und stemmte sich in die Höhe.

Erst jetzt kam sie dazu, ihre Waffen zu überprüfen. Alle waren noch da. Wenigstens etwas.

»Alles andere ist ebenfalls noch da«, sagte Arátané in diesem Moment, als hätte sie Sinphyrias Gedanken gelesen. »Müssen uns nur an den Zweck erinnern.«

»Und die Fallen umgehen.«

»Richtig.«

»Ein Kinderspiel also«, sagte Sinphyria mit spöttischem Unterton. Nun, da sie sich weiter auf den Weg machen wollten, musterte Sinphyria ihre Umgebung etwas genauer. Sie befanden sich in einem Raum mit hoher Decke, dessen Wände gänzlich schwarz und glatt waren.

Ungefähr in der Mitte der Wände, ein Stück über ihren Köpfen, gerade so, dass sie ihn nicht berühren konnten, hatte man einen schmalen Streifen leuchtender Steine eingelassen.

»Mondsteine«, murmelte Sinphyria fasziniert und ihre Stimme hallte in der Dunkelheit. Die Mondsteine erleuchteten den Raum schwach, waren aber nicht hell genug gewesen, um

Sinphyria unter Wasser beim Sehen zu helfen. Sie führten wie ein Pfad an der Wang entlang, und als die beiden Frauen diesem Weg folgten, gelangten sie zu einer Art Bogen, der in den Stein eingelassen war.

Das Becken lag nun einige Meter hinter ihnen.

Arátané und Sinphyria warfen sich in dem schummrigen Licht der Steine bedeutsame Blicke zu. Was würde sie hinter diesem Bogen erwarten?

Arátané ging wieder vor. Konzentriert versuchte Sinphyria sich daran zu erinnern, welche Falle sie als Erstes hätten beachten sollen. Arátané verharrte kurz vor dem Torbogen und ließ den Blick von links nach rechts wandern.

Dahinter erstreckte sich ein Raum, der erneut von dem orangefarbenen Flackern diverser Fackeln erhellt wurde.

»Ich glaube, dass der nächste Raum nicht so einfach betreten werden darf«, sagte Arátané leise. Zwar hatte der Auftraggeber behauptet, dass es keine weiteren Wachen mehr geben würde. Doch was war mit Fallen?

»Noch eine Falltür?«, fragte Sinphyria und versuchte, an Arátané vorbei einen Blick in den Raum zu erhaschen. Arátané schüttelte den Kopf.

»Wenn ich mich recht erinnere, sollen hier Giftpfeile aus den Wänden schießen, falls wir auf die falschen Fliesen treten.«

»Und die richtigen Fliesen hast du dir vermutlich nicht genau gemerkt?«

»Ich bin mir nicht sicher genug ... Was ist mir dir?«

Sinphyria lachte kurz, wobei ihr gerade mehr nach Heulen war.

»Vielleicht kannst du versuchen, den Mechanismus mit einem Wurfmesser auszulösen«, schlug Arátané vor.

Eine ihrer Waffen opfern zu müssen, gefiel Sinphyria nicht besonders, aber vielleicht würde sie in der Schatzkammer ja noch einen guten Ersatz finden. Zumindest ging sie davon aus, dass sie nicht nur nach einem leeren Raum mit einer einzigen Scheibe drin suchten. Außerdem – was war schon ein Wurfmesser gegen den Erfolg dieses Auftrags? Von dem Gewinn würde sicher noch mehr übrigbleiben, als das Geld für einen Menschfalken.

Sinphyria zog ein Wurfmesser aus ihrer Tasche und machte vorsichtig einen Schritt in Richtung des nächsten Raumes. Nun sah sie die kleine Kammer genauer, die über und über mit braunem Stein gefliest worden war. An der gegenüberliegenden Seite befand sich ein weiterer Torbogen. Sinphyria legte das Messer auf den Boden und ließ es mit einer schwungvollen Bewegung quer in den Raum rutschen. Das metallene Klirren der Klinge, die über den Stein schlitterte, ließ einen Schauer über ihren Nacken fahren. Doch nichts geschah. »Zu wenig Gewicht«, vermutete sie ein wenig enttäuscht.

Statt einer Antwort nickte Arátané nur. Sinphyria beobachtete ihre Freundin dabei, wie diese sich auf die Unterlippe biss, bis alle Farbe daraus gewichen war und fieberhaft die Fliesen vor sich fixierte.

»Ich werde es versuchen«, murmelte sie dann. Sinphyria ballte die Hand zur Faust. Sofort begann ihr Herz höher zu schlagen und ihr wurde auf einen Schlag unfassbar heiß, obwohl sie immer noch bis auf die Knochen durchnässt war. Mit einem flauen Gefühl im Magen warf sie einen Blick zu den Wänden. Sie waren nicht bearbeitet worden, sondern bestanden stattdessen aus dem gleichen rauen Gestein, wie der erste Raum. Das ganze Gestein wirkte porös. So konnte Sinphyria nur erahnen, aus welchen Löchern die Giftpfeile schießen würden. Beide Frauen mussten sich wohl oder übel auf Arátanés Gedächtnis verlassen.

Arátané atmete so tief durch, dass Sinphyria die Bewegung ihrer Brust deutlich sehen konnte.

Dann trat sie direkt vor die Fliesen. Den Rücken Sinphyria zugewandt, sagte sie mit kaum geöffneten Lippen: »Bleib dicht bei mir.«

»Ich bin dir direkt auf den Fersen.«

Zwar wusste Sinphyria, dass Arátané Berührung nicht ausstehen konnte. Dennoch streckte Sin in diesem Moment die Hand nach der ihrer Freundin aus und drückte sie kurz.

Dann machte Arátané den ersten Schritt.

Das Herz blieb Sinphyria in der Brust stehen, jedes Mal, wenn Arátané eine neue Fliese betrat. Penibel versuchte sie darauf zu achten, immer ganz genau auf die Fliese zu treten, die auch Arátané benutzt hatte – wenn auch nur ein Millimeter ihres Fußes auf einer benachbarten Fliese landete, konnte es die Falle auslösen.

Sinphyria spürte, wie sie an Schläfen und Händen allmählich zu schwitzen begann. Jede Faser ihres Körpers war angespannt. Zwar versuchte sie, die Spannung auf jeder sicheren Fliese einmal zu lösen, konnte zu viel Spannung doch dafür sorgen, dass ihre Bewegungen weniger leicht, weniger präzise wurden. Doch die Unsicherheit, ob Arátané sich an die richtigen Fliesen erinnern würde, lastete zu schwer auf ihr.

Ungefähr bis zur Mitte des Raumes hatten die beiden Frauen es nun geschafft. Arátané war immer noch dicht vor Sinphyria. Allerdings ließ Sin stets eine Fliese Platz zwischen ihnen, damit sich ihre Bewegungen nicht gegenseitig behinderten.

Arátané richtete sich auf und blickte langsam von links nach rechts. Bisher hatte sie nicht so lange überlegt, sondern war zielsicher zum nächsten Punkt gesprungen. »Was ist?«, fragte Sinphyria daher.

»Ich bin mir nicht mehr sicher, welche Fliese als nächstes kommt.«

Sinphyrias Magen verkrampfte sich. Mit klopfendem Herzen wartete sie darauf, dass Arátané etwas sagte.

»Du schaffst das. Bisher ist alles gut gegangen. Also schließ die Augen und versuch dir die Karte in Erinnerung zu rufen. Ich vertraue dir.«

»Sei still«, zischte Arátané scharf und ohne sich zu Sin umzudrehen.

Sie hätte wissen müssen, dass Arátané nicht der Typ für Zuspruch in einer solchen Situation war.

Sinphyria hörte Arátané laut ausatmen und ging leicht in die Knie, um sich schnell in Sicherheit bringen zu können, falls sich Arátané für die falsche Fliese entscheiden würde.

Dann ging Arátané einen Schritt vorwärts.

Sinphyria blieb das Herz in der Brust stehen.

Sie wartete auf ein leises Zischen, das einen aus der Wand schießenden Pfeil ankündigen würde, doch sie harrte mehrere Herzschläge aus und es geschah nichts.

Ein paar weitere Sekunden verblieben sie noch stockstill. Dann richtete Sinphyria sich als erstes wieder auf und schüttelte Arme und Beine.

»Siehst du. Ich wusste, dass du es kannst.«

Erleichtert setzte sie den Fuß auf die nächste Fliese. Plötzlich versackte ihr Fuß im Boden.

»Scheiße!«

»Was?«

Arátané drehte sich hastig zu Sinphyria um. Die Angst stand in ihren Augen.

Sinphyria überlegte keinen Moment länger. Ohne auf die anderen Fliesen zu achten, machte sie einen Satz nach vorne und stieß Arátané so kräftig gegen den Rücken, dass diese vornüberfiel. Hinter Sinphyria ertönte ein zurrendes Geräusch, ähnlich dem der Sehne einer Armbrust, aus der sich ein Bolzen löste. Doch die Gefahr war nicht gebannt. Aus weiteren Löchern in den Wänden schossen scharfe Pfeile. Auf verschiedenen Höhen und auch an Stellen, die Arátané und Sinphyria bereits überwunden hatten.

Schnell versuchte Sinphyria in Richtung Ausgang zu hasten, doch sie hörte Arátané brüllen: »Pass auf!«

Ein kurzer Blick zur Seite zeigte, dass sich gerade die Spitze eines Pfeils rechts von ihr aus der Wand löste.

Hastig warf Sinphyria sich auf den Bauch. Der Pfeil war so nah, dass sie den Windhauch in ihrem nassen Haar spürte, als er vorbeischoss.

Doch sie hatte keine Zeit, sich auszuruhen.

»Spring nach vorne rechts!«, rief Arátané.

Sie musste es in Sicherheit geschafft haben, wenn sie Sinphyria schon Anweisungen geben konnte.

Eben diesen folgte Sinphyria mit einem schnellen Sprung vorwärts. Nun konnte sie Arátané im Torbogen des nächsten Raumes stehen sehen. »Vorwärts! Runter!«

Sinphyria sprang geduckt, drückte die Handflächen auf den Boden, stieß sich in eine Rolle vorwärts und schaffte es gerade noch, ihre Füße auf den Boden vor dem Torbogen zu stellen, bevor hinter ihr ein weiterer Giftpfeil entlangsauste. Schnell rettete Sinphyria sich in den nächsten Raum. Sie spürte, wie Arátané nach ihrem Arm griff und sie zur Seite zog.

»Was sollte das verdammt?«

Sinphyria versuchte noch nach Atem zu ringen, wischte sich mit dem Handrücken den Schweiß von der Stirn.

Dann lehnte sie sich rücklings gegen die nächste Wand.

»Ich wollte eben für ein bisschen Spannung sorgen. Wäre doch langweilig, wenn alles einfach so klappen würde.«

Arátané zeigte nicht einmal die Spur eines Lachens.

Sie zog die Augenbrauen zusammen und deutete mit dem Zeigefinger bedrohlich in Richtung von Sinphyrias Gesicht.

»Konzentrier dich. Noch so ein dummer Fehler und ...«

»Ja, ja.«

Sinphyria drückte sich von der Wand ab, schob Arátanés Zeigefinger beiseite und begann sich kurz zu schütteln. Dann stieß sie einmal kräftig ihren Atem aus. Das beruhigte sie, sodass sie den Raum näher betrachten konnte, der nun vor ihnen lag.

»Was kommt als Nächstes?«, fragte Sinphyria, ohne Arátané anzusehen.

»Giftpfeile.«

»Originell.«

Sinphyria setzte ein Grinsen auf und zwinkerte Arátané aufmunternd zu. Diese verdrehte nur genervt die Augen und führte sie tiefer in das Innere der Festung. Wenn sie auf einem Auftrag waren, verlor Arátané wirklich das letzte Bisschen Humor, dass sie noch besaß.

Sie überwanden aus der Decke brechende Brocken und Arátané wurde in einer Schlinge gefangen, an der sie kopfunter über dem Boden baumelte. Nach einer Treppe, deren Stufen so absanken, dass Sinphyrias und Arátanés Füße darin steckenblieben und sie sich nur mithilfe eines Mechanismus befreien konnten, den Sinphyria mit einem Wurfmesser treffen musste, mündete ihr Weg in einer großen Höhle. Zwar waren deren Wände noch zu erkennen, doch sie lagen in unerreichbarer Ferne.

In einer Entfernung, die unmöglich zu überwinden war, konnte man ein Plateau erkennen, in dessen Mitte sich eine Art Podest befand.

Ein Lichtschein, dessen Quelle sich nicht ausmachen ließ, fiel auf das Podest hinab und beleuchtete eine glänzende, goldene Scheibe.

»Fast geschafft!«, rief Sinphyria aufgeregt und machte einen Schritt nach vorne. »Das muss die Scheibe sein!«

»Halt!«, fuhr Arátané sie scharf an und hielt sie am Arm fest. »Vorsicht! Ich glaube, ich erinnere mich an diesen Raum.«

Zu Sinphyrias Überraschung ging Arátané nicht weiter in den Raum hinein, sondern machte kehrt. Sinphyria folgte ihr.

Planlos stand sie im Eingang zu der Höhle und beobachtete, wie Arátané mit grübelndem Gesichtsausdruck begann, den Raum abzusuchen. »Wonach suchst du?«, fragte sie.

»Erinnerst du dich etwa nicht? ›Geht nicht in den letzten Raum, er ist eine Illusion. Es muss einen Hinweis im Raum davor geben‹«, zitierte Arátané aus den Aufzeichnungen. »Ich kann mich an den Hinweis allerdings nicht mehr erinnern. Und die Anweisungen sind mit der Karte verloren gegangen.«

»Dass unser toller Auftraggeber uns kein wasserfestes Papier mitgegeben hat, finde ich immer noch seltsam. Alles hat er doch gewusst, wie kann es sein, dass er das Wasser nicht eingeplant hat?«

Sinphyria begann trotz ihres nörgelnden Monologs, das Treppenhaus, aus dem sie kamen, nach einem Mechanismus oder Ähnlichem abzusuchen. Nach irgendetwas, das ihnen einen Weg zu der Scheibe aufzeigen würde.

Das Treppenhaus passte nicht zu dem Rest der Festung. Es war mit einer rosafarbenen Tapete ausgestattet worden, die es sonst nur in besonders herrschaftlichen Gebäuden gab. Die Treppe mit den absinkenden Stufen war aus dunklem Holz, das beinahe schwarz wirkte. Am Fuße der Treppe, an dem sich Arátané und Sinphyria gerade aufhielten, befand sich ein kleiner Vorraum, indem sie sich kaum bewegen konnten, ohne gegeneinander zu stoßen.

Der Eingang zu der Höhle lag rechts von ihnen.

»Vielleicht hat es ja etwas mit dem Wasser zu tun«, vermutete Arátané und kratzte sich nachdenklich am Kopf. »Vielleicht ändert sich ständig das Element, das die Falltür beschützt. Das wäre eine weitere Schwierigkeit, die man zu bewältigen hat. Und dann hätte der Auftraggeber uns gewarnt.«

Spöttisch lachte Sinphyria auf und verschränkte die Arme.

»Ach, du meinst: ›Jederzeit kann sich etwas ändern, dies ist keine normale Festung‹ reicht als Hinweis?«

Aber bevor Arátané etwas darauf erwidern konnte, entdeckte Sinphyria eine seltsame Stelle an der Tapete des Treppenhauses. Es sah so aus, als würde dort Wasser durchsickern.

»Schau dir das an«, murmelte sie und beugte sich zu der Stelle hinab. Vorsichtig streckte sie die Finger aus und löste die feuchte Stelle.

Die gesamte Tapete schien ihr entgegenzukommen und sie versuchte, das reißende Papier mit einer ausladenden Bewegung von sich und Arátané fernzuhalten. Dahinter kam eine Tür zum

Vorschein, die Sinphyria nur bis zum Kinn reichte. Arátané holte nun den Schlüsselbund des Wärters hervor, den sie ausgeschaltet hatten. Sie probierte ein paar der Schlüssel. Als einer zu passen schien, hielt die Anspannung Sinphyria fest im Griff. Ihre Hand verkrampfte sich um den Griff ihres Dolches. Dann stieß Arátané die Tür auf.
Dahinter bot sich ihnen ein beeindruckender Anblick. Ohne jeden Zweifel hatten sie die Schatzkammer entdeckt. Berge an Gold und Edelsteinen türmten sich an den Wänden. Es waren so viele Münzen, dass man sich nicht einmal die Mühe gemacht hatte, sie alle in Truhen zu verpacken. Wahllos lagen sie auf dem Boden, nahezu achtlos zusammengekehrt. Dazwischen gab es immer wieder Podeste mit Einzelstücken, Rüstungsteilen, Schmuckstücken oder wertvollen Stoffen, die man mittels Podesten oder schmuckvollen Kissen besonders in Szene gesetzt hatte.

Mit offenen Mündern betraten Arátané und Sinphyria die Kammer. Der Raum war rund und sehr hoch, vier oder fünf Meter vielleicht. Es machte fast den Anschein, als befänden sie sich in einem Turm.

Arátané fing sich als erste. Sie schüttelte den Kopf und warf einen eindringlichen Blick zu Sinphyria hinüber.

»Du darfst nichts anderes anfassen, als das, weswegen wir hier sind, hörst du?«

Ein Feuer des Widerstandes loderte in Sinphyrias Augen auf.

»Arátané. Mit nur einer Handvoll von diesen Goldstücken könnte ich den Menschfalken bezahlen und gleich noch einen Suchtrupp, um ihn hinter meinem Vater herzuschicken.«

Arátané fuhr plötzlich herum und packte die Schultern ihrer Freundin.

»Du darfst *nichts* außer der Scheibe berühren, hast du verstanden? Das waren klare Worte des Auftraggebers. Nachdem, was uns in dieser Festung alles widerfahren ist, könnte das sonst was auslösen. Du wirst genug Gold von ihm bekommen, wenn wir den Auftrag erfüllen, hörst du?«

Mit einem Ruck riss Sinphyria sich los und wandte sich der Schatzkammer zu. »Klar. Wir konnten uns ja bisher so gut auf die Anweisungen des Auftraggebers verlassen«, spottete sie, schlug sich den Gedanken, sich an dem Gold zu bedienen, aber dennoch aus dem Kopf. Wahrscheinlich hatte Arátané recht.

Die Schätze schienen kein Ende zu nehmen, doch nichts sah annähernd aus wie die Scheibe der Macht.

»Wir suchen nach einer schlichten, runden Scheibe aus Eisen«, murmelte Arátané leise vor sich hin.

»Sollte unter dem ganzen Glitzerzeug hier eigentlich nicht schwer zu finden sein.«

Doch mehrfach umrundeten beide Frauen die Schatzkammer und trafen sich jedes Mal wieder ratlos dort, wo sie begonnen hatten.

»Verdammt!«, fluchte Arátané, »ich muss mich erinnern, was in den Aufzeichnungen stand!«

Und dann, nach einem Moment des murmelnden Überlegens, sagte Sinphyria: »War das Ding nicht im Boden? Wir haben doch etwas bekommen, mit dem wir Glas auflösen können?«

Arátané sah Sinphyria an, als hätte diese zum ersten Mal in ihrem Leben etwas Schlaues gesagt.

»Das hättest du wohl nicht erwartet«, vermutete Sin dementsprechend und setzte ein verschmitztes Lächeln auf, das Arátané mit kaum erhobenen Mundwinkeln erwiderte. Immerhin.

»Dann lass uns den Boden absuchen.«

Das taten sie. Tatsächlich stießen sie nach kurzer Zeit auf eine schimmernde Bodenplatte aus Glas, unter der eine eiserne Scheibe lag. Auf einmal hörten sie weit entfernte Geräusche, die verdächtig nach Schritten klangen. Dumpfe Stimmen ertönten.

»Scheiße«, fluchte Sinphyria, während Arátané hektisch in ihrer Tasche nach dem Elixier zu suchen schien. Sinphyria versuchte unterdessen, einen guten Fluchtweg zu finden.

An der Decke hing ein Haken, an dem sie vielleicht eines der Seile befestigen konnten. Eine pompöse Lampe hing daran, ihre Kerzen leuchteten hell.

»Verdammter Mist!«, fluchte Arátané und hektisch drehte Sinphyria sich zu ihr. »Ich habe mir die Flüssigkeit über den verdammten Finger gekippt! Scheiße, das brennt wie Feuer!«

Besorgt betrachtete Sinphyria einen Moment lang Arátanés Verletzung, ein stecknadelkopfgroßes, kreisrundes Loch, das sich durch ihren Handschuh in die Fingerkuppe gefressen hatte.

Die Haut darunter glänzte rot. »Verdammt. Aber wir haben keine Zeit, uns darum zu kümmern.«

Sinphyria warf einen Blick auf die gläserne Fliese, deren Enden sich langsam unter dem Einfluss der Flüssigkeit auflösten. Darunter kam die eiserne Scheibe zum Vorschein. Arátané zog ein Tuch aus ihrem Beutel und wickelte die Scheibe vorsichtig darin ein. Dann steckte sie das Objekt in den Beutel.

»Ist die Scheibe sicher?«, fragte Sinphyria und Arátané nickte. »Gut. Ich habe einen Plan, wie wir hier rauskommen.«

Eilig packte Sinphyria das Seil. Sie wies Arátané an, sich irgendwo zwischen den Schätzen zu verstecken. Dann nahm sie den Beutel Schlafpulver in die Hand, den sie immer noch bei sich trug. Das, was davon übrig war zumindest. Sinphyria knüpfte eine Schlinge, die Stimmen und Schritte waren nun verdammt nah. Sie warf die Schlinge, traf auf Anhieb den Haken mit der bunten Lampe und zog sich kurz darauf in die Höhe. Zitternd klammerte Sinphyria sich an dem Haken fest und löste die Schlinge. Er war groß genug, dass sie sich wie auf den Ast eines Baumes hinaufhieven konnte. Zwei bis drei Meter unter ihr lag nun die Kammer. Fest umklammerte sie den Beutel.

Durch den Eingang der Schatzkammer stürmte eine Gruppe von fünf Männern. Sie wurden angeführt von Kathanter Irius. Unter ihnen war auch Athron Burkental.

In Sinphyrias Magengrube zog sich ein fester Knoten zusammen. Das war die wohl beschissenste Konstellation, die ihr bei diesem Auftrag hatte in die Quere kommen können.

»Wo sind sie?! Sucht, Männer!«, brüllte Irius und die Gruppe an Wächtern strömte mit gezückten Waffen in das Innere der Schatzkammer. Mit angsterfüllt klopfendem Herzen wartete Sinphyria, bis drei der fünf Männer sich ungefähr unter ihr befanden. Zum Glück kam niemand auf die Idee, nach oben zu schauen. Sinphyria blickte hinab auf den braunen Haarschopf Athrons. Es gefiel ihr verdammt noch mal nicht, ihn mit dem Schlafpulver abzuwerfen. Alarmiert waren die Wachen ja jetzt schon und sollte sie es falsch dosieren, dann musste sie ihn eben ... ausschalten. Auch, wenn sie das lieber vermeiden wollte. Doch das hier war ein Auftrag und ihr Leben, die Bezahlung und damit ihr Vater waren ihr wichtiger als dieser Soldat, den sie erst seit so kurzer Zeit kannte. Tiefgründige Gespräche, guter Sex und Nähebedürfnis hin oder her.

Ohne einen weiteren Moment zu zögern, öffnete sie den Beutel und schleuderte ihn mit all ihrer Kraft auf die Wachen. Bloß Augenblicke später breitete sich purpurfarbener Rauch aus, der langsam in die Höhe kroch. Verwirrt und aufgeregt brüllten die Soldaten durcheinander.

Sinphyria prüfte, ob der Stoff, der ihren Mund bedeckte, richtig saß. Laut Auftraggeber sollte er sie vor der Wirkung des Schlafpulvers schützen. Anschließend ließ sie sich fallen. Sie landete direkt neben den Soldaten, die einer nach dem anderen langsam zu Boden kippten. Einer der Männer begann sofort zu schnarchen.

Sinphyria konnte nicht anders, als Athron einen kurzen Blick zuzuwerfen. Der Soldat versuchte mühsam, aufrecht stehenzubleiben, doch er wankte und fiel auf die Knie. Mit einer langsamen, trägen Bewegung hob er den Kopf und blickte Sinphyria direkt in die Augen.

»Sin...phyria?« Seine Augen weiteten sich, doch da kippte er auch schon nach vorne. Auf dem Boden liegend, begann seine Brust, sich langsam zu heben und zu senken. Sin stolperte, fing sich aber und rannte in Richtung Ausgang. Ein mulmiges Gefühl der Schuld breitete sich in ihrem Magen aus, drückte gegen ihre Eingeweide. Sinphyria verkrampfte die rechte Hand zur Faust. Obwohl er nur ihre Augen gesehen hatte, hatte Athron sie erkannt. Aus irgendeinem Grund brach ihr Herz dadurch noch ein Stückchen mehr. Doch sie hatte keine Zeit, sich weitere Gedanken um Athron zu machen.

In diesem Moment hörte sie Arátané brüllen. Das Klirren von aufeinandertreffenden Schwertern ertönte. Hektisch drehte Sinphyria sich um und sah, dass Arátané mit einem Mann kämpfte, umgeben von den anderen Wachen, die auf dem Boden lagen und schliefen.

»Scheiße ...«, murmelte Sinphyria und eilte in die Richtung ihrer Freundin, um ihr beiseitezustehen. Doch als sie erkannte, mit wem Arátané dort kämpfte, gefror ihr das Blut in den Adern.

Kathanter Irius.

Sinphyrias Herz schlug augenblicklich schneller, panischer. Sie duckte sich hinter einen Berg aus Gold und betete, dass Irius sie nicht entdeckt hatte. So hatten sie wenigstens noch den Moment der Überraschung in der Hinterhand. Sinphyria versuchte, einen einfachen, schnellen Ausweg zu finden. Mit einem Wurfmesser konnte sie Arátané zu leicht verletzen. Vom Schlafpulver war nichts mehr übrig und offenbar hatte Irius sich zu schnell Mund und Nase bedeckt. Oder er war aufgrund irgendwelcher seltsamen Umstände immun. Der Typ war wahrscheinlich für jeglichen Fluchzauber zu zäh.

Auf einen Zweikampf konnten sie sich nicht einlassen und ein tödlicher Dolchstoß würde aufgrund von Irius Fähigkeiten wohlmöglich nicht gelingen.

Sinphyria brauchte etwas Besseres. Hektisch sah sie sich in der Schatzkammer um. Irgendetwas Brauchbares, Schweres, musste es hier doch geben ...

Plötzlich kam ihr eine Idee.

Während sie von dem Zweikampf nichts mitbekam außer dem Klirren der Schwerter, suchte sie fieberhaft nach einem Gegenstand, der schwer genug war, um Kathanter zumindest kurzzeitig auszuschalten. Da sah sie in einiger Entfernung einen Stuhl, der komplett aus Gold zu bestehen schien, zu klein für einen ausgewachsenen Menschen, doch größer und vermutlich auch schwerer als jedes andere Objekt in diesem Raum. Darauf bedacht, keine lauten Geräusche zu machen, schlich Sinphyria in Richtung des Stuhls.

Er war schwerer als ein Stuhl aus Holz, jedoch leicht genug, dass sie ihn hochheben und einige Meter weit tragen konnte. Kathanter entwaffnete Arátané in eben diesem Moment und drängte sie rücklings an eine Wand.

»So«, raunte er. Sinphyria konnte nicht erkennen, dass er überhaupt ins Schwitzen geraten war. Aber vermutlich spielte ihre Angst ihr bloß einen Streich. Bevor er noch etwas sagen konnte, hievte Sinphyria den Stuhl in die Höhe und schwang ihn mit voller Kraft gegen Irius Hinterkopf.

Es gab ein dumpfes Geräusch. Sinphyria ließ den Stuhl zu Boden fallen. An den goldenen Rändern der Sitzfläche klebte Blut. Langsam drehte Irius sich um. Er fasste sich an den Hinterkopf, schwankte.

Gespannt wartend machte Sinphyria einen Schritt zurück, zückte ihren Dolch. Kurz sah es so aus, als wollte Irius sein Schwert heben, dann drehten sich seine Augen aufwärts und er fiel schwerfällig auf die Seite.

Sinphyria starrte einige Sekunden wie gebannt hinunter auf den ohnmächtigen Irius.

Sollte sie ihn töten?

Das Leid so vieler Diebe beenden?

»Komm«, sagte Arátané außer Atem und rannte Richtung Ausgang.
Sinphyria nickte, drehte sich um und folgte ihr.
Sie passierten die ausgelösten Fallen, die nun keine Gefahr mehr darstellten, rannten vorbei an der immer noch offenen Grube und landeten wieder in dem Raum mit dem Becken.
»Wie sollen wir hier wieder rauskommen?!«, fragte Sinphyria verzweifelt.
»Die Soldaten! Sie müssen doch irgendwo reingekommen sein!«
Richtig. Die Klappe in der Decke war nicht offen und keiner der Wächter war nass gewesen. Panisch begannen Arátané und Sinphyria, die Wände abzuklopfen.
Kurz darauf gab eine Wand nach.
»Hier! Schnell!«, raunte Sin und winkte Arátané heran.
Hinter der Wand war eine Tür zum Vorschein gekommen, in der man wieder einen der verschiedenen Schlüssel stecken musste. Arátané schaffte es kurz darauf, den richtigen zu finden. Ihre Finger zitterten. Die Scheibe zog mit ihrem schweren Gewicht an ihrem Hals. Sie sollte diesen später anders verstauen, wenn sie mehr Zeit hatten.
Eine Treppe führte sie hinauf in die Festung, wieder in das Schlafzimmer, durch dessen Klappe sie gefallen waren. Sinphyria hatte keine Zeit, einen flapsigen Spruch darüber zu bringen, warum der Auftraggeber von diesem Gang nichts gewusst hatte. Sie zog ihre beiden Dolche und Arátané ihr Schwert. Dann eilten sie aus dem Tor wieder nach draußen.
Ein Surren ertönte plötzlich und kurz darauf steckte ein Pfeil direkt neben Sinphyrias Kopf im Holz des Tors. Sofort rollten Arátané und sie sich zur Seite und suchten Deckung hinter einer Ansammlung an Kisten.
»Da sind sie! Fangt sie!«, brüllte ein Mann und sofort sammelten sich ein paar Krieger schräg gegenüber von Arátané und Sinphyria.

»Was jetzt?«, fragte Sinphyria panisch.

»Wir müssen den Botengang nahe den Ställen erwischen«, antwortete Arátané ebenso aufgeregt und blickte sich suchend um. Dann kramte sie in ihrer Tasche nach einer passenden Flüssigkeit oder einem Pulver. »Es ist nichts mehr übrig, wir haben das letzte Schlafpulver in der Kammer verbraucht«, verkündete sie verzweifelt.

Sinphyria beobachtete über den Rand der Kisten hinweg die Ansammlung an Kriegern. Bisher waren es nur vier, doch es würden sicher bald mehr kommen.

»Ich krieg einen oder zwei mit einem Wurfmesser. Die Ablenkung nutzt du, um vorzupreschen, okay?«

Arátané nickte. Sinphyria folgte ihrem Plan. Wechselte die Waffe und warf eines der Messer. Sie traf einen Wächter, zwar nur am Bein, doch der Mann sackte mit einem Schrei zusammen.

Die anderen drei waren kurz abgelenkt, als sie sich ihrem Kameraden zuwandten, und Arátané nutzte den Moment, um unauffällig weiter zu huschen. Sinphyria warf ein zweites Wurfmesser. Gleichzeitig schoss ein Pfeil in ihre Richtung und streifte ihren Arm. Sie ging sofort wieder in Deckung. Die Wunde brannte, tat aber nicht allzu weh.

»Da ist eine ... was? Hilfe!«

Ein Mann schrie auf. Dann ertönte ein zweiter Todesschrei.

»Sinphyria, schnell!«

Das war Arátanés Stimme. Sin wagte sich aus ihrer Deckung hervor und sah, dass Arátané es geschafft hatte, sich an ihre Gegner anzuschleichen und die zwei übrigen mit einem Hieb ihres Schwertes zu töten.

Der Mann, den Sin ins Bein getroffen hatte, hielt sich die Wunde und schrie nach Verstärkung.

»Los, weiter!«

Sinphyria und Arátané rannten in Richtung der Ställe. Hier roch es streng nach Pferd. Zwei der Tiere warteten ruhig in ihren

Unterständen und kauten auf Heuhalmen, als sei um sie herum nicht das Geringste geschehen.

»Hier, die Tür!«, rief Arátané und entriegelte den Botengang mit einem Handgriff. Er war glücklicherweise nicht extra abgeschlossen worden. Schnell nahmen Sinphyria und Arátané die Beine in die Hand und rannten auf den Waldrand zu. Sie gelangten zu ihren Pferden, die sie hier angebunden hatten. Ohne sich umzusehen, stiegen sie auf und galoppierten in den Schutz des Waldes.

4. Kapitel

GEFANGEN

Hinter sich konnten Arátané und Sinphyria das schwere Rasseln von Ketten hören. Vermutlich wurde das Haupttor gerade für ihre Verfolger geöffnet, während sie durch den Wald zu flüchten versuchten.

Schon bald waren sie umgeben von hohen Laubbäumen mit dichtem Blattwerk. Zu dieser Jahreszeit standen alle Pflanzen in vollem Grün. Arátané kniff die Augen zusammen. Zweige peitschten ihr erbarmungslos ins Gesicht, einigen der größeren Äste musste sie dicht an den Hals ihres Pferdes gedrängt ausweichen. Die Anstrengung, den wilden Galopp zu halten verhinderte, dass sie sich nach Sinphyria umschauen und nachsehen konnte, wie es ihr ging oder um sie vor allzu dicken Ästen zu warnen. Aber Sinphyria würde schon klarkommen. Das tat sie immer.

Mit harschen Rufen trieb Arátané ihr Pferd voran, und dennoch holten ihre Verfolger immer weiter auf. Das Geräusch der galoppierenden Hufe hinter ihr wurde immer lauter.

Sie waren schon viel zu nahe.

»Verdammt! Wir schaffen es nicht!«

Trotz ihrer eigenen Angst konnte Arátané die Panik ihrer Freundin deutlich heraushören.

»Arátané!«, rief Sinphyria keuchend.

Arátané ahnte, was nun kommen würde.

Ihr Herz schlug höher, ihre Kehle schnürte sich zu.

»Ich werde sie aufhalten. Du bringst den Auftrag zu Ende!«

Alles in ihr sträubte sich dagegen, Sinphyria den Wachen zu überlassen. Das hier war nicht richtig. Sinphyria war diejenige, die diesen Auftrag aus Geldgründen angenommen hatte. Sie wollte ihren Vater finden, und das ging nur mit einem teuren Menschfalken. Arátané machte das hier, weil sie sonst nichts im Leben hatte. Weil sie ihre kämpferischen Fähigkeiten und ihren Intellekt als Diebin einsetzen konnte, weil sie hier ihre Identität am besten verschleiern konnte. Und um Sinphyria sie beschützen. Die einzige Person, die so was wie einer Familie nahekam. Arátané war diejenige, die sich opfern sollte. Doch sie trug die Scheibe. Außerdem war Sinphyria verletzt. So sehr sie versuchte, eine andere Lösung zu finden, ihr fiel keine ein. Schon gar nicht, während sie sich nach Atem ringend an den Hals ihres Pferdes klammerte und mit aller Macht die Panik niederrang, die sie allmählich zu überwältigen drohte.

»Dein Schweigen deute ich als Ja. Vielleicht ... schaffe ich es ja, zu entkommen.«

Die Wahrscheinlichkeit lag bei null. Arátané dachte daran, was Sinphyria als Strafe drohen konnte. Ihr Leben musste sie für den Diebstahl wohl nicht lassen. Solange sie sich ruhig verhielt und freiwillig auslieferte, durfte nicht einmal Kathanter Irius sie einfach hinrichten. Dennoch gab es genug andere Strafen, die sie vielleicht erdulden musste. Irius könnte sie für mehrere Jahre einkerkern lassen. Oder – wie es immer wieder bei Diebstahl gehandhabt wurde – sie könnte eine Hand verlieren ...

Doch was brachte es, sich darüber den Kopf zu zerbrechen. Sie mussten handeln, sonst würden sie beide bald ziemlich genau wissen, was mit ihnen passieren würde.

»Das ist eben der Preis, den man in Kauf nehmen muss«, rief Sinphyria, als hätte sie Arátanés Gedanken gehört.

Arátané wagte es nicht, sich umzudrehen. Sie hatte sich entschlossen. Ein Wildwechsel kreuzte ihren Weg. Sie sandte ein stummes Lebewohl zu ihrer Freundin, riss die Zügel herum und verschwand zwischen den Bäumen

Als sie einen Blick über die Schulter warf, sah sie, wie Sinphyria ihr Pferd anhielt und mit schmerzerfülltem Gesicht die Arme hob. Die Wunde an ihrem Arm hinterließ einen großen, roten Blutfleck. Hatte sie der Pfeil doch stärker verletzt?

Arátané wandte sich wieder nach vorne. Das Bild von Sinphyria, wie sie da auf ihrem Pferd saß und sich ergab, würde sich ihr ewig ins Gedächtnis brennen.

Sie preschte weiter, doch so schnell sie auch vorankam, nichts konnte die Anspannung, die ihren Körper zunehmend lähmte, zum Verschwinden bringen. Zu allem Übel spürte sie, wie das Band, das den Lederbeutel mit ihrer Beute darin um ihren Hals befestigen sollte, immer weiter in die Tiefe rutschte. Wenn es reißen würde, würde sie ihre Versicherung verlieren, beim Auftraggeber Schutz finden zu können. Und ihre Lebensgrundlage und damit auch die Möglichkeit, Sinphyrias Wunsch ein Stück näher zu kommen, wären auf einen Schlag zu Nichte gemacht worden. Alles wäre umsonst. Selbst wenn Sinphyria sich opferte und ihre Verfolger für einen kurzen Moment aufhielt, war nicht sicher, dass diese nicht trotzdem Arátané weiter verfolgen würden. Anzuhalten und abzusteigen, um die Scheibe wieder aufzuheben, war keine Option.

Die Angst verkrampfte Arátanés Brust, doch sie konnte es sich jetzt nicht leisten, zu sehr von der Sorge um Sinphyria abgelenkt zu werden. Aber so leicht ließen sich die Gedanken nicht unterdrücken und immer schlimmere Szenarien tauchten vor ihrem inneren Auge auf.

Was, wenn man an Sin ein Exempel statuieren wollte und sie hinrichten würde? Konnte die Gilde sie davor schützen?

Nein, an so etwas durfte sie nicht denken. Irgendwie schaffte Sinphyria es immer, sich aus solch brenzligen Situationen zu befreien. Darauf musste Arátané nun einfach vertrauen.

Also krallte sie sich mit einer Hand in die Mähne ihres Pferdes und packte mit der anderen den Lederbeutel mit der Scheibe.

Tatsächlich ließ sich der Beutel ganz einfach von ihrem Hals reißen. Seltsam, war der Knoten während ihrer Flucht wirklich so lose geworden?

Arátané umschloss den Lederbeutel so fest es ging mit ihrer rechten Hand, packte die Zügel mit der Linken und hielt sich so irgendwie auf dem Pferd. Es hatte etwas von Ironie, dass der sonst so verhasste Reitunterricht bei Hofe in ihrer Kindheit nun doch noch Früchte trug.

Sie versuchte zu lauschen und konnte kein lautes Hufgetrappel mehr vernehmen. Doch noch war sie nicht in Sicherheit.

Obwohl es so klang, als ob sie ihre Verfolger abgehängt hatte, und ihr Pferd sowie sie selbst schnauften wie verrückt, trieb Arátané das Tier weiter an. In wildem Galopp preschte sie durch die Nacht. Dieser vermaledeite Wald konnte doch nicht so groß sein, dachte sie sich immer wieder.

Plötzlich stolperte ihr Pferd.

Einen winzigen Augenblick schien die Zeit stehenzubleiben. Ihr eigener Herzschlag setzte aus. Das Rauschen des Blutes in ihren Ohren, das sie die ganze Zeit begleitet hatte, verstummte. Die Geräusche des Waldes existierten mit einem Male nicht mehr.

Wie in einem Traum, in dem alles in halber Geschwindigkeit abläuft, sah Arátané, wie ihr Pferd das Gleichgewicht verlor und zu Boden stürzte.

Sie wurde nach vorn geschleudert, und bei dem Versuch, den Lederbeutel mit der Scheibe zu umklammern, löste sich die Schnur, die den Beutel verschloss und die Scheibe fiel heraus.

Es war, als beobachte sie wie ein Vogel, von oben herab, wie sich die Scheibe aus ihrem Tuch löste und langsam dem Boden näherkam.

Arátané streckte die Hand danach aus. So sehr wollte sie die Scheibe erreichen, damit diese nicht auf dem Waldboden aufschlug, dass Arátané sich zu weit ausstreckte und die Mähne des Pferdes losließ. Mit großem Glück erreichte sie die Scheibe und fing sie in der Luft auf, bevor sie selbst mit dem Rücken auf den Waldboden prallte.

Ihr Kopf traf in einem unglücklichen Winkel auf einen Baumstumpf und alles verschwamm vor ihren Augen. Dennoch hielt sie die Scheibe weiterhin umklammert.

Obwohl Arátané noch benommen von dem Sturz war, erneut das Blut in ihren Ohren rauschen hören konnte und sich zu allem Überfluss schwarze Punkte vor ihren Augen tummelten, spürte sie, dass sich etwas an der Scheibe verändert hatte ...

In der Festung hatte Arátané die Scheibe mithilfe einer ätzenden Flüssigkeit befreit, die ein Loch in ihren Handschuh gebrannt und ihren Finger verletzt hatte.

Der kalte Stahl der Scheibe berührte nun die verwundete Stelle, die heftig zu Pochen begann. Es tat nicht weh, sondern fühlte sich an, als ob ein Impuls aus dem Innern der Scheibe ausging, der sich auf Arátané übertrug.

So, als ob die Scheibe *leben* würde.

Plötzlich wurde der schwarze Stahl noch viel kälter als zuvor, und es war, als würde diese Kälte direkt von der Scheibe, über Arátanés Fingerkuppe in ihren Körper fließen, in jede Faser, jeden Muskel übergehen und sie gänzlich erfüllen. Doch Arátané fror nicht. Es fühlte sich eher an, als würde diese Kälte allmählich mit ihr verschmelzen und zu einem Teil von ihr werden. Oder sie von ihr, als würden sie eins werden.

Plötzlich sah sie Bilder vor ihren Augen. Schlachten, Menschen, die starben. Sie sah Feuer. Und Schatten. Wasser, das den Bewegungen eines Menschen folgte. Eine Gestalt, die große Erdbrocken mit bloßen Händen aus dem Boden brach und diese warf, obwohl sie eigentlich viel zu schwer dafür waren. Einen Mann, der aus den leeren Händen einen Wirbelsturm entstehen ließ, der ein ganzes Dorf zerstörte.

Als sie ihre Augen aufschlug, spiegelten sie sich in dem glatten schwarzen Stahl der Scheibe. Sie waren gänzlich von Schwarz erfüllt, es gab keine Farbe, kein Weiß mehr.

Arátané konnte nicht darauf reagieren, sie konnte nicht nach Hilfe rufen, nicht fliehen. Es war, als wäre sie in Trance.

Sie umklammerte mit aller Kraft die Scheibe, drückte ihre Finger gegen das kalte Material, als würde ihr Leben davon abhängen, dass sie es in den Händen behielt.

Der Fremde trat aus seinem Versteck im Dickicht vor Arátanés am Boden liegendem, zuckendem Körper.

Seine farbenfrohen Kleider schienen denkbar unpassend für einen Wald, doch das schien ihn nicht im Geringsten zu stören. Der Fremde stand eine Weile schweigend da. Nur ein Lächeln stahl sich allmählich auf seine breiten Lippen und seine weißen Zähne blitzten dazwischen hervor, standen im Kontrast zu seiner dunklen Haut.

»Eine helle Saat, uns alle zu schaffen. Eine brennende Saat, uns alle zu vernichten.«

Er beugte sich zu Arátané herunter und fuhr ihr über die Stirn. Das Schimmer, der von der Scheibe ausgegangen war, verblaste.

»Eine dunkle Saat uns alle zu retten.«

Als er sich erhob, machte er eine Handbewegung und zwei Männer kamen aus dem Dickicht und traten neben ihn. Behutsam hoben sie Arátané vom Boden und trugen sie ein Stück durch den Wald zu einer Lichtung, auf der zwei Kamele standen. An einem von ihnen war mit langen Stöcken eine Bahre befestigt worden.

Die Männer betteten Arátané darauf und bestiegen die Reittiere.

Der buntgekleidete Fremde deckte sie mit Fellen zu und achtete darauf, dass die Scheibe, die sie immer noch fest mit den Fingern umklammert hielt, auch sicher lag. Dann bestieg er der Kamele, wobei weiterhin das Lächeln auf seinen Lippen spielte. Die Gruppe setzte sich in Bewegung, während Arátanés dunkle Augen sich langsam flimmernd schlossen.

Sinphyrias durchlebte ein Wechselbad an Gefühlen, das sie nur noch mehr verwirrte. Tief in ihrem Magen grollte es, ihr Gesicht fühlte sich an, als würde es in Flammen stehen. Scham und Wut auf sich selbst vermischten sich mit der Angst vor der Zukunft, davor, auf Athron zu treffen und, noch schlimmer, auf Kathanter Irius.

Und sie machte sich auch Sorgen um Arátané. War sie entkommen?

Dann waren sie und die Beute in Sicherheit, was für Sinphyria zumindest einen kleinen Trost darstellte, angesichts dessen, was ihr jetzt bevorstand.

Zusätzlich zu den ganzen Emotionen, die ihr Innerstes in Unruhe versetzten, schmerzte ihr Arm noch viel mehr, als er es nach so einem verdammten Streifschuss eigentlich tun dürfte.

Hatte der Schütze vielleicht eine Arterie erwischt?

Quatsch, dann würde das Blut ja in einer Fontäne aus dem Arm spritzen. War der Pfeil vergiftet gewesen?

Sinphyria hatte keine Zeit mehr, sich darüber Gedanken zu machen. Mittlerweile hatten die Verfolger bemerkt, dass da jemand in der Dunkelheit auf dem Pfad stand.

»He, ich glaube da steht einer!«, brüllte einer der Soldaten.

Gerade rechtzeitig, denn lange hielt Sin das Zittern und den Schmerz im Oberarm nicht mehr aus. Sie hatte die Arme vorsichtshalber erhoben, damit ihre Verfolger keine Falle erwarteten und sofort auf sie schossen. Auch wenn gezielte Hinrichtungen seit dem blutigen Ende des Bürgerkriegs nicht mehr gern gesehen waren, hieß das ja nicht, dass man sie im Eifer der Verfolgung nicht erst erschießen würde, bevor man Fragen stellte. Vor allem, da die meisten Wachen der Festung nicht gerade wie gut ausgebildete Soldaten gewirkt hatten.

Der Stoff von Sins Anzug war schon längst durchnässt und begann an der Wunde festzukleben. Beinahe war sie froh, dass ihre Verfolger sie endlich eingeholt hatten. Drei der Reiter hatten sie mittlerweile erreicht und standen im Halbkreis um sie herum. Unmittelbar darauf kamen zwei weitere auf die Lichtung geritten, auf der Sinphyria mit schmerzverzerrtem Gesicht immer noch die Hände erhoben hatte, während sie auf dem Rücken ihres Pferdes saß. Das ließ sich von der Situation kaum beeindrucken und begann, seelenruhig am Gras zu knabbern. Sinphyria seufzte. Langsam begann ihr schummrig vor Augen zu werden. Ihr Kopf dröhnte. Doch es war nichts im Vergleich zu dem höllischen Brennen an ihrem Oberarm.

»Entschuldigt, aber könnte ich den verletzen Arm wieder runternehmen? Ihr seht ja, dass ich keine Waffe in der Hand habe.«

Trotz des Schmerzes, der Sinphyria durchfuhr, setzte sie ein Lächeln auf. Schwach zog sie die Mundwinkel in die Höhe und schüttelte zaghaft den Kopf, um verirrte Strähnen ihres Haars aus dem Gesicht zu kriegen. Schon als Kind hatte sie immer gegrinst, wenn man mit ihr geschimpft hatte. Als hätte sie gehofft, dass man sie dann nicht so hart bestrafen würde.

Ein Lächeln würde ihr in dieser Situation allerdings kaum weiterhelfen. Mittlerweile waren zwei weitere Reiter zu den anderen gestoßen. Sinphyria war nun von allen Seiten flankiert und hatte keine Möglichkeit mehr zur Flucht.

Als sich noch zwei Reiter der Gruppe näherten, gefror das Lächeln auf ihren Lippen.

»Verfolgt die andere, ihr Idioten!«, bellte Kathanter Irius die Krieger an.

Die Anwesenheit von Irius war schon erschreckend genug. Doch dass Sinphyria nun auch noch dem fassungslosen Athron in die Augen blicken musste, ließ ihre Brust enger werden. Sie fühlte sich schuldig, Athron hintergangen zu haben. Mist.

Diese ganze Situation verdammend, schloss Sinphyria die Augen und blickte zu Boden. Doch dann beschloss sie, erneut ein Lächeln aufzusetzen und Athron direkt in die Augen zu sehen.

»Guten Abend, die Herren.«

Vermutlich war es nicht klug und hinterließ womöglich bei Athron einen völlig falschen Eindruck, aber sie hatte sich schon immer gesagt, dass Lächeln die beste Verteidigung war. Wenn man schon sonst keine hatte ... Und immerhin wusste Irius nichts davon, dass sie sich kannten. Vielleicht konnte es nützlich sein, wenn sie Athron den Gefallen tat und es dabei bewenden ließ.

»Absteigen«, knurrte Irius, während er sein Pferd neben Sinphyrias lenkte.

Sie leistete seinem Befehl Folge, wobei sie nicht verhindern konnte, vor Schmerzen das Gesicht zu verziehen. Irius schwang sich mit einer Eleganz vom Rücken seines Pferdes, die sie noch nie bei einem Soldaten gesehen hatte, und trat auf Sinphyria zu. Als er nun direkt vor ihr stand, musste sie unwillkürlich schlucken. Er überragte sie um ein ganzes Stück und sein grimmiger Gesichtsausdruck, seine kalten, grauen Augen, die voller Hass auf sie hinabschauten, jagten ihr einen Schauer über den Rücken.

Grob packte er ihre Handgelenke und griff an seinen Gürtel, wo er ein Paar dicke Eisenschellen hervorholte. Er schloss sie um Sinphyrias Handgelenke. Sie biss sich auf die Unterlippe, als ein weiterer Schmerz ihren Oberarm durchfuhr. Athrons Blick verfinsterte sich. Er blieb aber weiter stumm.

»Ich handelte im Auftrag der Goldenen Hand«, erklärte Sinphyria und schrie kurz darauf vor Schmerzen auf. Er hatte ihre Fesseln gepackt und ruckartig nach vorn gezogen, um zu testen, ob sie auch wirklich fest saßen. Oder weil er wusste, wie schlimm der Schmerz sein musste, der bei diesem Zug von ihrer Wunde aus in den ganzen Oberkörper ausstrahlte.

»Hör auf zu jammern. Du warst mit meinem Schädel auch nicht gerade zimperlich«, knurrte Irius und seine Augen funkelten sie böse an.

Er hatte seinen Kopf nicht mal verbinden lassen. Dort, wo Sinphyria ihn mit dem Stuhl getroffen hatte, sah sie einen großen, verkrusteten Blutfleck. Irius würde sie wohl besonders rücksichtslos behandeln, weil sie ihn vorhin erwischt hatte. Vielleicht machte das aber auch gar keinen Unterschied.

»Glaub ja nicht, dass dir deine Gilde helfen wird.«

Irius Tonfall war fast beiläufig, dennoch schlich sich langsam ein grimmiges, freudloses Grinsen auf seine schmalen Lippen.

»Dass ihr nicht mit der Scheibe entkommen konntet, weil ihr tolle Diebinnen seid, war mir schon klar, seit ich die Wache mit dem violetten Schleim gesehen hatte. Aber Gilde hin oder her: Ich habe schon viele von eurem Schlag eingekerkert und sie ihrer gerechten Strafe zugeführt. Manchmal sogar mehr als das, wenn sie versuchten zu fliehen. Die Hände und Finger, die mein Schwert abgetrennt hat, kann ich schon gar nicht mehr zählen.«

Sinphyria spürte einen eisigen Hauch ihren Rücken hinabwandern.

Aus dem Augenwinkel warf sie einen Blick auf Athron. Doch der starrte stur in die Richtung, in der die restlichen Männer Arátané nachgejagt waren.

In diesem Moment hörte sie erneut das Donnern von Pferdehufen näherkommen, nun allerdings aus der Richtung, in die Arátané geflohen war.

Sinphyrias Brust verkrampfte sich. Hatten sie Arátané doch erwischt?

Als die Männer auf ihren Pferden zwischen den Bäumen auftauchten, konnte sie weder Arátané noch den Beutel mit der Scheibe entdecken.

»Leutnant!«, rief einer der Männer, ein junger Blonder mit breiten Schultern. »Die andere ist entkommen.«

Der junge Soldat war blass und sah aus, als hätte er einen Geist gesehen.

Kathanter Irius überbrachte man wohl sehr ungern schlechte Nachrichten.

»Dann müssen wir eben alle Informationen aus unserer Gefangenen herausbekommen«, sagte Irius leise und der Blick, den er Sinphyria von der Seite zuwarf, ließ ihr das Blut in den Adern gefrieren. Folter war in Kanthis keineswegs verboten. Cahya möge ihr beistehen. Oder wer auch immer Macht über die Geschehnisse der Welt besaß.

Sinphyria musste zu Fuß hinter Irius Pferd herstolpern, um zurück in die namenlose Festung zu kommen.

Währenddessen sprach keiner ein Wort mit ihr und niemand würdigte sie eines Blickes.

Wieso versuchten sie nicht sofort, Informationen über die Scheibe aus ihr rauszuprügeln? Warum war der Hauptmann nicht bei ihnen, den sie gesehen hatten, als Irius und seine Soldaten in die Festung eingezogen waren? War das irgendeine Art von Taktik, die Sinphyria nicht verstand, oder war Irius nur daran interessiert, Diebinnen zu quälen, statt die Scheibe wiederzubekommen?

Der Weg war mühsamer und kam ihr länger vor, als auf ihrer Flucht. Die Wunde an ihrem Arm pulsierte stetig. Wenigstens die Blutung hatte nachgelassen. Ihre Füße schmerzten bald, aber immerhin schaffte sie es, nicht hinzufallen. Sie versuchte, über Flucht nachzudenken oder was sie den Soldaten anbieten konnte, um eine milde Strafe zu erwarten. Aber es fiel ihr schwer, einen klaren Gedanken zu fassen. Stattdessen tauchte das Gesicht ihres Vaters vor ihren Augen auf. Sie wusste, wie enttäuscht er von ihr wäre. Und was war mit Arátané? Hatte sie die Beute überbringen können und arbeitete vielleicht schon an einem Befreiungsplan?

Sinphyria fragte sich, wer Tante Mol und Nobb benachrichtigen würde. So viele Fragen und keine einzige Antwort.

In der namenlosen Festung angekommen, wurde Sinphyria von grölenden und pöbelnden Soldaten empfangen. Die wütenden Beschimpfungen, die sie ihr zubrüllten, konnte Sinphyria trotz allem nur zu gut verstehen. Immerhin hatten Arátané und sie mehrere Männer getötet, sie bestohlen und mit dem Einsatz von Schlafpulver auch bloßgestellt. Dennoch war sie überrascht von der Intensität des Hasses, der ihr entgegenschlug, und der – selbst für Soldaten – ausgesucht vulgären Sprache. Doch sie hatte keine Zeit, eingehender da-rüber nachzudenken.

Ein Hauptmann trat vom Wachgang herunter, hob die Hand. Seine Erscheinung war beeindruckend. Er hatte die fünfzig

Winter bestimmt erreicht. Im Gegensatz zu Irius hatte er ein breites Gesicht mit beinahe weichen Zügen. Seine blauen Augen wirkten müde, doch es sprach auch Intelligenz aus ihnen. Er musste viel gesehen haben in seinen bisherigen Lebensjahren. Sein langes, gut gepflegtes Haar war voll und schwarz, doch es wies schon einige graue Stellen auf.

Die Soldaten der Festung verstummten augenblicklich. Sie mussten großen Respekt vor ihm haben.

»Sperrt die Gefangene in die Außenzelle.«

Das war alles, was er sagte.

Irius ließ Sinphyrias Ketten fallen und sofort wurde sie von zwei Männern an den Schultern gepackt und in Richtung der Mauer gezerrt. Konnten diese Tölpel nicht sehen, dass sie blutete, verdammt?

War ihnen wahrscheinlich egal. Der Schmerz, der bei der Berührung ihrer Wunde durch ihren Körper fuhr, ließ sie kurz Sterne sehen.

Der Erbauer der Festung hatte eine Art Verschlag in die Mauer eingelassen, direkt neben den Pferdeställen. Er war mit Gittern versperrt worden und es gab nichts darin, außer kaltem Matsch und einer grob aus dem Stein gehauenen Bank. Und auf dem Ding sollte Sinphyria schlafen? Na, wenigstens war sie an der frischen Luft. Sinphyria wehrte sich nicht und klagte nicht. Noch einmal versuchte sie, Athrons Blick zu erhaschen. Doch er saß auf seinem Pferd und starrte mit hartem Blick geradeaus. Das Einzige, was sich an ihm rührte, war sein Kiefermuskel, der einmal zuckte und dann wieder erstarrte. Nach wenigen Minuten gab Sinphyria ihren Versuch auf. Sie kauerte sich auf der Bank zusammen, barg die gefesselten Hände auf ihren Knien und sah zu, wie die Soldaten das Tor verschlossen. Jetzt hieß es wohl warten.

Der Himmel über der namenlosen Festung zog sich zu. Hellgraue Wolken ließen die Sterne verschwinden und ein lauer Sommerregen füllte den Innenhof allmählich mit Wasser.

Sinphyria war eingedöst, während sie ihren Kopf auf die Knie gelegt hatte. In dem seltsamen, schwarzen Anzug begann sie zu zittern. Ob das der abkühlenden Umgebung oder ihrer aussichtslosen Situation zu verdanken war, wusste sie nicht.

Der Tag verging, die Nacht kam. Man brachte ihr Wasser, aber nichts zu essen. Sinphyria zerriss den Ärmel ihres Anzugs, der ihr sowieso nicht viel Wärme spendete, säuberte mit einem Teil des Wassers die Wunde so gut es ging und band sie dann mit dem Rest des Stoffes ab. Vielleicht verhinderte sie so wenigstens eine Entzündung oder weiteren Blutverlust.

In der Nacht musste Sinphyria frieren und hungern und sie schlief schlecht, während sie immer wieder an die Menschen dachte, die ihr wichtig waren.

An Arátané.

Versuchte sie bereits, die Gilde zu Sinphyrias Verteidigung zu mobilisieren, oder hatte sie noch alle Hände voll damit zu tun, den Wachen zu entkommen? Noch hatte Irius keine neuen Trupps losgeschickt, so viel hatte Sinphyria in ihrer Zelle im Innenhof mitbekommen. Aber was würde der nächste Tag bringen?

Tausende Gedanken beschäftigten Sinphyria immer wieder.

Doch in all den Stunden sehnte sie sich auch nach Athron, ärgerte sich aber gleichzeitig darüber, dass der Kerl sie so beschäftigte. Immerhin war es bloß eine Liebschaft gewesen. Nichts im Vergleich zu ihrer Freundschaft mit Arátané.

Und dennoch – diese eine Nacht, die sie zusammen verbracht hatten, hatte einen ganz eigenen Zauber besessen. Er hatte ihr erzählt, dass er kürzlich degradiert und zu seiner jetzigen Kompanie versetzt worden war, weil er sich mit der Tochter seines früheren Hauptmanns eingelassen hatte, diese aber nicht heiraten wollte.

Und das, obwohl er eigentlich unbedingt mit seinen Waffenbrüdern in den Krieg hatte ziehen wollen. Wie furchtbar er es fand, Kinder zu rekrutieren, weil er selbst in dem Alter so viel

Schreckliches gesehen hatte, und kein Kind so etwas erleben sollte.

Als sie nachgefragt hatte, war er nicht bereit, mehr zu erzählen. Aber Sinphyria hatte heraushören können, dass er in Armut aufgewachsen war und Ungerechtigkeiten nicht ausstehen konnte. Dass er sich selbst hochgearbeitet und weitergebildet hatte, bis er schließlich als Bester seiner Einheit die Ausbildung zum Soldaten hatte abschließen können. Aber er hatte nicht nur von sich geredet, wie es so viele taten. Er hatte Sinphyria auch zugehört. Sie beide hatten Mütter, die sie im Stich gelassen hatten. Athron hatte Sinphyria versprochen, wenn er ihren Vater fände, sie persönlich zu informieren. Er hatte an Sinphyrias Lippen gehangen, war offen interessiert gewesen. Und am Ende hatte er sogar seine Bechdavorräte weggeschmissen, weil sie ihm sagte, dass er seine Intelligenz verschwenden würde, wenn er sich selbst abhängig machte. Und der Sex war fantastisch gewesen. Sie hatte sich geborgen und wertgeschätzt gefühlt und war auf ihre Kosten gekommen.

Verdammt, Arátané hatte recht. Sinphyria hatte sich Hals über Kopf in einer Nacht in diesen Kerl verknallt – und ihn dann hintergangen. Mann, sie fühlte sich elend.

Natürlich dachte sie auch immer wieder an ihren Vater. Die Gedanken an ihn waren ohnehin stets präsent, schlummerten in einer Ecke ihres Verstandes und krochen ständig in den unpassendsten Momenten hervor. Wo war er gerade? Lebte er noch, ging es ihm gut? Was würde er denken, wenn er sie jetzt sehen könnte?

Zumindest hier war die Antwort klar. Und sie beschämte Sinphyria sehr.

Nebst diesen Gefühlen, die sie plagten, gab es aber noch etwas anderes, das sich verändert hatte. In der ersten Nacht war es ihr nicht aufgefallen, aber sobald der Regen sich verstärkte und die zweite Nacht noch kühler wurde, konnte es ihrer Aufmerksamkeit nicht mehr entgehen:

Sinphyria fror nicht mehr.

Noch in der Nacht zuvor waren ihre Hände und Füße bei der kleinsten Schwankung des Wetters eiskalt geworden, doch jetzt wurden sie bei der geringsten Bewegung so warm, als würde sie an einem Kamin sitzen. Auch der Rest ihres Körpers bildete keine Gänsehaut mehr, ihre Nägel liefen nicht blau an. In ihr rumorte etwas, aber es war nicht mehr nur der Hunger. Aus irgendeinem Grund fühlte sie sich auch in der zweiten Nacht ihrer Gefangenschaft nicht kraftlos und erschöpft.

Vor dem Einbruch waren Kälte und Hunger zwei ihrer größten Herausforderungen gewesen. Sie hatte dann nicht vernünftig arbeiten können, ihre Hände hatten gezittert und sie war verdammt launisch geworden. Doch nun, selbst nach Stunden der Kälte und des Hungers, war sie wach und aufmerksam.

Deshalb hörte sie es auch sofort, als sich Schritte ihrer Zelle näherten.

Anders als in den Stunden zuvor, waren es nicht die Schritte von Wächtern gewesen, die sich schnell wieder entfernten.

Sinphyria blickte auf und sah drei Männer auf ihre Zelle zukommen. Es war der Hauptmann in Begleitung von Kathanter Irius und dem jungen, blonden Soldaten aus dem Wald. Augenblicklich war Sinphyria enttäuscht, dass Athron nicht dabei war. Vielleicht war dieser Gedanke albern, aber sie hätte ihn gerne gesehen. Doch gleichzeitig war sie auch froh. Es wäre besser, wenn sie sich jetzt nicht von ihren Gefühlen ablenken ließ.

Der Hauptmann ließ die Zelle öffnen und der Blonde stellte einen Schemel bereit, auf dem der Hauptmann sogleich Platz nahm. Die Bewegungen des Hauptmanns wirkten in Sinphyrias Augen fast anmutig. Über diesen Gedanken musste sie schmunzeln.

Kathanter Irius blieb stehen. In eine Halterung an der Wand steckte er eine Fackel, die er mitgebracht hatte. Ihr Licht tauchte die Gesichter in ein schummriges Spiel aus Schatten und Helligkeit. Gedanklich versuchte Sinphyria sich darauf vorzubereiten, was nun kommen mochte. Sie sah keine Folterinstrumente, aber Kathanter Irius brauchte bestimmt keine besonderen Werkzeuge, um auf brachiale Weise an Informationen zu kommen.

Doch wie es aussah, wollte es der Hauptmann mit einer Unterhaltung versuchen. Er hielt sich kerzengrade, ein Blick wirkte musternd und ruhig. Nicht einschüchternd und auch nicht verurteilend.

»Mein Name ist Vardrett Greí, Erster Hauptmann im Heer König Bjoreks. Darf ich erfahren, mit wem ich spreche?«

Sinphyria mochte Vardrett Greí sofort. Vielleicht, weil er sie an ihren Vater erinnerte. Sie hatten ähnliche Gesichtszüge und dieselbe, blassblaue Augenfarbe. Sin erwiderte seine Ansprache mit einem Lächeln und rasselte mit ihren Ketten.

»Sinphyria Leon. Es tut mir leid, ich besitze keinen so schicken Rang, mit dem ich diese Antwort in die Länge ziehen könnte.«

»Meint Ihr nicht, dass Eure Antwort schon lang genug war?«

Trotz einer gewissen Strenge in der Stimme, veränderten sich seine Gesichtszüge nicht. Warum war der Hauptmann eigentlich so höflich? War das eine Macke von ihm? Wollte er dadurch sympathisch wirken und Sinphyria auf diese Weise seine Geheimnisse entlocken?

Sie wusste nur zu gut, dass ein schmeichelndes Wort manchmal deutlich mehr erreichen konnte, als eine körperliche Strafe.

Er fuhr fort: »Gehe ich recht in der Annahme, dass Ihr Mitglied der Goldenen Hand seid?«

Sinphyria zog eine Augenbraue in die Höhe.

»Ich trage ihr Emblem nicht. Wie kommt Ihr darauf, Hauptmann Greí?«

Sinphyria wusste auch, dass man als Frau manchmal glimpflicher davonkam, wenn man sich ein bisschen dumm stellte. Sie tat es nicht gern, aber manchmal nutzte sie die Vorurteile von Männern zu ihrem Vorteil aus.

In diesem Moment verdrehte Kathanter Irius die Augen.

»Nun«, fuhr Vardrett Greí unbeirrt fort, »nebst dem Fakt, dass mein Leutnant mir schon von Eurer Behauptung erzählte, habe ich ein paar Schlussfolgerungen gezogen. Freie Diebe würden wohl kaum über so viele Informationen verfügen, dass sie derart leicht in eine der sichersten Festungen von ganz Kanthis einbrechen könnten. Ihr und Eure Kumpanin seid weit gekommen. Wart sogar einigermaßen erfolgreich.«

Sinphyria tat unschuldig.

»Erfolgreich?«

»Denkst du, dass wir blöd sind, Weib?«, blaffte Irius in harschem Ton. »Die Scheibe ist verschwunden!«

Sinphyria erwiderte den Blick des Mannes aus ihren stechend blauen Augen. Sein Kopf war inzwischen verbunden worden. Kurz überlegte sie, einen frechen Spruch darüber zu verlieren. Vermutlich war es angesichts ihrer Lage nicht besonders schlau, Kathanter Irius zu reizen. Noch war Sinphyria nicht klar, wie sehr er den Hauptmann respektierte und sich an dessen Vorgehensweise halten würde. Wie zum Beispiel daran, sie nicht zu foltern. Aber sie würde sich auch nicht einschüchtern lassen von dem großen Jäger des Königs. Ihre Angst sollte er nicht wittern. Außerdem war der Triumph auf ihrer Seite. Sie hatten die Scheibe bekommen und Arátané hatte fliehen können. Trotzdem musste Sinphyria dichthalten. Sie hatte viel zu wenige Informationen über die Scheibe oder ihren Auftraggeber. Das musste auf Greí und Irius nicht zutreffen. Jede noch so nichtig erscheinende Information, die Sinphyria Preis gab, konnte Arátané das Genick brechen.

»Davon ausgehend, dass ich zu der Gilde gehöre«, sagte sie und lehnte sich lässig an die schroffe Wand hinter sich, »wie kommt Ihr darauf, dass ich im Verlaufe des Verhörs irgendetwas verraten sollte? Die Gilde der Goldenen Hand ist mächtig. Es könnte gut sein, dass ich bald wieder aus dieser Zelle befreit werde, mit einem Beschluss des Königs höchstpersönlich. Und selbst wenn dem nicht so sein sollte – dann seid Ihr sicher mit den Gepflogenheiten der Gilde vertraut. Ich weiß weder etwas über den Aufenthalt meines Komplizen, noch etwas Genaueres über den Auftraggeber. Das sollte Euch bekannt sein.«

»Du kannst wirklich froh sein, dass du nach dem Bürgerkrieg zu einer dreckigen Verbrecherin geworden bist. Sonst hätte ich dich sofort am Kragen in die Hofmitte geschleift und dir ohne Prozess den Kopf von den Schultern geholt, du Miststück!«

An Kathanter Irius unverbundener Schläfe pulsierte eine dicke Ader. Er hatte die Lippen so stark zusammengepresst, dass sie weiß wurden, und seine Augen funkelten. Sinphyria versuchte, ihre Angst vor ihm nicht zu zeigen.

Klar, wenn sich nicht herausstellte, dass sie die Scheibe im Auftrag des Königs gestohlen hatte (warum auch immer er die Gilde dafür hätte beauftragen sollen), dann könnte man sie nicht nur als Diebin, sondern auch gleich als Verräterin verurteilen. Das würde sicherlich eine längere Kerkerstrafe in einem schlimmeren Gefängnis nach sich ziehen. Zum Beispiel in Kanthri im Süden von Kanthis.

Aber in diesem Moment änderte es nichts daran, dass Greí und Irius sie nicht töten konnten. Höchstens foltern.

Zu Sinphyrias Überraschung erhob sich der Hauptmann bloß gelassen. Der blonde Soldat schnappte sich sofort den Schemel und entfernte ihn aus der Zelle.

»Natürlich bin ich mir der Macht Eurer Gilde bewusst, Fräulein Leon. Dennoch habt Ihr ein Verbrechen begangen, das bis zu diesem Zeitpunkt nicht vom König legitimiert wurde. Ich bezweifle außerdem, dass der König es billigen wird, dass Ihr die Scheibe gestohlen und Kanthis damit vermutlich einen nicht unbeträchtlichen Nachteil im Krieg verschafft habt. Und da Ihr sicher mit den Umständen des Landes bekannt seid, möchte ich Euch hiermit an das Kriegseinzugsrecht erinnern.«

Für einen Moment stand die Überraschung in Sinphyrias Gesicht geschrieben.

»Wer eine Straftat begeht während Kriegszeiten, darf ohne Weiteres in den Krieg eingezogen werden, ungeachtet seines Standes, seines Geschlechts oder seiner Berufung. Und das ohne einen Prozess«, murmelte sie vor sich hin. »Exakt«, bestätigte Greí. »Habt Ihr so wenig Soldaten und Soldatinnen übrig, dass Ihr auf Diebinnen zurückgreifen müsst?«

Greís Lächeln wurde für einen kurzen Moment breiter. »So ist es.«

Sinphyrias Gesichtszüge entgleisten und sie ließ die Schultern sinken und sackte in sich zusammen. Zwar wusste sie, wie schlecht es um das Heer stand – im Süden wurden die Soldaten offenbar niedergemetzelt wie Fliegen.

Doch dass Greí sie einziehen würde, statt zu versuchen, Informationen aus ihr herauszuprügeln, damit hatte sie nicht gerechnet. Nicht, dass sie gern gefoltert worden wäre.

Aber warum schien Greí so gar nicht daran interessiert zu sein, ihr Informationen zu entlocken? Hatte die Scheibe überhaupt irgendeine Bedeutung, wenn es keine Rolle spielte, ob sie diese zurückbekommen würden oder nicht?

»Morgen marschieren wir nach Montegrad, um weitere Krieger einzuziehen«, erklärte der Hauptmann, während er die Zelle verließ. »Ihr werdet uns begleiten, Fräulein Leon. Leutnant Irius wird Euch nun mitnehmen, einkleiden und dann zu den übrigen Soldaten bringen. Außerdem sollte sich wohl jemand diese Wunde genauer anschauen. Ich hoffe wirklich, dass sie Euch etwas freundlicher gesinnt sind als bei Eurer Rückkehr vorhin. Sonst könnte es eine ungemütliche Nacht werden.«

Das niederträchtige Funkeln in Kathanter Irius Augen war zurückgekehrt, als er Sinphyria von oben bis unten betrachtete. Grob packte er ihre eisernen Fesseln und öffnete diese mit einem breiten Schlüssel.

»Mitkommen«, knurrte er.

Sinphyria schluckte.

»Leon?«, fügte Hauptmann Greí hinzu, der in der Tür stehengeblieben war, ohne sich umzuwenden. »Ihr steht immer noch unter Beobachtung. Ein Versuch zu fliehen oder mich oder die Armee zu hintergehen, und Ihr werdet mehr als nur Eure Freiheit verlieren. Solltet ihr allerdings ... Informationen haben, die uns bei der Suche nach der Scheibe helfen könnten ... Vielleicht würde sich Euer Einzugsbefehl dann als großer Irrtum herausstellen.«

Sinphyria war sich nicht sicher, was sie davon halten sollte. Die Gilde hatte ihr fast alles beigebracht, was sie über Kampfeskunst und das Dasein als Diebin wusste. Sie mochte ihr Leben als solche mehr, als sie es vor ihrem Vater oder Tante Mol zugeben würde.

Aber für die Gilde in den Krieg ziehen?

Was hatte die Scheibe für eine Bedeutung für den Ausgang des Krieges?

Und noch ein Gedanke schlich sich in ihr Unterbewusstsein: Wenn sie jetzt als Teil einer Truppe in den Krieg zog – kam sie ihrem Vater dann nicht vielleicht näher, als wenn sie all ihre Mühen in eine Flucht und die Hoffnung steckte, dass Arátané die Scheibe erfolgreich übergeben hatte?

Der Hauptmann verschwand über die Treppe der Festung.

Irius beförderte Sinphyria mit einem ruppigen Stoß gegen die Schulter hinaus in den kalten Regen.

Während die Sonne über der Festung langsam aufging, bekam Sinphyria neue Kleidung: kratzige und viel zu große Hosen, die sie mit einer Kordel irgendwie versuchte zusammenzuhalten, eine Tunika und einen Umhang der Armee. Irius schleppte sie zu den Baracken. Als sie die Unterkünfte betrat, an denen sie zwei Nächte zuvor noch vorbeigeschlichen war, um nicht entdeckt zu werden, erfasste sie sofort ein mulmiges Gefühl. Die feindseligen Blicke, die ihr zugeworfen wurden, verbesserten ihre Stimmung nicht gerade.

»Burkental, antreten«, bellte Irius und Sinphyrias Herz machte einen Sprung. Athron erhob sich aus einer Gruppe Soldaten, die soeben ihr Kartenspiel unterbrochen hatten.

»Leutnant«, sagte Athron und biss dabei die Zähne so fest zusammen, dass das Wort nur gepresst herauskam. Sinphyria versuchte seinen Blick zu erhaschen, doch er wich ihr aus.

»Burkental, als Feldwebel dieser Truppe seid Ihr zuständig für diese Gesetzlose. Wenn sie versucht zu entkommen, werde ich das Euch anlasten. Habt Ihr verstanden?«

»Ja, Leutnant.«

»Wunderbar. Hauptmann Greí würde es dennoch nicht gutheißen, wenn ihr *zu sehr* zugesetzt wird. Ebenfalls verstanden?«

»Natürlich, Leutnant«, antwortete Athron.

»Gut.« Irius wandte sich so plötzlich Sinphyria zu, dass sie zusammenzuckte. Er packte sie am Kragen und zog sie näher zu sich heran.

»Dein Kampftalent mag für den Krieg ganz nützlich werden und ich musste schon einige dreckige Gesetzlose akzeptieren«, raunte er und fixierte sie aus seinen grauen Augen. »Aber wenn du glaubst, dass du dich verhalten kannst wie du willst, weil Greí eines der letzten frommen Lämmer in diesem Land ist ... Dann hast du dich geschnitten. Verstanden?«

Sinphyria erwiderte nichts. Sie funkelte Kathanter Irius nur feindselig an und wartete, bis er fertig war. Mit einem abfälligen Schnauben stieß er Sinphyria wieder von sich und verließ die Baracken.

»Esel«, knurrte Sinphyria. Allerdings so leise, dass Irius es nicht hören konnte.

»Schlafmatten und eine Decke findest du in der Ecke. Der Pott steht in einer Kammer gegenüber«, begann Athron in nüchternem Tonfall zu erklären, so, als kenne er sie nicht. Doch Sinphyria glaubte, ein Zittern in seiner Stimme wahrzunehmen und seine Augen funkelten eindeutig wütend. Jemand, für den man nichts fühlte, machte einen nicht wütend. Oder?

An irgendwas musste sie sich ja festhalten, so verzweifelt es auch klang.
»Noch bist du eine der wenigen Frauen hier, also würde ich aufpassen, die Männer nicht zu sehr aufzureizen. Morgens und abends hast du zum Drill im Innenhof zu erscheinen.«
Während er sprach, hatte Sinphyria sich den Rest der Truppe angesehen. Keiner von ihnen hatte eine annähernd so stattliche Erscheinung wie Athron, Irius oder Greí. Eher sahen sie aus wie Vagabunden, Gesetzlose und Streuner. Menschen, die aus ähnlichen Gründen hier gelandet waren wie sie selbst. Als Verbrecher, mit Ausnahme von ein paar Männern, die wie Bauern oder Handwerker aussahen. Zudem entdeckte sie erschreckend viele Kinder, keines davon älter als vierzehn. Auch ein paar Alte befanden sich unter dem Haufen. Sinphyria hatte die Berichte gehört, wie schlimm es im Süden zuging und wie der Feind langsam Richtung Norden kroch. Große Städte des befreundeten Sinthaz waren bereits gefallen und unzählige Opfer waren zu beklagen. Doch diese armen Tropfe hier zu sehen, die Jüngsten, die Ältesten, zwischen diesen verwahrlosten Kerlen in dieser nach Schweiß stinkenden Baracke, jagte ihr eine Gänsehaut den Rücken hinab.

Als Irius den Raum verlassen hatte, hatten die Gespräche wieder eingesetzt und rege Unterhaltungen und heiseres Lachen begannen den Raum erfüllen.

Alles, was sich geändert hatte, war, dass Sinphyria einige grimmige Blicke zugeworfen worden. Ihr wurde sofort unwohl in der eigenen Haut. Viele der Männer gafften sie an, als wäre sie ein Stück Fleisch. Sinphyria fühlte sich sofort an die Situation erinnert, als sie Arátané kennenlernte. Damals war sie von so ein paar Kerlen in einer Gasse belästigt worden und hatte ordentlich ausgeteilt. Ja, Sinphyria konnte sich verteidigen, wenn nötig. Aber nicht gegen einen ganzen Raum an Männern. Nicht mit einer Wunde am Arm.

Außerdem konnte sie nicht dauerhaft aufmerksam bleiben. Sie musste schlafen. Der letzte Satz des Hauptmanns hatte zudem schon fast wie eine Drohung geklungen.

Ob er lieber seine Männer nachts auf Sinphyria loslassen würde, um ihr Angst zu machen? Anstatt, dass Irius sie offen folterte und sie sich auf die daraus resultierenden Qualen einstellen konnte?

»Athron«, raunte Sinphyria und hob beschwichtigend die Hand. Aber ohne sie anzusehen, drehte der junge Soldat sich um und widmete sich wieder seinem Kartenspiel. Seine Kameraden lachten.

Ob sie bereits wussten, wer genau sie war? Dass sie seine Liebschaft aus der Taverne war? Machten sie sich über ihn lustig, weil sie glaubten, dass Sinphyria ihn übers Ohr gehauen hatte?

Das war Quatsch. Sie hatte Athron überhaupt keine Informationen über die namenlose Festung entlockt.

Aber vielleicht wussten das seine Kameraden nicht.

Athron brachte sie mit einem bösen Blick dazu, schweigend weiterzuspielen.

Resigniert seufzend blickte Sinphyria sich um und kauerte sich in die dunkelste Ecke, die sie finden konnte. Wie sollte sie jetzt bloß eine Nachricht von ihrem Vater erhalten können? Oder erfahren, was mit Arátané geschehen ist. Nur eins war sicher: Sie hatten sie nicht gekriegt.

Vielleicht würde die Gilde sie wirklich retten kommen.

5. Kapitel

CAHYAS ERWACHEN

Gedankenverloren saß Vortian auf dem äußeren Torbogen und blickte auf die Weinhänge hinab. In seinem Magen rumorte es. In den letzten Tagen hatten seine Gedanken nur um eine einzige Sache gekreist: seine anstehende Wiedergeburt.

In wenigen Stunden würde er die dritte Prüfung des Ordens der Cahya ablegen müssen, um von einem Novizen zu einem Priester dritten Grades aufzusteigen.

Die Sonne warf ihre warmen, morgendlichen Strahlen auf die weißen Gebäude des Klosters und auf das Gesicht des jungen Mönchs.

Vortian hatte früher frei bekommen, weil selbst die Erste Priesterin Lena bemerkt hatte, wie schlecht es ihm ging. Er konnte sich einfach nicht so konzentrieren wie sonst.

»Woher wusste ich, dass ich dich hier finde?«, schreckte Pan Vortian so sehr aus seinen Gedanken, dass er beinahe von dem Torbogen gefallen wäre. Mit einem eleganten Hüpfer ließ Pan sich neben ihn fallen und legte einen Arm um seine Schultern. »Machst dir wohl Sorgen wegen der großen Zeremonie, he?«

Seine wachen, hellbraunen Augen lugten aus dem schmalen Gesicht mit den hohen Wangenknochen. Unter Pans nussbraunem Haaransatz, der für sein Alter schon recht weit zurückging, konnte man die Tätowierungen erkennen, die er bei seiner letzten Prüfung bekommen hatte. Es waren feine, pechschwarze Zweige und Äste, die über seinen Nacken verliefen und auf seinem Rücken zu einem großen Baum zusammenflossen.

Die Tätowierung wurde mit jeder erfolgreich bestandenen Wiedergeburt ein Stück erweitert. Vortian seufzte und betrachtete die Hände in seinem Schoß.

»Ich schätze ja.«

Pan streckte sich und gähnte laut. Danach landete sein Arm wieder auf Vortians Schultern, was bei seinem Freund einen wohlig warmen Schauer auslöste.

»Du wirst das schon schaffen«, sagte Pan mit vollkommen überzeugtem Optimismus. »Priesterin Lena sagte bei deiner letzten Zeremonie, dass sie selten so einen tapferen Vierzehnjährigen erlebt habe. Und wir beide wissen, dass ...«

»... die Erste Priesterin Lena schon so lange hier ist, dass sie Cahya selbst sein könnte«, setzte Vortian den Satz fort, den er gefühlt schon hundertmal gehört hatte, und verdrehte ein bisschen genervt die Augen.

Etwas beleidigt zog Pan eine Flunsch, was schon sehr witzig aussah bei einem sechsundzwanzig Winter alten Hünen, der jeden zweiten Mann im Reich sicherlich mit einer einfachen Ohrfeige umhauen konnte. Aber als Vortian ihn schief angrinste, war dieser Unmut bald vergessen.

Einen Moment lang starrten die beiden schweigend in die Ferne. Die Gedanken über Vortians anstehende Zeremonie einten sie wohl ebenso, wie sie sie voneinander entfernten. Vortian war sich sicher, dass auch Pan sich Sorgen machte. Da musste er nur daran denken, wie Pan nach seiner letzten Wiedergeburt reagiert hatte. Seitdem hatte Pan zwar nicht darüber gesprochen, dass er sich Sorgen um Vortian machte. Aber das musste er auch nicht. Vortian war sich sicher, dass sich in den letzten sieben Jahren nichts daran geändert hatte, wie sehr Pan ihn als Freund schätzte. Er wollte nur nicht, dass Vortian sich auch noch wegen Pans Gefühlen Sorgen machte. So war Pan. Er wollte, dass es seinen Freunden gut ging. Deshalb genoss Vortian seine Gesellschaft auch so sehr. Seine Nähe zu spüren beruhigte ihn.

Ohne nachzudenken, tastete er nach Pans Hand und ergriff sie. Dieser erwiderte die Zuwendung mit einem deutlich spürbaren, kurzen Druck und einem Lächeln.

»Ach was, genießen unsere beiden Schwuchteln den romantischen Sonnenaufgang?«, schnarrte eine Stimme von hinten. Wie vom Blitz getroffen sprang Vortian vom Torbogen herunter und fuhr herum. Er ballte die Fäuste und wäre am liebsten direkt auf Torrvan losgegangen, den er auch ohne sich umzudrehen erkannt hätte.

Finster starrten Torrvans Augen aus dem groben, breiten Gesicht auf Vortian und Pan. Er war größer als Vortian und hatte es irgendwie geschafft, trotz der strikten Ernährung der Mönche dick zu werden. Kurz dachte Vort daran, wie sehr sein Kommentar über Xundinas Körpergröße sie verletzt hatte und dass seine Gedanken über Torrvan kein Stück besser waren. Aber das hier war Torrvan. Wenn er Pan und Vortian ständig beleidigte, musste er sich nicht wundern, wenn Vortian so über ihn dachte.

Offenbar kam er gerade von den Brunnen, denn er trug einen großen, schweren Wassereimer in jeder seiner wulstigen Hände.

»Du bist so unsicher, dass es schon wehtut, Torrvan. Oder ist das doch eher Neid, den ich da zwischen den Zeilen raushöre?«

Pan sprang hinter Vortian vom Torbogen und legte ihm beruhigend eine Hand auf die Schulter. Wieder einmal ertappte sich Vortian dabei, Pans Wortwahl zu bewundern. Er hätte sich niemals so ausgedrückt. Und Torrvan sicher auch nicht. Obwohl Pan auf den ersten Blick eher wegen seiner Körpergröße auffiel, war es häufig seine Art zu sprechen, die von Überlegenheit zeugte.

»Ha! Neidisch worauf denn bitte?«, antwortete Torrvan schnarrend und mit einem unverkennbaren Ausdruck von Ekel auf den teigigen Zügen. Dabei ließ er die Wassereimer auf den Boden plumpsen. Ihr Inhalt schwappte gefährlich in Richtung des Randes, lief aber noch nicht über.

Inzwischen machte Vortian den Rücken gerade, um etwas bedrohlicher zu wirken.

»Na, dass du niemanden hast, der dich mal in den Arm nimmt oder dir vor deiner Wiedergeburt zuspricht. Vielleicht musst du unsere Freundschaft aber auch nur sexualisieren, weil du gern mal einen unserer Brüder küssen würdest. Ich würde dir ja den Tipp geben, einfach mal charmant einen der anderen fragen, aber ich weiß natürlich, dass das deinen Intellekt übersteigt.«

Vortian brach bei dieser Darstellung beinahe in Gelächter aus, doch konnte er sich gerade noch zurückhalten.

Torrvan, von dieser Dreistigkeit aus dem Konzept gebracht, verhaspelte sich bei der Erwiderung, woraufhin seine Miene sich noch mehr verfinsterte und er den beiden einen vernichtenden Blick zuwarf.

»Was ihr treibt, ist gegen die Natur«, knurrte er, machte allerdings Anstalten, seine Wassereimer wieder aufzunehmen und seinen Weg fortzusetzen.

»Cahya wird euch niemals wohlgesonnen sein.«

Mit etwas plumpen Schritten machte er sich auf den Weg Richtung Küche und war bald um die Ecke eines Gebäudes verschwunden. Vortian entspannte sich, warf einen unsicheren Blick zu Pan rüber und überlegte, was er sagen konnte. Es war ja nicht so, als hätte er nie über das nachgedacht, was Torrvan hier angedeutet hatte. Natürlich hatte er mit Pan nie über diese Sache gesprochen, doch war zumindest sicher, dass er sich mit gar nichts sicher war, was seine Gefühle Pan gegenüber betraf. Als Mitglied des Ordens der Cahya wurde einem zwar nie verboten, der Liebe zu frönen, doch war nichts gern gesehen, was dem Erschaffen von neuem Leben nicht zuträglich war. Und da war die Liebe zwischen zwei gleichen Geschlechtern ein heikles Thema. Obwohl Vortian nie davon gehört hatte, dass es Konsequenzen dafür gegeben hätte.

Im Orden der Cahya gab es unterschiedliche Strömungen, was das Thema gleichgeschlechtlicher Liebe betraf. Viele Priester und Priesterinnen waren dafür, Liebe zwischen gleichgeschlechtlichen Paaren vollständig zu akzeptieren und zu begrüßen, da es sie schon immer gegeben hatte und in keiner modernen Schrift der Cahya ein eindeutiges Verbot dagegenstand. In der Bevölkerung war gleichgeschlechtliche Liebe größtenteils akzeptiert, mit Ausnahme von Montegrad, dessen Bürgermeister wohl in einigen Gesetzen eher rückständig war. Das hatte Vortian von einigen Wanderpriestern so aufgeschnappt. Die Gegenrichtung dieser Strömung behauptete, dass nur die Liebe, die auch Kinder hervorbringen konnte, natürlich war und alles andere verboten gehöre. Die meisten Geistlichen bewegten sich wohl irgendwo dazwischen und so wurde die Liebe zwischen gleichen Geschlechtern auch gehandhabt. Sie wurde geduldet. Niemand wurde deswegen ausgeschlossen.

Für Vortian war es jedenfalls nicht ganz einfach, zuzugeben, dass er Pan anziehend fand. Er wollte nicht anecken. Als Kind war er einmal Zeuge davon geworden, wie die Erste Priesterin Lena jemanden in Schutz genommen hatte, der ein Paar aus zwei Männern beleidigt hatte. Das hatte er nicht vergessen. Noch viel mehr Angst als die Zurückweisung seiner Brüder und Schwestern im Orden machte ihm allerding Pans mögliche Reaktion. Steckte in den Witzen, die er Torrvan gegenüber machte, doch ein Fünkchen Wahrheit? Konnte er sich also vorstellen, mehr als nur Vortians bester Freund zu sein? Warf Pan ihm genauso verstohlene Blicke zu, wenn er selbst gerade nicht hinsah?

Unsicher sah er Pan an, der ihn breit angrinste. Das löste die Spannung und er brach in schallendes Gelächter aus.

»Mann, Pan. Als er sich vorstellte, wie jemand ihn küsst, ist er fast in Ohnmacht gefallen. Denkst du nicht, er ist hinter der nächsten Ecke vor Schock umgekippt?«

Pan konnte sich für eine Antwort kaum einkriegen. »M-m-m-möglich«, sagte er, immer noch kichernd, und lehnte sich etwas erschöpft gegen die nächste Hauswand. »Vielleicht hat es ihn aber auch erregt ...«

Das brachte die beiden erneut zum Prusten und sie konnten sich kaum wieder fassen, bis eine warme, weibliche Stimme hinter ihnen ertönte

»Lachen ist gesund und fördert den Geist«, meinte die Erste Priesterin Lena. Und weil sie, wie so oft, wie aus dem Nichts erschienen war, zuckte Pan erst einmal erschrocken zusammen. Das Lachen blieb ihm im Halse stecken.

»Aber wir dürfen darüber den Ernst des Lebens nicht vergessen.« Sie wandte sich Pan zu und ihre kleinen grauen Zöpfchen schwangen im Takt ihrer Bewegung mit.

»Dritter Priester Pan. Unter unseren Jüngsten gibt es einen Streit. Walte deines Amtes und schlichte ihn. Vielleicht schickst du die Übeltäter zum Unkraut jäten.«

Pan nickte, vollführte die Geste der Cahya. Dann zwinkerte Pan Vortian zu und verschwand an ihm vorbei im Inneren der Novizenunterkünfte.

Vortian lächelte bei der Vorstellung, wie Pan sich unter die frühpubertierenden Novizen und Novizinnen mischte und auf seine chaotische Art für Ordnung sorgte.

»Und du, Novize Vortian, folgst mir zur Vorbereitung auf deine nächste Wiedergeburt. Obschon es bereits die dritte ist, scheint sie dir schwer im Magen zu liegen.«

Vortian vollführte respektvoll die Geste der Cahya, so wie Pan eben, bloß dass sie bei seinem Freund wesentlich eleganter gewirkt hatte.

Die Erste Priesterin Lena erwiderte den Gruß und übernahm die Führung Richtung Hauptgebäude.

»Du musst keine Angst haben, Vortian.«

»Ja, Erste Priesterin Lena«, murmelte Vortian.

Aber das war leichter gesagt, als getan.

Vortian streckte die Hände gen Himmel und lehnte den Kopf an die Wand hinter sich.

Die Erste Priesterin Lena hatte ihn zu seiner Unterkunft gebracht, wo er auf seiner Pritsche saß und darauf wartete, dass der Zeremonienpriester ihn abholen würde.

Er trug dieselbe Kutte, die er seit sieben Jahren besaß und deren Saum er nur notdürftig jedes Jahr mit einem weiteren, hässlichen Flicken verlängert hatte. Pan hatte einmal angeboten, ihm eine neue Kutte zu stehlen, doch Vortian hatte nie das Bedürfnis verspürt, gegen die Regeln seines Ordens zu verstoßen. Außerdem hätten sie dann aufwendig dafür sorgen müssen, dass sie benutzt aussah, und das war es ihm dann auch nicht wert gewesen. Ihm waren genug Geschichten erzählt worden und selbst passiert, dass er wusste, wozu Gier und Habsucht verleiten konnten. Und auch wenn er oft genug hinterfragte, ob es die Götter und ihre kindisch wirkenden Konflikte überhaupt gab, so hatte er lange nicht mehr daran gezweifelt, dass dieses Leben, sein Leben, ihn auf die ein oder andere Weise glücklich machen konnte.

Das Ritual der Wiedergeburt stellte allerdings jedes Mal eine Herausforderung dar. Sein Magen krampfte sich schmerzhaft zusammen, als Vortian daran dachte, dass viel zu oft Leichen, eingewickelt in reine Laken, aus den heiligen Hallen getragen worden waren.

Er schloss die Augen und rekapitulierte die Wiedergeburten, die er bereits hinter sich gebracht hatte. Bei der ersten Zeremonie, die man im Alter von sieben Jahren bestehen musste, hatte es noch jemanden gegeben, der am gleichen Tag wie er geborgen worden war. Das Mädchen hatte Alyxa geheißen und hatte ziemlich dunkle Haut gehabt, was vermutlich der Grund gewesen war, warum man sie ausgesetzt hatte. Zumindest hatte es Gerüchte unter den Novizen gegeben, die das andeuteten. Dunkelhäutige Menschen waren im Land Kanthis eine Seltenheit und galten als Fremde. Manche hielten sie sogar für gefährlich, da sie mit Magie in Zusammenhang gebracht wurden. Die Menschen vom südlichen Nachbarland Sinthaz hatten zwar auch braune Haut, aber Alyxa war fast schwarz gewesen und sie war in Kanthis geboren worden. Auch wenn Vortian das nie so richtig verstanden hatte, hatte gerade dieser Umstand vielen Angst gemacht. Für ihn dagegen war Alyxa eine Freundin gewesen, eine Gleichaltrige, eine von ihnen.

Sie hatte das Ritual der Wiedergeburt nur sehr knapp überstanden und war am nächsten Morgen verschwunden. Vortian hatte sie sehr gemocht und hatte gerne mit ihr auf dem Hof gespielt. Und er hatte mit ihr die Ängste vor der bevorstehenden Wiedergeburt geteilt. Für ihn war es eine große Erleichterung gewesen, als Alyxa nach drei quälend langen Minuten die Wasseroberfläche erreicht hatte und mit der Hilfe von umstehenden Novizen aus dem Wasser gezogen worden war. Bis zum heutigen Tage fragte er sich, ob sie das Kloster freiwillig verlassen hatte oder was ihr sonst zugestoßen sein mochte. Von den Priestern hatte er damals nur gehört, dass Alyxa einen anderen Pfad gewählt hatte. Was das wohl bedeuten mochte? Hatte sie Panik während der Wiedergeburt dazu getrieben, den Weg einer Priesterin hinter sich zu lassen? Konnte ein Kind von sieben Jahren das überhaupt allein entscheiden?

Als Vortian dann an der Reihe gewesen war, hatte er ein bisschen weniger Angst verspürt, weil Alyxa es zuvor geschafft hatte. Doch nachdem er ungefähr die Hälfte des Weges hinter sich gebracht hatte, wurde die Angst plötzlich übermächtig. Sein Herz war beinahe in seiner Brust explodiert und die Luft in seinen Lungen drohte knapp zu werden. Doch er hatte sich zur Ruhe gezwungen. So hatte er es mit knapper Restluft geschafft, sich an die Wasseroberfläche zu kämpfen. Als ihm dann die Farbe für das Tattoo aufgetragen wurde, hatte er beinahe das Bewusstsein verloren. Doch am schlimmsten bei dieser ersten Wiedergeburt, war die Nacht danach gewesen. Die Narben der Tätowierung brannten wie Feuer. Die ganze Nacht hatte er geweint und gejammert.

Und er hatte endlich begriffen, warum so viele Novizen nach der ersten Wiedergeburt das Kloster verließen.

Dann, bei seiner zweiten Wiedergeburt hatte Vortian geglaubt, dass er besser vorbereitet wäre. Dennoch: Diese hätte ihn beinahe das Leben gekostet. Er hatte plötzlich einen Krampf in der Wade bekommen und sich den Kopf an der Decke des Tunnels gestoßen, als er vor Schmerz zusammengezuckt war. Nur mit Mühe und Not hatte er die aufkeimende Panik unterdrückt und war trotz des Krampfes weitergeschwommen.

Bei dem Gedanken daran, jagte ein Schauer seinen Rücken hinab.

Trotz seiner stetig zunehmenden Nervosität war ihm aufgefallen, dass es draußen auf dem Gang immer ruhiger geworden war. Normalerweise war stets irgendein Rufen oder Fußgetrappel zu hören. Doch der Betrieb des Klosters war zum Stillstand gekommen. Alle Novizen, Priester und anwesenden Wanderprediger versammelten sich nach und nach in der Kapelle

Die auserwählten Novizen, die ihm bei dem Ritual helfen sollten, erhielten ihre letzten Anweisungen. Wenn alle ihre Positionen eingenommen hatten, würde Priesterin Lena beginnen, das Wasser zu segnen, bis der Zeremonienpriester mit Vortian an seiner Seite die Große Heilige Halle betrat.

Vortian betrachtete seine wenigen, selbst gebauten oder gefundenen Habseligkeiten, die in seinem Schoß lagen. Der Kamm, den Pan für ihn geschnitzt hatte, das Stück Seife, das er eigenhändig hergestellt hatte (es roch nach grobem Meersalz und Arnika), einen Stein, den er als besonders schön empfunden hatte und einen recht robusten Ast aus einem bestimmten Holz, auf dem er für sauberere Zähne herumkaute.

Das alles würde beim ersten Teil der Wiedergeburt den Flammen zum Opfer fallen. Er kannte dieses Vorgehen und doch fühlte er einen weiteren Stich in der Magengegend. Besonders der Kamm von Pan war Vortian wichtig. Wie sehr er sich gerade wünschte, dass sein Freund bei ihm sein konnte. Doch Vortian musste allein sein, während alle anderen in der Kirche auf ihn warteten.

Ein Klopfen an der Holztür der kleinen Baracke schreckte Vortian aus seinen Gedanken.

Er wickelte seine Sachen in einen Lumpen und verknotete ihn. Dann stand er auf, ging mit weichen Knien zur Tür und öffnete diese. Er blickte in das faltige Gesicht des Zeremonienpriesters. Ein sanftes Lächeln lag auf den dünnen Lippen von Pieta, dem Zweiten Priester, der schon so lange der Zeremonienmeister des Klosters war, dass keiner der Novizen sich an seinen Vorgänger erinnern konnte.

»Bereit?«, fragte Pieta und seine schwarzen Knopfaugen funkelten unter den buschigen Augenbrauen aufmunternd hervor. Vortian lächelte nur schwach und nickte. Er traute sich nicht zu sprechen, aus Angst, seine Stimme könnte zittern. Zögernd trat er aus dem kleinen, unscheinbaren Zimmer hinaus an die frische Luft. Tief atmete er ein und aus, als wolle er die Welt, die ihn umgab, noch einmal ganz auskosten.

Dann folgte er Pieta über den Hauptweg in Richtung Halle.

Seine bloßen Füße schritten über den weichen Sandweg. Die Bedeutung der Wiedergeburt lag schwer auf seinen Schultern. Tausend Fragen schwirrten in seinem Kopf umher wie Pfeile. Würde er diese Zeremonie unbeschadet überstehen? Würde es sich anders anfühlen als letztes Mal? Waren seine letzten Stunden auf dieser Erde gezählt? Wenn ja, was erwartete ihn nach dem Tod? Würde Cahya ihn in ihre Arme schließen und würde er im Jenseits auf der Lichtung des ewigen Lebens wandeln, in Einklang mit der Natur, den Tieren und allen Gläubigen, die ein frommes Leben geführt hatten? Oder würde er sich als unwürdig erweisen und in die Zwischenwelt verbannt werden? Dazu verdammt, auf ewig zwischen Diesseits und Jenseits zu wandeln, ohne Chance auf Erlösung oder Ruhe für seine Seele?

Vortian versuchte den Kopf von solch wenig hilfreichen Gedanken freizubekommen und konzentrierte sich stattdessen auf das, was er spüren konnte. Die kleinen, grauen Steine des Weges, die sich an seine Füße schmiegten, nahm er plötzlich wieder viel deutlicher wahr. Aufgeregt pochte sein Herz in seiner Brust, es war, als könnte er das Blut hindurchfließen spüren.

So gezielt wie möglich versuchte Vortian, seine Atmung zu kontrollieren, so, wie er es beim Beten gelernt hatte. Tief in den Bauch hinein, ein und aus. Diese tiefe Atmung wurde den Novizen und Novizinnen schon im frühen Kindesalter beigebracht. Sie half nicht nur dabei, der Göttin näher zu kommen und seine Gedanken zu ordnen, sondern auch, die drei Minuten unter Wasser zumindest einigermaßen durchzuhalten.

Schließlich erreichten sie die großen Flügel der Halle. Kein Geräusch drang zu ihnen heraus. Der Zeremonienpriester trat an das Tor und schob es auf.

In diesem Moment begann der Chor das Lied der Wiedergeburt zu singen. Der Gesang beruhigte Vortian ein wenig.

Vor ihm öffnete sich die Heilige Große Halle. Ihre weißen Wände ragten bestimmt fünf Mann in die Höhe und mündeten direkt über dem Eingang in einen spitzen Kirchturm. Durch große, bunte Fenster schien das Licht der Morgensonne und tauchte das Innere der Kirche in ein warmes Licht. In die Wände waren Ranken und Blumen gehauen worden, die in einer Reihe ein gleichmäßiges Muster ergaben. Auf der rechten Seite der Halle befand sich die Galerie, schlichte, nach oben gestaffelte Holzbänke, auf denen die etwa hundert Novizen und Priester warteten.

Vortians Blick suchte in der Menge, und als er kurz darauf Pans Gesicht erblickte, erfasste ein warmes Gefühl seine Brust. Aufgeregt begann sein Herz, höher zu schlagen. Sein Freund winkte ihm zu und nun endlich schmolzen all seine wirren Gedanken zu einem einzigen zusammen: Er musste überleben. Er *wollte* überleben. Für Pan. Bilder unzähliger glücklicher Momente schossen an seinem inneren Auge vorbei. Wie Pan ihn, als sie beide noch jünger waren, vor älteren Novizen beschützt hatte. Er hatte ein blaues Auge für ihn kassiert und ihm hochtrabend verkündet, dass sie nun Freunde sein würden. Wie sie sich nach Vortians zweiter Wiedergeburt in die Keller geschlichen und gemeinsam betrunken hatten. Dann waren sie mitten in der Nacht schwimmen gegangen und hatten mit ihrem Lachen das halbe Kloster geweckt. Dass einiges davon schon mehr als sieben Jahre zurücklag war unfassbar.

Vortian spürte, wie seine Panik grimmiger Entschlossenheit wich. Bei Cahya, er wollte diese Wiedergeburt bestehen, um noch tausend weitere, schöne Momente mit seinem besten Freund zu erleben. Vielleicht fasste er dann ja auch irgendwann den Mut, ihm seine Gefühle zu beichten.

Vortian hob den Blick und starrte der Statue der Cahya in die steinernen Augen. Ihr nackter Körper glänzte leicht in der Sonne, während das kunstvoll aus dem Stein herausgemeißelte Haar über die Schultern hinab bis zu den Füßen reichte.

Vortian atmete tief ein und aus. Auch sein eigenes Antlitz wurde vom Sonnenlicht angestrahlt, das durch eines der bunten Glasfenster an der Decke fiel. In der Halle war es warm und das Holz der Galerie besaß einen so starken Eigengeruch, dass die Luft fast schon stickig war.

Vor Vortian lag nun der Pfad seiner dritten Wiedergeburt.

In ein paar Metern Entfernung befand sich die Feuerstelle, daneben am Boden der Kreis aus Mosaik und schließlich das Becken. Dahinter lag der Altar. Er schien viel weiter entfernt zu sein als sonst.

Der Chor hatte sich in einem Halbkreis um den Altar versammelt und riss Vortian aus seinen Gedanken, als er das heilige Lied der Wiedergeburt anstimmte.

Priesterin Lena, die bis eben das Wasserbecken gesegnet hatte, schritt auf die Feuerschale zu. Sie entzündete das Feuer geschickt mit zwei Feuersteinen, bis Flammen in die Höhe züngelten.

Alle Anwesenden auf der Galerie und in den Reihen der Helfer, ausgenommen des Chors, schienen den Atem anzuhalten. Vortian beobachtete, wie Pan nervös an seinen Zöpfen zwirbelte. Lena lächelte, ihr zerfurchtes Gesicht wurde von dem Schein des Feuers in ein seltsames Licht getaucht. Dann breitete sie die Arme aus, ganz wie die Statue der Cahya. Vortian wusste, was er zu tun hatte.

Er atmete tief und geräuschvoll aus, während er auf das Feuerbecken zuschritt. Obwohl er gewillt war, die Prüfung seiner Göttin zu bestehen, um weiterhin ein Leben in ihrem Sinne führen zu können, drängte sich die Angst allmählich wieder nach vorne. Vortian schluckte. Sein Herz schlug ihm hart gegen die Brust. Seine Hände begannen zu zittern.

Sorgfältig faltete er den Lumpen auf und warf nun doch noch einen letzten Blick auf sein Hab und Gut der letzten sieben Jahre. Zuerst fuhr er mit den Fingern über die Bissspuren im Holz des Astes. Dann roch er noch einmal an der Seife, die er selbst hergestellt hatte. Fuhr mit den Fingern über die körnige Textur des weißen Steines, der so schön glitzerte, und betrachtete schließlich den Kamm einige Sekunden. Vortian hob den Kopf und fand seinen besten Freund erneut in der Menge. Pan grinste breit und nickte aufmunternd. Also fasste Vortian sich ein Herz, konnte jedoch ein Seufzen nicht unterdrücken, und warf seinen Besitz ins Feuer.

Der Anblick der Flammen, die alles verschluckten, was er die letzten Jahre angesammelt hatte, versetzte Vortian einen Stich. Vortian atmete den Rauch ein, er ließ alle Gefühle der Sehnsucht und der Reue zu, um sie für den Rest der Wiedergeburt verbannen zu können. Er würde jetzt seine volle Konzen-tration brauchen.

Das Lied des Chors veränderte sich, schwang sich in eine höhere Tonlage empor und wurde schneller. Vortian hörte die Worte »Lass los, lass los, alles, was dich an die letzten sieben Jahre bindet, lass los«. Komplett loszulassen war einfach unmöglich. Vortian ließ zwar den Kamm los, den Ast, die Seife und die Kutte, aber die Erinnerungen und die Gefühle, die er damit verband, hielt er ganz fest.

Sie verweilten nicht lange an diesem Teil der Zeremonie, das Entfernen jeglicher Haare würde noch genügend Zeit in Anspruch nehmen. So nickte die Erste Priesterin Lena Vortian zu, als er weiter zu der Rasur gehen durfte.

Vor sieben Jahren hatte Vortian diesen Teil noch als sehr unangenehm empfunden. Sich nackt vor das gesamte Kloster zu stellen, während andere ihn rasierten, war ihm fast schlimmer vorgekommen als der spätere Tauchgang. Jetzt hätte er sich lieber doppelt so lang nackt vor allen anderen präsentiert, wenn ihm dafür alles Weitere erspart bleiben würde.

Die Erste Priesterin Lena machte ein paar grazile Schritte rückwärts und eröffnete Vortian damit den Weg zu dem Mosaik auf dem Boden, auf das er sich stellen musste, während er von ausgewählten Novizen rasiert wurde.

Bevor er sich auf den Weg zu dieser Zeichnung auf dem Boden machen konnte, stülpte er allerdings noch seine Kutte über den Kopf und legte sie auf das Feuerbecken.

Gierig loderten und lechzten die Flammen nach dem rauen Stoff und ein beißender Geruch nach Wolle durchzog die heilige Halle. Vortian stand nun gänzlich nackt vor der gesamten Klostergesellschaft. Es war immer noch ein seltsames Gefühl, aber prinzipiell hatte sich jeder Ordensangehörige daran gewöhnt. Man wuchs von Beginn an damit auf, Novizen und Novizinnen bei ihrer Zeremonie nackt zu sehen. Kleidung benötigte man in der Philosophie des Ordens nur zum Schutz und um in die Gesellschaft des Königreiches zu passen.

Vortian bekam eine Gänsehaut. Er spürte die stickige Luft auf der Haut, als er auf das Mosaik am Boden zuschritt. Als Vortian sich auf die Blütenblätter der Blume stellte, konnte er ihre einzelnen Bestandteile unter den bloßen Füßen spüren.

Zum zweiten Mal veränderte sich das Lied des Chores. Sie sangen nun eine leisere, sanftere Melodie, die hauptsächlich von den tiefen Stimmen getragen wurde. Vortian schenkte nicht allen Strophen Aufmerksamkeit. Doch er wusste, dass sie etwas sangen wie: »Nackt, so wie am ersten Tag, sollst du ihr begegnen. Geh mit Mut den nächsten Schritt, Cahya wird dich segnen.«

Die Erste Priesterin Lena winkte in Richtung der Galerie. Daraufhin kamen fünf junge Novizen auf Vortian zu. Vier von ihnen trugen scharfe Klingen in der Hand, die nur zu der Wiedergeburt und zur Instandhaltung hervorgeholt wurden. Einer von ihnen trug ein Gefäß mit Kräuterpaste und eines mit klarem Wasser, ein weiterer eine leere Schüssel. Sie scharrten sich um Vortian, der sich breitbeinig hinstellte und die Arme ausbreitete, und begannen ihn sorgfältig zu rasieren. Die Prozedur schien jedes Mal ewig zu dauern. Vortian mochte es nicht, sich beim Rasieren auf andere verlassen zu müssen und konnte das Gefühl der Klingen auf der Haut nicht leiden.

Doch die Rasur war ein fester Bestandteil der Wiedergeburt, Um sich abzulenken, suchte Vortian noch einmal nach Pans Blick, blieb aber an dem Gesicht von Xundina hängen, das sich bleich aus der Menge abhob. Ihre hochgezogenen Augenbrauen und ihre großen Augen ließen sie gleichzeitig ängstlich und gespannt wirken. Vortian hatte versucht, ihr in letzter Zeit aus dem Weg zu gehen, um sie mit seiner Angst vor der Wiedergeburt nicht zu verunsichern.

Kurz spürte er deswegen einen Stich. Ihm war seine Bemerkung vielleicht auch immer noch peinlich und er wusste nicht, wie er damit umgehen sollte. Aber jetzt versuchte er wenigstens, Xundina ein Lächeln zu schenken. Vielleicht machte ihr das ein wenig Mut. Und vielleicht sollte Vortian sich nach seiner Prüfung mehr darum bemühen, das Kloster für Xundina zu einem Zuhause zu machen.

Xundina lächelte aufmunternd zurück. Vortian ertappte sich dabei, wie er da-rüber nachdachte, Xundina nach Montegrad zu begleiten. Wuchs da in ihm etwa doch der Gedanke, er könnte sich mal auf ein kleines Abenteuer begeben?

In dem Moment schnitt einer der Novizen in Vortians Haut am Bein. Er zuckte zurück und wurde aus seinen Tagträumen gerissen. Jetzt wollte er nur noch die Augen schließen und alles über sich ergehen lassen.

Es vergingen vielleicht zehn Minuten, die sich wie eine halbe Ewigkeit für Vortian anfühlte.

Während der Rasur kamen langsam Vortians bisherige Körperbemalungen zum Vorschein. Aus einem Stamm auf seinem Rücken, der Wurzeln bis auf seine Oberschenkel schlug, sprossen zahlreiche, verwinkelte und bisher noch kahle Äste, die sich auf seine Schultern, Arme und sogar auf den Kopf ausbreiteten. Doch um weitere Tätowierungen zu erhalten, musste Vortian erst das Tauchbecken überstehen.

Als die Novizen ihre Arbeit beendet hatten, war Vortian wieder gänzlich haarlos. Nur Augenbrauen und Wimpern hatte man ihm gelassen. Vortian würde sich selbst erst nach der Zeremonie betrachten können. Er fuhr sich kurz über den kahlen Kopf und spürte nichts als glatte Haut. Ganz sanft erhoben sich die Tätowierungen von dem Teil der Haut, der noch nicht bemalt worden war.

Die Erste Priesterin Lena trat wieder vor. Sie hatte die Rasur auf einem Hocker vor der Galerie aus beobachtet und begutachtete die Arbeit der Novizen.

Auf ein Nicken hin, schwoll der Gesang des Chors auf eine Lautstärke an, die von den Wänden der Kirche widerhallte und sie trotz ihrer Größe gänzlich erfüllte. Die Tenöre und Bässe wechselten sich ab, während die hohen Frauenstimmen einzelne, immer wiederkehrende Tonfolgen sangen.

Von all den Wiedergeburten der anderen Novizen und Novizinnen wusste er, dass dieser Teil des Liedes der dynamischste war. Danach flachte das Lied allmählich ab, wurde ruhiger, bis es am Ende der Zeremonie ausklang.

Bestärkt von dem Lied, schritt Vortian nun auf Becken zu.

Das Leben war ein besonderes Geschenk, das größte, das ein Mensch bekommen konnte. Genau das wurde hier zelebriert.

Nachdem Priesterin Lena das Becken freigegeben hatte, erlaubte Vortian sich das erste Mal wieder, einen Blick auf die Tribüne zu werfen. Er konnte Pan entdecken, der sich zu einem Lächeln zwang, das ihm nur halb gelang. In seinen Augen stand die Angst um seinen Freund.

Vortian versuchte zurückzulächeln. Der Gedanke an seinen Freund schenkte ihm noch einmal neue Kraft.

Mit diesem Gedanken schaffte Vortian es, sich zum Becken herunterzubeugen, die Arme am Rand abzustützen und sich mit einem kräftigen Ruck hinabgleiten zu lassen.

Er gab seinem Körper Zeit, sich an die Kühle des Wassers zu gewöhnen und spürte, wie es in der kleinen Schnittwunde brannte. Jetzt achtete er noch einmal besonders auf seine Atmung: Ein – der Bauch weitete sich, indem er sich mit Luft füllte. Aus – sein Bauch zog sich zurück, als die Luft seine Lungen verließ. Dies wiederholte er mehrere Male.

Nun war es so weit. Ein letztes Mal holte Vortian tief Luft und zog sich dann am Beckenrand in die Tiefe.

Alles in ihm sträubte sich dagegen, sich in diesen engen Gang zu begeben, in diese tödliche Falle, die dort auf ihn wartete. Doch er wusste, dass er sich so schnell wie möglich überwinden musste, um sein Leben nicht zu gefährden. Seine Gedanken begannen wir verängstigte Vögel in seinem Kopf herumzuflattern. Vortian versuchte, sich auf seine Muskeln zu konzentrieren.

Er *hatte* genug Luft. Er war der beste Schwimmer. Er hatte trainiert, sein ganzes Leben lang. Schon weniger Trainierte hatten es vor ihm geschafft.

Allumfassende Dunkelheit und Stille umgab ihn nun. Durch die dicken, steinernen Wände des Tunnels konnte er den Chor nicht mehr hören. Vortian war allein mit seinen Gedanken, allein mit sich selbst und seiner Göttin, die hoffentlich bei ihm war. Selbst wenn er kein Licht erblickte, selbst wenn sie nicht zu ihm sprach. Er tat das hier nur für sie. Und natürlich für Pan.

Weiter, dachte Vortian, *schwimm weiter*.

Seine kräftige Arme und Beine bewegten sich rhythmisch. Immer wieder schlugen seine Hände und Füße dabei gegen die Wände. Er war größer geworden seit der letzten Prüfung und spürte mit jedem Zug, wie eng der Tunnel geworden war. Er zwang sich, gleichmäßig zu schwimmen. Nicht hektisch zu werden. Mit aller Kraft versuchte er den zunehmenden Druck in der Lunge zu ignorieren. Das Verlangen, einzuatmen wurde immer stärker.

Endlich sah er einen schwachen Lichtschein, der durch die Dunkelheit brach.

Vortian kämpfte gegen die aufkeimende Panik an, als er spürte, wie der Luftmangel ihm auf die Lunge drückte. *Bleib ruhig, verdammt!* Im Augenblick war es ihm egal, was die Göttin von diesem Fluch halten mochte. Sein Kopf fühlte sich an, als explodiere er gleich, seine Augen und seine Lungen brannten. Panisch schlug nun sein Herz gegen seine Brust, doch Vortian wusste, dass er keine andere Wahl hatte, als weiter zu schwimmen, wenn er überleben wollte. Auf einmal spürte er einen Krampf in der linken Wade. *Nein!* schoss es ihm durch den Kopf, *nicht jetzt!*

Nur noch drei oder vier Züge. Die Schmerzen in seinem Bein brachten ihn beinahe um den Verstand, eine Luftblase verließ Vortians mühsam zusammengepresste Lippen. Das Wasser reizte seine Augen, er konnte kaum noch erkennen, wie weit es noch war.

Die Panik drohte, ihn nun endgültig zu verschlingen.

Aber Vortian presste die Lippen zusammen. Mühsam kämpfte er sich vorwärts, das linke Bein streckte er steif von seinem Körper ab. Viel zu langsam kam er voran, die Zeit schien stillzustehen. Sterne flimmerten vor seinen brennenden Augen. Aber dann, endlich, seine Brust drohte zu zerplatzen, erreichte er das Licht. Vortian strampelte sich quälend in die Höhe.

Als er sich endlich aus dem Becken ziehen konnte, fühlte es sich wirklich wie eine Geburt an. Mit einem geräuschvollen Japsen sog er die rettende Luft in seine Lungen, hustete und klammerte sich an den Beckenrand.

Raus, er wollte raus aus dem Wasser. Doch die Hände, die ihm eigentlich aus dem Becken helfen sollten, blieben auch nach wenigen Herzschlägen noch fort. Vortian stemmte sich mit allerletzter Kraft allein aus dem Wasser und blieb für einen Moment schwer atmend liegen. Immer wieder stieß seine Brust beim Atmen gegen den kalten Stein des Bodens. Dann nahm er endlich wahr, dass ihn anstelle des Chors ein Gewirr aus Stimmen umgab. Murmeln und Raunen erfüllten die Halle. Vortian konnte nicht klarsehen, da ihm immer noch das Wasser von der Stirn in die Augen lief. Doch nachdem er ein paarmal geblinzelt und sich mit dem Unterarm über die Stirn gewischt hatte, konnte er erkennen, dass fast alle Novizen auf der Tribüne standen. Sie wandten sich einer Stelle zu, die von einem hellen Licht erleuchtet wurde. Präziser, klarer Strahl, irritierend, überirdisch, und er traf Pan. Dessen ganzer Körper wurde erhellt von dem Licht und ... in die Luft gehoben?

Das konnte unmöglich sein!

Als Vortians Gehirn allmählich wieder genug Sauerstoff erhalten hatte, sah er, dass einige Novizen und Priester auf die Knie gefallen waren. Vortian traute kaum seinen Augen. Es musste am Luftmangel liegen. Der Lichtstrahl, den er eben beobachtete hatte, erhellte Pans Gesicht auf eine Art und Weise, wie Vortian es noch nie gesehen hatte. Es war überirdisch hell, als käme es nicht von dieser Welt.

Der Ursprung des Lichts schien ein Fenster auf der gegenüberliegenden Seite der Kirche zu sein. Aber genau konnte Vortian das nicht erkennen, denn er sah immer wieder verschwommen. Das Wasser aus dem Becken hatte seine Augen gereizt.

»Das ist der Ruf der Göttin!«, hörte Vortian einen Mönch rufen, dessen Stimme er nicht zuordnen konnte.

»Göttlich, unbegreiflich!«

Doch das war nicht alles. Pan schwebte tatsächlich. Seine Füße erhoben sich einige Zentimeter über dem Platz, auf dem er zuvor noch gesessen hatte. Er hielt die Arme ausgebreitet, seine Haare und seine Kutte schienen in einer leichten Brise zu flattern. Der Lichtstrahl wurde von Pans Augen reflektiert, es sah beinahe so aus, als bestünden sie nur noch aus Licht oder als wären sie selbst zu einer Quelle an Licht geworden. Wie zwei Mondsteine, nur viel heller.

Vortian war zwar immer noch erschöpft, doch die Sorge um Pan zwang ihn dazu, sich mühsam aufzurichten.

Er torkelte ein paar Schritte in Richtung der Galerie, verlor jedoch den Halt und stürzte auf die Knie. Vortian keuchte auf, ein stechender Schmerz fuhr seine Oberschenkel hinauf. Er wollte zu Pan, doch sein Körper fühlte sich viel schwerer an als sonst, seine Arme zitterten. Plötzlich sah er zwei nackte Füße, durchzogen von blauen Adern, vor sich. Priesterin Lena legte sanft eine Hand unter sein Kinn und brachte ihn dazu, ihr in die warmen Augen zu sehen.

»Beende deine Zeremonie, Vortian«, sprach sie in leisem, beruhigendem Ton und blickte ihn ernst an, »Du kannst jetzt nichts für Pan tun. Es ist ein heiliges Zeichen ... es wird euch beiden gut ergehen.«

Als hätte sie ihn gerade mit einem Zauberspruch belegt, wandte Vortian sich wieder dem Altar zu und stolperte mit unsicheren Schritten in dessen Richtung. Priesterin Lena hatte recht. Er musste seine Wiedergeburt beenden. Danach konnte er sich um Pan kümmern.

Kräuter brannten in den Schalen rechts und links von der Statue und verbreiteten den Duft von Jasmin und Rosen, der Vortians Sinne noch viel heftiger benebelte. Zusammen mit dem Chor, der das Lied der Wiedergeburt inzwischen wieder angestimmt hatte, würden sie Vortian in einen meditativen Zustand versetzen.

Die zunehmende Erschöpfung kam diesem Prozess zugute. Vortian ließ sich auf die Knie sinken. Das Gemurmel und die ehrfurchtsvollen Rufe hinter ihm verschwammen gemeinsam mit dem Klopfen seines eigenen Herzens zu einem Teppich aus

Klängen. Die leisen, langgezogenen Töne des Chors ließen Vortians Gefühle langsam in den Hintergrund treten. Nur noch in der hinteren Ecke seines Verstandes realisierte er, wie der Tätowierer näherkam und sich hinter ihn setzte. Vortian konnte den ersten Pinselstrich und die kalte Farbe daran spüren, bevor er durch die Erschöpfung und die Meditation das Bewusstsein verlor.

Vortian erwachte in der Nacht vor Schmerzen. Die Farbe, die man während der Wiedergeburt auf seine Haut gemalt hatte, brannte sich nun ihren Weg. Sie bestand aus einer Zusammensetzung aus Farbstoffen und Kräutern, die sich wie ein Sonnenbrand unter die obersten Hautschichten brannte und so für eine permanente, schwarze Bemalung sorgte. Da die Bemalungen der Mönche nicht wie gängige Tätowierungen mit Nadeln unter die Haut gestochen wurden, schmerzte nicht der Prozess des Bemalens. Stattdessen zog der Farbstoff in den Stunden nach dem Auftragen in die Haut ein, ätzte sich hinein und hinterließ farbige Narben, die ein Leben lang pechschwarz bleiben würden.

Es fühlte sich an, als würde er von Hunderten heißer Nadeln immer und immer wieder durchbohrt werden. Vortian drehte sich auf den Bauch und krallte sich in sein Kissen. Eigentlich kannte er den Schmerz der Tätowierungen schon und wusste, dass es nur diese erste Nacht so schlimm sein würde. Aber dieses Wissen half ihm gerade nicht weiter. Er befand sich in der gleichen Unterkunft, aus der ihn der Zeremonienmeister Pieta vor seiner Wiedergeburt abgeholt hatte. Es war ein kleiner Raum mit bloß einem Fenster, das nicht verglast war. Sternenlicht erhellte die kleine Pritsche, auf der Vortian unter eine dicke Wolldecke gebettet war. Auf einem kleinen Holztisch neben ihm lag seine neue Kutte. Eine Holztür verschloss seinen Weg in die Freiheit.

Pieta würde so lange vor der Tür ausharren, bis Vortian aufgewacht war und von allein aufstehen und gehen konnte.

Vortian kniff die Augen zusammen und atmete geräuschvoll aus. Seit seiner Wiedergeburt war er nicht mehr aus seiner

Bewusstlosigkeit erwacht, doch nun hatte ihn der Schmerz zurück in die Realität geholt. Er konnte sich nicht rühren. Seine Glieder waren wie gelähmt vor Schmerz, während sein Geist langsam wieder zu arbeiten begann. Die Ereignisse der Zeremonie holten ihn ein. Die Gedanken an Pan.

Was war mit ihm geschehen? Was sollten Lenas Worte bedeuten? Was hatte das, was mit Pan geschehen war, mit ihm zu tun? War es ein bloßer Zufall, dass beides – seine Wiedergeburt und das, was Pan widerfahren war – gleichzeitig passierte? Oder war am Ende alles nur ein Hirngespinst seiner eigenen Fantasie gewesen, ausgelöst durch den langen Sauerstoffmangel im Tunnel?

Am liebsten wäre Vortian sofort aufgestanden und hätte Pan gesucht, doch er wusste, dass er sich die nächsten Stunden nicht würde bewegen können. Er lag in dieser Kammer auf seiner Pritsche, unter einer kratzigen Decke und hatte Schwierigkeiten beim Atmen, weil sich die Farbe erbarmungslos in seine Haut fraß. Eigentlich hoffte er trotz all seiner Sorgen um Pan, dass der Schmerz so stark werden würde, dass er ihn übermannte und erneut bewusstlos werden ließ. Doch dieser Wunsch sollte ihm in dieser Nacht lange verwehrt bleiben.

Als Vortian die Nacht endlich überstanden hatte, wurde er von Sonnenstrahlen geweckt, die sanft seine Nase kitzelten. Er war erschöpft von den vergangenen Stunden und seine frisch bemalte Haut spannte und brannte immer noch leicht, doch ihn erfasste sofort eine große Erleichterung. Er hatte es geschafft. Zumindest für einige Zeit konnte er die Wiedergeburt und diesen furchtbaren Wassertunnel vergessen.

Langsam richtete er sich auf und stellte die Füße auf den kalten Steinboden. Er spürte seine Zehen, seine Beine, er strich sich behutsam über den kahl rasierten Kopf.

Die Haare, die er sieben Jahre lang hatte wachsen lassen, waren fort. Dann streckte er die Arme aus und betrachtete die neuen Äste der Tätowierungen, die sich in der letzten Nacht fest eingebrannt hatten. Die Haut unter den neuen, schwarzen Ästen des Baumes war noch gerötet, fast so, als hätte Vortian einen starken Sonnenbrand abbekommen. Sein Blick fiel auf seine neue Kutte. Diese hatte eine schöne haselnussbraune Farbe, die verdeutlichte, dass er nun ein Dritter Priester war. Dritter Priester Vortian. Er griff nach ihr und fühlte den natürlichen, rauen Stoff, der ihn die nächsten sieben Jahre begleiten würde. Es brauchte jedes Mal eine ganze Weile, um sich an seinen neuen Rang zu gewöhnen, da gerade bei denjenigen, die ihn nicht persönlich kannten, schon allein die Farbe der Kutte ein gänzlich anderes Verhalten auslöste.

Je heller die Kutte eines Mönches war, umso höher war sein Rang und umso mehr hatte er im Orden zu sagen. Er selbst hatte bisher zu den Novizen gehört, die ihre Stimme senkten oder ein Lachen unterdrückten, wenn ein Priester vorbeiging, oder die schnell mit der Geste der Cahya grüßten und sofort den Blick senkten, wenn sie von einem Ranghöheren angeschaut wurden. Jetzt stand Vortian auf der anderen Seite – er war vom Novizen zum Priester aufgestiegen und würde damit viele Scherze und Gespräche der Novizen verpassen. Er spürte einen Stich in der Magengrube. Ein bisschen würde er diese Ausgelassenheit vermissen. Nun war er für nichts anderes als seine eigenen Aufgaben zuständig. Dazu gehörte zum Beispiel die Aufsicht über die jüngeren Novizen, die Vorbereitung von Wiedergeburten oder die Kommunikation mit anderen Klöstern im Land.

Vortian seufzte und etwas von seiner Anspannung fiel von ihm ab. Doch dann wanderten seine Gedanken wieder zu Pan und versetzten ihn in solche Sorge, dass sein Magen erneut rumorte. Er wollte endlich wissen, was passiert war, und vor allem, wo Pan steckte und wie es ihm ging.

Vortian streifte sich also seine neue Kutte über und stellte sich auf die Füße. Als der raue Stoff des Gewands die frisch bemalten Hautstellen berührte, zuckte er leicht zusammen. Er straffte die Schultern und fuhr sich über das müde Gesicht. Die Erschöpfung kam ihm gelegen, denn so konnte er seine Angst um Pan hinter einer Maske aus Müdigkeit verstecken. Schon immer hatte er es als unangenehm empfunden, wenn Menschen an seinen Zügen ablesen konnten, was in ihm vorging.

Einen kurzen Moment nahm er sich noch die Zeit, sich zu sammeln. Dann öffnete er die dünne Holztür und trat ins Freie. Die Sonne begrüßte ihn mit ihren wärmenden Strahlen und ließ ihn aufatmen, obwohl er die Stirn in Falten legen musste.

Als er sich nach Pieta umsah, stellte er zu seiner Überraschung fest, dass Priesterin Lena auf dem Platz des Zeremonienmeisters saß und das von Falten zerfurchte Gesicht in die Sonne hielt. Sie saß kerzengerade auf der steinernen Bank neben der Hütte – die Schultern durchgedrückt, die Hände im Schoß gefaltet, die bloßen Füße im Gras verborgen.

Mit dem leichten Lächeln auf den Lippen wollte sie wohl Frieden vermitteln, doch es besaß nichts von ihrer sonstigen Gelassenheit. Vortian wusste sofort, dass etwas nicht stimmte.

»Guten Morgen, Dritter Priester Vortian«, sagte sie, wobei ihr Lächeln zunehmend gequält wirkte.

»Wo ist Pan?«, fragte er sofort, ohne sich die Mühe zu machen, besonders höflich zu sein.

»Ich bringe dich zu ihm.«

Ein seltsames Schweigen herrschte zwischen ihnen, als Lena sich erhob und Vortian mit einem Winken bedeutete, ihr zu folgen. Immer wieder tauchten kleine, bruchstückhafte Bilder von dem gestrigen Tag aus seinen Erinnerungen auf. Wieder spürte er die Steine des Weges unter seinen Füßen, den er auch gestern zu seiner Wiedergeburt gegangen war, doch diesmal schienen sie sich anders anzufühlen, obwohl sie sich in den letzten Stunden wohl kaum verändert haben konnten.

Am liebsten hätte Vortian alle seine Fragen, die ihm im Kopf herumschwirrten, gleichzeitig gestellt. Das Gefühl der Unsicherheit ließ sein Herz wild gegen seine Brust schlagen. Gleichzeitig rieb bei jedem Schritt der raue Stoff seiner neuen Kutte über die Tattoos. Das brannte zwar nicht mehr so schlimm wie letzte Nacht, nervte ihn jedoch extrem. Das Einzige, was ihn davon abhielt, die Erste Priesterin zu löchern, war sein Vertrauen zu ihr. Lena war bereits sein ganzes Leben lang die Leiterin des Klosters, seiner Heimat, und kam damit wahrscheinlich einer Mutter am nächsten. Sie würde ihm schon alles erklären, wenn der richtige Zeitpunkt gekommen war.

Zumindest hoffte er das.

Sie verließen die weiten Gassen des Klosters, wobei sie ein paar Novizen und Mönchen begegneten, die ihnen scheue Blicke zuwarfen. Obwohl er einigen zunickte, wurde sein Gruß nur selten erwidert. Wahrscheinlich lag es daran, dass er den meisten von ihnen nun übergeordnet war. Vielleicht trauten sie sich nicht, eine frisch wiedergeborene Autorität auf die gleiche Weise zu grüßen, wie einen Novizen ihres Ranges.

Oder konnte es mit dem zusammenhängen, was während seiner Wiedergeburt geschehen war? Hatten sie jetzt Angst vor ihm, weil gestern etwas passiert war, das sie sich nicht erklären konnten? Aber das, was mit Pan geschehen war, hatte doch nichts mit ihm zu tun, oder?

Er versuchte, die Blicke und das Getuschel, die ihren Weg begleiteten, zu ignorieren. Doch so ganz wollte ihm das nicht gelingen. Vortian hätte sich bestimmt etwas besser gefühlt, wenn ihm auch nur einer der anderen Novizen aufmunternd zugelächelt oder ihm zu seiner erfolgreich abgeschlossenen Wiedergeburt gratuliert hätte. Doch niemand näherte sich ihnen.

Schließlich gingen Vortian und Lena auf die Unterkünfte der Priester zu und bogen in einen Trakt ab, den Vortian noch nie in seinem Leben betreten hatte.

Er beherbergte die Unterkunft, die ausschließlich hohen Gästen des Klosters vorbehalten war, wurde mit Bedacht gepflegt, war aber nur sehr selten besetzt.

Vortians Herzschlag beschleunigte sich, als Priesterin Lena die stabile Haupttür aufschob und sie beide eintraten. Adelige aus der Umgebung des südlichen Altherras hätten das Haus vermutlich als einen stabileren Schuppen bezeichnet. Doch für einen Mönch war es geradezu edel. Dies war die einzige Unterkunft, die Möbel mit weichen Unterlagen und Glas vor den Fenstern besaß.

Auf diesem weichen Bett saß nun Pan. Er grinste sie an. Es war ein beinahe vertrautes Bild und Vortian spürte bereits einen Anflug von Erleichterung, doch so ganz wollte das Gefühl des Unwohlseins nicht verschwinden.

Es lag eine seltsame Spannung im Raum.

Pan gegenüber, an einem kleinen Regal, lehnte Xundina. Als Vortian sie knapp grüßte, fiel ihm einmal mehr auf, wie sie sich seit ihrer Ankunft verändert hatte. Ihr rotblondes Haar hatte sie in einen losen Pferdeschwanz in ihrem Nacken gebunden und ihre Haut wirkte etwas gebräunter und gesünder als sie es bei ihrer Ankunft gewesen war.

Rechts neben Pan, am Ende des Raumes, befand sich Luficaris Sekundärus, der Zweite Obere des Ordens. Er bekleidete eines der höchsten Ämter und man sah ihn so selten, dass er beinahe als Legende galt. Den Oberen war es erlaubt, sich regelmäßig und nach eigenem Ermessen zu rasieren, weshalb sein Kopf kahl war und er die prachtvollen Hautbemalungen präsentierte, während sein halbes Gesicht von einem ausladenden Bart verdeckt war. Seine Kutte war weiß und um den Hals trug er ein Holzamulett, das den Baum zeigte, den jeder Priester während der Wiedergeburten auf die Haut gemalt bekam. Dieser Baum war das Symbol der Cahya – ein starker, schwarzer Stamm führte hinauf in eine Krone aus unzähligen Ästen und Zweigen, die sich willkürlich ineinander verschränkten. Nur die eine Hälfte der Baumkrone war mit Blättern bestückt, um das Leben zu symbolisieren. Die andere Hälfte blieb kahl als Zeichen für den Tod. Luficaris von Falten umrahmte Lippen zierte ein freundliches Lächeln, das eine einzige Zahnlücke in einer Reihe strahlend weißer Zähne präsentierte.

Bei der Höhe seines Rangs hatte Vortian erwartet, Ehrfurcht zu empfinden. Doch das gesamte Auftreten von Luficaris, sein Grinsen bis hin zu der locker zurückgelehnten Haltung, ließen ihn nicht allzu autoritär wirken. Vortian mochte ihn sofort.
»Vortian, unser frisch gebackener Dritter Priester«, begrüßte der Obere ihn feierlich.
Verwirrt ob der unerwartet vertraulichen Anrede, blieb Vortian wie angewurzelt stehen.
»Vortian, willst du den Oberen nicht angemessen begrüßen?«, erinnerte Lena ihn sanft. Vortian spürte, wie er rot wurde, und legte schnell die Fäuste aneinander und verneigte sich ruckartig
»So, nun Schluss mit den Formalitäten, komm hier herüber zu uns!«
Vortian setzte sich in Bewegung, auch wenn das seltsame Gefühl in seiner Magengrube, das er seit dem Aufstehen verspürte, in diesem Moment zunahm.
»Pan kennst du ja«, sagte Luficaris.
Als hätte dies einen neuen Bereich in Vortians Hirn aktiviert, antwortete er: »Ja, natürlich. Wie geht es dir?«
Er blickte zu Pan hinüber und nahm zum ersten Mal dessen Blick richtig wahr.
Pan wandte den Kopf in Richtung des Fensters und sprach mit einem Grinsen auf seinen Lippen: »Gut, danke der Nachfrage.«
Dieses Grinsen kam Vortian auf einmal sehr falsch vor. Es war breiter als sonst und die Augen seines Freundes strahlten nicht wie üblich. Außerdem schwang ein unüberhörbar selbstgefälliger Unterton in seiner Stimme mit.
Pan wirkte völlig verändert.
»Das hier ist Xundina. Sie wird euch auf eurer Reise begleiten.«
»Wir kennen uns auch bereits«, antwortete Vortian etwas verwirrt und nickte Xundina zu. Als diese sein Nicken erwidert hatte, fügte Vortian hinzu:
»Unserer Reise?«

Sein Unbehagen wuchs. Unsicher warf er der Ersten Priesterin einen Blick zu und stellte ängstlich fest, dass ihr Lächeln so gut wie verschwunden war. Was zur verdammten Zwischenwelt war hier los?

»Pan wurde von Cahya erleuchtet«, begann Luficaris in einem Ton zu erklären, als spräche er mit einem Sechsjährigen. »Diese Kunde muss ins Land getragen werden. Du bist Pans Träger, deine Zeremonie löste das heilige Ereignis aus.«

Erleuchtet? Ins Land getragen werden? Pans Träger? Und was hatte Xundina mit all dem zu tun?

Durch diese Erklärung *fühlte* Vortian sich auch wie ein Sechsjähriger.

Er verstand überhaupt nichts mehr und suchte verzweifelt im Gesicht von Lena oder Luficaris nach weiteren Antworten. Er konnte sich noch aus den Sagen über die Götter daran erinnern, dass diese sich in früheren Jahrhunderten Gefäße gesucht hatten. Menschen, die sie besetzt hatten, um gegen das Böse zu kämpfen. Er meinte auch, dass die Bezeichnung »Träger« immer wieder vorkam. Allerdings konnte er sich nicht mehr daran erinnern, was es mit diesen auf sich hatte oder worin ihre Aufgabe bestand. Außerdem waren das nichts weiter als Legenden. Seit Jahrhunderten hatte niemand mehr von den Göttern gehört oder war gar von ihnen besetzt worden.

Vortian schaute erneut Pan an.

War das mit ihm geschehen? Hatte Cahya ihn ... besetzt?

Vortian fuhr sich ratlos über den kahlen Kopf und blickte ins Leere.

»Also ... mit ›ins Land tragen‹ ... meint Ihr da, dass wir als Wanderpriester durch Kanthis ziehen sollen?«, fragte er niemand Bestimmten.

Sein Blick blieb erneut an Pan hängen, der ihn für einen winzigen Moment zu erwidern schien. Hatte er da Angst und Kummer in den Augen seines Freundes gesehen?

Doch schon grinste Pan wieder und sagte: »Wanderpriester.«

6. Kapitel

Feuer

In der Nacht wurde Sinphyria von dem dringenden Bedürfnis geweckt, den erwähnten Pott zu benutzen. In der Zelle hatte sie selten den Eimer genutzt, den man ihr bereitgestellt hatte. Generell hatte sie wenig Probleme mit ihrer eigenen Nacktheit, aber vor der Zelle im Innenhof hatten so oft Soldaten gestanden und gegafft, und denen wollte sie dieses Vergnügen ganz sicher nicht gönnen. Jetzt schienen alle zu schlafen, und bei dem Schnarchen würde bestimmt keiner aufwachen. Also machte Sinphyria sich auf den Weg.

Der üble Gestank kam ihr bereits entgegen, als sie die Baracken verlassen hatte, und leitete sie in eine Kammer, in der ein einfacher Eimer stand. Es gab mehrere dieser Kammern, aber diese hier war ein bisschen weiter weg, als die anderen. Sinphyria hoffte, dass sie dadurch niemand bei diesem verletzlichen Moment unterbrach.

Trotz des Gestanks erleichtert hockte Sinphyria sich über das Teil und ging ihrem Geschäft nach. Hoffentlich musste sie ihn morgen nicht ausleeren. Als sie fertig war, hörte sie auf einmal Schritte vor der Kammer. Ihr Herz pochte nervös.

Natürlich waren die Soldaten ihr gegenüber immer noch feindselig gestimmt und bisher hatte sie keine Waffe erhalten, mit der sie sich wehren konnte. Aber es hatte auch keine Übergriffe gegeben. Bis jetzt.

Sinphyria versuchte, die wachsende Angst zu ignorieren und stieß die Tür nach draußen auf.

Da packte sie auf einmal eine grobe Hand und stieß sie zurück in die Kammer. Unsanft stolperte sie gegen den Eimer, den sie gerade benutzt hatte. Ein Soldat folgte ihr in die Kammer und presste Sinphyria an die Wand hinter sich. Sie spürte seinen schweren Atem und kurz darauf etwas Kaltes, Spitzes an ihrer Wange. Als sie endlich schreien wollte, presste er ihr sofort die Hand auf den Mund.

»So, du Schlampe. Jetzt wollen wir doch mal sehen, was für eine Strafe dich erwartet. Der Tod eines Kameraden sollte nicht ungesühnt bleiben«, knurrte der Mann und sein stinkender Atem machte ihre Situation nicht erträglicher.

Unter der Hand, die er auf ihren Mund gedrückt hielt, versuchte Sinphyria etwas zu sagen. Verzweifelt versuchte sie, die Lippen zu öffnen, um ihm in den Finger zu beißen, doch sein Griff war zu stark. Nun wurde der Gestank von Fäkalien, an den sie sich während ihres Geschäfts beinahe gewöhnt hatte, von seinem furchtbaren Körpergeruch überdeckt. Obwohl Sinphyria nicht viel von ihm sehen konnte, wurde sie doch gezwungen, den Gestank von Schweiß und schwerer Wolle einzuatmen. Doch es schwang auch noch ein anderer Geruch mit, etwas Beißendes, das Sinphyria in ihrer Not nicht genau erkennen konnte.

Sinphyria konnte sich nicht befreien. Panik stieg in ihr auf, während sie verzweifelt versuchte, den Fremden von sich zu stoßen.

Nun lachte er sogar noch gehässig.

»Ich wusste, du würdest es mir nicht einfach machen«, keuchte er grinsend, während er mit einem Ruck an Sinphyrias Hose zog. Seine Hand fuhr zwischen ihre Beine und ein Gefühl der Scham überkam sie. Plötzlich schlug die Tür hinter seinem Rücken auf. Ein Schatten schob sich vor das Licht der Fackel, das nun aus dem Gang hereinschien, und Sinphyria spürte, wie ihr Angreifer zurückgerissen wurde. So schnell sie konnte zog sie ihre Hose wieder in die Höhe und schnürte sie zu.

Die Tür in die Freiheit war auf einmal nicht mehr versperrt und Sinphyria flüchtete augenblicklich.

Erst, als sie sich wieder an der frischen Luft befand, war sie in der Lage, sich umzusehen. Direkt neben der Tür zum Plumpsklo hockte ein Mann über einem anderen und hieb seine Faust dem am Boden liegenden immer und immer wieder ins Gesicht. Im flackernden Fackelschein konnte Sinphyria erkennen, dass Athron derjenige war, der zuschlug.

Und er prügelte wie wild auf den Mann ein, der soeben versucht hatte, sie zu vergewaltigen.

»Athron«, sagte Sinphyria leise. Sie sah, dass sich der Mann nicht mehr regte.

»Athron!«

Ihre Stimme wurde etwas energischer. Sie würde Athron jedoch nicht von dem Mann zerren und ihn davon abhalten, weiter auf sein Opfer einzuprügeln. Dafür war er zu groß und breit gebaut. Auch befürchtete sie, er könnte in seiner Raserei auch auf sie einschlagen, sollte sie ihn jetzt berühren. Aber sie wusste auch, dass Athron aufhören musste, bevor er den Typ umbrachte. Endlich wurden Athrons Bewegungen langsamer. Er erhob er sich schwer atmend. Plötzlich fuhr er ruckartig zu Sinphyria herum und blickte ihr direkt in die Augen.

»Du hast mich ... Ich bin nicht ...«

Ein frustrierter Aufschrei entrann seiner Kehle. Seine Hände legten sich auf ihre Schultern, doch er war offenbar nicht fähig, etwas zu sagen.

Sinphyria blickte von seinen aufgescheuerten Händen hinauf zu den markanten Zügen, den blauen Augen, die nun mit einer Verzweiflung in das Fackellicht hinter ihr blickten, die ihr die Kehle zuschnürte. »Niemand sollte so eine Wirkung auf mich haben«, wisperte er erschöpft. »Niemand, der mich so ausnutzt, wie du es getan hast.«

Seine Hände fielen in dem Moment kraftlos von ihren Schultern, als sie sie hatte ergreifen wollen. Dann wandte Athron sich einfach ab. Im Eingang zu den Baracken standen sprachlos ein paar weitere Männer, die das Geschehen beobachtet, aber nicht eingegriffen hatten.

»Das passiert mit jedem, der den Befehl des Hauptmanns nicht achtet«, verkündete Athron matt und deutete in die Richtung des Bewusstlosen. »Und wenn ihr euer Herz auf das falsche Pferd setzt.«

Sie fühlte sich auf so viele Weisen bloßgestellt, dass ihr Tränen die Wangen hinabliefen. Wenn sie doch nur nicht so viel und gerne kokettieren und sich so einfach verlieben würde. Sie wäre weniger in Schwierigkeiten.

Als Sinphyria zu ihrem Schlafplatz zurückkehren wollte, sah sie auf einmal Kathanter Irius im Fackelschein an der Wand stehen. Schnell huschte ihr Blick zu Athron, der ertappt die Augen schloss und tief seufzte.

»Burkental. Leon. Mitkommen«, knurrte Irius. Sinphyria rutschte das Herz in die Hose. Nun war Athron wirklich in Schwierigkeiten.

Sinphyria ballte die Hände zu Fäusten und versuchte, sich möglichst still zu verhalten. Weder Kathanter Irius noch Hauptmann Greí hatten bisher etwas gesagt. Sie standen hinter einem breiten Tisch aus dunklem Holz, während Sinphyria rechts neben Athron auf der anderen Seite des Tisches stand. Schwacher Kerzenschein beleuchtete ihre Gesichter. Greí schaute immer wieder zwischen Sinphyria und Athron hin und her. Der Ausdruck in seinen blau wässrigen Augen war schwer zu deuten.

»Ihr kennt euch also«, stellte er schließlich fest und verschränkte die Arme vor der Brust.

Sinphyria wagte es nicht zu antworten. Sie wollte Athron nicht noch mehr in die Scheiße reiten. Dass sie alle Informationen über die Festung vom Auftraggeber hatte, mussten Greí und Irius ja nicht glauben.

»Antworte, Soldat«, blaffte Irius in Athrons Richtung. Kleine Speicheltropfen flogen durch den Raum und trafen Athrons Tunika.

»Ja, Hauptmann.«

Athrons Stimme klang belegt, rau.

»Erklärt Euch bitte, Feldwebel Burkental.«

Athron starrte geradeaus. Sein Gesicht zeigte keine Regung.

»Wir lernten uns während unserer Rast in Grünwald kennen. Dort verbrachten wir die Nacht zusammen.«

»War Euch bekannt, dass Fräulein Leon Teil der Goldenen Hand war?«

Nichts ließ auf Greís Gedanken schließen. Er hatte die Augenbrauen prüfend erhoben, Strähnen seines grau-braunen Haars fielen ihm wirr ins Gesicht. Doch weiter zeigte sein Gesicht keine Regung.

»Natürlich nicht.«

Sinphyria warf einen knappen Blick hinüber zu Athron und konnte beobachten, wie seine Kiefermuskeln mahlten. Ansonsten verharrte er still.

»Habt Ihr irgendwelche Informationen über die Namenlose Festung an Fräulein Leon weitergegeben?«

Während die Stimme des Hauptmannes ruhig blieb, schien Irius immer wütender zu werden. Seine Augenbrauen waren so tief zusammengezogen, dass sich mehrere Falten dazwischen bildeten, und er presste angestrengt die Lippen aufeinander. Sin schwitzte. Die furchtbare Erfahrung von eben saß ihr noch in den Knochen. Dazu kam die Angst, was nun mit Athron passieren würde. Ihr Herz pochte schon fast panisch, wenn sie an die möglichen Folgen dachte.

»Nein, Herr Hauptmann.«

Irius stieß ein abfälliges »Ha!« aus. Doch Greí hob nur die Hand. »Fräulein Leon.«

Sinphyria wandte den Blick in Richtung des Hauptmanns, versuchte aber, keine Miene zu verziehen.

»Könnt Ihr bestätigen, was Herr Burkental aussagt?«
Sinphyria biss sich auf die Lippe. Sie ahnte, dass wenn sie Athron entlasten würde, Greí vielleicht ihre frische Beziehung dazu nutzen konnte, um aus Sinphyria doch noch Informationen rauszuquetschen. Sie kannte viele, die es genauso versuchen würden, selbst wenn Greí davon ausgehen musste, dass Sinphyria sich nicht so schlimm verknallt hatte, dass sie ihre Komplizin und den Auftrag verraten würde.

Die Gilde ging mit ihren Verräterinnen und Verrätern nämlich noch viel schlimmer um, als das Königshaus. Wie die Gilde operierte, wusste kein Außenstehender, besonders niemand von der Armee des Königs, wenn ein Auftrag einmal nicht legitimiert werden sollte. Würde sie allerdings behaupten, Athron hätte ihr etwas über die Festung und deren Sicherheitsvorkehrungen erzählt, waren die Konsequenzen ungewiss. Vermutlich würden sie gering ausfallen in Anbetracht dessen, dass die Armee dringend fähige Männer brauchte.

Sinphyria musste wirklich überlegen, ob sie gerade so lange brauchte zu antworten, weil sie Angst hatte, den Auftrag zu gefährden, oder weil sie befürchtete, dass Athron und sie dann keine Zukunft hatten.

»Ist heute der Abend der verschluckten Zungen, verdammt?«, unterbrach Irius Sinphyrias Gedankengänge. Mehr brauchte sie für ihre Entscheidung nicht.

»Ich habe keine Informationen von Athron bekommen. Ich wusste nicht einmal, dass er zu der Namenlosen Festung versetzt werden würde. Er sagte mir, dass Ihr, Herr Hauptmann, eine Wallfahrtsstätte besuchen wollt. Auf meine Nachfrage hin, wo dieser Ort sein sollte, sagte er mir, dass es eine private Stätte war, dessen genauen Standort er selbst nicht kannte.«

Greí lächelte schwach, während Irius einen weiteren Laut des Unglaubens ausstieß.

»Also hattet Ihr jegliche Informationen über die Festung wirklich von der Gilde der Goldenen Hand? Oder Eurem Auftraggeber?«

Sinphyria lächelte über die Vorhersehbarkeit dieser Frage und blickte Greí direkt in die Augen. Doch sie antwortete nicht.
»Herr Hauptmann, ich bitte Euch, gebt mir nur eine Stunde ...«
»Kathanter. Bitte.«
Die Angst, die wieder hochgekrochen war, verflog in dem Augenblick, als Greí die Bitte Kathanters ausschlug. Hauptmann Greí massierte unterdessen angestrengt seine Nasenwurzel und seufzte dann auf.
»Burkental. Es tut mir leid. Da Fräulein Leon nicht aussagen möchte, woher sie ihre Informationen über die Festung sonst hat, wird Eure Liebelei Konsequenzen haben. Zumal Ihr einem Kameraden schwer zugesetzt habt. Statt einer Tracht Prügel hätten vielleicht auch zwei Schläge und eine Verwarnung gereicht, nicht wahr?«
Sinphyria versuchte ihr pochendes Herz mit tiefen Atemzügen zu beruhigen. Dabei traf ihr Blick den von Kathanter und das Blut gefror ihr in den Adern. Er musterte sie mit leicht zusammengekniffenen Augen, ganz so, als wäre er der Wolf und sie seine Beute. »Ich werde Euch den Rang des Feldwebels aberkennen müssen.«
Sinphyrias Herz hörte für einen Moment auf zu schlagen. Sie warf Athron einen kurzen Blick zu. Nun bildete sich auch zwischen seinen Augenbrauen eine Falte der Wut und seine Augen funkelten voller Zorn.
»Und Ihr solltet froh darum sein. Hätten wir nicht solchen Mangel an fähigen Soldaten und Soldatinnen, wärt Ihr jetzt vermutlich kein Teil der Armee mehr. Oder Schlimmeres.« Greí zog einen Stuhl zu sich heran und griff nach einem Blatt Pergament, das in der Ecke des Tisches gelegen hatte. »Nun begebt Euch zurück zu Euren Schlafplätzen. Und ich möchte keine weiteren Vorkommnisse erleben.«
Athron nickte knapp, drehte sich auf dem Absatz um und verließ mit festen Schritten den Raum. Sinphyria zögerte kurze, dann nickte auch sie knapp und eilte schnell dem Mann

hinterher, der gerade wegen ihr einen Kameraden verprügelt hatte und degradiert worden war. Sie hatte ihn das Einzige gekostet, was ihm wichtig gewesen war: Rang, Ansehen. Sein Status. Sie wollte sich wenigstens entschuldigen, sich erklären, irgendwas ...

Doch als Sinphyria das Zimmer des Hauptmanns verlassen hatte und auf den Gang hinaustrat, war Athron bereits verschwunden.

Bereits am nächsten Tag machte sich der Trupp an Männern und Frauen auf den Weg. Tatsächlich hatte Sinphyria einige andere Frauen entdeckt, die ebenfalls eingezogen worden waren.

Diese waren jedoch nicht sehr gesprächig. Entweder waren sie zurückhaltend oder so alt, dass sie ihre Großmütter hätten sein können. Sinphyria ließ die morgendlichen Übungen über sich ergehen und wiederholte jegliche Anweisungen gewissenhaft. Nach dem Ereignis von letzter Nacht hatte sie den Mut verloren und es fiel ihr mit jeder Minute schwerer zu glauben, dass die Gilde oder Arátané selbst sie noch retten konnten.

Kurz nach Sonnenaufgang verließen sie die Festung. Verbrecher, Alte und Kinder, und alle auf irgendeine Weise mit dem Wappen des Königs gewandet. So sehr sie sich in Herkunft und Alter unterschieden, waren sie nun alle Krieger, ob freiwillig oder nicht, die der Krone verpflichtet waren. Eine kleine Gruppe von echten Soldaten aus der Namenlosen Festung hatte sich dem Trupp angeschlossen. Bei ihnen hielt sich auch Athron auf, der Sinphyria seit der letzten Nacht keines einzigen Blickes mehr gewürdigt hatte. Diese Männer trugen leichte Wämser aus Leder. Teilweise hatten sie sogar Schulter- oder Brustplatten aus Stahl erhalten. Ihre Körper waren muskulöser als die der anderen und in den Gesichtern von einigen zeugten Narben von ihrer Kampferfahrung. An ihnen sah der Waffenrock der königlichen Armee aus dunkelgrünem Stoff mit dem gestickten Wappen, das einen Bären zeigte, der seine Jungen beschützte, stattlich und fast kleidsam aus. Außerdem trugen diese Männer richtige Schwerter und Äxte, sogar zwei Bogenschützen konnte Sinphyria erkennen.

Und dann gab es noch eine dritte Gruppe: die Veteranen. Sie besaßen ähnliche Rüstungsteile und Waffen wie die jungen Krieger, waren aber allesamt alt oder körperlich behindert. Unter ihnen befanden sich auch drei Frauen, deren Lachen am lautesten klang.

Und dann folgten die übrigen: eine ganze Riege an Vagabunden, Deserteuren und Kleinkriminellen. Zu Letzteren wurde offensichtlich auch Sinphyria gezählt, zumindest konnte sie das den getuschelten Unterhaltungen entnehmen, die gerade so laut geführt wurden, dass sie auch jedes Wort verstehen konnte. Diese letzte Gruppe war erwartungsgemäß am buntesten. Hier befanden sich auch die ganzen Kinder.

Sinphyria betrachtete die Truppe. Der Jüngste war vielleicht dreizehn, die Älteste vermutlich weit über siebzig Winter alt. Einigen fehlten Finger oder eine ganze Hand. Die meisten besaßen nur Dolche oder Messer als Waffen, einige hielten Knüppel oder Speere in Händen, die sie von der Armee bekommen hatten. Unter ihren schlechtsitzenden Waffenröcken schauten die Lumpen hervor. Sinphyria sah, dass einer der älteren Männer, die vor ihr gingen, nicht einmal dichtes Schuhwerk besaß.

Beim Anblick all dieser Menschen, Kinder und Alte, die mit herabhängenden Köpfen und Hoffnungslosigkeit im Blick die Straße entlangschlurften, brach Sinphyrias Herz. Wie sollten diese Verlorenen eine Wende in einem Krieg herbeiführen, dem erfahrene Soldaten mit bester Bewaffnung schon nicht gewachsen waren? Hatten sie überhaupt noch eine Chance oder war der Krieg im Grunde bereits verloren?

Nein, so etwas durfte Sin nicht denken. Ihr Vater war noch da draußen, unten in Sinthaz, und er lebte. Etwas andere durfte nicht Wahrheit geworden sein. Und wenn Arátané ihr nun nicht helfen können und Sin tatsächlich in den Krieg ziehen sollte, dann würde sie das wenigstens nutzen, um nach ihrem Vater zu suchen. Graue Wolken hingen über den grünen Hügeln von Kanthis und bis auf das Klopfen der Schritte auf dem harten Sandweg unter ihren Füßen, dem Schnaufen der Pferde und dem Scheppern der Rüstungen war nichts zu hören. Niemand unterhielt sich. Eine kühle Brise umspielte Sinphyrias loses Haar. Sie hatte nichts gefunden, um es sich aus dem Gesicht zu binden. Ihre Kleidung kratzte und sie verspürte einen ständigen Druck in ihrem Magen. Außerdem hatte sie seit dem Aufstehen immer stärker das Gefühl, dass irgendetwas im Inneren ihres Körpers geschah. Das Klopfen ihres Herzens erschien ihr lauter, sie spürte ihr Blut in den Handgelenken und am Hals warm pulsieren. Manchmal meinte sie, ein Rauschen wie von einem entfernten Fluss zu hören, konnte aber die Quelle nicht ausmachen.

Etwas hatte sich verändert. Fühlte sich so das Aufgeben an? Was war mit ihr los?

Einen halben Tag hing sie düsteren Gedanken nach, während sie die Landschaft kaum beachtete. Zum ersten Mal seit Langem war ihre Heimat ihr egal. Früher war sie oft zu Fuß mit ihrem Vater von Grünwald bis Königsthron gewandert.

Die Übernachtungen unter freiem Himmel hatten ihr damals Angst gemacht, doch ihr Vater hatte ihr immer ein Gefühl von Sicherheit und Wärme vermittelt. Er hatte ihr die Sternbilder erklärt oder ihr beigebracht, wie sie die Vögel ihrer Heimat an deren Rufen erkennen konnte. In den Jahren danach hatte die Erinnerung an die vielen gemeinsamen Stunden mit ihrem Vater Sin in schwierigen Zeiten stets Kraft gespendet.

Doch nun schienen diese Erinnerungen so weit entfernt und es regte sich nichts in Sinphyrias Innerem, wenn sie daran dachte. Rein gar nichts. Jeder Schritt fühlte sich mühsam an, jede Bewegung kostete sie Kraft. Ihr Kopf fühlte sich schwer an, als ob er jeden Moment von ihren Schultern rutschen konnte.

Während Sinphyria einen Fuß vor den anderen setzte, auf den Wegen, die sie seit ihrer Kindheit kannte, merkte sie doch, wie sie sich in Erinnerungen an ihren Vater verlor. Wie sich vielleicht doch noch ein Funken regte, der ihn vermisste, trotz allem, was Sinphyria getan hatte. Wie beschämt er sein würde, könnte er sie jetzt sehen. Zwangsverpflichtet, weil sie das Gesetz gebrochen hatte. Die Tochter eines Schmieds und später Schankmaid in der Taverne ihrer Tante, war zu einer Diebin der Goldenen Hand geworden.

Sie hatte nicht einmal das erreicht, was sie überhaupt erst der Gilde hatte beitreten lassen. Sie war nichts weiter als eine Schande.

Zur Mittagszeit rastete der Trupp in einiger Entfernung zu einer kleinen Stadt. Sinphyria konnte sich wage daran erinnern, dass deren Name Flusslauf lautete. Eine große Brücke führte zu der grauen Stadtmauer, auf deren Zinnen ganz entfernt einige Wachposten standen. Dahinter konnte man die dunkelroten Dächer von Fachwerkhäusern erkennen.

Sinphyria setzte sich in die Nähe einer kleinen Gruppe Kinder, zwei Jungen und ein Mädchen.

Einer der Jungen deutete auf die Schornsteine der Fachwerkhäuser, aus denen hellgrauer Rauch drang und sagte: »Wie schön wäre es jetzt, am Feuer zu sitzen und eine Schüssel Eintopf zu verschlingen!«

Die anderen beiden lachten.

»Meine Mama macht den besten Kartoffeleintopf mit Wurst. Oder Schinken. Oder was der alte Schlachter eben gerade entbehren konnte.«

»Der alte Schlachter hat euch ziemlich oft was zugesteckt, he?«, neckte das Mädchen, während es in seinen harten Brotkanten biss.

»Was willst du damit sagen?«

Sin konnte nicht anders, als zu lächeln.

»Welcher Fluss ist das noch mal?«, fragte der zweite Junge, vielleicht, um einen Streit zu verhindern.

Die anderen beiden zuckten mit den Schultern.

»Der Northys«, mischte Sinphyria sich ein. Die drei Kinder blickten sie vollkommen verschreckt an. Wahrscheinlich hatten sie nicht bemerkt, dass sie dort saß. »Der größte Fluss des Nordens. Den kennt ihr doch bestimmt.«

»Natürlich kennen wir den Northys«, sagte das Mädchen und stülpte die Unterlippe vorwärts.

»Ich habe ihn nur noch nie gesehen.«

Sinphyria lachte. Ihr wurde wieder einmal bewusst, dass nicht alle Kinder einen Vater hatten, der sich Zeit für seine Tochter nahm und ihr alles Mögliche erklärte.

»Dann kennt ihr sicher auch die Legenden und Märchen, die von dem Fluss und seiner Mündung in der Polarebene handeln?«

Die Kinder starrten sie mit großen Augen an.

»Wir sind zu alt für Märchen«, behauptete der Junge, der den Kartoffeleintopf seiner Mutter gelobt hatte.

»Wirklich? Na, wenn ihr es euch anders überlegt, kann ich heute Abend am Lagerfeuer sicher das ein oder andere zum Besten geben.«

Die Kinder beobachteten sie aus argwöhnischen Augen, kauten aber stumm weiter an ihren Brotresten.

Während Sinphyria im Gras saß und gedankenverloren an einigen Halmen zupfte, wanderte ihr Blick von dem Fluss in der Ferne hinüber zu einer Gruppe der besser ausgebildeten Soldaten und blieb schließlich an Athron hängen. Sie konnte nicht anders, als ihn für einen Moment lang anzusehen. Auch wenn das wieder alle Gedanken lostrat, all die negativen Gefühle und die Reue.

»Der hat's dir ganz schön angetan, was?«

Eine heisere Stimme schreckte Sinphyria aus ihren Gedanken und sie zuckte zusammen. Ein Greis ließ sich neben Sinphyria ins Gras fallen. Sein Kopf war von einem Kranz aus schneeweißem Haar umgeben, sein Gesicht war unrasiert und ihm fehlten ein paar Zähne. Doch die Lachfältchen und das verschmitzte Funkeln in seinen Augen ließen ihn um Jahre jünger erscheinen.

»Ach ... Er ist nicht mehr als ein hübsches Gesicht.«

»Ta, ta. Selbst wenn er dir nichts bedeutest, bist du ihm sehr wichtig. Gutes Aussehen allein bringt keinen Mann dazu, einen anderen so zu zurichten«, erwiderte der Alte und deutete mit einem Kopfnicken in Richtung des Mannes, der Sinphyria gestern angegriffen hatte. Man hatte ihn kaum dazu bewegen können, mitzumarschieren. Sein Gesicht sah aus, als wäre eine Kutsche darübergefahren und er hatte bisher kein Wort gesprochen.

»Geschieht ihm recht«, knurrte der Alte und spuckte neben sich ins Gras. »Keiner darf eine Frau so behandeln, Diebin oder nicht.« Er beäugte Sinphyria kritisch, indem er eine Augenbraue in die Höhe zog.

»Keiner sollte irgendeinen Menschen so behandeln«, korrigierte sie nachdenklich.

Der Alte grinste. »Ha! Ich mag diese Art zu denken«, verkündete er lachend. Dann bot er Sinphyria etwas von seinem Brot an und fügte hinzu: »Mein Name ist Gregor. Nimm ruhig, Kind, wird schon nicht vergiftet sein.«

Eigentlich hatte Sinphyria ihr eigenes Stück bekommen, aber sie vermutete, dass es mehr eine Geste der Freundschaft war. Also brach sie etwas ab und schob es sich in den Mund.

»Sinphyria«, versuchte sie sich mit vollem Mund vorzustellen, was Gregor ein heiseres Lachen entlockte.

Sinphyria versuchte das Lächeln zu erwidern, was allerdings schwierig war, da die Brotkante so hart war, dass sie die gesamte Kraft ihrer Backenzähne aufbringen musste, um es abzureißen.

Gregor lachte erneut. »Die Armee hatte noch nie Meisterköche, in vierzig Jahren hat sich das nicht geändert.«

»Vierzig Jahre?!«, fragte Sinphyria entgeistert, nachdem sie das Stück Brot mit schwerem Schlucken hinunterbefördert hatte. »In wie vielen Kriegen hast du denn gedient?«

Zur Antwort lächelte Gregor nur müde und ließ seinen Blick über die Stadt vor ihnen schweifen.

»Es waren zu viele Kriege, um sie zählen zu können. Menschen können nichts anderes, als sich zu bekriegen. Aus Armut, wegen der Religion oder einfach aus Machtgier. Es läuft ... auf das Gleiche hinaus.« Seufzend lehnte er sich zurück, wobei ein Wirbel in seinem Rücken hörbar knackste.

»Warum zur Hölle willst du dann unbedingt in diesen Krieg ziehen?«, fragte Sin eher scherzhaft. Ihr war natürlich bewusst, dass die meisten hier unfreiwillig eingezogen wurden.

»Wollen? Ha!« Gregor lachte heiser, bellend wie ein Hund beinahe. Doch direkt danach verfinsterte sich sein Gesichtsausdruck. »Sie hätten meinen ältesten Enkel geholt, wenn ich nicht gegangen wäre. Er ist gerade erst zwölf Winter alt. Aber mindestens ein kampffähiges Familienmitglied musste gehen. Was muss das nur für eine verdammte Macht sein, die gute Krieger und Kriegerinnen so dahinrafft, dass man Alte und Kranke einziehen muss?«

Sinphyria dachte an ihren Vater und ihr Herz krampfte sich zusammen.

»Ich hörte Gerüchte über Magie. Feuerkraft, im wahrsten Sinne des Wortes«, murmelte sie, nur um das Thema zu wechseln.

»Magie? Ha! Vierzig Jahre Krieg, und alles, was ich an Magie gesehen habe, waren verzauberte Gegenstände und kleine Pulver, mit denen man Menschen in den Schlaf zwingen oder zum Lachen bringen konnte! Keine Magie, die Soldaten niederrafft wie Ungeziefer. Das ist nur ein dummes Gerücht. Ich jedenfalls glaube das nicht.«

Immerhin brachte diese Rede von Gregor neuen Gesprächsstoff. Während sie das kümmerliche Brot aßen, versüßte Gregor ihr die Zeit mit Geschichten längst vergangener Tage.

Als sie schließlich weiterzogen, setzten Sinphyria und Gregor ihr Gespräch fort, bis es ihm zu anstrengend wurde. Bis dahin hatte Sinphyria erfahren, dass er in den letzten Bürgerkriegen gekämpft und sogar das Duell der jungen Königsbrüder mit angesehen hatte. Nicht nur Sinphyria, sondern auch ein paar der Jungen lauschten gespannt Gregors Geschichten. Während Flusslauf sich allmählich immer deutlicher in der Ferne abzeichnete, drang plötzlich ein unangenehmer Geruch an Sinphyrias Nase. Außerdem konnte sie das wilde Schlagen von Glocken hören.

War das Feuer? Ein großes Lagerfeuer vielleicht oder konnte es sein, dass die Stadt brannte?

Flusslauf war deutlich größer als Grünwald, doch konnte man es immer noch nicht als Großstadt bezeichnen. Es gab eine niedrige Mauer und eine Brücke, die auf das Zentrum von Flusslauf zuführte. Sie war zwar stattlich, aus roten Ziegeln erbaut und mit großen Streben versehen, die ihre Ränder verstärkten. Dennoch war sie keine Wehrmauer im eigentlichen Sinne. Eine Ansammlung von ungefähr fünfzig Häusern war auf beiden Seiten des Flusses verteilt, es gab sogar eine kleine Kapelle.

Dicker, schwarzer Rauch stieg von verschiedenen Stellen in den Himmel.

Verzweifelte Rufe und Schreie erklangen aus den Straßen der Stadt. Das Tor war offen. Sinphyria konnte keine Wachen auf der Stadtmauer erkennen.

Ein Bote, der von Greí entsandt worden war, um sie in Flusslauf anzukündigen, kam gerade in wildem Galopp zurück. Schon von Weitem hörte man ihn schreien: »In Flusslauf ist ein großes Feuer ausgebrochen! Sie brauchen unsere Hilfe.«

Vardrett Greí winkte Athron zu sich heran und wandte sich dann an die Truppe.

»Jeder, der flink auf den Beinen und stark in den Armen ist, folgt Burkental und mir! Der Rest bleibt bei Irius!«

Sofort trat Sinphyria vor.

»Pass auf dich auf, Kind«, warnte Gregor sie.

Sinphyria nickte ihm kurz zu. Dann reihte sie sich in die Gruppe der Helfer und Helferinnen ein, die aus ungefähr dreißig Frauen und Männern bestand. Sie rannte mit den anderen hinter Athron auf die Stadt zu. Sobald sie die Mauer erreicht hatten, wurde es zunehmend heißer. Rauch verdeckte bereits Teile der Straßen und Häuser. Und obwohl die Luft zu flimmern begann, je näher sie dem Ortskern kamen, hatte Sinphyria nicht die geringsten Probleme zu atmen. Sie schwitzte nicht einmal. Ganz im Gegensatz zu den Soldaten um sie herum, von denen einige bereits mit einem hartnäckigen Husten zu kämpfen hatten. Doch sie hatte keine Zeit, groß darüber nachzudenken.

Vardrett Greí bellte laut Befehle und teilte sie in kleine Gruppen auf.

»Eimer zum Löschen werden direkt am Fluss bereitgestellt! Ihr da, überprüft die Häuser! Wenn noch jemand drin ist, versucht sie herauszuholen.«

Damit deutete er auf die Gruppe um Sinphyria.

Sinphyria wollte seinem Befehl folgen, doch auf einmal hielt sie jemand am Oberarm zurück. Sie zuckte zusammen und wollte sich losreißen, da blickte sie in Athrons Gesicht.

»Du gehst mit mir! Und glaub nicht, dass ich dich auch nur eine Sekunde aus den Augen lasse.«

Er starrte sie noch einen Moment wütend an, dann ließ er sie los.

»Athron, ich würde nicht ... nicht noch einmal ...«

»Egal! Komm, wir müssen helfen!«

Sinphyria beschloss, jetzt nicht weiter zu diskutieren. Ihr ganzer Verstand war nun darauf fokussiert, zu helfen. In ihr regte sich der Wunsch, etwas wiedergutzumachen und vielleicht zu beweisen, dass sie nicht bloß eine hinterhältige Schlange war.

Die ersten Häuser, die sie passierten, waren noch unbeschädigt, doch je tiefer sie in die Stadt vordrangen, umso gieriger leckten die Flammen nach den Giebeln der Dächer. Der Ursprung des Brandes war nicht mehr auszumachen.

»Schaut nach, ob ihr Überlebende in den Häusern findet. Durchnässt eines eurer Kleidungsstücke und haltet es euch vor Mund und Nase«, wies Athron seine Gruppe an. Dann befahl er ihnen, jeweils zu zweit die Häuser zu überprüfen.

Das Feuer, ließ das Holz der Häuser laut knacken und knarzen und der Rauch sorgte dafür, dass sie die Augen zusammenkneifen mussten. Athron, der dicht neben Sinphyria ging, atmete zunehmend schwerer. Er hustete unterdrückt, während er sich den Arm vor den Mund hielt.

Doch immer noch verspürte Sinphyria keine Hitze, lediglich eine leichte Wärme. Als würde sie an einem Lagerfeuer stehen. Auch das Atmen fiel ihr nicht schwerer, es war, als hätte das Feuer keine Wirkung auf sie.

Wundern konnte sie sich darüber später.

Gerade, als sie zwischen zwei Häusern hindurch auf den Fluss zugingen, hörte Sinphyria den verzweifelten Schrei einer Frau.

»Hilfe! Bitte! Mein Kind!«

Sin blickte sich um und entdeckte eine junge Frau, ein paar Jahre älter als sie selbst, die vor einem Haus kniete, das bereits lichterloh in Flammen stand.

»Mein Kind, mein armes Kind!«, jammerte sie immer wieder in purer Verzweiflung, deren Klang Sinphyria das Herz zerreißen mochte. In den flehenden Hilfeschrei der Mutter mischte sich auch das Gebrüll eines Säuglings.

Doch es klang nur noch kläglich und schwach. Der Rauch musste das Kind langsam ermüden. Sinphyria handelte schnell, ohne darüber nachzudenken. »In welchem Zimmer liegt dein Kind?«, fragte sie ungeduldig und packte die Frau grob an der Schulter, um ihre Aufmerksamkeit auf sich zu lenken.

»Im Schlafzimmer oben, direkt gegenüber der Treppe«, schluchzte die Frau. Eine weitere Antwort wartete Sinphyria nicht ab. Sie rannte in das Haus.

»Sinphyria!«, brüllte Athron.

Doch sie ignorierte ihn und stürmte durch die Tür des Hauses. Im Inneren gierten die Flammen nach jedem Zentimeter Holz. Die Balken knarzten und knackten bedrohlich, während das Feuer sich in ihre Substanz grub und in zunehmender Geschwindigkeit die Träger und Stützen zerstörte, die das Gebäude zusammenhielten. Bisher hatten bloß die Wände und das Dach Feuer gefangen. Doch Sinphyria wusste, dass bald das gesamte Haus einstürzen und sie und das schreiende Kind unter sich begraben konnte. Nun, da sie sich im Haus befand, konnte sie nur noch das Ächzen des Gebälks und das panische Schreien des Kindes hören.

Die Hitze, die dieses Feuer eigentlich ausstrahlen musste, erreichte Sinphyria immer noch nicht. Sie spürte keinen Druck auf den Lungen, schwitzte nicht und musste nicht husten. Ihr war nicht einmal heiß. Was war mit ihr los? Warum schien sie plötzlich immun gegen Hitze und Feuer zu sein?

Das Einzige, was sie störte, war der Rauch, da er ihr die Sicht erschwerte. Daher dauerte es einen Moment, bis sie die niedrige Treppe gefunden hatte.

Erste Flammen leckten nach ihrem Umhang, den sie in der Eile vergessen hatte, auszuziehen. Der Stoff fing Feuer. Es griff nach ihrer restlichen Kleidung und fraß sich bis zu ihrer Haut durch. Doch Sinphyria spürte keinen Schmerz. Sie betrat die Treppe. Diese knarrte und knarzte, doch die Flammen hatten die Stufen noch nicht erreicht. Bis jetzt hielten sie stand. Der Rauch wurde immer dichter und trieb nun doch Tränen in Sinphyrias Augen, während sie dem Schreien des Kindes folgte und alles andere zu ignorieren versuchte.

Als sie im oberen Stockwerk ankam, lief sie sofort zu dem Zimmer, das die Frau beschrieben hatte. Dort befand sich eine Krippe. Das Kind darin schrie sich die Seele aus dem Leib.

Das Feuer griff bereits nach ihrem Haar. Ihre Tunika stand in Flammen. Sinphyrias Haar jedoch nicht. Mittlerweile fühlte sie sich nicht mehr als Herrin über ihren eigenen Körper, sondern schien beinahe von einer anderen Macht gesteuert zu werden. Jede Faser ihres Körpers hätte sich sträuben sollen, auch nur einen Schritt weiter auf die Flammen zuzugehen. Aber Sinphyrias Kopf war wie leergefegt, sie spürte keine Angst. Nicht sie selbst machte einen Schritt nach dem anderen – es war, als ziehe sie das Feuer und das Zimmer, in dem sich der Säugling befinden musste, magisch an.

Während Sinphyria sich über den Säugling beugte, unterbrach dieser sein Schreien und blickte sie aus großen, braunen Augen an.

Sie konnte sich selbst darin erkennen und nahm zum ersten Mal bewusst wahr, dass ihre gesamte Kleidung in Flammen stand. Aber weder ihre Haare noch ihre Haut wurden auch nur angesengt. Doch mit ihren Augen stimmte etwas nicht. Sie brannten, schienen selbst aus Flammen zu bestehen. Sinphyria erschrak. Sie zuckte zurück und wandte den Kopf, suchte nach einem Spiegel.

Da begann das Kind erneut zu schreien und Sinphyria wurde auf einen Schlag wieder bewusst, in was für einer Situation sie sich befand. Beschämt, dass sie sich so hatte ablenken lassen, griff Sinphyria nach dem Säugling und drückte ihn an ihre Brust.

Das Bettchen des Kindes hatte Feuer gefangen. Sinphyria musste durch die Flammen nach dem Säugling greifen, doch sie tat es, ohne zu zögern, ohne Angst zu spüren. Ihre Haut berührte die Flammen und es geschah ... nichts.

Sinphyria spürte keinen Schmerz. Keine sengende, alles verbrennende Hitze. Die kleinen Härchen auf ihren Armen kokelten nicht ab, rochen nicht verbrannt.

Sinphyrias Arm glitt durch das Feuer, als wäre es nicht da. Auch der Säugling blieb unbeschadet, als Sinphyrias ihn hochhob und an ihre Brust drückte. Die Flammen ließen auch seine Haut unberührt.

Das Kind hörte erneut auf zu schreien. Sein Gesicht ruhte auf ihrer Brust und sie konnte seinen Atem spüren. So fest sie konnte, ohne ihm weh zu tun, drückte sie den Säugling an sich und trug ihn aus dem Schlafzimmer und die Treppe hinab.

Unbeschadet kehrte Sinphyria durch das brennende Haus zurück nach draußen. Sobald sie das Feuer verlassen hatte, fiel sie auf die Knie. Nur noch Fetzen waren von ihrer Kleidung geblieben. Sinphyria hielt den Säugling in den Armen und als das Feuer in ihren Augen erlosch, sackte sie in sich zusammen. Die Welt verdunkelte sich.

7. Kapitel

Unerwartete Aufgaben

Ein Säugling schrie. Hitze umgab sie, doch wurde sie nicht von dieser erfasst. Asche tanzte im schweren Flimmern der glühend heißen Luft, doch der Rauch biss nicht in ihren Augen. Behutsam umschlossen ihre Arme den weinenden Säugling und da spürte sie es. Ein Stechen in ihrer Brust. Plötzlich war sie selbst wieder ein Kind und sie fühlte die Wärme ihrer Mutter, die sie an ihre Brust drückte. Sie hörte einen Mann ein Lied singen und wusste, dass es ihr Vater war.

»Ach, meine liebe Sinphyria, alles würde ich für dich tun«, sagte der Mann, »die Sterne vom Himmel holen oder alle Bäume der Welt ausreißen.«

»Ich will nicht, dass die Bäume ausgerissen werden, Papa«, hörte sie sich selbst sagen und musste gleichzeitig lachen. Über sich selbst, über ihre Worte und ihre Dummheit in diesem Moment.

»Ach, das ist doch nur bildlich gemeint, mein Schatz.«

»Nein, nein, geh nicht weg, Papa«, murmelte Sinphyria während sie langsam wieder zu sich kam. Ihre Lider waren bleischwer, doch helles Licht drang unter diesen hindurch und so konnte sie nicht anders, als blinzelnd die Augen zu öffnen.

»Sinphyria!«, hörte sie eine besorgte Stimme, noch bevor sie begriff, wo sie sich überhaupt befand. »Hauptmann! Hauptmann Greí! Sie erwacht!«

Sinphyria spürte einen stechenden Schmerz an ihren Schläfen. Ihr Blick klärte sich langsam und so erkannte sie über sich den strahlend blauen Himmel. Eine hochstehende Mittagssonne warf helles Licht auf ihr Gesicht und vereinzelte, weiße Wolken zogen schleppend langsam gen Osten.

Die vielfältigen Geräusche von Schritten, dem gleichmäßigen Scheppern von Rüstungen, von Stimmengewirr und dem Schnauben der Pferde umgab sie.

»Halt!«, dröhnte eine Stimme, die ihr bekannt vorkam. Aber noch war sie zu verwirrt, als dass sie diese hätte zuordnen können.

War das Kathanter Irius?

Der Schmerz an ihren Schläfen breitete sich nun über den gesamten Kopf aus und wummerte gegen die Innenseiten ihres Schädels.

Sinphyria stellte fest, dass man mehrere Decken und Felle über ihr ausgebreitet hatte. Normalerweise müsste sie schwitzen. Aber sie spürte nur die wohlige Wärme, die sie schon in ihrem Traum gefühlt hatte.

Unter ihren Fingerspitzen war Holz. Offenbar lag sie auf einem Karren.

Jedenfalls würde das beständige Schaukeln, mit dem sie sich bewegte, dafürsprechen.

Ein Pferd galoppierte heran. Als Sinphyria aufblickte, sah sie in das Gesicht von Athron Burkental. Eine tiefe Falte hatte sich zwischen seinen Brauen gebildet und seine Augen waren so gerötet, als hätte er tagelang nicht geschlafen.

Ein Ruck durchfuhr seinen Körper just in dem Moment, als der Reiter von seinem Pferd auf den Karren stieg, auf dem Sinphyria lag.

»Fräulein Leon«, sagte Vardrett Greí und beugte sich zu ihr herab. »Wie geht es Euch?«

Sinphyria versuchte, sich in die Höhe zu stemmen, und sofort stützte sie jemand. Ganz leicht nahm sie den Körpergeruch von Athron wahr.

»Hier, trinkt einen Schluck«, sagte Greí und reichte ihr eine Feldflasche. Sinphyria setzte die Flasche an die Lippen und trank gierig daraus. Ihre Kehle fühlte sich so trocken an, als hätte sie wochenlang kein Wasser mehr zu sich genommen.

»Wieso ist auf einmal jeder so verdammt höflich zu mir? Eben noch war ich doch die Diebin, die euch hinter eurem Rücken bestohlen hat. Oder hab' ich was verpasst?«, fragte sie, als sie die Flasche zurückgegeben hatte.

»Es ist unmöglich, dass Ihr es ohne die Hilfe der Götter lebendig aus diesem brennenden Haus geschafft habt. Das muss ein Zeichen von Cahya gewesen sein!«, erklärte Greí aufgeregt.

Sinphyria schüttelte den Kopf.

»Es gibt keine Götter«, murmelte sie.

»Sinphyria! Sei nicht so respektlos dem Hauptmann gegenüber«, mahnte sie Athron.

Vollkommen verwirrt schüttelte sie den Kopf.

»Seit wann erteilst du mir Befehle, Burkental? Seit wann redest du überhaupt wieder mit mir?«

Sinphyria wusste auch nicht, welche Laus ihr gerade über die Leber lief. Sie fühlte sich in dieser Situation einfach mehr als unwohl. Wie sie angeglotzt wurde. Fast wünschte sie sich, dass man sie wieder eiskalt ignorierte.

»Schon gut, Burkental«, sagte Greí. »Sie ist verwirrt. Außerdem hat sie vielleicht noch nie an die Götter geglaubt. Für so einen Menschen ist es sicher schwer zu verstehen, wenn man auserwählt wurde.«

Sinphyria verstand gar nichts. Auserwählt? Was zur verdammten Zwischenwelt war hier los?

Das Wasser, das sie getrunken hatte, linderte Sinphyrias Kopfschmerzen etwas und damit schaffte sie es endlich, ihre Umgebung vollständig wahrzunehmen. Tatsächlich saß sie auf einem Karren, vor den zwei große Pferde gespannt waren. Schräg hinter ihr hockte Athron und stützte sie mit seinem Körper, bereit, sie aufzufangen, sollte sie wieder das Bewusstsein verlieren. Die Falte zwischen seinen Brauen hatte sich vertieft und seine Pupillen waren geweitet. Wahrscheinlich hatte er wieder dieses furchtbare Zeug geschluckt. Obwohl – er hatte ja seinen Vorrat entsorgt.

Direkt vor ihr saß Vardrett Greí, eleganter als jeder andere Mensch auf einem Karren gesessen hätte, und blickte sie erwartungsvoll an. Um seinen Hals baumelte ein Anhänger in Form eines goldenen Buchenblatts.

Als Sinphyria sich umsah, erkannte sie die marschierenden Soldaten, sah Gregor, der fröhlich zu ihr heraufwinkte. In den Augen der anderen Soldaten konnte sie jedoch Misstrauen und fast so etwas wie Angst erkennen. Sie sahen Sinphyria anders an als zuvor. Fast schon mit so etwas wie widerwilliger Ehrfurcht.

»Was geht hier vor sich?«, fragte sie benommen und hielt sich den schmerzenden Kopf.

»An was kannst du dich denn erinnern?«, wollte Athron wissen.

Sinphyria versuchte trotz ihrer Kopfschmerzen nachzudenken. Ihr fiel der Traum wieder.

»Das Kind«, murmelte sie.

Plötzlich erinnerte sie sich auch wieder an das Schreien des Säuglings und die Rufe der Mutter. Das brennende Haus erschien vor ihrem inneren Auge.

Da war diese Gewissheit, die sie durch diese heiße Todesfalle getrieben hatte. Sie hatte gewusst, dass das Feuer sie nicht verwunden, nicht verletzen konnte.

»Das Feuer ...«

Schmerzhaft schienen die Erinnerungen gegen ihre Schläfen zu drücken.

»Das Haus brannte lichterloh, genauso wie deine Kleider. Trotzdem bist du herausmarschiert, als ob nichts wäre. Kein Zentimeter deiner Haut, nicht einmal die Spitzen deiner Haare waren angesengt«, raunte Athron. Seinen Tonfall konnte Sinphyria nur schwer deuten, aber er klang beinahe ehrfürchtig. »Dem Kind geht es gut. Die Mutter war unglaublich dankbar, genauso wie der Bürgermeister von Flusslauf. Von ihm stammen der Karren und die ganzen Decken und Felle. Er hat uns auch ein paar Planen überlassen, die wir als Zelte nutzen können. Nach zwei Tagen und zwei Nächten, in denen du nicht erwacht bist, beschloss der Hauptmann, dass wir weiterziehen mussten.«

Zwei Tage und zwei Nächte? So lange hatte Sinphyria geschlafen? Kein Wunder, dass sie solche Kopfschmerzen hatte.

»Fräulein Leon, hat die Göttin zu Euch gesprochen, hat sie Euch eine Botschaft mitgegeben?«, fragte Hauptmann Greí eindringlich und beugte sich noch näher zu Sinphyria.

Aber Sin wollte nur, dass er verschwand. Sie hatte Kopfschmerzen und sie war durcheinander, sie wollte nichts mehr, als weiter zu schlafen und zu verarbeiten, was man ihr gerade gesagt hatte. Offenbar war sie unverletzt durch ein brennendes Haus gegangen und nun hielt Greí sie für eine Heilige oder so was. Aber ein Gutes hatte die Situation zumindest – Athron machte sich nun wohl eher Sorgen um sie, als wütend auf sie zu sein.

Vorsichtig ließ sie sich zurücksinken.

Sofort legte Athron einen Arm um Sinphyria, seine Wange streifte ihren Kopf.

»Bei allem Respekt, Hauptmann Greí, ich glaube, Sinphyria braucht noch etwas Ruhe. Falls ich einen Vorschlag machen dürfte – die Armee könnte erst mal weitermarschieren. Ich kümmere mich um sie und werde Euch berichten, falls es Neuigkeiten gibt.«

Sinphyria spürte ihr Herz aufgeregt gegen ihre Brust schlagen, als Athron diese Worte aussprach. Ihre Hand schloss sich zu einer Faust und sie unterdrückte damit das Verlangen, nach seiner Hand zu greifen.

Als Greí sich von dem Wagen erhob und zurück auf sein Pferd schwang, sah er etwas niedergeschlagen aus, als ob er auf etwas Bestimmtes gewartet hätte. Doch damit konnte sie sich jetzt nicht auseinandersetzen. Immerhin lag sie wieder in Athrons Armen, die Kopfschmerzen ließen ein wenig nach und wichen einer wohligen Wärme in ihrem gesamten Körper. Langsam konnte sie sich etwas entspannen.

»Womit habe ich deine Zuneigung eigentlich verdient? Mein letzter Stand war, dass du ›auf's falsche Pferd gesetzt‹ hast«, fragte sie mit leichtem Humor in der Stimme, um ihre Unsicherheit zu überspielen, und schmiegte ihren Hinterkopf an Athrons Brust.

Dieser gab ein abfälliges Schnaufen von sich und half Sinphyria, sich an eine Seite des Wagens anzulehnen, der sich nun gemächlich ruckelnd wieder in Bewegung setzte.

»Es hat mir Eindruck gemacht, als du dein Leben für einen schreienden Säugling aufs Spiel gesetzt hast. Hast wohl doch ein gutes Herz«, antwortete er mit einem schiefen Grinsen. »Das bedeutet allerdings nicht, dass ich dich nicht weiterhin im Auge behalten werde.«

Sinphyria lachte heiser. Sie bereute es fast augenblicklich.

Ein stechender Schmerz schoss durch ihr Gehirn. Um sich abzulenken, warf sie einen Blick auf die grünen Ebenen von Kanthis. In der Ferne konnte sie bereits die ersten Ausläufer des Nordwaldes erkennen. Bald würden sie die Stadt Marristal erreichen.

»Wir ziehen nach Montegrad«, erklärte Athron. Er folgte Sinphyrias Blick in die Ferne. »Dort soll der Erste Priester der Kirche entscheiden, ob deine Unberührtheit vom Feuer tatsächlich ein göttliches Ereignis war, so, wie Greí es vermutet. Außerdem will der Hauptmann an unserem ursprünglichen Plan festhalten und den Bürgermeister um Verstärkung bitten.«

Nun war es an Sinphyria, einen abfälligen Laut auszustoßen.

»Amtiert da nicht dieser Vollidiot Aries?«

Der Bürgermeister von Montegrad hatte einen furchtbaren Ruf. Unter anderem war er für seine lasche Politik gegenüber den Süchtigen bekannt und dafür, dass er Frauen davon abhielt, Kriegerinnen zu werden oder einen anderen Beruf als Prostituierte, Wäscherin oder Bäckerin zu erlernen, da er sie für das schwache

Geschlecht hielt. Für jede Ausnahme verlangte er eine Erlaubnis des Ehemanns. Das war im Rest von Kanthis eine ziemlich veraltete Denkweise. Nicht nur, dass Frauen den Männern zumindest im beruflichen Sinne größtenteils gleichgestellt waren, und vor allem in der Armee die Anwärter eher nach ihren körperlichen Fähigkeiten eingeteilt wurden, als danach, ob etwas zwischen ihren Beinen baumelte oder nicht. Zudem waren Eheschließungen zwischen gleichen Geschlechtern überall im Rest des Landes prinzipiell gestattet, wenn es auch in manchen dörflicheren Provinzen und in der Kirche eher ungern gesehen war. Dass sich ausgerechnet ein großer Handelsposten wie Montegrad in der Hand eines so despotischen und rückständigen Mannes befand, war vielen ein Dorn im Auge.

Die meisten Bürger verstanden nicht, warum der König ihn überhaupt im Amt beließ. In der Gilde wurde vermutet, dass es um große Summen Goldes ging, die regelmäßig von Montegrad aus in die Truhen des Königs flossen.

»Vielleicht wohnt in Notzeiten selbst dem größten Narren ein wenig Vernunft inne.«

Sinphyria wagte das zu bezweifeln nach allem, was sie über den Bürgermeister wusste.

In diesem Moment ritt Kathanter Irius an ihnen vorbei. Sein Gesicht war so finster wie sieben Tage Regenwetter und er schenkte weder Sinphyria noch Athron auch nur einen Blick.

»Welche Laus ist dem denn schon wieder über die Leber gelaufen?«, fragte Sinphyria und beobachtete, wie Irius an den Marschierenden vorbeitrabte.

»Ach, ich denke nicht, dass Irius ein besonders gläubiger Mensch ist. Für ihn bist du immer noch eine Diebin mit verdammt frechem Glück und hast die Sonderbehandlung, die du jetzt bekommst, keinesfalls verdient.«

Sinphyria schmunzelte. Athron fuhr indes fort: »Der Hauptmann lässt sich davon allerdings nicht beeindrucken. Greí ist ein sehr gläubiger Mann, einer der wenigen, die es in Kanthis noch

gibt. Und er ist der festen Überzeugung, dass deine Unversehrtheit im Feuer dafür spricht, dass die Götter dich erwählt haben.«
»Erwählt? Wozu?«
Hinter sich spürte Sinphyria, wie Athron mit den Schultern zuckte.
»Das soll wohl der Priester in Montegrad herausfinden.«
Ein mulmiges Gefühl breitete sich in ihrer Magengegend aus. Wie konnte es sein, dass das Feuer sie nicht verletzt hatte? Wenn sie sich richtig erinnerte, stimmte es, dass sie wegen dem Rauch nicht hatte husten müssen und ihr die Hitze nichts hatte anhaben können. Aber erklären konnte sie sich das nicht. Ob es etwas mit der Scheibe zu tun hatte? Mit ihrem Auftrag in der namenlosen Festung? Dunkel erinnerte sie sich an das seltsame Gefühl, als sie die Scheibe kurz in Händen gehalten hatte.

Mit einem Mal fiel ihr auch wieder ihre Freundin ein. Was war mit Arátané geschehen? Hatte sie die Scheibe überbringen können? Wo war sie?

Die Unsicherheit darüber, was mit ihrer Freundin passiert war, nagte nun zusätzlich an Sinphyria. Wie gern sie sich jetzt mit ihr über all das unterhalten hätte. Das Feuer. Sinphyrias Gefühle und diese seltsamen Veränderungen, die ihr Körper offenbar durchgemacht hatte. Hoffentlich hatte Arátané Baldin erreicht und sie würden sich bald wiedersehen.

Währenddessen war die Kolonne weiter Richtung Montegrad gezogen.

Sie machten keinen Halt in der Stadt Marristal, was Sinphyria ein wenig bedauerte. In ihrer Kindheit war sie oft mit ihrem Vater hier auf dem Markt gewesen und hatte Waffen, Schmuck und geschmiedete Werkzeuge verkauft. Der Markt war wunderschön, mit diversen Ständen aus allerlei Ländern, aber nicht ganz so unübersichtlich und wuselig wie der in Montegrad. Deshalb hatte sie die Stadt mit ihren roten Backsteingebäuden und weißen Fensterlädchen immer mehr gemocht als den Haupthandelsposten.

Aber es half nichts. Hauptmann Greí wollte schnellstmöglich Richtung Montegrad ziehen.

Kathanter Irius ließ Sinphyria nicht aus den Augen. Wahrscheinlich vertraute er Greí nicht mehr wirklich, seit dieser deutlich gemacht hatte, dass er Sinphyria für von den Göttern auserkoren hielt. Seiner Frustration ließ ihn jedoch nicht dazu verleiten, offen Kritik am Vorgehen des Hauptmanns zu üben. Stattdessen hatte er es sich offensichtlich zum Ziel gesetzt, alles zu kommentieren, das Sinphyria sagte.

Als sie offen ihr Bedauern darüber verkündete, dass sie Marristal nicht ansteuern würden, wertete er das sofort als Fluchtversuch.

»Hoffst wohl, dass deine Gilde dort an deiner Befreiung arbeiten kann, eh?«, brummte er, ohne sie auch nur eines Blickes zu würdigen.

Sinphyria antwortete nicht. Sie wollte sich nicht provozieren lassen und ohnehin hätte nichts, das sie sagen würde, etwas an Irius Meinung ihr gegenüber geändert. Zudem hatte sie sich allmählich mit dem Gedanken abgefunden, dass es wohl ihr Schicksal sein würde, in der Truppe von Hauptmann Greí zu bleiben. Und sie war auch neugierig, was dieser Priester in Montegrad wohl herausfinden würde. Selbst wenn sie keine Göttin war, oder was immer der Hauptmann in ihr zu sehen glaubte, würde sie mit dem Heer in den Krieg ziehen, denn sie wollte endlich wissen, wie es ihrem Vater ging. Und dies war der beste Weg, um zu ihm zu gelangen. Früher hatte sie sich davor gefürchtet, in den Krieg zu ziehen. Die wenigen Berichte, die aus dem Süden zu ihnen gelangten, waren furchteinflößend. Sie wollte nicht bei lebendigem Leib verbrennen, wie so viele andere Soldaten. Doch jetzt, wo sie wusste, dass Feuer ihr nichts anhaben konnte, verlor der Schrecken des Krieges viel von seiner Macht über sie. Natürlich konnte sie auch von einem Schwert durchbohrt werden, aber das war eine reale Gefahr, der sie auch bei ihren Raubzügen regelmäßig gegenüberstand und die ihr deshalb keine Angst machte.

Und da war noch etwas. Fast jede Nacht hatte sie wirre Träume von brennenden Städten und einem gesichtslosen Mann, der ihren Namen rief. Wenn sie dann mit einem unterdrückten Schrei auf den Lippen aufwachte, stahl sie sich zu einem Feuer der Nachtwache, und wenn niemand hinsah, streckte sie ihre Hand in die Flammen. Nichts geschah. Sie spürte keine Wärme, keinen Schmerz. Nichts. In diesen Momenten spürte sie eine Angst, die viel tiefer saß als die vor dem Tod durch Magie. Kein Mensch sollte seine Hand unbeschadet in die Flammen halten können. Sie brauchte Antworten und die Gilde konnte ihr keine geben. Es blieb nur zu hoffen, dass Hauptmann Greí recht hatte und der oberste Priester Montegrads mehr wusste.

Als sie sich erholt hatte, marschierte Sinphyria wieder wie die anderen hinter den Offizieren auf ihren Pferden über die staubige Straße. Meistens hielt sie sich an die älteren Soldaten, an Gregor und seine Freunde, und kam sogar dazu, weitere Abenteuergeschichten von Göttern und vergangenen, großen Schlachten am Lagerfeuer zu erzählen. Manchmal lauschte sie auch einfach nur den anderen Soldaten. Ein wenig hatte sie die Hoffnung, dass sich durch die ein oder andere Geschichte ein nützlicher Hinweis auf ihre Fähigkeiten erfahren ließ. Etwas, das ihr die Wartezeit bis Montegrad verkürzte.

Doch so sehr sie auch in ihrem Repertoire an Geschichten kramte und so aufmerksam sie den anderen Erzählungen folgte, sie erhielt keine Antwort auf ihre Fragen.

In dieser Nacht saß Sinphyria am Feuer und lauschte dieses Mal einer besonders blutrünstigen Geschichte von Gregor, in der Orks gegen Elfen kämpften. Von beiden Völkern hatte man seit Jahrhunderten keine Spur mehr entdeckt und so hingen besonders die jüngsten Rekruten an den Lippen des alten Mannes.

Diesmal saßen Jonas, Tomf, Aiden und William bei ihnen, vier Jungen, die besonderen Gefallen an den Geschichten der Älteren gefunden hatten.

Seitdem Sinphyria sich wieder einigermaßen erholt hatte, teilte sie sich ein Zelt mit Jonas und Tomf und hatte so Gelegenheit gehabt, die Gruppe ein wenig zu beobachten. Inzwischen meinte sie herausgefunden zu haben, dass Jonas der Anführer war. Er hatte ein intelligentes Gesicht und behielt stets ein frohes, aufgewecktes Gemüt, was in Anbetracht seiner Situation eine ziemlich bewundernswerte Eigenschaft war. Kein Wunder, dass die anderen drei ihm wie treue Hunde überall hin folgten.

Tomf war ein dicklicher und ängstlicher Junge, und Aiden und William glichen sich beinahe wie ein Ei dem anderen, obwohl sie schworen, nicht verwandt zu sein. Sie folgten stets mit der größten Begeisterung den Erzählungen am Lagerfeuer, lachten an den richtigen Stellen und hielten den Atem an, wenn es gerade spannend wurde. Selbst Sinphyria schaffte es manchmal, ihre trüben Gedanken zu vergessen, wenn sie die Jungen so beobachtete.

»Gregor, sag mal ... kennst du nicht auch eine Geschichte über die alten Götter? Eine, die man noch nicht Hunderte Male gehört hat?«

Sinphyria starrte ins Feuer, während sie das sagte, und unterdrückte den Impuls, ihre Hand hineinzuhalten. Der Drang, erneut auszuprobieren, ob ihr die Flammen immer noch nichts anhaben konnten, wurde allmählich zu einer fixen Idee. Manchmal meinte sie sogar, ein Flüstern zu hören, das direkt aus den Flammen kam ...

»Hm, eine alte Göttergeschichte ... ich kenne die Geschichte der Hüllen, aber ich bin mir nicht sicher, ob sie wirklich mal in einer Schrift der Cahya stand, oder ob sich meine alte Großmutter das alles nur ausgedacht hat.«

Sin wurde hellhörig. Sie richtete sich auf und zog die Knie dichter an den Körper.

»Ist doch egal, woher sie stammt. Ich würde sie gern hören.«

»Ja, erzähl uns die Geschichte der Hüllen, Gregor!«, rief Jonas und die anderen Jungen stiegen mit ein.

»Schon gut, schon gut. Also, die Schöpfungsgeschichte ist euch bekannt, oder?«

Tomf, Aiden, Jonas und William antworteten mit einem genervten oder eifrigen »Ja!« und selbst Sinphyria war kurz versucht, in ihren Ruf miteinzusteigen.

Wenn man nur noch einmal so jung sein könnte ...

»Nun, vor einigen hundert Jahren ... zumindest ist es so lang her, dass diese Geschichte in Vergessenheit geraten konnte ... Da stritten die Götter sich. Dem Licht gefiel die Schöpfung der Schatten nicht, denn die Menschen, Elfen, Orks und Zwerge hatten begonnen, die Wälder zu roden, um ihre Häuser zu bauen, und schürften im Boden nach Gold und anderen Schätzen. Das missfiel dem Licht, das von den Schatten verlangte, einzugreifen. Doch diese weigerten sich. Sie wollten ihren Völkern freie Hand lassen und sich nicht einmischen.«

Das Holz knackte, während sich die Flammen des Lagerfeuers immer tiefer in sein Inneres gruben. Sinphyria starrte in den Tanz der Flammen und versuchte, sich jedes von Gregors Worten gut einzuprägen.

»Während sich die Geschwister stritten, bemerkten sie nicht, dass ihr Bruder, Azaaris, der Feuergott, sich unter die Völker mischte. Er wandelte als Ork, Elf, Mensch oder Zwerg unter ihnen, ohne sich als Gott zu erkennen zu geben. Azaaris verschwand aus dem Blick seiner Geschwister und begann, den Hass in die Herzen der Völker zu pflanzen. Er hetzte sie gegeneinander auf. Sorgte für Feindseligkeiten, wo vorher Freundschaften herrschten.«

Sinphyrias Magen verkrampfte sich. Da waren sie, die Geschichten, die jeder zumindest noch ansatzweise über den Feuergott kannte.

Den Verräter.

Vielleicht war es ein Fehler gewesen, Gregor um diese Geschichte zu bitten.

»Als Cahya, Rajanja und Sunyl merkten, was ihr Bruder tat, versuchten sie zuerst, ihn aufzuhalten. Doch als die Götter gegeneinander kämpften, wurden ganze Städte binnen einer Schlacht dem Erdboden gleich gemacht. Die Völker lebten in Angst und Schrecken. Azaaris ergötzte sich am Leid der Völker, aber er hatte Angst vor der geballten Macht seiner Geschwister. Also ersann er eine List. Um die Zerstörung durch ihre Kämpfe einzudämmen, schlug er vor, Hüllen zu erwählen. Angehörige der Völker, die von der Macht der Götter besetzt wurden und ihre Kämpfe austrugen. Die Mächte der Götter würden sich verringern und damit die Zerstörung der Welt deutlich geringer ausfallen.«

»Warum sollte ein böser Gott so etwas tun?«, fragte Aiden.

»Gute Frage, Junge. Azaaris hatte ein Siegel erschaffen, einen Zauberbann, der einen Gott an den Körper eines irdischen Wesens binden konnte. Er erhoffte sich, dass er seine Geschwister in einer irdischen Hülle töten könnte. Etwa, für das er in seiner göttlichen Form zu schwach gewesen wäre.«

Gregor räusperte sich. Sin wartete gespannt darauf, dass er weitererzählte. Konnte man einen Gott wirklich töten? Dann musste doch auch der Krieg leicht zu beenden sein, oder?

Bei all den Berichten aus dem Krieg und bei dem, was Sinphyria bisher erlebt hatte, war es doch relativ wahrscheinlich, dass sie eine solche Hülle war. Also vielleicht auch derjenige, der im Süden das Feuer beherrschte. Sofern die Berichte der Wahrheit entsprachen. Aber ehrlich gesagt zweifelte Sinphyria daran immer weniger.

»Aber statt sich nur an ein irdisches Wesen zu binden, beschlossen die Götter, ihre Macht aufzuteilen. Sie wählten zwei Hüllen, eine, die über die Macht des jeweiligen Gottes frei verfügen konnte. Die andere konnte die Macht des jeweiligen Gottes aushalten. Sie entweder abschwächen oder auch verstärken. Diese Hüllen wurden dann gebeten, den Kampf der Götter auszutragen. Dann brach der Krieg aus. Der Krieg der Hüllen der Macht.«

Sinphyria wurde nicht gefragt oder gebeten. Wenn sie jetzt eine Hülle war, dann war es einfach passiert.

Gegen ihren Willen. Aber wie eigentlich? Sie konnte sich nicht daran erinnern, von irgendeinem Gott berührt worden zu sein. Vielleicht war das Feuer in Flusslauf der Auslöser gewesen? Hatte das Feuer sie nicht verletzen können, weil der Gott des Feuers sie auserwählt hatte?

Nein ... Sin erinnerte sich daran, dass sie sich schon in der Zelle in der Festung anders gefühlt hatte. Nicht mehr gefroren hatte.

»Azaaris versuchte trotzdem seinen Plan durchzuführen. Durch eine List schaffte er es, die Hüllen des Lichts und damit die gesamte Kraft der Lichtgöttin zu versiegeln. Wie genau ist nicht überliefert. Die Schatten glaubten schon, sie hätten verloren. Doch am Ende gab es einen mutigen Zwerg, der es schaffte, das Feuer zu versiegeln. Die Schatten waren bestürzt darüber, welchen Schaden sie und ihre Geschwister auf der Welt angerichtet hatten. Also beschlossen sie, ihre Macht ebenfalls zu versiegeln und die Welt den Völkern zu überlassen. Das ist der Grund, aus dem die Götter heute schlafen.«

Konnte diese Geschichte der Wahrheit entsprechen?

Sie war lückenhaft, wohl wahr, aber das mit den Hüllen hörte sich ... richtig an. So, als ob genau das gerade passieren könnte. Und dieses Siegel, über das nicht mehr überliefert war ... Was könnte das gewesen sein? Konnte man es vielleicht erneuern und damit den Krieg beenden?

»Oder vielleicht auch nicht mehr«, murmelte Jonas und warf Sinphyria einen schnellen Blick zu.

»Wie bitte?«

»Nichts, ich meinte doch nur ...«

»Sinphyria«, sagte plötzlich eine tiefe Stimme hinter ihr und riss Sinphyria aus ihren Gedanken.

»Athron«, antwortete sie lächelnd, »komm, setz dich doch zu uns.«

Einen Moment lang beäugten sich Athron, die Jungen und Gregor misstrauisch. Obwohl Athron seinen Rang als Unteroffizier kürzlich verloren hatte, war er in den Augen der Jungen und Gregor noch immer eine Respektperson, der gegenüber sie sich nicht so locker und offen verhalten wollten, wie bei Soldaten des gleichen Ranges. Wahrscheinlich hatten sie Angst, etwas Falsches zu sagen oder zu tun. Aber Sinphyria bestand mit einem breiten Lächeln und einem Klopfen neben sich darauf, dass Athron sich setzte. Also seufzte er und ließ sich mit einigem Abstand zu ihr nieder. Gregor nahm seine Geschichte wieder auf und Sinphyria spürte ein leichtes Kribbeln ihren Armen aufsteigen, als sie Athron so nahe war.

»Hier«, begann er nach einigen Augenblicken, schlug seinen Mantel zurück und brachte zwei Dolche zum Vorschein. Sinphyrias Herz begann höher zu schlagen. »Greí war einverstanden, sie dir zurückzugeben. Irius fand das zwar weniger witzig, aber ich bestand darauf, dass du dich verteidigen können solltest. Montegrad ist kein einfaches Pflaster.«

Behutsam packte er die Dolche und reichte sie Sinphyria. Als sie sie entgegennahm, musste sie schlucken. Erst jetzt, da Sinphyria ihre Waffen wieder in Händen hielt, wurde ihr bewusst, wie schutzlos sie ohne die Dolche gewesen war. Schwer wogen sie in ihren Händen.

Es waren die ersten Waffen, die sie jemals besessen hatte. Sie hatte sie selbst geschmiedet, zusammen mit ihrem Vater, der Sinphyrias Talent für die Familientradition damit hatte testen wollen. Sinphyria war keine besonders begabte Schmiedin und hatte auch keinen großen Spaß daran. Aber auf diese Dolche war sie sehr stolz.

Die Dolche trugen zwar keine besonderen Verzierungen, doch seit sie begonnen hatte, Aufträge für die Diebesgilde anzunehmen, hatte sie für jeden getöteten Gegner eine Kerbe in die Griffe geritzt. Sie erinnerte sich an jeden davon. Den Toten aus der Festung musste sie aber noch hinzufügen.

Das Leben als Diebin der Goldenen Hand kam ihr vor, als läge es schon seit einer Ewigkeit hinter ihr, dabei konnten seit dem grandiosen Fehlschlag in der namenlosen Festung höchstens zwei Wochen vergangen sein. Sinphyria hatte seit ihrer Bewusstlosigkeit das Zeitgefühl verloren. Die Tage schienen zu verschwimmen und an Bedeutung zu verlieren im Sumpf der Gedanken, die sie sich um sich selbst, ihre Veränderungen und um Arátanés Schicksal machte.

Nachdenklich strich Sinphyria über die stumpfe Seite der Klingen.

»Danke«, sagte sie leise und schluckte. Neben dem persönlichen Wert, den diese Dolche für sie hatten, war es auch ein absoluter Vertrauensbeweis vonseiten Athrons. Zwar hatten sie in den letzten Tagen immer mal wieder miteinander gesprochen, aber sie hätte nicht gedacht, dass er schon wieder so weit gehen würde. Statt einer Antwort nickte Athron bloß und erhob sich wieder. Als er sich zum Gehen wandte, stemmte Sinphyria sich in die Höhe und legte eine Hand auf seinen Unterarm.

»Warte«, sagte sie leise. »Lass uns ein Stück gehen.«

Athron zögerte kurz, nickte dann aber. Und so führte Sinphyria ihn einige Meter fort von den anderen. Sie sprachen kein einziges Wort. Am Fuße einer kleinen Erhebung, die man kaum noch einen Hügel nennen konnte, hielt Sinphyria inne und zog sich ohne weiteres Zögern näher zu Athron.

Ihre Nasenspitzen berührten sich, bevor er auch nur widersprechen konnte.

Sinphyrias Herzschlag setzte einen kurzen Moment lang aus, als sie ihre Lippen auf die seinen legte. Beide kosteten den Kuss so lange aus, als wären sie Liebende, die sich ewig nicht gesehen hatten. Dann spürte Sinphyria, wie Athrons Arme sie behutsam von sich drückten.

»Sinphyria«, raunte er. Sein Blick haftete auf ihren Lippen, seine Augen verzehrten sich nach ihr. Dennoch war sein Mund leidend verzogen, als bereite es ihm Schmerzen, sie nah bei sich zu spüren.

Plötzlich ertönte ein Horn. Selbst von ihrer abseitigen Position aus konnte Sinphyria erkennen, dass unter den Soldaten sofort

Aufruhr herrschte. Köpfe drehten sich nach der Richtung um, aus der sie das Horn gehört hatten. Einige erhoben sich sogar, als könnten sie im Stehen trotz der allumfassenden Dunkelheit mehr sehen. Athron löste sich endgültig von Sinphyria und beide kehrten in das Lager zurück. Gemurmel erfüllte die Reihen der Soldaten und aus einem der besseren Zelte ihres Heerlagers stürmte Vardrett Greí. Der Hauptmann trug nur eine leichte Tunika, sowie Hose und Stiefel. Gerade versuchte er, sich mit Mühe und Not den Schurz mit dem Wappen des Königs überzuwerfen.

Das Donnern von Hufen kam von südlicher Richtung auf das Heerlager zu und kurz darauf erreichte einer ihrer Boten das Lager.

»Hauptmann Greí! Eine Fremde! Eine Fremde aus Sinthaz kommt auf uns zu! Sie ist allein und sie schwenkt eine Flagge ...«

Irius, der immer noch seine Rüstung trug, kam aus der Dunkelheit auf Greí zu. Wahrscheinlich hatte der alte Jäger Wache gehalten oder diejenigen, die Dienst hatten, zur Sau gemacht. Sinphyria konnte sich nicht vorstellen, dass dieser Mann überhaupt jemals schlief.

Greí murmelte Irius etwas zu, woraufhin dieser sich zu den Soldaten umdrehte.

»Was steht ihr alle hier so rum? Habt ihr keine Wachdienste? Macht euch vom Acker, geht schlafen! Löst die Wachdienste ab, meinetwegen, aber hört auf so nutzlos in die Gegend zu starren! Der Hauptmann und ich sind in der Lage, einen einzelnen Boten allein zu empfangen.«

Einige der Soldaten zuckten mit den Schultern und gingen wieder weg. Sie waren zwar neugierig, hatten aber zu viel Angst vor Kathanter. Aber nicht alle. Auch Sinphyria und Athron gehörten zu denjenigen, die gern wüssten, was der Bote zu sagen hatte.

Einige Augenblicke später konnte Sinphyria erkennen, wie der Reiter immer näherkam. Allerdings schien er bloß schleppend voranzukommen.

Sobald der Reiter den Lichtkreis der Fackeln erreicht hatte, glitt er einem schweren, nassen Sack gleich vom Rücken seines Pferdes und blieb reglos am Boden liegen. Irius beugte sich über den Boten.

Jetzt kamen sogar einige der Soldaten, die sich wegen Irius entfernt hatten, wieder verstohlen zurück. Es war so still, als hielte das ganze Heer den Atem an. Sogar Sinphyria ertappte sich dabei, wie sie gespannt darauf wartete, dass Greí oder Irius etwas sagten.

Dann stand Irius auf, schaute zum Hauptmann rüber und sprach so leise mit diesem, dass Sinphyria kein Wort verstehen konnte.

Dann drehte er sich um und rief: »Leon!!«

Sinphyria zuckte zusammen. Sie warf einen fragenden Blick zu Athron hoch, der allerdings nur mit den Schultern zuckte.

»Leon, bist du festgewachsen? Komm her, verdammt!«

Der Ton von Kathanter ließ kein Zögern mehr zu, vor allem, da er jetzt direkt in Sins Richtung schaute.

Was wollte er denn jetzt von ihr?

Sie setzte sich in Bewegung und versuchte, sich für eine schlagfertige Antwort bereit zu machen, falls Irius ihr blöd kommen würde. Aber als sie bei Greí, Irius und dem am Boden liegenden Boten ankam, verstand sie, dass es hier nicht um sie ging.

Der Reiter entpuppte sich als junge Frau. Um ihren Kopf trug sie fest gewickelte, weiße Tücher, die nichts als ihre Augen frei ließen. Sinphyria hatte so eine Gewandung noch nie gesehen.

»Leon, schau nach, ob die Botin verletzt ist«, blaffte Irius und nickte mit dem Kinn in Richtung der Botin.

»Warum ich?«

»Weil wir keine Heiler haben und du diejenige bist, die hier noch am eindeutigsten als Frau zu erkennen ist.«

Kathanter untermalte seinen Satz mit einem abschätzigen Blick.

»Und habe ich euch nicht bereits gesagt, dass ihr euch verdammt noch mal verziehen sollt?!«, brüllte er zu den Soldaten rüber, die immer noch in der Nähe standen und glotzten. Sin musste grinsen, während Irius sich so aufregte. Arátané würde ihr jetzt zwar sagen, dass sie den Verstand verlor, aber irgendwie fing Sin an, Irius zu mögen.

Sie beugte sich unterdessen zu der Botin herunter und tat ihr Bestes, um den Zustand der Frau einzuschätzen.

»Sie ist bewusstlos«, bemerkte Sinphyria knapp und schob vorsichtig eine Schicht der Oberbekleidung beiseite, um in der Brust der Botin nach einem Herzschlag zu fühlen.

»Sie lebt aber.«

Als einen weiteren Moment nichts passierte, wurde Sinphyria langsam ungehalten. »Was steht ihr alle noch so herum? Holt Wasser, holt eine Trage, damit wir sie versorgen und in ein Zelt bringen können!«

Endlich kam Bewegung in die Soldaten. Einige hasteten los, um Sinphyrias Anweisungen zu folgen, während Greí sich ebenfalls zu der Botin hinunterbeugte.

Neben ihr lag eine fast gänzlich zerstörte Flagge König Bjoreks. Sie zeigte einen großen, braunen Bären auf dunkelgrünem Grund, der auf zwei Beinen stand und seine Klauen nach rechts, in Richtung einer nicht sichtbaren Gefahr reckte, während hinter ihm drei Bärenjungen übereinander gezeichnet worden waren. Für das Geschlecht des Königs galt die Familie schon seit Jahrzehnten als wichtigster Wert, weshalb sich seine Vorfahren dieses Wappen erwählt hatten.

Nun strich Hauptmann Greí mit gedankenverlorenem Blick über das Wappen des Königs und zerrieb die angesengten Enden der Flagge zwischen den Fingern.

Währenddessen versuchte Sinphyria, das Gesicht der Botin freizulegen, um ihr Stirn und Wangen zu fühlen und sie nach Verletzungen zu untersuchen. Sie war zwar keine Heilkundige, aber sie hätte eine Platzwunde erkennen können, wenn sie eine sah. Nichts dergleichen war zu finden. Während Sinphyria die Kleidung der Botin bewegte, rieselte feiner, weißer Sand daraus hervor.

Obwohl sie dreckig und blass war, war die Botin ziemlich schön. Sie hatte braune Haut und dunkelbraune Augen, ihr Haar besaß die Farbe von Haselnüssen. Sie musste achtzehn oder neunzehn Winter alt sein. Ihre Kleidung war an einigen Stellen so abgewetzt und zerrissen, dass sie sicher einiges erlebt haben musste. Zu Sinphyrias Überraschung war es ausgerechnet Kathanter Irius, der an ihrer linken Seite in die Hocke ging und Sinphyria eine Feldflasche mit klarem Wasser hinhielt.

»Ist sie verletzt?«

Sinphyria schüttelte den Kopf. War das ehrliche Sorge, die sie da in Irius' Blick erkennen konnte? Konnte es sein, dass er auch etwas anderes als Hass empfinden konnte, solange die betroffene Person keine nachgewiesene Kriminelle war?

Bevor Sinphyria weiter darüber nachdenken konnte, regte sich die Botin und schlug verwirrt die Augen auf.

»Aus welchem Gebiet kommst du, Botin? Was hast du zu berichten?«, brummte Irius sofort, wobei seine Miene wieder zu der harten und ausdruckslosen Maske gefror, die Sinphyria so an ihm mochte.

Ohne zu antworten, setzte die junge Frau die Flasche an ihre Lippen und trank deren gesamten Inhalt in einem Zug.

Dann stemmte sie sich mit einem entschlossenen Ausdruck in den Augen in die Höhe, wobei Sinphyria ihr half.

»Mein Name ist Hemera Anya und ich komme aus Altherra. Ich habe eine Botschaft von General Obius«, antwortete sie mit klarer Stimme, obwohl sie zwischendurch immer wieder husten musste.

Hauptmann Greí beugte sich näher zu der Botin und tauschte sich raunend mit ihr aus. Sinphyria konnte erkennen, wie Hemera Anya dem Hauptmann eine mit einem Siegel verschlossene

Schriftrolle überreichte. Greí nickte, erhob sich und bot dann Hemera seine Hand an.

»Sinphyria. Kümmert Euch bitte um Hemera und schickt sie dann zu mir ins Zelt. Wir müssen heute Nacht noch besprechen, wie es weitergehen soll.«

Sinphyria reichte der Fremden das Wasser, das diese dankend entgegennahm.

»Kommt. Ihr solltet Euch waschen und dann wahrscheinlich etwas Frisches anziehen.«

Hemera nickte knapp und folgte ihr wortlos. Die Frauen redeten nicht, als Sinphyria Hemera mit sich zu dem Eselkarren nahm, auf dem sie nach ihrer Feuernacht geschlafen hatte. Dort stand ein Eimer mit eiskaltem Wasser bereit, den sie Hemera anbot.

»Es ist nicht gerade warm, aber es ist gutes Wasser. Ich kann Wache stehen, damit die Männer nicht schauen.«

Hemera grinste und begann sofort, sich auszuziehen. Wieder verlor sie keine Worte, doch ihre Augen blitzten verführerisch zu Sinphyria auf. Eine unbändige Hitze stieg in Sinphyria hoch, ihr Herz schlug schneller und gleichzeitig fuhr es ihr eiskalt den Nacken hinab. Frauen konnten eine ebenso erregende Wirkung auf sie haben wie Männer und das bekam sie in dem Moment heftig zu spüren, als Hemera ihre Brüste entblößte.

Als Sinphyria merkte, dass sie Hemera anstarrte und drehte sich abrupt um.

»Gib Bescheid, wenn du fertig bist«, murmelte sie, dann blieb sie mit dem Rücken zu der Frau stehen und sorgte dafür, dass keiner der Soldaten einen Blick auf sie werfen konnte. Vor allem nicht sie selbst. Immerhin war sie doch in Athron verliebt, oder? Da sollte sie eine schöne Frau nicht so aus der Fassung werfen ... Auch wenn Liebe natürlich nichts an der Attraktivität von Hemera änderte. Aber der Gedanke an Athron half vielleicht ein bisschen.

Während Hemera sich wusch, schickte Sinphyria einen der jüngeren Soldaten los, um saubere Kleidung zu holen.

Als Hemera fertig war, reichte Sinphyria ihr die neue Kleidung und führte sie wie befohlen zu Greís Zelt. Hemera sprach auch weiterhin nicht mit ihr und Sinphyria war zu beschäftigt damit, an etwas Unattraktives zu denken, um die Fremde nicht zu sehr anzustarren. Daher hatte sie es auch ziemlich eilig, zu ihrer Pritsche zurückzukehren, um sich nicht weiter in Hemeras Nähe aufzuhalten. Sie wollte sich nicht in Gedanken an jemand anderen verlieren, während sie starke Gefühle für Athron hatte. Selbst, wenn sie sich nicht sicher war, ob sie das mit Athron wirklich wieder hingebogen hatte.

8. Kapitel

DER AUSERWÄHLTE

Vortian mochte die Nacht hier draußen nicht. Wahrscheinlich lag es daran, dass er das Kloster noch nie länger als höchstens für ein paar Tage verlassen hatte. Und nun waren sie bereits seit über einer Woche unterwegs und der Ort, der seit seiner Kindheit sein Zuhause gewesen war, lag weit hinter ihnen.

Über ihnen leuchteten die Sterne und ab und zu kam auch mal der Mond hinter den Wolken hervor. Dennoch hatte er sich immer noch nicht an die Dunkelheit gewöhnt, die ihn umgab. Im Kloster hatten ständig irgendwo Kerzen gebrannt, sodass es dort nie vollständig finster gewesen war.

Hinzu kam noch, dass Vortian sich schrecklich schutzlos fühlte. Sein Leben lang war er von den Bergen und den massiven Mauern des Klosters umgeben gewesen.

Jetzt ritt er auf einem Esel über freies Feld, zwischen Hügeln und Äckern hindurch, und Vortian befürchtete an jeder Ecke einen Räuber, der mit einer Armbrust auf sie zielen würde. Das war zwar sehr unwahrscheinlich, denn was hatten drei Wanderpriester schon zu bieten?

Aber seine Angst ließ logische Argumente nicht gelten.

Zum hundertsten Mal betete Vortian die Sternenbilder stumm vor sich her, während sein Blick abwechselnd verschwamm und sich wieder scharfstellte.

Ihre kleine Gruppe aus zwei Eseln mit Pan und Vortian auf ihren Rücken und Xundina zu Fuß, die problemlos mit den Tieren mithalten konnte, zog durch die Landschaft von Kanthis. Sie waren bisher nur einer Handvoll Bauern begegnet. Diese zeigten allerdings nur wenig Interesse an ihnen.

Das war Vortian eigentlich ganz recht, denn so konnte er Pan besser im Auge behalten. Der war die ganze Zeit über vollständig abwesend und redete gerade einmal das Nötigste. Gegenüber fremden Menschen allerdings, wenn sie denn doch einmal angesprochen wurden, war er offen und beinahe schon huldvoll. Von Vortian schien er sich jedoch immer mehr zurückzuziehen.

Und Xundina war sowieso eine Frau von wenigen Worten. Manchmal zuckte sogar Pan kurz erschrocken zusammen, wenn sie dann doch einmal etwas sagte.

Montegrad war noch etwa acht bis zwölf Tagesmärsche entfernt, je nachdem, wie schnell sie ritten oder wie lange sie an einzelnen Orten verweilen würden.

Das unangenehme Gefühl, das seit seiner Zeremonie in Vortian schlummerte, wuchs mit jedem Schritt, den sie auf die Hauptstadt zu machten.

Was war mit Pan in der Kirche geschehen? War er tatsächlich von Cahya ausgewählt worden? Warum verhielt er sich Vortian gegenüber so komplett verändert? War seit Vortians Bewusstlosigkeit irgendetwas vorgefallen, das ihm niemand erzählen wollte? Was würde sie in Montegrad erwarten?

Es gab Momente, in denen er glaubte, dass diese innere Unruhe daher rührte, dass er Heimweh hatte sowie Angst vor dem, was vor ihnen liegen mochte.

Der Weg, der sich nun unmittelbar vor ihnen erstreckte, führte einen kleinen Hügel hinauf, nicht besonders steil, aber doch so weitreichend, dass man nicht erkennen konnte, was dahinterlag. Noch bevor sie auf den Hügel zuritten, konnte Vortian eine Stimme hören, die unverständliche Worte laut und klagend vortrug. Ein Lied vielleicht? Und hörte er da ein Lallen, wie es von den betrunkenen Mönchen an den Feiertagen oft zu hören gewesen war, wenn sie zu tief in den Metkrug geschaut hatten?

Sofort war Vortian alarmiert. Er versuchte, einen Blick mit Pan zu wechseln, aber der starrte nur stur weiter geradeaus. Er musste die Stimme doch auch hören, oder nicht? Vortian rief nach Xundina, die sich fragend zu ihm umdrehte. Aber Vortian spürte, wie sein Herz allmählich schneller schlug und wie er die Lippen angespannt aufeinanderpresste. Betrunkene hatten sich selbst schlechter unter Kontrolle und konnten unter Umständen aggressiv werden. Auch das wusste er von den Saufgelagen der Älteren. Allerdings sah Vortian auf den ersten Blick auch keine Möglichkeit, um der Gefahr auszuweichen. Die Felder an den Seiten waren umzäunt und bis Mühlbach dürfte es nicht mehr weit sein. Die anderen jetzt zu einem Umweg zu überreden, wäre sicher kein leichtes Unterfangen, besonders bei Pans derzeitiger Stimmung.

Vorsichtshalber ließ er seinen Esel halten, stieg ab und nahm das Tier bei den Zügeln. Inzwischen waren sie auf der Spitze des Hügels angekommen und sahen in einiger Entfernung einen Schatten, der die Umrisse eines am Boden liegenden Mannes hatte.

Vortian blieb neben Xundina stehen.

»Warte mal, Pan«, bat er flüsternd und tatsächlich reagierte Pan diesmal und folgte Vortians Bitte. Er stieg sogar von seinem Esel ab und stellte sich zu ihnen.

»Glaubt ihr, der könnte gefährlich sein?«, fragte Vortian flüsternd und deutete auf den Mann.

Xundina zuckte mit den Schultern. »Ist nicht so selten, dass jemand an der Straße seinen Rausch ausschläft. Ich kenn's nicht anders. Sind meistens Veteranen aus dem Bürgerkrieg, manchmal auch Obdachlose. Bin noch nie von einem attackiert worden.«

Unsicher warf Vortian einen Blick zu Pan rüber. Aber dieser wirkte desinteressiert und fast schon gelangweilt.

»Vielleicht solltet ihr trotzdem kurz hier warten. Dann kann ich die Lage auskundschaften und rufe euch, wenn die Luft rein ist.«

»Aber falls es eine Gefahr gibt, wäre es sinnvoller, wenn wir zusammenblieben«, warf Pan ein und klang endlich mal wieder wie früher.

»Mir wird schon nichts passieren. Ich kundschafte nur schnell die Lage aus und rufe euch dann.«

Vortian wusste nicht genau, warum er Pans Einwand abschmetterte. Vielleicht wollte er einen Moment lang allein sein, vielleicht wollte er beweisen, dass er etwas beitragen konnte. Dass er Pan beschützen konnte, sich um ihn sorgte. Doch als er allein in der Dunkelheit den Hügel herabstieg, fühlte sich erneut wehr- und schutzlos und vor allem einsam.

In diesem Moment kam der Mond hinter eine Wolke hervor und tauchte die Landschaft in milchiges Licht. Am Rand des Weges entdeckte Vortian einen dicken Ast und hob ihn auf. Er war zwar nicht besonders groß, aber er sollte reichen, um sich damit im Notfall einen Angreifer vom Leib halten zu können.

Im Kloster hatten sie mal gelernt, mit Stäben zu kämpfen, und Vortian war nicht einmal besonders schlecht darin gewesen. Allerdings war das letzte Training schon eine Weile her.

Der Hügel war von Feldern umgeben, die still im Mondlicht dalagen – auf einigen waren Heuballen gelagert worden, auf einem anderen stand eine Vogelscheuche. Wenn Vortian ihren Anblick nicht gewohnt gewesen wäre, hätte er sich sicher davor erschrocken. Der Weg wurde allmählich fester, je näher er dem Fuß des Hügels kam.

Schließlich näherte er sich der Gestalt, die im Schatten eines der Bäume lag, die den Weg säumten. In einiger Entfernung konnte er viele Lichter in der Dunkelheit glimmen sehen. Das musste Mühlbach sein.

Dahinter erstreckten sich die großen Tannen des Nordostwaldes, düster und furchteinflößend. Vortian hatte vor diesem Teil ihrer Reise am meisten Angst. Mindestens zwei Tage und zwei Nächte würden sie benötigen, um den Wald zu durchqueren.

Vortian schüttelte den Kopf und konzentrierte sich auf den Mann – denn es handelte sich bei der liegenden Gestalt ganz offensichtlich um einen Mann –, der nun nur noch wenige Schritte entfernt lag und ihn nicht zu bemerken schien. Stattdessen trällerte er weiter sein Liedchen, während sich sein Körper im Takt der Melodie hin und her wankte.

Als Vortian näherkam, konnte er erkennen, dass ihm ein Bein fehlte. Das Mondlicht schien direkt in das Gesicht des Mannes. Eines seiner Augen war notdürftig verbunden worden. Der Verband hatte einen großen, hellgrauen Fleck und saß nicht mehr so richtig fest. Vortian ließ seinen Stock sinken.

Von diesem Mann war wohl keine Bedrohung zu befürchten. Aber er erweckte Vortians Mitleid.

Vorsichtig ging er auf den Mann zu und blieb vor ihm stehen.

»Ach, wenn doch Wein und Weib nicht wär'n, wär ich wohl ein Ehrenmann ... Oh, guten Abend, Glatze! Willst du meinem Gesang beiwohnen?«

Vortian zog eine Augenbraue in die Höhe und ging vor dem Mann in die Hocke.

»Gesang? Ich würde es eher Gegröle nennen«, antwortete er in voller Ernsthaftigkeit. Der Mann lachte heiser und schlug sich auf den hageren Bauch.

»Na, ich wusste ja gar nicht, dass Mönche so einen Humor haben können. Meistens seid ihr doch furchtbar verklemmte Sesselfurzer.«

Irritiert verzog Vortian die Augenbrauen. Er war einfach nur ehrlich gewesen und hatte keinen Witz machen wollen. Erst jetzt fiel ihm auf, dass man seine Antwort auch als Beleidigung hätte auffassen können. Sein Gesicht begann zu glühen. Aber er war auch irritiert. Das Auge des Mannes, das nicht unter dem Verband lag, glänzte vor Freude über Vortians Antwort, doch sein Lächeln wirkte bitter. Er unendlich traurig und gleichzeitig amüsiert. Vor allem kam er Vortian überhaupt nicht mehr betrunken vor, obwohl er noch von einer Wolke an Alkoholdunst umgeben war.

Vortian setzte sich in den Sand vor den Mann. Den Stock legte er in seinen Schoß, allzeit bereit, ihn auch zu benutzen. Er hatte die Möglichkeit noch nicht ganz ausgeschlossen, dass der Mann vor ihm vielleicht doch eine Falle unwissende Reisende gestellt hatte, und dass gleich seine Kameraden aus irgendeinem Gebüsch springen würden. Doch die Möglichkeit war verschwindend gering. Diesem Mann fehlte wirklich ein Bein, er tat nicht einfach so. Und niemand konnte davon ausgehen, dass nachts auf dieser Straße jemand mit großen Besitztümern entlangkam. Und Mühlbach war viel zu nah dran, falls jemand um Hilfe schrie.

»Was machst du hier draußen? Bist du ausgestoßen worden?«, fragte Vortian und warf einen Blick zum Dorf hinüber.

Der Mann zuckte mit den Schultern und setzte eine Flasche an die Lippen, die neben ihm im Gras gelegen hatte.

»Sie haben nich viel übrig für alte Veteranen-Säufer«, antwortete er und gluckste einmal, »vor allem nicht bei meinem Gesangstalent.«

Vortian musste wider Willen grinsen. Aber er konnte auch sein Mitleid nicht verstecken und schaute deshalb beschämt zu Boden.

»He, ich werde mal meine Freunde rufen, vielleicht können wir dir ja mit irgendetwas behilflich sein.«

Der Mann zuckte mit den Schultern. »Wüsst' nich wie, aber kannste ruhig machen.«

Vortian nickte verständnisvoll. Ihm war schon klar, dass sie nicht viel tun konnten, außer dem Mann vielleicht ein wenig Brot zu schenken oder ein Stück Käse. Obwohl etwas zu essen manchmal auch mehr wert sein konnte als ein Sack Gold.

»Es ist okay! Ihr könnt kommen!«

Es dauerte nicht lange, bevor Vortian hinter sich Schritte und das leise Aufschlagen von Hufen im Sand hörte. Vortian musste sich nicht umdrehen, um zu wissen, dass Pan hinter ihm stand. Seit Pan auserwählt worden war, konnte Vortian ihn ... spüren ... So ganz erklären konnte er das nicht.

»Ah, noch einer!«, rief unterdessen der Mann, und hinter Vortian und Pan kamen nun auch die Esel und Xundina von dem Hügel herab. Pan beugte sich zu dem Mann herunter und Vortian trat ein paar Schritte zurück.

»Hallo«, sagte Pan und lächelte, dieses Mal aufrichtig freundlich. Seltsam, es kam Vortian fast vor, als wäre sein Freund, der immer einen lockeren Spruch auf den Lippen trug, noch da. Der Mann am Boden nickte ihm freundlich zu und nahm einen Schluck aus seiner dreckigen Glasflasche.

Als Pan sich weiter zu dem Mann hinunterbeugte, berührte seine Schulter kurz Vortians Arm. Vortian spürte sofort ein Kribbeln auf der Haut. Pan konnte ihn offenbar tagelang ignorieren und dennoch änderte sich nichts an Vortians Gefühlen für ihn.

Doch wurde er aus seinen Gedanken gerissen, als er sah, was Pan gerade tat. Ohne zu fragen hatte dieser vorsichtig damit begonnen, den Verband von dem Stumpf des Mannes abzuwickeln. Als er ihn bloßgelegt hatte, konnte Vortian selbst in dem schwachen Mondlicht erkennen, dass die grob geflickte Narbe begonnen hatte, sich zu entzünden. Der Mann hätte den Schnaps, den er sich hinter die Binde gegossen hatte, wohl lieber dafür verwenden sollen, seine Wunde zu desinfizieren.

Er wehrte sich nicht, als Pan auch noch nach seinem Auge sah. Dort klaffte nur noch eine leere Höhle, die Haut drumherum war von einer Übelkeit erregenden Brandwunde bedeckt. Das alberne Lächeln im Gesicht des Mannes war verschwunden und er sah Pan stumm und mit großen Augen an.

Pan beugte sich noch dichter zu ihm hinunter und strich ihm über das Haar. Er flüsterte dem Veteranen etwas zu, das Vortian nicht verstehen konnte, und ließ seine Hand dann auf dem Kopf des Mannes ruhen. Es herrschte eine vollkommene Stille. Selbst die Grillen schienen ihr nächtliches Konzert unterbrochen zu haben, während Pan neben dem Mann kniete.

Plötzlich schoss ein Licht aus der Dunkelheit hervor, das von Pan und dem Mann ausging. Vortian riss seinen Arm hoch, um die Augen zu schützen. Hinter sich hörte er Xundina erschrocken nach Luft schnappen und die Esel scheuen. Er spürte, wie sein ganzer Körper unter Spannung stand, sein Herz schlug aufgeregt. Er wusste nicht, was geschah, was Pan gerade mit dem Mann tat. Gleichzeitig hatte er Angst und wollte am liebsten wegrennen.

Das Ganze dauerte nur wenige Sekunden, die Vortian aber viel länger vorkamen.

Allmählich wurde das Licht wieder schwächer.

Langsam ließ Vortian den Arm sinken.

Er benötigte einige Herzschläge, bis sich seine Augen wieder an die Dunkelheit gewöhnt hatten. Sein Herz schlug bis zum Hals und seine Hände zitterten.

So hatte er sich das letzte Mal gefühlt, als Pan seine Prüfung hatte ablegen müssen. Als er viel zu lange nicht aus dem Becken aufgetaucht war und Vortian Angst hatte, dass er bald seinen Freund würde beerdigen müssen.

Aber jetzt war Pan doch nicht in Gefahr, oder? Was war geschehen in den Sekunden, als Vortian von dem Licht geblendet war?

Als er endlich wieder einigermaßen etwas erkennen konnte, begriff Vortian trotzdem nicht, was er da sah. Er rieb sich über die Augen.

Das konnte einfach nicht sein.

Pan kniete immer noch vor dem Mann, hatte seine Hand aber weggenommen. Er lächelte zufrieden, doch unter seinen Augen waren dunkle Schatten aufgetaucht, die er vorher nicht gehabt hatte. Doch es war der Mann auf dem Boden, den Vortian jetzt fassungslos anstarrte. Er war offensichtlich bewusstlos. Sein Kopf war zur Seite gekippt, aber sein Brustkorb hob und senkte sich gleichmäßig.

Vortian starrte dem Mann in das Gesicht, das jetzt vollkommen makellos war. Die Brandwunde war verschwunden Vortian konnte sehen, wie sich die Augen des Mannes – *beide* Augen

– unruhig hinter den Lidern bewegten. Und auch das Bein, war komplett nachgewachsen. Aus dem zerfledderten Teil des Hosenbeins ragte ein vollständiges, gesundes Bein hervor.

Vortian begriff nicht, was er da sah.

Was war mit Pan passiert?

Zum ersten Mal kroch so etwas wie Angst in ihm hoch. Aber das war doch immer noch Pan, der da auf dem Boden kniete und mit einem müden Lächeln auf den Mann herabsah, dem er gerade neue Gliedmaßen hatte wachsen lassen, oder? War es überhaupt sein Werk? Oder das Werk der Cahya? Oder vielleicht von jemand ganz anderem?

Xundina war die Erste, die ihre Sprache wiederfand. Sie hatte es geschafft, die Esel zu bändigen, die allerdings immer noch ängstlich aussahen.

»Das ... war unfassbar! Unglaublich! Jetzt ist es spätestens sicher ... Du bist ... oder ... Ihr seid der Auserwählte!«, stammelte sie fassungslos.

Vortian wusste nicht, was er dazu sagen sollte. Etwas fühlte sich nicht richtig an. Er sah wieder auf den schlafenden Mann. Er schien noch gar nicht zu wissen, was ihm widerfahren war. Umso größer würde seine Überraschung sein, sobald er aufwachte.

Trotzdem konnte Vortian Xundinas Begeisterung nicht teilen. Das hier war wider die Natur. Nicht jeder Mensch auf der Welt konnte unversehrt bleiben. Nicht jede Krankheit geheilt werden. Krankheit, Verletzungen und Tod gehörten zu der Gesellschaft, wie Geburten und Unversehrtheit. Man konnte nicht einfach alles heilen, so war es schon immer gewesen.

Schließlich erhob Pan sich mit einem zufriedenen, fast überheblichen Lächeln und strich seine Kutte glatt. Er wirkte fast so, als hätte er so etwas schon immer getan.

Vortian erhob sich ebenfalls. Er spürte, wie sein Herz immer noch wild schlug und wie ein Knoten in seiner Magengegend ihn daran hinderte, sich über dieses Wunder zu freuen. Er hatte

Angst. Angst vor seinem besten Freund, in den er sich schon vor langer Zeit verliebt hatte.

War das überhaupt noch Pan?

Vortian bemerkte erst gar nicht, dass Pan und Xundina sich bereits zum Gehen gewandt hatten. Pan hatte überhaupt nicht darauf reagiert, was Xundina gesagt hatte.

Und jetzt wollte er den Mann, an dem er gerade ein so unbeschreibliches Wunder vollbracht hatte, einfach hier in der Nacht liegen lassen?

Bestürzt drehte er sich zu seinen Begleitern um.

»Pan! Willst du ihn denn einfach hier liegen lassen?!«

Wieder sah er zu dem Mann hinunter, hin und hergerissen, ob er seinen Gefährten folgen oder ihn schultern und mit ins Dorf nehmen sollte.

»Sieh ihn dir doch an, Vort. Ich habe ihm einen Gefallen getan, vermutlich den größten Gefallen seines Lebens! Er wird morgen früh aufwachen und von allein ein bekehrter Mann sein. Lass ihn schlafen, ihm ist immerhin gerade ein verdammtes neues Bein gewachsen. Und ein Auge noch dazu!«

»Verdammtes ... neues ... Bein?«, murmelte Vortian und fuhr sich über den kahlgeschorenen Kopf.

Die ersten Stoppeln wuchsen schon wieder nach. Seit der Prüfung schien schon so viel mehr Zeit vergangen zu sein, als die Kürze seiner Haare vermuten ließ. Gleichzeitig war es ein Zeichen für ihn, dass sich die Welt ganz normal weiterdrehte, obwohl sein Freund auf einmal Körperteile nachwachsen lassen konnte.

Vortian hatte es schon wieder die Sprache verschlagen. Zusätzlich zu all dem Unglaublichen, das er in den letzten Minuten erlebt hatte, hatte er Pan noch nie so reden hören. Es waren nicht die Worte, sondern viel mehr die Art und Weise wie dieser sprach, die ihn erschütterte.

Dieser vor Überlegenheit triefende Tonfall, der Vortian das Gefühl gab, dass sein Verhalten vollkommen bescheuert war.

Pan war immer fürsorglich gewesen, hatte vielleicht mal einen Scherz auf seine Kosten gemacht.

Aber jetzt war er durchgehend arrogant. Das in Kombination mit der Macht, die er gerade eben gezeigt hatte, war keine gute Entwicklung.

Der Pan, der vor seiner Auserwählung existiert hatte, hätte viel Gutes mit einer Gabe wie dieser Heilungskraft anfangen können. Ihn hätte Vortian gern begleitet und mit Freuden dabei zugesehen, wie er die ganze Welt von seinem Charme überzeugte. Doch der überhebliche Mensch, zu dem er sich gerade zu entwickeln schien, vor dem hatte Vortian nur Angst.

Was war bloß los seinem Freund? Und konnte er Pan erreichen, wenn er über seine Gefühle sprach? Wenn er ihm mitteilte, wie er sich fühlte?

Vortians Esel war es, der ihn schließlich aus den sich überschlagenden Gedanken riss. Er stupste ihn auffordernd mit der Schnauze an, damit sie den Anschluss nicht verloren. Pan und Xundina waren schon auf halbem Wege ins Dorf. Vortian aber wollte nicht reiten. Er musste sich bewegen, um an seinem Gedankenchaos nicht zu ersticken.

Niemals hätte er geglaubt, dass etwas ihn innerhalb der nächsten Minuten aus seinen Gedanken reißen konnte. Doch er hatte unterschätzt, was es bedeutete, noch nie seinen Heimatort verlassen zu haben.

Mühlbach war viel größer, als er erwartet hatte.

In der Dunkelheit war es schwer einzuschätzen, wie groß. Die ersten Häuser, die sie passierten, waren noch unscheinbare Lehmhütten, hinter deren Fenstern selten noch ein Licht brannte. Vermutlich waren die Bewohner darin schon schlafen gegangen, sobald die Sonne untergegangen war, um bei Sonnenaufgang direkt wieder auf dem Feld zu stehen. Einige unterbrachen ihren Schlaf noch einmal um Mitternacht, um eine kleine Mahlzeit einzunehmen und zu beten. Aber Vortian hatte gehört, dass nicht mehr viele Menschen dieser Tradition frönten. Die Menschen fingen an, die Götter immer mehr zu vergessen. Ob sie durch Pan ihren Glauben wiederfinden würden?

Je weiter sie in das Dorf vordrangen, umso dichter standen die Häuser. Die Gebäude selbst wurden doppelt so hoch, wie die ersten Wohnhäuser am Dorfrand. Sie wiesen ein Skelett aus dicken Holzbalken auf, das durch große, helle Flächen unterbrochen wurde. Am Straßenrand standen ab und zu Lampen, in denen eine Flamme brannte. Vortian starrte sie vollkommen erstaunt an. Im Kloster hatten sie hauptsächlich Fackeln als Beleuchtung verwendet. Natürlich wusste er, dass es Lampen gab, in denen Lunten entzündet wurden und durch fluchmagisches Pulver die ganze Nacht am Brennen gehalten wurden. Aber er hatte so etwas noch nie zuvor gesehen. Feuer hinter so fein gearbeitetem Glas. In diesem Licht konnte Vortian erkennen, dass die Wohnhäuser in allen möglichen Farben angemalt waren. Dunkelgrün und -blau, Rot und Weiß und sogar an einem sonnenblumengelben Haus gingen sie vorbei. Die Besitzer schmückten ihre Häuser mit kleinen Kästen, in die sie bunte Blumen gepflanzt hatten.

Die Blumen haben dort doch gar nicht genug Platz, dachte Vortian.

An manchen Gebäuden waren Motive, wie Blumen und Ranken in das Holz geschnitzt worden, die Vortian an sein Kloster erinnerten. Er las auch einmal eine Inschrift aus dem Buch der Cahya über einer hölzernen Eingangstür.

Wie konnte man mit so vielen göttlichen Zeichen und Segen leben und doch den Glauben an die Göttin des Lichts verlieren?

Konnten sie sich überhaupt auf die Unterstützung der Menschen verlassen? Oder würden sie davongejagt werden, sobald sie den Bewohnern von Mühlbach irgendetwas von göttlicher Auserwählung erzählten?

Wanderpriester lebten von der Unterstützung der Menschen. Sie wurden in ihr Haus eingeladen, durften dort nächtigen und bekamen Speis und Trank dafür, dass sie die Kunde der Cahya weitertrugen. Was war aber, man nicht bereit war, ihnen zu helfen?

»Keine Sorge.«

Vortian zuckte vor Schreck zusammen, als er Pans Stimme plötzlich direkt neben sich hörte. Erst jetzt fiel ihm auf, dass seinen Esel an seine Seite gelenkt hatte.

»Wenn sie meine Gabe sehen, werden sie uns anflehen, zu bleiben.«

Ein Schauer fuhr Vortian den Rücken hinab und in seinem Nacken stellten sich die Haare auf. Hatte Pan gerade seine Gedanken gelesen. Musste er jetzt nicht nur aufpassen, was er sagte, sondern auch, was er dachte? Oder war ihm die Sorge vielleicht einfach im Gesicht anzusehen, und Pan hatte dies erkannt, so wie er früher immer sofort gewusst hatte, wenn Vortian etwas umtrieb?

Ja, so musste es bestimmt gewesen sein.

Dennoch warf Vortian ihm einen misstrauischen Blick zu. Pan sah sich neugierig im um, schien alles genau betrachten zu wollen, während er unentwegt lächelte. Doch dieses Lächeln war wieder das breite, aufgeregte Grinsen, das er von dem alten Pan kannte. Vortian kam es fast so vor, als wäre Pan von irgendetwas umschlossen, einer Hülle, die aussah wie er, aber sich in keiner Weise so verhielt.

Nur manchmal drängte sich der wahre Pan, der vor der Auserwählung existiert hatte, nach außen. So wie jetzt, wo er die neuen Eindrücke von Mühlbach in sich aufsog. Denn auch Pan hatte das Kloster nie verlassen. Über zwanzig Jahre, ein ganzes Leben lang, hatte er nichts anderes gesehen als weiße Mauern, Weinreben und muffige Katakomben.

Vortian spürte den Sand unter seinen Füßen, feiner, staubiger Sand, der sich ganz anders anfühlte als die glatten Steine, die die Wege am Kloster ausfüllten.

Hier in Mühlbach roch es jedenfalls nach Stroh und Blumen, und intensiv nach Pferd und Kaminfeuer und das war vielleicht gar kein so großer Unterschied zum Kloster. Bloß der Geruch der Wäscherei fehlte und der großen Küche, in der fast immer irgendetwas zubereitet wurde. Außerdem trafen sie keine Menschenseele. Durch die erleuchteten Fenster der Wohnhäuser sah Vortian manchmal jemanden am Kamin sitzen und Pfeife rauchen, oder eine Mutter, die ihr schreiendes Neugeborenes auf dem Arm wog und es zu beruhigen versuchte. Das war vielleicht das fremdeste Bild für Vortian und doch das, wonach er sich am meisten sehnte. Was ihm im Kloster am meisten gefehlt hatte.

Warum gab jemand sein Kind ab? Wieso hatte Vortian nicht in den Armen seiner Mutter weinen dürfen?

»Vortian, komm!«

Pan rief nach ihm und Vortian wandte den Kopf. Xundina und Pan waren schon viel weiter vorgelaufen. Jetzt erst bemerkte Vortian, dass in einiger Entfernung lautes Stimmengewirr und Lachen zu hören war. Vermutlich eine Taverne.

Plötzlich bekam er es mit der Angst zu tun. Vortian wollte keinen Fremden begegnen. Was, wenn sie wirklich nicht willkommen waren?

Sie hatten doch noch genug Vorräte für ein paar Tage. Vielleicht konnten sie bis Montegrad durchhalten, wenn sie sich das Essen besser einteilten und im Wald nach Beeren und Pilzen suchten.

Wenn so viele Menschen an einem Ort waren, gab es vielleicht ein Fest, auf dem sie nichts zu suchen hatten. Seine Brust verengte sich und Vortian starrte bloß in die Richtung, aus der das Stimmengewirr kam. Seine Füße wollten sich keinen Zentimeter bewegen.

»Wir sollten lieber außerhalb der Stadt unser Lager aufschlagen«, schlug Vortian vor. »Das wäre sicherer.«

In seinem Kopf malte er sich tausend schreckliche Begegnungen aus. Was, wenn sie tatsächlich ausgeraubt werden würden? Oder wenn man sie davonjagte? Was, wenn Pan wieder diesen Heilungskram abzog und alle sich vor ihm fürchteten, statt ihn zu verehren?

Vortians Esel schnaubte, als hielte er das ebenfalls für eine bessere Idee. Aber Pan lachte nur. Er kam zurück zu Vortian. Xundina folgte ihm.

»Sei nicht albern! Wo wären wir sicherer als unter vielen Menschen? Außerdem haben Wanderpriester nicht ohne Grund das Recht, in Tavernen unterzukommen, ohne dafür bezahlen zu müssen«, verkündete Pan fröhlich und schwang sich vom Rücken seines Esels.

»Ich habe kein gutes Gefühl dabei«, beharrte Vortian.

»Dein Gefühl führt dich nur zu oft in die Irre, mein *Freund*.«

Pan betrachtete Vortian mit einer Mischung aus Belustigung und Ungeduld, was diesen nur noch mehr verunsicherte. Noch nie hatte Pan ihn auf diese Weise angesehen.

»Wenn du meinst. Trotzdem ändert es nichts daran, dass es gefährlich sein könnte, unter Menschen zu gehen. Nicht jeder wird uns wohl gesinnt sein. Was sollen wir also tun?« Langsam wurde Vortian wütend.

Pan seufzte. »Na, schön!« Er stemmte die Arme in die Hüften und drehte sich zu Xundina um.

»Wir sind zu dritt, also entscheidet die Mehrheit. Xundina. Wo möchtest du heute übernachten? Im Gasthaus oder in der Wildnis?«

Vortian hob fragend die Augenbrauen. Er konnte sehen, wie unangenehm es Xundina war, Partei ergreifen zu müssen – denn nichts anderes war das hier.

Pan mochte seine Frage für eine echte Abstimmung halten, aber das war sie nicht. Schließlich blieb Xundinas Blick an Pan kleben und es war, als gebe etwas in ihrem Inneren plötzlich nach. Ohne Vortian noch einmal anzusehen, blickte sie zu Boden und murmelte: »Er ist der Erhellte. Wir sollten seinem Willen folgen.«

Mit einem selbstgefälligen Grinsen wandte Pan sich zu Vortian um und warf sein Haar über die Schulter. Dann machte er sich zu dem Gasthaus auf.

Vortian blieb noch einen Moment stehen und starrte Pan hinterher. Xundina nahm dessen Esel am Zügel und folgte ihm mit gesenktem Kopf.

Vortian musste gegen den dicken Knoten aus Wut und Angst in seiner Brust ankämpfen, damit seine Füße sich bewegten. Dann folgte er schweren Herzens. Er nahm sich vor, einen ruhigen Moment abzuwarten und mit Pan zu sprechen. Vielleicht war das die letzte Möglichkeit für ihn, doch noch zu seinem Freund durchzudringen, bevor dieser ... Was?

Endgültig sich selbst verlor?

Vor dem Haus gab es zwei dicke Balken, an denen bereits drei Pferde angebunden standen und friedlich grasten. Neben dem Haus lag ein größerer Stall, in dem sich ebenfalls einige Tiere aufhielten. Vermutlich standen vorne die Reittiere der Gäste, die nachts wieder nach Hause reiten wollten, und im Stall die der Übernachtungsgäste. Das Haus selbst war eines der breitesten und höchsten Gebäude, das sie bis jetzt gesehen hatten. Es war im Gegensatz zu den Wohnhäusern hell erleuchtet, selbst im zweiten Stockwerk, an den ein ausladender Balkon angrenzte. Vor dem Gebäude waren zwei Öllampen aufgestellt worden, die eine Bank in schummriges Licht tauchten. Auf dieser saßen ein Mann und eine Frau, die eng ineinander verschlungen waren. Das ganze Haus schien aus Holz erbaut worden zu sein, denn neben den lauten Stimmen und dem Gelächter hörte man immer wieder das Knarzen der Dielen, wenn jemand sich von einem Platz zum nächsten bewegte.

Vorne an den Dachbalken hing ein Schild, auf dem ein dicker Priester abgebildet war, der einen großen Humpen Bier trank. Vortian lächelte. Auf dem Schild war der Name der Taverne vermerkt, die ›Der Saufende Mönch‹ hieß. Vielleicht war das ein gutes Zeichen. Man hatte die Priester noch nicht ganz vergessen.

Durch die Fenster konnte er einige der Gäste sehen, die miteinander diskutierten, lachten und tanzten. Allerdings waren die

Fenster gelb getönt und gewellt, sodass Vortian die einzelnen Gesichter nicht erkennen konnte.

Er band die Esel an dem Balken fest und sofort senkten die Tiere den Kopf, um Wasser aus den Tränken vor ihnen zu saufen und das Heu zu fressen, das die Pferde übriggelassen hatten.

Pan schob die Tür zu der Taverne auf und aus dem Inneren des ›Saufenden Mönches‹ wehte sofort ein unheimlich köstlicher Duft zu ihnen nach draußen. Er erinnerte Vortian an Eintopf mit Wildfleisch. Die Mönche bereiteten ihn vor allem im Herbst gern zu, wenn sie es geschafft hatten, ein Tier zu erlegen. Das machten sie nicht oft, weil es in den Schriften der Cahya als verpönt galt, Tiere zu töten, um sie zu essen.

Vortian versuchte sein Magenknurren zu ignorieren, als er hinter Pan die Taverne betrat. Die Geräuschkulisse hatte ja schon vermuten lassen, dass die Taverne gut besucht war. Tatsächlich konnte Vortian aber keinen freien Platz mehr entdecken. Auf den rotbraunen Holzbänken saßen Männer und Frauen jeglichen Geschlechts und Alters. Als sich die Tür öffnete, sahen einige direkt in ihre Richtung.

Nun war er froh, dass Pan vorgegangen war. Zwar wurden sie nicht von allen angestarrt, aber einige Augenpaare ruhten doch vor allem auf Pan, der breit grinste und ihre Blicke auch noch zu genießen schien. Wenn er sich diesen mit Menschen vollgestopften Raum so ansah, den Schweiß und den Schnaps roch, wäre er am liebsten sofort wieder zum Kloster zurückgelaufen.

Xundina sah ebenso verschreckt aus. Vortian hätte gedacht, dass sie solche Situationen eher gewohnt war. Aber nicht jedes Leben war gleich außerhalb des Klosters, das war ihm natürlich bewusst.

Die paar, die Pan angestarrt hatten, begannen jetzt leise miteinander zu tuscheln. Vortian konnte nicht so richtig einschätzen, ob sie ihnen freundlich gesonnen waren. In diesem Moment rempelte eine junge Kellnerin Pan an und verschüttete dabei beinahe die Krüge mit Bier, die sie auf einem Holzbrett vor sich her balancierte. Sie hatte streng geflochtenes, goldblondes Haar und eine äußerst ansehnliche Oberweite. Sie entschuldigte sich in keiner Weise, sondern starrte Pan stattdessen wütend an. Aus den Augenwinkeln bemerkte Vortian, wie Pan sie von oben bis unten musterte. Dann strich er über seine Kutte und seufzte.

»Schaut mal, dort ist noch etwas frei!«, meinte Pan auf einmal und steuerte schon auf einen Tisch zu, der genau in der Mitte des Raumes stand.

Vortian und Xundina folgten ihm widerwillig und setzten sich an den Tisch. Vortian sah sich im Raum um. Er traute den Leuten hier immer noch nicht so recht. Die Zweifel, die er seit dem Betreten von Mühlbach gehegt hatte, saßen ihm immer noch im Nacken und verhinderten, dass er sich entspannen konnte.

Xundina wirkte dagegen sehr viel gelöster, seit sie einen Platz gefunden hatten. Sie ließ die Schultern sinken und nahm den Beutel mit Proviant auf den Schoß, den sie getragen hatte. Daraus hervor holte sie ein kleines Tintenfass, eine Feder und ein Stück Pergament. Vortian verzog verwirrt das Gesicht.

Woher hatte sie Tinte, Feder und Pergament? Sie konnte das alles doch nicht innerhalb der letzten Wochen selbstgemacht haben, seit sie im Kloster aufgenommen worden war?

Xundina begann fein säuberliche Striche auf Papier zu malen. Ein Muster konnte Vortian noch nicht erkennen, denn in diesem Moment kam eben jene Kellnerin, die Pan zuvor angerempelt hatte, und stellte ihnen Brot und Wasser hin. Außerdem drei kleine Gläser mit einer grünlichen Flüssigkeit.

»Hier, die Gaben des Hauses. Ihr habt Glück – unser Koch ist ein sehr gläubiger Mensch und möchte euch auch noch Braten servieren. Es gibt Wild.«

Pan und Vortian bedankten sich höflich und brachen sich sofort große Stücke des warmen Brotes ab, während Xundina die Bedienung leicht am Arm berührte, worauf diese sich ihr zuwandte.

»Wie groß ist Mühlbach ungefähr, wisst Ihr das?«, fragte sie.
Die Kellnerin zuckte mit den Schultern.
»Es gibt so ungefähr fünfhundert Einwohner, würd' ich sagen.«
Die Bedienung wandte sich wieder ab und Xundina kitzelte weiter auf ihr Pergament. Vortian schnupperte an dem kleinen Becher und verzog das Gesicht, da die grüne Flüssigkeit darin einen beißenden Geruch besaß.
Zwar roch Vortian darin auch etwas Süßliches, aber er vermutete, dass das Getränk Alkohol beinhaltete. Statt also einen Schluck zu probieren, widmete er sich nun endlich Xundina und ihrer Zeichnung.
»Was machst du da, Xundina?«, fragte er, während Pan sich das Gebräu mutig herunterkippte.
»Ich zeichne.«
Vortian verdrehte leicht die Augen. »Das sehe ich. Aber woher hast du die Feder und die Tinte? Hast du dir das alles selbst hergestellt?«
Xundina schaute nicht von ihrer Zeichnung auf, während sie antwortete.
»Nein, die habe ich von der Ersten Priesterin bekommen.«
Das machte Vortian stutzig. Wieso hatte die Erste Priesterin ihm davon nichts erzählt? Oder ihm diese Sachen anvertraut?
Sie kannte Vortian doch schon viel länger als Xundina. Außerdem war er als Wanderpriester losgeschickt worden. Xundina sollte sie doch eigentlich nur begleiten, um ihre Wiedergeburt in Montegrad durchführen zu können.
»Also zeichnest du in ihrem Auftrag? Und was genau?«
»Ich halte unsere Route auf einer Karte fest und notiere knapp alle Ereignisse. Damit andere Ordensmitglieder später unsere Reise nachvollziehen können.«
Das leuchtet Vortian ein, auch wenn er immer noch ein wenig enttäuscht war, dass er davon nichts gewusst hatte. Aber er

konnte nun mal nicht zeichnen und ein besonders guter Schreiber war er ebenfalls nicht.

Es war vielleicht gar nicht so dumm, wenn jemand ihre Erlebnisse und die besuchten Orte vermerkte, und Xundina schien dies auf eine wunderbar detaillierte Art und Weise zu vollbringen.

Pan winkte inzwischen ein paar der neugierigeren Gäste zu und zog immer mehr Aufmerksamkeit auf sich. Vortians Blick traf den einer schwarzhaarigen Frau, die ihn süffisant angrinste. Er wusste nicht, wie er sich verhalten sollte, also blickte er einfach ausdruckslos zurück und nickte ihr zu.

»Ist es nicht wunderbar, wie sehr sich die Leute hier amüsieren? Es erinnert mich fast an den Neumondestag«, meinte Pan und sah Vortian zum ersten Mal seit einer gefühlten Ewigkeit wieder freundlich an. Dieser musste lächeln.

»Weißt du noch, als Torrvan letztes Jahr versucht hat, dir eins auszuwischen?«

Pan erwiderte das Grinsen bei der Erinnerung.

»Und du hast ihm ein Bein gestellt, wodurch er mit dem dicken Mondgesicht in den Salbeipudding klatschte und ganze drei Monate die Plumpsgruben umgraben musste! Wie könnte ich das vergessen?«

Für einen Moment verlor sich Vortian in Pans Augen, und in der Erinnerung, die sie miteinander teilten. Ein sanftes Kribbeln stellte die Härchen auf seinen Unterarmen auf, und ein warmes Gefühl entspannte ihn zumindest ein wenig. Schon einen Herzschlag später schlug er den Blick nieder und unterbrach damit den Kontakt zwischen ihnen.

»Es tut mir leid, wie ich zu dir war, Vort, ich ... war nur so durcheinander. Und ...«

»Hier«, unterbrach die blonde Magd ihr Gespräch und knallte drei hölzerne Teller mit einem Scheppern auf den Tisch, auf denen duftender Wildschweinbraten und Kartoffeln lagen.

Sie wirkte, als hätte würde sie sich nicht gerne allzu lange mit nicht zahlenden Gästen beschäftigen. Nachdem sie ihnen das

Essen serviert hatte, verschwand sie sofort wieder und kam kurz darauf mit weiteren Bechern zurück, in denen sich noch mehr von dem grünen Gebräu befand.

»Zum Wohl«, murmelte sie und wandte sich sofort wieder zum Gehen. Diesmal wurde sie aber von Pan aufgehalten.

»Wartet! Bitte, stellt mich doch dem Koch und dem Wirt vor. Ich möchte ihnen meine Dankbarkeit im Namen des Ordens der Cahya aussprechen.«

Die Magd schnaubte abfällig. »Den Koch kann ich euch gern zeigen, aber der Wirt liegt oben in einer Ecke und ist mal wieder völlig besoffen. Ihm gebührt kein Dank für irgendetwas hier.«

Sie wollte sich erneut abwenden, doch Pan stand auf und fasste sie an den Händen. Er blickte ihr tief in die Augen und die Züge der Magd entspannten sich fast augenblicklich.

»Wie ist dein Name?«, fragte er sanft.

»Brid«, antwortete die Magd leise.

»Brid. Warum ist dir dieser Wirt so wichtig?«

Vortian fragte sich, warum Pan glaubte, dass der Wirt Brid wichtig war.

»Er ist mein Vater. Ich liebe ihn sehr. Aber er säuft sich die Hucke zu und schlägt auch mal zu, wenn ihm was nicht gefällt. Ich wünschte mir, er würde das Saufen sein lassen.«

Pan nickte und Vortian meinte, aufrichtigen Mitleid in seinem Gesicht zu lesen. Behutsam strich Pan Brid über den Arm und sagte: »Wenn der letzte Gast gegangen ist, bring uns zu dem Koch und dann zu deinem Vater. Ich werde sehen, was ich für ihn tun kann. Und jetzt geh und arbeite weiter.«

Vortians klappte erstaunt der Mund auf und sogar Xundina hatte von ihrer Karte aufgesehen, als die Magd wirklich gehorchte und wieder genauso unbeteiligt wie vorher ihrer Arbeit nachging. Als wäre nichts gewesen.

Pan setzte sich wieder und begann, den Wildschweinbraten gierig in sich hineinzustopfen.

Als er ihm beim Essen zusah, knurrte auch Vortian wieder der Magen und er verschob seine Fragen auf später. Heißhungrig fiel er über das Essen her. Ihre letzte Mahlzeit musste schon mehr als einen halben Tag her sein. Dennoch ließen sich seine Gedanken nicht vollständig verdrängen. Er musste immer wieder über den Tisch zu Pan rübersehen, der so wirkte, als wäre gar nichts geschehen.

»Pan?«

»Hm?«

Pan schaute nicht einmal von seinem Braten auf, so hastig schaufelte er das Essen in sich hinein.

»Es tut mir leid, dass ich nach meiner Wiedergeburt nicht für dich da sein konnte.«

Pan sah zu ihm auf und lächelte. »Nein, du hast dir nichts vorzuwerfen.« Dann lachte er. »Ich war übrigens beeindruckt, wie schnell du wieder auf den Beinen warst. Ich habe danach immer ewig flach gelegen.«

Vortian musste kurz auflachen.

»Stimmt. Nach der Tätowierung warst du jedes Mal mindestens eine Woche zu nichts zu gebrauchen.«

»Hey, werd' nicht frech!«

Beide Männer lachten. Selbst Xundina musste grinsen, und schien sichtlich erleichtert, dass sie sich zu vertragen schienen.

»Schon gut«, meinte Vortian, »werde ich nicht. Aber eins muss dir klar sein, Pan. Meine Sorgen und Zweifel habe ich nur, weil ich dich beschützen will. Nicht jeder da draußen hat gute Absichten.«

»Und nicht jeder da draußen hat schlechte Absichten.«

Vortian hob die Augenbrauen.

»Pan, bitte.«

»Okay, okay. Du bist mein Ritter in glänzender Mönchskutte und willst mich beschützen. Das nächste Mal werde ich einen Moment länger überlegen, bevor ich dann das mache, was ich will.«

Vortian stieß Pan freundschaftlich gegen den Arm und die beiden grinsten sich verschmitzt an. Er hoffte inständig, dass zwischen ihnen wieder alles so werden würde wie früher.

Nachdem sie ihre Mahlzeit beendet hatten, bemerkte Vortian, dass mehr Gäste als zuvor zu ihnen herüberblickten und leise miteinander tuschelten. Vielleicht war das nur Einbildung, aber er hatte auch das Gefühl, dass es in der gesamten Taverne leiser geworden war. In diesem Augenblick trat ein junger Mann an ihren Tisch heran und räusperte sich nervös.

»Entschuldigung?«

Pan wandte sich mit einem höflichen Lächeln zu ihm um.

»Ja?«

»Ähm ... kommt ihr seid aus dem Kloster?«

Pan nickte. Vortian lehnte sich auf seinem Stuhl zurück und verschränkte die Arme vor der Brust. Der junge Mann warf einen flüchtigen, ängstlichen Blick zu ihm herüber und sprach dann weiter.

»Stimmt es, dass ... also wir haben gehört, dass es ... so was wie eine göttliche ... Auserwählung gab? Habt ihr das miterlebt?«

Vortian merkte, wie seine Unruhe augenblicklich zurückkehrte, als er das Wort »Auserwählung« hörte. Als sie die Taverne betreten hatten, hatte er noch darauf gehofft, dass sich keine Gerüchte verbreitet hatten und sie wenigstens einen Abend in Ruhe verbringen konnten.

Aber das Kloster verkaufte einige Waren wie Gewürze, Seifen oder auch Bier an die umliegenden Bauern und auch an die Bürger Mühlbachs. Wahrscheinlich hatten sie etwas aufgeschnappt, als sie die Ware abholten oder einer der Mönche hatte nicht an sich halten können.

Allerdings hatte man ihnen auch die Aufgabe erteilt, die Kunde der Auserwählung ins Land zu tragen. Und das brachte es nun einmal mit sich, mit den Leuten zu sprechen. Vortian war sich nur nicht sicher, wie man hierbei genau vorging. Man hatte sie auch nicht vorbereitet, sondern ihnen nur gesagt, dass sie schon wissen würden, was zu tun sei, sobald die Zeit gekommen wäre.

Vielleicht war das hier eine gute Gelegenheit und der junge Mann hatte ihnen mit seiner Frage sogar einen Gefallen getan. Immerhin hatten sie jetzt ohne große Bemühungen die Aufmerksamkeit der Leute.

Nach seiner Frage war auch das letzte Gespräch verebbt und es war mit einem Mal so still, dass man sogar das Schnauben der Pferde von draußen hören konnte. Ausnahmslos alle Gäste starrten sie jetzt an.

Pan badete förmlich in ihren Blicken. Sein Lächeln wurde breiter und seine Stimme lauter, als er antwortete: »Natürlich habe ich das miterlebt. Ich bin derjenige, der auserwählt wurde.«

Sofort ging ein Raunen durch den Raum und einige der Gäste kamen näher. Sie versammelten sich in einer großen Gruppe um den kleinen Tisch und rückten Vortian so nahe, dass er ihren Atem im Nacken spürte.

Pan setzte sich auf den Tisch und bedeutete den Leuten, sich auf den Boden oder auf Stühle zu setzen, damit ihn jeder sehen konnte.

Dann begann er, von seiner Auserwählung zu erzählen und Fragen dazu zu beantworten. Obwohl Vortian dabei gewesen war, war es auch für ihn spannend, ihm zu zuhören.

Pan erzählte von einer lieblichen, warmen Stimme, die seinen Namen gerufen hatte, bevor ihn ein gleißendes Licht ins Gesicht traf und ihn zum Schweben brachte.

Er behauptete auch, dass Cahya ihm vorhin, als sie am Rande des Dorfes auf den Mann gestoßen waren, befohlen hatte, den Veteranen zu heilen.

»Cahya sprach zu mir und bedeutete mir, den Mann am Kopf zu berühren. Ihre Strahlen schienen durch meine Fingerspitzen direkt in sein Innerstes zu leuchten. So gab ich ihre Berührung an den armen Mann am Wegesrande weiter und siehe da: Er konnte wieder sehen!«

Vortian konnte ein Grinsen nicht unterdrücken. Er hatte gar nicht gewusst, dass sein Freund so geschwollen daherreden konnte. Seine Zuhörer schienen sich daran aber kein bisschen zu stören. Sie saugten die Geschichte von Pans Auserwählung so begierig in sich auf, wie Kinder, denen man von einem spannenden Abenteuer berichtete.

Vortian war sich nicht sicher, ob es klug war, solch ein Wunder im erstbesten Ort zu erzählen, in dem sie Rast machten. Was, wenn Pan seine Fähigkeiten noch nicht richtig kontrollieren konnte, er aber gleich morgen gebeten werden würden, alle möglichen Kranken, die es in diesem Dorf geben mochte, zu heilen? Was, wenn man sie gar nicht mehr gehen lassen wollte? Mit Gewalt schob er diese Gedanken beiseite. Möglicherweise hatte Pan ja recht, was seine ständige Schwarzseherei anging. Außerdem brachte es ihn nicht weiter, wenn er sich sinnlose Sorgen um Dinge machte, die vielleicht eintreten würden, oder eben auch nicht. Pan sprach bestimmt zwei Stunden mit den Gästen der Taverne, die ihn um Rat bei Krankheiten baten oder fragten, ob er jetzt den Krieg beenden würde. Vortian war erleichtert, dass Pan auf solche Fragen nicht einging oder ihnen auswich.

Schließlich stand er auf, breitete seine Arme aus und sagte: »Jetzt ruht auch aus. Es ist schon spät und die Botschaften der Cahya können sehr viel im menschlichen Verstand auslösen.«

Die Gäste, die bisher an seinen Lippen gehangen hatten, schienen wie aus einer Trance zu erwachen. Sie verbeugten sich vor ihm, bedankten sich für seine Lehren und verließen nacheinander die Taverne, wobei jeder von ihnen ein beinahe verklärtes Lächeln auf den Lippen trug.

Ob das nun an der fortgeschrittenen Stunde geschuldet war, Pans Redekunst oder an irgendeiner göttlichen Fähigkeit lag, wusste Vortian nicht und wollte es heute Nacht auch gar nicht mehr herausfinden.

Als alle gegangen waren, führte Brid Pan, Vortian und Xundina zu dem Koch, der in der Küche hinter der Theke fleißig

Geschirr wusch. Er war ein Mann mittleren Alters, mit brauner Haut. Pechschwarzes Haar lugte unter einem Kopftuch hervor. Er schien aus dem Süden zu kommen, vermutlich aus Sinthaz. Vortian hatte bisher nur ein- oder zweimal jemanden aus diesem Land getroffen, denn es kam selten vor, dass sich ein Südländer länger in Kanthis aufhielt oder hier sogar arbeitete.

Als er die drei Geistlichen erblickte, schien ihm alles aus dem Gesicht zu fallen. Doch er fing sich schnell wieder und grinste über beide Ohren.

»Meister der Cahya, ah!«, sagte er verzückt und auch ehrfürchtig. »Ich bin Adwell und ich bin aus dem Süden gef-f-flohen, v-v-vor dem Krieg. Eure Religion hier ist so v-v-v...v-v-viel schöner!«

Pan betrachtete ihn einen Moment und lächelte. Er wollte ihn bei den Händen nehmen, aber Adwell machte einen Schritt zurück.

»Es gibt nichts zu heilen bei mir, mein Herr«, erklärte er höflich und er fasste sich an die Lippen. »Aber danke. Ich hoff-f hoff-f hoffe, der Vvvvv-vv-veteran, den ihr geheilt habt, w-w-wird sich irgendwann dafür bedanken können.«

Vortian war beeindruckt, dass Adwell so schnell verstanden hatte, was Pan vorgehabt hatte. Vortian wäre im ersten Moment gar nicht darauf gekommen, dass Pan den Koch hatte berühren wollen, um ihn von seinem Stottern zu heilen.

Pan schürzte etwas verstimmt die Lippen. Er hatte Adwell in seinen Augen vermutlich ein Geschenk angeboten und es fiel ihm schwer zu akzeptieren, dass der Koch die Heilung seines Stotterns ablehnte. Vortian fragte sich warum. Wahrscheinlich lebte Adwell sein ganzes Leben lang mit dem Stottern, es hatte eine Bedeutung für ihn und gehörte zu seiner Identität. Es war keine Krankheit, die man in seinen Augen heilen musste.

Doch Pan lächelte bereits wieder: »Dann müsst Ihr Euch mit unserem wörtlichen Dank zufriedengeben. Das Essen war fantastisch.«

Vortian und Xundina bestätigten das und bedankten sich ebenfalls bei Adwell. Der lächelte, während er sich die Hände an einem Lappen trockenwischte.

»Euer Dank ist mehr, als ich gehoff-gehofft hatte. Ich habe euch sehr gern bekocht.«

Adwell fragte sie noch, wie sie ihre Eier gern aßen, dann bat Pan Brid, sie jetzt zu ihrem Vater zu bringen.

Pan und Brid gingen vor, während Xundina und Vortian folgten.

Sie stiegen eine kleine Treppe hoch zu der Galerie, die geisterhaft leer war, mit Ausnahme von zwei Gestalten, die in einer Ecke lagen. Im Arm eines Mannes lag eine blasse und leicht bekleidete, junge Frau.

Während der Mann die Augen geschlossen hatte und ruhig atmete, blickte das Mädchen erschrocken zu den Vieren auf, als diese nähertraten. Sie versuchte sich zu erheben, aber der Arm des Mannes lag zu schwer auf ihrem zierlichen Körper. Vortian fand, dass sie aussah wie ein Kaninchen, das im Würgegriff eines Jägers gefangen war und aufgegeben hatte, zu fliehen.

»Geh«, sagte Brid und zog den Arm ihres Vaters beiseite.

Die junge Frau stand auf, doch da regte sich der große Mann und brummte protestierend.

»Vater!«, zischte Brid und Vortian reichte der verängstigten Frau die Hand, um sie fortzuziehen.

Sie floh die Treppe hinunter, während der große Mann sich ihnen schwerfällig zuwandte. Er war ungefähr vierzig Winter alt, hatte einen ungepflegten, schmutzig-blonden Bart und einen großen, dicken Bauch.

»Wass willsst du?«, lallte er wütend und seine glasigen Augen blitzten aggressiv aus seinem roten Gesicht hervor.

»Wir haben hohen Besuch, Vater«, versuchte Brid zu erklären, aber Pan winkte ab. Er beugte sich zu dem Mann herunter, ohne den Abscheu und die angewiderten Gesichter seiner Gefährten zu beachten, und nahm seine Hände.

»Wass willsst du? Wer bisst du?!«, pöbelte der Wirt. Er versuchte, seine Hände aus Pans zu befreien. Aber Pan hielt ihn gnadenlos fest und nach einigen Sekunden wurde der Blick des Wirtes leer. Er gab seinen Widerstand auf und entspannte sich sichtlich. Pan schloss die Augen.

Vortian wusste nicht, was Pan an dem Mann heilen wollte, er war ein Säufer, aber nicht krank.

Doch zwischen Pans Augenbrauen bildete sich eine Falte und allmählich wirkte sein Gesicht immer angestrengter. Vortian ließ sich neben ihm auf die Knie sinken, während er seinen Freund beobachtete. Plötzlich spürte er wieder den Drang, Pan zu berühren. Vortian wollte seine Hand plötzlich ganz dringend auf die Schulter seines besten Freundes legen, als könne er so erfahren, was in dessen Kopf vorging. Was er mit dem Wirt tat.

Gleichzeitig hatte er Angst davor. Ihm kam es ein bisschen so vor, als käme der Drang, Pan zu berühren, gar nicht von ihm. Als würde eine äußere Macht ihn dazu bringen, in den Heilungsprozess einzugreifen, das zu *unterstützen*, was Pan da tat.

Aber Vortians Innerstes wehrte sich noch dagegen.

Wieder musste Vortian nicht lange warten, bis ein strahlendes Licht von Pans Händen ausging. Doch dieses Mal schaute Vortian nicht weg.

Egal, wie sehr ihm sein Verstand zuschrie, seine Augen zu schützen – sein Arm bewegte sich kein Stück und seine Lider schlossen sich nicht.

Stattdessen legte Vortian seine Hand auf Pans Schulter.

Plötzlich blendete ihn das Licht nicht mehr. Völlig unerwartet tauchten auf einmal Bilder vor ihm auf, wie Erinnerungen. Aber es waren nicht die seinen.

Vortian sah, wie ein Kind von einem Mann mit einem Gürtel verprügelt wurde, bis ihm der Rücken blutete.

Er hörte das Kind schreien und spürte ganz leichten Schmerz im Rücken, als ob sich der Schmerz des Kindes auf ihn übertragen würde.

Doch schon nach wenigen Sekunden verschwamm dieses Bild wieder, und nun sah Vortian einen Jugendlichen, der von einer Gruppe Männer ausgeraubt und verprügelt wurde. Wieder spürte er einen ganz feinen Schmerz im Gesicht und in der Magengegend, da, wo der junge Mann geschlagen worden war.

In der dritten Erinnerung sah Vortian den Wirt, der deutlich schlanker und jünger war als jetzt, über der Leiche eines in etwa fünfjährigen Jungen stehen. Daneben standen eine Frau und ein kleines Mädchen, die weinten.

Vortian sah, wie der Wirt hinter dem Haus verschwand, eben diese Taverne, in der sie sich jetzt befanden, und weinend zusammenbrach.

Wieder verschwamm das Bild vor Vortians Augen und nun sahen sie, wie der Wirt am Bett der Frau kniete, die zuvor um den Jungen geweint hatte. Sie war nun selbst gestorben.

Vortian verstand, während er das alles sah, dass Pan nicht versuchte, dem Mann ein körperliches Leiden zu nehmen. Er wollte seinen Geist heilen. Es war, als erlebe Vortian das alles durch Pans Augen, durch seine Hände und das Licht, das er über den Geist des Mannes streifen ließ.

Als tastete Pan nach all den schmerzhaften Erinnerungen im Leben des Mannes und suchte nach den Auslösern dafür, warum er sich jeden Abend mit Alkohol betäuben musste.

Während Vortian nichts tun konnte, nur stiller Beobachter zu sein schien, spürte er tief in seinem Inneren einen Widerwillen. Er wollte nicht in den Erinnerungen des Mannes kramen und er wollte auch kein Teil von dieser Heilung sein. Sein Herz hämmerte gegen seine Brust, Schweiß tropfte von seinen Schläfen. Aber er konnte Pan nicht loslassen – im Gegenteil: Vortian fühlte sich von ihm angezogen. Sein Arm gehorchte ihm nicht mehr. Vortians Gefühle und Erinnerungen verschwammen mit denen des Wirtes.

Wollte diesen furchtbaren Schmerz nicht mehr spüren, das Grauen nicht mehr sehen. Doch all diese schrecklichen

Erinnerungen reichten Pan nicht. Er drang noch weiter vor, ließ immer weitere Schrecken vor seinen und damit auch Vortians Augen vorbeirasen.

Der Wirt schlug Brit zum ersten Mal.

Der Wirt betrank sich und pöbelte Kundschaft an.

Der Wirt jagte einen Wanderpriester aus dem Haus.

Bei einer letzten Erinnerung verweilte Pan. Der Wirt trug dieselbe Kleidung, in der sie ihn in der Galerie vorgefunden hatten. Allerdings saß er noch unten an der Theke und trank aus einer vollen Flasche Schnaps. Dabei zählte er einen Haufen Geld.

Vortian beobachtete, wie Brid mit ihrem Vater zu sprechen versuchte, doch er hörte nicht, was sie sagte. Der Wirt beachtete sie nicht. Zählte nur das Geld und trank den Schnaps.

Plötzlich sah Vortian Pan in der Erinnerung auftauchen. Wie konnte das sein? Sie waren doch zum ersten Mal hier?

Vortian selbst hatte keinen Körper, er existierte in dieser Erinnerung nicht. So konnte er auch keinen Einfluss nehmen, sondern nur zusehen, wie Pan sich dem Wirt näherte.

Er griff nach der Schnapsflasche und nahm sie dem Wirt weg. Dann strich er ihm über den Kopf und sagte etwas zu ihm, das Vortian nicht verstehen konnte. Mit einem Mal bracht der Wirt in Tränen aus. Die Schnapsflasche in Pans Hand löste sich in einer Flut aus Licht auf und langsam verschwamm auch die Erinnerung. Vortian spürte ein Ziehen hinter der Stirn, als würde ihn jemand packen und nach hinten reißen. Er schloss die Augen und fühlte, wie er zur Seite kippte. Als nächstes prallte er auf dem Boden auf und öffnete ruckartig seine Augen.

Vortian atmete so hastig ein, als wäre er nach langer Zeit aus kaltem Wasser wieder aufgetaucht. Sofort erinnerte er sich an seine Prüfung, an die Schwäche, die er gefühlt hatte. Schwer atmend stützte Vortian sich auf den Holzboden der Galerie und versuchte, sich in die Höhe zu stemmen. Es dauerte einige Sekunden, bis sich seine Augen wieder scharf stellten und er wirklich sehen konnte, was vor ihm geschah. Er befand sich noch immer in der Galerie der Taverne. Sein ganzer Körper schmerzte und er fühlte sich auf einmal unendlich traurig. Warum wusste er nicht. Was war gerade passiert?!

Verwirrt blickte Vortian zur Seite und sah, dass Pan ebenfalls am Boden lag. Seine Augen waren geschlossen und seine Brust hob und senkte sich schwer. Er schien bewusstlos zu sein. Genauso ging es dem Wirt, der ebenfalls hinten übergekippt auf den Kissen lag.

So, wie vor Pans Heilung.

»Vortian.«

Vortian wandte ruckartig den Kopf um und sah, dass Xundina direkt vor ihm hockte.

»Alles in Ordnung?«

Vortian schüttelte den Kopf.

»Ich weiß es nicht. Pan ...«

»Der scheint zu schlafen. Vielleicht solltest du das auch.«

Diesmal nickte Vortian und schaute rüber zu Brid, die sich mit vollkommen verwirrtem Blick über ihren Vater beugte. Er hätte ihr gern erklärt, was gerade geschehen war, aber ihm fehlten die Worte dafür.

In seinem Inneren rasten die Gedanken und Gefühle. Er war wütend auf sich selbst, dass er Pan einfach so berührt hatte, und fragte sich gleichzeitig, warum er das eigentlich getan hatte. Warum es sich so angefühlt hatte, als *musste* er das tun.

Dann war da noch diese tiefe, beinahe unerträgliche Traurigkeit. Diese Traurigkeit saß auf seiner Brust, ließ ihn schwerer atmen, zog ihn zu Boden und lähmte ihm die Stimme. Er fühlte sich hilflos, nutzlos.

Mühsam und immer noch abwesend, ließ Vortian sich von Xundina beim Aufstehen helfen. Er fühlte sich etwas wacklig auf den Beinen, konnte sich aber halten.

»Zeigst du uns, wo wir schlafen können?«, fragte Vortian Brid und diese nickte, während sie immer wieder unsicher zu ihrem Vater schaute. Mit dem letzten Bisschen Kraft, das Vortian noch aufbrachte, half er Xundina, Pan in die Höhe zu hieven und ihn zum Schlafgemach zu tragen.

Nachdem sie Pan auf seine Strohpritsche gelegt hatten, erklärte Brid ihnen noch, wo die Gemeinschaftswanne stand.

Dann bekamen sie ein paar Felle, um es sich auf dem Boden einigermaßen bequem zu machen. Sie hatten ein eigenes Zimmer bekommen, das dafür aber nur Platz für eine Pritsche bot. Xundina legte sich auf ihr Fell und wickelte sich in eine Decke. Aber er brauchte noch einen Moment für sich allein. Er musste verarbeiten, was geschehen war. Außerdem würde das Wasser vielleicht noch ein bisschen warm sein und ihm guttun.

»Ich werde noch ein Bad nehmen«, sagte er also und strich sich über das Gesicht. Plötzlich fühlte Vortian sich sehr müde. Nach dem Tag und der Nacht war das wohl auch kein Wunder.

Xundina nickte. Sie verschränkte die Arme hinter dem Kopf und starrte an die Decke. Vermutlich würde sie ebenso wenig einschlafen können wie Vortian.

9. Kapitel

MONTEGRAD

Als Sinphyria am nächsten Morgen erwachte, war Jonas schon auf. Er starrte durch die Öffnung ihres Zeltes, das eher eine mit Lumpen verkleidete Ansammlung an Stöcken war. Sin stellte fest, dass er das Zelt des Hauptmannes nicht aus den Augen ließ. Hatte sie etwas verpasst?

»Sie sind die ganze Nacht nicht herausgekommen«, erzählte Jonas ungefragt, während Sinphyria sich aufrichtete. Er wandte sich ihr zu, wobei eine leichte Röte seine Wangen heraufkroch.

»Fräulein Sinphyria, ich wollte Euch etwas fragen«, fuhr der Junge unbeholfen fort und verhaspelte sich beinahe als er weitersprach.

»Jonas, bitte, nenn mich nicht immer Fräulein. Was gibt's denn?«

Sinphyria sah ihn amüsiert an und machte eine Geste, damit er fortfuhr.

»Meine Freunde und ich haben Angst vor dem Krieg. Die anderen Soldaten nehmen sich kaum Zeit, uns etwas beizubringen und das Training mit Irius ist ... na ja ...«

»Furchteinflößend?«

Jonas nickte.

»Gregor hat sich zwar Mühe gegeben, doch er weiß wenig vom Kampf mit Dolchen. Aber wir haben nur diese, denn wir bekommen keine richtigen Schwerter, und die Speere, sind auch nur Äste, an die irgendein Idiot ,ne Klinge gebunden hat. Die halten nicht mal zwei vernünftige Übungskämpfe aus! Irgendwie müssen wir uns doch verteidigen. Vielleicht könntet Ihr uns ein paar Kniffe zeigen?«

Sinphyrias Lächeln gefror ein wenig. Bei Jonas Frage wurde ihr wieder einmal bewusst, wie sinnlos es war, Kinder als Soldaten einzuziehen und sie dann weder auszubilden noch vernünftig auszustatten.

Sinphyria nahm sich vor, Greí das in einem ruhigen Moment mal zu sagen. Sie war in den letzten Tagen wohl einfach zu selbstbezogen gewesen, dadurch, dass ihr das mit dem Feuer passiert war. Arátané war eigentlich diejenige, die Sinphyria regelmäßig auf den Teppich zurückholte. Sie vermisste ihre Freundin.

Von einem König, dessen höchster Wert die Familie war, hatte sie eigentlich mehr erwartet. Vor allem, weil das Gerücht umging, dass einige der stärksten Krieger und Kriegerinnen der Krone, die engsten Begleiter des Prinzen, noch immer in der Regierungsstadt zurückgehalten wurden, weil der Prinz selbst zu krank zum Kämpfen war. Die Wut lähmte für einen Moment ihre Zunge und verzerrte ihren Gesichtsausdruck. Doch als sie Jonas Blick bemerkte, setzte sie schnell wieder ein Lächeln auf.

»Unter einer Bedingung«, sagte Sinphyria und streckte sich, sodass ihr nächster Satz in einem Gähnen unterging. »Nenn mich nie wieder Fräulein.«

»Jawohl!«, erwiderte Jonas eifrig und nickte.

Für Sinphyria war es eigentlich keine Frage, ob sie die Jungen ausbilden würde. In der kurzen Zeit hatte sie bereits Zuneigung zu Jonas und seinen Freunden entwickelt, sie waren fleißig und aufmerksam und besaßen sicher das Potenzial, vortreffliche Soldaten zu werden. Zumindest, wenn sie wenigstens die Reise nach Sinthaz überleben sollten. Danach ... nun, da würde ihnen wahrscheinlich eher ein gutes Verstecktraining helfen, als eines zum Kämpfen.

Jonas schien etwas aus den Augenwinkeln zu bemerken und fuhr herum. »Schau!«, rief er und zeigte mit dem Finger nach draußen. Sinphyria streckte sich etwas, um den Kopf ein bisschen weiter aus ihrem Zelt zu strecken und konnte sehen, wie drei Personen aus dem Zelt traten: Hemera, Hauptmann Greí und Kathanter Irius, dessen Kiefer zu mahlen schien. Kein gutes Zeichen.

Mit einem bellenden Befehl brachte Irius das Heerlager dazu, sich zu sammeln, zumindest diejenigen, die nicht zu alt waren, um sich so schnell zu erheben.

Auch Sinphyria und Jonas schlüpften schnell in ihre Stiefel und traten mit den anderen Soldaten an

Dann verkündete Hauptmann Greí: »Die Lage im Süden hat sich verschlimmert. Unseren Informationen nach hat sich der Feind von Viranzya über den südlichen Arm von Sinthaz bewegt, um dann eine Stadt nach der der anderen einzunehmen. Doch nun brachte die Botin Hemera Anya hier uns die Nachricht, dass nicht nur Kherra und Fidalys komplett überrannt worden sind, sondern mittlerweile auch Altherra zum Schlachtfeld wurde. Wir halten an dem Plan fest, in Montegrad um Unterstützung zu bitten. Doch die Lage drängt.«

Sinphyria schluckte, als Greí ihr einen langen Blick zuwarf.

Selbst, wenn Sinphyria in den nächsten Wochen irgendwelche magischen Fähigkeiten entwickeln sollte, wenn sie tatsächlich eine Hülle der Macht wäre, wirkte das alles hier furchtbar sinnlos auf sie. Warum verschanzten sie sich nicht einfach in Kanthri oder Montegrad, sammelten dort ihre letzten Kräfte und warteten darauf, dass der Feind zu ihnen kam?

Aber bevor sie ihre Bedenken äußern konnte, bellte Irius: »Abtreten!«

Hemera wandte sich ab und verschwand in einem der Zelte. Vermutlich befand sich dort ihr Schlafplatz.

Sinphyria trat an den Hauptman heran. »Welche Unterstützung erwartet Ihr denn noch aus Montegrad, wenn ich mir die Frage erlauben darf? Wenn der Feind so rasend schnell voranschreitet und unsere Truppen offenbar vernichtet wie die Fliegen, was soll es bringen, diesen Haufen noch nach Sinthaz zu führen? Ein paar mickrige Soldaten aus Montegrad werden da auch nicht mehr helfen. Warum sollten da überhaupt noch Kampffähige sein? Sind sie nicht schon längst abgezogen?«

»Hüte deine Zunge, Leon! Wir haben unsere Befehle!«

Sinphyria konnte nicht anders, als einen Laut der Verachtung auszustoßen. Erst dann wurde sie sich bewusst, dass da immer noch Kathanter Irius vor ihr stand. Der Typ war ein Bluthund in Person. Sie durfte nicht zu übermütig werden, denn nur, weil er noch an Greís Leine hing, hieß das nicht, das sie in Sicherheit war.

Die anderen Soldaten begannen, miteinander zu tuscheln. Wahrscheinlich bereitete auch ihnen dieser Plan Unmut.

Aber Greí schien eine unendliche Geduld mit Sinphyria zu haben. Er knetete sich nur die Nasenwurzel und ließ seinen Blick über die umstehenden Soldaten schweifen.

»Ich kann Eure Bedenken verstehen«, sagte Greí und wirkte sehr müde.

»Aber Irius hat recht. Wir haben unsere Befehle direkt von König Bjorek erhalten. Ich denke nicht daran, jetzt ungehorsam zu sein. Nicht in Zeiten des Krieges.«

Damit drehte Greí sich um und verschwand in seinem Zelt. Irius begann wieder, die anderen Soldaten anzupflaumen, und wahrscheinlich hätte Sinphyria gut daran getan, sich ebenfalls sofort zu ihrem Lager zu begeben. Stattdessen hörte sie plötzlich Athron hinter sich.

»Du hast recht.«

Wie in Gedanken versunken stand er da und fuhr sich durch das Haar.

»Ich denke, es geht auch noch etwas anderes vor, etwas, das nicht an die Ohren aller geraten soll.«

Sinphyria sah Athron fragend an. Er erwiderte ausdruckslos ihren Blick.

»Was meinst du damit?«

Aber Athron wandte sich ohne ein weiteres Wort ab. Sinphyria wollte jetzt nicht weiter nachfragen. Es starrten sie sowieso schon alle an, seitdem sie gestern mit Athron vom Feuer verschwunden war. Vielleicht würde sich später eine Möglichkeit ergeben, ihn auf seine Gedanken anzusprechen

Nach wenigen Tagen tauchten in der Ferne die Spitzen von Montegrad, der Hauptstadt Kanthis, auf. Sinphyria hatte wenig angenehme Erinnerungen an die Stadt. Sie war wie ein Baumstamm gewachsen: Vom Zentrum aus, dem ältesten Teil der Stadt, waren im Laufe der Jahre weitere Ringe erbaut worden, die neuesten erst vor wenigen Jahrzehnten. Auch der Wohlstand der Stadt schien sich nach dem Bauplan der Stadt zu richten. Je weiter innen man wohnte, desto reicher war man. Das bedeutete, dass der äußere Ring am ärmsten und gefährlichsten war. Sinphyria glaubte, dass die Armen selten etwas dafürkonnten, arm zu sein, aber ihr missfiel deren Abhängigkeit von Bechda, die sich gerade unter den Ärmsten großer Beliebtheit erfreute. Vermutlich half die Droge dabei, den Gestank zu ertragen und die Angst vor dem Alltag zu überdecken. Doch gleichzeitig trieb sie den Süchtigen nur noch tiefer in diesen Sumpf des Elends.

Bei diesen Gedanken warf sie einen Blick zu Athron hinüber, der auf seinem Pferd neben der Kolonne her ritt. Sie hatte ihn eine Weile lang nichts mehr nehmen sehen. Vielleicht, so hoffte sie, war er der Droge noch nicht völlig verfallen.

Schon von Weitem konnte man den Rauch der Schornsteine sehen, der hauptsächlich über den Stadtmauern aufstieg. Nur vereinzelt gab es auch in den äußeren Ringen Häuser mit Kaminen, deren dunkelgraue Rauchschwaden in den Himmel stiegen.

Montegrad stand auf freiem Feld, lediglich von einzelnen Baumgruppen umgeben. Der Fluss Sárem floss auf beiden Seiten um die Stadt herum und füllte den tiefen Graben, weshalb die Stadt wie auf einer Insel thronte. Ursprünglich hatte Montegrad nur aus drei Ringen bestanden. Doch im Laufe der Zeit war es immer wieder zu einer regelrechten Bevölkerungsexplosion gekommen, sodass man den Graben, der die Stadt umgab, aufschütten und den Fluss weiter abseits verlegen musste, um einen weiteren Ring zu errichten. So waren die äußeren Ringe entstanden. Dieser Prozess war so aufwendig, dass man beim letzten Mal einfach eine große, schlammige Fläche für mindestens fünfhundert Menschen mehr übriggelassen hatte. Diese Mauer stellte die letzte Verteidigung dar, die Montegrad hatte und seit der Einigung des Königreiches hatte es nie wieder einen Angriff darauf gegeben.

In einem Anflug von Zynismus fragte Sinphyria sich, ob das vielleicht einfach daran lag, dass die möglichen Angreifer es nicht durch die Slums geschafft hatten.

Das Rauschen des Flusses begrüßte das Heer und über ein breites Holzbrett, das gefährlich knarzte, als sie es überquerten, betraten sie den schlammigen Untergrund des äußersten Rings. Oder das, was einmal einer werden sollte.

Vier Wachposten waren am Zugang zu der Stadt stationiert. Als sie das Heer sahen, musste einer von ihnen auf einem klapprig wirkenden Gaul ins Innere Montegrads reiten, vermutlich, um den Bürgermeister zu informieren. Die anderen drei Wachen wirkten sehr traurig darüber, dass sie ihren Posten nicht verlassen durften.

Der Gestank nach Schlamm, stehendem Wasser und Moder hing schwer in der Luft. Es gab keine ordentlichen Häuser, nur armselige Behausungen reihten sich auf dem dreckigen Boden aneinander. Die meisten von ihnen schienen hauptsächlich aus Weggeworfenem und altem Holz zu bestehen.

Dann erblickte Sinphyria die erste Bechdaleiche.

Sie konnte nicht genau erkennen, ob es sich um einen Mann oder eine Frau handelte. Die Gestalt war in Lumpen gehüllt und lag ausgestreckt auf dem Rücken, als hätte man sie gekreuzigt, die Augen waren weit aufgerissen.

Vollkommen reglos lag sie da. Sinphyria konnte kein Lebenszeichen erkennen. In ihrem Magen verkrampfte sich etwas und sie wandte schnell den Blick wieder nach vorne. Zwar hatte sie schon öfter Tote gesehen, aber diese Art zu sterben erschien ihr besonders unwürdig und unsinnig. Dass sich niemand um die Körper kümmerte, die verfaulten und sich zu dem übrigen Müll gesellten, machte es nicht gerade besser.

Tomf, der neben ihr ging, sah allerdings aus, als hätte er einen Geist gesehen. Vollkommen starr und kreidebleich starrte er die Leiche an. Sinphyria klopfte ihm behutsam auf die Schulter und brachte ihn dazu, weiterzugehen. Sie fand keine Worte, um ihm gut zu zusprechen, denn jede Aufmunterung wäre einer Lüge gleichgekommen.

So bitter es war, hoffte sie doch, dass er sich an den Anblick von Leichen gewöhnt hatte, bis sie den Süden erreichten. Sonst würde er vielleicht in eine Stockstarre verfallen, bevor die erste Schlacht geschlagen war.

Je weiter sie in die Stadt vordrangen, umso furchtbarer wurde es.

Einige Kinder kamen, um zu betteln, verletzt, verdreckt, und viele von ihnen wiesen erste Anzeichen einer Sucht auf, doch die Soldaten besaßen selbst kaum etwas.

Jonas Augen füllten sich mit Tränen. Er kramte in seiner Tasche nach etwas, das er ihnen hinwerfen konnte, aber Athron ritt sofort zu ihm, glitt vom Rücken seines Pferdes und packte Jonas Handgelenk.

»Sei nicht dumm, Junge«, zischte er, »wenn du ihnen etwas gibst, wirst du sie nie wieder los. Sie werden dich aus unseren Reihen ziehen, als wären sie wilde Tiere, und im Null Komma Nichts haben wir hier einen riesigen Aufruhr. Das willst du doch nicht, oder?«

Mit Tränen in den Augen schüttelte der Junge den Kopf. Athron ließ ihn grob wieder los und zog von dannen.

Es geht ihm selbst nahe, dachte Sinphyria bei sich und fragte sich, was er erlebt haben musste. Gleichzeitig wünschte sie, dass er etwas mehr Feingefühl für die Jungen übrighätte.

»Das hier ist inzwischen der sechste Ring«, erklärte Gregor, der neben Sinphyria ging und sich auf einen provisorischen Stock stützte. Dabei nickte er in Richtung der schlammigen Masse, die sie umgab.
»Manche munkeln, es wird keinen weiteren geben. Sonst würden die Zustände irgendwann untragbar werden.« Nach einer Pause fügte er leise hinzu, während er sich umsah: »Obwohl ich es jetzt schon furchtbar genug finde. Wie kann das hier denn noch schlimmer werden?«

Als Sinphyria gerade antworten wollte, dass Bürgermeister Aries vermutlich einen für ihn und die anderen Reichen der Stadt wirklich gefährlichen Aufstand fürchtete, falls noch mehr Menschen leiden würden, zog eine alte, blinde Frau an ihnen vorüber und krächzte, jauchte und gackerte.

»Der letzte Ring, der letzte Ring«, vor sich hin. »Legt ein Kreuz vor eure Tür, sonst holt euch der Fegedir, frisst mit Haut und Haaren dich, findet uns alle widerlich, sind doch nur Gesindel. Aye, wen schert Gesindel.«

Sinphyria bekam eine Gänsehaut. Die Worte der Alten ergaben vielleicht nicht viel Sinn, denn Sinphyria hatte keine Ahnung, wer oder was der Fegedir war. Aber es war nicht nötig, dass sie jedes Wort verstand. Die Botschaft war klar – keiner kümmerte sich um die Armen in dieser Stadt. Erst jetzt fiel Sinphyria auf, dass die Menge der Bettelnden und der Süchtigen sich nicht mit ihren bisherigen Erfahrungen in den äußeren Ringen deckte.

Viele Menschen trauten sich gar nicht, an sie heranzutreten, sondern hielten sich in Gruppen im Schatten der Lehmhütten auf. Sie hatten die Kapuzen tief ins Gesicht gezogen und wandten sich schnell ab, wenn einer der Soldaten ihnen einen Blick zuwarf.

Meist versuchten so viele Bettler und Süchtige wie möglich an Passierende heranzutreten, um einen Taler oder etwas zu Essen abzustauben.

Doch sie zogen schnell weiter und kamen schließlich an ein Tor, das lediglich aus zwei einfachen, Holzpfählen bestand. Jemand hatte in einen der beiden Pfähle eine 5 in das Holz geritzt.

Im fünften Ring gab es etwas mehr befestigte Häuser, es wurden bereits Wege mit Sand aufgeschüttet und die Anzahl der Bechdasüchtigen nahm ab.

Dennoch lagen auch hier Bettler in den Seitenstraßen und immer wieder schlichen Kinder um sie herum, die etwas zu stehlen versuchten. Wieder waren es deutlich weniger, als Sinphyria in Erinnerung hatte.

Warum hatten die Menschen solche Angst vor ihnen?

Kathanter Irius bleckte seine Zähne im vernarbten Gesicht und die Diebe verschwanden für eine kurze Weile. Klar, dass sie vor *dem* Angst hatten. Zwar hatte Sinphyria das Gefühl, dass die Geschichten über Irius nur zum Teil stimmten – auf sie wirkte er hauptsächlich wie ein ziemlich fähiger und sehr griesgrämiger Kämpfer. Aber seine Narben und sein stählerner Körper zeugten trotz seines Alters von etwa fünfzig Wintern von einem ereignisreichen und beeindruckenden Leben.

In diesem Zusammenhang musste Sinphyria an Arátané denken. Ihr sah man ihre blutige Vergangenheit nicht unbedingt auf den ersten Blick an. Sinphyria wusste, dass Arátanés Mutter in Montegrad gestorben war, als eine der dutzenden Bechdasüchtigen hier.

Ob auch Athrons schlimme Kindheit hier stattgefunden hatte?

Hoffentlich ging es Arátané gut. Sinphyria merkte, dass sie es gar nicht mehr gewohnt war, so lange von ihrer Freundin getrennt zu sein. Inzwischen gehörte Arátané ebenfalls auch zu Sins Familie.

Sie passierten ein weiteres Tor, das nun schon etwas stabiler aussah und in dessen Querbalken, der die beiden Pfosten verband, man eine eiserne 4 eingeschlagen hatte.

Hier wohnten die Arbeiter.

Die Häuser waren solide, die Wege mit sauberem Sand bestreut und die Menschen gingen schweigsam ihrer Arbeit nach. Sie waren schmutzig und verrußt, und wenn jemand bettelte, war es meistens ein Alter oder jemand mit fehlenden Gliedmaßen.

Man konnte kaum Kinder auf den Straßen sehen, wahrscheinlich arbeiteten sie in den Läden und an den unterirdischen Kohleöfen der Stadt.

Als Sinphyria das letzte Mal hier gewesen war, hatten noch ein paar Bechdasüchtige rumgelungert. Das konnte nicht länger als zehn Jahre her sein. Sie konnte sich noch heute daran erinnern, wie ihr Vater ihre Hand ergriffen und nicht mehr losgelassen hatte, die blauen Augen fest nach vorne gerichtet. Sie hatte sich für diese Geste schon zu alt gefühlt, war dann aber doch ganz froh darüber, die Wärme seiner Hand zu spüren, als sie den äußersten Ring durchquert hatten.

Damals gab es insgesamt nur vier Ringe und der fünfte sollte gerade anerkannt werden. Die Ringe bildeten sich immer schneller, aber meistens brauchte es schon ein Jahrzehnt, bevor aus einem losen Bezirk ein anerkannter Ring wurde. Das Wachstum der Ringe fünf und sechs war sehr schnell gegangen.

Wurde ein Teil als Ring anerkannt, so arbeitete die Stadt daran, dass er erhalten blieb. Der Bau von Häusern wurde mit Geldern aus der Stadtkasse unterstützt und Händler bekamen Prämien, wenn sie ihre Lokale und Geschäfte in dem neuen Ring eröffneten. Befestigte Wege wurden erbaut und ein Botschafter angestellt, der jede Woche an den Bürgermeister Bericht erstatten sollte.

Für die ärmeren Menschen in diesen Ringen bedeutete es allerdings nichts Gutes, wenn sie Teil der Stadt wurden. Die Stadtwache begann die neuen Ringe zu durchstreifen, und alle Süchtigen, die auf den Straßen herumlungerten oder anderweitig auffielen, wurden vor den Grenzen des neuen Ringes ausgesetzt – wo sie dann den nächsten Ring bildeten.

Manche wurden auch hingerichtet. Andere verschwanden einfach für immer spurlos.

Dieser Prozess wiederholte sich stetig aufs Neue, da es immer mehr Menschen gab, und lief größtenteils auf die gleiche Weise ab. Auf dem Land gab es immer weniger Arbeit und gegen die Empfängnis eines Kindes konnte man (besonders als armer Mensch) wenig tun.

Jeder, der nach Montegrad kam, hatte erst mal die Hoffnung, dass aus ihm mehr werden würde, als sich zu den Süchtigen im äußersten Ring zu gesellen.

So kam es, dass der vierte Ring inzwischen von Händlern und Handwerkern des unteren Mittelstandes bewohnt war.

Sinphyria sah sogar eine Hure, deren Haar gepflegt und deren Gesicht geschminkt war.

Schließlich gelangten sie an die Stadtmauern. Sie waren groß, schwarz und mächtig beeindruckend. Über dem Tor, das sie nun passieren sollten, stand in eisernen Buchstaben: »Montegrad - Das Osttor« geschrieben.

Hier gab es ein festes, riesiges Tor, das derzeit offenstand.

Als Sinphyria den Blick hob, gefror ihr das Blut in den Adern. Sie hatte sich seit ihrem letzten Besuch nicht an den Anblick gewöhnt, wie dort die Köpfe der Verbrecher auf Spieße gesteckt thronten. Noch schlimmer aber fand sie die Käfige, in denen sie Menschen sperrten, die nicht ganz bei Verstand waren und etwas Schlimmes getan haben sollten.

Die Todesstrafe war in Kanthis zwar erlaubt, wurde aber nur selten vollzogen und so war dieser Anblick für die meisten ihrer Kameraden ungewohnt.

Montegrad wäre einfach zu groß, um ein humanes System ohne derartige Strafen aufzubauen, wurde immer wieder gesagt. Sinphyria bezweifelte, ob das wirklich der Wahrheit entsprach.

In diesem Ring gab es teilweise steinerne Wege, die Häuser standen eng beieinander, schienen auf den ersten Blick aber stabil gebaut und einige waren sogar zweistöckig. Händler vertrieben geschäftig ihre Waren und grüßten sie mit Handkuss. Während Sinphyria sich hier sichtlich entspannte, schien Athron sich sichtlich unwohl zu fühlen.

Das Tempo des Marsches zog nun an, sie passierten den zweiten Ring, in dem der niedrige Adel seine Wohnsitze hatte, und gelangten endlich in den ersten Ring. Hier stand ein protziges Gebäude neben dem anderen – sie waren aus weißem Stein errichtet worden und verziert mit schmuckvollen Ornamenten, auf ihren Terrassen speiste der Adel gemeinsam mit einigen Geistlichen an gedeckten Tafeln.

Sinphyria wurde zum wiederholten Male schlecht. Bei dem Elend, das man erblickte, wenn man die äußeren Ringe der Stadt erreichte, war es nur schwer vorstellbar, dass sich die Reichen im Inneren der Stadt bloß in der Sonne fläzten und sich auf ihren vier Buchstaben ausruhten.

Hatte man denn nicht besonders als Geistlicher den Willen, etwas gegen die soziale Ungleichheit in der Stadt zu tun?

Immerhin war es mitten am Tag und keine gängige Zeit zum Speisen.

Es war widerlich mit anzusehen.

Allerdings konnte Sinphyria auch nicht umhin, das Herzstück Montegrads zu bewundern. Inmitten eines wunderschönen, weiß und beige gepflasterten Platzes thronten zwei riesige Gebäude und ihre Eingänge blickten sich an wie die Gesichter zweier Liebender. Das Bauwerk auf der rechten Seite war die majestätische Burg, um die herum Montegrad entstanden war, eine trutzige Festung mit runden Türmen und hohen Zinnen, mächtigen Pforten und unzähligen Fenstern, die kostbare Glasmalereien zierten. Sie schimmerte beinahe Schwarz in der untergehenden Sonne.

Auf der linken Seite stand die weiße, helle Kirche, hoch gebaut und mit spitz zulaufenden Türmen, deren riesige Fenster ebenfalls in den schillerndsten Farben bemalt waren.

Dort gab es riesige Galerien aus Holz und wunderschöne Zeremonienbecken, das Licht reflektierte sich in jeder Ecke der Halle.

Es war ein beeindruckendes Gebäude, dessen Bau Jahrzehnte gedauert haben musste.

Aus den Toren der Burg trat nun der Bürgermeister von Montegrad, Cansten Aries, dessen Gewand in einem königlichen Violett erstrahlte. Es war mit Gold besetzt und kleine Sterne zierten den sicher offensichtlich sehr teuren Stoff.

Sinphyria schätzte, dass er etwas mehr als vierzig Winter erreicht haben musste. Er besaß ein kantiges Gesicht mit einem Spitzbart und sein Haar verschwand an der Stirn bereits in tiefen Geheimratsecken, während es am Hinterkopf bis in den Nacken gekämmt war. Seine Lippen zierte ein breites Lächeln, aber seine Augen ... diese Augen hatten etwas Kaltes, Ausdrucksloses. Er entstammte einem hochangesehenen Haus, so viel wusste Sinphyria. Und mit diesem Kerl war bestimmt nicht gut Kirschen essen.

An seiner Seite stand eine Frau, die fast noch ein Kind war. Dem Ring am Finger nach zu urteilen war sie seine Ehefrau und nicht seine Tochter.

Sie trug ein schönes, dunkelgrünes Kleid und eine weiße Haube, die ihr Haar gänzlich verdeckte. Sinphyria hasste diese Kappen. Nicht nur, dass sie ungefähr vor einem Jahrhundert das letzte Mal angesagt gewesen waren, sie wurden damals ausschließlich genutzt, um die Unterdrückung der Frau nach außen hin zu symbolisieren. Niemand durfte das Haar der Frau sehen, außer ihrem Ehemann.

»Willkommen, willkommen«, sagte Cansten Aries.

Die Aries besaßen bereits seit Jahrhunderten das Adelspatent und hatten immer hohe Ämter innegehabt. Einst waren sie große Politiker und Redner gewesen, die Auseinandersetzungen geschlichtet und den König beraten hatten, aber Sinphyria hatte so eine Ahnung, dass der aktuelle Spross dieser Dynastie ein Vollidiot war. Das lag nicht nur an seinem falschen Grinsen oder seiner etwas krummen Statur. Und auch nicht an der Tatsache, wie geduckt und ängstlich seine Frau immer wieder zu ihm herüberschaute. Nein, Sin hatte sich ihr Urteil schon vor Jahren gebildet, als sie die ersten Gerüchte über ihn gehört hatte. Und spätestens, wenn man den äußersten Ring der Stadt betrat, musste jedem klar sein, wessen Geistes Kind das Oberhaupt der Stadt war.

Hauptmann Greí stieg von seinem Pferd ab. Im Gegensatz zu dem Bürgermeister wirkte der stattliche Hauptmann wie ein riesiger, starker Bär. Er zog den Handschuh aus und entblößte dabei zum ersten Mal eine rötlich verfärbte Narbe. Außerdem fehlte ihm der Ringfinger an dieser Hand. Hauptmann Greí legte seine Hand auf die Brust und verneigte sich.

»Herr Aries. Ich erbitte Eure Hilfe im Kampf gegen das Feuer des Südens. Bitte, setzt Euch mit mir und meinen Beratern zusammen und hört unser Ersuchen an.«

Argwöhnisch musterte der Bürgermeister den Hauptmann, als hege er großes Misstrauen gegen diesen hochrangigen Soldaten.

»Eure Soldaten sollen in meinem Haus unterkommen, wir finden einen Platz für einige von ihnen in der Burg. Das Tragen von Waffen ist dort allerdings untersagt. Bitte gebt diese in die Hände meiner Dienerschaft. Der Rest Eures Heeres kann auf dem Platz zwischen Kirche und Rathaus unter freiem Himmel schlafen.«

Als Athron und Sinphyria sich gerade mit den anderen Soldaten einteilen lassen wollten, pfiff der Hauptmann. »Burkental und Leon. Ihr kommt mit uns.«

»Aber Herr, Leon sollte nicht ...«, protestierte Kathanter Irius, doch der Hauptmann brachte ihn mit einer einzigen Handbewegung zum Schweigen.

Nervös drängte Sinphyria sich näher an Athron und folgte den Soldaten in die Burg. Neben Athron kam der Großteil der

Berufssoldaten mit ihnen. Auch Hemera, in ihrer Eigenschaft als Botin, folgte.

Jonas und die anderen Jungen sowie Gregor und die restlichen Alten, blieben auf dem Platz zurück.

Ihr Weg führte sie über zahlreiche rote Teppiche. Sinphyria wusste nicht, wann sie das letzte Mal in einem Haus mit Teppichen gewesen war. Es ging eine von zwei steinernen Treppen hinauf, bis sie an eine breite Eichentür gelangten. Diese führte in einen großen Saal, in dessen Mitte eine riesige Tafel stand. An einem Ende dieser Tafel stand ein Stuhl, der größer war als die anderen und mit einem violetten Polster versehen war, das perfekt zu der Robe des Bürgermeisters passte. Auf genau diesem Stuhl nahm Cansten Aries nun Platz.

Es war dunkel hier, nur wenig Tageslicht fiel durch einige buntglasige Fenster, und die Luft war für einen derart großen Raum unangenehm stickig. Der Sommer war in Kanthis eingetroffen und so sammelte sich die Hitze überall.

»Nun. Sprecht«, befahl Aries. Das Lächeln war von seinem Gesicht gewichen.

»Mein Herr.«

Des Hauptmanns Stimme war dunkel, sie erfüllte den Raum wie ein Gewitter und der Bürgermeister von Montegrad rutschte unruhig auf seinem Stuhl herum.

»Wie Ihr wisst, tobt der Krieg südlich des Gebirges. Unsere Kämpfer sterben in Massen. Ich habe den Feind noch nicht selbst zu Gesicht bekommen, doch die Toten, wenn sie nicht gänzlich zu Asche verbrannt sind, sehen furchtbar aus. Meist jedoch bleibt nichts von ihnen übrig, wenn man den Berichten aus dem Süden Glauben schenken möchte. Heute traf eine Botin ein, die mir erzählte, dass die Lage bereits viel schlimmer sei, als wir bisher vermuteten. Der Krieg erreicht bald Altherra.«

Er ließ diese Nachricht einen Moment lang wirken.

Sinphyria dachte an ihren Vater.

Obwohl sie an keine Götter glaubte, entsandte sie in Gedanken ein stummes Gebet ins Nichts.

»Sie erzählte außerdem, dass der Feind von einer Art Magier angeführt wird, der der das Feuer nach seinem Willen lenken kann und damit eine unglaubliche Zerstörung anrichtet. Und nach allem, was wir bisher gehört haben, muss ich ihrem Bericht wohl oder übel Glauben schenken. Es kann nur ein mächtiger Zauber am Werk sein, wenn unsere gut ausgebildeten Soldaten sterben wie die Fliegen.«

»Er dressiert das Feuer?«, unterbrach der Bürgermeister und kratzte sich den Bart, sein Gesicht zu einem ungläubigen Lächeln verzogen. »Das klingt mir nach einem Ammenmärchen. Solche Magier gibt es nicht ...«

»Lasst ihn ausreden, Nordländer. Ihr habt keine Ahnung von der Magie des Südens und solltet Eure Zunge hüten, bevor ihr Euer Unwissen so ungefragt Preis gebt.«

Den anderen stockte der Atem. Hemera hatte in ihrem leichten Akzent den Bürgermeister so heftig beleidigt, wie es sonst keiner gewagt hätte.

»Was fällt dir entblößtem Weib ein, so mit mir zu sprechen? Ich bin der Bürgermeister von Montegrad, der größten Stadt des gesamten Nordens!«

Binnen von Sekunden nahm der Kopf des Bürgermeisters die Farbe einer überreifen Tomate an und eine dicke Ader begann, an seiner Stirn zu pulsieren.

Doch Hemera lachte bloß verächtlich.

»Anya! Verdammt.«

Seufzend massierte der Hauptmann sich das Nasenbein und fuhr genervt fort: »Entschuldigt bitte diese Frau. Im Süden herrschen losere Gepflogenheiten, wie Ihr wisst, und das wird sie in ihrer kurzen Zeit hier nicht ablegen. Jedenfalls möchte ich Euch zum Wohle von Kanthis um etwas bitten.«

»Wenn sich Eure Botin nicht zusammenreißt, werde ich dafür sorgen, dass sie heute Nacht im äußersten Ring nächtigt. Und nun sprecht endlich oder ich werde Euer Anliegen ablehnen, bevor ich es überhaupt gehört habe«, fauchte der Bürgermeister ungeduldig.

»Ich bitte Euch um fünftausend Goldstücke, damit wir Fluchmagier anwerben können, und um so viele Männer der Stadtwache, wie Ihr entbehren könnt.«

Stille herrschte für einen Moment. Sinphyria fand es fast ekelhaft, wie sehr sich Greí bei Aries anbiedern musste. Es fiel ihr schwer, sich zurückzuhalten, aber ihr war klar, dass sie es nur schlimmer machen würde, wenn sie Aries jetzt kritisierte.

In der Gilde der Goldenen Hand wurde ja auch vermutet, dass Aries König Bjorek bestach und deswegen so freie Hand mit der Regierung Montegrads hatte. Aus diesem Grund gab es hier noch die Todesstrafe, gleichgeschlechtliche Ehen waren verboten, Frauen durften nur mit Erlaubnis des Ehemanns arbeiten und ein Hauptmann des Königs musste um Unterstützung betteln wie ein hungriger Hund.

Verdammte Scheiße.

Dann brach der Bürgermeister in schallendes Gelächter aus.

»Fluchmagier? Fluchmagier! Was glaubt Ihr, woher Ihr verdammte Fluchmagier herkriegen sollt? Die sind alle vor Monaten schon in ihr vermaledeites Heimatland zurückgekehrt, um dort zu kämpfen oder in die freien Lande aufgebrochen, so wie jeder Feigling aus dem Süden. Mein Geld wäre verschwendet. Und Männer habe ich schon so viele entbehrt, wie es mir möglich ist. Fluchmagier. Dass ich nicht lache.«

»Nenne noch einmal meine Landsleute Feiglinge und verdammt, ich werde dir dein feistes Gesicht zerkratzen«, sagte Hemera leise und bedrohlich.

Kathanter rief »Schweig!«, aber der Bürgermeister hatte es bereits gehört.

»Werft sie hinaus. Holt die Wache!«, bellte er in Richtung seines Boten und wollte bereits aufstehen.

»Wartet!«, donnerte der Hauptmann, umrundete den Tisch und ging auf Sinphyria zu. »Holt mir eine Fackel und diese Frau hier wird Euch beweisen, dass es die Macht des Feuers gibt. Die Macht der Götter!«

Sinphyria wäre gerne vorher gefragt worden, aber sie wusste, dass ihr Wohl und das ihrer Kameraden, von Hemera ganz zu schweigen, davon abhängen konnte, ob sie hier mitspielte oder nicht. Den frommen Hauptmann zu verprellen konnte dazu führen, dass sie Kathanter Irius' Gnade ausgesetzt sein würde. Und der besaß bekanntlich keine. Vielleicht hatte sie doch noch etwas mehr Angst vor ihm, als sie vorhin gedacht hatte.

Etwas zuckte in Aries' Gesicht. Er zögerte, doch schließlich schien die Neugierde zu siegen. Er schickte einen Diener los, eine Fackel zu holen.

Als der Diener die Fackel gebracht hatte, nahm Greí sie.

Sinphyria schloss die Augen. Sie atmete tief ein und aus, dann hielt sie ihre Hand in das Feuer. Und wieder spürte sie nicht das Geringste. Nicht das kleinste Brennen, keine Veränderung ihrer Temperatur.

Cansten Aries starrte sie vollkommen entgeistert an.

Dann hastete er auf Sinphyria zu.

Er packte ihre Hand grob und begutachtete sie. Staunen und Argwohn waren ihm ins Gesicht geschrieben.

»Ich habe sie in einem lodernden Feuer gesehen und ihr geschah nichts. Sie schritt einfach hindurch, und wo die Flammen ihre Haut berührten, hinterließen sie keine Verbrennungen, nicht die geringste Spur. Wir sind auch wegen ihr in Montegrad und würden gern den Rat Eures obersten Priesters einholen, um herauszufinden, was mit Fräulein Leon geschehen sein könnte.«

Neben den Augen des Bürgermeisters begannen nun auch noch die von Hemera zu glänzen und ihre Lippen zierte ein Lächeln, das beinahe triumphierend war.

Sinphyria bemerkte es nur deshalb, weil sie sich mit Hemeras Anblick davon ablenken konnte, dass dieser widerliche

Bürgermeister so nahe bei ihr stand und immer noch ihre Hand hielt.

»Nun, sehr beeindruckend, das muss ich zugeben«, sagte dieser und gab Sinphyrias endlich Handgelenk frei. Sie konnte gerade noch den Impuls unterdrücken, ihre Hand an ihrem Gewand abzuwischen.

Langsam kehrte Aries auf seinen Platz zurück.

»Dennoch kann ich Euch nicht helfen. Meine gesamten Ressourcen fließen in ein städtisches Problem, das mir und meinen Untertanen großes Kopfzerbrechen bereitet. Wir stehen kurz vor einer Massenpanik.«

Ihr sprecht, als wärt Ihr ein König, dachte Sin, als würdet Ihr mit Eurem Volk zusammenarbeiten. Doch davon konnte ich nichts erkennen ...

»Was es auch ist, es wird nichtig, angesichts der Probleme, die im Süden warten und sich uns mit jedem Tag weiter nähern«, drängte der Hauptmann.

»Ich muss meine Kämpfe hier bestreiten, Hauptmann Greí. Ein Mörder läuft frei herum, und er entstellt die Toten auf eine Art und Weise, die zutiefst abstoßend ist. Ich muss diesen Verrückten schnappen, bevor die Lage vollkommen eskaliert.«

Sinphyria horchte auf. Ihr war ein Gedanke gekommen, der vielleicht nicht unbedingt der Beste war, aber sie beschloss dennoch zu handeln, denn der Hauptmann sah aus, als wäre er am Ende seiner Diplomatie angelangt.

»Hauptmann, wenn ich Euch etwas vorschlagen dürfte.«

Sinphyria trat ein paar Schritte näher an Greí heran und raunte ihm leise zu: »Wie wäre es, wenn unsere Truppen Aries helfen, diesen Mörder zu schnappen. Und im Gegenzug hilft er uns.«

Greí überlegte einen Moment, wahrscheinlich ob sie es sich leisten konnten, noch mehr Zeit in der Stadt zu opfern. Doch als Aries genervt seufzte, zögerte er nicht länger.

»Bürgermeister, wenn Ihr erlaubt, würde ich Euch Folgendes vorschlagen. Obwohl die Zeit drängt, könnten meine Soldaten euch helfen, den Mörder zu fassen, solange wir uns danach auf Eure Unterstützung verlassen können.«

»Und diesen Vorschlag habt ihr diesem Weib zu verdanken? Ihr solltet lernen, Eure Weiber zu züchtigen, Hauptmann. Dennoch hat die Entblößte ein interessantes Angebot gemacht. Falls Ihr den Mörder des fünften Ringes fasst, so werde ich Eure Forderungen noch einmal überdenken.«

Greí hielt dem Blick des Bürgermeisters einen Moment stand. Währenddessen starrte Kathanter verbissen geradeaus, seine Augen funkelten wütend. Sinphyria war sich nicht sicher, gegen wen genau sich sein Zorn richtete.

Möglicherweise gegen alles und jeden. Aber wenn sie raten musste, dann dachte er dasselbe wie sie: Dass es eine Unverschämtheit war, dass Greí hier buckeln musste und dann noch nicht einmal eine feste Zusage bekam.

War es wirklich nur Geld, was König Bjorek davon abhielt, Aries die Leviten zu lesen? Oder hatte dieser widerliche, schleimige Bürgermeister etwas gegen den König in der Hand?

Athrons Mundwinkel hatten sich zu einem kaum merklichen Lächeln verzogen.

»Gut. Dann bitte ich Euch darum, uns alles zu erzählen, was Ihr bisher über den Mörder wisst.« Greí verbeugte sich ein wenig. »Und großen Dank für diese Gelegenheit.«

»Ich schicke Euch zum Leiter der montegradischen Bibliothek, Filian Eregor. Er leitet die Suche gemeinsam mit Tammen Krain, dem Leiter der Stadtwache. Aber vorerst seid nach einem Bad meine Gäste im Festsaal«, antwortete Cansten Aries, und da war wieder sein falsches Lächeln.

Nachdem die Gesellschaft sich erhoben hatte, rief der Bürgermeister hinterher: »Die Weiber dürfen ebenfalls kommen, wenn sie ihre Haare bedecken.«

In Sinphyrias Brust loderte die Wut auf wie ein wildes Tier.

10. Kapitel
Eine Bitte an Pan

Seine Augen brannten und doch war im Augenblick nicht an Schlaf zu denken. Die Bilder der letzten Tage hämmerten gegen das Innere seiner Schädeldecke und er strich sich gedankenverloren über den stoppeligen Kopf.

Der Raum, in dem die Gemeinschaftswanne stand, war nicht besonders groß. Unter einer nach unten verlaufenden Dachschräge standen zwei große Holzbehälter, in denen ungefähr zwei normal große Personen Platz fanden. Mehrere Fackeln steckten in Haltern an der Wand und tauchten das Zimmer in ein schummriges Licht. Lange würden sie nicht mehr brennen, aber das mussten sie auch nicht. Draußen würde es bald dämmern und dann würde durch das eine, schmale Fenster, durch das man jetzt nur die Sterne glitzern sah, wieder Tageslicht das Zimmer erhellen.

Vortian prüfte das Wasser in beiden Wannen, soweit das bei dem Licht möglich war, und befand das der hinteren als etwas sauberer und wärmer. Also streifte er sich die Kutte über den Kopf und legte sie ordentlich gefaltet neben die Wanne.

Vorsichtig ließ er sich in das Wasser gleiten.

Bei jeder Bewegung schmerzten seine Gliedmaßen, vor allem sein Rücken, und erst jetzt bemerkte er, dass es nicht nur der Schmerz war, den er seit der Heilung des Wirtes spürte. Zusätzlich brannten seine Tätowierungen wieder wie ein abklingender Sonnenbrand. Das war nichts Ungewöhnliches und fast freute Vortian sich ein bisschen darüber. Dieser Schmerz gehörte nämlich mit Sicherheit zu ihm und war keine Folge einer göttlichen Heilung oder Ähnlichem.

Während Vortian sich zurücklehnte und die Augen schloss, sich langsam an den Schmerz gewöhnte, woher auch immer er kommen mochte, dachte er erneut über die Heilung des Wirtes nach. Was war das für ein Drang gewesen, den er gespürt hatte? Er hatte Pan so sehr berühren und ein Teil von der Heilung sein wollen, dass er einfach nicht hatte widerstehen konnte. Obwohl er gleichzeitig riesige Angst gehabt hatte. Bei dem bloßen Gedanken daran, begann sein Herz wieder heftiger zu schlagen.

Hatte er tatsächlich gesehen, wie Pan den Geist des Mannes heilte? War dessen Sucht nach Alkohol tatsächlich eine Art Krankheit, die Pan nun von ihm genommen hatte? Aber Vortian war sich sicher, dass er nicht nur Zeuge der Heilung geworden war. Er war ein Teil davon gewesen.

Als Pan die Schnapsflasche in der Erinnerung des Wirtes in Licht aufgelöst hatte, hatte das Licht auch Vortian berührt und ihn rückwärts geschleudert. Deshalb war er umgefallen und danach zurück in die Wirklichkeit gekehrt. Und jetzt hatte er Schmerzen, die er sich nicht erklären konnte und spürte Trauer über den Verlust einer Frau und eines Sohnes, die er nie gehabt hatte.

War das vielleicht nur sehr intensives Mitleid?

Nein, denn da war noch etwas anderes. Ein Drang, der ganz sicher nicht von ihm selbst kommen konnte, der stattdessen etwas damit zu tun haben *musste*, was er soeben erlebt hatte.

Vortian wollte den Schmerz und die Trauer mit Schnaps runterspülen. Er sehnte sich nach dem Brennen der Flüssigkeit in der Kehle und dem benebelten Zustand, der ihn diese Trauer und diesen Schmerz vergessen lassen würde. Doch er hatte in seinem Leben noch nie so sehr getrunken, dass er sich benebelt gefühlt hatte. Er konnte den Geschmack und den Geruch von Schnaps nicht ausstehen. Selbst das milde Bier der Mönche war ihm meist zu bitter.

Woher also sollte er diesen beinahe unwiderstehlichen Drang verspüren, all seine Erlebnisse der letzten Stunden in Alkohol zu ertränken?

Er ertappte sich sogar schon bei dem Gedanken, Brid zu fragen, wo sie das grüne Gesöff lagerte, das sie ihnen beim Abendessen serviert hatte. Was war los mit ihm? All das fühlte sich an wie ein wilder Fiebertraum. Würde Pan das Gleiche erzählen, wenn er aufwachte? Würde er sich daran erinnern können, dass Vortian da gewesen war?

»Hey!«

Vortian erschrak wie ein Kaninchen vor dem Fuchs und das Wasser spritzte, als er hochschreckte. Sein Herz schlug sofort bis zum Hals. Am anderen Ende der Badewanne stand eine schwarzhaarige Frau, bloß mit einem Handtuch umwickelt, und grinste ihn an.

»Darf ich mich zu dir in die Wanne gesellen?«

Sie wartete seine Antwort gar nicht ab, sondern ließ sich einfach gegenüber von Vortian in die Wanne gleiten. Peinlich berührt wandte er sofort den Blick ab, als sie das Handtuch fallen ließ. Sein Herz schlug ihm bis zum Hals, als er spürte, dass ihre Zehen die seinen streiften. Vortian rückte vorsichtshalber ein wenig weiter an den Rand, damit sie ihn beim Ausstrecken ihrer Beine nicht noch weiter berührte. Warum hatte sie sich nicht in die andere Wanne gesetzt?

»Du darfst ruhig wieder hingucken«, feixte die Frau, während sie die Arme lässig auf dem hölzernen Rand der Wanne ablegte. Vortian achtete penibel darauf, dass er ihr nur in die Augen sah, als er den Kopf wieder drehte.

»Warum ... warum hast du dich nicht in die andere Wanne gesetzt?«

Vortian war schon klar, dass er wie ein Idiot wirken musste.

Eigentlich waren ihm nackte Frauenkörper auch nicht ganz fremd.

Im Kloster war es ja üblich, bei den Wiedergeburten auch die weiblichen Novizinnen und Priesterinnen nackt zu sehen. Mit seinen Ordensschwestern war er auch schon nackt im Bergseebaden gewesen oder hatte sich ab und zu die

Gemeinschaftswaschräume auch ohne Geschlechtertrennung geteilt.

Aber das war etwas anders gewesen.

Von den Novizinnen im Kloster hatte keine Frau so gut ausgesehen wie diese hier. Sie war bestimmt ein paar Winter älter als Vortian, hatte glänzendes, pechschwarzes Haar, leicht gebräunte Haut und grüne Augen. Ihre Schultern waren breit und kräftig. Im Kloster hatte er sich immer nur für Pan interessiert, für keinen anderen Jungen und auch kein anderes Mädchen.

Aber diese Frau hier machte ihm nicht nur Angst, weil sie ihn in einem intimen und verletzlichen Moment gestört hatte, sondern auch, weil Vortian sie sehr hübsch fand. Er konnte spüren, wie ihm diese Gedanken die Hitze in die Wangen trieb.

Die Frau zuckte mit den Schultern und ließ ihren Blick noch einmal über die Teile von Vortians Körper wandern, die nicht von Wasser verdeckt waren.

»Die andere Wanne ist schmutziger und kälter. Und ich hatte Lust, mich mit dir zu unterhalten.«

Vortian fragte sich, wie sie sich überhaupt so lautlos an die Wanne heranschleichen konnte. War er so tief in Gedanken versunken gewesen, dass er das Knarzen der Dielen unter ihren Füßen nicht gehört hatte? Oder hatte sie sich mit Absicht angeschlichen?

Vortian beschloss, ihr diese Fragen nicht zu stellen, um keinen allzu dämlichen Eindruck zu machen. Stattdessen atmete er zweimal tief durch, was die Frau amüsiert beobachtete.

»Ist es hier üblich, sich mit einem fremden Mann nackt in eine Wanne zu setzen? Oder hast du etwas so Dringendes mit mir zu besprechen?«, fragte er also, in der Hoffnung, etwas ernsthafter zu wirken als bisher.

»Ach, du bist doch nicht einfach ein fremder Mann, sondern ein Priester! Bei welcher Art von Mann könnte eine Frau sich wohler fühlen? Ich dachte, ich mache dir eine kleine Freude mit meiner Anwesenheit. Oder findest du mich echt so unattraktiv, dass du nur ans Geschäft denkst?«

Sie nahm eine ihrer Brüste, knetete sie etwas und sah Vortian gespielt ratlos an. Vortian verzog vollkommen verwirrt das Gesicht. War diese Frau verrückt? Wollte sie ihn aus der Fassung bringen?

»Sind sie etwa nicht groß genug?«, fragte sie und blinzelte Vortian unschuldig zu. Vortians Verwirrung war ihm deutlich anzusehen. Gegen seinen Willen starrte er nun doch auf die Brust der Frau.

»Nein, das ist es nicht ...«, begann er, aber unterbrach sich sofort aus Angst, was da noch rausgekommen wäre. Das war doch albern. Er durfte sich nicht so einfach aus der Fassung bringen lassen. Vortian beschloss, noch drei weitere tiefe Atemzüge zu nehmen und ließ sich tiefer in die Wanne sinken. Diesmal streiften seine Zehen die Beine der Frau, aber er schob die Gefühle der Scham und Unsicherheit beiseite. Mit klarer Stimme und dem Blick fest auf ihre Augen gerichtet, fragte er noch einmal ernst:

»Wer bist du?«

Die Frau kitzelte statt einer Antwort mit den Zehen ein bisschen Vortians Schienbein.

»Sieh einer an, glatter als ich! Ich muss da wirklich mal wieder was machen ...«

Dann seufzte sie und ließ sich tiefer in das Wasser sinken. Eine Weile schwieg sie. Vortian ließ sie allerdings nicht aus den Augen und senkte den Blick auch kein weiteres Mal auf ihren Körper. Wenn er nicht auf ihre komischen Faxen einging, würde sie vielleicht auch endlich mit der Sprache rausrücken. Sonst konnte er immer noch einfach aufstehen und gehen.

»Na gut. Mein Name ist Elya Rabenschädel. Ich benötige eure Hilfe. Oder besser die deines heilenden Gefährten«, sagte sie schließlich.

»Woher weißt du davon?«, fragte Vortian.

»Soll das ein Witz sein? Er hat es schließlich durch die gesamte Taverne geplärrt!«, antwortete Elya und verdrehte die Augen.
Vortian fragte sich wirklich, was mit Elya nicht stimmte. Die Art, wie sie sich bewegte, wie sie sprach, wirkte so gekünstelt, als ob sie jemanden spielte, der sie nicht war. Klar, Vortian hatte das Kloster nie verlassen. Aber auch dort gab es die unterschiedlichsten Typen. Kein Mensch glich dem anderen. Jedoch hatte sich keiner von ihnen so seltsam verhalten wie Elya.
»Schön, das ist eine Geschichte von irgendeinem Priester, den du nicht kennst. Wieso gehst du davon aus, dass er die Wahrheit gesagt hat? Dass er wirklich heilen kann?«
Elya lachte leise auf. Sie pustete sich eine Strähne aus dem Gesicht und spielte mit den Fingern an der Wasseroberfläche. »Ich habe euch beobachtet. Schatten sind sozusagen meine ... Spezialität.«
Vortian glaubte, dass sein Herz einen kurzen Aussetzer machte.
Wobei hatte Elya Pan, Xundina und ihn beobachtet? Hatte sie gesehen, wie Pan den Veteranen geheilt hatte? Oder sprach sie von der Heilung des Wirtes? Hatte es da überhaupt etwas zu beobachten gegeben für Außenstehende?
Er nahm sich vor, Xundina bei Gelegenheit danach zu fragen.
In diesem Moment seufzte sie und streckte die Beine aus.
»Ich habe eine Aufgabe für euch. Für deinen heilenden Freund.«
Vortian wartete ab, aber sie sprach nicht weiter. Wahrscheinlich würde er ihr jede Information aus der Nase ziehen müssen.
»Was für eine Aufgabe?«
»Ich arbeite für eine Organisation, die alte Relikte aus verlassenen Orten birgt. Du weißt schon, Ruinen, Grüfte, unterirdische Tempel, die von längst ausgestorbenen Völkern errichtet worden waren.«
Vortian hatte nur eine grobe Ahnung, wovon sie sprach. Er kannte hauptsächlich Geschichten aus der Schrift der Cahya und

diese drehten sich meist nur um die Menschen aus Kanthis, seltener um die Menschen aus Sinthaz.

Manchmal hatten sie von Wanderpriestern Geschichten über Elfen, Orks, Zwerge und Riesen gehört, die angeblich mal den ganzen Kontinent besiedelt hatten, bis sie von den Menschen in die vergessenen Lande im Osten vertrieben wurden. Aber dass es von ihnen wirklich noch Spuren in Kanthis gab, hatte er nicht gewusst. Geschweige denn von Menschen, deren Arbeit es war, nach Relikten aus diesen ausgestorbenen Kulturen zu suchen.

Vielleicht sprach Elya aber auch gar nicht von diesen wunderlichen Völkern, sondern von den Vorfahren der heutigen Menschen.

Diesmal fuhr Elya von allein fort.

»Das ist keine ganz ungefährliche Tätigkeit, musst du wissen. Das letzte Mal drangen wir tief in eine Ruine in den Bergen vor. Wir fanden eine ganze Stadt dort unten, ein wirklich faszinierender Ort ...«

Vortian hob die Augenbrauen und räusperte sich. Elya sollte langsam mal zum Punkt kommen, er konnte ja nicht ewig mit ihr in der Wanne hocken. Gerade fiel ihm wieder auf, wie müde er eigentlich war.

»Ja, du hast recht. Ich schweife ab.«

Elyas Lächeln schwand etwas und ihr Blick wanderte in die Ferne, an Vortian vorbei, als verfolge sie einen Gedanken zu Ende, den Vortian unterbrochen hatte. Dann fing sie sich wieder und sah ihn ernst an.

»Wir stießen dort auf etwas. Ein kleines Kästchen, wir hielten es für eine Spieluhr oder eine Schmuckschatulle. Nachdem wir es geöffnet hatten, dauerte es keine zwei Stunden, bis der erste unserer Männer krank wurde. Einen Tag später war er tot.«

Vortian spannte sich kaum merklich an. Er richtete sich ein Stück auf und seine Stirn legte sich verwirrt in Falten.

»Krank? Was meinst du damit, was ist ihm widerfahren?«

Elya zuckte mit den Schultern und mied Vortians Blick.

Auf einmal war das Lächeln aus ihrem Gesicht gewichen. Vielleicht war das der erste, aufrichtige Ausdruck, der nun auf ihren Zügen lag. Vermutlich Trauer oder Reue über den Verlust des Mannes.

»Wir nennen es den Grünen Schrecken. Die Symptome sind fast immer gleich. Es beginnt mit einem starken Husten, der die Betroffenen zunehmend schwächt. Schon bald treten große, grüne Eiterbeulen am ganzen Körper auf, die irgendwann platzen. Das muss unfassbar schmerzhaft sein. Außerdem ist die Flüssigkeit aus den Blasen hoch ansteckend. Wir haben Heiler um Hilfe gebeten, doch sie wissen nicht, wie sie den Kranken helfen können. Nach spätestens drei Tagen stirbt jeder. Es ist schrecklich.«

Vortian spürte, wie sein Herz wieder schneller zu schlagen begann. Ein Pulsieren hinter seiner Stirn erinnerte ihn wieder an seinen schmerzenden Körper. Er wusste schon jetzt, dass Pan, Xundina und er auf so etwas nicht vorbereitet waren. Sie wussten doch noch gar nicht wirklich, wozu Pan fähig war.

»Priester, wir brauchen die Hilfe deines Freundes! Irdische Medizin kann nichts gegen den Grünen Schrecken ausrichten. Noch können wir die Ausbreitung weitestgehend verhindern, indem wir die Betroffenen in den Vorräumen der Ruine unterbringen und sie so von den anderen fernhalten. Aber wenn sich der Grüne Schrecken doch irgendwie ausbreitet, wird die Bevölkerung von Kanthis schneller dahingerafft, als der Krieg überhaupt über die Grenze kommen kann.«

Elya zog die Knie dicht an den Körper und musterte Vortian aus ihren großen, grünen Augen. Plötzlich sah sie so verletzlich aus, so verzweifelt, ganz anders als zu Beginn ihrer Unterhaltung. Vortian war nicht nur überfordert damit, einzuschätzen, welche Charakterzüge von Elya nun echt waren und welche nur gespielt. Er wusste auch nicht, was er zu der ganzen Geschichte um den Grünen Schrecken sagen sollte.

Offenbar merkte Elya, dass sie Vortian einen Moment geben musste, um alles zu verarbeiten. Sie stand auf und diesmal fiel es Vortian leicht, ihre Nacktheit zu ignorieren. Er war vollauf damit beschäftigt, sich zu fragen, ob Pan schon bereit war, einem ganzen Haufen totkranker Menschen zu helfen.

Er dachte daran, dass er auf einmal die Gefühle und Schmerzen des Wirtes zu spüren schien, nur weil er Pan während der Heilung berührt hatte. Was würde erst mit ihm geschehen, wenn er Pan während der Heilung einer tödlichen Krankheit berührte?

Und wieso sollte er eigentlich Elya glauben, ohne einen Beweis für ihre Behauptungen gesehen zu haben?

Immerhin klang ihre Geschichte von einem Artefakt in einem verlassenen Tempel, das eine tödliche Krankheit ausgelöst haben sollte, doch sehr weit hergeholt. Auf der anderen Seite war er Zeuge davon gewesen, wie sein bester Freund einem Mann ein neues Bein und ein neues Auge hatte wachsen lassen. Was war da schon unmöglich?

Elya wickelte sich in ihr Handtuch und hockte sich an den Rand der Wanne. Sie legte eine Hand auf Vortians Arm und er schauderte, weil ihre Finger eiskalt waren.

Vorsichtig wandte er den Blick und sah Elya direkt in die Augen.

»Wir brauchen eure Hilfe. Es gibt keine andere Chance für uns als ein Wunder. Verstehst du?«, sagte sie noch einmal eindringlich.

»Ich weiß nicht, ob er stark genug dafür ist«, antwortete Vortian ehrlich. Besser wusste er seine ganzen Zweifel nicht zu artikulieren. Auch Vortian machte nun Anstalten aufzustehen, aber Elya hielt ihn am Arm fest.

»Bitte. Ihr werdet auch mehr als großzügig dafür belohnt.«

Einen Moment lang überlegte Vortian, ihr zu sagen, dass eine Belohnung hier nicht der ausschlaggebende Punkt war.

Egal, wie viel Gold sie ihnen anbieten würde – es konnte gut sein, dass Pan diese Krankheit nicht zu heilen vermochte. Bis zu diesem Zeitpunkt hatte er erst einmal erfolgreich jemanden geheilt. Der Wirt zählte in Vortians Augen nicht richtig. Er hatte noch keine Ahnung, was da wirklich passiert war.

Vortian zögerte einen Moment, doch dann gab er nach und seufzte.

Die Müdigkeit drohte ihn nun beinahe zu übermannen.

»Ich rede mit ihm. Aber er muss selbst entscheiden.«

Elya strahlte und richtete sich auf.

»Danke! Danke. Ich muss gleich bei Sonnenaufgang wieder zurück zu der Ruine reiten, um nach dem Rechten zu sehen. Falls ihr uns helfen wollt, kommt in zwei Tagen zum Krähenfels. Dort werde ich euch abholen. Wenn ihr bei Tageseinbruch des dritten Tages nicht gekommen seid, muss ich davon ausgehen, dass ihr euch dagegen entschieden habt, uns zu helfen.«

Vortian hoffte, dass er sich das merken konnte. In zwei Tagen am Krähenfels. Wo auch immer das sein mochte.

Viel mehr sorgte er sich aber darum, dass sie viel zuversichtlicher klang, als Vortian lieb war. Er war sich zwar auch sicher, dass Pan zusagen würde. Aber ob er die Möglichkeit besaß, den Grünen Schrecken zu besiegen, da war Vortian sich ganz und gar nicht sicher.

Aber jetzt musste er sich dringend schlafen legen.

»Gute Nacht, Vortian. Ich hoffe wir sehen uns in zwei Tagen«, sagte Elya und drückte noch kurz Vortians Oberarm. Bevor er sich verabschieden konnte, war sie verschwunden, und zwar genauso lautlos, wie sie gekommen war. Wieder hörte er kein Knarzen der Dielen unter ihren Füßen. Wenn er nicht die nassen Fußabdrücke gesehen hätte, die sich dunkel auf dem Holz am Boden abzeichneten, hätte er Elya glatt für einen Geist oder einen extrem lebhaften Traum halten können.

Erst jetzt fiel ihm auf, dass er Elya seinen Namen gar nicht verraten hatte. Sie musste sie nicht nur beobachtet, sondern regelrecht belauscht haben.

Sofort stieg er aus der Wanne und trocknete sich ab. Dann warf er sich die Kutte über den Kopf und verließ das Bad. Seine Gedanken drehten sich immerzu um das vorausgegangene Gespräch. Elyas Fußspuren endeten hinter einer geschlossenen Tür. Vortian konnte ihr nun nicht mehr die Fragen stellen, die ihm durch den Kopf gingen. Warum hatte sie zum Beispiel nicht Pan direkt gefragt? Woher hatte sie gewusst, dass er in der Wanne saß? Warum kannte sie seinen Namen?

Gleichzeitig spürte Vortian aber wieder die Schmerzen am ganzen Körper und eine bleierne Müdigkeit, die ihn schwerfällig machte und sogar seine Gedanken lähmte.

Vortian kehrte zu Pan und Xundina zurück, die beide mittlerweile eingeschlafen waren. Er legte sich auf ein Fell und betrachtete noch einmal Pan, bevor ihm die Augen zufielen.

Das Letzte, woran er dachte, war, wie viel leichter alles mit einer guten Flasche Schnaps zu verarbeiten wäre.

»He, aufwachen, Schlafmütze!«, raunte eine Stimme und jemand berührte Vortian vorsichtig an der Schulter. Sofort schreckte er hoch. Sein Herz raste, sein Kopf dröhnte und sein Mund war so unfassbar trocken, als hätte er seit Tagen nichts getrunken. Vortian konnte Pan sehen, der vor ihm hockte und ihn aus besorgten Augen ansah.

»Alles in Ordnung?«, fragte Pan und strich kurz über Vortians Schulter. Dieser brauchte einen Moment, um zu merken, dass er sich in der realen Welt befand, doch dann schüttelte er den Kopf, um ihn wenigstens etwas klarer zu kriegen, und kam in die Höhe.

»Es geht schon.«

In Wahrheit war er sich aber gar nicht sicher, ob alles in Ordnung war.

Vortian erinnerte sich auf einen Schlag an alles, was gestern passiert war. Pans abweisendes Verhalten, das Heilen des Veteranen, die Beeinflussung von Brid, das versöhnende Gespräch am

Abend, die Heilung des Wirtes, nachdem Pan allen in den höchsten Tönen von seinen Fähigkeiten erzählt hatte, die Schmerzen und die Trauer des Wirtes, die Vortian in sich aufgesogen hatte, als wären es seine eigenen, und dann schließlich das Gespräch mit Elya. Der Grüne Schrecken. Ihre Bitte, ihnen zu helfen.

Vortian fasste sich an den wummernden Kopf. Sein Körper fühlte sich doppelt so schwer an wie sonst. Dann spürte er wieder diesen unwiderstehlichen Drang nach Alkohol.

Mühsam stemmte er sich hoch und sah sich in ihrem kleinen Zimmer um. Hatte Brid ihnen vielleicht schon Vorräte für ihre Reise gebracht? War da vielleicht auch etwas von diesem grünen Gebräu dabei?

Die Stimme in Vortian, die sich gestern noch lautstark protestierend gefragt hatte, woher plötzlich dieses Verlangen nach Schnaps kam, obwohl er ihn vorher nie gemocht hatte, war immer leiser geworden.

Er konnte nicht anders, er *brauchte* jetzt etwas, um den Schmerz zu betäuben.

»Hier, es gibt Frühstück«, sagte Pan und reichte Vortian einen großen Teller mit Bohnen und Eiern.

Das war kein Schnaps, aber Vortians Magen knurrte in diesem Moment so laut, dass er das Essen trotzdem entgegennahm.

Er begann schon, sich sein Frühstück achtlos in den Mund zu schaufeln, während Pan noch erklärte: »Der Wirt hat es uns persönlich auf's Zimmer gebracht. Er wirkte wie ausgewechselt heute Morgen, ganz erholt und fröhlich. Hat sich bedankt, für ›was auch immer wir mit ihm gemacht haben‹. Er und Brid werden uns reichlich mit Vorräten ausstatten. Sie meinte, dass sie ihren Vater nicht mehr so fröhlich erlebt hat, seitdem ihre Mutter verstorben ist.«

»Schön für ihn«, brummte Vortian mit vollem Mund.

Was interessierte ihn dieser geläuterte Trunkenbold und seine Tochter? Schön, dass er den Kram überwunden hatte. Dafür musste Vortian jetzt seinen Schmerz durchmachen, oder wie?

Eine leise Stimme in seinem Innern wunderte sich über seine Gedanken und sein unhöfliches Verhalten Pan gegenüber. Ein bisschen kam es ihm so vor, als hätten sie Rollen getauscht. Pan schaute jedenfalls so ratlos aus der Wäsche, wie Vortian sich die letzten Tage gefühlt hatte. Er hatte aber auch Mitleid mit seinem Freund. Immerhin konnte er ja gar nichts für Vortians Schmerzen, Trauer und Wut.

Oder?

»Wie geht's dir?«, grummelte Vortian missgelaunt und beendete seine Mahlzeit mit einem lauten Rülpsen.

»Gut«, antwortete Pan und sah ihn verunsichert an. Er verstand Vortians Verhalten wohl genauso wenig wie er selbst.

»Gestern Abend, während du geschlafen hast, bin ich einer Frau begegnet. Oder besser gesagt – ist sie mir begegnet. Sie ist ungefragt zu mir in die Wanne gestiegen.«

Vortian sah aus den Augenwinkeln, dass Xundina augenblicklich rot wurde. Pan hob fragend die Augenbrauen.

»Sie gehörte einer Gruppe an, die nach Artefakten in Ruinen suchen. Eins dieser Artefakte war wohl verflucht, denn es werden immer mehr von ihnen krank. Verrecken wohl ziemlich schnell. Du sollst die Kranken heilen und was gegen den Fluch unternehmen, wenn du kannst.«

Vortian wusste selbst nicht, warum er sich so ausdrückte. Er wollte das Geschehene nur so knapp wie möglich zusammenfassen, damit er endlich nach Schnaps suchen konnte. Der Teil in ihm, der sich fragte, was eigentlich los war, regte sich kaum noch.

»Hört sich nach einer ziemlich schlimmen Sache an, wenn du mich fragst. Ich hab ihr gesagt, dass du das entscheiden musst.«

Vortian erhob sich und wartete nur kurz, ob einer der beiden noch etwas sagen wollte. Aber sie starrten ihn nur an.

»Ich werde nach unten gehen und die Esel bereitmachen. Du kannst dir ja überlegen, was du machst, immerhin bist du der Auserwählte.«

Vortian drehte sich um und ging, ohne abzuwarten, ob Pan vielleicht noch Fragen hatte. Er musste jetzt dem Drang nachgehen, sich Schnaps zu suchen und endlich einen Schluck zu nehmen. Oder zwei. Dann würde die Welt sicher besser aussehen.

Er konnte noch hören, wie Pan leise »Was war *das* denn gerade?!« raunte, bevor er die Treppe hinunterlief. Unten angekommen traf er auf Brid, die ihnen bereits ein fertiges Paket geschnürt hatte.

»Hey«, fragte Vortian, zog geräuschvoll die Nase hoch und spürte, wie Scham ihn in einer Welle überkam. Sein Gesicht wurde ganz heiß und seine Hände schwitzten. »Kannst du noch zwei Flaschen von eurem Hausschnaps beilegen?«

Brid, die noch nicht einmal dazu gekommen war, ihm einen guten Morgen zu wünschen, blickte verdattert drein.

»Dürft ihr Priester denn ...?«, begann sie, aber Vortian winkte ab.

»Klar dürfen wir. Müsste dir doch eigentlich bewusst sein. Euer Schuppen heißt doch ›Der Saufende Mönch‹.«

Brid traute sich nicht weiter zu fragen. Sie schaute nur verwirrt und sehr verunsichert, als sie zwei abgefüllte Schnapsflaschen holte und in den Vorratskorb legte.

Inzwischen waren Pan und Xundina ebenfalls zu ihnen gestoßen.

»Ah, guten Morgen!«, dröhnte es aus der Küche und der Wirt erschien.

Er wirkte tatsächlich gänzlich verändert: frisch, aufgeweckt und gepflegt.

»Ich hoffe, Ihr habt gut geschlafen und verbringt noch einen Tag hier, um mit uns zu feiern?«

Aus den Augenwinkeln bemerkte Vortian, wie Pan triumphierend lächelte. Klar, Pan hatte den Wirt geheilt. Ein Stich in Vortians Brust verriet ihm, dass er das selbst nicht so sah. Stattdessen spürte Vortian jetzt das drängende Bedürfnis, sich zu betrinken.

Xundina starrte Pan wieder ganz verzückt an.

Natürlich.

Sie war hin und weg von dem Werk des Auserwählten. Sie war ja auch nicht diejenige, die von Pan behandelt wurde, als wäre sie nicht da, um dann Opfer von dessen vollkommen unkontrolliertem Drang zu werden, seine Fähigkeiten einzusetzen. Fähigkeiten, die er seit nicht einmal zwei Wochen besaß.

Bevor einer der anderen antworten konnte, ergriff Vortian lieber das Wort.

»Wir haben keine Zeit, wir müssen weiter.«

Pan sah überrascht zu ihm rüber.

»Vortian ...«

Vortian verspürte plötzlich eine unbändige Wut, die ihn wie eine Welle überkam. Was wollte Pan eigentlich von ihm?! Entweder war er ihm zu unschlüssig und dann hatte er es zu eilig. Er würde es ihm wohl nie recht machen können.

»Was? Der Krähenfels ist einen Tagesmarsch entfernt und du möchtest den Menschen doch helfen, oder nicht?«, blaffte er also.

Pan nickte bloß.

»Na schön. Dann müssen wir los!«

Ohne einen Abschiedsgruß drehte Vortian sich um und verließ die Taverne. Dabei schnappt er sich den großen Vorratskorb, den Brid für sie fertig gemacht hatte. Nur an eines konnte er denken: an den Schnaps, den Brid eingefüllt hatte. Inzwischen war es ihm vollkommen egal, dass er sonst nie Alkohol trank oder wie unhöflich er sich gerade verhalten hatte.

Sobald Vortian um die Ecke gebogen war und bei den Eseln stand, packte er mit zitternden Fingern eine der Schnapsflaschen und öffnete sie. Ohne zu zögern, nahm er einen Schluck. Sofort fühlte er sich entspannter, wohler.

Nach einem weiteren Schluck hörten seine Hände auf zu zittern und die Wut in ihm ebbte etwas ab. Er hörte die Tür der Taverne, Schritte und wusste, dass seine Begleiter vor ihm standen. Er spürte ihre Blicke auf sich.

Einen Moment überlegte er, ob er verstecken sollte, was er tat. Aber es war ohnehin schon zu spät und der Geruch des Schnapses zog ihn an. Also pfiff er auf Xundina und Pan und trank weiter.

Im Hintergrund hörte er Brids Stimme: »Es scheint mir, als hätte euer Freund da das gleiche Problem wie Papa«, meinte sie seufzend und schüttete den Inhalt des Eimers in eine Grube neben dem Haus. »Solltet ihn vielleicht auch heilen.«

»Vortian?«, fragte Pan und starrte ihn ungläubig an.

Vortian schraubte die Flasche zu und verstaute sie wieder.

»Mein Vater hat es zuerst auch ganz gut versteckt. Bis es irgendwann nicht mehr ging«, erklärte Brid.

»Kommt ihr jetzt?«, keifte Vortian, um ihre Unterhaltung zu beenden. Er führte die Esel und sprach kein Wort. Seine Gefährten folgten stumm.

11. Kapitel

SÜNDE

Nachdem Greí sie inständig darum gebeten hatte, trotz ihrer Abneigung gegenüber Aries dem Abendessen beizuwohnen, hatte man Sinphyria ein Zimmer zugewiesen und eine Dienerin zur Seite gestellt. Diese sollte Sinphyria dabei helfen, in Aries Augen angemessen gekleidet und hergerichtet zu dem Essen zu erscheinen. ›Angemessen‹ bedeutete dabei ein hochgeschlossenes, hellblaues Kleid und eine Haube für die Haare. Außerdem Puder für die Haut, das Sinphyria kreidebleich aussehen lassen würde. Kränklich beinahe. Offensichtlich war Sinphyria in Aries Augen ein Ausstellungsstück, das man nach seinen ästhetischen Vorstellungen gestalten musste, damit man seinen Anblick am Esstisch ertrug.

Während Sinphyria sich also darauf vorbereitete, ausgestellt zu werden wie Vieh auf dem Ochsenmarkt, stellte sie fest, dass nicht nur sie Probleme mit den Sitten des Bürgermeisters hatte.

Gerade versuchte sie mithilfe der Dienerin, ihre Haare unter die Kappe zu schieben, da hörte sie aus Hemeras Zimmer, das ihrem gegenüberlag, lautes Fluchen. Sinphyria erhob sich neugierig und öffnete die Zimmertür einen spaltweit. Hemeras Tür stand weit offen, sodass Sinphyria einen guten Blick auf die Botin erhaschen konnte.

Diese stand vor ihrem Spiegel und versuchte ebenfalls ihr ebenholzschwarzes Haar unter die Haube zu bekommen. Dabei schien sie Gift und Galle in ihrer Sprache zu spucken. Sinphyria musste breit grinsen.

»Kann ich dir helfen?«, fragte sie schelmisch und pustete sich eine Strähne, die sich unter der Haube gelöst hatte, aus dem Gesicht.

Abrupt fuhr Hemera herum und Sinphyria zuckte kurz zusammen, denn für einen Moment war der Ausdruck in Hemeras Augen so bösartig, dass es das Maß an Unmut, das der Situation angemessen wäre, deutlich überstieg.

Doch sogleich verschwand das Funkeln und wurde durch einen fast schon komischen Ausdruck purer Verzweiflung ersetzt.

»Ich weiß nicht, kannst du?«

»Durchaus, aber nur, weil mir die Dienerinnen des Hauses vorher geholfen haben«, antwortete Sinphyria lachend. Wahrscheinlich hatte sie sich diesen seltsamen Ausdruck in Hemeras Augen eben nur eingebildet. Außerdem standen sie alle gerade unter enormem Druck und der Aufenthalt in den Räumen des unangenehmen Bürgermeisters machte die Sache nicht gerade besser.

Langsam ging sie auf Hemera zu und drehte sie mit sanftem Druck in Richtung des kleinen Spiegels.

Dann begann sie behutsam, Hemeras Haare unter die Kappe zu schieben und sie richtig hinzurücken. Währenddessen beobachtete Hemera sie.

Ihre Blicke waren eindringlich und - falls Sinphyria nicht zu viel hineininterpretierte - beinahe lüstern. Schnell wich sie dem Augenkontakt aus.

Konnte es sein, dass auch Hemera sie attraktiv fand? Und wollte sie das überhaupt?

Sie liebte Athron. Das bedeutete natürlich nicht, dass sie sich nie wieder zu anderen hingezogen fühlen durfte.

Aber die Intensität, mit der sie an Hemera dachte, sie ansah, fühlte sich zu ... heftig an. Das kannte Sinphyria so nicht von sich, auch wenn sie gern kokettierte. In Hemeras Anwesenheit fühlte Sinphyria sich fast eingeschüchtert.

Warum? Was hatte diese Botin aus dem Süden bloß an sich?

»Ist das in eurem Land so üblich?«, fragte Hemera plötzlich und zupfte an dem traditionellen Kleid herum, das man ihr geliehen hatte. »In meinem Land müssen sich nur die Frauen verschleiern, die an einen großen Herrscher als Huren verkauft werden.«

Die Abscheu, die sie vor diesen Frauen zu empfinden schien, stand ihr deutlich ins Gesicht geschrieben.

»So, wie ich höre, werden in deinem Land die Mädchen dazu gezwungen, verkauft zu werden, sie melden sich nicht gerade freiwillig, oder?«, erwiderte Sinphyria herausfordernd.

Hemera hörte auf, an ihrem Kleid herumzuzupfen, und starrte Sinphyria mit hochgezogenen Brauen an.

Um die Situation zu entspannen, fügte Sinphyria schnell hinzu: »Und nein, ich finde es auch nicht gerade angenehm, dass ich mich *bedecken* muss. Ich habe gelernt, mich selbstständig durchzuschlagen, ohne von den Bedingungen überheblicher Männer abhängig zu sein.«

»Ah, eine stolze Frau. Warum stierst du dann den Soldaten an, als hänge all dein Glück von seiner Begattung ab?«

Die Verachtung in Hemeras Stimme war nicht zu überhören.

»Das ist eine Sache, von der du offensichtlich nicht viel verstehst«, antwortete Sinphyria kurz angebunden und trat einen Schritt zurück, um ihr Werk zu begutachten. Sie hatte es geschafft, Hemeras Haar zu bändigen und unter die Haube zu bringen.

Sie beschloss, in ihr Zimmer zurückzukehren, da sie den Eindruck hatte, dass Hemera gerade ein wenig auf Streit aus zu sein schien. Und dazu hatte sie im Augenblick nicht die geringste Lust.

Plötzlich schlich sich ein Grinsen auf Hemeras Lippen und sie begann zu kichern. Sinphyria sah sie erstaunt an.

Auch wenn sie nicht ganz verstand, was hier los war, wirkte Hemeras gute Laune ansteckend. Schließlich brachen beide in schallendes Gelächter aus.

Immer noch lachend ging Hemera auf sie zu, unterhakte sich bei ihr und gemeinsam verließen sie das Zimmer, um sich zu dem Festsaal aufzumachen.

In der Mitte des Saales befand sich ein riesiger Tisch, an dem bereits Greí und Kathanter Irius saßen. Neben Irius saß noch ein weiterer Mann, den Sinphyria bisher noch nicht gesehen hatte. Er war mittleren Alters, sah unangenehm aalglatt aus und trug selbst am Tisch einen schwarzen Umhang. Passend dazu saß eine schwarze, filigrane Brille auf seiner Nase.

Der Bürgermeister und seine Frau waren noch nicht zu sehen. Greí bedeutete Sinphyria, dass sie sich neben ihn setzen solle. Athron, der nun ebenfalls zu ihnen gestoßen war, setzte sich neben sie, Hemera nahm neben Kathanter Platz.

Aus einer offenstehenden Tür aus massivem Holz, über der ein majestätischer Hirschkopf hing, trat ein Diener, der sogleich verkündete: »Cansten Aries, Bürgermeister Montegrads und Herr dieses Hauses, und seine Frau Peryne.«

Als der Diener zur Seite trat, schritten Aries und seine Frau in den Saal, als wären sie auf dem Weg zur Thronbesteigung. Beide hatten sich umgezogen und trugen noch kostbarere Gewänder als zuvor.

Sinphyria bemerkte, wie Athron eine Hand zur Faust ballte.

»Schön, dass wir nach diesen unangenehmen Gesprächen so harmonisch zusammengekommen sind«, verkündete Aries und lächelte eiskalt. »Ich habe meinen ersten Sekretär gebeten, uns heute Abend Gesellschaft zu leisten.«

Mit ausladender Geste wies er auf den aalglatten Mann.

»Jyrgen Truss.«

Der Sekretär nickte ihnen knapp zu ohne auch nur eine Miene zu verziehen.

Aries klatschte zweimal in die Hände und sofort strömten Diener herbei und beluden die große Tafel mit Unmengen an Speisen. Nachdem sie seit vielen Tagen kaum etwas anders als trockenes Brot und nicht sehr gehaltvolle Suppe erhalten hatte, konnte Sinphyria es nicht verhindern, dass ihr das Wasser im Mund zusammenlief und sie aß, bis sie nicht mehr konnte. Auch bediente sie sich ausgiebig an dem schweren Wein, der in zahlreichen kunstvoll geschmiedeten Karaffen auf dem Tisch herumstand.

Aries redete den ganzen Abend ohne Unterlass. Er sprach von der florierenden Wirtschaft Montegrads und dem einträglichen Handel mit Altherra und Kessadin, die zu seinem Leidwesen aufgrund des Krieges zunehmend stagnierten.

»Der Krieg ist wirklich die schlimmste Katastrophe seit den alten Zeitaltern«, stimmte Hauptmann Greí gerade zu, obwohl er sich bisher sehr zurückhaltendgegeben hatte.

»Nun, für das Wohlergehen der Bewohner des ersten Ringes ist es auf jeden Fall schrecklich. Der Bau des neuen Badehauses verzögert sich bereits seit Wochen, da Jyrgen es nicht schafft, den guten Sandstein aus Sinthaz heranzukarren.«

Aries lachte glucksend über seine eigene Wortwahl.

Sinphyria bemerkte mit einem Seitenblick auf Athron, wie angespannt dieser dasaß. So, als könne er sich nur mit Mühe beherrschen, um nicht aufzuspringen und dem Bürgermeister an die Gurgel zu gehen.

Diskret ließ Sinphyria ihre Hand vom Tisch gleiten und legte sie auf Athrons Unterarm, der unter dem Tisch auf seinem Schoß ruhte. Athron reagierte nicht.

»Arbeitet ihr nicht auch gerade an der Anerkennung des sechsten Rings? Solltet Ihr Euer Geld nicht besser dafür sparen?«

Es war Irius, der gesprochen hatte.

Überrascht wandte Sinphyria den Blick in Richtung des Leutnants. Bisher hatte er keinerlei Taktlosigkeit einem ihm höher Gestellten gegenüber gezeigt.

Doch diese Fragen konnte der Bürgermeister ja nur als eine offene Provokation auffassen.

»Nun«, antwortete Aries jedoch gelassen, »um ein paar Lehmhütten für das niedere Pack zu bauen, reicht ein Zehntel des Geldes, das im Badehaus steckt. Dafür brauche ich für wahr kein Vermögen auszugeben.«

Aha, dachte Sinphyria und presste die Lippen aufeinander, wenn also ein Mann dem Bürgermeister gegenüber respektlos ist, wird er nicht sofort des Raumes verwiesen.

Natürlich war Irius nicht irgendein Mann. Selbst Cansten Aries musste klug genug sein, um vor Kathanter Irius wenigstens ein bisschen Angst zu haben.

Kaum hatte der Bürgermeister geantwortet, erhob Athron sich so plötzlich, dass seine Beine gegen die Tischkante stießen. Sein Becher Wein fiel klirrend um und ergoss sich über die Tischdecke.

»Burkental«, knurrte Irius.

Athron atmete schwer vor Wut, doch er sah stur zu Boden. Ohne ein Wort zu sagen, drehte er sich um und verschwand hastigen Schrittes.

Sinphyria zögerte nur einen Herzschlag lang.

Dann rutschte sie mit ihrem Stuhl rückwärts und folgte Athron.

Als sie aus dem Saal trat, war er bereits am Ende des Ganges angekommen. Sie lief ihm hinterher und holte ihn kurz vor seinem Zimmer ein. Gerade riss er die Tür auf und lief hinein. Sinphyria schlüpfte schnell hinter ihm her. Hastig schloss sie die Tür hinter sich und schob den Riegel vor.

»Verdammt! Scheiße!«, fluchte Athron, packte einen Becher, der auf seinem Nachttisch stand und warf ihn scheppernd gegen die steinerne Wand.

Wasser spritzte auf den Boden, etwas traf das Bett und ein Tropfen erwischte Sinphyria an der Nase. Unwillkürlich wischte sie ihn fort und zog sich dann die Haube vom Kopf, unsicher, was sie tun konnte, um ihn zu beruhigen. »Athron«, sagte sie leise.

»Dieser ... dieser verdammte Hornochse sitzt sich seinen reichen Arsch auf seinem Bürgermeister-Thron platt, als wäre er der König. Dabei ist er nur ein besserer Stadtverwalter! Und anstatt seine Arbeit zu machen, hortet er hier im ersten Ring das Gold. Wir kennen es hier gar nicht anders!«

Überrascht und auch ein bisschen erschrocken bemerkte Sinphyria Tränen in Athrons Augen.

»Was meinst du damit?«, fragte sie vorsichtig.

Sie hatte zwar eine ungefähre Ahnung davon, dass Athrons Kindheit alles andere als angenehm war. Allerdings hatte sie das eher aus seinen Erzählungen herausgehört, als dass er direkt darüber gesprochen hätte.

»Kannst du dir das nicht denken?«, antwortete Athron wütend.

»Ich bin hier geboren, hier, in Montegrad. Seit meinem siebten Lebensjahr musste ich mich allein durchschlagen. Ich lebte im vierten Ring, der damals noch nicht anerkannt worden war. Ich habe gebettelt und gestohlen und Dinge getan, auf die ich wahrlich nicht stolz bin. Meine Mutter war eines Tages plötzlich verschwunden und ich konnte nie herausfinden, was mit ihr passiert ist. Verdammt, ich weiß nicht einmal, ob sie noch lebt oder tot ist!«

Athron ließ sich auf sein Bett sinken und vergrub die Hände in seinen langen Haaren.

»Als ich sieben Winter alt war, lief ich weg. Ich fand ein Loch in der Mauer zum dritten Ring und stahl mich hindurch. Ich arbeitete in den Öfen der Stadt, bis ich alt genug war, um mich der Armee anzuschließen. Und all die Zeit saß sich dieser ... dieser Esel den Arsch platt und steckte das Geld in ein verfluchtes Badehaus und sonst was!«

Dass Aries schon seit fast dreißig Jahre Bürgermeister von Montegrad war, war Sinphyria gar nicht bewusst gewesen. Sie wollte sich gerade neben Athron setzen, als der schon wieder aufsprang und mit der Faust gegen die Zimmertür schlug.

Einmal, zweimal, dreimal.

Dann drehte er sich um.

Er atmete schwer und das Mondlicht traf durch ein winziges, buntes Fenster auf sein Gesicht und erhellte die glitzernden Tränen auf seinen Wangen.

Wut, Verzweiflung und Trauer mischten sich in seinen blauen Augen und Sinphyria spürte, wie sie aus purem Mitgefühl selbst feuchte Augen bekam.

»Und du«, raunte Athron und starrte sie mit einem Ausdruck in den Augen an, den Sinphyria nicht deuten konnte.

Unvermittelt machte er einen Schritt auf sie zu und packte sie an den Schultern, fast schon grob, aber Sinphyria zuckte nicht zusammen. Sie sah ihn einfach nur abwartend an.

Athron erwiderte einen Moment ihren Blick, schließlich beugte er sich ruckartig zu ihr herunter und drückte seine Lippen auf ihre. Sins Herz machte einen Satz, als seine Hände sich von ihren Schultern lösten und seine Arme sie fest umschlangen. Ebenso leidenschaftlich zog sie ihn näher zu sich und gab seinem Drängen nach, sie rückwärts in Richtung des Bettes zu führen.

Sinphyria ließ sich auf das Bett fallen, Athron und schob ihr Kleid in die Höhe. Er küsste sie, als würde sein Leben davon abhängen.

Während sie sich liebten, sprachen sie kein Wort.

Doch dieses Mal empfand Sinphyria nicht bloß Verliebtheit, wie bei ihrem ersten Zusammentreffen in der Taverne. Diesmal war es mehr, und sie spürte dies mit jeder Berührung, jedem Blick. Sanft schien der Mond in das Zimmer und erhellte es mit einem schwachen, silbrigen Glanz.

Am nächsten Morgen erwachte Sinphyria von einem vorwitzigen Sonnenstrahl, der sie an der Nase kitzelte. Ihr nackter Körper schmiegte sich an den von Athron.

Als sie sich vorsichtig räkelte, bewegte sich auch Athron hinter ihr und Sinphyria spürte, wie seine Finger durch ihr Haar glitten. Kurz darauf küsste er sie, schmiegte sich dicht an sie.

»Hintergeh mich nie wieder so«, raunte Athron. Er sah Sinphyria ernst an.

»Versprochen«, hauchte sie. Ein Stechen in ihrer Brust erinnerte sie daran, dass es vielleicht nicht so einfach werden würde, dieses Versprechen zu halten. Keiner von ihnen wusste, was die Zukunft noch bringen würde.

In diesem Moment hämmerte jemand gegen die Tür. »Burkental! Und Leon wahrscheinlich auch!«, ertönte die schlecht gelaunte Stimme von Kathanter Irius. »Aufstehen! Wir müssen uns mit dem Bibliothekar treffen!«

Mit einem schiefen Grinsen erhob sich Sinphyria, legte sich eine der Decken um die Schulter und ging in ihr Zimmer. Während sie sich anzog, brachte eine Dienerin ihr ein üppiges Frühstück.

»Aufregende Nacht gehabt?«, ertönte die Stimme von Hemera, die hinter der Dienerin das Zimmer betrat. Sie nahm sich eine Weintraube von dem Tablett, das die Dienerin abgestellt hatte, und schob sie sich in den Mund.

Sinphyria konnte sich nicht entscheiden, ob und was sie antworten sollte.

»Schon gut«, meinte Hemera amüsiert. »Ich kann es verstehen, er sieht gut aus.«

»Es ist nicht nur das!«.

Ein wenig ärgerte sie sich über Hemeras fast schon aufdringliche Art. Auch fühlte sie sich in ihrer Gegenwart immer ein wenig unsicher und das gefiel ihr noch viel weniger. In der Regel war sie diejenige, die andere verunsicherte.

Hemera zuckte mit den Schultern.

»Komm, Irius hat euch nicht aus dem Bett geholt, damit wir einen Quatsch halten können.«

Ein wenig spöttisch verzog Sinphyria das Gesicht. »Meinst du etwa einen Plausch?«

Hemera kniff die Augen zusammen und dachte darüber nach. »Nein«, meinte sie, während sie sich abwandte und die Hand zu

einem Winken hob, während sie das Zimmer verließ, »nein, ich denke es heißt einen Quatsch halten. Weil es bei den meisten Menschen belangloser Blödsinn ist, über den sie sich unterhalten.«
Sinphyria schnaubte, zog sich ihre Stiefel an und ging hinter Hemera her.

Die Sonne stand schon hoch am Himmel, als sie auf dem großen Platz ankamen, der zwischen Burg und Kirche lag Die Soldaten hatten das Lager bereits geräumt.

Sinphyria hielt nach Gregor Ausschau. Sie war sich sicher, dass der alte Mann alles andere als begeistert über die Nacht auf dem harten Straßenpflaster gewesen ist. Aber zwischen den vielen, anderen Soldaten, die kein Zimmer im Rathaus bekommen hatten, konnte sie ihn nicht finden.

Dafür entdeckte sie Athron. Als er sie bemerkte, schenkte er ihr ein kurzes, warmes Lächeln. In diesem Moment trat Irius auf den Platz.

Augenblicklich verstummte das allgemeine Stimmengewirr und die Soldaten nahmen Haltung an.

»Hauptmann Greí muss sich um die Belange der Einheit kümmern und dafür sorgen, dass der Bürgermeister sich auch wirklich dazu entscheidet, uns zu helfen. Er sucht gerade die besten Männer und Frauen der Stadtwache aus. Leider können wir nicht darauf hoffen, dass König Bjorek uns entgegenkommt und Aries dazu zwingt, uns zu helfen.«

Was genau Irius damit meinte, erläuterte er nicht. Aber Sinphyria konnte es sich denken. Der König ließ sein Volk gerade im Stich. Und Aries hatte er ja sowieso schon immer freie Hand gelassen.

Dann wandte er sich plötzlich ihr zu.

»Leon«, sagte Irius und die Härte in seiner Stimme war nicht zu überhören. »Am Nachmittag triffst du dich mit Hauptmann Greí in der Kirche. Und jetzt kommt.«

Zusammen mit ungefähr zehn weiteren Soldaten folgten Athron und Sinphyria Irius. Als sich Hemera ihnen ohne groß um Erlaubnis zu fragen anschloss, äußerte Irius sich seltsamerweise nicht dazu.

Während sie neben Irius herlief, beobachtete sie ihn unauffällig von der Seite. Er schritt entschlossen voran und Sinphyria stellte überrascht fest, dass er auf sie nicht mehr so bedrohlich wirkte wie früher. Stattdessen fiel ihr zum ersten Mal auf, dass er durchaus etwas Vertrauenserweckendes hatte. Er wirkte stark, wie ein Fels in der Brandung, dem kein noch so heftiger Sturm je etwas anzuhaben vermochte.

Sinphyria wandte schließlich ihren Blick ab, bevor Irius auf sie aufmerksam werden konnte, und betrachtete ihre Umgebung. Gerade passierten sie eine Reihe zweistöckiger Fachwerkhäuser aus dunklem, makellosem Holz, in deren geöffneten Fensterläden Dienstmädchen Kissen aufschüttelten. Rechts von ihnen ragte der gigantische, weiße Kirchturm auf und versperrte das direkte Licht der Sonne.

Doch ihre Gedanken wanderte erneut zu Irius und ihr fiel eine Frage ein, die ihr schon die ganze Zeit im Kopf herumging. »Leutnant, wenn Ihr erlaubt?«

»Was ist denn, Leon?«

Irius wandte sich ihr halb zu und starrte sie missmutig an.

»Warum lasst ihr mich an der Suche teilnehmen? Ihr vertraut mir doch wohl nicht plötzlich?«

Irius seufzte schwer.

»Obwohl ich deine Tätigkeit als Diebin aufs schärfste verurteile, komme ich nicht umhin, zu glauben, dass deine Fähigkeiten bei dieser Aufgabe von Nutzen sein könnten«, erklärte er schließlich, wobei er sich anhörte, als müsse er sich zu jedem Wort zwingen. »Außerdem hast du uns das Ganze doch überhaupt erst eingebrockt, oder nicht? Trotzdem werde ich dich auch weiterhin sehr genau im Auge behalten, das sollte dir bewusst sein. Und jetzt halt den Mund. Wir sind angekommen.«

Sie standen nun vor einem unscheinbaren Gebäude aus Holz, das allerdings kunstvoll bemalte Fenster aus Glas besaß.

Dies war wohl die Bibliothek von Montegrad. Die Türen standen weit offen und in genau diesem Moment passierte etwas, das Sinphyria niemals für möglich gehalten hätte. Ein ganzer Schwarm ärmlich gekleideter Kinder kam aus der Tür der Bibliothek gelaufen. Keines der Kinder trug Schuhe. Zwei Soldaten der Stadtwache, die an der Treppe, die zu der Bibliothek offensichtlich gewartet hatten, nahmen die Kinderschar mit eisiger Miene und erhobenen Speeren in Empfang. Zwei weitere Wachen stießen hinzu.

»Dann bis morgen, Kinder!«, rief ein älterer Mann, der im Eingang der Bibliothek erschienen war und den Kindern überschwänglich hinterherwinkte. Er war von schmächtiger Statur und trug weite, rot-grüne Gewänder ohne jeglichen Schmuck. Sein schulterlanges Haar hatte er zur Hälfte zu einem Dutt an seinem Hinterkopf hochgebunden. Es war genauso weiß, wie der gepflegte Bart, der sich an sein kantiges Kinn schmiegte.

»Komisch«, fügte er spöttisch hinzu, »dass Herr Aries vier Männer seiner Stadtwachen schicken kann, um eine Horde harmloser Kinder zurück in die Armut zu eskortieren, während er doch angeblich so große Schwierigkeiten hat, den Mörder zu fassen, weil ihm nicht genug Männer zur Verfügung stehen.«

Er schüttelte den Kopf und fuhr sich über das gut gepflegte Haar.

»Diese harmlosen Kinder klauen jedes Mal Lebensmittel aus den höheren Ringen, Filian. Es geht nicht anders, sie müssen überwacht werden«, antwortete eine der Wachen und wollte sich in Bewegung setzen.

»Was sind ein paar Lebensmittel gegen den Hunger eines Kindes? Schau dir doch an, wie sie leben, Siegmund, und sei froh, dass du in den dritten Ring aufsteigen konntest!«

Athron beugte sich zu Sinphyria.

»Er gefällt mir«, flüsterte er.

Kathanter Irius trat vor und der Alte wandte sich ihm zu. Hinter seiner rundglasigen, filigranen Brille schenkte er der Gruppe und vor allem Kathanter Irius einen aufmerksamen, musternden Blick. Dann lächelte er und stemmte die Hände in die Hüften.

»Aha, ich vermute, ihr seid die Unterstützung, von der Natalie mir erzählte. Ich hörte von einer Freundin meiner Frau, die im Haus des Bürgermeisters arbeitet, dass Cansten sich mal wieder von seiner besten Seite präsentiert hat?«

Er nickte bedächtig, als hätten sie ihm eifrig zugestimmt.

»Die Rechte von Menschen zu beachten, fällt ihm äußerst schwer, es sei denn, er profitiert davon. Aber ich möchte euch mit meinem idealistischen Gerede nicht jetzt schon nerven. Ich bin Filian Eregor, der Leiter unserer wunderschönen Bibliothek. Kommt herein, Madelaine wird euch etwas zu trinken servieren.«

Kathanter nickte seiner kleinen Gruppe zu und Sinphyria bemerkte die Falte zwischen seinen Augenbrauen. Offensichtlich ging ihm der alte Mann bereits auf die Nerven.

Als sie die Bibliothek betraten, waren sie sofort umgeben von einem süßlichen, schweren Duft nach Zimt und Rosenblüten und irgendetwas Fremdem umgeben, das Sinphyria nicht einordnen konnte.

Sobald sie den ersten Schritt in die Bibliothek gemacht hatte, war sie bereits begeistert.

Der erste Raum war höher als ein gewöhnlicher Wohnraum und bis zur Decke mit Büchern gefüllt. Manche der Einbände, wirkten sehr alt, während andere neuer aussahen. Noch nie hatte sie so viele Bücher auf einem Haufen gesehen. Mit offenem Munde folgte sie Filian, der sie durch verschlungene Gänge aus Regalen führte, sodass sie sich beinahe wie in einem Labyrinth vorkam.

Einem einzigartigen Labyrinth voll wunderbarer Schätze an Wissen.

Plötzlich eröffnete sich zwischen den Regalen eine Art Lichtung und eine Tafel erschien, an der acht Personen Platz finden konnten. Am Ende dieses Tisches stand eine riesige, freistehende

Kreidetafel, hinter der das Sonnenlicht durch die buntglasigen Fenster fiel. Sinphyria konnte im Muster des Fensters eine Nixe erkennen, die sich ihre Haare kämmte.

Als Sinphyria und die anderen den kleinen Raum erreichten, atmeten alle spürbar auf. Die engen Gänge der Bibliothek waren für größere Gruppen nicht gemacht.

Auf der Tafel waren mit dünnen Nägeln Pergamente befestigt worden, auf denen sich Skizzen und Notizen zu befinden schienen. Verbunden waren sie mit einem roten Wollfaden, der zwischen den Nägeln verknotet worden war.

Dazwischen stand etwas mit Kreide auf die Tafel gekritzelt, das Sinphyria aber nicht entziffern konnte.

»Nehmt bitte Platz. Möchte jemand etwas anderes trinken als Kräutertee?«, fragte Filian und rückte sich die Brille zurecht.

»Tee?«, fragte Sinphyria erstaunt und bemerkte, dass auch Athron dem Bibliothekar einen verwirrten Blick zuwarf.

»Ein wunderbares Gebräu aus Sinthaz, bei dem man kochendes Wasser auf Kräuter oder getrocknete Früchte gießt«, erklärte Filian freundlich.

Hemera starrte ihre Gefährten an, als hätten sie gerade in die Hose gemacht.

»Mir reicht Wasser, danke«, brummte Irius. Aus einem der Seitengänge kam eine mollige, aber sehr schöne Frau in den Raum getrippelt und stellte jedem Anwesenden eine dampfende Tasse Tee vor die Nase. Kathanter erhielt sein Wasser.

»Madelaine, eine meiner Frauen«, stellte Filian die Dame vor. »Und ich werde es euch gleich sagen: Ja, ich habe zwei Ehefrauen, und ja, die beiden sind freiwillig bei mir und lieben sich auch gegenseitig. Um ganz ehrlich zu sein, war es Madelaine, die Natalie, meine andere Frau, anschleppte.«

Er lächelte und bedankte sich bei Madelaine mit einem Kuss.

Sinphyria konnte nicht verhindern, dass sie Filian mit großen Augen anstarrte. Gleichgeschlechtliche Liebe oder sogar Ehe war in Kanthis zwar keineswegs verpönt oder gar verboten, aber dass mehrere Personen gleichzeitig eine Ehe miteinander führten, war selbst ihr neu.

Auch die übrigen Soldaten warfen sich verwunderte Blicke zu.

»Und das ist mit dem Gesetz vereinbar?«, fragte Irius.

Sinphyria fragte sich, ob er das Gesetz wirklich nicht kannte, oder ob er die Frage nur stellte, um seiner Verwirrung Luft zu machen.

Filian aber lächelte unbeirrt.

»Aries hat sich geweigert, uns offiziell zu anzuerkennen, aber ich kenne den obersten Priester ganz gut. Wir führen also eine geistlich anerkannte Ehe.«

Hemera war die Einzige, die eher ungeduldig, als ungläubig dreinsah.

»So, nachdem wir das nun geklärt haben, kommen wir zu dem Anlass eures Besuches. Zurzeit bin ich nicht nur der Bibliothekar von Montegrad, sondern offensichtlich auch ein Mann der Stadtwache ... Bloß, dass ich keinen Wachdienst habe, sondern systematisch einen Mörder aufspüren soll. Tja.«

Er fuhr sich über seinen gepflegten Bart.

»Ich bin im Grunde ein offenes Buch. Aber ich möchte wissen, mit wem ich es zu tun habe. Ich teile mein Wissen nicht mit jedermann. Immerhin jagen wir einen blutrünstigen Mörder. Und ich bin beim Bürgermeister nicht sonderlich beliebt. Gebt mir einen Eindruck von euch, damit ich weiß, ob ich euch trauen kann.«

Er sah sie der Reihe nach an und nickte ihnen dann auffordern zu. Kathanter Irius nippte an seinem Wasser. Dann erhob er zuerst das Wort.

»Mein Name ist Kathanter Irius. Man nennt mich den Jäger des Königs, aber ich jage kein Wild. Ich jage Menschen, Gesetzesflüchtige, Deserteure, Wehrdienstverweigerer. Und ich bin gut darin.«

Er sah Sinphyria nicht an, aber sie spürte erneut eine leichte Gänsehaut an ihrem Nacken. Wer weiß, wie ihre Beziehung zu dem Jäger des Königs ausgesehen hätte, wenn alles anderes gekommen wäre?

Und dennoch: Zwar konnte sie den Mann immer noch nicht recht einschätzen, aber sie sah nicht mehr das Monster ihn ihm, für das sie ihn früher gehalten hatte. Außerdem kam ihr ein völlig neuer Gedanke: Warum bekleidete er eigentlich keinen viel höheren Rang, wenn er doch dem König so eng verbunden war?

Filian nickte bedächtig und pustete den Dampf von seinem Kräutertee herunter. »Ich habe bereits einiges über dich gehört, Kathanter, und ich denke, du kannst unserer Sache sehr nützlich sein. Aber ich brauche dich nicht nur als eiskalten Jäger, sondern auch als Menschen. Verstanden?«

Sinphyria war insgeheim erstaunt, wie wenig Filian von Irius beeindruckt zu sein schien. Diesem waren bei den Worten des Bibliothekars ein wenig die Gesichtszüge entgleist, doch er schaffte es, sich zusammenzureißen und nickte lediglich knapp.

Athron stellte sich als nächster vor.

»Ich bin Athron Burkental und Feldwebel in der Armee des Königs.«

Irius räusperte sich vernehmlich und Athron zuckte kurz zusammen.

»Ich *war* Feldwebel, wurde aber kürzlich degradiert und bin deshalb wieder Fähnrich.«

Sinphyria spürte, wie sie rot wurde.

»Ich schloss mich erst spät Greís Trupp an, weil ich degradiert und bestraft worden war. Eigentlich wollte ich viel früher in den Krieg ziehen, dorthin, wo ich gebraucht werde. Aber stattdessen gehöre ich jetzt dieser ... kläglichen Nachhut aus Armen und Kindern an.«

Filian fragte leise, so, als spräche er mehr zu sich selbst: »Glaubst du wirklich, dass das der Grund ist, warum du hier bist?«

Bevor Athron reagieren konnte, wandte Filian sich an Sinphyria und nickte ihr aufmunternd zu.

»Ich bin Sinphyria Leon aus Grünwald.« Sie stockte einen Moment und überlegte, wie viel sie Preis geben sollte, doch dann beschloss sie, einfach ehrlich zu sein. Filian hatte sie beeindruckt und sie hatte das Gefühl, sie bräuchte jemanden auf ihrer Seite, wenn der Bürgermeister schon so ein aufgeblasener, frauenfeindlicher Idiot war.

»Ich schlug mich als Auftragsdiebin durch, nachdem mein Vater in den Krieg ziehen musste. Nach einem Auftrag wurde ich von Irius und seinen Männern gestellt, gefangengenommen und dazu gezwungen, mich der Armee anzuschließen. Dann passierte allerdings etwas Seltsames – ich überlebte einen großen Brand in einem Haus, da mir das Feuer nichts anhaben konnte. Hauptmann Greí sah darin ein Zeichen der Götter.« Sinphyria warf einen verstohlenen Blick in die Runde. »Ich weiß selbst nicht, was ich davon halten soll, aber ich hoffe, vielleicht bald eine Antwort zu bekommen. Deshalb werde ich auf alle Fälle in der Armee bleiben.«

Filian unterdrückte ein kleines Lächeln.

Sinphyria fragte sich, wie Filian anhand ihrer Antworten herausfinden wollte, ob sie vertrauenswürdig sind oder nicht. Sie hatte das Gefühl, dass es ihm gar nicht so sehr um das ging, *was* sie sagten.

Als nächste ergriff Hemera das Wort.

»Mein Name ist Hemera Anya und ich komme aus Altherra. Ich überbrachte eine Botschaft für Hauptmann Greí. Nun kehre ich mit dieser Truppe in mein Land zurück.«

Filian betrachtete sie lange. Es vergingen einige Minuten, in denen er sie nur ansah, und gerade, als Hemera ungeduldig wurde, meinte er schlichtweg: »Nein.«

Hemera starrte ihn an.

Ruhig erklärte Filian: »Mit dir werde ich nicht zusammenarbeiten.«

Hemera wollte protestieren, doch Kathanter hob die Hand.
»Könnt Ihr ... kannst du das auch begründen, *Filian*?«
»Ihr müsst mir einfach vertrauen. Diese Frau ist nicht ehrlich, und ich werde nicht mit ihr an diesem Tisch sitzen und meine Geheimnisse teilen. Es ist eine ernste Sache, die wir hier angehen, und ein jeder von uns könnte seinen Kopf verlieren. Das ist mein letztes Wort.«

Sinphyria war vollkommen verwirrt.

Woher wollte Filian das wissen? Und sollte er richtig liegen, weshalb hätte Hemera lügen sollen? Wer war sie wirklich und was wollte sie bei ihnen?

Vielleicht war das Ganze hier aber auch nur eine List von Aries, um einen Keil zwischen sie zu treiben. Zutrauen würde sie es ihm.

Irius scharfe Stimme holte sie aus ihren Gedanken.

»Hauptmann Greí sah keinen Anlass, Anya zu misstrauen. Woran macht Ihr Eure Behauptung fest, Herr Eregor?«

Offenbar war Irius der Ansicht, die Zeit des freundschaftlichen Plausches sei vorüber. Filian ließ sich aber nicht beeindrucken.

»Sie zeigt Anzeichen einer Lügnerin. Während sie schwieg, wirkte sie kühl und locker, doch als sie sich vorstellte, zuckte ihr linkes Auge und sie musste beinahe zwanghaft Daumen und Zeigefinger aneinander klopfen. So, als ob sie überschüssige Energie loswerden müsste. Sie ist nervös. Warum, wenn sie nichts zu verbergen hat?«

Als Hemera merkte, wie alle sie anstarrten, war ihr der Ärger deutlich anzusehen. Ihre Augen funkelten zornig.

»Dann gehe ich eben«, presste sie zwischen zusammengebissenen Zähnen hervor. Dann erhob sie sich und folgte Madelaine nach draußen. Dabei sagte sie kein weiteres Wort und würdigte auch niemanden eines Blickes.

»Peters«, raunte Irius einem der Soldaten zu, die mit ihnen in die Bibliothek gekommen waren. Er war ein untersetzter Mann mittleren Alters, den Sinphyria noch nicht gut kannte.

»Folge Anya nach draußen und erstatte dem Hauptmann Bericht von Eregors Beobachtungen. Erwarte weitere Anweisungen von Greí.«

Der Mann machte sich sofort auf den Weg.

Dann waren die anderen Soldaten an der Reihe, sich vorzustellen. Sin hatte den Großteil der Namen schon wieder vergessen, kurz nachdem die Männer sie ausgesprochen hatten. Im Namen merken war sie nicht unbedingt gut und sie erwischte sich oft dabei, wie ihre Gedanken abschweiften.

Vor allem die Sache mit Hemera stimmte sie noch nachdenklich. Ein Teil von ihr war erleichtert, dass Hemera nicht mehr hier war. Manchmal hatte Sin das Gefühl, dass die Botin sie angestarrt hatte wie einen besonders wertvollen Schatz. Vielleicht verlor Sinphyria auch einfach nur den Verstand.

»Schön, schön, da das erledigt wäre, kann ich euch nun in mein Wissen einweihen«, riss Filian in fröhlichem Tonfall Sinphyria aus ihren Gedanken und erhob sich, um in den Bergen von Pergament und Papier herumzusuchen. Dann warf er einen der Stapel in ihre Mitte und breitete die Zeichnungen so nebeneinander aus, dass sie alle gleichzeitig ansehen konnten. Sinphyria stockte der Atem.

Es waren sehr realistische Zeichnungen von Toten.

Sie waren so exakt gezeichnet worden, dass man den Schrecken in ihren Gesichtern beinahe fühlen konnte. Sinphyria betrachtete das erste Opfer.

Das Bild zeigte eine nackte Frau mittleren Alters. Sie war an eine Wand genagelt worden, ihre Arme waren ausgebreitet und die Beine gespreizt. Trotz ihres Entsetzens musste Sinphyria sofort an das Kreuz der Cahya denken. Dieses Kreuz war früher ein Zeichen der Mönche gewesen, bevor es durch den Baum ersetzt worden war. Es hatte auf einer alten Legende basiert, nach der ein Heiliger sich für die Menschen geopfert hatte und dafür an ein Kreuz genagelt worden war. Doch diese Legende hatte man Sinphyrias Wissen nach schon vor einigen Jahrhunderten verworfen und für die Kirche der Cahya den Baum erwählt, da er eher den Verbund mit der Natur symbolisierte.

Der Kopf der Frau war offenbar mit einem Band, das um ihre Stirn und den Stamm des Kreuzes gebunden worden war, befestigt worden.

Man hatte ihr die Kehle durchgeschnitten und an ihrem ganzen Körper wies sie Verstümmelungen auf, vor allem im Bereich der Brüste und der Scham. Übelkeit stieg in ihr hoch. Niemals in ihrem Leben hatte sie etwas so Schreckliches gesehen.

»Man erkennt den zeremoniellen Zusammenhang, nicht wahr? Das ist verwunderlich, dachte man doch, es gäbe nur noch friedliebende Mönche und wenig religiöses Volk«, sagte Filian sehr ernst.

Das nächste Opfer war ein Mann. Das Pergament mit der Zeichnung war mit einer feinen Zwei gekennzeichnet worden. Der Mann war ebenfalls entkleidet. Doch er lag auf dem Boden und war nicht, wie das erste Opfer an die Wand genagelt worden. Auch er war schwer verstümmelt worden. Sein Gesicht war vollkommen entstellt, so, als habe man mit einem schweren Gegenstand auf ihn eingeprügelt. Nur noch die mehrfach gebrochene Nase erhob sich aus einem Brei zerschlagenen Fleisches.

Neben seinem Kopf lag ein Haufen, der bei genauerem Hinsehen aus seinen Zähnen bestand. Sein Mund war wiederum dunkler gezeichnet.

War das Blut? Oder etwa ...?

»Ist das da Bechda?«, fragte Athron und zeigte mit dem Finger auf den Mund des Opfers, allerdings ohne das Papier zu berühren. Filian nickte. Ruhig nahm er sich die Brille von der Nase und putzte sie am Ärmel seines Gewands.

»Laut Zeugenaussagen hat das Opfer das Zeug verkauft, es aber selbst kaum konsumiert.«

Bei der dritten Zeichnung handelte es sich um eine junge Frau, fast noch ein Kind. Ihre Züge wirkten wie die eines vierzehn

Winter alten Mädchens. Der Täter hatte ihr die Augen entfernt und ihre Hände abgetrennt. Auch sie war entkleidet worden.

Sinphyria musste den Blick abwenden.

»Woran ... erkennt man, dass diese Taten von derselben Person begangen wurden?«, fragte Athron, der immer wieder zwischen den drei Zeichnungen hin- und herblickte.

»Zum einen am rituellen Charakter der Morde und daran, dass sie alle entkleidet und zur Schau gestellt wurden«, erklärte Filian ruhig. Seine Stimme klang fest, zitterte kein bisschen. »Zum anderen fanden wir bei jedem Opfer einen ledernen Beutel mit einem Zitat aus der Schrift der Cahya. Sie bezogen sich auf einige der Sünden. Das erste Opfer wurde bestraft für ...«

»Prostitution«, ergänzte Irius, der mit undeutbarem Blick auf die Zeichnungen starrte.

Sinphyria zog die erste Zeichnung zu sich heran und las mit bebender Stimme den Text vor, der fein säuberlich im rechten unteren Rand des Blattes notiert worden war. »Lege dich zu keinem Weib nur der Lust wegen. Sondern nur, um die Saat des Menschen an ein neues Leben zu geben, das du ehren und aufziehen und dem du die Lehren der Cahya gewissenhaft weitergeben sollst.«

»Das zweite Opfer wurde bestraft für den Missbrauch von Bechda.«

Wieder schwiegen alle außer Sinphyria, die den jeweiligen Text vorlas.

»Nutze von der Natur ausschließlich das, was du zum Überleben brauchst. Nimm nichts, bloß weil es dir Vergnügen bereitet, und verführe auch niemand anderen dazu. Denn Cahyas Gaben müssen geachtet und geschützt werden vor der gierigen Hand des Menschen.«

»Das dritte Opfer. Diebstahl«, murmelte Kathanter und kniff die Lippen zusammen, bis sie fast weiß wurden.

Sinphyria warf ihm einen verstohlenen Blick zu.

Ging ihm das Ganze hier etwa nahe?

»Vergreife dich nicht am Besitz eines anderen, auch wenn er die Lehren der Cahya nicht achtet. Versuche ihn mit Freundlichkeit und Barmherzigkeit zum Teilen zu bewegen und arbeite hart und ehrlich für dein eigenes Überleben.«

Sinphyrias Stimme wurde von den umstehenden Bücherregalen verschluckt, doch die Bedeutung der Worte hallte in ihren Gedanken wider wie ein schauriges Echo.

»Sie war fast noch ein Kind«, knurrte Kathanter, ohne auch nur einem von ihnen in die Augen zu sehen. »Verdammter Bastard.«

Sinphyria schluckte und schob die Zeichnungen von sich weg, als könnte sie dadurch an Distanz zu ihrer Grausamkeit gewinnen.

»Die erste Frau verkaufte ihren Körper wohl an Männer im äußersten Ring«, durchbrach Filian die bittere Stille, die zwischen ihnen herrschte.

»Oft ist das für alleinstehende Frauen die einzige Möglichkeit, an Geld zu kommen. Manchmal sogar für Verheiratete. Einige Männer mit Geld schleichen sich extra in die äußeren Ringe, um noch günstiger an die Befriedigung ihrer Triebe zu kommen ... Andere holen die weniger teuren Prostituierten für eine Nacht in einen niedrigeren Ring. Wir sprachen mit ihrer Schwester, die im vierten Ring lebt und mit einem Tischler verheiratet ist. Sie sagte aus, dass ihre Schwester bechdasüchtig war.«

Sinphyria warf einen Blick zu Athron hinüber und sah, wie seine Kiefern mahlten.

»Der Mörder platzierte sie unbemerkt direkt an der Grenze zum fünften Ring. Ob er eine Wache bestach oder ob es ein besonders großer Zufall war, dass niemand etwas bemerkte, konnten wir bisher nicht herausfinden. Fakt ist, dass er sich das zweite Opfer aus dem vierten Ring holte und das letzte aus dem dritten. Ich vermute, dass dahinter ein System steckt. Vielleicht ist es auch eine Art Botschaft. In etwa, dass in jeder Schicht Sünder zu finden sind? Allerdings wird beispielsweise die Prostitution von modernen Anhängern der Cahya nicht mehr als Sünde gesehen. Tammen, der Mann der Stadtwache, den Aries mir zur Seite stellte, ist da allerdings anderer Meinung. Er glaubt nicht an ein System oder eine bestimmte Vorgehensweise. Vermutlich steckt dahinter einfach nur die Furcht davor, dass ich recht haben könnte und der Mörder in der Lage ist, zwischen den Ringen wahllos hin- und her zu wechseln. Denn das würde bedeuten, dass er entweder selbst aus dem ersten Ring stammt oder Freunde dort hat.«

Kathanter betrachtete die dritte Zeichnung.

»Ihr vermutet also ... Also du. Du vermutest, dass es sich um einen Täter aus dem innersten Ring handelt?«

Filian nickte.

»Schaut euch die Vorgehensweise an. Bei seinem ersten Opfer benutzte er Leder, um ihren Kopf zu befestigen. Ich habe es aufgehoben. Es ist so gut wie unwahrscheinlich, dass irgendwer aus den letzten drei Ringen jemals ein solches Leder in die Hände bekommen hat.«

»Und du glaubst, der Täter sei ein Mann, weil eine Frau das erste Opfer niemals so hätte befestigen können? Oder das männliche Opfer nicht hätte überwältigen können? Könnten es mehrere Täter sein?«

Sinphyria fuhr sich über das Gesicht, als könne sie den Schrecken mit dieser Geste aus ihrem Bewusstsein verbannen.

»Wir können nicht ausschließen, dass er sie zuerst an die Wand nagelte, bevor er ihnen die Kehle durchschnitt«, erklärte Filian.

»In den äußeren Ringen hört man nachts täglich Schreie. Es wäre nicht weiter aufgefallen, wenn er sie zuerst gequält hätte. Selbst wenn es unwahrscheinlich klingt. Die Menge an Blut, die an allen Tatorten zu finden war, weist aber darauf hin, dass sie am Fundort auch ihr Leben lassen mussten. Vielleicht wurden sie vorher auch betäubt ... Genau ließ sich das nicht sagen. Wir haben Fußspuren im Matsch gefunden, die auf einen einzelnen

Täter hindeuten. Und aufgrund der Größe und Tiefe kann es sich fast nur um einen Mann handeln.«

Sinphyria warf einen Blick zu Athron hinüber, der sich die Schläfen massierte.

»Das ist doch Wahnsinn. Selbst ein einzelner Mann hätte mit einer Frau zu sehr zu kämpfen gehabt, als dass *niemand* etwas bemerkt hätte. Hat er sie betäubt? Gab es Anzeichen eines Kampfes?«

Filian rückte sich die rundglasige Brille auf der Nase zurecht und deutete auf die Zeichnung.

»Unter den Fingernägeln fanden sich Blut und Haut. Sie roch nach Alkohol, das ist im äußersten Ring allerdings nichts Ungewöhnliches. Sie hat sich gewehrt. Ob sie betäubt wurde, wissen wir nicht. Dafür reicht unser medizinisches Wissen nicht aus.«

»Und woher wusste der Täter so gut Bescheid über die Sünden dieser Menschen? Menschen unterschiedlichsten Stands, Geschlechtes und ... Berufs«, fragte Irius. Die Falte zwischen seinen Augenbrauen vertiefte sich.

«Nun, ich hätte gedacht, dass er eventuell ein Mönch wäre, aber ich habe bereits mit jedem einzelnen gesprochen und ehrlich gesagt ... kam keiner von ihnen in Frage.«

»Davon würde ich mich gern noch mal selbst überzeugen.«

Filian zuckte leicht mit den Schultern und räusperte sich.

»Tu dir keinen Zwang an, Kathanter.«

Das Geduze gefiel dem alten Jäger immer noch nicht, und Sinphyria musste bei seinem missbilligenden Gesichtsausdruck, den Filian völlig ignorierte, ein Grinsen unterdrücken.

»Wo können wir anfangen? Was können wir tun?«, fragte Athron mit bebender Stimme und griff unter dem Tisch nach Sinphyrias Hand. Sie umschloss die seine und drückte sie kurz.

»Wir haben ein paar Leute aus dem Umfeld der Opfer befragt. Lest ihre Aussagen durch, ich habe sie hier für euch herausgesucht. Vielleicht stoßt ihr auf etwas, das mir entgangen ist. Ansonsten sprecht mit Tammen Krain, ich kann euch sagen, wo er gerade Dienst hat. Lasst euch alles durch den Kopf gehen. Wir treffen uns morgen früh wieder, um eure Erkenntnisse zu besprechen.«

Sinphyria war froh, als sie sich an die Arbeit machen konnte. Den Anblick dieser Opfer würde sie so schnell nicht vergessen.

Am Nachmittag verließ Sinphyria die Gruppe, um sich mit Hauptmann Greí in der Kirche zu treffen. Er hatte vor dem Portal auf sie gewartet und verneigte sich leicht, als sie zu ihm trat.

»Cahya zum Gruße, Fräulein Leon. Ich hoffe, es setzt Euch nicht zu sehr zu, nach diesem Mörder zu suchen.«

Sinphyria seufzte.

»Es ist gut, etwas zu tun zu haben. Hauptmann Greí? Dürfte ich Euch um etwas bitten?«

»Natürlich«, antwortete Greí und lächelte.

Er sah erschöpft aus. Die Schatten unter seinen Augen schienen seit gestern Abend noch etwas dunkler geworden zu sein.

»Könntet Ihr mich bitte einfach Sinphyria nennen? Ich weiß, dass Ihr ein besonders höflicher Mann seid, aber ich fühle mich unwohl mit diesem ‚Fräulein'-Gehabe.«

Greí stutzte, doch dann wurde sein Lächeln breiter.

»Wie du wünschst, Sinphyria. Ich kann dir aber nur erlauben, mich mit Vornamen anzusprechen, wenn wir allein sind. Vor den anderen Soldaten verliere ich sonst mein Ansehen.«

Sinphyria nickte.

»Abgemacht.«

In diesem Moment trat ein Mann in einer beigefarbenen Kutte aus den geöffneten Flügeln der Kirche. Er legte die Fäuste aneinander und verbeugte sich vor ihnen. Der Hauptmann tat es ihm gleich, Sinphyria stand nur daneben. Ihr waren die Gesten der Geistlichen nicht geläufig. Mit ihrem Vater hatte sie kein einziges Mal eine Kirche besucht, sondern sie höchstens von außen betrachtet. Miran Leon glaubte nicht an die Götter und genauso wenig tat es seine Tochter. Selbst wenn sie ab und zu den Namen des Feuergottes in den Mund nahm, wenn sie sich sehr ärgerte.

»Cahya zum Gruße«, sagte der Mann freundlich und lächelte. »Mein Name ist Elias, ich bin der oberste Priester hier in Montegrad. Ich hörte von unserem werten Bürgermeister, dass ihr nach geistlichem Beistand sucht?«

Elias war ein Mann, den Sinphyria auf über siebzig Winter schätzte. Sein Haar war weiß und schütter am Oberkopf, doch an den Seiten noch voll. Er trug außer der Kutte nur einen Kettenanhänger, der ein großes, silbriges Blatt darstellte. Nicht mal Schuhe befanden sich an seinen Füßen.

»Cahya zum Gruße, Erster Priester Elias. Mein Name ist Hauptmann Vardrett Greí und das ist Sinphyria Leon. Mit ihr geschah etwas, hinter dem nur die Götter stehen können. Wir bitten Euch, uns anzuhören und uns vielleicht einen Rat zu geben, womit wir es zu tun haben und was es bedeutet.«

Elias betrachtete Sinphyria einen Moment lang interessiert, sodass sie sich wie ein Ausstellungsstück fühlte. Dann nickte er.

»Natürlich, natürlich. Bitte folgt mir.«

Er führte sie in das Innere der Kirche. Sinphyria war erneut mehr als beeindruckt. Bei den wenigen Besuchen in den größeren Städten Kanthis war sie nie in einer solchen Kirche gewesen. Die Decken waren so hoch, dass sie dem Himmel nah sein mochten, und über und über verziert mit den prächtigsten Malereien.

Übergroße Menschen, Krieger in edlen Rüstungen, fochten gegen missgestaltete Kreaturen mit schwarzem Fell und messerlangen Reißzähnen. Der Maler hatte diverse Rot- und Orangetöne genutzt, so, als ob die Gefechte im Feuer der Hölle selbst stattfanden. Hinter den Kriegern stand eine nackte Frau mit ellenlangen Haaren, die von weißem Licht umgeben und von Pflanzen umrankt war.

Sie schien den Kriegern auf den Bildern Kraft im Kampf gegen die Dämonen zu geben.

Über den Gemälden waren Fenster eingelassen worden, die oben spitz zuliefen. In jedem Rahmen prangte unter der Spitze eine Blume mit ebenfalls spitz zulaufenden Blüten. Die Scheiben bestanden aus bunten Glasmosaiken und reflektierten das Licht ebenso vielfarben in das Innere der Kirche. Dort trafen die Sonnenstrahlen auf zwei riesige Becken, die in den blütenweißen Boden eingelassen waren und deren Wasseroberfläche in friedvollem Schein glitzerte. Sinphyria konnte nirgends ein Staubkorn entdecken.

Gestützt wurde die mächtige Decke von Säulen, die so breit waren wie Sinphyria und die gebogen wie die Rippen eines Menschen an den Wänden der Kirche entlangführten, bis sie schließlich in der Decke mündeten. Dadurch wirkte die Decke spitz und noch höher, als wenn das Dach flach gewesen wäre. Rechts neben dem Eingang befand sich eine Tribüne aus dunklem Holz, deren Stufen zu insgesamt fünf Reihen führten. Das mächtige Gebäude wirkte durch das warme, bunte Licht trotz seiner Größe einladend, und doch gleichzeitig auch beängstigend, wegen der großen, furchteinflößenden Malereien.

Dann fiel Sinphyrias Blick auf die große Statue von Cahya, die sich am linken Ende der Kirche über dem Altar erhob. Die steinernen Arme hielt sie hoch erhoben, der Blick war auf die Betenden zu ihren Füßen gerichtet. Es war Sinphyria beinahe so, als würde die Göttin sie beobachten. Das jagte ihr einen unangenehmen Schauer über den Rücken.

Neben der Bewunderung, die Sinphyria für dieses beeindruckende Bauwerk empfand, verspürte sie gleichzeitig eine unterschwellige Beklemmung.

Es war, als drücke das Gewicht der Wände auf ihre Schultern und mache sie klein. Ihr schien es fast so, als würden alle gemalten und gegossenen Augen sie anstarren. Am wenigsten gefiel ihr, dass das Böse hier eindeutig durch das Feuer verkörpert wurde. Und sie schien eine seltsame Beziehung zu dem Feuer entwickelt zu haben ...

Was, wenn der Priester Hauptmann Greí sagen würde, dass Sinphyria von Azaaris, dem Feuergott, besessen war? Sie wusste zwar nicht viel von den alten Sagen, aber sie hatte gehört, dass Azaaris nicht nur an den Wänden dieser Kirche, sondern in jeder Erzählung und Predigt, im gesamten Glaubenssystem der Anhänger von Cahya, das Böse verkörperte – und der Herrscher über das Feuer war.

Sinphyria schauderte. Wie würde der Hauptmann dann reagieren?

»Kommt, wir ziehen uns in mein Zimmer zurück. Dort sind wir ungestört.«

Im Inneren der Kirche liefen einige Mönche umher, manche von ihnen waren kahlgeschoren und hatten schwarze Bemalungen auf der Haut. Sinphyria konnte sie nicht genau erkennen, meinte aber, dass sie kleine Äste und Zweige darstellten. Sie trugen unterschiedlich gefärbte Kutten, wobei die älteren Mönche in hellere Farben gekleidet waren als die jüngeren. Nur wenige Mädchen und Frauen befanden sich unter ihnen, und so wunderte es Sinphyria nicht, dass einige der Mönche ihr verstohlene Blicke zuwarfen. Sinphyria, Greí und Elias schritten an der Galerie vorbei, immer weiter auf die Statue der Cahya zu. Als sie am Ende der Galerie angekommen waren, befanden sich rechts von ihnen zwei etwa mannshohe Türbogen, die mit dicken, dunkelgrünen Vorhängen halb verdeckt waren. Dahinter konnte Sinphyria unterdrücktes Gemurmel hören.

»Sinphyria. Es gehört sich nicht, die Beichte zu belauschen«, riss die mahnende Stimme Vardrett Greís Sinphyria aus ihren Beobachtungen.

Als sie sich umdrehte, sah sie, dass sich die beiden Männer bereits in einem der angrenzenden Zimmer standen, die sich gegenüber des Beichtstuhls befanden, und auf sie wartete.

Es war nur ein kleiner Raum mit niedriger Decke, der nichts außer einem Tisch, einem schlichten Bett und zwei Stühlen beinhaltete. Elias verwies den Hauptmann und Sinphyria auf die

Stühle und setzte sich selbst auf das Bett. »Ich bin gespannt, Eure Geschichte zu hören, Fräulein Leon«, sprach Elias sanft lächelnd.

Sinphyria verdrängte ihre Angst, vor dem, was der Priester vielleicht in ihr Erlebnis deuten würde, und begann langsam mit ihrer Erzählung.

Als sie geendet hatte, schwieg Elias. Sinphyria konnte an seiner Miene nicht ablesen, was er von ihrer Geschichte hielt Das Schweigen zog sich in die Länge und wurde beinahe unerträglich.

Schließlich fragte Elias in neutralem Ton: »Ist euch die Geschichte der Scheibe der Macht bekannt?«.

Greí nickte, Sinphyria schüttelte den Kopf.

»Nun«, begann der Priester. »Ich versuche, mich kurzzufassen. Einst herrschten die Götterkräfte über uns Menschen, Schatten, Feuer und Licht. Doch sie vertrugen sich nicht und bekriegten sich immer wieder. Als sie bemerkten, dass ihre Kräfte in diesen Kriegen die Erde zerstörten, schufen sie die sogenannten Hüllen der Macht.«

»Hüllen der Macht?«, unterbrach Sinphyria den Priester erstaunt. Genau diese Geschichte hatte sie doch von Gregor schon gehört. Ob sich die Darstellung des Priesters von Gregors Geschichte unterscheiden würde?

»Allerdings. Sie übertrugen einen Teil ihrer Kräfte in auserwählte Menschen, die ihre Kämpfe für sie ausfechten sollten. Auf diese Weise hielt sich die Zerstörung unserer Welt in Grenzen. Allerdings kosteten diese Schlachten immer noch viele Menschenleben, und so beschlossen die Schatten und das Licht, ihre Macht von der Erde zu verbannen.«

So konnte man natürlich auch erklären, warum die Götter nicht mehr eingriffen, dachte Sinphyria bei sich.

Elias fuhr fort: »Durch eine List schafften sie es, das Feuer in eine Scheibe zu schließen, in einem Artefakt zu versiegeln. Anschließend fuhren die anderen Götter selbst in diese Scheibe, die Scheibe der Macht. Diese wurde versteckt und geriet über die

Jahrtausende in Vergessenheit. Sie galt als verschollen und damit auch die Kräfte der Götter.«

»Also, die Scheibe ging verloren, aber wir haben sie aus der namenlosen Festung gestohlen. Wie kann das sein? Wusste dort niemand, was sie wirklich bewachten?«

Es war Greí, der nun den Kopf schüttelte.

»Der Sinn der namenlosen Festung war niemandem bekannt, nicht einmal dem König selbst. Wir wussten alle nur, dass dort ein sehr wichtiger und großer Schatz verborgen war, der unter allem Umständen geschützt werden musste. Wir wurden bezahlt und fragten nicht weiter. Nach dem Bürgerkrieg ging aber auch die Überlieferung, man würde in der namenlosen Festung etwas Wichtiges bewachen, immer mehr verloren. Deshalb, und wegen dem Krieg, wurden immer mehr Soldaten dort stationiert, die weniger taugten.«

Sinphyria brauchte einen Moment, um das zu verarbeiten.

»Aber ... wie konnte unser Auftraggeber davon wissen? Es wird doch kein Zufall sein, dass er die Scheibe stehlen lassen wollte.«

Elias ließ den Blick ins Leere schweifen und schwieg wieder. Angestrengt massierte Sinphyria sich die Nasenwurzel.

»Es kann sein, dass die Erinnerung an die Scheibe und welche Bedeutung sie hatte in Sinthaz nicht völlig verloren ging. Im Süden gibt es noch viele gläubige Menschen. Hauptsächlich Anhänger der Schatten oder des Feuers, weniger des Lichts. Vielleicht haben sie ihr Wissen bewahrt und jemand, der Auftraggeber oder dessen Auftraggeber, wollte die Scheibe in seinen Besitz bringen.«

»Der Krieg im Süden brach jedenfalls aus«, setzte Greí die Erzählung fort und seine Stimme klang, als hätte er gerade eine Erkenntnis gewonnen, »und die Art der Berichte, die uns erreichten, ließen nur den einen Schluss zu, nämlich, dass die Kräfte zurückgekehrt waren.«

Auch Sinphyria schien nun ein Licht aufzugehen. Verbrannte Körper, riesige Feuerbälle, ganze Dörfer, die angeblich binnen weniger Tage in Schutt und Asche gelegt worden waren. Da schien es naheliegend, dass man als gläubiger Mensch an die Rückkehr der Götter dachte.

»Ihr glaubt also, dass die Scheibe, die meine Komplizin und ich stehlen sollten, tatsächlich die Scheibe der Macht war? Deshalb sollten wir sie nicht mit bloßen Händen berühren? Es hätte die *Kraft* entfesseln können?«

Sinphyria wusste nicht genau warum, aber ihr Herz klopfte vor Aufregung und etwas verkrampfte sich in ihrer Magengegend. Greí und der Priester waren überzeugt davon, dass es Götter gab und dass sie Menschen besetzen konnten. Sinphyria konnte nicht abstreiten, dass es komisch war, wie sie plötzlich einfach so durch Feuer spazieren konnte. Das fühlte sich alles so unwirklich an. Und es machte ihr Angst.

»Die Kräfte *wurden* bereits entfesselt«, korrigierte Greí.

»Aber ... wie? Ich habe die Scheibe niemals berührt!«

«Und was ist mit deiner Komplizin?«

Arátané?

Sinphyria musste sich zwingen, ruhig zu atmen.

Das Loch in Arátanés Handschuh. Vielleicht hatte sie die Scheibe ausversehen berührt und damit die Göttermächte befreit.

Verdammt – was war mit ihr geschehen? Was bedeutete das für Arátané?

Dann aber fiel Sinphyria noch etwas anderes ein.

»Aber wie kann dann seit Monaten Krieg herrschen, der verbrannte Körper und seltsame Magie mit sich bringt? Die Berichte aus dem Süden sind doch recht eindeutig, jetzt, wo wir das mit der Scheibe der Macht wissen«, fragte Sinphyria hastig, »und was bedeutet das für mich?«

Sie zögerte kurz. »Bin ich vielleicht vom Bösen befallen?«

Jetzt war es heraus. Gespannt wartete sie auf die Reaktion der beiden Männer.

Zu ihrer Überraschung packte Vardrett Greí Sinphyria an der Schulter und sah ihr eindringlich in die Augen.

»Deine erste Tat mit deinen neuen Kräften war gut. Es *muss* einen Grund dafür geben. Solange du dich entscheidest, Gutes zu tun, werden sicher auch deine Kräfte gut sein«, sagte er eindringlich, ohne den Blick abzuwenden. »Ich bin überzeugt davon, dass es Cahya ist, die dich leitet.«
Deine Überzeugung hilft mir wenig, Hauptmann.
Sinphyria zwang sich zur Ruhe, aber ihre Gedanken rasten. Sie spürte, wie ihre Hände zu zittern begannen.

Warum blieben die beiden Männer so ruhig? Warum machte ihnen ihre Kraft, wenn man es denn so nennen wollte, keine Angst? Sinphyria fing nämlich gerade an, verdammt unruhig zu werden.

»Ich stimme dem Hauptmann zu, Fräulein Leon«, sagte der Priester Elias im Hintergrund und Sinphyria sah ihn überrascht an.

»Wenn Ihr die Hülle seid, die das Feuer aushält, dann könnt Ihr vielleicht auch stark genug sein, die andere Hülle des Feuers aufzuhalten. Wir haben viel zu wenig Überlieferungen, um Gewissheit zu haben. Aber jetzt Angst zu haben, wäre eine viel zu verfrühte Reaktion.«

Leichter gesagt, als getan, dachte Sinphyria, versuchte aber, sich so wenig wie möglich anmerken zu lassen. Noch hatte keiner beschlossen, sie vorsichtshalber hinzurichten und dabei wollte sie es gern belassen.

Niemand schien hier eine genaue Ahnung zu haben, was mit ihr los sein könnte. Wenn Greí und der Priester unbedingt an das Beste glauben wollten, bitte. Das würde sie jetzt sicher nicht hinterfragen.

»Aber Eure erste Frage beschäftigt mich«, fügte der alte Priester hinzu und erhob sich. »Wie kann der Krieg schon so lange wüten, wenn erst durch Euch die Scheibe der Macht berührt und damit die göttlichen Mächte entfesselt wurden? Ich werde Rücksprache mit den Höchsten unseres Ordens halten müssen. Vor ein paar Tagen erreichte mich bereits ein Rabe, der von einer seltsamen Anrufung berichtete. Ein junger Mönch aus dem östlichsten Rand unseres Landes wurde während der Wiedergeburt seines besten Freundes von einem überirdischen Licht erfasst. Er und seine Begleiter sind auf dem Weg hierher. Vielleicht hängen seine Auserwählung und deine neuen Kräfte miteinander zusammen. Und möglicherweise weiß jemand eine Antwort darauf, warum bereits vor der Berührung der Scheibe gottähnliche Kräfte auftraten.«

Damit schien die Unterhaltung beendet.

In Sinphyrias Magen lag ein schweres Gewicht, fast so, als würde jemand nach ihren Eingeweiden greifen und sie einmal in ihrem Innern umdrehen. Das Gespräch hatte mehr Fragen aufgeworfen als beantwortet.

Was bedeutete es, eine Hülle der Macht zu sein? Warum hatte der Feuergott noch keinen Kontakt zu ihr aufgenommen, wenn er sie doch besetzte? Warum war überhaupt noch nichts anderes geschehen, als ihre Immunität gegen das Feuer? Wie war es Arátané ergangen, war sie nun auch eine Hülle? Wo war ihre Freundin jetzt gerade?

Sinphyrias Kopf dröhnte von all den Fragen schmerzhaft. Auf Hauptmann Greís Gesicht zeichnete sich dagegen ein Lächeln ab, das Sinphyria nur schwer deuten konnte.

12. Kapitel

QUIRIN

Ihr Herz schlug viel zu schnell. Wie ein wilder Gebirgsfluss pumpte es das Blut durch ihren Körper. Sie war bedeckt von kaltem Schweiß und heftige Schauer ließen sie erbeben.

Für einen Moment öffnete sie die Augen und sah nur Dunkelheit. Es war aber keine natürliche Dunkelheit, wie die Schwärze der Nacht. Stattdessen fühlte es sich an, als wären ihre Augen mit Pech gefüllt oder einer anderen festen Substanz, die jedes Licht fernhielt. Arátané blinzelte ein paarmal, kniff die Augen zusammen, versuchte, diese allumfassende Dunkelheit loszuwerden, die ihre Sicht versperrte. Und endlich klärte sich ihr Blick. Zuerst konnte sie nur helle Schlieren sehen, die durch die Finsternis brachen. Aber nach und nach gewann der Raum um sie Konturen. Sie befand sich in einer Art Zimmer mit sandfarbenen Wänden. Es gab keine Fenster. Sie lag auf einem schlichten Bett, in dünne Laken gehüllt und trug ein loses, weißes Nachthemd.

Wer hatte sie ausgezogen? Wo waren ihre Sachen?

Was hatte man sonst noch mit ihr angestellt?

Wie um zu prüfen, ob noch alles unversehrt war, tastete Arátané an sich hinab. Immerhin tat nichts weh. Was sie allerdings auch wieder wunderte, weil sie sich verschwommen daran erinnerte, vom Pferd gefallen zu sein. Aber was war danach passiert?

Arátané fühlte sich hundelend.

Sie fror, aber schwitzte zugleich derart, dass das Kleidungsstück bereits völlig durchnässt war. Die Luft in dem Raum roch abgestanden, es war warm und stickig.

Arátané war völlig orientierungslos. Sie konnte sich nicht daran erinnern, wie sie überhaupt hierhergekommen und wann sie das letzte Mal wach gewesen war.

Panik stieg in ihr auf und sie begann heftig zu atmen. Plötzlich schien es, als wäre nicht mehr genug Luft in dem Zimmer. Platzangst befiel sie.

Verzweifelt versuchte Arátané, sich auf das Zimmer zu konzentrieren, sich abzulenken, in dem sie ihre Umgebung genauer inspizierte. Das schien ein bisschen zu helfen und ihr Atem beruhigte sich wieder ein wenig.

Nun fiel ihr zum ersten Mal auf, dass der Raum zwar keine Fenster, aber eine Tür aus massivem Holz besaß. Wenn sie es schaffte, die Tür zu erreichen, konnte sie vielleicht fliehen. Oder zumindest herausfinden, wo sie sich befand. Sie musste irgendwie zu der Tür gelangen, egal, wie sehr ihr Körper gegen jede Bewegung protestierte.

Und plötzlich stand sie direkt vor der Tür.

Arátané japste. Sie hörte das Blut in ihren Ohren rauschen, ihre Beine drohten nachzugeben. Hilflos hielt sie sich an der Klinke der Tür fest, die allerdings nicht nachgab.

Was beim Verräter war gerade passiert?

Ihr Herz beruhigte sich gar nicht mehr. Übelkeit stieg in ihr auf und Arátané musste all ihre Kraft aufbringen, um weiterzumachen.

Arátané versuchte die Türklinke noch einmal herunterzudrücken, doch egal, ob sie zog oder drückte, die Tür ließ sich nicht öffnen. Also hämmerte sie so kräftig sie konnte dagegen. Arátané versuchte zu rufen, aber kein Laut drang aus ihrer Kehle. Bloß ein heiseres Krächzen, das sich ganz fremd anhörte.

Was war hier los? Was hatte man mit ihr gemacht? Warum fühlte sie sich so schwach, konnte kaum gehen, nicht sprechen? War sie vergiftet worden?

Arátané versuchte, tiefer Luft zu holen, aber dass sie ihre Stimme verloren zu haben schien, verstärkte nur noch das Gefühl der

Hilflosigkeit, die sie mit jedem verzweifelten Hämmern deutlicher spürte.

Plötzlich zuckte sie vor Schmerzen zusammen. Es war, als würde sich ein Dolch durch ihren Schädel bohren. Arátané sank auf die Knie und begann zu weinen, Verzweiflung und Wut übermannten sie.

Auf einmal wurde ihr Kopf so heftig nach hinten gerissen, dass sie einen Wirbel knacken hörte. Ihr Mund öffnete sich und eine schwarze Masse floss hinaus. Erschrocken riss Arátané die Augen auf, unfähig, sich zu bewegen. Sie spürte keinen Schmerz, konnte auch diese schwarze Masse nicht fühlen. Das, was aus ihrem Mund kam, sah aus wie ein Schatten, bloß mit einer festen Konsistenz. Er floss ihr Kinn hinab, verblasste, bis er nur noch wie dunkler Rauch aussah und löste sich schließlich ganz auf.

Als der letzte Rest verschwunden war, fuhr erneut ein heftiger Schauer durch ihren Körper und Arátané sank bewusstlos zu Boden.

Sie wusste nicht, wie lange sie auf dem Boden gelegen hatte und ob sie überhaupt wach war. Alles um sie herum schien unscharf zu sein, wie in einem Traum.

Die Tür öffnete sich und zwei Männer betraten den Raum. Sie trugen rotweiße Gewänder und hatten beide langes, schwarzes Haar. Waren sie real? Sie unterhielten sich leise und ernst in einer fremden Sprache. Oder vielleicht doch nicht so unbekannt? Arátané verstand die Worte nicht, die sie sprachen, aber der Klang kam ihr bekannt vor. Die Männer beugten sich zu ihr herunter. Einer nahm ihre Beine, der andere schob vorsichtig seine Hände unter ihre Arme und hob sie hoch. Sanft wurde sie wieder auf das Bett gelegt.

Träumte sie gerade? Doch bevor sie darauf eine Antwort finden konnte, wurde es wieder dunkel um sie herum.

Arátané schlug die Augen auf. Sie fuhr sich über das Gesicht und spürte etwas Kaltes, Feuchtes. Als sie ihre Hand betrachtete, meinte sie, einen schwarzen Schatten an den Fingerspitzen zu erkennen, der schnell blasser wurde und schließlich verschwunden war.

Halluzinierte sie immer noch?

Langsam versuchte sie, sich aufzurichten. Doch mit einem Mal wurde ihr furchtbar schlecht und sie beugte sich vor, um sich zu übergeben. Etwas lief in ihre Nase, die Flüssigkeit brannte und hatte einen unangenehm säuerlichen Geruch. Dieser trieb ihr Tränen in die Augen. Sie fühlte ihre Stirn. Eiskalt. Doch sie fror nicht mehr. Sie fühlte sich seltsam, entrückt. Ihr Körper wurde immer noch von Schauern erfasst. Sie erinnerte sich schemenhaft daran, was zuvor passiert war. Oder wovon sie glaubte, dass es passiert war.

War das bloß ein Traum gewesen oder doch Realität? War ihr wirklich ein Schatten aus dem Mund gekrochen? Hatte sie kaltes Fieber gehabt, versucht, dem Zimmer zu entkommen und sich auf unerklärliche Weise vom Bett zur Tür bewegt?

Arátané schüttelte den Kopf und rieb sich die Nasenwurzel.

Was verdammt war hier los? Und wo war sie?

Vorsichtig, um weiteres Erbrechen zu vermeiden, richtete sie sich auf und betrachtete den Raum, in dem sie sich befand. Der Raum war ihr gänzlich unbekannt. Er unterschied sich von dem etwas düsteren Baustil ihres alten Zuhauses und auch von den einfacheren Behausungen des Nordens, und so zog sie den Schluss, dass sie sich in einer gänzlich anderen Region befand.

Sie war sich sicher, dass sie nie zuvor hier gewesen war. Weil es keine Fenster gab, drang bloß unter der Tür ein wenig Licht hindurch, das so hell war, dass es unmöglich von einer Fackel stammen konnte. Da draußen gab es vermutlich Sonnenlicht. Die Tür selbst war aus dunklem Holz und ihr Rahmen endete in spitz aufeinander zulaufenden Kurven. Sie sah beinahe aus wie das Blatt einer Blüte.

Arátané konnte an der Decke über der Tür auch einige Zacken und Kreise erkennen, die ihn denselben Abständen oben in den Stein gehauen worden waren.

Arátané stockte. Ihr Herz begann, wieder schneller zu schlagen.

Panischer.

Sie kannte diese Bauweise von Türen und Fenstern nur aus Sinthaz. Sinthaz, das südliche Nachbarland von Kanthis, das Hunderte Kilometer von dem Punkt entfernt war, an den sie sich zuletzt erinnern konnte.

Wie lange war sie bewusstlos gewesen?

Wenn sie wirklich in Sinthaz war, musste der Raub der Scheibe mindestens eine Woche zurückliegen.

Was war in der Zwischenzeit mit Sinphyria passiert?

Warum war Arátané hier? Wer hatte sie hergebracht?

Wo war die Scheibe?

Neben all der Fragen, die sich in ihrem Kopf überschlugen, kam ihr noch ein anderer Gedanke. Ihre letzte Reise in das Land Sinthaz, das südlich des Torkengebirges lag, hatte sie vor über zehn Jahren unternommen. Sinthaz war eine Art Sammelbecken von Vertretern der unterschiedlichsten Völker. Und die einzige Sprache, die sie halbwegs beherrschte, wurde möglicherweise an dem Ort, an dem sie sich gerade befand, gar nicht gesprochen.

Beim verdammten Feuergott.

Vermutlich war sie vollkommen allein in einem fremden Land, es ging ihr körperlich zu schlecht, um sich zu verteidigen, und wenn sie richtig Pech hatte, konnte sie sich mit ihren Entführern nicht einmal richtig verständigen. In welches Schlamassel hatte die Mission sie und Sinphyria bloß reingezogen?

Sinphyria. Was war mit ihr geschehen?

Irius und seine Männer mussten sie erwischt haben.

Verrottete sie gerade einsam und allein in einem Verlieẞ der namenlosen Festung oder war ihr noch Schlimmeres zugestoßen? Wartete sie verzweifelt darauf, dass Arátané oder die Gilde sie retteten? Oder konnte es sein, dass sie an denselben Ort gebracht wurde wie Arátané und sich im Zimmer nebenan mit genau denselben Gedanken plagte? Arátané schüttelte sich. Sie durfte sich nicht von ihren Gefühlen ablenken lassen, es bestand die sehr reale Möglichkeit, dass sie sich in Gefahr befand. Was schnelles Handeln erforderlich machte und Konzentration.

Nachdenklich sah sie zu der Tür. Sollten ihre Erinnerungen keinem Traum entsprungen sein, dann war die Tür verschlossen. Außerdem wäre es vielleicht keine gute Idee, einfach hinauszumarschieren. Daher suchte sie erst einmal nach etwas, das sie als Waffe benutzen konnte.

In ihrem Bett gab es nur Kissen, Decke, Matratze. Am Kopfende allerdings waren die Bettpfosten mit zwei Kugeln verziert. Arátané versuchte wenigstens eine davon abzuschrauben, doch sie waren so fest mit dem Kopfteil verankert, dass es ihr nicht gelang.

Sie überlegte, ob sie sich verstecken oder hinter der Tür positionieren sollte, um dem nächsten, der das Zimmer betrag, eine unangenehme Überraschung zu bereiten. Doch kam sie letzten Endes zu der Überzeugung, dass es vielleicht besser wäre, weniger aggressiv vorzugehen. Denn da man sie weder gefesselt noch misshandelt hat, könnte es sein, dass man sie zu irgendetwas brauchte.

Vielleicht sollte sie doch noch einmal ihr Glück an der Tür versuchen. Schaden konnte es nicht und sie hatte schließlich nichts anderes zu tun. Arátané streckte die Füße aus dem Bett und setzte sie auf die Fliesen. Die Fliesen waren warm, aber Arátané spürte diese Wärme kaum. Ihre Füße fühlten sich taub an, fast so, als hätte sie stundenlang in eisigem Wasser gestanden. Sie zog sich am Bettpfosten in die Höhe. Doch als sie schließlich auf wackligen Beinen stand, rutschte das Bett ein wenig zur Seite und Arátané spürte erneute Übelkeit aufkommen. Der Gestank ihres eigenen Erbrochenen machte die Sache nicht besser und sie musste einen

Würgereiz unterdrücken. Schweißperlen bildeten sich auf ihrer Stirn. Sie legte eine Hand auf ihren Magen, der leise grummelte und kniff die Augen zusammen.

Reiß dich zusammen, verdammt!

Sie öffnete die Augen und fixierte die Tür.

Vorsichtig setzte sie einen Fuß vor den anderen und achtete sorgfältig darauf, der Lache an Erbrochenem nicht zu nahe zu kommen. Mit ausgebreiteten Armen versuchte sie das Gleichgewicht zu halte. Kurz kam ihr der Gedanke, dass sie vermutlich unfassbar dämlich aussehen musste, aber sie verdrängte ihn. Ihr Ego war im Augenblick ihr geringstes Problem.

Es schien eine Ewigkeit zu vergehen, in der Arátané nur im Schneckentempo vorankam. So würde sie auf jeden Fall nicht entkommen können.

Aber was sollte sie sonst tun?

Als sie etwa die Hälfte des Raumes durchquert hatte, hörte sie plötzlich ein Kratzen an der Tür. Eine Art Schaben, das Arátané nicht zuordnen konnte. Langsam, mit einem zähen Quietschen, schob sich die massive Holztür auf. Der Spalt wurde größer und Arátanés Herz schlug wie wild.

Auf einmal lachte sie laut auf. Eine Katze hatte es geschafft, die Tür aufzuschieben. Offensichtlich war diese schon die ganze Zeit nicht verschlossen gewesen.

Die Katze kam ein paar Schritte auf Arátané zu. Sie war in verschiedenen Braun- und Schwarztönen gescheckt, und ihre grünen Augen funkelten Arátané aufmerksam an.

Einen Moment lang starrte Arátané wie gebannt zurück. Doch dann riss sie sich zusammen. Sie war froh, dass sie sich bisher auf ihren eigenen Füßen hatte halten können. Sie sollte sich jetzt nicht ablenken lassen.

Die Katze bewegte ihren Schwanz leicht hin und her.

Bei dem Anblick des Tieres erinnerte sich Arátané an ihre Kindheit auf der Burg ihres Vaters, wo sie lieber zwischen Kühen und Pferden im Heu, als in ihrem eigenen Bett geschlafen hatte. Dort hatte es auch unzählige Katzen gegeben. Diese waren so elegant über die Zinnen und Dächer des Anwesens geturnt, dass Arátané stets versucht hatte, sie nachzuahmen.

Das Tier vor ihr machte erneut ein paar Schritte auf sie zu, dann blieb es wieder stehen. Arátané ermahnte sich, weiterzugehen, sonst stand sie nächste Woche noch hier.

Sie atmete einmal tief durch und schloss die Augen. Dann setzte sie ihren Weg fort. Je weiter sie sich von dem Bett und dem übelriechenden Produkt ihres Magens entfernte, umso sicherer fühlte sie sich auf den Beinen. Aufmerksam schien die Katze jeden ihrer Schritte zu beobachten. Als Arátané endlich die Tür erreichte stützte sie sich am Türrahmen ab. Dahinter eröffnete sich ihr ein völlig fremdes, beeindruckendes Bild.

Vor Arátané lag ein offener, sandfarbener Gang, dessen Boden mit Fliesen belegt war.

Ab und zu befand sich ein rautenförmiges Muster auf dem Boden, das aus vielen, bunten Splittern zu bestehen schien. Links von ihr ging ein ganz ähnlicher Gang ab. Beide führten um einen rechteckigen Innenraum herum, der statt einer einfachen Decke eine runde Glaskuppel besaß. Arátané konnte einen wolkenlosen, strahlend blauen Himmel sehen.

Das Sonnenlicht, das durch die Kuppel hereinströmte, fiel auf ein Sammelsurium aus verschiedenen Grünpflanzen, die eine so dichte Decke bildeten, dass Arátané den Boden des Innenraums nicht erkennen konnte. Arátané schien sich in einem größeren Gebäude zu befinden, denn von den Gängen gingen Treppen ab, die in das dichte Grün aus Pflanzen führten. Noch nie in ihrem Leben hatte Arátané eine solche Menge an Pflanzen im Inneren eines Hauses gesehen. Auch die Kuppel aus Glas war ihr völlig fremd.

Dort, wo sich sonst ein Geländer befunden hätte, das einen vor einem Sturz von der oberen Etage bewahren konnte, standen breite, bunt bemalte Säulen, die mit der Decke verschmolzen zu sein schienen. Zwischen ihnen waren weitere, große Pflanzen in Töpfen aufgestellt worden.

Arátané konnte Wasser sprudeln hören. Sie war so fasziniert, dass sie für einen kurzen Moment nur dastand und ihre Umgebung bewunderte. Sie hatte nicht damit gerechnet, sich an einem so wunderschönen Ort zu befinden.

Die Natur war ihr immer ein Rückzugsort gewesen und der Anblick des Gartens hatte sofort eine beruhigende Wirkung auf Arátané.

Plötzlich zuckte sie zusammen, als sie eine Berührung an ihren Beinen spürte. Als sie hinuntersah, entdeckte sie die Katze, die sich an ihre Beine schmiegte, zu schnurren begann und sich schließlich in Richtung der Treppen bewegte. Nach ein paar Metern blieb sie stehen und wandte den Kopf nach Arátané. Fast schien es, als würde das Tier darauf warten, dass sie folgte.

Arátané nickte. Die Katze hatte recht.

Sie sollte wirklich nicht einfach nur herumstehen. Da sie keinen besseren Plan hatte, beschloss sie, der Katze zu folgen. Vielleicht würde sie Arátané direkt nach draußen führen. So machte sich Arátané auf den Weg in Richtung Treppe.

Die Luft wurde zunehmend frischer, je näher sie den Pflanzen kam.

Arátané spürte, wie langsam etwas Energie in ihren Körper zurückkehrte und jeder Schritt ein bisschen sicherer war als der Vorherige.

Zum Glück hatte wenigstens die Treppe ein gusseisernes Geländer, an dem sie sich während ihres Abstiegs nun festhalten konnte. Die Katze tappte vor ihr die Stufen hinab.

Am Fuße der Treppe erwarteten Arátané zwei weitere Topfpflanzen mit riesigen Blättern, die gänzlich verbargen, was hinter ihnen lag. Logischerweise war die Katze deutlich schneller als sie. Doch das Tier setzte sich vor die beiden Topfpflanzen und wartete geduldig, bis Arátané sie erreicht hatte.

Als Arátané schließlich bei ihr ankam, verschwand sie mit einer eleganten Bewegung zwischen den beiden Topfpflanzen.

»Warte!«, rief Arátané aus einem Impuls heraus, doch ihre Stimme klang heiser und belegt. Sie räusperte sich und sah sich um. Niemand schien sie gehört zu haben. Sie ging auf die großen Pflanzen zu und schob deren Blätter vorsichtig beiseite.

Als sie den nächsten Schritt machen wollte, hielt sie kurz inne. Auf dem Boden wuchs Gras. Mitten in einem Gebäude.

Erstaunt setzte Arátané einen Fuß vorwärts. Sie stockte. Sie spürte den Boden unter ihren Füßen und obwohl sie erwartet hätte, dass sich das Gras warm anfühlen würde, konnte sie die Wärme nicht wahrnehmen. Genau wie bei den Fliesen zuvor. Was stimmte nicht mit ihr?

Sie versuchte jedoch verbissen, diese Frage zu verdrängen. Zuerst musste sie herausfinden, wo sie sich befand und ob sie in Gefahr war. Danach konnte sie sich immer noch damit befassen, warum ihr Körper sich auf einmal so seltsam verhielt.

Also beschloss sie einfach weiterzugehen, tiefer in diesen kleinen, seltsamen Urwald hinein.

Als sie sich weiter vorwagte, nahm sie einen ungewöhnlichen Geruch wahr.

Sie konnte ihn nicht genau identifizieren, doch es roch wunderbar süß und gleichzeitig würzig, in etwa wie eine Mischung aus Zimt und Datteln.

Beides hatte sie probiert, als sie ihren Vater auf einer Handelsreise nach Sinthaz begleitet hatte. Der Gedanke an ihren Vater jagte Arátané wie jedes Mal einen Schauer den Rücken hinunter.

Gleichzeitig aber schöpfte sie Mut daraus. Sie hatte sich schon aus viel schlimmeren Situationen befreit. Sie hatte den Preis dafür gezahlt. Aber sie hatte es jedes Mal überlebt.

Ein leises Summen erfüllte die Luft und alles wirkte sehr friedlich. Arátané begann unvermittelt sich zu entspannen. Doch sie riss sich zusammen. Sie musste konzentriert bleiben, vielleicht hing ihr Überleben davon ab. Immerhin befand sie sich in einem Gebäude.

Wie konnte dieser wunderschöne Garten *in* einem Haus entstehen? Arátané nahm ihre Umgebung etwas genauer in Augenschein. Zwischen den Grünpflanzen mit den großen Blättern, die sie auch in dem Gang oben gesehen hatte, säumten nun immer wieder Blumen mit großen Blättern, die in allen möglichen Farben leuchteten, ihren Weg. Das Summen von Insekten umgab sie und übertönte fast das Geräusch ihres eigenen, aufgeregt klopfenden Herzens.

Als Arátané die Blüten der Pflanzen genauer betrachtete, konnte sie Bienen sehen und dicke Hummeln. Aber auch einige bunte Schmetterlinge, die völlig unbekümmert vor ihrer Nase herumflatterten. Einige Arten der Schmetterlinge oder auch der dicken Käfer mit den schillernden Panzern hatte Arátané noch nie zuvor gesehen. Hoffentlich war keines dieser Dinger gefährlich. Aber die Insekten interessierten sich gar nicht für sie. Kein einziges landete auf ihr oder umschwirrte ihren Kopf.

Die Katze hatte sie zwar mittlerweile völlig aus den Augen verloren, doch Arátané ging einfach weiter geradeaus. Es war, als wären die Pflanzen links und rechts absichtlich so gesetzt worden, dass sie einen Pfad zu bilden schienen. Arátané beschloss, diesem Weg zu folgen, vollkommen fasziniert von dem, was sie umgab.

Jetzt machte der Weg eine Biegung. Dahinter lagen zwei Büsche, zwischen denen sie geradeso hindurchpassen würde. Jetzt entdeckte sie auch die Katze wieder. Gerade verschwand ihr Hinterteil zwischen den Büschen.

Arátané folgte ihr, blieb dann aber abrupt stehen. Ein Stück weiter führte der Weg auf eine kleine Lichtung und die Katze lief geradewegs auf einen Mann zu, der dort auf dem Boden saß. Er schien aus einem seltsam geformten Gefäß Wasser auf die Blumen zu gießen, die ihn umgaben. Es sah beinahe aus wie eine Karaffe, aus der man in den Tavernen Wein ausschenkte.

Der Mann war ungefähr vierzig oder fünfzig Winter alt, hatte stark gebräunte Haut und schulterlanges, schwarzes Haar, das er zu einem Pferdeschwanz gebunden hatte, aus dem einige Strähnen entkommen waren. Eine tiefe Narbe zerfurchte seine linke Wange, seine Augen wirkten jedoch warm und freundlich.

Seine Kleidung bestand aus einem langen, senfgelben Gewand mit violetten Verzierungen, dessen breite Ärmel hochgeschoben waren.

Der Mann summte leise ein Lied vor sich hin und wirkte ganz abwesend, vertieft in seine Arbeit, bis die Katze leise maunzte und um seine Beine strich.

»Hm? Oh, Iro, wie schön, dass du mich besuchst«, sagte er mit einem Lächeln und beugte sich herunter, um die Katze zwischen den Ohren zu kraulen. Iro begann zu schnurren und auch Arátané war versucht, die Mundwinkel zu einem Lächeln zu verziehen. Plötzlich sah der Mann in ihre Richtung.

Arátané zuckte ein wenig zusammen. Sie stand immer noch halb versteckt hinter einem großen Blatt, atmete jetzt jedoch einmal kurz durch und betrat die Lichtung.

Das Gesicht des Mannes hellte sich auf.

»Afritalim, du bist wach!«

Arátané stand nun direkt vor dem Mann, der mit einem Lächeln zu ihr aufsah.

»Mein Name ist Arátané.«

Das Lächeln des Mannes wurde noch strahlender.

»Afritalim bedeutet in unserer Sprache so viel wie ›Was für ein Glück‹.«

Arátané spürte, wie sie rot wurde.

Doch der Mann schien dies nicht zu bemerken. Er stellte das Gefäß, mit dem er die Blumen begossen hatte, beiseite und stand auf.

»Wir haben sehr lange auf dich gewartet«, erklärte er.

Arátané antwortete zuerst nicht. Der Unterton von Erleichterung und – konnte es sein? – Ehrfurcht verunsicherten sie. Sie wusste einfach nicht, was sie davon halten sollte.

Sie wünschte sich, Sinphyria wäre hier. Ihre Freundin war immer die gewandtere von ihnen beiden gewesen, wenn es darum ging, Gespräche zu führen.

Sinphyria ... Wo bist du? Wie geht es dir? Was ist mit uns passiert?

Sie zwang sich, ihre Aufmerksamkeit wieder auf den Mann vor sich zu richten.

»Wir?«, fragte sie schließlich. Ihre Stimme hörte sich in ihren Ohren immer noch seltsam, rau und belegt an.

»Oh, ich vergaß, dass alles sehr verwirrend für dich sein muss. Mein Name ist Quirin. Ich war dein Auftraggeber und dies ist mein Haus.«

Er breitete in einer ausladenden Geste die Arme aus. »Komm, ich werde dir alles bei einer Tasse Tee erklären.«

Quirin wollte sich umdrehen und den Garten verlassen, doch er merkte schnell, dass Arátané ihm nicht folgte. Kurz musterte er seinen Gast. Dann verstand er.

»Ah, du traust mir nicht. Dann unterhalten wir uns eben hier. Ich will es uns bloß gemütlich machen. Einen Moment.«

Damit drehte er sich um und verschwand schnell im Dickicht des Waldes. Unterdessen bewegte Iro, die Katze, sich wieder auf Arátané zu und schlich ihr um die Beine. Arátané reagierte nicht. Sie war zu gebannt davon, was hier geschah. Außerdem versuchte sie fieberhaft, aus ihrer Umgebung oder dem Verhalten Quirins etwas herauszulesen, das ihr nützlich sein konnte. Aber auch das war eher Sinphyrias Stärke. Menschen zu analysieren, Situationen einzuschätzen. Arátané überlegte, ob sie Quirin nach ihrer Freundin fragen sollte, aber es wäre wohl besser, zuerst einmal zu hören, was er ihr zu erzählen hätte. Also blieb sie stehen und wartete ab.

Es dauerte nicht lange, bis Quirin mit einem Tablett zurückkehrte, auf dem er eine filigrane Karaffe, ähnlich derjenigen, mit der er die Pflanzen gegossen hatte, und zwei Tassen balancierte.

Aus der Karaffe stieg ein wohlriechender Dampf. Sorgfältig stellte Quirin das Tablett zwischen ihnen auf das Gras, füllte eine Tasse mit einer hellgrünen Flüssigkeit und stellte sie mit einer einladenden Geste vor Arátané. Dann goss er sich selbst ein und setzte sich.

Arátané hatte Quirin bisher schweigend zugesehen, doch jetzt, da er sie erwartungsvoll ansah, gab sie sich einen Ruck und ging zu ihm, blieb aber weiterhin wachsam. Sie setzte sich und musterte ihren Auftraggeber.

»Trink ruhig einen Schluck, er ist nicht vergiftet. Wenn ich dich töten wollte, hätte ich es längst tun können, denkst du nicht?«

Das ergab Sinn. Außerdem war Arátanés Kehle trocken und sie wäre gerne den Geschmack des Erbrochenen losgeworden.

Also ergriff sie die Tasse und setzte sie an ihre Lippen. Sehr zaghaft und vorsichtig trank sie einen Schluck. Als die Flüssigkeit ihre Kehle benetzte, breitet sich ein wohliges Gefühl in ihr aus. Das Getränk hatte einen eher dezenten Geschmack, den sie nicht einordnen konnte, doch seine Wärme erfüllte ihren gesamten Körper. Auf einen Schlag fühlte sie sich wacher und aufmerksamer.

Sie nahm einen weiteren Schluck und versuchte dabei Quirin so ungerührt wie möglich anzusehen.

»Gut?«, fragte er. Obwohl er keine Antwort bekam, nickte er lächelnd, als hätte Arátané ihm begeistert zugestimmt. Nun ergriff auch er seine Tasse. Arátané konnte sehen, dass er an allen Fingern, bis auf den Daumen, Ringe trug.

Die Ringe waren unterschiedlich breit, einige waren schlicht gearbeitet, trugen aber einen bunten Stein, andere schienen aus blankem Gold zu bestehen. Dass er damit überhaupt richtig greifen konnte, war ein Wunder. Arátané dachte, dass er sehr wohlhabend sein musste.

»Du hast sicher eine Menge Fragen, weißt aber nicht, wie du sie am besten stellen sollst, nicht wahr?«

Wieder erhielt er keine Antwort. Er hatte natürlich recht, Arátané wollte fragen, wo sie war, was das alles zu bedeuten hatte, was mit Sinphyria passiert war und wie viel von ihren Träumen Realität gewesen war. Doch sie vermochte immer noch nicht einzuschätzen, ob sie Quirin wirklich vertrauen konnte, und hatte Angst, durch ihre Fragen zu viel von sich Preis zu geben. Allerdings gab es noch einen weiteren Grund für ihr Schweigen.

Arátané hasste es, so hilflos, so ausgeliefert zu sein. Damals, in ihrer Kindheit, hatte man von ihr erwartet, hilflos zu sein, oder zumindest so zu tun. Als Tochter eines Adligen war sie ein feines Fräulein, das irgendwann einen stattlichen Mann heiraten sollte, der sie beschützte. Stattdessen aber hatte sie sich selbst gerettet und war ihrem Elternhaus entkommen.

Seitdem hasste sie es, Schwäche zu zeigen oder zugeben zu müssen, dass sie Hilfe benötigte. In Situationen wie dieser war es, als schnüre ihr diese Abneigung die Kehle zu und hinderte sie daran, etwas zugänglicher zu werden.

»Also gut, dann erzähle ich dir einfach das, von dem ich meine, dass es dich interessieren könnte.« Er wollte gerade weitersprechen, als Arátané sich nun doch überwand.

»Wo bin ich?«, fragte sie.

»In einem kleinen Ort auf dem Land, nahe der Stadt Altherra.«

Arátanés Herz blieb für einen kurzen Moment stehen.

Altherra war die Handelshauptstadt von Sinthaz, dem südlichen Nachbarland von Kanthis. Sie war mehrere Hundert Kilometer von Grünwald entfernt. Würde sie jetzt mit einem Pferd nach Hause aufbrechen, wäre sie mindestens zwei Wochen unterwegs.

War sie die ganze Zeit über bewusstlos gewesen?

»Was ist mit Sinphyria passiert, wo ist sie?«

Im ersten Moment wirkte Quirin verwirrt, dann lächelte er auf eine Art, die Arátané so gar nicht gefiel.

»Es tut mir leid, dazu kann ich nichts sagen. Unser Interesse galt von Anfang an ausschließlich dir. Noch bevor du die Scheibe berührt hattest, wusste ich, dass du es sein würdest. Ich fürchte, dass wir in der Aufregung dem weiteren Schicksal deiner Gefährtin zu wenig Beachtung geschenkt haben.«

»Dass ich was sein würde? Warum bin ich hier?«

Sie versuchte, ihren aufsteigenden Zorn darüber, dass Sinphyria also wirklich einfach zurückgelassen worden war, zu unterdrücken. Es war wichtig, dass sie einen kühlen Kopf bewahrte. Nun galt es, erst einmal ihren eigenen Hals zu retten. Sin würde ihr in den Hintern treten, würde sie anders handeln.

Quirin lächelte, als hätte er ihre Gedanken an ihrem Gesicht abgelesen.

»Die Schatten haben dich auserwählt.«

Arátané war verwirrt. Er hatte ihre Frage nicht beantwortet. Außerdem konnte sie mit dem, was er gesagt hatte, nichts anfangen. Sie kannte die alten Sagen von Licht, Schatten und Feuer und den Göttern, die sie verkörperten. Doch dies waren Legenden aus alter Zeit, seit Langem in Vergessenheit geraten. Der Glaube, vor allem an das Licht, war zwar noch stark vertreten, doch die restlichen Mächte hatten längst keine Anhänger mehr.

»Die Schatten?«

»Ja, du hörst richtig. Rajanja und Sunyl haben dich durch die Scheibe berührt und sich in dir gebündelt.«

In Arátanés Kopf rasten die Gedanken. Das klang so absurd, dass sie es nicht glauben konnte und auch nicht glauben wollte. Rajanja und Sunyl waren, soweit sie sich erinnern konnte, die Personifizierungen der Schatten, von denen der Legende nach die Menschen erschaffen worden waren. Ihre Schwester Cahya, das Licht, hatte dagegen die Natur sowie magische Wesen, wie zum Beispiel die Elfen, erschaffen. Und ihr Bruder Azaaris, der das Feuer symbolisierte, verkörperte die Kraft der Zerstörung. Aber das alles konnte doch unmöglich etwas mit ihr zu tun haben?

»Ihr müsst verrückt sein.«

Das war nicht gerade höflich. Sinphyria hatte sich immer darüber aufgeregt, wie undiplomatisch sie oft war. Aber das war ihr im Moment egal. Die Situation war einfach zu absurd. Außerdem hatte ihr Gegenüber mehr oder weniger zugegeben, sie gegen ihren Willen verschleppt zu haben. Sie hatte ihrer Stimme einen festen Klang zu geben versucht, doch das war ihr nicht allzu überzeugend gelungen. Deshalb nippte sie erneut an ihrem Tee.

Völlig unvermittelt tauchten Erinnerungen in ihrem Verstand auf. An ihre Orientierungslosigkeit, als sie das erste Mal aus ihrer Bewusstlosigkeit erwacht war, an die seltsamen Zeitsprünge und vor allem an den schwarzen Rauch, der aus ihrem Mund geflossen war.

Dann sah sie Bilder von fernen Orten, die sie nie in ihrem Leben besucht hatte, von Klippen und ausbrechenden Vulkanen.

Arátané schnappte nach Luft, die Tasse fiel aus ihrer Hand. Kalter Schweiß rann über ihre Schläfen.

Quirin beugte sich vor und streckte einen Arm nach ihr aus. Sein Gesicht wirkte ruhig und fast heiter, so, als hätte er genau diese Reaktion erwartet.

Als Arátané spürte, wie Quirins Hand ihre Schulter berührte, zuckte sie sofort zurück.

Damit war der wirre Fluss ihrer Gedanken unterbrochen. Mit angsterfülltem Blick starrte Arátané Quirin an, der sie aufmunternd anlächelte.

»Alles wird gut, Arátané. Ich stehe seit meiner Kindheit in engem Kontakt mit dem Schattenorden und wurde mein ganzes Leben darauf vorbereitet, mich um dich zu kümmern. Wir werden gemeinsam herausfinden, was es bedeutet, von den Schatten berührt worden zu sein.« Als Arátané nicht antwortete, sondern ihn weiter nur anstarrte, fügte er hinzu: »So, wie es aussieht, werde ich wohl lernen müssen, deine Blicke, Mimik und Gestik zu lesen.«

Arátané äußerte sich nicht zu dem unterschwelligen Vorwurf. Sie wusste einfach nicht, wie sie reagieren sollte. Keine ihrer Fragen war beantwortet worden, stattdessen haben Quirins wenige Worte, tausend neue aufgeworfen. Was hatte es mit dem Schattenorden auf sich? Arátané hatte bisher nur von der Kirche der Cahya, also des Lichts, gehört. Und welche Rolle spielte Quirin genau?

»Komm.«

Quirin stemmte sich mit einer seiner mit Ringen besetzten Hände in die Höhe und ächzte dabei laut. »Jetzt ist nicht der Zeitpunkt, um dir alles zu erklären. Ich werde dich zuerst in dein neues Zimmer bringen. Und wenn du dich gesammelt hast, möchtest du vielleicht etwas zu essen?«

Arátané erhob sich ebenfalls. »Neues Zimmer?«

»Oh, ja. Der Raum, indem du erwacht bist, diente doch nur dazu, dass wir dich im Blick behalten konnten, um zu sehen, wie dein Körper deinen ... neuen Zustand akzeptierte.«

Mit einer einladenden Geste bedeutete Quirin Arátané, ihm zu folgen.

»Wie lange war ich bewusstlos?«, fragte Arátané, während sie Quirin durch den Garten folgte. Kurz sah sie sich nach dem Kater um, konnte ihn aber nirgends entdecken. Sie folgte Quirin einen kleinen Pfad entlang, der aus großen, steinernen Platten bestand. Diese waren in unregelmäßigen Abständen auf dem Rasen platziert worden. Das Gras stand an ihren Rändern in Büscheln in die Höhe. In diesem Teil des Gartens wuchsen die gleichen, großblättrigen Pflanzen, die Arátané hier schon öfter gesehen hatte. Summende Insekten flogen zwischen ihnen hin und her.

»Ein paar Wochen«, antwortete Quirin unterdessen auf die Frage, die Arátané beim Anblick des Gartens fast vergessen hatte.

Sie brauchte einen Moment, um seine Aussage zu verarbeiten. »Ein paar Wochen?«

Sie waren offenbar am Ende des Gartens angekommen, denn hier standen wieder die großen Pflanzen, die den Weg wie eine Pforte zu verschließen schienen. Quirin hielt ihr ein besonders großes Blatt, das über den Pfad gewachsen war, aus dem Weg und schenkte ihr ein aufmunterndes Lächeln.

»Ich muss die Pflanzen hier bald wieder stutzen«, erklärte er mit einer seltsamen Traurigkeit in seinen Augen. Arátané fiel es immer schwerer, ihre Ungeduld zu unterdrücken. Was interessierten sie die Pflanzen und warum konnte er nicht wenigstens eine klare Antwort geben?

Normalerweise geriet sie in solchen Situationen ziemlich schnell in Rage, doch jetzt spürte sie die Wut eher wie aus weiter Ferne. Irgendetwas hatte sich definitiv verändert, und so sehr Arátané sich auch nach Sinphyria sehnte, wuchs nun doch die Neugier darüber, was mit ihr los war.

Eine Neugier, die offenbar nur von Quirin gestillt werden konnte.

Arátané ging an ihm vorbei. Quirin schüttelte leicht den Kopf, als wolle er sich aus einer Art Trance befreien, und die Traurigkeit in seinen Augen war so plötzlich verschwunden, wie sie gekommen war.

»Wie können es mehrere Wochen gewesen sein?«, wiederholte Arátané ihre Frage. Vor ihr lag erneut eine sandfarbene Treppe mit gusseisernem Geländer, die sich kaum von der vorherigen unterschied.

Doch Quirin führte sie daran vorbei, sodass sie sich nun unter Arátanés vorherigem Zimmer befanden, bog links ab und hielt auf eine dunkle Holztür zu.

»Dein Körper hatte einen harten Kampf führen müssen, um mit der fremden Energie der Schatten umgehen zu können. Es ist nicht ganz einfach für eine menschliche Hülle, göttliche Kraft aufzunehmen.«

Arátané war wieder einmal nicht viel schlauer als zuvor. Mal ganz abgesehen davon, dass es ihr nicht besonders gefiel, als »Hülle« bezeichnet zu werden.

»Du hast dich in einer Art Koma befunden. Ein Zustand zwischen Schlaf und Bewusstlosigkeit.«

Dieses Wort hatte Arátané noch nie gehört. Konnte es sein, dass sie in die Fänge eines Verrückten geraten war? Andererseits würde dieses Koma zumindest die seltsamen Träume und Bilder erklären, die immer wieder aus Arátanés Erinnerung auftauchten. Die Schatten. Die schnellen Bewegungen. Die fremden Männer. Gleichzeitig wollte sie, dass er log. Wenn seit der Verfolgungsjagd im Wald Wochen vergangen waren, konnte das bedeuten, dass Sinphyria bereits der Prozess gemacht wurde. Dass sie in einer Zelle verrottete oder Schlimmeres – dass man sie hingerichtet hatte.

Arátané schluckte und versuchte, ihren schneller werdenden Herzschlag zu beruhigen. Es lag im Moment nicht in ihrer Macht, ihrer Freundin zu helfen. Aber sie konnte sich selbst helfen.

Sie waren vor einer Tür aus dunklem Holz angekommen. Quirin drückte die gusseiserne Klinke und betrag das dahinterliegende Zimmer.

Der Raum war groß, hell und weitaus wohnlicher als Arátanés erste Unterkunft. Ein massiver Kleiderschrank erinnerte sie an die Burg, in der sie aufgewachsen war und drei Gemälde an der Wand zeigten unterschiedliche Wüstenlandschaften in warmen Farbtönen. Nur das große Himmelbett war weniger nach ihrem Geschmack. Es war aus dunklem Holz gefertigt und umgeben von einem feinmaschigen, weißen Netz, das an einem Haken befestigt war, den man in die Decke eingelassen hatte.

Quirin bemerkte ihren kritischen Blick und lächelte.

»Das Netz hat einen Grund. Es soll keine romantische Stimmung verbreiten, sondern die Insekten fernhalten. In Sinthaz stellen diese, vor allem in der Nacht, ein großes Problem dar.«

Sie hasste jegliche Art von Krabbelviechern, die ihr am besten im Schlaf in den Mund krochen. Arátané schüttelte sich innerlich und wusste, dass sie von nun an penibel darauf achten würde, das Netz geschlossen zu halten.

»Der Anzug, den du von mir erhalten hattest, ist durch die Macht der Schatten komplett zerstört worden. Ich hoffe, dass wir dir ein wenig Kleidung besorgen konnten, die deinem Geschmack entspricht. Jedenfalls ähnelt sie der Freizeitkleidung unserer sinthazianischen Kriegerinnen.«

Arátané fragte sich, was diese angeblichen Schattenmächte noch alles zerstört hatten.

Waren sie wirklich der Grund, aus dem sie sich so schlecht gefühlt hatte? Konnte sie darauf vertrauen, dass Quirin sie nicht angelogen hatte?

Seine Erzählungen über die göttlichen Mächte kam ihr immer noch vor wie etwas, das sich ein sehr eifriger Barde ausgedacht hätte, um sein neustes Lied zu bewerben.

»Ich hole dich zum Essen ab in ... sagen wir einer halben Stunde. Es gibt hier so viel zu sehen.«

Damit nickte er ihr noch einmal lächelnd zu und verließ das Zimmer.

13. Kapitel

DIE SCHWARZE STADT

Die Reise zum Krähenfels gestaltete sich als sehr anstrengend. Die Esel wollten Vortian nicht mehr tragen und bei jeder Kleinigkeit bekam er einen Wutanfall. Pan bemerkte, dass Vortian immer nervöser wurde, als sie über die Hauptstraße Mühlbachs direkt den Nordostwald betraten. Vortian war schon immer jemand gewesen, der Angst vor Neuem hatte. Doch normalerweise äußerte sich das bei ihm, indem er noch stiller war als sonst. Nicht darin, dass er jeden in seiner Umgebung anpampte.

Pan grübelte, ob es vor den Ereignissen in der Gaststätte bereits irgendwelche Anzeichen gegeben hatte, aber ihm wollte partout nichts einfallen.

Aber eigentlich hatte er ja auch gar keine Ahnung, wie sich Alkoholsucht bei jemandem zeigte. Er wusste nur, dass Vortian in seinem bisherigen Leben kaum Alkohol getrunken hatte und wenn, dann nur wenige Schlucke Bier. Er hatte sogar gestern den grünen Schnaps stehen gelassen, den Pan probiert hatte.

Konnte es sein, dass Vortian schon immer ein Säufer gewesen war und es im Kloster nur gut verborgen hatte? Oder hatte sein so plötzlich verändertes Verhalten etwas mit dem zu tun, was während der Heilung des Wirtes geschehen war?

Das Problem war, dass Pan sich nicht daran erinnern konnte, was passiert war, nachdem er den Wirt berührt hatte. Die erste Erinnerung danach war, am nächsten Morgen aufgewacht zu sein. Er hatte Xundina gefragt und diese hatte ihm erzählt, dass Vortian ihn während der Heilung berührt hatte.

Konnte es sein, dass die Alkoholsucht des Wirtes nicht verschwunden, sondern auf Vortian übertragen worden war? Pan fühlte sich machtlos und er hasste dieses Gefühl. Vor allem, weil *sie* ihm in solchen Momenten sonst immer geholfen hatte. Zum Beispiel, als sie Pan ermutigt hatte, den Veteran zu berühren.

Die Stimme in seinem Kopf, die er seit seiner Auserwählung hören konnte, hatte ihn bisher geführt, ihm Sicherheit gegeben. Weil die Stimme einen warmen, weiblichen Klang besaß, war Pan davon ausgegangen, dass es Cahya selbst war, die zu ihm sprach.

Als sie das erste Mal zu ihm gesprochen hatte, war er sehr erschrocken gewesen und hatte geglaubt verrückt geworden zu sein. Das war in dem Moment gewesen, als er über dem Boden zu schweben begonnen hatte.

Die Stimme hatte nur Pans Namen gesagt und ihm versichert, dass sie bei ihm sei. Dass sie von nun an untrennbar zu ihm gehören und sich sein Schicksal grundlegend verändern würde. Aber dass er keine Angst zu haben brauche.

Nach seinem Erwachen hatte er sich an diese Stimme und ihre Worte erinnern können. Er wusste ebenfalls noch, dass sie ihm geraten hatte, erst einmal nichts von ihr zu erzählen. Selbst Vortian nicht.

Die Erste Priesterin Lena hatte Pan von den Lichtstrahlen erzählt, die seine Augen erfüllt hatten, dass er über dem Boden geschwebt war. Erst da hatte Pans Furcht sich etwas gelegt und er hatte angefangen, der Stimme in seinem Kopf zu vertrauen. Dieses Vertrauen war seit den letzten beiden Heilungen nur gewachsen. Jetzt allerdings, wo sein Freund sich so offensichtlich verändert hatte und er vielleicht daran schuld war, schwieg sie.

Das ließ Pan wieder an ihr zweifeln. Außerdem hatte er bemerkt, dass auch sein Verhalten sich seit der Auserwählung verändert hatte. Er hatte Vortian nicht so abweisend behandeln wollen, aber er selbst hatte keine Macht darüber gehabt. Das war schwer zu beschreiben, obwohl Pan es ja selbst erlebt hatte.

Wenn Vortian nicht sofort nach seinem Willen handelte, brachte Pan das zur Weißglut. Und dass, obwohl er vor seiner Auserwählung besonders für seine Geduld bekannt gewesen war, vor allem Vortian, seinem besten Freund, gegenüber. Deshalb hatte er sich ja auch beinahe ausschließlich um die jüngeren Novizen gekümmert.

Aber so sehr Pan die Stimme in seinem Kopf auch rief und darum bat, sie solle ihm sagen, was mit seinem Freund los war, schwieg sie beharrlich.

Mittlerweile hatten sie den Wald erreicht und Pan stellte fest, dass ihm dieser gar nicht gefiel. Er liebte zwar die Natur und hielt sich gerne im Freien auf, aber die gigantischen Nadel- und Laubbäume, die sie umgaben und nur wenig Sonnenlicht durchließen, ängstigten ihn aus irgendeinem Grund.

Die Bäume standen so dicht, dass man nur wenige Meter weit sehen konnte. Pan wurde das Gefühl nicht los, dass in der dunklen Tiefe des Waldes irgendetwas lauerte und sie beobachtete.

Selbst das Rauschen der Blätter im Wind und das Gezwitscher der Vögel, das über den Baumkronen ertönte, beruhigten ihn nur wenig. Er redete sich ein, dass sie sich schließlich auf einer festen Straße befanden, die ständig von Händlern genutzt wurde, um Mühlbach und das Kloster am Berg mit Lebensmitteln zu versorgen. Vermutlich würden sie sogar bald auf jemanden treffen.

Pan wandte seine Aufmerksamkeit wieder Vortian zu.

Brid hatte ihnen den Weg zum Krähenfels auf Xundinas Karte gezeigt und die junge Novizin hielt ihr Pergament die ganze Zeit in der Hand, um ja sicherzugehen, dass sie den richtigen Weg nahmen. Auch, wenn sie eigentlich nur dem einzigen festen Pfad folgen mussten, bis er irgendwann links abzweigte. Außerdem gab es auch ein Holzschild, das zum Krähenfels verwies. Man konnte die Abzweigung also kaum verpassen.

Vortian ging vorneweg, während Pan auf seinem Esel ritt und Xundina den anderen am Zügel führte. Warum sie nie ritt, wusste Pan nicht genau. Die Esel konnten schon einiges tragen. Aber

Vortian hatte ihm erzählt, dass Xundina sich wegen ihrer Größe und ihres Gewichtes schämte. Dafür gab es keinen Grund, fand Pan, aber solche Gefühle waren wahrscheinlich nicht einfach abzulegen. Außerdem fiel ihm auf, dass Xundina sich kaum umsah und nur stur nach vorne starrte.

Allmählich führte der Weg bergauf. Sie kamen dem Torkengebirge immer näher, von dem der Krähenfels ein Ausläufer war. Die Nähe zu den Bergen erinnerte Pan an das Kloster.

Was würden sie wohl jetzt gerade tun, wenn Pan nicht auserwählt worden wäre?

Die Sehnsucht nach seinen früheren Leben, gab den Ausschlag. Er konnte einfach nicht mehr anders, als seinen Freund auf dessen Verhalten anzusprechen.

Pan stieg von dem Rücken seines Esels, um ihm eine Pause zu gönnen und holte zu Vortian auf, der gerade wieder die Schnapsflasche in Händen hielt.

»Sag mal, ist es nicht ein wenig früh für Schnaps?«, fragte Pan vorsichtig und versuchte mit einem Lächeln, den Satz eher witzig, denn besorgt klingen zu lassen. So richtig gelang ihm das nicht. Vortian zuckte nur mit den Schultern und nahm trotzdem einen Schluck.

»Vort, ich dachte eigentlich, du magst Schnaps gar nicht.«

Pan wollte seine Hand auf Vortians Schulter legen, doch sobald dieser das bemerkte, zuckte er zurück, als wäre Pans Hand glühend heiß. Er riss die Augen weit auf und starrte angsterfüllt auf Pans Hand.

»Fass mich bloß nicht an!«

Vortian beschleunigte seinen Schritt und ließ den völlig verwirrten Pan zurück. Als Xundina zu Pan aufholte, wechselten die beiden einen besorgten Blick. Hoffentlich verstand Xundina, dass sie unbedingt etwas wegen Vortians Verhalten unternehmen mussten.

Es begann bereits zu dämmern, als Pan eine Lichtung entdeckte, auf der sie Rast machen konnten. Die Abzweigung zum

Krähenfels war nur noch ein oder zwei Stunden entfernt. Von da an war es etwa ein halber Tagesmarsch bis zum Krähenfels. Sie würden also mehr als rechtzeitig kommen.

»Wir müssen uns morgen mehr beeilen«, brummte Vortian dennoch und band die Esel fest. Xundina gab ihnen zu fressen und zu trinken.

Als Vortian erneut die Flasche ansetzen wollte, hatte Pan genug.

»Xundina. schnapp ihn dir«, befahl er und nickte Richtung Vortian.

Dieser wollte fliehen, aber Xundina war schneller und warf ihn beinahe zu Boden. Vortian wehrte sich und schrie, was die Situation für die beiden noch unangenehmer machte.

Pan stürzte auf ihn zu und berührte ihn an den Schultern.

»Nein, fass mich bloß nicht an!«, brüllte Vortian und wand sich auf dem Waldboden hin und her. Pan hatte Mühe ihn zu fassen zu bekommen. Aber er musste einfach versuchen, Vortian zu heilen.

Pan war egal, dass die Stimme seit der letzten Heilung nicht mehr mit ihm gesprochen hatte. Obwohl er sich an die Heilung des Wirtes kaum noch erinnern konnte, schaffte er es tatsächlich auch ohne die Stimme und trotz Vortians durchgehendem Gebrüll seine Energie zu sammeln.

Er atmete tief durch, wie bei einer Meditation im Kloster, bis sich ein warmes Gefühl in seinem ganzen Körper ausgebreitet hatte.

Inzwischen schaffte er das in wenigen Sekunden. Diese Wärme schickte er zu seinen Händen, wo ein gleißendes, strahlendes Licht erschien.

Dieses Licht drang durch Vortians Schultern und benetzte seinen Geist, so, wie es bei dem Wirt geschehen war. Sofort rasten Bilder durch Pans Kopf, die er nicht so ganz verstand. Da mischten sich Erinnerungen und Gefühle aus dem Kloster, wie beispielsweise Vortians Wiedergeburten, die Panik, die er im Wasser gespürt hatte und der Schmerz, den er durch die Tätowierungen erfuhr, mit den Erinnerungen, die Pan (und offenbar auch Vortian) bei dem Wirt gesehen hatten.

Den Tod seines Sohnes und seiner Frau und die Trauer, die er dadurch empfand. Pan konnte auch spüren, dass der viele Alkohol Vortians Verstand benebelte, seine Angst in Wut verwandelte und in seinem Magen ein unangenehmes Brennen verursachte. Pan konnte Vortians Magenschmerzen heilen, indem er das Licht in diesen Teil von Vortians Körper schickte.

Das erinnerte Pan daran, dass er gestern beim Wirt etwas Ähnliches getan hatte. Bloß, dass er statt nach einem verletzten Körperteil, wie dem Stumpf des Veteranen, nach der Seele des Wirtes gesucht und diese abgetastet hatte. Er erinnerte sich, in einer vergangenen Erinnerung des Wirtes gestanden und dessen Schnapsflasche in Licht aufgelöst zu haben, als der gerade seine Probleme in Alkohol hatte ertränken wollen. Die Erinnerungen von Vortian aus dem Kloster waren also ein Teil seiner eigenen Seele und die Erinnerungen des Wirtes hatten sich wie eine hartnäckige Schicht aus Dreck darauf abgelagert.

Pan suchte wieder nach den Erinnerungen des Wirtes und versuchte, sein Licht hineinzuschicken, um diese von Vortians Seele zu trennen. Aber Vortian schrie nur noch lauter und Pan gelang es einfach nicht, weiter vorzudringen.

Er versuchte immer wieder, in Vortians Erinnerungen einzutauchen. Er musste ein Teil davon werden, sie zu seinem Erleben, seiner Wirklichkeit machen. Doch so sehr Pan es auch versuchte, es gelang ihm diesmal nicht.

Je mehr er an Vortians Seele zerrte und versuchte, das Licht in seine Erinnerungen zu schicken, umso gequälter schrie Vortian auf. Er jammerte und weinte. Pan spürte seinen Schmerz als Echo und hörte auf, Vortians Erinnerungen berühren zu wollen.

Einen letzten Versuch wollte er aber noch wagen.

Er berührte die Erinnerungen des Wirtes. Diesmal spürte Pan einen unbändigen Schmerz. Er zuckte durch seine Finger bis zum

Ellenbogen hinauf, beinahe so, als hätte ihn ein Blitz getroffen. Pan unterbrach die Berührung, verlor das Gleichgewicht und fand sich auf dem Waldboden liegend wieder.

»Das bist nicht du«, japste er und schreckte auf. Verwirrt rieb sich Pan den Kopf. Plötzlich war es stockduster. Sein Herz setzte einen Schlag aus. Wie konnte das sein?! Es hatte doch gerade erst gedämmert?

»Wieder wach?«, fragte Xundina.

»Wie bitte?«

»Nach Vortians missglückter Heilung bist du ohnmächtig geworden.«

Sein erster Eindruck hatte Pan nicht getäuscht. Tatsächlich sah er oben zwischen den Baumkronen den Mond hoch am Himmel stehen, umgeben von einem Meer glitzernder Sterne.

Plötzlich fröstelte er. Zum ersten Mal seit seiner Auserwählung bekam Pan Angst vor seiner Gabe. Für ihn hatte es sich so angefühlt, als wären zwischen dem Abbruch von Vortians Heilung und seinem Erwachen nur Sekunden vergangen. Offenbar waren es mehrere Stunden gewesen. Und die Stimme in seinem Kopf schwieg immer noch, half ihm nicht und gab ihm auch kein Gefühl der Sicherheit mehr. Pan schlang die Arme um den Körper und starrte in das Feuer, das Xundina entzündet hatte.

Vortian konnte Pan nirgendwo entdecken.

»Wo ist Vortian jetzt?«, fragte er besorgt und sah zu den Eseln hinüber. Doch auch dort konnte er ihn nicht entdecken.

Xundina zuckte mit den Schultern. »Du bist zurückgezuckt und in Ohnmacht gefallen. Ich habe versucht, dich aufzufangen und musste Vortian dabei loslassen. Der kauerte sich erst zusammen, er ...«

Xundina stockte und mied Pans Blick. Stattdessen starrte sie unentwegt in die Flammen, in denen sie mit einem Zweig herumstocherte.

»Er hatte ziemlich starke Schmerzen, glaube ich. Jedenfalls hat er gewimmert und sich die Brust gehalten. Dann ist er ganz plötzlich aufgesprungen und davongerannt.«

Pans Brust zog sich eng zusammen. Er starrte in die Dunkelheit des Waldes.

Ob er nach ihm suchen sollte?

Vermutlich war es nicht klug, in dieser Gegend durch die Dunkelheit zu stolpern und laut zu rufen. So blieb ihm nichts anderes übrig, als auf den Sonnenaufgang zu warten und zu hoffen, dass Vortian irgendwo Schutz gefunden hatte.

»Ich bin mir nicht sicher, was da passiert ist«, murmelte Pan und rückte ein Stück näher an das Feuer. Seine Beine wurden nun fast unangenehm heiß, aber er hoffte, dass er sich damit vielleicht etwas von der Unruhe in seinem Innern ablenken konnte.

»An die Heilung des Wirtes kann ich mich kaum erinnern. Aber jetzt, bei Vortian, da weiß ich noch ganz genau, was geschehen ist. Ich habe das Licht in seinen Körper gleiten lassen und damit seine Seele berührt ... dort habe ich aber nicht nur Vortians Erinnerungen gesehen, sondern auch die des Wirtes.«

Pan sah kurz zu Xundina hinüber, um ihre Reaktion zu beobachten. Aber Xundina stocherte nur weiter im Feuer herum und schwieg.

Pan seufzte. Trotzdem musste er einfach loswerden, was er erlebt hatte.

»Mir fiel ein, dass ich das letzte Mal nach der Ursache der Trinksucht gesucht und sie in Licht aufgelöst hatte. Dafür musste ich aber in die Erinnerungen vordringen und das ... gelang mir diesmal einfach nicht.«

Pan hatte eigentlich sagen wollen, dass das der Moment gewesen war, in dem Vortian am meisten geschrien hatte. Aber er hatte es nicht über sich gebracht. Er schämte sich dafür, dass er mit diesen neuartigen Kräften seinem Freund Schmerzen zugefügt hatte. Vielleicht hatte Vortian recht gehabt mit seinen Sorgen und Bedenken.

Einen Moment lang schwiegen beide. Xundina griff nach dem Vorratskorb, den Brid am Morgen für sie gepackt hatte und reichte Pan ein Stück Brot. Dann steckte sie eine Scheibe Wildbraten auf einen Ast und hielt ihn über das Feuer. Pan war eigentlich gar nicht nach Essen zumute, aber sein Magen fühlte sich beim Anblick des Brotes so leer an, dass er wenigstens ein kleines Stück abbeißen musste.

»Glaubst du, dass Vortian die Leiden des Wirtes irgendwie ... übernommen hat?«, fragte Xundina nach einer Weile und reichte Pan sein Stück Wildbraten.

Pan zuckte mit den Schultern.

»Klingt für mich auf jeden Fall wahrscheinlicher, als dass er schon immer getrunken hat.«

Xundina nickte langsam. Wahrscheinlich bemerkte sie die Bewegung nicht mal selbst. Pan legte den Kopf auf die Knie und dachte über die Heilung des Wirtes nach. Er konnte sich nur bruchstückhaft daran erinnern.

Hatte er Vortian während der Heilung gesehen oder gespürt? Hatte er gewusst, dass Vortian alles miterlebt hatte?

Pan konnte sich einfach nicht erinnern. Das machte ihn besonders unruhig, weil er Vortian seit der Auserwählung eigentlich besser wahrnehmen konnte, als zuvor. Er wusste, wo genau Vort sich befand, wenn er in der Nähe war, auch ohne ihn zu sehen. Bei Xundina war das nicht so. Bei keinem Menschen, dem sie bisher begegnet waren, hatte sich Pans Wahrnehmung verändert. Nur bei Vortian. Dass Pan sich also bei der Heilung des Wirtes nicht mehr daran erinnerte, ob Vortian da gewesen war oder nicht, verunsicherte ihn. Und dass Pan Vortian jetzt nicht spüren konnte, machte seine Unsicherheit keinen Deut besser.

»Du solltest ein paar Stunden schlafen«, sagte Pan an Xundina gewandt, als er aufgegessen hatte. »Ich wecke dich, wenn die Sonne aufgeht. Immerhin dürften es nur noch wenige Stunden bis zum Krähenfels sein und es ist am wahrscheinlichsten, dass wir Vortian dort wiedertreffen.«

»Musst du dich nicht noch ausruhen?«
»Nein. Ich denke, ich habe genug geschlafen.«
Tatsächlich spürte Pan keine Müdigkeit. Er starrte bloß in die Dunkelheit des Waldes und hing seinen Gedanken nach.

Pan legte kaum noch Holzscheite nach, sodass er die restliche, glimmende Asche zur Morgendämmerung hin mit etwas Sand löschen konnte.

Bei all der Sorge gestern Abend hatte Pan ganz vergessen, Xundina zu fragen, wer sie gelehrt hatte, ein Lagerfeuer im Wald zu errichten. Sie hatte die Holzscheite gewissenhaft auf Steine gebettet und etwas Moos entfernt, um weniger brennbare Erde als Untergrund für das Feuer zu haben.

Lernten junge Edeldamen so etwas von ihren Müttern?

Xundina war ja erst vor wenigen Wochen im Kloster untergekommen und hatte derlei Dinge nicht von Kindesalter an gelernt, so wie Pan und Vortian. Aber um sich besser kennenzulernen, geschah auch einfach zu viel auf ihrer Reise.

Als Pan Xundina weckte, hatte er ihr schönes Lagerfeuer schon wieder vergessen. Er konnte es kaum erwarten, den Krähenfels zu erreichen und hoffentlich Vortian wiederzufinden. Xundina und Pan schwiegen, während sie hastig frühstückten und sich dann auf den Weg zu dem Krähenfels machten.

Ab und zu meinte Pan, am Wegesrand oder auf dem Boden Fußspuren von Vortian zu erkennen. Allerdings war er schon immer ein schlechter Fährtenleser gewesen und es konnte genauso gut sein, dass er sich diese nur einbildete. Nach deutlicheren Hinweisen, dass sein Freund hier entlanggekommen war, suchte Pan jedenfalls vergeblich.

Ihr Weg führte zunehmen steil bergauf und der Wald lichtete sich um sie herum, je weiter sie vorankamen. Endlich sahen sie den Krähenfelsen aus dem Wald herausragen. Majestätische Berge erhoben sich rund um ein liebliches Tal, in dem sie in weiter

Ferne weitere Siedlungen entdecken konnten. Die Sonne strahlte zwischen den silbergrauen Wolken hervor und jeder der Berge war über und über mit dichtem Wald bewachsen. Ein Fluss zog sich durch die Landschaft und wenn man genau hinsah, konnte man auch Menschen erkennen. Sie sahen aus wie Ameisen.

Und dann bemerkten sie zu ihrer Erleichterung, dass auf der Spitze des Krähenfelsens Vortian saß. Sein stoppeliger Schädel glänzte in der Sonne und seine Füße baumelten über dem Abgrund. Neben ihm saß eine weitere Gestalt, eine Frau mit pechschwarzem Haar, und die beiden unterhielten sich leise.

Pan und Xundina näherten sich Vortian und der Frau vorsichtig, doch je weiter sie auf den Abgrund zugingen, umso mehr sträubten sich die Esel, weiterzugehen. Also band Xundina die Tiere an einem Baum fest und folgte dann Pan. Sobald sie nur noch wenige Meter von Vortian, der Frau und dem Abgrund entfernt standen, knackten hinter ihnen plötzlich einge Zweige am Waldboden und mehrere Männer traten aus dem Wald. Sie waren breit gebaut und bis auf die Zähne bewaffnet. Zwei von ihnen hatten ihre Armbrüste auf sie gerichtet. Pan sackte das Herz in den Magen.

Xundina schob sich dichter an Pan heran und starrte mit weit aufgerissenen Augen auf die Armbrüste.

Hatte Vortian nicht von einer Gruppe Forscher oder Ähnlichem gesprochen? So sahen diese Typen aber sicher nicht aus.

»Vortian?«, fragte Pan verlegen und versuchte, sich keinen Zentimeter zu bewegen.

Bei dem Klang seiner Stimme drehte Vortian sich um und Pan erschrak. Sein Freund sah furchtbar aus. Dunkle Ringe lagen unter seinen Augen, die rot und verquollen waren. Die Frau neben ihm stand auf und hob die Hand. Sofort sanken die Waffen der Männer, was Pan nur wenig beruhigte.

»Hallo, du musst Pan sein!«, sagte sie und stapfte auf die beiden Gefährten zu. Sie reichte beiden die Hand und ihr Händedruck war ungewöhnlich kräftig für eine Frau. »Mein Name ist

Elya Rabenschädel. Ich bin die Frau, die Vortian vorgestern um Hilfe bat. Hat er euch alles erzählt?«

Pan nickte langsam und sah besorgt zu Vortian hinüber. Er war aufgestanden und zu ihnen gekommen, hielt aber Abstand zu Pan und Xundina.

»Ihr braucht mich zur Heilung einer Krankheit, richtig?«

Elya nickte. Sie machte einen großen Schritt auf Pan zu und raunte: »Wir haben Vortian gestern Nacht im Wald aufgegabelt. Total blau.«

»Blau?«, fragte Pan verwundert.

»Na, besoffen. Hat wohl zu tief ins Schnapsglas geschaut!«

Fassungslos schüttelte Pan den Kopf und schaute zu Boden. Das schlechte Gewissen nagte an ihm.

»Geht es ihm gut?«

Elya zuckte mit den Schultern.

»Ich glaube schon. Ich will mich da nicht einmischen, aber eventuell solltet ihr beizeiten mal darüber reden, was gestern Abend passiert ist.«

Pan zog die Augenbrauen hoch. Sie wollte sich nicht einmischen, gab ihm aber gleich einen freundlichen Hinweis, wie er mit seinem besten Freund umzugehen hatte?

Diese Elya gefiel ihm nicht. Selbst, wenn sie recht hatte. Elya aber lehnte sich wieder zurück und verkündete nun lauter: »Nun, ich möchte nicht unhöflich sein, aber wir brauchen deine Hilfe, Pan. Und zwar schnell.«

Pan ließ seinen Blick über Elya und ihre Männer schweifen.

»Warte, ich ... merke gerade, dass Vortian noch gar nicht erzählt hat, wer ihr eigentlich alle seid. Und wonach ihr in der Ruine gesucht habt.«

Elya stemmte die Arme in die Hüften. Ungeduldig begann sie, mit dem Fuß auf den Boden zu klopfen.

»Oh, tut mir leid. Ich weiß gar nicht, ob ich das in der Hektik erzählt hatte. Seit dem Ausbruch der Krankheit geht alles drunter und drüber.«

Pan konnte schwer einschätzen, ob Elya die Wahrheit sagte. Wenn Pan sich die Ausrüstung ihrer Männer so ansah, war er sich sicher, dass sie keine bloßen Entdecker oder Forscher waren, die Relikte aus reinem Wissensdurst bargen. Elyas Männer sahen mit ihren Waffen und den zahlreichen Narben, die sich über ihre gebräunten Arme oder sogar durch ihre Gesichter zogen, eher aus wie Räuber.

Pan war sich sicher, dass ein Wanderpriester ihm mal erzählt hatte, dass manche Räuberbanden besonders in Krisenzeiten dazu übergingen, nach Gold oder Juwelen in alten Ruinen zu suchen. Auf dem ganzen Kontinent gab es angeblich alte Tempelanlagen und sogar ganze Städte, verlassen von fast vergessenen Völkern. Der Wanderpriester hatte diese Räuberbanden »Tempelräuber« oder »Grabräuber« genannt. Aber Pan hatte das immer für Märchen gehalten, spannende Gruselgeschichten, die der Wanderpriester sich ausgedacht hatte, weil nichts Aufregendes auf seiner Reise passiert war.

Konnte es sein, dass Elya und ihre Gruppe solche Tempelräuber waren?

»Meine Männer und ich sind Söldner, die eine Gruppe Forscher begleiteten. Sie suchten schon seit dem Ausbruch des Krieges nach uralten Ruinen und Tempelanlagen im ganzen Land, weil die Tochter des Königs in einer alten Chronik von einer mächtigen, magischen Waffe gelesen hatte.«

Pan versuchte, sein klopfendes Herz zu beruhigen. Aus den Augenwinkeln sah er, wie ein Mann die Hand an den Griff seines Schwertes legte. Langsam fragte er sich, ob er überhaupt noch einen Rückzieher machen konnte.

Vielleicht hätte er sich früher überlegen sollen, dass es keine so kluge Idee war, der Aufforderung einer Fremden so einfach nachzukommen. Aber Vortian war so verändert gewesen und die Stimme in seinem Kopf hatte ihm gesagt, dass er den Kranken helfen musste. Dass es seine Pflicht war. Da war kein Raum für logische Überlegungen gewesen.

»Zugegeben, wir sollten auch nach verborgenen Schätzen suchen. Eine kleine finanzielle Unterstützung würde König Bjorek gerade sehr helfen. Der Krieg frisst all seine Ressourcen.«
Pan wusste nicht, was er daraufhin antworten sollte. Er konnte die Richtigkeit von Elyas Antwort schlecht überprüfen.

Wie wahrscheinlich war es, dass Gyscha Aleidisdóttir, Prinzessin des Nordens, eine alte Schrift gelesen und darin Hinweise auf eine uralte, magische Waffe gefunden hatte?

Alles, was Pan in den letzten Wochen erlebt hatte, kam ihm so unwirklich wie ein Märchen vor. Da klang Elyas Geschichte nicht unwahrscheinlicher als alles andere. Vor allem, weil sie alle tatsächlich wie Söldner aussahen.

Und Söldner waren von Räubern äußerlich wahrscheinlich auch schwer zu unterscheiden, oder? Dazu kam noch die Frage, ob es für Pan überhaupt etwas geändert hätte, wenn Elya eine Räuberin gewesen wäre und keine Söldnerin.

Die Geschichte von den Kranken würde sie sich ja nicht ausgedacht haben. Dafür fiel Pan kein logischer Grund ein. Egal, wer die Kranken waren, Pan musste ihnen auf jeden Fall helfen. Jetzt hatten er und seine Freunde sich ja sowieso schon in Elyas Begleitung begeben. Wenn sie allerdings eine Räuberin war, würde sie Pan, Xundina und Vortian vielleicht nicht so einfach wieder gehen lassen. Pan wollte seine Begleiter und sich nicht unnötig in Gefahr bringen.

»Was ist mit den Forschern denn geschehen?«, fragte er.

Elya wich seinem Blick aus und starrte auf ihre Stiefel. Sie hatte aufgehört, mit dem Fuß zu wackeln und ließ die Arme hängen.

»Wir haben sie alle verloren«, sagte sie.

Pan schwieg.

»Gut. Bringt uns zu eurem Lager.«

Sofort sah Elya auf und lächelte dankbar. Sie bedeutete zwei Männern, voranzugehen. Xundina band die Esel los und zusammen folgten sie Elya und ihren Männern.

Vortian blieb weit zurück. Pan hatte ein äußerst mulmiges Gefühl im Magen, er wusste nicht mehr, ob er wirklich fähig war zu helfen. Die Sache mit Vortian hatte ihn an sich zweifeln lassen. Hatte er nun das Leiden des Wirtes an Vortian abgegeben? Aber wieso hatte es bei dem Veteranen keine Probleme gegeben?

Dennoch empfand er eine tiefe Gewissheit, etwas, das ihm sagte, dass er nichts falsch gemacht hatte und er durchaus in der Lage wäre, die Krankheit, die Elyas Leute befallen hatte, zu heilen. Zwar ließ sich die Stimme immer noch nicht hören, aber das Gefühl der Sicherheit, das sie hinterlassen hatte, war noch nicht ganz verschwunden. Pan beruhigte sich mit dem Gedanken, dass vielleicht gerade die Tatsache, dass Vortian das Leiden des Wirtes übernommen hatte, der Grund dafür war, weshalb er es von Vortian nicht nehmen konnte. Das klang zwar alles noch wirr, gab ihm aber wenigstens etwas Hoffnung zurück. Denn das bedeutete vielleicht, dass Pans Versagen bei Vortian nichts mit der Größe seiner Macht zu tun hatte, sondern eher damit, dass Vortian eine fremde Krankheit übernommen hatte. Das ›Vielleicht‹ machte Pan bloß Angst.

Er musste wenigstens probieren, die Kranken zu heilen, oder?

Auf dem Weg erzählte Elya Pan das, was sie Vortian bereits gesagt hatte.

Bei einer Erkundung, wie sie es nannte, hatten ihre Leute einen Fluch geweckt.

Elya fügte zu den Informationen, die sie Vortian gegeben hatte, aber auch noch weitere Details hinzu.

Es waren bereits über fünfzig Menschen erkrankt, was aufgrund der geringen Bevölkerung des Nordens wirklich eine enorm große Zahl war.

Die Seuche hatte neben Elyas Kameraden und ihren Familien wohl auch einige Bewohner Perlheims erwischt, einer Stadt, die am Fuße des Torkengebirges lag, westlich des Krähenfelsens. Elya hatte allerdings keine Erklärung parat, wie sich die Seuche bis dahin hatte ausbreiten können.

»Ich weiß nicht, ob ich das schaffe«, sagte Pan ehrlich und merkte, dass die Stimme in seinem Kopf wortlos protestierte. Sie sprach also immer noch nicht mit ihm, aber jetzt konnte er ihre Präsenz spüren wie einen Impuls, einen Gedanken, der nicht der seine war. Sie war überzeugt davon, dass er die Kranken heilen und den Fluch auflösen konnte.

»Wir werden sehen, was du schaffst. Wir müssen die Krankheit ausrotten, egal wie. Aber wenn du so viele wie möglich heilen könntest, wäre das die bessere Alternative«, erklärte Elya nüchtern.

Pan konnte sich denken, was die andere Alternative war. Flüchtig warf er einen Blick zu den Waffen der Männer rüber und bekam eine Gänsehaut.

Sie gingen tiefer in den Wald hinein, immer höher führte der Weg, bis Pan schließlich eine Lücke in dem dichten Gewirr an Bäumen auffiel.

Dahinter lag das nackte Gestein der Berge und ein Felsen ragte weiter aus dem Berg heraus als die anderen. Zwar war dieser Fels genauso von Moos überwachsen, wie die umgebenden Strukturen, aber Pan vermutete, dass sich dort der Eingang zu der Höhle befinden musste, in der die Kranken lagen. Je näher er diesem Felsen kam, umso deutlicher drangen Stöhnen Husten, Beten und Flehen zu ihnen nach draußen.

»Hier ist unser Lager. Wir haben die Kranken vorerst notdürftig von den anderen getrennt untergebracht, damit die Krankheit sich nicht noch weiter ausbreiten kann«, erklärte Elya.

Sie verließen den Weg und gingen auf die Felswand zu, dann hielten sie an und Elya stieß ein Pfeifen aus, das wie ein Vogelschrei klang. Es dauerte einen Moment, dann schob sich der Fels in die Höhe.

Langsam öffnete sich vor ihnen ein spärlich beleuchteter Höhleneingang. An den Wänden waren Fackeln befestigt, doch nach wenigen Metern lag der Weg bereits im Dunkeln. Vermutlich führte der Gang tief in den Berg hinein. Hinter der Tür standen zwei Männer und zwei Frauen, die an dicken Kurbeln standen. Sie mussten den Felsen bewegt haben. Sie waren ebenfalls breit gebaut, muskulös und trugen Waffen. Säbel, Messer, Dolche ... Das Gefühl, dass er es bei Elyas Kameraden eher mit Räubern zu tun hatte, festigte sich immer mehr.

Während Pan nun gemeinsam mit Xundina, Vortian und Elyas Truppe den Berg betrat, konnte er nicht anders, als sich beeindruckt umzusehen. In den Felsen war ein niedriger Gang geschlagen worden, der sie nun beständig abwärtsführte. Die Wände waren nicht glattgeschliffen worden. Stattdessen ragten immer wieder steinerne Spitzen in den Gang hinein, an denen sich Pan beinahe den Arm aufschlitzte. Der Gang war nur ab und zu durch Fackeln beleuchtet, die wild tanzende Schatten auf den rauen Stein warfen. Einige von Elyas Männern mussten sich ducken und auch Pans kunstvoll geflochtene Zöpfe berührten ein paarmal fast die Decke.

Während sie immer weiter hinabgingen, wurde das Jammern und Klagen der Kranken beständig lauter. Pan wurde das Herz schwer bei all dem Leiden, das er darin hören konnte. Unsicher warf er einen Blick zu seinen Freunden hinüber.

Xundina wirkte verängstigt und sah sich immer wieder hektisch um. Vermutlich, um den schärferen Kanten des Gesteins auszuweichen.

Vortian ließ den Kopf hängen und blickte immer wieder flüchtig zu der Decke, als ob er Angst hätte, sie würde jeden Moment auf ihn herabstürzen.

Pan konnte nicht für Xundina sprechen, aber für ihn und Vortian, die ihr ganzes Leben unter freiem Himmel verbracht hatten, kam so ein enger Tunnel fast einem Alptraum gleich. Klar, sie kannten das Wasserbecken aus der Prüfung. Es ging ihm auch nicht um die Enge des Ganges, sondern darum, dass sie in einem Berg immer tiefer nach unten vordrangen. Hier gab es keine ursprünglich von Menschenhand angelegten Kellergänge mit stabilen Wendeltreppen, über die man in Minutenschnelle wieder die Oberfläche erreichte. Sondern nur mühsam mit Holz und Eisen gezähmtes, uraltes Gestein, in das man grobe Gänge gehauen hatte, in der Hoffnung, dass sie nicht einstürzen würden. Bei dem Gedanken daran, dass die Höhle jederzeit in sich zusammenfallen könnte, stieg Pans Körpertemperatur sofort, sein Atem ging unregelmäßiger, und er hatte das Gefühl, die Wände würden immer näherkommen. Aber er atmete tief durch unterdrückte seine aufkeimende Platzangst.

Sie folgte dem Gang noch mehrere Minuten, bis dieser sich abzweigte und schließlich in eine große Höhle mündete.

Hier unten war es schon weniger furchteinflößend – überall leuchteten schwarz-goldene, etwa handtellergroße Steine, die ringsum in die Felswände eingelassen worden waren. Das mussten Mondsteine sein, jenes von selbst leuchtende Gestein, das sich auch in den Kellergängen des Klosters am Berg befand, nur das dessen Licht in einer anderen Farbe erstrahlte. Pan fragte sich, woher die Steine hier wohl ihr goldenes Leuchten hatten. Die Höhle war unglaublich hoch, es mussten bestimmt dreißig oder vierzig Meter bis zur Decke sein. Vermutlich war dieser Hohlraum auf natürliche Weise entstanden.

Pan, Elya, Xundina und Vortian waren auf einer Art Absatz stehengeblieben. Von dort aus konnte Pan das Ende der Höhle erblicken, wo ein großer, majestätischer Eingang in den Stein gehauen worden war. Eine Art Torbogen aus dunkelgrünem Gestein, der an beiden Seiten von jeweils einer Säule flankiert wurde, vor der je eine Statue standen. Leider fehlte beiden Figuren der Kopf, aber in ihren großen Pranken hielten sie eine Schriftrolle und ein Schwert.

Pan konnte sich allerdings nicht lange von dem wunderschönen Anblick dieses Tores ablenken lassen. Vor ihnen lag der Boden der Höhle und der Anblick des Leids traf ihn wie ein Faustschlag.

Auf Pritschen oder Decken lagen Männer, Frauen, Alte und Kinder und husteten, jammerten und weinten.

Ihre Haut war aschfahl und dicke, grüne Eiterbeulen überzogen große Teile ihrer Haut. Zwischen ihnen huschten Gestalten umher, die in lange, schwere Ledermäntel gewandet waren und Masken trugen, die ihr gesamtes Gesicht bedeckten. Vorne an den Masken war ein langer Schnabel befestigt, der ihnen das Aussehen von großen Raubvögeln verlieh. Selbst auf dem Kopf trugen sie schwarze Hüten oder Hauben. Kein Zentimeter Haut war zu sehen.

Pan wurde schlichtweg sprachlos ob des Schmerzes, der hier herrschte.

»Sucht euch was raus, das zumindest einigermaßen passt«, meinte Elya und deutete auf einen großen Haufen schwarzer Kleidung, die neben dem Eingang des Ganges lag, aus dem sie gerade gekommen waren.

Xundina und Pan mussten etwas länger suchen, als Vortian, um etwas Passendes zu finden. Schließlich aber steckten auch sie in großen Ledermänteln, Handschuhen, Stiefeln und den schwarzen Vogelmasken.

»Meine Stiefel sind ein bisschen eng«, raunte Pan leise Xundina zu und versuchte, sie noch einmal aufmunternd anzulächeln.

»Meine auch«, sagte sie, doch das Lächeln erwiderte sie nicht.

Elya kontrollierte den Sitz ihrer Ausrüstung, dann stiegen sie über recht wacklige Rampen in die Tiefe. Die Esel ließen sie oben, in einer der an den Gang grenzenden Höhlen, zurück.

»Passt auf, dass der Eiter aus ihren Beulen euch nicht auf bloßer Haut trifft«, warnte Elya. Ihre Stimme klang durch die Rabenmaske dumpf. »Die Höhlen wurden irgendwann einmal von seltsamen Kreaturen erbaut, einige von euch kennen sie vielleicht noch aus Sagen: Orks.«

Orks waren seit Jahrhunderten ausgestorben und man fand nur noch sehr wenige Beweise für ihre Existenz. Vor allem war in allen Geschichten, die Pan gehört oder gelesen hatte, immer von unkultivierten Wilden die Rede gewesen. Der Torbogen, die

Steinfiguren und die Mondsteine in den Wänden sprachen da aber eher eine andere Sprache.

»Wir waren gerade dabei, ein paar Aufzeichnungen und Malereien zu analysieren, dann brach die Krankheit plötzlich aus. Einer der Arbeiter bekam sie zuerst ...«

Sie verstummte, da sie offenbar bemerkte, dass es sinnlos wäre, ihnen die Geschichte hier zu erzählen. Die Priester waren auf schreckliche Weise gefesselt von dem Elend, das sich ihnen hier offenbarte.

Trotz der Maske drang außerdem langsam ein Geruch zu ihren Nasen vor, ein Gestank, der so furchtbar war, wie nichts, das sie jemals gerochen hatten. Er war so widerlich, dass Pan beinahe würgen musste, und Tränen traten in seine Augen. Für Pan war es sehr schwer, den Geruch zu beschreiben. Er roch deutlich Kot und Urin, was an sich schon schlimm genug war. Aber da schwang noch etwas anderes mit. Vor Jahren hatte sich einer der jungen Novizen bei der Gartenarbeit geschnitten. Er hatte die Wunde zunächst ignoriert, bis sie schließlich brandig geworden war und zu eitern begonnen hatte. Zum Glück konnte der junge Mann damals noch gerettet werden. Dieser Eiter hatte so ähnlich gestunken wie die Höhle, bloß dass der Gestank hier tausendmal schlimmer war. Beißender, durchdringender.

»Kommt weiter. Ich stelle euch dem Anführer unserer Bande vor«, trieb Elya sie an und machte eine auffordernde Handbewegung.

Bande?

Pan spürte, wie nicht nur die Unsicherheit über ihr weiteres Schicksal ihm Angst machte, sondern auch das Leid der Kranken und dass er ihnen vielleicht nicht würde helfen können. Erneut lauschte er auf die Stimme in seinem Kopf, die ihm sagte, dass er das schaffen könne – aber sie blieb stumm.

Er musste über den leblosen Arm eines Jungen steigen, an dem gerade eine Eiterbeule geplatzt war und obwohl die Maske nur kleine Augenschlitze hatte, konnte er sehr gut erkennen, dass dieser Junge nicht älter als zwölf Jahre sein konnte. Er war noch ein Kind. Pan kniff die Augen zusammen und eine Träne rollte ihm die Wange hinunter.

Er konnte sie unter der dicken Maske nicht einmal fortwischen.

Verdammt.

Zum Glück führte Elya sie jetzt in einen kleinen Gang am Ende der Höhle, an dessen Wänden ebenfalls die schwarz-goldenen Mondsteine leuchteten.

Dort stand ein Bett, das aus einem seltsamen, ebenfalls schwarzen Material bestand. Es war halb verborgen hinter einem golden schimmernden Vorhang. Auf dem Bett schien eine Gestalt zu liegen. Elya blieb mit einigem Abstand zu dem Bett stehen und nahm die Maske ab. Jetzt erst fiel Pan das pfeifende Atemgeräusch auf, das vermutlich schon die ganze Zeit über zu hören gewesen war.

»Elya, bist du das?«, fragte die Gestalt und ihr Atem rasselte. Es war die Stimme eines Mannes.

»Ja, ich bin's, Vater«, antwortete Elya. »Ich habe den Priester mitgebracht.«

Der Mann hinter dem Vorhang versuchte sich aufzurichten, Pan konnte nur einen Schatten erkennen, der sich langsam bewegte. Der Mann hustete und fiel wieder zurück.

»Setz die Masken wieder auf, ich will ihn sehen.«

Elya seufzte und tat, was ihr Vater verlangte. Schließlich trat sie näher an das Bett heran und schob den Vorhang beiseite. Zum Vorschein kam ein Mann, den es noch viel schlimmer getroffen hatte als die anderen Kranken. Seine stämmige Statur und die langen Haare sowie der volle, aber gepflegte Bart würden beeindruckend wirken, doch seine bleiche Haut und die hohlen Wangen ließen diesen Mann so schwach aussehen, dass Pan nur vermuten konnte, wie stattlich Elyas Vater vor seiner Erkrankung ausgesehen hatte.

Eine dicke, riesige Blase zog sich vom Haaransatz, über die halbe Nase, auch über das rechte Auge bis unter seinen Wangenknochen. Dadurch konnte der Mann Pan nur aus einem seiner bleichen Augen anstrahlen. Er schien sich zu freuen, sie zu sehen, doch sein Lächeln war zu einer verfaulten Fratze verzerrt. Es fehlten ein paar Zähne.

»Ah, wirklich herrlich, dein Licht erstrahlt hell, mein Junge«, sagte er zu Pan und es schien so, als würde Klarheit die Trübe in seinem Auge durchbrechen.

Pan trat näher und betrachtete den Mann. Eine Gänsehaut lief ihm über den Rücken, als er sich vorstellte, wie dieser Mensch noch vor der Krankheit ausgesehen haben musste. Kräftig, vital, vielleicht sogar noch mit ein paar schwarzen Strähnen in dem grauen Haar.

Elyas stand niedergeschlagen daneben.

Pan machte einen Schritt auf das Bett zu und ergriff die Hand des Mannes. Der dicke Lederhandschuh ließ nicht zu, dass er seine Energie übertragen konnte, aber im Moment war er recht froh darüber, dass noch kein engerer Kontakt zustande kam.

»Ich bin Pan, das sind meine Gefährten Xundina und Vortian. Wir werden versuchen, Euch zu helfen«, sagte Pan und lächelte dem Mann im Bett so aufmunternd es ging zu.

»Ich bin schon verloren. Helft den anderen. Versprecht es mir.«

Pan hatte das Gefühl, dass Elya das anders sah. Aber durch die Maske konnte Pan ihren Gesichtsausdruck nicht erkennen.

»Ich werde die Priester nun zu ihren Lagern bringen, Vater. Wir müssen noch besprechen, wie es jetzt weitergeht.«

Doch die Augen von Elyas Vater blieben auf Pan haften und er ließ auch dessen Hand nicht los. Er wartete immer noch auf Pans Antwort. Pan wollte ihm nichts versprechen, ohne sich zuvor mit Elya besprochen zu haben.

Was, wenn sie so ein Versprechen wirklich missbilligen würde?

Aber inzwischen wirkte der Blick von Elyas Vater flehend auf Pan, und der Griff des Kranken war so fest, als lege er jegliche Kraft hinein.

»Ich verspreche es.«

Sofort trübte sich der Blick des Mannes wieder. Er ließ den Kopf zurück auf das Kissen sinken und murmelte vor sich hin. Elya strich ihm über das Haar und löschte die Kerze, die neben dem Bett stand. In dieser absoluten Dunkelheit fühlte Pan sich fast wohler, als wenn er dem Schrecken direkt ins Antlitz blicken musste.

Noch einmal gingen sie durch die große Halle, doch dieses Mal führte der Weg sie weiter den Gang entlang. Elya entzündete eine Fackel, sobald sie um eine Kurve gegangen waren und das Bett ihres Vaters hinter sich gelassen hatten. Sie gelangten an eine Treppe, die sie einige Meter nach oben führen würde. Pan wurde immer mulmiger zumute, als der Gang sich enger und enger um die Stufen der Treppe schloss, doch schließlich öffnete sich das Gewölbe ganz plötzlich. Und vor ihnen lag etwas so Unfassbares, dass Pan zum wiederholten Male an diesem Tag der Mund aufklappte.

Vor ihnen eröffnete sich eine gigantische Höhle, dreimal so groß, wie der Raum, indem die Kranken lagen.

Wieder befanden sie sich auf einem Felsvorsprung und starrten in einen Abgrund. Doch dieses Mal gab es nicht nur ein Tor aus schwarz-grünem Gestein. Stattdessen konnten sie die Überreste einer ganzen, gigantischen Stadt vor sich sehen.

In den Stein waren große Türme geschlagen worden, deren flache Dächer mit Staub und Dreck bedeckt waren. Das Gestein war grünlich-schwarz, wie zuvor das Tor, und teilweise von golden-glänzenden Adern durchzogen, die wie die Mondsteine in der Torhöhle leuchteten.

Zwischen den Türmen gab es steinerne Gebäude in unterschiedlichen Größen. Von oben konnte Pan schlecht einschätzen, wie groß sie wirklich waren, aber sie wirkten riesig auf ihn.

Jedes einzelne Gebäude schien hier so hoch zu sein, wie der Turm des Klosters. Keines der Gebäude war beschädigt. Im fahlen Licht der Goldadern konnte Pan keine Verzierungen oder Ähnliches entdecken, aber in der Mitte der Höhle stand eine Statue, die einen Arm in die Höhe reckte. Ihr Gesicht und der Körperbau waren keinesfalls menschlich. Stattdessen hatte sie spitze Ohren und sehr breite Schultern, die sich zu einem Buckel formten. Waren das steinerne Fangzähne in ihrem Gesicht?

Pan konnte nicht sehen, wo diese Stadt im Berg endete, da sich die Gebäude hinter der Statue verdichteten und um eine Kurve führten, die von einem großen Felsvorsprung verdeckt wurde.

Am Fuße der Statue befand sich ein weiteres Lager, vermutlich waren hier die Gesunden untergebracht.

Von ihrem Standort aus konnten sie mehrere Lagerfeuer erkennen.

Vielfältiges Stimmengewirr traf auf ihre Ohren. Der Rest der unterirdischen Stadt wirkte vollständig verlassen, aber sehr gut erhalten. Fast schien es so, als wäre sie erst vor Kurzem verlassen worden.

Sollte das hier tatsächlich eine verlassene Stadt der Orks sein, dann musste sie mehrere Jahrhunderte alt sein ... und die Geschichten und Legenden hatten ein vollkommen falsches Bild von diesen Wesen vermittelt.

Pan warf einen Blick zu Xundina und Vortian hinüber, die sich ebenfalls kaum an dem Anblick der Stadt satt sehen konnten. Auch sie starrten mit offenen Mündern auf die unzähligen Häuser mit ihren flachen Dächern und den einzelnen Dachzinnen, den dunklen Fenstern ohne Glas und den leeren Türhöhlen. Türen selbst gab es keine mehr, denn entweder war das Holz im Laufe der Zeit vergangen oder Elyas Männer hatten es als Brandmaterial benutzt.

Ein leichter Wind wehte von irgendwoher und Elya zog ihre Maske ab und atmete durch. Vorsichtig taten Pan und die anderen es ihr gleich.

»Keine Sorge«, sagte sie und rieb sich den Kopf dort, wo die Maske gesessen hatte, »Wir befinden uns jetzt im Inneren der alten Stadt. Die verfluchte Schatulle steht weiter hinten, im Thronsaal. Die Krankheit ist dort ausgebrochen, wo die Kranken jetzt auch liegen. Ihr könnt die Luft hier also befreit einatmen.«

Pan bemerkte, dass die Luft hier, zwischen den Felsen, beinahe noch angenehmer war als draußen. Wie war das möglich?

Elya führte sie zu einer Treppe, die in einem Bogen hinab zu dem Lager führte.

»Was ist das hier für ein Ort?«, fragte Vortian und Pan zuckte beim Klang seiner Stimme zusammen. Sie war rau und heiser und Vortian musste sich räuspern.

»Laut der Schrift, die Prinzessin Gyscha gefunden hat, ist das hier eine Stätte der Orks«, erklärte Elya, während sie die Treppe hinabstiegen. »Allerdings widerspricht diese schwarze Stadt jeglichen Erzählungen, die wir über die Orks kennen und die sie als primitives Volk beschreiben, das in Höhlen lebt und wie Bären Beute jagt, sich fortpflanzt und keine eigene Sprache besitzt. Wir kennen keine überlieferten Schriften, die Orks als geniale Baumeister darstellen.«

Je näher sie dem Boden der Stadt kamen, umso bedrückender empfand Pan diese. Die Gebäude waren tatsächlich mehrere Meter hoch, viel höher als alle Wohnhäuser, die Pan in Mühlbach gesehen hatte. Fast kam ihm die Stadt wie eine Ansammlung von Kathedralen vor, bloß dass die Gebäude nicht die gleiche Tiefe besaßen. Jetzt konnte er über den Fenstern auch in den Stein gehauene Verzierungen erkennen. Sie stellten quadratische oder dreieckige Formen da, die Pan an keine ihm bekannten Gegenstände erinnerten. Das Muster war schön, aber scheinbar wahllos und abstrakt.

So atemberaubend die schwarze Stadt auch war, die sie langsam immer mehr umschloss, so sehr fürchtete Pan sich auch vor den Gebäuden aus dem dunklen Gestein. Im Inneren der Häuser konnte er kaum etwas erkennen, da in ihnen völlige Finsternis herrschte.

Was mochte mit dem Volk geschehen sein, das hier einst gelebt hatte? Waren sie dem Fluch zum Opfer gefallen?

Nein, die Schatulle war doch erst von den Forschern geöffnet worden, die Elya begleitet hatten. Warum also waren die Orks gezwungen gewesen, diesen Ort zu verlassen? Oder waren sie freiwillig gegangen?

Pan wollte sich gar nicht ausmalen, was dazu geführt haben mochte, dass ein ganzes Volk verschwand. Immerhin konnte er keine Skelette erkennen, nichts, das darauf schließen ließ, dass die Bewohner diese Stadt nie lebend verlassen hatten.

Als sie das Lager erreichten, verstummten die Gespräche der Männer, die am Feuer saßen. Auf Pan machten sie keinen besonders gesunden Eindruck, selbst wenn sie offenbar nicht vom Grünen Schrecken geplagt waren.

Sie waren vernarbt, vor allem an den Armen, und trugen eher Lumpen, als Kleider.

Jetzt erst erkannte Pan, dass sich auch eine Frau darunter befand, die im ganzen Gesicht Ringe trug. Pan fand, dass sie dadurch noch viel gefährlicher aussah als die anderen.

Als sie Elya erblickten, schlugen sie sich mit der Faust auf die Brust, doch das war alles. Wieder schien niemand Pan, Xundina und Vortian zu beachten, so wie auch schon in den Räumen zuvor. Die Söldner starrten eher trübsinnig in das Lagerfeuer, das in der Mitte des Raumes flackerte.

»Priester, hier seht ihr die letzten gesunden Überlebenden des Grünen Schreckens. Meine Mannschaft. Kommt, wir müssen einen Plan schmieden, wie wir diese Krankheit loswerden.«

Pans Herz schlug bis zum Hals.

14. Kapitel

DER KÖDER

Die Morgensonne fiel durch das buntverglaste Fenster, von Sinphyrias und Athrons Zimmer. Nachdem sie ihre Arbeit mit Filian begonnen hatten, hatte er sie im oberen Stockwerk der Bibliothek einquartiert. Sie arbeiteten nun schon ein paar Tage an den Unterlagen zu den Morden, den Zeichnungen, Aussagen der Augenzeugen, den schriftlich festgehaltenen Theorien und Fakten über Tatorte, Tatwaffen und sonstige Umstände. Doch bisher hatten sie sich eher in bestehende Fakten eingearbeitet, anstatt Neues herauszufinden.

Der Lederer erinnerte sich trotz seiner stagnierenden Geschäfte nur an Geistliche, die ihr normales Zeremonienleder kauften, und Elias behauptete vehement, dass keiner seiner Mönche jemals so etwas Schreckliches tun könnte. Außerdem bestätigten sie einander ihre Anwesenheit im Kloster. Angeblich hatte niemand von ihnen es jemals des Nachts verlassen.

Da es aus dem Leder nichts gab, dass die Mönche mit den Morden in Verbindung brachte, verlief diese Spur im Sand.

Der oberste Priester Elias hatte wohl noch nichts von anderen Priestern oder Priesterinnen des Ordens gehört. Zumindest war er bisher mit keinen neuen Theorien über Sinphyrias Fähigkeiten auf sie zugekommen, und die Arbeit lenkte sie so sehr ab, dass sie kaum darüber nachdachte. Aber manchmal, in den frühen Morgenstunden, wenn es noch still war, sie im Bett lag und sich in Gedanken verlor, dachte sie immer wieder über die vergangenen Ereignisse nach. Das Feuer, der schreiende Säugling und wie panisch die Mutter vor dem Haus weinte und flehte. Sie dachte auch an Arátané und ob diese gerade ganz ähnliche Erfahrungen machte, wo immer sie sich jetzt befinden mochte.

Wenn das ganze Gerede von den Göttern, die Menschen besetzten, wirklich stimmte – war dann auch Arátané eine Hülle? Arátané musste diejenige gewesen sein, die die Scheibe berührt hatte. Keiner schien zu wissen, was das für Auswirkungen hatte.

Konnte es sein, dass Arátané vielleicht gar nicht mehr am Leben war? Wer war ihr Auftraggeber gewesen und was hatte er damit zu tun?

Sinphyria schaute zu ihrem Nachttisch, wo der Anhänger lag, den Arátané ihr geschenkt hatte.

Die Fragen zerfraßen sie beinahe.

Und was würde das alles für Sins Vater bedeuten?

Sollte die Schlacht wirklich von einem Feuergott angeführt werden, gab es dann noch die geringste Chance, dass er noch am Leben war?

Athron war bereits aufgestanden und zog sich gerade an.

Seit sie Montegrad betreten hatten, hatte er kein einziges Mal gelächelt. Klar, das alles setzte ihm noch mehr zu, als er es zugeben hatte. Dass Sin ihm nicht helfen konnte, störte sie fast genauso sehr, wie die Gedanken an Arátané und ihren Vater.

»Hey ... ist alles in Ordnung?«

Klar, die Frage war dämlich. Natürlich war *nicht* alles in Ordnung. Aber irgendetwas musste sie sagen.

Athron seufzte. Er sah sie nicht an.

»Es ist nicht einfach für mich, wieder hier zu sein.«

Die beiden schwiegen einen Moment. Sinphyria wusste nicht, was sie dazu sagen sollte. Stattdessen stand sie auf, streckte einen Arm aus und strich Athron zärtlich eine Haarsträhne hinter das Ohr.

»Manchmal frage ich mich, ob es nicht besser gewesen wäre, wenn meine Mutter mich ebenfalls allein gelassen hätte«, meinte er. »Sie war eben auch nur ein Kind ihrer Umstände.

Mein Vater verstieß uns, als ich noch ein Säugling war. Warum er mir überhaupt seinen Namen gab, weiß ich nicht. Wir waren wirklich sehr arm und sie äußerst überfordert. Sie schlug mich, ließ mich draußen schlafen, manchmal mit Grund, manchmal ohne. Manchmal vergaß sie sogar ganz, dass sie noch einen Sohn hatte.«

Athron schwieg und hielt sie einfach in den Armen.

Schließlich sagte Sinphyria: »Ich möchte einen Weg finden, armen Kindern zu helfen. Kindern wie du eines damals warst. Vielleicht könnte dir das auch etwas Frieden bringen?«

Athron schüttelte den Kopf.

»Es gibt im Augenblick wichtigere Dinge, über die wir uns Gedanken machen müssen. Vergiss nicht, dass wir ein Ziel vor Augen haben. Was bringt es, den Kindern hier zu helfen, wenn der Krieg im Süden sie alle holen wird, früher oder später?«

Wieder herrschte einen Moment lang Stille und Sinphyria wagte es nicht, seine trüben Gedanken zu durchbrechen. Ihr fiel nicht ein, was sie erwidern konnte. Athron hatte recht, ihre Mission war eine andere.

»Vielleicht ist es ja schon ein erster Anfang, Filian Eregor zu unterstützen, oder was meinst du?«

Athron nickte.

»Ich mag Filian. Er scheint sein Herz am richtigen Fleck zu haben. Allerdings hab' ich keine Ahnung, warum er Hemera rausgeschmissen hast. Du etwa?«

Sinphyria löste sich aus der Umarmung und streckte sich ausgiebig.

»So richtig weiß ich auch nicht warum, nein. Aber ... manchmal fühle ich mich unwohl in ihrer Nähe. Ständig sieht sie mich so seltsam an. Nicht wie jemanden, den sie einfach attraktiv findet, sondern fast, als wäre ich eine Kiste voller Gold oder so was.«

»Das ist mir auch schon aufgefallen«, antwortete Athron nachdenklich und begann sich weiter anzukleiden.

»Wirklich?«, fragte Sinphyria erstaunt. »Ich dachte schon, ich bilde mir ihre Blicke ein. Ob das etwas mit meinen ... neuen Fähigkeiten zu tun hat?«

Athron schüttelte den Kopf. »Das kann ich dir nicht beantworten. Gibt es dazu eigentlich schon Neuigkeiten?«

Zur Antwort konnte Sinphyria ebenfalls nur den Kopf schütteln. »Weder der Priester noch Greí haben mich erneut darauf angesprochen.«

Als Athron gerade antworten wollte, ertönten plötzlich die Kirchenglocken. Es war nicht das normale morgendliche Läuten, sondern ein wildes Durcheinander an Glockenschlägen, so, als wäre etwas passiert.

»Ein Feuer?«, fragte Athron leise und schlüpfte schnell in seine Stiefel. Sinphyria tat es ihm gleich. Kurz darauf klopfte es an der Tür und sie hörten die dumpfe Stimme von Madelaine.

»Filian ruft euch zur Eile, meine Lieben, es hat einen weiteren Mord gegeben!«, rief sie.

Athron und Sinphyria tauschten einen erschrockenen Blick, bevor sie sich hektisch anzogen und zur Tür hinausstürmten.

Sinphyria spürte die Übelkeit hochsteigen wie eine Welle, die drohte, sie zu überkommen. Dennoch konnte sie den Blick nicht abwenden.

Der Mörder hatte sich viel Zeit gelassen. Diesmal hatte er einen Mann ermordet und ihn am Dachbalken unter dem Vordach einer Taverne aufgehängt. Ein dickes Seil lag um dessen Genick, sein Kopf war in einem unnatürlichen Winkel zur Seite gekippt, seine Augen waren nur halb geschlossen. Durch die etwas erhöhte Position musste Sinphyria den Blick heben. Sie stand einige Schritte entfernt von der Leiche, doch konnte sie genau erkennen, welche Verletzungen dem Mann zugefügt worden waren.

Sie schauderte, als sie den Blick am nackten Körper des Opfers hinabwandern ließ und seinen blutverschmierten Schambereich betrachtete. Zwischen seinen Beinen klaffte nur noch ein dunkles, blutverschmiertes Loch. An den Oberschenkeln und am Bauch fand man tiefe Schnitte, als ob der Täter rasend gewütet und nicht gezielt geschnitten hatte. Zeige- und Mittelfinger waren entfernt worden, der Mund mit groben und blutigen Stichen zugenäht. Der Fundort war eindeutig nicht der Tatort, das erkannte sie sofort. Dafür gab es hier zu wenig Blut.

Trotzdem lag der metallische Geruch von Blut in der Luft, durchmischt mit dem Gestank von Kot, der durch die Schnittwunden am Bauch getreten war.

Sinphyria wurde übel. Sie musste sich abwenden.

Doch selbst dann schien sie den Ausdruck der halb geöffneten Augen des Opfers im Rücken zu spüren, die leblose Leere darin war fast schwerer zu ertragen, als jegliche Verstümmelung seines Körpers.

Sinphyria versuchte, tief durchzuatmen, doch es war ein recht warmer Tag und die Luft schien zu stehen, obwohl sie sich unter freiem Himmel befanden.

Sie stand mit Filian, Tammen, Athron, Kathanter und dem berühmtesten Doktor Montegrads, Jasper Kohn, sowie dessen Assistenten Tobias vor der Taverne im zweiten Ring und alle versuchten, trotz der außerordentlich grauenvollen Szene ihren Aufgaben nachzugehen.

Doktor Kohn bestand darauf, dass er kein ›Heiler‹ war, so wie diejenigen, die auf dem Schlachtfeld Soldaten wieder zusammenflickten oder die mit Kräutertinkturen Erkältungen heilten. Er hatte an der Universität von Kanthri studiert und sich daher eine eher fremd klingende Bezeichnung ausgesucht. Daher untersuchte er auch die Toten ausführlich, ›obduzierte‹ sie. Das war eine Praktik, bei der ein toter Körper aufgeschnitten wurde, um die Ursache des Todes rauszufinden.

Sinphyria hatte im Zuge eines Auftrages schon mal von Doktor Kohn gehört, und der Teil von ihr, der sich nicht davor ekelte, in toten Menschen herumzustochern, fand seine Arbeit faszinierend.

Um sich ein wenig von dem Toten abzulenken, so schwer das bei dem Geruch, seiner Position und der Art seiner Verletzungen auch war, beobachtete Sinphyria die anderen.

Filian stand neben einer jungen Frau, die ein Pergament auf einen Holzblock gespannt hatte und mit einem filigranen Stück Kohle offensichtlich den Tatort und die Leiche zeichnete. Sie schien eine Gelehrte zu sein, der man das Grauen im unnatürlich bleichen Gesicht ablesen konnte.

Indessen beobachtete der alte Bibliothekar Jasper bei der Arbeit. Der hochgewachsene, dünne Mann mit schwindendem Haaransatz, hatte sich ein Tuch über Mund und Nase gebunden und inspizierte mit behandschuhten Händen den Toten und seine Verletzungen. Ab und zu murmelte er für Sinphyria vollkommen unverständliche Sätze. Doch Filian schien dem Doktor aufmerksam zuzuhören, denn manchmal nickte er und gab danach der Zeichnerin Anweisungen, was sie ändern oder hinzufügen sollte.

Tammen, der beleibte Mann von der Stadtwache, unterhielt sich mit dem vollkommen aufgelösten Tavernenbesitzer und sammelte Informationen und mögliche Namen von Zeugen. Er hatte schon ein paarmal versucht, den Mann dazu zu bewegen, ins Innere der Taverne zu gehen, um das Gespräch dort fortzusetzen. Aber der Wirt bewegte sich keinen Zentimeter. Vermutlich stand er zu sehr unter Schock.

Athron und Kathanter versuchten, vorüberziehende Bürger und Bürgerinnen zum Weitergehen aufzufordern. Dennoch bildete sich nach wenigen Minuten immer wieder eine kleine Gruppe Schaulustiger, die den Blick nicht von dem Toten abwenden konnten. Zudem traten immer wieder vermeintliche Zeugen an Athron und Kathanter heran, die unbedingt eine Aussage machen, aber wohl eher aus nächster Nähe gaffen wollten.

Sobald sich Sinphyrias Magen einigermaßen beruhigt hatte, wollte sie sich zu den beiden gesellen. Bis dahin beobachtete sie die Menge, die in einiger Entfernung um die Taverne herum gebildet hatte.

Einige Schaulustige starrten den Toten einfach nur an, andere begannen bei seinem Anblick zu weinen oder erschrocken vor sich hinzumurmeln.

Kurz befiel Sinphyria ein komisches Gefühl, so, als würde sie beobachtet werden. Doch so schnell es aufgetaucht war, so schnell war es auch wieder verschwunden.

Sinphyria riss sich zusammen und wollte gerade zu Athron und Kathanter gehen, da hörte sie, wie Jasper Filian zu sich rief.

»Er starb in dieser Nacht, vermutlich am frühen Morgen«, sagte der Arzt, während sein blasser Assistent fleißig mitschrieb.

»Genauer kann ich das natürlich erst bestimmen, wenn er auf dem Untersuchungstisch liegt, aber seine Temperatur ist noch nicht gänzlich gesunken. Auf den ersten Blick deutet alles darauf hin, dass man ihn erhängt hatte, nachdem er so zugerichtet wurde. Ich sehe keine Male an seinem Hals, das heißt, die Gerinnung seines Blutes hatte zum Zeitpunkt des Erhängens bereits begonnen.«

Es war eine eher neumodische Methode, einen Toten von einem Arzt untersuchen zu lassen, doch man hatte damit erreicht, dass Morde aufgeklärt werden konnten, ohne Verdächtige halb zu Tode zu prügeln.

Als der Arzt fertig war, übernahm Kathanter es, den Toten abzuschneiden.

»Ich werde dir später einen Bericht vorbeibringen, Filian«, erklärte der Assistent des Arztes und machte sich auf den Weg, seinem Chef zu folgen.

Filian starrte immer noch hoch zu dem Balken und strich sich über den Bart.

»Aries muss seinen gepuderten Hintern hierher bewegen und eine Rede halten. Sonst verfallen die Bürger in Panik. Tammen, bitte vertreib doch die Meute sanft, aber bestimmt von diesem Ort. Sie sollten uns nicht mehr im Weg stehen, sondern lieber ihrer mehr oder weniger sinnvollen Arbeit nachgehen.«

Kathanter half dem Obersten der Stadtwache und trieb die Menge auseinander. Nach und nach verstreuten sich die Leute, wobei sie angeregt miteinander flüsterten und sich immer wieder zu der Taverne umdrehten.

Unterdessen stellte sich Sin zu Filian.

»Ist dir bisher etwas aufgefallen?«, fragte er sie leise.

»Ich dachte einen Moment lang, jemand würde mich oder uns beobachten.«

»Das ist nichts Ungewöhnliches, eine Menge Menschen haben gestarrt.«

Sinphyria schüttelte den Kopf und legte die Finger unter das Kinn.

»Das war anders. Eindringlicher, so, als ob jemand *uns* fixieren würde. Nicht den Toten. Aber vielleicht habe ich es mir auch nur eingebildet.«

Filian senkte den Blick und ließ den Nacken zwei-, dreimal knacken, dann sagte er: »Oft steckt mehr hinter so einem Gefühl. Wer weiß, vielleicht fällt dir später noch etwas Konkretes ein, etwas, an das du bis jetzt noch nicht gedacht hast.«

Er deutete hinauf auf das Dach.

»Und nun sollte jemand dort hochgehen.«

»Glaubst du, der Mörder hat eine Botschaft hinterlassen? So, wie bei den vorangegangenen Morden?«, fragte Sinphyria und folgte Filians Blick.

Dieses Mal nickte der Bibliothekar und winkte Athron heran.

»Es wäre äußerst seltsam, wenn er jetzt von seinem Muster abweichen würde. Auch wenn die Botschaft dieses Mal vermutlich etwas schwerer zu finden sein wird. Er muss einen Hinweis hinterlassen haben, für welche Sünde das Opfer bestraft werden sollte.«

Athron stützte Sinphyria, damit sie den Rand des Daches erreichen konnte. Währenddessen murmelte Filian weiter vor sich hin.

»Einmal, beim zweiten Mord, traf ich ein altes Weib, deren Verstand schon längst von den Holzwürmern gefressen worden sein musste. Sie sang ein Liedchen von einem Monster namens Fegedir, und als ich sie danach fragte, meinte sie, ein glänzender Mann hätte ihr das erzählt. Seitdem lege sie immer ein Kreuz der Cahya vor ihre Füße während sie schlafe.«

Ein glänzender Mann.

Sinphyria dachte darüber nach.

Plötzlich erinnerte sie sich an einen Mann, der vorhin in der Menge gestanden und gegrinst hatte. Warum sollte jemand beim Anblick einer solchen Tat grinsen? War er es gewesen, der dieses seltsame Gefühl verursacht hatte?

Während sie sich auf das Dach hinaufzog und vorsichtig auf allen Vieren auf den Dachbalken zukroch, an dem man den Mann aufgehängt hatte, versuchte sie sich an das Gesicht des Grinsenden zu erinnern. Doch es mochte ihr nichts gelingen.

»Die haben wir auch gesehen, als wir in die Stadt kamen. Ich dachte, das wäre nur der Singsang einer verrückten Alten«, konnte Sinphyria Athrons Stimme von unten hören. Es war einfach für sie, sich zu halten, das Klettern war ihr schon als Kind auf den Bäumen von Grünwald leichtgefallen. Sinphyria sah sich um.

Sie entdeckte eine kleine, improvisierte Leiter, die zu einer Luke im Dach führte. Die Luke war mit Holz verdeckt. Das Dach des Hauses war leicht mit Moos bewachsen, doch die Regelmäßigkeit des Wuchses wurde unterbrochen. So, als wäre jemand abgerutscht. Im Staub, der sich auf dem Dach gebildet hatte, sah Sinphyria kleine, runde Abdrücke.

Konnte der Täter barfuß gewesen sein?

Sinphyria beugte sich über den Rand des Daches, um einen Blick auf den Balken werfen zu können. Er verlief schräg in

Richtung des Hauptgebäudes und stützte so das Vordach. Schleifspuren im Staub vermittelten, dass das Seil nur über den Dachbalken gezogen worden war.

Der Täter hatte also eine Schlinge geknüpft, wahrscheinlich schon lange vor dem eigentlichen Mord, sie über den Dachbalken geworfen, den Kopf des Mannes durch die Schlinge gelegt, und die Leiche dann hochgezogen. Dann hatte er das Seil am Haupthaus befestigt.

Das Stück, an dem er das Opfer zu guter Letzt befestigt hatte, war für Sinphyria schwer zu erreichen. Sie musste sich vorsichtig entlanghangeln, um dort anzukommen, wo noch das durchtrennte Seil baumelte.

Aber wenn es wieder so eine Botschaft geben würde, wie Filian vermutete, dann würde sie sicher hier platziert sein.

Einen anderen Grund hatte es für den Mörder nicht gegeben, das Dach an dieser Stelle zu betreten. Vor allem, da das Risiko, entdeckt zu werden, hier oben deutlich größer war als in der finsteren Gasse.

Oder kannte er sich so gut aus, dass er wusste, wann die Stadtwache auf ihren Patrouillen vorbeikommen würde?

Sinphyria versuchte, ihre Gedanken wieder auf die Suche nach der Spur zu konzentrieren und siehe da: In der obersten Ecke des Dachbalkens fand sie einen kleinen, unscheinbaren Beutel aus Tierhaut. Sie schnappte ihn sich und schwang sich dann vorsichtig wieder zurück auf das Dach.

Der Abstieg war leichter als der Aufstieg und so glitt sie leichtfüßig vom Dach der Taverne hinunter. Kurz berichtete sie Filian und Athron, was sie entdeckt hatte. Sie zeigte den anderen den Beutel und öffnete ihn vorsichtig.

Es befanden sich goldene Zähne darin, zusammen mit einem Büschel Haare und einem kleinen, gefalteten Zettel. Sinphyria tauschte einen Blick mit Athron und Filian. Als Letzterer ihr aufmunternd zunickte, nahm sie den Zettel vorsichtig heraus und faltete ihn auseinander.

Darauf stand geschrieben: 273, 54, 2.
Sinphyria murmelte die Zahlen vor sich hin.
»Dieses Mal gibt es keinen Text? Was mag das bedeuten?«, fragte Athron und fuhr sich über den Bart.
»Das deutet sicher auf die Schrift der Cahya hin, so, wie die letzten Auszüge es taten. Vielleicht wurde er beim Abschreiben unterbrochen? Vielleicht ist es eine Art Herausforderung an uns«, murmelte Filian. »Ich werde das gleich überprüfen. Sinphyria, lass dir von Tammen die Namen der bisherigen Zeugen geben und lade sie ein, in die Bibliothek zu kommen. Schreibe dir jede noch so kleine Beobachtung auf, selbst wenn sie dir unwahr, seltsam oder unwichtig vorkommen mag.«
Er drückte ihr eine Rolle Pergament auf einem Holzbrett und eine Feder in die Hand. Das Tintenfässchen baumelte an einem Baumwollfaden.
»Athron, du unterstützt bitte Tammen bei seiner Arbeit und schickst weitere Zeugen zu Sinphyria. Kathanter hat sich ja schon auf den Weg gemacht.«
Damit verschwand Filian Eregor zu Fuß in der Menge.

Sinphyria verhörte alle Zeugen und fand nur eine einzige Gemeinsamkeit – sie alle hatten einen lauten Streit zwischen zwei Männern mit angehört, allerdings nicht verstehen können, worum es dabei gegangen war.
Alle Zeugen berichteten nur davon, dass der eine recht aufgebracht, beinahe empört gewesen war. Ein alter Mann berichtete, dass dieser Streit direkt vor seinem Schlafzimmerfenster stattgefunden hatte.
Doch er war fast gänzlich erblindet und als er sich hinausbeugte, um sich zu beschweren, hatte er nur verschwommene Schatten erkennen können.
Auch hatte er angeblich nicht verstanden, worum es bei dem Streit ging, was vielleicht damit zusammenhängen mochte,

dass auch seine Ohren nicht mehr ganz die eines jungen Mannes waren.

Auf die Frage hin, warum er keine Stadtwache benachrichtigt hatte, sagte er nur, dass er sich gerne um seinen eigenen Mist scherte und der Streit auch sehr schnell wieder vorbei gewesen war.

Ein Junge war nachts aufgewacht und hatte vor seinem Fenster eine Gestalt in einer Kutte vorbeihuschen sehen, doch dann hatte er sich gefürchtet und sein Gesicht schnell in sein Strohbettchen gedrückt.

Bald hatte sich der Platz vor der Bibliothek geleert und Sinphyria hatte nichts erreicht. Also beschloss sie, zum Mittagessen zu gehen und zu überprüfen, ob die anderen erfolgreicher gewesen waren.

Doch als sie den Blick über den Marktplatz schweifen ließ, sah sie Hemera. Die Botin hockte auf dem großen Brunnen der Cahya, der sich zwischen Kirche und Rathaus befand, und fischte etwas aus dem Wasser. Sinphyria dachte daran, wie wütend Hemera gestern ausgesehen hatte und bekam Mitleid mit der ihr, da sie hier doch niemanden kannte und sicher froh gewesen wäre, etwas Sinnvolles zu tun zu haben. Also schlenderte Sin von der Bibliothek hinüber zu Hemera.

»Die Leute werfen hier Münzen rein und glauben, dass es Glück bringt«, sagte diese nachdenklich, als Sin herangekommen war, und drehte eine besonders alte, verfärbte Münze in der Hand.

»Ich frage mich, ob sich ein paar dieser Wünsche erfüllt haben«, überlegte Sinphyria laut.

»Und ich frage mich, warum dieser alte Esel von Bürgermeister sie nicht bereits alle eingesammelt hat, um sich damit zu bereichern«, erwiderte Hemera und warf die Münze, auf einmal wütend, zurück ins Wasser.

Dann stand sie auf und hastete in Richtung Kirche davon, ohne sich zu verabschieden.

Verwirrt vergaß Sinphyria einen Moment, was sie eigentlich vorgehabt hatte, dann erinnerte sie ihr knurrender Magen an das Mittagessen in der Bibliothek und sie steuerte zielstrebig darauf zu.

Hier traf sie ebenfalls auf ein bekanntes Gesicht: Jonas, den sie an den vergangenen Abenden immer wieder im Umgang mit Dolchen und Messern unterrichtet hatte, saß auf dem hölzernen Vorbau des Hauses und war umringt von einer Schar anderer Kinder.

Er las aus einem Buch vor und ließ ab und zu eines der anderen Kinder ein paar Passagen lesen. Doch weil die meisten nicht besonders gut lesen konnten, war es eher ein mühsames Buchstabieren.

Als Jonas Sinphyria sah, sprang er auf und grinste.

»Hey, Sinphyria! Filian sagte mir, ich könne euch unterstützen, indem ich diesen Kindern vorlese. Sie lernen ziemlich schnell!«

Er strubbelte einem Jungen durch das Haar und wirkte dabei ziemlich erwachsen.

»Ich finde da hat Filian recht. Du kannst wirklich stolz auf dich sein«, lobte Sinphyria ihn und lächelte. Als sie gerade in die Bibliothek gehen wollte, trat Jonas näher zu ihr und fragte: »Wann ist die nächste Übungsstunde? Ich kann es nicht erwarten, dir zu zeigen, was ich gelernt habe!«

Sinphyria lächelte gezwungen. Vor den Kindern wollte sie nicht von den Morden sprechen, obwohl diese wahrscheinlich schon viele andere schlimme Dinge gesehen hatten.

»Sobald ich es einrichten kann, gebe ich dir Bescheid«, antwortete sie deshalb.

Das Holz knarzte unter ihren Füßen, als sie schließlich die Bibliothek betrat.

Es war heiß hier und roch nach Holz und moderndem Pergament, aber sie liebte diesen Ort immer noch sehr. Sie wusste nicht recht, ob sie den Weg zum Versammlungstisch allein finden würde, da die Bibliothek aus unzähligen verschiedenen

Gängen zu bestehen schien, die alle gleich aussahen. Aber sie würde es versuchen.

Als sie bemerkte, dass sie sich verlaufen hatte, empfand sie es nicht als Nachteil. Sie schlenderte einfach weiter durch die dichten Gänge und Bücherregale, strich über uralte Buchrücken und vertrieb sich die Zeit damit, die Titel leise vor sich hinzumurmeln. Ab und zu stieß sie sogar auf ein Buch aus ihrer Kindheit und schwelgte entzückt in Erinnerungen, wie ihre Mutter und ihr Vater ihr diese Geschichten vorgelesen hatten.

Als ihre Mutter noch bei ihnen gewesen war...

»Sinphyria, bist du es?«, drang plötzlich die nachdenkliche, ruhige Stimme Filians durch die Bücherreihen. Seine Stimme klang, als ob er direkt neben ihr stehen würde.

Sinphyria versuchte die Richtung auszumachen, aus der Filians Stimme kam, und stieß schließlich auf den offenen Bereich mit dem Versammlungstisch.

Filian saß über ein dickes, riesiges Buch mit grünen und braunen Lettern gebeugt, die Brille sehr weit nach vorne geschoben und sah nicht auf, als Sinphyria an ihn herantrat. Eine frische Zeichnung lag auf dem Tisch neben den anderen – die Zeichnung des vierten Mordes.

»Es ist wirklich schön, dass du den Kindern jeden Tag vorliest«, sagte Sinphyria und warf einen Blick auf die bunt bemalten Fenster, »und Jonas freut sich, einen Tag lang nichts mit schrecklichen Dingen zu tun zu haben.«

Kurz hob Filian den Blick und sah Sinphyria prüfend an.

»Er ist ein guter Junge. Ich hoffe, er überlebt.«

Sinphyria erwiderte nichts. Was sollte sie auch sagen?

»Hast du etwas herausgefunden?«, fragte Filian unvermittelt, seufzte und lehnte sich etwas zurück. Er nahm die Brille ab und knetete seinen Nasenrücken. Dann nahm er einen Schluck Tee und verzog das Gesicht, da dieser inzwischen kalt geworden war.

Sinphyria schüttelte den Kopf.

»Nichts. Ich habe einen alten Mann, der zwei Männer streiten hörte, aber da er kaum noch hören und sehen kann, könnte das auch eine einfache Kneipenschlägerei gewesen sein. Und da war noch ein Jungen, der eine Gestalt in einer Kutte gesehen hat. Er kann aber weder die Kutte beschreiben, noch sonst irgendein anderes Detail.«

Filian strich sich über den Bart.

»Dafür habe ich etwas. Die Zahlen stammen aus einer alten Schrift der Cahya. Sie ist so alt, dass sie eigentlich nur jemand kennen kann, der sein ganzes Leben den Lehren der Cahya verschrieben hat.«

»Ein Mönch?«

»Oder ein Heiler. Es würde damit zusammenpassen, dass viele der Schnitte äußerst professionell durchgeführt wurden. Wenn man die Lehren der Cahya studiert, studiert man auch die Lehren des menschlichen Körpers, da beide eng miteinander verbunden sind. Die Kirche ist die Grundlage unserer Medizin, wie du weißt. Wenn wir nicht so eng zusammenarbeiten würden, würde ich vielleicht Doktor Kohn verdächtigen. Er hat definitiv das beste Wissen des menschlichen Körpers in ganz Montegrad. Aber er hatte für alle Morde ein Alibi.«

Sinphyria war nicht gerade bewandert darin, aber sie konnte sich denken, was Filian meinte. Eigentlich wurde ja geglaubt, dass die Schatten die Menschen erschaffen hatten. Doch dass Cahya sie in der Natur leben ließ, wurde als Geschenk der Lichtgöttin gedeutet. Wissen über die Natur anzusammeln, galt unter vielen Mönchen als ein ehrwürdiger Weg, als etwas Erstrebenswertes. In einigen Klöstern hatte man vor einigen Jahrzehnten begonnen, auch über den Körper des Menschen zu forschen und damit die Medizin deutlich vorangebracht. Irgendwann war auch gefordert worden, dass man im Zuge dieses Wissensdurstes an toten Körpern den Aufbau des menschlichen Inneren untersuchen durfte. Hätte die Kirche das damals nicht erlaubt, wüsste man heutzutage nicht so viel über den Menschen.

»Das Leder von den Beuteln und dem Riemen des ersten Opfers, wurde doch auch zuletzt von einem kirchlichen Mitglied gekauft?«, fragte Sinphyria, obwohl sie die Antwort kannte. Filian nickte. Sinphyria war äußerst aufgeregt, sie beugte sich zu Filian vor, ihre Augen funkelten. Filian starrte unterdessen mit nachdenklichem Blick an ihr vorbei.

»Unser nächster Schritt wird sein, jeden einzelnen der Mönche zu befragen, der die Lehren der Cahya studiert hat. Tatsächlich sind das nicht so viele, wie man meinen möchte. Dennoch wird es bestimmt zwei Tage dauern.«

»Zwei Tage?«

Sinphyria war wieder enttäuscht. In dieser Zeit konnte es weitere Opfer geben.

Das war gar nicht gut.

»Gibt es denn keinen schnelleren Weg? Was, wenn wir einen Lockvogel stellen?«, schlug sie vor.

»Nein.«

Filian erhob sich, strich seine Kleidung glatt und klappte das dicke Buch zu. »Wir werden kein Leben gefährden, nur um unser Ziel zu erreichen. Wir finden den Mörder auf die klassische Art.«

»Die klassische Art könnte weitere Leben kosten, wenn wir nicht bald etwas Hilfreiches finden. Und im Augenblick sieht es nicht danach aus!«, protestierte Sinphyria und stemmte die Hände in die Hüften. »Ich biete mich als Lockvogel an! Ich weiß mich zu verteidigen.«

Filian schüttelte jedoch entschieden den Kopf, während er das Teegeschirr abräumte. »Unsere Suche wird ihn in Aufruhr versetzen und er wird vorsichtiger werden. Es wäre unklug, sich jetzt hetzen zu lassen. Außerdem könnte der Mörder dich dabei beobachtet haben, wie du mit dem Heer durch die Stadt gezogen bist. Oder auch am Tatort vorhin. Er würde die Falle sofort wittern.«

Sinphyria wollte weiter widersprechen, aber Filian drückte ihr das Teegeschirr in die Hände und hob mit einem Ächzen das schwere Buch vom Tisch.

»Es ist der beste Weg, Sinphyria«, sagte er bestimmt und verschwand damit endgültig in seiner Bibliothek. Madelaine erschien und lächelte mild.

Sie zeigte Sinphyria, wo die Küche war, und bat sie, ihr beim Mittagessen zu helfen. Missmutig räumte Sin die Unterlagen von dem Versammlungstisch und deckte ihn für das Mittagessen. Vielleicht hatte Filian ja recht.

Das Mittagessen bestand aus einer dicken, kräftigen Rindersuppe, die Sinphyrias ganzen Körper mit Wärme erfüllte. Erst aß sie mit Filian und seinen zwei Frauen allein, die sich harmonisch unterhielten und einander Blicke zuwarfen, als wären sie frisch verliebt, während Filian wohl die Gedanken an die Morde nicht loswurde. Da ging es Sinphyria ähnlich, und als etwas später die verschwitzten Männer dazustießen, wurde ihr Elan erneut angefacht. Neben Athron, Kathanter und Tammen war auch Tobias, der Assistent des Arztes, anwesend, der seinen Meister entschuldigte.

»Wir haben wahrscheinlich die Tatwaffe gefunden«, platzte es aus Tammen heraus, als er ein paar Löffel Suppe und einen großen Brocken Brot verschlungen hatte. »Es war ein sehr großes Messer, eines, dessen gängiger Zweck sich mir nicht erschließt. Es hat eine riesige Klinge, ist aber nicht wie ein Dolch geformt. Jedenfalls war es über und über besudelt mit Blut.«

Während er einen ganzen Becher Wasser auf einmal leerte, fuhr Athron in der Zwischenzeit fort.

»Der Griff war seltsam angelaufen. Wir brachten es sofort zu einem Schmied hier im ersten Ring und der sagte, er habe so etwas noch nie gesehen. Aber vielleicht kann er den Griff polieren.«

»Man konnte gerade noch erkennen, dass sich dort einmal ein Emblem befunden hatte«, fügte Kathanter hinzu und stocherte mit der Spitze seines Dolchs in einem Zahnzwischenraum herum,

»aber man konnte das Symbol nicht mehr erkennen. Vielleicht bekommt der Schmied das hin.«

Filian nickte und tupfte sich den Mund mit einem Tuch ab. Alle Anwesenden wartete gespannt darauf, was er zu sagen hatte, dann berichtete er davon, was Sinphyria und er entdeckt hatten. Da bemerkte sie, dass sie ganz vergessen hatte zu fragen, auf welche Textstelle die Zahlen der Botschaft verwiesen hatten. Doch Filian kam von allein auf diesen Punkt. Als er die betreffenden Zeilen rezitierte, bekam Sinphyria eine Gänsehaut.

»Niemals sollst du die Unschuld eines Kindes berühren, es nicht schlagen, nicht zu sehr schalten und es nicht in dein Bett zwingen. Denn Kinder müssen die Chance bekommen, sich voll zu entfalten, und wird ihnen seelischer oder körperlicher Schmerz zugefügt, werden sie im Wachstum gehemmt. Liebe und schätze Kinder, wie sie es verdient haben, schütze sie vor denen, die dazu nicht fähig sind. Denn wer Hand an ein Kind legt, soll bestraft werden, auf die schlimmste Art und Weise.«

Stille kehrte ein. Niemand mochte etwas sagen, niemand aß mehr.

»Ein Kinderschänder«, knurrte Kathanter trocken. »Ich dachte, er wäre ein gängiger Vergewaltiger gewesen, aber so einer ... hat es verdient.«

Keiner wagte es zu widersprechen. Sinphyria spürte ein ums andere Mal heute, wie Übelkeit in ihr aufstieg. Doch etwas bäumte sich in ihr auf. Eine Erinnerung an eine Hinrichtung, die sie mitangesehen hatte, holte sie ein. Jon war ein Mitglied der Goldenen Hand gewesen, der für die Vergewaltigung einer jungen Frau in Montegrad verurteilt worden war. Er hatte immer wieder seine Unschuld beteuert, doch man hatte ihm nicht geglaubt. Da die Tat kein Teil seines Auftrags gewesen war und die Mitglieder der Gilde keinesfalls Narrenfreiheit besaßen, hatte Jon von der Gilde nicht geschützt werden können. Sinphyria, Arátané und Prius hatten in dem Schatten der Häuser der Vollstreckung des Urteils zugesehen, damit Jon nicht allein sein musste. Kurz bevor die Klappe unter seinen Füßen nachgab und der Strick sein Genick brach, hatte er gegrinst. Den Ausdruck in seinen Augen und das Lächeln auf seinen Lippen würde Sinphyria nie vergessen. Die Art, wie er trotz seines bevorstehenden Schicksals fast schon gelacht hatte, jagte ihr bis heute einen Schauer den Rücken hinab. Warum er gelächelt hatte, wusste sie bis heute nicht. Aber Wochen später erfuhren sie, dass jemand anderes die Tat gestanden hatte.

Vielleicht hatte Jon die bittere Gewissheit, dass seine Verurteilung sich als Fehler herausstellen würde, den Tod mit einem Lächeln begrüßen lassen.

»Niemand hat so etwas verdient«, murmelte Sinphyria und hob trotz ihres wild pochenden Herzens den Blick, um direkt in Kathanters graue Augen zu sehen.

»Er hätte von der Stadtwache verhaftet und einen Prozess bekommen müssen. Und selbst dann sollten Menschen nicht die Richter über Leben und Tod sein. Der Mann hätte in einen Kerker gehört.«

Kathanter lachte heiser auf.

»Seltsam, dass ausgerechnet du dich für öffentliches Recht einsetzen möchtest. Deine Gilde agiert doch im Schatten unserer Gesetze.«

Da war er wieder. Der alte Kathanter, der Sinphyria mit einer Mischung aus Abscheu und kalter Verachtung fixierte.

»Selbst wenn du die Gilde nicht gutheißt, kannst du uns doch unmöglich mit einem Mörder wie diesem hier gleichsetzen!«, entgegnete sie wütend.

Sinphyria bemerkte kaum, dass sie Kathanter Irius gerade geduzt hatte. Aber Kathanter beschwerte sich gar nicht darüber. Er grinste nur herausfordernd.

Filian hob die Hand und räusperte sich.

»Das hier ist nicht die Stunde, um sich über Moral und Gesetz zu streiten. Ich denke, wir sind uns einig, dass dieser Mörder gestoppt werden muss.«

Sowohl Sinphyria als auch Kathanter wirkten so, als würden sie sehr gerne noch weiter über Moral und Gesetz streiten, doch fügten sie sich und schwiegen.

Es war Tammen, der die Stille erneut brach.

»Dieser ... Kerl glaubt also, seine Opfer würden die Lehren Cahyas verachten und er müsste sie deshalb bestrafen, ja? Er glaubt er wäre das Gesetz!«

Sein Gesicht lief rot vor Zorn an. Er schlug mit der Faust auf den Tisch, sodass sein Suppengeschirr klapperte und Natalie und Tobias zusammenzuckten.

»Die Verletzungen könnten in der Tat einen rituellen Hintergrund haben«, erklärte Tobias hastig.

»Wir müssen diesen Mistkerl kriegen, verdammt«, brummte Tammen. Den Rest des Mahls verbrachten sie in Schweigen.

Der Schmied würde noch eine Weile brauchen und die Verhöre von verdächtigen Personen waren so kurz und unergiebig, dass sie wohl doch nicht länger als einen Tag dauern würden.

Es gab ein paar Männer mit verdächtigem Hintergrund, ein, zwei kräftige Mönche und einen Professor, der geistliche Schriften studierte, aber sie sagten nicht viel und jeder hatte ein Alibi. Sinphyria überlegte bei jedem Einzelnen, ob sie ihn vielleicht schon einmal gesehen hatte. Vielleicht in der Menge beim vierten Mord, doch auch hier kam sie nicht weiter. Es war zum Haare raufen.

Am Abend saß sie mit Jonas, Athron und den anderen Jungen auf dem Brunnen. Die Dämmerung brach bereits an, als sie begannen, Bogenschießen zu trainieren. Elias hatte ihnen einen Bereich neben der Kirche zugewiesen, der nach Einbruch der Dunkelheit vom Mondlicht erhellt werden würde und dennoch selten betreten wurde. Vorsichtshalber hatten sie die offene Seite mit weiteren Heuballen abgegrenzt. Nach hinten raus endete die improvisierte Bogenbahn in einer fensterlosen Wand.

Jonas war nicht besonders gut im Bogenschießen. Seine Arme zitterten, wenn er die Sehne spannen wollte, und selbst, wenn er den Bogen gespannt bekam, verfehlte er sein Ziel jedes Mal.

»Nimm die Arme etwas höher und spreize die Finger nicht so sehr«, erklärte Athron und korrigierte Jonas Haltung. »Und dann atme aus, während du loslässt. So fällt es dir leichter, zu zielen.«

Jonas bemühte sich, die Anweisungen umzusetzen, doch der Pfeil sackte nur schlackernd zu Boden.

Sinphyria versuchte gerade einem anderen Jungen, Flynn, das Bisschen beizubringen, was sie über den Speerkampf wusste.

»Halt ihn nicht wie einen Knüppel, ein Speer hat eine ganz andere Funktion ...«

Plötzlich stieß Jonas einen Schrei aus, wie ihn nur ein Kämpfer ausstoßen konnte, spannte die Sehne erneut und als sie ihr vertrautes Zurren von sich gab, hörte man kurz darauf das dumpfe *Klong*, als der Pfeil durch den Heuballen sauste.

»Ja!«, rief er und machte einen freudigen Luftsprung. »Geschafft! Geschafft!«

Sinphyria, Jonas, Flynn und Athron freuten sich mit ihm, als sie plötzlich ein Klatschen hörten.

Erschrocken drehten sie sich um und entdeckten Kathanter Irius, der im Schatten der Mauer stand. Sinphyria hatte keine Ahnung, wie lange er schon dort gestanden und sie beobachtet hatte. Er war ausnahmsweise ohne seine Rüstung unterwegs und sah nun fast aus wie einer von ihnen. Doch er hatte die Arme verschränkt und ein belustigtes Grinsen spielte um seine Lippen.

Bei Cahya, hatte Sinphyria Probleme, diesen Mann zu deuten.

»Jetzt verstehe ich auch, warum die kleinen Soldaten immer besser werden, seit du zu diesem Trupp gestoßen bist, Leon«, sagte er. »Trainiert ihr schon lange in der Dämmerung vor euch hin?«

Alle schwiegen. Kathanter fing nun tatsächlich an zu lachen. Er legte die Hand auf den Knauf seines Schwertes und zog es in einer eleganten Bewegung aus der Scheide.

»Meinem Jungen habe ich auch immer gezeigt, wie der Schwertkampf funktioniert«, meinte er und machte ein, zwei Schwerthiebe in der Luft, »leider hat es ihm wenig geholfen, als er gegen das Fieber kämpfte.«

Eine Spur Traurigkeit mischte sich in seine Stimme, während er sein Schwert betrachtete, das in den allerletzten Sonnenstrahlen des Tages leicht schimmerte. Sinphyria starrte ihn überrascht an. Sie war nie auf die Idee gekommen, dass Irius eine Frau oder gar Kinder haben könnte. Oder eine andere Gefühlsregung als Wut zeigen konnte, was das anging.

Sinphyria betrachtete Kathanter und fragte sich, ob sie diesen Mann wohl jemals verstehen würde.

Als hätte er ihren Blick gespürt, ob er den Kopf und sah sie an. In seinen Augen lag etwas, das sie vorher noch nie darin gesehen hatte. Sie musste unwillkürlich an ihren Vater denken, wie stolz er sie angefunkelt hatte, als sie zum ersten Mal etwas geschmiedet hatte. Kathanter schätzte sie, wurde ihr auf einmal klar. Doch woher dieser plötzliche Sinneswandel kam, konnte sie nicht sagen.

Plötzlich schien Kathanter aufzufallen, wie er sie ansah. Sofort verfinsterte sich sein Gesicht. Doch bevor er noch etwas sagen konnte, kam aus den Schatten der Burg eine Gestalt angerannt.

Es war Natalie, Filians jüngere Ehefrau, und die Sorge stand ihr in das Gesicht geschrieben.

»Wir wurden angegriffen!«, sagte sie völlig außer Atem und man konnte erkennen, wie erschrocken sie war. »Jemand ist bei uns eingebrochen und hat Madelaine mit irgendetwas niedergeschlagen, ich konnte es nicht genau erkennen ... Es geht ihr gut, aber Filian ...«

»Was ist mit Filian?« Sinphyria machte einen Schritt auf Natalie zu und legte ihr eine Hand auf die Schulter.

»Er hat sich dem Angreifer in den Weg gestellt. Ich habe mich versteckt und konnte daher nicht genau hören worüber sie

sprachen. Aber Filian ist einfach mit dem Kerl weggegangen. Er ist fort! Und ich habe keine Ahnung, wohin!«
Alarmiert sahen sich die anderen an. Kathanter griff sein Schwert fester.
»Leon, alarmiere Tammen und Greí. Schick die Jungen los, dem Bürgermeister Bescheid zu sagen. Athron, du kommst mit mir. Schnapp dir eine Waffe. Wir versuchen, Filian und diesen verdammten Bastard einzuholen.«
Jonas sprang sofort auf und lief zum Rathaus, während Sinphyria die anderen Jungen anwies, sich um Natalie und Madelaine zu kümmern. Dann nahm sie die Beine in die Hand und lief zu Tammen Krain. Sie hatte nur eine ungefähre Ahnung, wo er wohnte, doch sie fand ihn schnell.
Im Nu war die Stadt erhellt und die Kirchenglocken gellten über den gesamten Platz.

Niemand tat in dieser Nacht ein Auge zu. Athron blieb verschwunden, bis die Sonne schon hoch am Himmel stand, Madelaine wurde von einem Arzt versorgt und hatte ihnen alles erzählt, was sie wusste. Offenbar hatte der Angreifer die Bibliothek durch die Eingangstür betreten, deren Schloss zuvor mit einem Dietrich geknackt worden war. Er musste Erfahrung damit gehabt haben, da er kaum Lärm gemacht und nur wenige Spuren an der Tür hinterlassen hatte. Er war mit einer Art Knüppel bewaffnet gewesen und hatte Madelaine, die aufgestanden war, um sich einen Tee für die Nacht zuzubereiten, damit von hinten niedergeschlagen. Sie konnte ihn daher auch nicht beschreiben. Das Einzige, was ihr noch einfiel, war ein seltsamer, muffiger Geruch, ähnlich dem in einem Keller.
Natalie konnte, nachdem sie sich etwas beruhigt hatte, ein bisschen mehr beisteuern. Filian war noch auf gewesen, als Madelaine angegriffen wurde. Er hatte Natalie schnell geweckt und ihr zugeraunt, dass sie sich verstecken sollte. Sie war ihm dann noch ein paar Meter gefolgt und war dann hinter ein Regal

gekrochen. Von dort aus hatte sie versucht, Filian mit den Blicken zu verfolgen, doch in dem fahlen Licht der Kerze, die Filian bei sich trug, hatte sie nur wenig erkennen können. Durch den Schock war sie sich außerdem nicht mehr ganz sicher, ob sie ihrer Erinnerung trauen sollte. Doch immerhin glaubte sie, einen Mann in einer Kutte gesehen zu haben. Schon wieder ein Hinweis, der in Richtung Kirche deutete.

Nachdem Sinphyria mit den beiden Frauen gesprochen hatte, hatte sie die Bibliothek durchsucht. Filian hatte kurz vor dem Angriff noch gearbeitet und dort auf dem Boden lag ein Stück Papier, das ihren Namen trug. Auf der Rückseite war etwas gezeichnet worden, das aussah wie ein Labyrinth.

Konnte es eine Karte sein?

Die Zeit zwischen Athrons Rückkehr und ihrer Ratssitzung hatte Sinphyria genutzt, um Anwohner zu befragen und nach Hinweisen auf Filians Verbleib zu suchen. Natürlich ohne Erfolg. So blieb Filians letzter Hinweis nur ein weiteres Rätsel.

Sinphyria berichtete Greí alles, was sie wusste, während die anderen versuchten, eine Spur von Filian und dem Entführer zu finden.

Der Hauptmann hatte sehr besorgt ausgesehen. Sinphyria wusste, dass ihnen die Zeit davonlief. Wenn sie Filian nicht bald finden und die Morde aufklären würden, mussten sie unverrichteter Dinge in den Süden ziehen. Der Krieg rückte immer näher.

Als Athron zurückkehrte, kam er ebenfalls mit leeren Händen. Filian und der mysteriöse Angreifer schienen, nachdem sie die Bibliothek verlassen hatten, spurlos verschwunden zu sein, denn die Tavernenbesucher, die fünf Häuser weiter der stickigen Luft des Innenraums entflohen waren, hatten die beiden nicht gesehen.

Auch andere Zeugen konnten von Tammen und den Soldaten, die Greí so schnell wie möglich abstellte, nicht gefunden werden.

Es war, als wären Filian und sein Entführer vom Erdboden verschluckt worden.

Außerdem hatte Athron Kathanter aus den Augen verloren, als sie sich für die Suche getrennt hatten. Er wäre wohl noch auf der Suche, verbeiße sich darin, der alte Hund, meinte Athron. Doch auf Greís Stirn vertieften sich die Sorgenfalten.

Sinphyria, Athron, Tammen, Jasper und sein Assistent Tobias, versammelten sich, gemeinsam mit Vardrett Greí, im Hauptsaal des Rathauses.

Das ratlose Schweigen wurde schließlich von Cansten Aries unterbrochen, der selbstgefällig die Arme vor der Brust verschränkte.

»Ihr kennt doch die Regeln inzwischen, gute Frau«, richtete er das Wort an Sinphyria, doch die funkelte ihn so böse an, dass mit säuerlichem Grinsen auf weitere Tadel verzichtete.

»Nun, die Situation ist ohne Zweifel aus dem Ruder gelaufen«, bemerkte Greí und starrte hilflos in die Runde. »Es gibt keine Spur von eurem Bibliothekar, wir wissen nicht wo Irius steckt und der Täter scheint zunehmend selbstsicher zu werden.«

Er wandte sich an Sinphyria und die anderen.

»Ich weiß, dass ihr nur ein paar Tage hattet, um euch in den Fall einzuarbeiten. Doch wir brauchen schnelle Ergebnisse. Und wir brauchen Eregor. Ohne ihn werden wir zu viel kostbare Zeit verlieren.«

»Die einzige Spur führt in die Kirche und dort decken sich alle gegenseitig«, sagte Athron und fuhr sich müde über das Gesicht.

Ja, es war aussichtslos. Es sah wirklich so aus, als wären sie waren am Ende angekommen.

»Aber warum sollte der Mörder Filian überhaupt entführen? Was hat ihn dazu verleitet, ein so großes Risiko einzugehen? Hatte Filian denn etwas Wichtiges gefunden?«, stellte Sinphyria die Frage, die ihr schon seit Stunden im Kopf herumschwirrte. Doch niemand hatte eine Antwort darauf.

Plötzlich öffnete sich die Tür des Ratssaales und Jyrgen, der Sekretär, betrat den Raum. Hinter ihm stand eine in Tränen aufgelöste, junge Frau und vermied es tunlichst, einen von ihnen in die Augen zu sehen. Begleitet wurde sie von einem älteren Mann, dem sie wie aus dem Gesicht geschnitten war.

Bei genauerem Hinsehen erkannte Sinphyria die Zeichnerin, die nach Filians Anweisungen die Tatorte und die Opfer skizziert hatte. Der Mann hinter ihr war vermutlich ihr Vater. Er trug Kleidung mit dezentem Goldbesatz und hatte eine zierliche, goldene Brille auf der Nase.

»Offenbar kann unsere Freundin Lin hier Antwort auf diese Frage geben.«

Auf Jyrgens Gesicht erkannte Sinphyria ein müdes, beinahe mitleidiges Lächeln. Was ging hier vor?

»Ich wollte das nicht«, brachte Lin unter Schluchzen hervor und wischte sich mit dem Handrücken über die Augen. »Sie haben mich dazu gezwungen!«

Ihr Vater legte einen Arm um ihre Schultern und drückte sie fest an sich.

»Wer hat dich zu was gezwungen, Kind?«, fragte Greí sanft und erhob sich, um der Zeichnerin einen Stuhl anzubieten. Sie ließ sich darauf fallen, als wären die Beine unter ihr weggebrochen.

»Ich habe Filian verraten.«

»Was?!«

Sinphyria starrte die junge Frau fassungslos an.

»Sprich weiter«, verlangte der Bürgermeister ungehalten und Sinphyria kam kurz der Gedanke, dass es vielleicht ein Fehler gewesen war, ihn dazuzuholen.

Was, wenn er hinter Filians Verschwinden steckte? Hatte der Bürgermeister genug gehabt von dem frechen Bibliothekar, der nie ein Blatt vor den Mund nahm, am Ende die Morde genutzt, um Filian elegant loszuwerden?

»Vor ein paar Wochen, nach dem zweiten Mord, überraschte mich eine Gestalt in einer Kutte bei mir zu Hause. Er bedrohte mich mit einem Messer und wollte Informationen über die Ermittlungen haben. Wenn ich sie ihm nicht geben würde, wäre ... mein Vater das nächste Opfer. Er wusste alles über ihn.«

Sie vergrub das Gesicht in ihren Händen und schluchzte kurz auf.

»Alles? Was meinst du mit alles?«, drängte Sinphyria und erntete einen tadelnden Blick von Greí, den sie jedoch gar nicht wahrnahm.

»Mein Vater ist ... nun ...«

Lins Blick huschte schüchtern hoch zu ihrem Vater und dann zum Bürgermeister, während sie sich die Augen und die Nase in einem Taschentuch säuberte, das Greí ihr gereicht hatte. »Er bezahlt seine Steuern nicht immer genau. Das erzählt er jedoch niemandem, außer den Mönchen ...«

»Bei der Beichte«, fügte Sinphyria murmelnd hinzu. »So weiß er über die Sünden seiner Opfer Bescheid. Er hört sich ihre Beichten im Beichtstuhl an oder horcht sie ab!«

Da hätten sie von selbst draufkommen können. Bei Azaaris. Der Täter musste wirklich einer der Mönche sein.

»Was hast du dem Täter zuletzt erzählt?«, fragte Greí in bewundernswert ruhigem Tonfall.

»Filian hat etwas gemurmelt, als ich das letzte Mal bei ihm war. Das war gestern Nachmittag. Er sagte ... in etwa ... jetzt weiß ich, wie wir ihn finden können.«

»Mehr nicht?«, platzte es aus Sinphyria heraus, »dafür hat er Filian entführt? Wieso hat er ihn nicht gleich ermordet?«

»Vielleicht will der Täter erst herausfinden, wer noch etwas davon weiß«, vermutete Athron und legte Sinphyria eine Hand auf den Unterarm. Vermutlich, um sie zu beruhigen. Es machte sie allerdings nur wütend. Ungeduldig riss sie ihren Arm weg und funkelte Athron böse an.

»Kannst du uns irgendwas anderes über den Mörder erzählen? Hast du ihn gesehen, seine Stimme gehört?«

Lin schüttelte den Kopf. Ihr Teint wurde immer bleicher, ihre Lippen bebte, als sie antwortete.

»Er schien sich fast unsichtbar zu bewegen. Plötzlich tauchte er hinter mir auf und drohte mir, ich solle mich bloß nicht umdrehen. Er sprach immer sehr leise, flüsternd. Ich konnte nur einmal einen Blick auf ihn erhaschen, als er verschwand. Deshalb weiß ich, dass er eine Kutte trug.«

»Das bringt uns doch alles nichts«, knurrte Sinphyria und stand abrupt auf. Sie konnte nicht mehr sitzen bleiben.

»Wir könnten die Opfer und ihre Beichten mit dem Mönch vergleichen, der Dienst hatte«, schlug Tammen vor, dessen Gesicht wohl auf jede Emotion mit rotem Anlaufen reagierte.

»Ach, und das schreibt Priester Elias alles so genau auf? Und selbst wenn – zwischen Beichte und Mord könnten theoretisch Wochen liegen! Monate!«

Inzwischen konnte Sinphyria nicht mehr auf ihren Tonfall achten. Während sie sich ausmalte, was Filian wohlmöglich in Gefangenschaft erdulden musste, kochte die Wut in ihr hoch. Falls er überhaupt noch am Leben war. Ein Mann wie er war aus den eigenen Reihen verraten worden!

Lin hätte fliehen können, mitsamt ihrem Vater, sie hätte abhauen sollen, statt so einen Mist zu bauen.

Die leise Stimme in ihrem Hinterkopf, die ihr sagte, dass Lin nichts dafürkonnte, weil sie fast noch eine Jugendliche war, unterdrückte Sinphyria in ihrem Ärger.

Aber eigentlich war sie am meisten auf sich selbst wütend.

Warum konnte sie sich keinen Reim darauf machen, welchen Hinweis Filian ihr hatte geben wollen? Wieso hatte er nicht einfach aufgeschrieben, wie sie den verdammten Mörder finden konnten?

Die Antwort konnte sie sich selbst geben.

Es war der gleiche Grund, aus dem sie noch mit niemandem über die Zeichnung in ihrer Hand gesprochen hatte. Er hatte niemandem vertraut. Die Nachricht sollte kryptisch genug sein, dass man sie entschlüsseln musste, falls ihm etwas geschah – und das hatte Filian ausgerechnet Sinphyria überlassen. Ein wenig erfüllte es sie mit Stolz, dass der alte Bibliothekar sie dafür ausgesucht hatte, sein Rätsel zu lösen.

Doch jetzt blieb keine Zeit dafür.

»Ein Lockvogel«, platzte es aus ihr heraus, »jetzt brauchen wir einen Lockvogel. Ein Opfer, mit dem wir den Täter in die Falle locken können.«

Alle Anwesenden starrten sie ungläubig. Bevor jemand etwas einwenden konnte, fügte Sinphyria hinzu: »Das ist der schnellste Weg. Außerdem haben wir schon den perfekten Kandidaten.«

Ihr Blick wanderte hin zu Lin, die am ganzen Körper zu zittern begann.

»Sinphyria, das können wir nicht von ihnen verlangen«, wandte Greí ein und es war das erste Mal, dass er sie in Gegenwart der anderen nicht übertrieben höflich anredete.

»Wir werden sie schützen, sowohl Lin als auch ihren Vater. Wir können sie überwachen und ihnen wird nichts geschehen. Der Mörder wird seine Drohung sowieso wahrmachen wollen, sobald Lin dieses Gebäude verlässt. Er wird bereits wissen, dass sie ihn verraten hat.«

Lin griff mit durch und durch ängstlichem Gesichtsausdruck nach dem Arm ihres Vaters, während Sinphyria nur das aufgeregte Schlagen ihres eigenen Herzens und das Rauschen des Blutes in ihren Ohren hörte.

»Das Risiko ist zu groß«, sagte Greí.

»Aber sie *schulden* es ihm!«, schrie Sinphyria, vollkommen ignorierend, dass sie mit dem Mann sprach, von dessen Gunst ihr Leben abhängen konnte. Und dann noch in Anwesenheit des Bürgermeisters, der ohnehin ein Problem mit ihr hatte. Doch die Wut beherrschte ihr Bewusstsein vollständig und steuerte ihr Handeln.

»Die Frau hat recht«, sagte da der Vater von Lin. Er löste sich von seiner Tochter, das Kinn trotzig gereckt, und stellte sich direkt vor den Bürgermeister. »Ich werde euren Lockvogel spielen.

Sobald wir das Rathaus verlassen, werde ich Lin anweisen, ihre Sachen zu packen und die Stadt zu verlassen, und werde selbst versuchen, alle Beweise meiner Schandtaten im Büro zu vernichten. Dabei kann der Mörder mich schnappen. Das bin ich Eregor tatsächlich schuldig.«

Ein Stein fiel Sinphyria vom Herzen, doch gleichzeitig schnürte die Ungeduld ihr die Kehle zu. Was musste Filian in diesem Moment erleiden? Wo war Kathanter, wenn man ihn doch hier brauchte?

»Aber meine Bedingung ist, dass Lin die Stadt sicher verlassen darf.«

»Vater ...!«, widersprach Lin lautstark, doch ihr Vater brachte sie mit einer Handbewegung zum Schweigen.

»Sie soll sicheres Geleit gen Norden bekommen und nicht für meine Schandtaten bestraft werden. Gebt mir Euer Wort, Herr Bürgermeister.«

Sinphyria fand zwar nicht, dass sich der Mann in der Position befand, um Forderungen zu stellen. Aber die Szene erinnerte sie an ihren Vater und sich selbst.

Bei dem Gedanken an ihn, bekam sie bloß einen dicken Kloß im Hals. Doch sie durfte sich nicht ablenken lassen. Ihren Vater konnte sie nicht retten. Nicht jetzt, nicht hier. Aber vielleicht konnte sie etwas für Filian tun.

Einen Moment lang warteten alle darauf, dass Greí noch Einspruch erhob. Sinphyria blickte aufgeregt zwischen ihm und dem Bürgermeister hin und her.

»Wenn Ihr es freiwillig macht und der Herr Bürgermeister nichts einzuwenden hat, dann werde ich den Einsatz eines Lockvogels genehmigen«, sagte Greí tonlos.

»Wenn ihr den Mistkerl findet, fein«, gab schließlich Aries seine Zustimmung.

»Doch wenn das schief geht, dann ...«

»Werden wir ohne Unterstützung aus der Stadt gejagt, schon klar«, unterbrach Sinphyria ihn, ohne auch nur einen Moment lang über die Konsequenzen nachzudenken. Doch bevor Aries etwas erwidern konnte, fuhr Greí fort.

»Wir werden uns sofort zusammensetzen und die Beobachtungstruppen planen«, befahl er, »niemand verlässt den Saal, bevor wir nicht einen gewissenhaften Plan ausgearbeitet haben. Nun, außer Euch natürlich, werter Herr Bürgermeister.«

»Oh, vielen Dank«, antwortete der in überheblichem Tonfall, erhob sich und pfiff nach seinem Sekretär, um ihm flüsternd Anweisungen zu geben.

»Nun, und außer dir, Sinphyria.«

Sinphyria fuhr hastig herum und blickte Greí ungläubig an.

»Warum?«

Ruhig und ohne mit der Wimper zu zucken erklärte der Hauptmann: »Du wirst nicht am Einsatz teilnehmen.«

»Was?!«

»Weil «, fuhr Greí unbeirrt fort, »du viel zu wichtig für den herannahenden Krieg sein könntest und ich dein Leben sicher nicht riskieren werde.«

Sinphyria setzte zu einer weiteren Unterbrechung an, doch Greí ließ es diesmal nicht zu.

»Außerdem bist zu viel zu emotional und das kann schnell zu schweren Fehlern führen, die im schlimmsten Fall alle gefährden könne. Und schließlich«, er warf einen kurzen Blick in Aries Richtung, »warst du nun schon zum wiederholten Male dem Bürgermeister gegenüber respektlos und ich kann dieses Verhalten nicht mehr dulden.«

Sinphyria kniff die Lippen zusammen und verschränkte die Arme. Die Wut versetzte ihren Körper in Spannung, bäumte sich in ihr auf wie ein wildes Tier, das mit jedem ruhigen Wort von Greí noch rasender wurde.

»Und da ich dir zutraue, dich diesen Anweisungen auf eigene Faust zu widersetzen, werde ich eine Wache abstellen, um dich in der Bibliothek zu beaufsichtigen. Vielleicht kannst du dort noch etwas Wichtiges herausfinden, das uns helfen kann.«

Aus den Augenwinkeln sah Sinphyria, wie sich die Flügeltüren des Ratssaales öffneten und ein paar Soldaten in Begleitung Jyrgens eintraten. Sie hatten schwere, eiserne Handschellen bei sich.

Sinphyria hatte nicht einmal bemerkt, dass der Sekretär wieder verschwunden war. Nun mischten sich in die Wut auch noch Empörung und Verzweiflung.

»Hauptmann, das ist doch Schwachsinn, ich kann mich wieder fassen! Es war schließlich meine Idee!«, widersprach Sinphyria noch einmal und machte ein paar Schritte rückwärts. Hilflos sah sie zu Athron hinüber, der jedoch ihrem Blick standhielt.

»Befehl ist Befehl«, sagte er trocken und zuckte mit den Schultern. »Es ist besser, wenn du beschützt und sicher in der Bibliothek bist.«

»Beim verdammten Feuergott, ihr könnt mich alle mal!«, schimpfte Sinphyria und trat auf die beiden Soldaten zu. Trotzig hielt sie ihnen die Handgelenke entgegen. »Aber macht schön fest zu, nicht, dass ich mich am Ende noch befreie«, sagte sie und spürte kurz darauf, wie sich das kühle Eisen um ihre Handgelenke schloss.

Verdammte Arschlöcher.

15. Kapitel

Lauernd in den Schatten

Sinphyria wurde von ihren beiden Bewachern in einen Raum im Rathaus gebracht, damit sie weder die Aufstellung der Wachen mit anhören konnte noch von dem Mörder draußen gesehen wurde. Dort verharrten sie einige Zeit, die ihr wie eine Ewigkeit vorkam.

In Gedanken versuchte Sinphyria, sich zu beruhigen und über einen Fluchtweg nachzudenken. Doch solange sie mit diesen beiden Flachpfeifen und angeketteten Händen in diesem Raum festsaß, hatte sie kaum eine Chance.

Greí hatte auch noch zwei der etwas kompetenteren Soldaten des Heers ausgesucht. Ihre Namen waren Sinphyria gerade nicht mehr geläufig.

Deshalb gab Sinphyria ihnen Bezeichnungen, die zu ihnen passten. Das machte Arátané gern, weil sie noch schlechter im Merken von Namen war, als Sin.

Der Links drehte ständig ein Messer zwischen den Fingern, ließ es auf- und wieder zuschnappen. Also war er der mit dem Messer. Der andere grinste manchmal in sich hinein, als hätte er besonders oft lustige Gedanken. Also war er der Lustige.

Beim verdammten Feuergott, wie hatte Greí es wagen können, ausgerechnet sie von dem Einsatz auszuschließen? Nur, weil es ihr am meisten bedeutete, Filian zu retten, hieß das nicht, dass sie zu emotional für diesen Einsatz sein würde. Und dieses bescheuerte Argument mit dem Schutz erst.

Typisch Männer.

Wenn Greí sie wirklich beschützen wollte, hätte er sie von Anfang an aus der Mordermittlung rausgehalten.

Wäre das hier eine andere Situation gewesen, hätte Sinphyria es vielleicht mit verführender List probiert. Die meisten Männer (und auch manche Frauen), fielen darauf herein, wenn sie gegen körperliche Gegenleistung verlangte, sie freizulassen.

Aber die beiden hier sahen nicht so aus, als wären sie auch nur einen Deut interessiert an Sinphyria. Der mit dem Messer warf sogar eher dem anderen verstohlene Blicke zu, falls sie das richtig deutete.

Außerdem hatte Greí die beiden leise raunend instruiert, bevor Sinphyria mit ihnen fortgeschickt war. Dabei hatte er sie sicher darauf eingeschworen, sich auf nichts einzulassen.

»Hey, um uns die Langeweile zu vertreiben, könntet ihr doch einen kleinen Übungskampf ausfechten? Wer als Erster ohnmächtig wird, hat gewonnen.«

Und den anderen werde ich dann irgendwie los, dachte sich Sinphyria, ohne wirkliche Hoffnung, dass das klappen konnte.

»Schnauze«, pampte der ältere der beiden und wandte sich dann wieder dem langen Messer zu, das er sorgfältig polierte.

»Den Versuch war's wert.«

Der andere Soldat gluckste amüsiert, erntete dafür aber einen finsteren Blick von seinem Kameraden.

Schön. Dann war Sinphyrias beste Chance wohl die Bibliothek. Um sich die Zeit zu vertreiben, stimmte sie ein kleines Liedchen an, das eine ulkige Geschichte über eine Bardin und einen Dämon enthielt. Immerhin ließen die Dummbeutel sie dabei gewähren. Der Lustige summte sogar ein paar Zeilen mit, was der mit dem Messer wiederum mit bösen Blicken strafte. Wenn sie endlich aus dieser vermaledeiten Stadt rauskamen, sollte sich Sinphyria vielleicht mit dem Lustigen anfreunden. Man wusste nie, wofür man Verbündete noch brauchen konnte.

Nach einer gefühlten Ewigkeit öffnete Vardrett Greí die Tür erlaubte ihnen endlich, Richtung Bibliothek von dannen zu ziehen. Sinphyria würdigte den Hauptmann keines Blickes. Natürlich wollte sie auch den Eindruck vermitteln, sich ihrem Schicksal ergeben zu haben. Wieder murmelte Greí Sinphyrias Aufpassern leise Anweisungen zu. Falls Sinphyria es richtig verstand, sollten sie sich vor der Bibliothek positionieren und alles im Blick behalten. Ab und zu sollten sie drinnen und im Umkreis des Gebäudes patrouillieren. Pah, zwei Wachleute würde Sinphyria irgendwie überwinden können, solange man sie nicht vollständig geknebelt und gefesselt in der Besenkammer einsperrte. Aber zuerst war die Bibliothek vielleicht kein schlechter Ort, um das Rätsel von Filians Zeichnung zu lösen und ein paar Informationen zu sammeln. Der Mörder würde sicher nicht vor Einbruch der Dämmerung zuschlagen, so risikofreudig war selbst er nicht. Beziehungsweise würden Greí und die anderen dieses Risiko niemals eingehen. Sie würden den Köder, also, dass Lins Vater zu fliehen versuchen würde, erst in ein paar Stunden auswerfen, auch wenn sie Lins Vater bis dahin schon beschatten würden. Länger als eine Stunde Recherchezeit sollte Sinphyria sich aber nicht nehmen. Besser, sie entkam frühzeitig und versteckte sich in der Stadt, als dass sie zu spät kommen würde.

Auf dem Weg zur Bibliothek versuchte Sinphyria, sich ihre Umgebung genau einzuprägen. Sie passierten das Heerlager ihrer Armee, das zwischen dem Rathaus und der Kirche errichtet worden war. Jonas und die anderen trainierten und bemerkten Sinphyria zum Glück nicht. Es wäre ihr unangenehm gewesen, wenn sie ihre Lehrerin in Handschellen gesehen hätten.

Hemera ließ sich nicht blicken. Sinphyria war sich nicht ganz sicher ob sie darüber froh oder traurig war. Auf der einen Seite hätte die Botin ihr sicherlich gerne geholfen, sich gegen Greís Anweisungen zu widersetzen. Auf der anderen Seite traute

Sinphyria inzwischen Filians Urteil und fragte sich, was Hemera wohl zu verbergen hatte. Immerhin kannten sie sich kaum.

Hatte sie dem Hauptmann überhaupt Beweise dafür vorgelegt, dass sie eine echte Botin war? Irgendetwas hatte sie Greí überreicht. Aber was nur?

Die Sonne lag zwar hinter schweren, grauen Wolken verborgen, dennoch war die Luft in der Stadt schwül und drückend. Sinphyria bemerkte es kaum.

Stattdessen richtete sie ihre ganze Aufmerksamkeit auf ihre Umgebung zu richten. Vielleicht beobachtete der Mörder das Rathaus, vielleicht konnte sie irgendwen entdecken, der *verdächtig* aussah ... Aber wie sollte sie das bitte erkennen? So verzweifelt war sie also schon, dass sie sich solche Gedanken machte. So verdammt hilflos.

Scheiße.

Der Hauptplatz Montegrads war von demselben geschäftigen Nachmittagstreiben erfüllt, das hier immer herrschte. Gelehrte, Händler, Geistliche, tummelten sich überall, Boten machten ihre Gänge und ein paar Kommandierende der Stadtwache patrouillierten zwischen den Zivilisten.

Was für eine kindische Vorstellung, sie könnte jetzt einfach ihre Erfahrungen als Diebin nutzen, um mit bloßem Auge ein Phantom aus der Menge auszumachen, das sich ungesehen durch die ganze Stadt bewegen konnte und kein Gesicht, keinen Namen hatte. Aber die Hoffnung keimte als kleiner Funke weiter in ihr.

Frustriert über sich selbst und ihre blöde Situation und immer noch mit Sorgen um Filian erfüllt, betrat Sinphyria endlich die hölzerne Veranda der Bibliothek.

Im Eingang warteten die besorgt dreinblickenden Ehefrauen Filians, Natalie und Madelaine, deren Kopf in einen dicken Verband gewickelt war.

»So, Leon«, sagte der Messerschleifer in einem Tonfall, der offenbar bedrohlich wirken sollte. »Du bleibst in der Bibliothek und machst keine Faxen, hast du verstanden? Wenn du versuchst zu fliehen, wird keiner von uns beiden zögern, dich umzuhauen, wenn nötig. Klar?«

»Mich umhauen? Das würde ich gerne sehen«, gab Sinphyria zurück, während der Lustige ihr die Handschellen löste. Sie massierte sich die Handgelenke. War kein schönes Gefühl, gefesselt zu werden. Allerdings war ihr dieser Zustand auch nicht völlig fremd.

»Klappe halten. Abtreten.«

Sinphyria drehte sich um, rollte mit den Augen und trat an den beiden Frauen vorbei in das Innere der Bibliothek. Ob es irgendeinen anderen Ausgang gab? Oder musste Sinphyria durch ein Fenster entkommen?

Irgendwie würde sie jedenfalls fliehen und sich den Wachen anschließen. Und wenn sie dafür den gesamten verdammten, inneren Ring absuchen musste.

»Wie geht es dir, Madelaine?«, fragte sie mit einem mitleidigen Blick in Richtung des Verbands, während Natalie hinter ihnen die Tür schloss.

»Es geht schon. Danke, Liebes. Komm rein, ich mache dir erst einmal einen Tee.« Sie wischte sich über die geröteten Augen. »Ich wünschte, Filian wäre wieder bei uns.«

»Sie wollen den Täter jetzt mit einem Lockvogel kriegen.«

Natalie sog scharf die Luft ein, während Madelaine kopfschüttelnd in der Küche verschwand. »Das hätte Filian niemals gewollt.«

Sinphyria verschwieg jetzt lieber, dass das Ganze ihre Idee gewesen war.

Betreten setzte sie sich an den Tisch, auf dem immer noch die Ergebnisse der letzten Stunden ausgebreitet waren. Die grausamen Zeichnungen der Opfer, die Lin angefertigt hatte. Eine große Niederschrift der Cahya, in der Filian die letzten Zeilen nachgeschaut hatte. Unmengen an Zeugenaussagen, in ihrer eigenen und in Filians Handschrift. Und, das war neu, ein Sammelsurium an Büchern über die Bauweise von Montegrad.

Sinphyria näherte sich dem Stapel, um ihn etwas genauer zu betrachten.

»Die beste Chance, Filian zu finden, ist es jetzt, seine letzten Schritte nachzuempfinden«, erklärte sie Madelaine, die gerade mit einer Tasse heißem, dampfenden Tee an ihre Seite getreten war.

»Warum? Hat das mit seinem Verschwinden zu tun?«

Sinphyria nickte gedankenverloren und griff sich den ersten dicken Schinken mit dem Namen: »Die fatale Bauweise von Montegrad und ihre teuren Folgen«.

»Filian ist verraten worden. Die Zeichnerin wurde von dem Mörder bedroht. Sie hat ihm zuletzt die Information gegeben, dass Filian herausgefunden hat, wie man ihn fassen kann.«

Geräuschvoll sog Madelaine die Luft ein, während Natalie zeitgleich ein besorgtes »Oh nein!«, von sich gab.

Sinphyria blickte auf und sah in zwei vollkommen fassungslose Gesichter.

»Hey, ich kann mir vorstellen ... nein, ich weiß, dass das schwer für euch sein muss. Aber Filian wurde nicht gleich ermordet. Das gibt Hoffnung, dass er für den Mörder noch einen Wert hat.«

Sie versuchte, ihre Worte mit einem aufmunternden Lächeln zu untermalen, doch es fühlte sich eher verkrampft an. Bei Cahya, sie wollte etwas sagen, das den Frauen half, aber das schien ihr unmöglich. Sie selbst fühlte sich schon unruhig genug.

»Hat Filian euch irgendetwas anvertraut? Mit euch über etwas gesprochen?«

Nun war es an Madelaine, den Kopf zu schütteln.

»Er wollte uns da raushalten. Er hatte Angst, dass uns ...« Sie stockte kurz, ihre Augen füllten sich wieder mit Tränen. »Dass uns was passiert.«

Natalie war sofort bei ihrer Frau und legte einen Arm um ihre Schultern.

»Aber dir hat er doch etwas hinterlassen, oder nicht?«, fragte Natalie. Sinphyria griff nach der Notiz, die sie in einer

Gürteltasche versteckt hatte. Mit vor Aufregung zitternden Fingern entfaltete sie das schmale Papier und breitete es auf dem Tisch vor ihnen aus.

»Ich habe es vorhin bei meiner Aussage absichtlich nicht erwähnt, weil wir nicht allein waren. Filian sagte mir noch, dass es von großer Wichtigkeit wäre. Und dass, wenn jemand von der Armee danach fragt, nur du es bekommen solltest.«

Also hatte Filian wirklich sicher gehen wollen, dass Sinphyria seine Nachricht bekam. Hatte er sich die Zeichnung selbst ausgedacht oder war sie eine Kopie?

»Moment mal«, murmelte Madelaine und schob zwei der Bücher auf dem Stapel beiseite, »ich glaube, ich habe diese Zeichnung schon mal irgendwo gesehen.«

Sinphyrias Puls steigerte sich langsam aber stetig, während Madelaine ein Buch mit dem Titel »Verborgene Geschichten und Legenden Montegrads« zur Hand nahm und darin zu blättern begann.

Natalie stellte sich unterdessen auf Sinphyrias linke Seite, um ebenfalls in die Seiten schauen zu können. Gebannt beobachteten beide Frauen Madelaine, die etwas ziellos durch das Buch blätterte.

»Da! Stopp!«, rief Sinphyria und schob flink einen Finger zwischen die Seiten, die sie eben entdeckt hatte. Als sie nun die gewünschte Stelle aufblätterte, konnten sie ein ziemlich genaues Abbild der Zeichnung sehen, die Filian angefertigt hatte.

Ohne auch nur eine Sekunde zu zögern, begann Madelaine vorzulesen: »Kapitel 8 – Die Kanalisation. Als eine der ersten Städte in Kanthis adaptierte Montegrad das aus Steinen erbaute Tunnelsystem, das die Sinthazianer schon seit Jahrzehnten nutzten, um ihren Unrat galant unter die Erde zu leiten. Was bis heute noch einige größere Städte in Kanthis nicht verstanden haben, ist, dass eine Kanalisation nicht nur dafür sorgt, dass die Stadt deutlich angenehmer riecht, sondern offenbar auch der Verbreitung ansteckender Krankheiten entgegenwirkt. Jedenfalls hat es in Montegrad deutlich weniger Durchfall- und Harnwegserkrankungen gegeben, als in anderen Großstädten des Landes.«

»Na ja, die Stadt schafft es auf ganz andere Weise, zu einem stinkenden Drecksloch zu werden«, warf Sinphyria missmutig ein, um ihrer Nervosität Luft zu machen.

Dass Montegrad eine Kanalisation besaß, hatte sie erst in den letzten Tagen gelernt. Nur die inneren Ringe nutzten sie, obwohl sie sich bereits weit darüber hinaus erstreckte. Sinphyrias Aufenthalte in der Stadt waren zu kurz gewesen und sie selbst zu weit unten in der Schicht, als dass sie damit vorher in Berührung gekommen wäre. Sie überflog die restlichen Zeilen, bis sie schließlich auf eine interessante Formulierung stieß.

»Was allerdings die wenigsten wissen ist, dass der Erbauer M. Zarresto die Kanalisation nicht nur im wohlwollenden Sinne der Menschheit erschuf, sondern auch für sich selbst nutzen wollte. Er ließ große Hohlräume einbauen, in denen er illegale Prostitutionsringe betrieb. Wie seine Verbindung dazu zustande kam, ist bis heute unbekannt. *Sicher ist allerdings, dass er sich zwischen den Hohlräumen unter der Erde bewegen und somit beinahe ungesehen und schneller als alle anderen Bürger den Ort wechseln konnte.«*

Im letzten Teil war Sinphyria lauter geworden. Aufgeregt sprang sie auf und stieß dabei fast mit der Schulter gegen Natalies Kinn.

»So bewegt er sich von Ort zu Ort! Er nutzt die Kanalisation!«

Mit der flachen Hand fuhr sich Sinphyria über das Gesicht und begann, im Raum auf und ab zu wandern.

»In den Hohlräumen muss der Täter sich zwischen den einzelnen Morden versteckt haben und konnte so der Stadtwache aus dem Weg gehen. Aber warum ist vorher niemand darauf gekommen?«

»Vielleicht ist jemand vor Filian darauf gekommen, aber es wurde vertuscht«, schlussfolgerte Madelaine grimmig.

Sinphyria nickte.

»Das würde mich mit Cansten Aries als Bürgermeister jedenfalls nicht wundern. Bestimmt hat er etwas zu verbergen. Es muss einen Grund geben, warum die Morde überhaupt erst begonnen haben, oder? Vielleicht findet etwas mehr in der Kanalisation statt, als dass sich dort nur ein Mörder versteckt. Die Hohlräume würden sich dazu anbieten. Und ich wette, dass dort auch ein guter Ort wäre, um Filian zu verstecken.

Tammen Krain ist nicht gerade der Hellste. Er hätte den Gedankengang mit der Kanalisation niemals zustande gebracht. Selbst Filian wusste nichts von diesen Hohlräumen. Ich hätte nie gedacht, dass jemand sie als Weg benutzen könnte. Bei Cahya, die anderen haben keine Ahnung! Sie können von dem Mörder viel zu leicht überrascht werden!«

Natalie stand ebenfalls auf, machte einen Schritt auf Sinphyria zu und packte sie am Arm. Die Angst, die die ganze Zeit in ihren Augen gestanden hatte, war durch etwas anderes abgelöst worden: Entschlossenheit.

»Sinphyria, du musst sie warnen. Du bist die Einzige, der Filian vollständig vertraute. Und vielleicht noch diesem bissigen Leutnant, warum auch immer. Die Soldaten brauchen dich.«

»Die zwei Affen da draußen werden wohl kaum zulassen, dass ich zur Vordertür hinausmarschiere«, antwortete Sinphyria. Nun stand auch Madelaine auf und stemmte die Arme in die Hüften.

»Na, bist du jetzt eine Diebin oder nicht? Du wirst es doch wohl schaffen über ein paar Dächer zu klettern!«

Sinphyria grinste.

Natürlich hatte Greí dafür gesorgt, dass Sinphyria keine Waffen trug, als sie in die Bibliothek verfrachtet worden war. Aber die Dolche, die Madelaine besaß, würden es auch tun. Außerdem bekam sie noch einen Umhang, der den kleingewachsenen Frauen etwas zu lang war und unter dem sie sich halbwegs unerkannt bewegen konnte.

Während Natalie unten für Ablenkung sorgen sollte, ließ Sinphyria sich gerade von Madelaine in das erste Stockwerk der Bibliothek führen. Die beiden Soldaten waren nicht blöd und hatten nichts anderes zu tun, als Sinphyria zu bewachen. Wenn sie nur ein zu lautes Geräusch machte, ihr der kleinste Fehler unterlief, könnte ihre Flucht vereitelt werden. Deshalb hatten Natalie und Madelaine eine Ablenkung für sicherer befunden.

Die Treppe, die hinaufführte, war sehr schmal und knarzte bei jedem Schritt so laut, dass selbst die beiden Soldaten draußen es hören mussten. Aber selbst, wenn – was sollte es sie interessieren, wenn sie drinnen das Stockwerk wechselten? Es war unmöglich, dass sie ahnen konnten, was Sinphyria vorhatte.

Oben befand sich offenbar der Wohnbereich der Eheleute. Die Wände und die Decke waren komplett mit hellem, warmem Holz getäfelt worden.

Von einem kurzen Flur gingen drei Türen ab. In der Wand saß ein einziges schmales, spitz zulaufendes Fenster aus buntem Glas. Hier zeigte das Muster keine Meerjungfrau, sondern ein Einhorn auf gelbem Grund.

»Das Wappen der Familie Eregor«, erklärte Madelaine auf Sinphyrias interessierten Blick hin und lächelte leicht.

»Es sind nicht mehr viele von ihnen übrig, aber das ist eine Geschichte für einen anderen Tag.«

Dieses Mal gelang Sinphyria ein aufmunterndes Lächeln, als sie neben Madelaine an das Fenster herantrat und nach ihrer Hand griff.

»Filian kann sie uns selbst erzählen, wenn ich ihn zurückgebracht habe«, sagte sie und drückte Madelaines Hand kurz.

Madelaine antwortete nicht. Stattdessen öffnete sie so leise wie möglich das Scharnier des Fensters und zog es nach innen auf.

»Denk dran«, flüsterte Madelaine und warf einen besorgten Blick aus dem Fenster. »Lin und ihre Familie wohnen in der Zuckermachergasse. Sie befindet sich direkt zwei Straßen weiter links von der Kirche. Falls du dich verläufst, haben wir dir die Stelle auf Filians Karte markiert.«

Sinphyria nickte. So schlecht durfte ihr Orientierungssinn als Diebin natürlich nicht sein. Aber sie nahm Madelaines erneute Anweisungen dankend an.

Ein paar Herzschläge lang verharrten die Frauen und lauschten den Geräuschen der Stadt, den unverständlichen Gesprächen, die von der Taverne rüber hallten, dem sanften Getrappel von Pferdehufen und dem leisen Klopfen von Schritten auf dem sandigen Boden. Sinphyria konnte auch hören, dass der brummige Soldat wieder seine Messer schliff.

Plötzlich schrie Natalie.

Madelaine rief in bester Schauspielermanier den Namen ihrer Frau, dann zwinkerte sie Sinphyria zu und rannte mit lautem Gepolter die Stufen hinunter.

Sinphyria atmete durch, umklammerte den Rand des Fensters und zog sich dann mit ihrem ganzen Gewicht auf den dunklen Holzrahmen.

»Hilfe, bitte!«, rief Madelaine.

Sinphyria wartete kurz, konnte aber nicht genau hören, ob die Soldaten sich entschieden, dem Ruf der Frauen nachzugehen. Aber ehrlich gesagt war die Ablenkung sowieso nur dazu dagewesen, um Madelaine und Natalie ein sichereres Gefühl zu geben. Sinphyria hätte sich auch so zugetraut, lautlos durch das Fenster zu verschwinden.

Also ließ sie sich vom Fenstersims auf das angrenzende Dach gleiten.

Die Karte von Filian verwahrte sie in einem Amulett, das Madelaine ihr geschenkt hatte. Nun hin es neben dem Anhänger, dessen Gegenstück Arátané um den Hals trug.

Während Sinphyria über die Dächer Montegrads kletterte, und sich langsam aber stetig von der Bibliothek entfernte, fühlte sie sich ihrer Freundin wieder deutlich näher. Wegen der Aufregung der letzten Tage hatte Sinphyria kaum an Arátané gedacht, aber jetzt, im Sonnenlicht der orangefarbenen Nachmittagssonne, hoch oben auf den Dächern einer Großstadt, ein Ziel vor Augen, erinnerte sie sich an die Jahre, die sie gemeinsam für die Gilde gearbeitet hatten. Oft genug hatten sie hinter Schornsteinen versteckt Ziele ausgespäht, raunend Belanglosigkeiten ausgetauscht, Witze gemacht, sich Zuspruch und Sicherheit gegeben. Hoffentlich würden diese Zeiten irgendwann zurückkommen.

Doch nun musste sie sich verdammt noch mal konzentrieren. Der Mörder bewegte sich durch die Kanalisationsschächte unter der Stadt. Das hieß, dass er jederzeit aus einem Kanalschacht auftauchen und jemanden von hinten überfallen konnte. Die dicken Punkte auf der Karte symbolisierten wahrscheinlich die Aus- und Eingänge. Doch obwohl Sinphyria versucht hatte, sie sich so gut wie möglich einzuprägen, musste sie extrem wachsam bleiben. Erstens hatte sie kein besonders gutes Gedächtnis (so was war bei vorangegangenen Missionen immer Arátanés Part gewesen). Zweitens konnte der Mörder überall sein. Vielleicht befand er sich auch schon längst irgendwo an der Oberfläche.

Doch ihre primäre Aufgabe bestand sowieso darin, den Lockvogel und die Wachen zu finden, ohne selbst aufzufallen.

Die Sonne stand bereits tief. Das Treiben auf dem Marktplatz zwischen Kirche und Rathaus nahm langsam ab und einige Hausbesitzer begannen bereits, die dunkleren Ecken ihrer Zimmer zu beleuchten.

Sinphyria sprang von einem Dach zum nächsten, bis sie auf einen breiteren Weg stieß, der es ihr nicht mehr erlaubte, auf das nächste Haus zu springen.

Vorsichtig musste sie zum Rand der Hinterseite des Hauses klettern, auf dem sie sich gerade befand. Sie ließ sich über den Rand hinab, trat auf den Sims des nächsten Fensters und wiederholte genau die gleiche Bewegung auf dem Fenster im Erdgeschoss. Als sie endlich wieder festen Boden unter den Füßen hatte, warf sie noch einen Blick zurück in das Fenster, vor dem sie gerade hinuntergeklettert war – und blickte in das Gesicht eines völlig erstaunten Mädchens. Es war vielleicht acht Winter alt und hatte große, braune Kulleraugen, die sich halb hinter schwarzen Locken versteckten.

Sinphyria lächelte ihr zu, legte einen Finger auf die Lippen und machte »sch!«

Dann zog sie sich ihre Kapuze tiefer ins Gesicht und überquerte zügig die breite Straße zwischen den Häusern. Nun bewegte sie sich stets hinter den Häusern und der Mauer, die den ersten vom zweiten Ring trennte. Dieser Bereich bot vortrefflich Deckung, da man so beinahe den gesamten, ersten Ring umrunden konnte, ohne auch nur eine der Hauptstraßen passieren zu müssen. Ab und zu streunte eine Katze auf der Suche nach Futter hier entlang, aber die meisten Bewohner Montegrads vermieden diesen Bereich, außer, sie mussten ihren Müll irgendwo loswerden.

Hinter der Taverne roch es noch nach Pisse und Kotze von den letzten Nächten. Sinphyria hörte Stimmengewirr und lautes Gelächter. Kurz horchte sie, ob sie eine Stimme erkannte, vielleicht einen Soldaten der Wache, der sich als normaler Gast ausgab. Doch als sie nichts dergleichen bemerkte, lenkte sie ihre Aufmerksamkeit wieder auf den Weg vor sich. Jetzt hatte sie ihr Ziel vor Augen.

Es dauerte nicht lange, bis Sinphyria der Kirche immer näherkam. Nun würde sie bald zwischen zwei Häusern hindurchgehen müssen, um zu der Zuckermachergasse zu gelangen. Aber vorher beobachtete sie ihre Umgebung genau. Irgendwo mussten die Wachposten positioniert sein. Vielleicht sogar Athron oder Greí selbst. Sinphyrias oberstes Ziel war es, sie zu warnen und darüber zu informieren, wie der Mörder sich durch die Stadt bewegte.

Sinphyria drückte sich an eine Hauswand und lauschte. Entfernt konnte sie immer noch Gespräche hören, Geschirr schepperte und ... da. Sie hörte ein leises Raunen von Männerstimmen, nicht weit von ihr entfernt.

Dicht an die steinerne, raue Wand gepresst, schlich Sinphyria weiter vor in Richtung der Zuckermachergasse.

Im Schein der untergehenden Nachmittagssonne, konnte sie zwei Männer ihre kleine Gasse passieren sehen.

Es war Athron in Begleitung eines Mannes der Stadtwache. Sie waren nur wenige Meter entfernt. Gerade wollte Sinphyria aus ihrem Versteck treten, da hörte sie auf einmal ein Geräusch hinter sich. Ein Röcheln. Ein Husten. Sinphyria wollte es als eine kranke Bürgerin abtun und endlich auf Athron zugehen. Doch dann hörte sie etwas, das ihr das Blut in den Adern gefrieren ließ.

Ihren Namen.

»Sinphyria«, raunte Lin und trat hinter Sinphyria aus den Schatten der Gasse, die sie selbst gerade passiert hatte.

Sinphyria drehte sich zu der jungen Frau um.

Doch erst, als Lin in das Licht der Sonne trat, das sich gerade noch den Weg zwischen die beiden Häuser gebahnt hatte, konnte Sinphyria erkennen, dass sie blutete. Aus einer Wunde an ihrem Hals floss Blut, nicht in einer solchen Menge, die darauf hindeutete, dass die Hauptschlagader getroffen war, aber doch besorgniserregend viel. Augenblicklich krampfte Sinphyrias gesamter Körper. Der Mörder musste ganz in der Nähe sein.

Sinphyria machte einen Satz auf Lin zu und drückte ihre behandschuhte Hand auf die Wunde am Hals der Frau.

Gerade rechtzeitig war sie bei ihr, als Lin strauchelte und in die Knie ging. Sinphyria fing sie auf und hockte sich zu ihr, hielt sie im Arm. Beim verdammten Feuergott, Lin sollte überhaupt nicht mehr hier sein! Sie hätte schon längst auf dem Weg in den Norden sein müssen!

»Lin, wer hat dir das angetan? Wo ist er? Wie konntest du entkommen?«

Sinphyria nahm Lins Hand und presste sie auf die Wunde der Frau, die mit jeder Sekunde blasser wurde. Mit zitternden Fingern griff sie nach ihrem Messer und schnitt ein Stück Stoff aus ihrer Tunika, um es zu einem provisorischen Verband um Lins Hals zu schnüren.

»Gut drücken, ja? Hey! Hier! Hilfe!«, brüllte Sinphyria, in dem Wissen, dass Athron ganz in der Nähe war.

»Er hat eine Botschaft für dich, Sinphyria«, hauchte Lin mit letzter Kraft und packte Sinphyrias Handgelenk. »Ich weiß, dass du es weißt.«

Sinphyrias Herz machte einen Aussetzer. Plötzlich sah sie, wie ein Schatten vor ihr auf dem Boden auftauchte. Hinter ihr war ein Mann in die Gasse getreten. Ein Anflug von Erleichterung erfasst Sinphyrias Körper.

»Athron, sie wurde ...«

Doch bevor Sinphyria sich umdrehen konnte, spürte sie einen festen Schlag auf den Hinterkopf. Sie verlor das Gleichgewicht und landete mit dem Gesicht im Staub. Vor ihr verdunkelte sich der Schatten, wurde größer. Panisch tat sie das Einzige, was ihr in diesem Moment einfiel. Sie riss an der Kette, dem Lederband, an dem der Anhänger mit dem Schriftzeichen baumelte. Der, dessen Gegenstück Arátané besaß. Sie spürte gerade noch, wie das Lederband sich löste. Dann trat ihr jemand mit voller Wucht gegen den Kopf und ihr wurde schwarz vor Augen.

16. Kapitel

Schattensprache

Als sie endlich allein war, setzte Arátané sich auf einen Stuhl und atmete tief durch. Es war verrückt, was ihr passiert war, kaum zu fassen, selbst für jemanden mit ihrer Vergangenheit.

Arátané schloss die Augen und versuchte, an nichts zu denken, aber immer wieder kreisten ihre Gedanken darum, was geschehen war und was nach wie vor geschah, um Sinphyria und um die Frage, ob sie etwas hätte anders machen können. Ab wann hatte ihr Auftrag eigentlich begonnen, so schrecklich schief zu laufen? Würden sie und Sinphyria sich überhaupt jemals wiedersehen?

Arátané musste sich widerwillig eingestehen, dass sie mit der Situation schlichtweg überfordert war.

Somit musste sie fürs Erste wohl einfach mitspielen. Zumindest solange, bis sie mehr Informationen gesammelt hatte. Und schließlich besaß trotz allem immer noch ihre Wachsamkeit, ihren scharfen Verstand und ihre Fähigkeiten als Diebin.

»Also schön«, murmelte sie und ließ ihren Kopf kreisen, bis einige Wirbel in ihrem Nacken laut knackten. Schließlich stand sie auf. Sie fühlte sich jetzt etwas lockerer, etwas mehr der Situation gewachsen.

Nur dieses seltsame Gefühl, das in ihrer Magengegend saß, wurde sie nicht los. Mehr noch – es schien ihren ganzen Körper zu erfüllen, bis in jede Fingerspitze spürte sie, dass sich in ihr etwas verändert hatte. Sie wusste nicht, was es war. Fast kam es so vor, als würde etwas Fremdes in ihr lauern und auf den richtigen Zeitpunkt warten. Doch sie verdrängte diesen beunruhigenden Gedanken, da er ihr nicht weiterhalf.

Stattdessen trat sie an den wuchtigen Kleiderschrank heran und öffnete ihn. Beim Anblick der fremden Kleidung spürte Arátané ein Ziehen in ihrem Innern, als würde eine unsichtbare Hand ihre Eingeweide packen und versuchen, sie durch ihren Rücken hinauszuziehen.

Jetzt erst begriff auch ihr Körper, was ihr Geist nur langsam aufgenommen hatte. Sie befand sich im Haus eines Fremden, Hunderte Kilometer von Sinphyria, Baldin oder Grünwald entfernt. Sie war so machtlos wie lange nicht mehr. Ihre Gedanken zerrten sie zurück an den letzten Ort, in die letzte Situation, als sie ungefähr dieses Gefühl gehabt hatte.

Sie erinnerte sich an die stinkenden, matschigen Gassen des äußersten Rings Montegrads, an das Wimmern der Obdachlosen und Bechdasüchtigen, die in ihren Halluzinationen gefangen waren und auf ihr Ende zusiechten.

Dann an das blasse Gesicht der Frau, dessen mausbraunes Haar noch fiel fahler war, als Arátané es in Erinnerung gehabt hatte. Große, kahle Stellen entblößten die rötlich-verschorfte Kopfhaut der Frau. Und erst auf den zweiten Blick hatte Arátané erkannt, dass es sich um ihre Mutter gehandelt hatte. Arátané hatte gerade noch das Licht aus ihren Augen schwinden sehen, als hätte ihre Mutter nur darauf gewartet, dass Arátané sie fand.

Damals war dieses Gefühl viel schlimmer gewesen, es hatte sie zum Schluchzen und Zittern gebracht, während sie den leblosen Körper ihrer Mutter verzweifelt an sich gedrückt hielt. Aber obwohl es jetzt nicht dieselbe Intensität besaß, war es doch ähnlich. Sie wusste mit Bestimmtheit, dass sich etwas in ihrem Leben veränderte. Die plötzliche Verschleppung in ein fremdes Land, getrennt von ihrer besten Freundin Sinphyria und ihrem Freund Baldin, mehr als eine Woche entfernt von dem Ort im Wald nahe Grünwald, an dem sie zum ersten Mal so etwas wie Sicherheit empfunden hatte – das alles fühlte sich so unwirklich an, so ... groß. Fast so bedeutend wie die Art, in der sie ihr Elternhaus hinter sich gelassen hatte.

Sie schüttelte sich, als würden die Gedanken dadurch verschwinden. Mit einem Seufzen widmete sich der neuen Kleidung. Auf Bügeln, in die kleine Palmen und Blumen geschnitzt waren, hingen Kleidungsstücke in edlem Schwarz. Doch als sie ein paar davon aus dem Kleiderschrank holte, stellte sie fest, dass sie nicht völlig schwarz waren, sondern in einem leichten Blau- oder Violettton schimmerten.

Im Vergleich zu Quirins Kleidung wirkten sie ernst und feierlich, doch Arátané störte sich nicht besonders daran. Sie hatte noch nie ein Verlangen nach bunter Kleidung verspürt und schon gar nicht in diesem Moment.

Sie griff nach einer leichten Tunika und schlüpfte in ihre neue Hose und die Stiefel. Schließlich legte sie ihre alte Kette um, die in der Innentür des Kleiderschranks an einem Haken hing. Wenigstens die war ihr geblieben.

Der Anhänger der Kette war aus Bronze gegossen worden und zeigte ein Schriftzeichen, das aus einer uralten Religion stammte, die noch andere Götter gehabt hatte, als Cahya, Azaaris, Rajanja und Sunyl. Oder sie zumindest unter anderen Namen gekannt hatten. Die Anhänger dieser Religion schrieben ihren Buchstaben angeblich symbolische Bedeutung zu. Das Zeichen auf dem Anhänger bedeutete so etwas wie ›göttliche Macht‹. Sinphyria besaß den gleichen Anhänger, jedoch mit einem anderen Buchstaben. Ihrer hatte die Bedeutung ›aus Zerstörung folgt Erneuerung‹. Sie hatten sich die Ketten gekauft, nachdem sie ihren ersten gemeinsamen Auftrag erfolgreich hinter sich gebracht hatten. Zwar war Arátané damals nicht begeistert von der Idee gewesen, sich Partneranhänger zu besorgen. Aber Sinphyria hatte sie dazu überredet. Die Anhänger sollten ein Symbol für ihre Freundschaft sein. Bei der Erinnerung daran musste Arátané lächeln.

Schließlich strich Arátané ihre Tunika glatt und warf einen Blick in den Spiegel. Sie sah blass aus, es war fast, als läge ein Schatten über ihrem Gesicht.

Schatten, Licht, Feuer.
Diese Begriffe schwammen in ihrem Bewusstsein und versuchten, einen festen Konsens zu bilden.
Arátané hatte seit vielen Wintern keinen Gottesdienst mehr besucht. In Kirchen hatte sie höchstens Unterschlupf gefunden, aber sie bedeuteten ihr nicht mehr als ein Dach über dem Kopf und eine warme Mahlzeit. Diese Möglichkeit hatte sie oft in Anspruch genommen, als sie ihrem Elternhaus entkommen war, um sich auf die Suche nach ihrer leiblichen Mutter zu begeben. Die Gastfreundlichkeit der Geistlichen hatte Arátané aber auch später genutzt, wenn sie gemeinsam mit Sinphyria auf einem Auftrag keine andere Möglichkeit gefunden hatte, eine sichere Nacht zu verbringen.
Vor allem aber verbreiteten die Priester und Priesterinnen in Kanthis die Lehren des Lichts und erzählten nur wenige Geschichten über die Schatten oder das Feuer. In Kanthis hatte der Glaube an die Götter keinen hohen Stellenwert mehr. Es gab zwar noch einige Klöster im Land, in denen die Lichtgöttin Cahya angebetet wurde und in denen die Priester nach streng nach den vorgegebenen Lehren lebten. Doch ihr Einfluss auf das Königshaus und die Menschen in Kanthis war nur gering. Abgesehen davon, dass man Cahyas Wanderpriestern eine warme Mahlzeit und ein Dach über dem Kopf zur Verfügung stellen sollte, wenn sie danach baten, kannte Arátané kaum weitere Gepflogenheiten des Ordens.
Als Kind hatte sie das letzte Mal mit ihren Eltern einen Gottesdienst besucht und diesen als sehr furchteinflößend empfunden. Der Priester hatte mit theatralischen Gesten und einer harschen Stimme verkündet, dass man sich zu Lebzeiten bloß benehmen sollte, um nach dem Tode die Gunst der Cahya zu erfahren. Sonst konnte die Seele in der ewigen Zwischenwelt landen.
Als Kind hatte sie sich stets davor gefürchtet, sich nicht tugendhaft genug verhalten zu haben. Noch dazu hatte sie Angst

vor den leeren Augen der hölzernen oder steinernen Statuen gehabt, auf die Sitzplätze der Gläubigen hinabstarrten.

Abgesehen von diesen Erinnerungen, die Arátané immer noch einen leichten Schauer verursachten, fielen ihr nur noch ein, zwei spannende Lagerfeuergeschichten ein, die Sinphyria mal erzählt hatte. In denen spielten die alten Götterkriege eine Rolle.

Mit dem südlichen Staat Sinthaz, in dem sie sich wohl befinden musste, sah es etwas anders aus. Soweit sie wusste, betete ein Teil der Bevölkerung die Schatten an und ein anderer Teil hatte sich dem Feuergott Azaaris, dem Verräter, verschrieben. Hier unten war man wesentlich religiöser und glaubte fest an Magie und die Mächte der Götter. Es gab Tempel, in denen uralte Rituale zelebriert wurden. Als Kind hatte sie ihren Vater einige Male auf Handelsreisen in den Süden begleitet. Daher beherrschte sie zwar ein paar Brocken ihrer Sprache, dennoch war sie froh, dass sich Quirin in der Zunge Kanthis' mit ihr unterhielt.

Arátané seufzte und griff nach ihrem Schwert und ihrem Dolch. Seltsam, dass Quirin ihr einfach ihre Waffen überließ. Entweder, er meinte es tatsächlich ernst damit, dass ihr hier keine Gefahr drohte. Oder er wollte, dass Arátané sich in Sicherheit wog, um sie manipulieren zu können.

Aber wozu? Glaubte er wirklich, dass sie die Macht der Schatten besaß? Und wenn ja, warum hatte er sie dann entführt?

Merkwürdigerweise fühlte Arátané kaum etwas, als sie sich diese Fragen stellte. Keine Wut, so wie bei den Gedanken an Sinphyria. Keine Verzweiflung, so wie bei dem Gedanken an ihre Mutter. Fast kam es Arátané so vor, als wäre ihr eigenes Schicksal ihr vollkommen gleich.

Vielleicht war das ein gutes Zeichen. Sie hatte sich endlich wieder unter Kontrolle. Arátané schloss den Kleiderschrank und ging neugierig zu dem einzigen Fenster. Sie warf einen Blick hinaus und sah zum ersten Mal in ihrem Leben in die endlose Weite der Wüste. Direkt am Haus gab es einen weiteren Garten, doch sonst blieb die Landschaft eintönig und trostlos. In der

Entfernung konnte sie Sanddünen entdecken, die sich bis zum Horizont zu erstrecken schienen.

Doch zwischen dem äußeren Garten und den weit entfernten Sanddünen sah sie etwas im Sonnenlicht schimmern. Helle, filigrane Linien zogen sich in Bögen in die Höhe und zwischen ihnen schien sich eine Art durchsichtige Haut zu spannen. Etwas Derartiges hatte Arátané noch nie gesehen. Das war offenbar eine Konstruktion, die man über das Haus gespannt hatte.

Aber warum? Um die Gebäude vor dem Sand zu schützen? Gegen Gegner würde das feine Material kaum standhalten. Bestand sie aus Glas oder war es ein Material, das Arátané nicht kannte? War hier Magie im Spiel? Allein würde sie das wohl nicht herausfinden.

Viel von dem Anwesen konnte sie von hier aus auch nicht überblicken. So seufzte sie zum wiederholten Male und beschloss, nicht erst darauf zu warten, dass Quirin sie zum Essen abholte. Zielstrebig marschierte sie auf die Tür zu und drückte die Klinke herunter.

Arátané schloss die Zimmertür hinter sich und folgte dem Gang zurück zu der Treppe, an der sie vorhin vorbeigeführt worden war. Sie stieg hinauf und fand sich auf der Ebene wieder, in der auch ihr Krankenzimmer gelegen hatte.

Sie stellte sich an eine der runden Säulen, die von dem Gang hinauf zu dem steinernen Teil der Decke reichten, und musterte den Weg, der vor ihr lag. Dort befand sich der Garten, in dem sie auf Quirin getroffen war. Über ihr konnte sie blauen Himmel sehen, doch nicht nur das – hier waren die hauchdünnen Streben, die aus der Nähe golden glänzten, viel deutlicher zu sehen. Arátané betrachtete diese Konstruktion einen Moment länger. Sie war genial, denn Arátané hatte begriffen, wozu diese diente. Die Kuppel schützte den Garten und auch die Bewohner des Hauses vor Sandstürmen und direkter Sonneneinstrahlung, ließ aber trotzdem genug Licht hinein, um den Pflanzen Energie zu spenden. Diese Vielfalt an saftig-grünen Pflanzen und bunten Blumen hätte sonst sicherlich nicht in der Wüste überleben können.

Die Pflanzen sorgten wiederum für eine feuchte Wärme, statt der beißenden Trockenheit, die in der Wüste herrschte, und gaben zugleich einen schönen Anblick ab. Doch die Gefahren der Wüste, ihr schneidender Wind und der harte Sand, wurden ferngehalten.

Nie in ihrem Leben hatte Arátané eine solch präzise und klug genutzte Glasarbeit gesehen. Zumindest vermutete sie, dass es Glas war. Ein anderes Material konnte sie sich nicht vorstellen. Jedoch war ihr noch nicht ganz klar, wieso es unter der Kuppel nicht brütend heiß war. Arátané spürte keine Hitze, sie schwitzte nicht einmal.

Oder hatte es etwas damit zu tun, dass sie nun angeblich von den Schatten besetzt war?

Auch hier säumten Pflanzen den Weg, die man allerdings in große Töpfe gepflanzt hatte. Arátané strich mit den Fingerkuppen über die Blätter, sanft, behutsam, als befürchte sie, die Pflanzen könnten unter ihrer Berührung zerbersten. Sie zuckte zurück, als sich die Blätter unter ihren Fingern tatsächlich zusammenzogen. Verwundert machte sie einen Schritt rückwärts und beobachte, wie sich die Pflanze in kürzester Zeit wieder entfaltete, als wäre nie etwas geschehen.

Fasziniert wiederholte sie dieses Spiel noch einmal. Dann schritt sie den Gang weiter entlang. Dabei fiel ihr auf, wie laut ihre Absätze auf dem Boden klackten und sie fühlte sich plötzlich, als würde sie etwas Verbotenes tun.

»Oi!«, rief plötzlich jemand hinter ihr.

Arátanés Herzschlag setzte einen Moment aus, nur um danach in doppelter Geschwindigkeit in ihrer Brust zu hämmern. Aus einem Instinkt heraus fuhr sie in einer fließenden Bewegung herum und machte gleichzeitig einen Satz rückwärts. Während des Sprungs fühlte Arátané erneut einen Zug in ihrer Bauchgegend, so, als würde eine unsichtbare Hand an ihren Eingeweiden ziehen. Das Gefühl dauerte nur wenige Sekunden, nicht länger als ein Wimpernschlag – doch als es verschwunden war, stellte sie fest, dass sie statt eines einfachen Satzes einen Sprung über mehrere Meter hinweg gemacht hatte.

Beinahe kam es ihr so vor, als wäre sie geflogen.

Doch bevor sie sich weiter Gedanken darüber machen konnte, sah sie den Sprecher auf sich zukommen. Er war offenbar aus einer der Türen getreten, die der Treppe gegenüber lagen.

Warum hatte sie ihn nicht viele früher bemerkt? Hatte er die Tür so leise geöffnet oder war sie zu fasziniert von ihrer Umgebung gewesen?

Eigentlich müssten die fünf Jahre, die sie nun schon als Diebin arbeitete, ihre Sinne genügend geschärft haben, um eine sich öffnende Tür rechtzeitig zu bemerken. Es war definitiv nicht in ihrem Interesse, derart unaufmerksam zu sein.

Der Mann war groß und schlaksig, seine schwarzen Haare fielen ihm leicht ins Gesicht. Er trug bloß ein weißes Hemd und eine braune Hose, die fast perfekt seinem Hautton entsprach, sodass Arátané für einen verwirrenden Moment dachte, er hätte gar keine an. Am meisten aber fiel ihr auf, dass sie seinen Körpergeruch sehr deutlich wahrnahm. Zwar roch er nicht unangenehm, aber er war geradezu umgeben von einer Aura aus den unterschiedlichsten Düften. Arátané fand, dass er ein wenig nach Stall roch, nach Tierhaaren und seinem eigenen Schweiß. Auch roch sie eine Note Orange oder Zitrone, etwas Fruchtiges. Noch nie hatte sie einen Menschen so deutlich riechen können. Sie schüttelte irritiert den Kopf. Wurde sie möglicherweise allmählich verrückt?

Vielleicht lag sie noch in diesem Wald, mit einem Pfeil im Rücken, war am Sterben und das hier war ihr sehr lebhafter Fiebertraum.

»Das war ja ein meisterhafter Sprung!«, sagte der junge Mann begeistert, wobei Arátané einen leichten Akzent heraushören konnte. Seine Augen glänzten orange-braun und seine linke Augenbraue durchzog eine helle Narbe. Arátanés Hand verkrampfte sich um ihren Schwertgriff.

»Musst mir mal zeigen, wie du das machst«, fuhr er fort, pustete sich eine Strähne seines dunklen Haars aus der Stirn und grinste verschmitzt. Dabei entblößte er zwar den ein oder anderen schadhaften Zahn, aber insgesamt sah er verboten gut aus.

»Hast du den hübschen Mund eigentlich auch zum Sprechen?«, fragte er frech.

Arátané zog wütend die Augenbrauen zusammen.

»Dir hat man wohl überhaupt keine Manieren beigebracht, was?«

»Entschuldige, Primana!«

Mit einer übertriebenen Geste verbeugte er sich, grinste sie dabei aber die ganze Zeit an. »Constantin Barlès, zu Euren Diensten.«

Arátané ließ ihn für keine Sekunde aus den Augen.

»Ich bin Quirins Kamelhüter, Reiseführer, Transporteur – eigentlich das Mädchen für alles.«

»Kamel...hüter?«, fragte Arátané erstaunt. Sie fand die Vorstellung ulkig, dass jemand eine Herde Kamele mit einem Stock vorantrieb, wie ein Hirte Gänse oder Schafe.

»Ja, unsere Reittiere. Erinnerst du dich nicht?«, antwortete Constantin.

Arátané fiel erst jetzt auf, wie dämlich sie wirken musste. Jetzt dachte Constantin schon, dass sie nicht wusste, was Kamele waren.

»Sie hatten uns von Norden nach Süden, von Perlheim bis Altherra, den ganzen Kontinent entlanggetragen.«

Vage erinnerte sie sich an warmes Fell und einen strengen Geruch, doch sie bekam kein konkretes Bild zusammen. Der Versuch, sich zu erinnern, hielt Arátané von einer Antwort ab. Aber Constantin sabbelte sowieso gleich weiter.

»Ah, aber sie werden sich sicher an dich erinnern. Du solltest sie mal besuchen«, schlug Constantin vor und musterte Arátanés

Gesicht. In diesem Moment knurrte ihr Magen lauter als er es jemals getan hatte. Constantin sah erst überrascht aus und lachte dann herzlich auf. Beleidigt schürzte Arátané die Lippen.

»Dein Magen grummelt wie ein wildes Tier«, spottete ihr Gegenüber.

»Laut Quirin habe ich ja auch seit Wochen nichts Vernünftiges gegessen«, verteidige Arátané sich, doch Constantins Grinsen wirkte nicht wie eine Provokation. Er machte wohl einfach nur gern Scherze.

Da erklangen Schritte im Gang, die sie diesmal hörte. Am Ende des Ganges tauchte Quirin auf.

»Oh, wie ich sehe, habt ihr euch bereits miteinander bekannt gemacht. Constantin, begleitest du uns heute zum Essen?«

»Ja, wenn so eine nette Dame mit am Tisch sitzt, sollte ich mich wohl mal wieder dazugesellen, Onkelchen.«

Constantin reichte Arátané den Arm, den sie allerdings ignorierte. Unberührt zuckte er mit den Schultern und ging Quirin entgegen.

»Du wirst meinem Charme schon noch verfallen, Primana«, behauptete er selbstgefällig und winkte sie hinter sich her.

»Hab' wenigstens einmal in deinem Leben etwas mehr Respekt, Constantin. Sie ist die Berinara.«

»Ich weiß!«, antwortete Constantin, doch er zuckte erneut gleichmütig mit den Schultern. »Und ich sage dir wie immer, Onkel: Respekt muss man sich verdienen.«

»Was bin ich? Und kannst du mich das nächste Mal wenigstens in einer Sprache beleidigen, die ich verstehe?«, unterbrach Arátané das Geschwafel.

»Die Auserwählte, die von den Schatten auserwählt wurde. Hat Quirin dir denn noch gar nichts erzählt?«, erwiderte Constantin spöttisch.

»Und übrigens – Primana bedeutet Prinzessin. Wenn du das als Beleidigung auffasst, ist es dein Problem.«

Nein, dachte Arátané bei sich, *eigentlich hatte Quirin ihr noch überhaupt nichts erklärt*. Am liebsten hätte Arátané Constantin das süffisante Lächeln aus dem Gesicht gewischt. Stattdessen verengte sie die Augen zu schlitzen.

Eine Prinzessin war sie noch nie gewesen. Aber sobald sie konnte, hatte sie alles getan, um selbst ihren wenig bedeutenden Adelstitel auszuradieren. Sie hatte sich schon als Kind geschworen, dass der Nachname »von Heerental« mit ihr aussterben würde. Eine Prinzessin genannt zu werden, passte ihr daher gar nicht in den Kram.

»Ich erkläre ihr alles, wenn die Zeit dafür gekommen ist«, sagte Quirin und sah seinen Neffen mit einem schwer zu deutenden Blick an, der den jungen Mann zum Schweigen brachte.

Aber Arátané spürte, dass sie Quirins Antwort auch viel mehr aufregte als Constantins kleiner Spitzname. Die Wut darüber, dass man ihr nichts erzählte, schlich sich bloß langsam ein, aber sie wuchs.

Trotz allem meldete sich erneut Arátanés Magen. Also beschloss sie, vorerst nach Quirins Regeln spielen zu.

Als sie den beiden Männern folgte, fiel ihr erstmals auf, dass Constantin etwas humpelte.

»Ich weiß, er ist gewöhnungsbedürftig, aber tatsächlich ein sehr lieber Kerl«, erklärte Quirin beschwichtigend, als hätte er bemerkt, wie Arátané seinen Neffen anstarrte.

Diesmal umrundeten sie den Garten, passierten Arátanés neues Schlafgemach und schritten anschließend durch einen röhrenförmigen, etwas engeren Durchgang, der schließlich in einer breiten Halle mündete. Bei dieser schien es sich um eine Art Innenhof zu handeln, mit großen Gassen und verschiedenen Gebäuden links und rechts. Und auch hier befand sich über ihnen nicht der Himmel, sondern wieder eine der gläsernen Kuppeln. Hier war das Glas an einigen Stellen nicht durchsichtig, sondern milchig trüb. Arátané konnte nicht verhindern, dass sie ihre Umgebung weiterhin fasziniert betrachtete. Noch nie hatte sie so einen Innenhof gesehen, der sich komplett geschützt unter einer Überdachung befand.

»Ah, unsere Kuppel. Möchtest du vielleicht etwas darüber hören, wie wir hier leben?«, fragte Quirin, der wieder einmal ihren Blick richtig gedeutet hatte. Seine Augen leuchteten, als hätte er nur darauf gewartet, endlich mit Erklärungen beginnen zu dürfen. Also nickte sie. Nicht nur, um ihm die Freude zu machen, sondern auch, weil sie gelernt hatte, dass Neugierde äußerst nützlich sein konnte.

»Schön, schön, also, die Umgebung um Altherra ist extrem gefährlich für uns Menschen. Mein Anwesen wurde im letzten Jahrhundert hier erbaut, um als zentraler Sitz für die wenigen Anhänger und Prediger der Schattenmacht zu dienen. Doch die heftigen Sandstürme der Khatyrwüste zerrieben die Gebäude, die Stallungen und die Gärten. Also überlegten ein paar gewitzte Baumeister, wie man das Problem lösen konnte und erbauten diese Kuppel.«

Während Quirin erzählte, nutzte Arátané die Gelegenheit, sich weiter umzuschauen. Der Innenhof war voller Menschen die emsig verschiedenen Tätigkeiten nachgingen. Sie wuschen Wäsche oder fegten die Wege vor den Gebäuden, aber sie unterhielten sich dabei und scherzten ab und zu. Obwohl sie so etwas wie Diener zu sein schienen, wirkten sie glücklich und es gab kein Anzeichen von Bedrohung oder Angst.

»Die Kuppel besteht aus einem besonderen, verstärkten Glas, das gleichzeitig den Sand und zu starke Sonnenstrahlung abhält. Trotzdem wird es hier oft sehr heiß.«

Quirin nickte einigen Arbeitern zu, während er sprach. Er lächelte und winkte, fast so, als wären sie eher seine Freunde als seine Bediensteten.

»Und sie würde wohl kaum einem Angriff standhalten. Dafür ist sie nicht gemacht.«

»Wer sollte denn hier angreifen, mitten in der Wüste?«, fragte Arátané verwundert. »Ist der Krieg schon so nah?«

Constantin drehte sich halb zu den beiden um. Er war die ganze Zeit mit etwas Abstand vorausgegangen und hatte nur ab und zu gelangweilt geseufzt, als hätte er schon Tausende Male miterlebt, wie Quirin jemandem die Kuppel erklärte. Nun sagte er: »Es gibt natürlich Banden, meist Aussätzige, die. Niemand weiß genau, wie sie dort draußen überleben, aber sie überfallen regelmäßig Wanderer und Oasen. Im Munde des Volkes heißen sie nur Frakìs. In deiner Sprache bedeutet das so viel wie ›Sandschatten‹.«

Arátané zuckte zusammen und ihr wurde bewusst, wie stark das Wort ›Schatten‹ sie mittlerweile zu beeinflussen begann. Was bedeutete es, von den Schatten auserwählt worden zu sein? Was war der Inhalt, der Sinn und Zweck der Religion der Schatten? Und was hatte das alles mit der Scheibe zu tun, mit Sinphyria und ihr?

Und vor allem: Quirin hatte behauptet, sie wären auf sie konzentriert gewesen und hätten gar nicht an Sinphyria gedacht.

Stimmte das wirklich? Oder hatte er ihr einfach nicht helfen wollen? Immerhin ließ dieses Anwesen hier ihn wie einen mächtigen Mann wirken. Was hätte es gekostet, wenn er sich auch um Sinphyria gekümmert hätte?

Sie wünschte, sie würde endlich erfahren, was in den Wochen geschehen war, in denen sie mehrere Kilometer von Norden nach Süden gereist waren und die Arátané nicht einen Tag lang wach erlebt hatte.

Nichts hier erschien bisher Sinn zu ergeben, und diejenigen, die für Arátanés ganze Situation verantwortlich waren, waren offenbar nicht bereit, Licht ins Dunkle zu bringen.

Doch sie zwang sich weiterhin, ruhig zu bleiben – was ihr ungewöhnlich leicht fiel. Normalerweise war sie sehr viel ungeduldiger und schneller zu reizen als ihr lieb war. Diese Ruhe kannte sie gar nicht von sich selbst.

Was war nur los mit ihr?

»Was den Krieg betrifft«, fuhr Quirin fort, »so hat er uns noch nicht erreicht. Auch Altherra ist bisher von den Unruhen verschont geblieben. Doch lass uns darüber später sprechen, Arátané. Über den Krieg gibt es noch sehr viel mehr zu sagen als seine geografische Ausbreitung.«

Sie gingen auf ein großes Gebäude zu, das im Unterschied zu den anderen weiß leuchtete. Die Tür und Fensterrahmen waren mit einem blauen Blütenmuster bemalt worden.

»Wir werden übrigens durch besondere Lüftungen mit Frischluft versorgt. Es erforderte die Hilfe von zehn Fluchmagiern, um sie dauerhaft in Gang zu halten!«

Zehn Magier. Das musste ordentlich Geld gekostet haben. Doch Quirins Kontakte in diese Kreise schienen ausgezeichnet zu sein, denn auch die Gerätschaften für den Überfall von Arátané und Sinphyria auf die namenlose Festung waren eindeutig fluchmagischer Natur gewesen.

»Hani.«

Eine junge Frau von circa zwanzig Wintern trat an Quirin heran und wartete offensichtlich darauf, dass dieser ihr erlaubte weiterzusprechen. ›Hani‹ musste so etwas bedeuten wie ›Herr‹. Sie hatte schwarzes Haar und braune Augen und wäre eindeutig Sinphyrias Typ.

»Hemera, bitte«, gab Quirin ihr die Erlaubnis.

»Möchtet Ihr heute im Garten essen?«, fragte sie, ohne Constantin, Quirin oder Arátané dabei direkt anzusehen.

Quirin dachte einen Moment darüber nach. Dann nickte er langsam und lächelte. »Ja, ja das ist eine vortreffliche Idee.«

Hemera nickte, drehte sich in einer fließenden Bewegung um und verschwand im Inneren des großen, weißen Gebäudes.

»Wird das Anwesen denn oft überfallen?«, fragte Arátané unterdessen und betrachtete noch einmal die Kuppel. Sie konnte keinen einzigen Riss erkennen.

»Nein, nein, wir haben andere Vorrichtungen, um die Frakìs von uns fernzuhalten«, antwortete Quirin und einen Moment konnte Arátané ein seltsames Funkeln in seinen Augen sehen, das aber gleich wieder erlosch. Sie musterte ihn nachdenklich und hatte das erste Mal das Gefühl, etwas Dunkles an ihm zu spüren.

Sie betraten das große, weiße Gebäude und waren sofort umgeben von intensiven, betörenden Düften. Das Zimmer, in dem sie sich befanden, war niedrig und ganz und gar fremdartig eingerichtet. Die Tische waren dem Boden zu nahe, als dass man sich mit Stühlen hätte dransetzen können. Stattdessen lagen überall Kissen, Decken, Teppiche und Tücher. Alle bunt und mit goldenen Punkten oder Streifen verziert, die auffällig glitzerten.

»Na kommt, lasst uns weitergehen«, sagte Quirin und winkte Arátané durch das Haus. Ein Duft stieg ihr in die Nase, so blumig und intensiv, dass er Arátanés Sinne benebelte.

Sie durchquerten das gesamte Haus, gingen einen langen Flur entlang, der an einer großen Holztür endete. Genauso wie bei den Kleiderbügeln waren in diese Tür verschiedene Blumen und Ranken geritzt worden, bloß dass sie hier viel größer und detailreicher abgebildet waren.

Ein Mann saß daneben und hielt ein Nickerchen. Er trug ein violettes Gewand, das an den Säumen golden bestickt war. Dazu trug er einen hohen, lilafarbenen Hut, der oben so gefaltet war, dass es aussah als hätte er einen Schlag auf den Kopf bekommen. An dessen Seite war eine gigantische rote Feder mit einer goldenen Brosche befestigt worden. Ein bisschen ähnelte das Ding einem Turban, aber der Hut war aus festerem Material. Vielleicht trübten Arátané aber auch ihre Erinnerungen. Es sah ulkig aus, doch Arátané verkniff sich ein Lächeln.

Quirin räusperte sich.

Der Mann schnarchte seelenruhig weiter. Quirin räusperte sich lauter. Als der Mann immer noch nicht reagierte, verdrehte Constantin die Augen und machte einen Schritt auf ihn zu.

»Jamel!«

Der Mann schreckte auf und dabei rutschte ihm sein seltsamer Hut beinahe vom Kopf. Er stammelte ein paar Silben vor sich hin und erkannte dann seinen Herrn.

»Oh, mein Herr, entschuldigt. Das Alter. Es macht mir dann und wann etwas zu schaffen«, stammelte Jamel und rückte den Hut auf seinem Kopf zurecht. Dann erhob er sich hastig von seinem Sessel, drehte sich zu der Tür und starrte diese eine Weile an. Es schien, als studiere er die verschiedenen Verzierungen und Kerben, die in das Holz geritzt waren.

Arátané fragte sich, was er da trieb. War das ein hiesiges Ritual oder wurde er wirklich langsam alt?

Schließlich legte er die Fingerspitzen an die Flügel und drückte dagegen.

Das Holz knackte und es ertönte ein dumpfes Rattern, so, als ob sich zwischen dem Holz Räder bewegen würden. Dann öffnete sich die Tür mit einem Klacken.

Dahinter lag erneut ein röhrenförmiger Gang, dessen Wände aus dem gleichen Material wie die Kuppel zu bestehen schien. Arátané trat auf weiße Kieselsteine, die unter ihren Füßen leise knirschten. Die dichten Duftwolken, die sie bisher durch das Haus begleitet hatten, waren hinter der Tür kaum noch wahrzunehmen, und die Luft fühlte sich hier drin so frisch an, als würden sie sich im Freien befinden. Der Gang öffnete sich in einen weiteren Raum, der ebenfalls statt eines Daches eine Kuppel besaß, aber kleiner als der vorherige war. Stattdessen beherbergte er den schönsten Garten, den Arátané jemals gesehen hatte.

Überall wuchsen Bäume, Sträucher und Blumen auf saftigem Gras. Umgeben von kniehohen Hecken stand ein großer Tisch in der Mitte des Gartens. Dieser war bunt gedeckt und darauf hatte man die sonderbarsten Speisen und Getränken angerichtet, Früchte und Gebäck in Farben und Formen, die sie noch nie gesehen hatte. Es duftete herrlich, und Arátané fühlte sich an die einzigen guten Ereignisse ihrer Kindheit erinnert: die Festmähler. Obwohl sie die engen Kleider und oberflächlichen, gespreizten

Gespräche verabscheut hatte, so hatte sie es doch geliebt, sich den Bauch vollzuschlagen. Dabei hatte sie regelmäßig ihr Kleid bekleckert, sodass ihre Stiefmutter sie zur Strafe auf ihr Zimmer schickte. Doch das war für sie keine Strafe gewesen. Nachdem sie sich sattgegessen hatte, war sie froh, von dort wegzukommen.
An dem Tisch saßen bereits drei Personen.
Eine ältere Frau, die etwas drollig wirkte, weil sie rote Pausbäckchen hatte und Mehl im Gesicht. Ihre kupferroten Locken umspielten ihr rundes Gesicht.
Eine große, etwas steif wirkende Frau von etwa fünfzig Wintern und ein alter Mann in einem langen, schwarz-violetten Gewand. Er trug ein riesiges Amulett um seinen Hals, das ein Auge in einer Art Wolke zeigte. Aufgeregt gestikulierte er Richtung Arátané.
»Setz dich, Arátané«, sagte Quirin und wies einladend auf einen freien Stuhl. Sie saß nun genau der älteren Frau gegenüber, die sie mit einem Ausdruck musterte, der zwar nicht unfreundlich wirkte, aber Arátané gar nicht gefiel. Constantin setzte sich neben sie und Quirin an das obere Ende des Tisches.
Auch Jamel in seiner violetten Uniform mit dem lustigen Hut hatte sich zu ihnen gesellt. Er war in Begleitung einer Frau mittleren Alters, in einfachen sandfarbenen Kleidern.
»Nun sind wir endlich vollzählig«, erklärte Quirin und lächelte warm.
»Arátané, ich möchte dir die Anwesenden vorstellen. Neben dir sitzt Crola, unsere Kammerherrin. Sie ist deine Ansprechpartnerin für deine Bedürfnisse. Essen, Wäsche, Bettwanzen ... Sie hilft dir mit diesen Dingen.«
Die drollige Frau namens Crola knuffte Arátané in den Arm und lächelte offenherzig. Man sah Quirin an, dass er befürchtete, Arátané könnte sich daran stören, aber sie lächelte bloß halbherzig zurück.
»Lerne zu erkennen, wen du besser nicht vergraulen solltest«, hatte Sin einmal gesagt. Und wenn Crola die Macht über

Essen und saubere Kleidung hatte, sollte sie sich lieber mit ihr gutstellen.

Quirin fuhr fort und deutete auf den alten Mann mit dem auffälligen Amulett.

»Dies ist Shinahed Akall. Er ist der Oberste des Schattenordens. Er wird dir die Lehren der göttlichen Mächte näherbringen und seine Erkenntnisse aus der Forschung mit uns teilen.«

Shinahed Akall lächelte so begeistert, dass er gleich um Jahre jünger aussah.

»Jamel hast du ja bereits kennengelernt. Er ist der Hüter unserer Schlüssel und wird dir zeigen, welche Räume du betreten kannst.«

Oder darfst, dachte sie.

»Dir gegenüber sitzt Ámara. Sie wird dir Kampfunterricht geben und dir helfen, mit den Mächten der Schatten umzugehen, die nun ein Teil von dir sind.«

Die Frau verzog keine Miene. Arátané war richtig begeistert, mit ihr irgendetwas zu entdecken.

»Was bedeutet das?«, fragte sie, in der Hoffnung, nun endlich Antworten zu erhalten.

»Was genau es bedeutet, von den Göttern der Schatten auserwählt zu sein, ist nicht überliefert«, warf Shinahed Akall ein und wirkte dabei fast schon ein wenig zu eifrig. »Aber in den ganz alten Schriften wird erzählt, dass sich die Auserwählten der Schatten blitzschnell bewegen können und über geschärfte Sinne verfügen. Sie waren effektive Assassinen, ihr Element war die Nacht ...«

»Shinahed, bitte. Ihr werdet später noch Zeit genug haben, Arátané alles zu erklären. Jetzt ist nicht der richtige Zeitpunkt dafür.«

Der Vorsteher unterbrach sofort sein Geplapper und nickte Quirin kurz zu. Das kam Arátané seltsam vor. In Kanthis hatte Religion zwar keinen hohen Stellenwert mehr. aber ranghohe Ordensmitglieder wurden dennoch mit ähnlich großem

Respekt behandelt wie Adlige. Arátané betrachtete Quirin misstrauisch.

Wer war Quirin wirklich und warum wollte er sie partout im Unklaren lassen? Was hatte er für einen Grund, die Antworten auf ihre Fragen ständig zu verschieben?

Constantin neben ihr fing Arátanés Blick auf und versuchte es mit einem leichten Lächeln. Sie erwiderte es nicht. Sie traute ihm genauso wenig wie seinem Onkel.

Nun deutete dieser auf die letzte der Anwesenden, die Frau in den einfachen Gewändern. »Schließlich sitzt dort unsere Botschafterin, Irma Aathnité. Sie bringt die Nachrichten aus aller Welt und das seit zehn Jahren.«

Irma war die Erste, die ihr Wort an Arátané richtete.

»Und das seit vier Jahren ohne Vorfall mit den Banden!«

Stolz grinsend hob sie ihr Glas und wollte die Tischrunde wohl eröffnen.

Quirin lächelte mild und hob ebenfalls sein Glas.

»Dieser Fakt und die Erweckung der Berinara, die nun an unserem Tisch sitzt, sind doch Gründe zum Feiern«, sagte er, wobei er plötzlich müde wirkte.

Als die anderen Gäste ihre Gläser hoben, zögerte Arátané kurz. Sie nahm ihr Glas und schnupperte unauffällig an dessen Inhalt. Die Flüssigkeit roch wie süßlicher Wein, der Arátané den Magen mit wohliger Wärme füllen könnte. Doch sie wollte lieber Herrin ihrer Sinne bleiben. Deshalb stellte sie ihr Glas wieder ab.

Quirin überging das kommentarlos und stieß feierlich mit den anderen an.

Dann winkte nach einer der Dienerinnen. Sofort trat diese an den Tisch heran und Quirin trug ihr auf, ein Glas Wasser für Arátané zu holen.

Das folgende Festessen wurde in drei Gängen serviert. Zu Anfang gab es eine cremige, aber kalte Suppe, die Gurken und Paprika enthielt und Arátané nicht besonders schmeckte. Sobald

Quirin in ein Gespräch mit Jamel vertieft war, versuchte Arátané, Constantin Antworten zu entlocken.

»Also«, begann sie beiläufig und ließ einen großen Klecks Suppe von ihrem silbernen Löffel zurück in ihre Tonschale tröpfeln. »Was genau ist die Berinara? Was ist ihr Zweck?«

Constantins Mundwinkel verzogen sich zu einem verschmitzten Grinsen.

»Du brennst wirklich auf Antworten, was?«

Was für eine dumme Frage. Natürlich wollte sie wissen, warum sie hier war und man sie verdammt noch mal entführt hatte.

»Ihr habt mich aus meiner Heimat entführt, während ich bewusstlos oder besessen oder … was auch immer war. Natürlich wüsste ich gern mehr.«

Ihre Stimme klang kühler, als sie beabsichtigt hatte und sie sah, dass Crola ihr einen misstrauischen Blick zuwarf. Constantin aber lachte nur.

»Dass die Schatten sich mit dem Licht verbündeten, um das Feuer zu besiegen, sagt dir etwas, oder? Schatten und Licht erschaffen, Feuer will zerstören, soweit klar?«

Arátané gab nur ein zustimmendes Grummeln zur Antwort. Er musste ja nicht gleich wie mit einem Kleinkind mit ihr reden.

»Gut. Wir vermuten, dass der Krieg im Osten durch eine Hülle des Feuers begonnen wurde. Also einen Menschen, der von dem Feuergott besetzt worden ist.«

»Besetzt? So, wie angeblich auch ich besetzt sein soll?«

»Ganz recht. Die Götter existieren normalerweise ja in einer rein energetischen Form, sie können nicht direkt mit uns sprechen oder uns berühren. Doch wenn sie einen Menschen besetzen, ihn sozusagen als eine Hülle nutzen, können sie durch ihn ihre Botschaften an die Menschheit tragen. Und sie können auch aktiv in das Geschehen eingreifen.«

Arátané dachte einen Moment darüber nach. Sie starrte ihre Finger an, als ob sie sich jeden Moment in Schatten verwandeln könnten. Oder in Rauch aufgehen. Sie schauderte.

»Also lebt ... oder existiert ... jetzt gerade der Gott der Schatten in mir? Und das glaubst du wirklich?«

Constantin schüttelte amüsiert den Kopf.

»Ihr Menschen aus dem Norden macht mich fertig. Wie kannst du noch von Glauben sprechen, wenn du es am eigenen Leib erfährst? Dein Sprung vorhin war übermenschlich. Oder konntest du dich vorher auch schon in Rauch auflösen und bist mehrere Meter weiter hinten wieder aufgetaucht?«

Arátané ließ ihren Löffel fallen, obwohl sie normalerweise nicht zu theatralischen Auftritten neigte.

»Ich habe mich in Rauch aufgelöst?«

Constantin nickte, als wäre es die gängigste Sache der Welt.

»Na klar, als du dich vorhin vor mir erschreckt hast.«

Vollkommen perplex starrte Arátané den jungen Mann an. Sie hatte sich wirklich in Rauch aufgelöst?

Shinahed hatte ihr Gespräch mitbekommen und sah nun endlich eine Gelegenheit, sich einzubringen.

»Teleportation ist genauso eine mögliche Kraft der Schatten wie schnellere Bewegungen. Allerdings kann es auch sein, dass sich dein gesamtes Empfinden, dein Gefühlsleben verändert.«

»Inwiefern?«, fragte Arátané, die zwar immer noch nicht über die Behauptung hinweggekommen war, dass sie sich in Rauch aufgelöst hatte, aber den plötzlichen Fluss an Informationen nicht unterbrechen wollte. Die Dienerinnen begannen bereits, die Schüsseln abzuräumen, doch Arátané beachtete sie nicht.

»Na, deine Wahrnehmung und deine Bedürfnisse können sich verändern. Weniger Hunger, weniger Schweiß durch Anstrengung, es kann sogar passieren, dass du nicht mehr auf dieselbe Art und Weise Wärme oder Kälte spürst. Oder dich um deine Liebsten sorgst. Es gibt einige interessante Überlieferungen, aber ...«

»Das solltet ihr morgen klären«, unterbrach Quirin den Vorstand des Schattenordens ein weiteres Mal an diesem Abend. »Ich denke, dass ich mich diesbezüglich vorhin klar genug ausgedrückt hatte. Derartige Gespräche dulde ich nicht an meinem Esstisch.«

»Verdammt.«

Arátané hatte die Stimme erhoben, hieb mit der Faust auf den Tisch und stand auf. Eine Dienerin, die sich gerade an ihr vorbeigebeugt hatte, um ihren Teller abzuräumen, zuckte erschrocken zurück.

»Ich habe das Spiel bis hierher mitgemacht und bin froh, dass ihr mir nach meiner Entführung kein Leid zugefügt habt. Aber ich bestehe auf Antworten! Mehr noch als auf einen gefüllten Magen. Also beantwortet mir jetzt meine Fragen oder seid euch sicher, dass ich keine Sekunde länger ruhig sitzen bleiben werde.«

Während sie das sagte, hatte sie Quirin zwar wütend angestarrt, sich aber nicht wirklich wütend *gefühlt*. Dennoch empfand sie Quirins Weigerung zunehmend als unverschämt, wenn man ihre Situation bedachte

Nacheinander ließ Arátané ihre Augen über die Anwesenden wandern, die alle bis auf Ámara ihrem Blick auswichen, und blieb schlussendlich bei Quirin hängen. Zwischen seinen Augenbrauen bildete sich eine kleine Falte, seine Lippen presste er so fest aufeinander, dass sie stellenweise Weiß anliefen und seine Augen funkelten bösartig. Arátané ließ sich dadurch nicht einschüchtern. Sie erwiderte gelassen seinen Blick.

»Setz dich, Arátané.«

Einen Scheiß werde ich. Arátané blieb stehen und verschränkte die Arme vor der Brust. Für keine Sekunde unterbrach sie den Blickkontakt zu Quirin.

Aus den Augenwinkeln konnte sie beobachten, wie Crola nervös zwischen ihnen hin- und herblickte und Constantin betreten seine Gabel in die Tischdecke bohrte. Es war das erste Mal, seit sie sich kennengelernt hatten, dass er nicht mehr lächelte.

Einige Sekunden hielt Quirin das Schweigen und Arátanés beständiges Starren noch aus. Dann zuckte er verärgert mit den Schultern.

»Schön«, presste er zwischen schmalen Lippen hervor und drehte den Kopf zur Seite, sodass er Arátané nicht länger in die Augen schauen musste. »Dann stell deine Fragen eben jetzt. Aber beeil dich, damit wir den Hauptgang noch warm genießen können.«

Arátané verzog keine Miene, setzte sich aber. Doch sie würde sich Zeit nehmen, denn ihr war es ziemlich egal, ob die anderen ihren Hauptgang lieber warm mochten.

»Wer seid ihr wirklich? Was ist das hier für ein Ort?«

Quirin seufzte.

»Wir ... sind Angehörige des Schattenordens, das weißt du ja bereits. In den letzten Jahrzehnten gewann der Orden des Feuers in Sinthaz immer mehr an Bedeutung. Sie erkämpften sich immer mehr Macht im Rat und begannen, den Schattenorden allmählich zu verdrängen. Ich nahm einige Angehörige unserer Religion hier auf und gemeinsam bereiteten wir uns auf die Ankunft der Berinara, deiner Ankunft, vor.«

Arátané nahm sich einen Moment, um die Antworten zu verarbeiten, dann fragte sie weiter: »Woher wusstet ihr, dass ich kommen würde? Woher wusstet ihr, dass es um mich ging und nicht um Sinphyria? Welche Funktion soll die Berinara erfüllen, was erwartet ihr von mir?«

»Die Berinara«, begann nun Shinahed zu erklären, »ist die Hülle der Schatten, diejenige, die von den Göttern der Schatten erwählt wurde und in ihrem Sinne kämpfen und die Menschheit führen soll. Die Schatten sind in dich gefahren und werden vermutlich bald Kontakt mit dir aufnehmen.«

Bei diesen Worten spürte Arátané ein unangenehmes Kribbeln in ihrem Nacken. Ihre Finger verkrampften sich, gruben sich in das Fleisch ihrer Arme. Der Gedanke, etwas würde *in ihr* leben, machte sie fast wahnsinnig. Zum Glück lenkte Quirin das Gespräch auf ihre zweite Frage.

»Im Osten tobt seit Langem ein Krieg. Eure Soldaten aus dem Norden sterben wie die Fliegen und keine Leichen konnten bisher geborgen werden.«

Arátané nickte. Die wenigen Berichte, die den Norden erreicht hatten, sprachen von Kriegern, die gänzlich verbrannten, ohne dass eine Quelle dieses Feuers genannt wurde. Keine sterblichen Überreste, kein Hab und Gut blieb zurück. Es wurde von Magie gemunkelt, doch keine ihnen bekannte Magie konnte eine solch zerstörerische Kraft entfachen. Auch im Norden war zwar die Kunst der Fluchmagie bekannt. Doch sie konnte bloß Gegenstände verändern, in etwa Seile verstärken, Klingen unzerstörbar machen. Auch das Schlafpulver, das Arátané und Sinphyria in der Festung genutzt hatten, war ein Produkt dieser Magie. Solche und ähnliche Spielereien waren ihnen bekannt. Allerdings nichts, dass Menschen in Scharen vernichten konnten.

»Hier im Süden wissen wir dafür etwas sehr Entscheidendes: Dieser Krieg wird von der Hülle des Feuergottes geführt. Sie kann das Feuer beherrschen, es formen und als Waffe benutzen. Ihr Ziel ist es, die Welten zu zerstören und alle Schöpfungen der Lichtgöttin und der beiden Schattengottheiten zu vernichten. Nur die Hüllen der Schatten und des Lichts können sie noch aufhalten.«

»Ihr wollt also, dass ich gegen die Hülle des Feuers kämpfe.«

»Das ist dein Schicksal«, erklärte Shinahed mit einem Lächeln und drückte dabei das Amulett um seinen Hals.

Kurz schwieg Arátané wieder. Nun hatte sie ihre Antworten bekommen. Zwar längst nicht alle, aber dafür hatten diese es in sich. Natürlich spürte sie, dass sich etwas mit ihr veränderte, aber sie konnte einfach nicht glauben, dass dies mit göttlichen Mächten zu tun haben sollte.

Seit Jahrhunderten hatte doch keiner mehr einen Beweis für die Existenz der Götter erhalten, oder? Wie konnte es sein, dass nun ausgerechnet sie eine Auserwählte sein sollte? Und wollte sie das überhaupt sein? Hatte sie eine Wahl?

»Und diese Scheibe? Was hat sie damit zu tun? Warum sollten wir sie stehlen?«

»Bei uns im Süden ist der Glauben an die drei Urmächte niemals verloren gegangen. Nicht so, wie es im Norden geschah«, erklärte wiederum Shinahed.

»Die Scheibe wurde vor vielen Jahrhunderten mit der Kraft der Götter gefüllt und versiegelt, da die Macht der Götter und ihrer Hüllen in der Welt für mehr Leid, denn Schutz gesorgt hatte. Wir wussten, dass sie nach ihrer Erschaffung in einer geheimen Feste im Norden verborgen worden war, damit die Kräfte der Hüllen mit der Zeit in Vergessenheit geraten sollten. Es wurde verboten, göttliche Geschichten zu erzählen, zumindest außerhalb der Kirche des Lichts, und mit den Jahrhunderten ging auch das Wissen über die Scheibe verloren. All dies war notwendig, damit die Götter keinen Einfluss mehr auf die Welt haben sollten und Menschen, Orks, Elfen und Zwerge sich ohne die Einmischung ihrer Erschaffer entfalten konnten.«

Orks, Elfen und Zwerge?

»Ich war dort, an jenem Tag.«

Irma hatte sehr leise gesprochen, doch Arátané bemerkte, wie jeder zusammenzuckte, als hätte sie laut in die Runde gebrüllt. Das Schweigen, das die letzten Minuten geherrscht hatte, wurde noch tiefer und es schien fast, als würde jeder den Atem anhalten. Arátané wagte es nicht, noch eine Frage zu stellen.

Irma sah nicht auf, während sie weitersprach.

»Dem Tag, an dem sich die Hülle des Feuers offenbarte. Es war gespenstisch. Gerade diskutierte man noch über die Steuern für den Handel mit Kanthis, da stand auf einmal eine vermummte Gestalt im Türrahmen. Sie hob den Arm, sprach ›Für Azaaris‹ und formte in ihrer bloßen Hand eine Kugel aus reinem Feuer. Noch bevor einer reagieren konnte, warf sie die Kugel auf ein Ratsmitglied. Der Mann brannte augenblicklich lichterloh. Panik brach aus. Doch die Gestalt warf weitere Feuerbälle auf uns. Eine Freundin von mir zeigte mir einen geheimen Gang. So konnte ich entkommen. Sie jedoch schaffte es nicht.«

Irma ballte die Fäuste und wandte das Gesicht ab. Etwas an Irmas Geschichte kam Arátané seltsam vor. Es war die Art, wie diese sprach ... obwohl ihre Haltung Furcht und sogar Zorn auszudrücken schien, war in ihrer Stimme eindeutig ein Unterton von Faszination herauszuhören.

Doch Arátanés Gedanken waren zu chaotisch, um sich jetzt darauf zu konzentrieren.

»Nach Irmas Nachricht wussten wir, dass nicht die gesamte Macht der Götter in der Scheibe stecken konnte. Auf irgendeine Weise musste der Feuergott es geschafft haben, einen Teil seiner Macht vor der Versiegelung in der Scheibe zu schützen. Und nun hatte er eine neue Hülle erwählt«, erklärte Quirin schließlich. »Wir wussten uns nicht anders zu helfen, als auch die anderen Götter wieder zu befreien, sodass sie ihre Hüllen wählen und das Feuer ein weiteres Mal besiegen konnten. Also kontaktierte ich deine Gilde und ihr beide wurdet ausgesucht. Dass du diejenige sein würdest, die von den Schatten erwählt wird, war vorher nicht klar. Doch in dem Moment, als du die Scheibe berührtest, hast du die göttlichen Mächte entfesselt. Und die Schatten haben dich schlichtweg zuerst erwählt, bevor es das Feuer oder das Licht tun konnte. Und ich wusste erst, dass du diejenige sein würdest, als ich dich im Wald fand.«

»Also ist Sinphyria keine Hülle? Habt ihr sie deshalb in Kanthis zurückgelassen – weil sie für eure Pläne keine Rolle spielt?«

Shinahed, Irma und Quirin tauschten einen Blick, der Arátané verdächtig vorkam.

»Was ist?«, fragte sie ungeduldig. Ein ungutes Gefühl breitete sich in ihrer Magengegend aus. Eine dunkle Vorahnung.

»Wir haben noch ein paar Berichterstatter im Norden«, begann Quirin.

Wohl eher Spitzel, dachte Arátané.

»Es geht Sinphyria gut. Sie wurde von der Armee des Königs rekrutiert.«

Ein Anflug der Erleichterung erreichte Arátané, auch wenn sie wütend darüber war, dass Quirin ihr diese Information nicht sofort gegeben hatte. Das Gefühl drohenden Unheils verschwand jedoch nicht.

»Unsere Kontakte berichten allerdings, dass sie kürzlich ein Feuer nahezu unbeschadet überstanden hat. Jeder andere wäre vermutlich darin umgekommen.«

Das mulmige Gefühl in Arátané Magengrube drückte gegen ihre Eingeweide. Spannung baute sich in ihr auf.

»Wahrscheinlich ist sie die passive Hülle des Feuers. Irgendwann werdet euch auf unterschiedlichen Seiten gegenüberstehen.«

Arátanés Herz hörte auf zu schlagen. *Nein.*

Es durfte nicht sein, dass Sinphyria, ihre einzige Freundin, ihre Vertraute, ihre *Familie* zu ihrer Feindin werden würde.

»Passiv? Was soll das nun wieder bedeuten?«

Diesmal war es wieder Shinahed, der antwortete.

»Du darfst dir die Gottheiten nicht wie Menschen vorstellen. Sie sind eher wie ... Sonnenlicht. Pure Wesen aus Energie mit eigenem Willen und unvorstellbarer Macht. Bloß, dass sie ihre Macht ... verteilen können. In dir wohnt ein Teil der göttlichen Schatten. Es wird aber noch einen zweiten Menschen geben, der ebenfalls von den Schatten auserwählt wird. Einer von euch wird die Mächte der Schatten aktiv anwenden können. Zum Beispiel, indem du dich lautlos wie ein Schatten bewegen kannst.«

»Oder indem die Hülle des Feuers Feuerbälle schmeißt«, warf Irma grimmig ein und ahmte mit den Händen eine Explosion nach.

»Also wollt ihr mich ausbilden, damit ich ... gegen meine beste Freundin kämpfe?«

»Sie wird nicht mehr deine Freundin sein, wenn sie erst der zweiten Hülle des Feuers begegnet sein wird«, brummte Irma mit düsterer Miene und fummelte an ihrer Serviette herum.

»Nein!«, murmelte Arátané, wobei sie selbst nicht genau wusste, was sie verneinte. Gegen ihre Freundin zu kämpfen, gegen einen Gott in den Krieg zu ziehen oder einfach die ganze Situation. »Nein, niemals. Sinphyria würde niemals bei der Zerstörung der Welt helfen. Nicht freiwillig. Und ich werde nicht gegen sie kämpfen!«

»Die Welt braucht dich, Arátané«, sagte Constantin und erhob sich ebenfalls vom Tisch. »Du hast keine andere Wahl! Menschen verbrennen in Scharen bei lebendigem Leibe, ganze Landstriche sind nur noch Asche und Staub! Ohne dich haben die Hüllen des Lichts keine Chance!«

»Und wo sind diese verdammten anderen Hüllen? Warum bin nur ich hier bei euch?«, entgegnete sie aufgebracht und drehte sich wieder in Constantins Richtung. »Und wenn ihr Sinphyria mitgenommen hättet, würde sie ja nun für euch arbeiten und nicht mal in die Nähe dieser dämlichen Hülle des Feuers kommen!«

»Sie trägt die Macht des Gottes bereits in sich, wie wir dir zu erklären versuchten. Früher oder später würde sie sich gegen uns wenden«, erwiderte Quirin ruhig, doch lag jetzt so etwas wie Mitleid in seinem Blick. »Wir hätten sie nur noch gefährlicher gemacht. Auch sind wir viel zu nahe an den Schlachtfeldern.«

Arátané wusste nicht, was sie erwidern sollte. Diese Menschen kannten Sinphyria nicht. Sie wussten nicht, wie herzensgut sie war, konnte sie auch manchmal nervig sein. Sinphyria hatte jeden Mist mit Arátané durchgestanden, seit sie sich kannten. Sie war die einzige Person, die jemals so etwas ähnliches wie ... Familie für sie bedeutet hatte. Eine Schwester. Niemand eignete sich weniger für die Zerstörung dieser Welt als Sinphyria. Na ja, abgesehen von einer Priesterin vielleicht.

Konnte es wirklich sein, dass so ein Gott sie vollkommen veränderte?

»Wie wäre es, wenn du eine Nacht darüber schläfst? Du hast viel Neues erfahren und nichts davon ist zugegebenermaßen angenehm«, schlug Quirin ruhig vor und breitete eine Serviette auf seinem Schoß aus. »Wenn du dich entschließt, uns zu helfen, bilden wir dich aus. Wenn du immer noch zurück nach Kanthis gehen möchtest, stelle ich dir persönlich alles für deine Rückreise zur Verfügung. Aber bedenke: Wenn du überhaupt noch eine Chance haben willst, deiner Freundin zu helfen, dann wirst du das nur, wenn du dein Schicksal akzeptierst.«

Arátané nickte langsam. Sie würde vielleicht länger brauchen als nur eine Nacht, um sich über alles im Klaren zu werden. Auch glaubt sie Quirin nicht eine Sekunde, dass er sie einfach würde gehen lassen. Und schließlich war da noch eine leise, aber hartnäckige Stimme in ihrem Hinterkopf, die ihr sagte, dass es besser wäre hierzubleiben und zu lernen, mit ihren Kräften umzugehen. Sie *hatte* sich verändert und wenn auch nur die Hälfte von dem stimmte, was sie heute erfahren hatte, dann blieb ihr eigentlich keine andere Wahl.

Sie setzte sich wieder und stellte verwundert fest, dass sie Hunger hatte. Quirin hatte inzwischen die Dienerinnen herbei gewunken und diese stellten neue Schüsseln und Teller auf den Tisch.

Arátané nahm sich etwas, ohne genau hinzusehen. Sie war so in Gedanken, dass sie weder das Essen genießen noch weitere Gespräche führen konnte und wollte.

Das Mahl verlief in unangenehmem Schweigen. Nach einer Weile erhob sich Ámara.

»Unser Training beginnt bei Sonnenaufgang«, verkündete sie und warf Arátané einen strengen Blick zu. »Natürlich nur, falls du dich entscheidest zu bleiben.«

Der Tonfall gefiel ihr nicht, aber Arátané war zu erschöpft, um zu streiten. Das hatte Zeit bis morgen. Stattdessen erhob sie sich ebenfalls. »Dann sollte ich schlafen gehen.« Ohne auf eine Erwiderung zu warten, drehte sie sich um. Doch dann sie spürte eine leichte Berührung am Arm. Jamel war neben sie getreten.

»Vorher zeige ich dir aber noch die wichtigsten Räume«, erklärte der Vorsteher mit einem gutmütigen Lächeln. »Das schadet nicht und lenkt dich vielleicht ein bisschen ab.«

Arátané nickte nur und folgte Jamal zurück in das Gebäude, ohne sich noch einmal nach den anderen umzublicken.

17. Kapitel

Heilung

Die Höhlenstadt war wirklich ein beeindruckender Ort. Sie bot nicht nur eine wunderbare Luft, sie war auch an diversen Orten mit heißen Quellen ausgestattet. Elya hatte ihnen gleich zu Anfang eine gezeigt und sie dort für einen Moment allein gelassen. Pans Muskeln entspannten sich ein wenig. Er saß Vortian gegenüber in dem heißen Wasser, das einen gelblichen Schimmer hatte und unfassbar guttat. Xundina lehnte links von ihnen. Sie sah verkrampft und ängstlich aus. Wahrscheinlich hatte sie sich noch nicht daran gewöhnt, sich vor den beiden Mönchen nackt zu zeigen. Xundina war fast so groß wie Pan, sehr breit gebaut und hatte keinen sehr weiblichen Busen. Wahrscheinlich würden viele Kerle da draußen sie deshalb als unattraktiv bezeichnen, und wenn die Gerüchte stimmten, war Xundina ja tatsächlich auch im Kloster abgesetzt worden, weil ihr Vater sie nicht verheiraten konnte.

Seltsame Sitten hatten die Adligen, dachte Pan sich.

Für ihn war Xundina auf ihre ganz eigene Art attraktiv. Er fand eigentlich an jedem etwas ästhetisch Schönes, auch wenn er selbst nur von Männern so richtig angezogen wurde. Pan wusste das schon lange. Aber erst als er Vortian kennengelernt hatte, begannen seine Gefühle für ihn eine Rolle zu spielen.

Spätestens, als Vortian seine zweite Wiedergeburt absolviert hatte und Pan zum ersten Mal fast eine Panikattacke bekommen hatte, als dieser nach drei Minuten noch immer nicht wieder aufgetaucht war. Aber damals war Vortian noch so jung gewesen und ihre Freundschaft so neu –Pan hatte einfach nicht gewusst, wie er diesem stillen Jungen hätte erklären sollen, dass er mehr für ihn empfand als nur Freundschaft. So hatte Pan die letzten sieben Jahre damit verbracht, seine Gefühle beiseitezuschieben. Jedes Mal, wenn er Vortian zufällig berührte und ein wohliger Schauer ihn erfasste, wollte er Vortian endlich darauf ansprechen in der Hoffnung, dass dieser seine Zuneigung erwidern würde. Aber er hatte immer einen Rückzieher gemacht.

Was, wenn Vortian ihn nur entgeistert anstarren würde? Wie würde sich das auf ihre Freundschaft auswirken?

Bevor er sich weiter in seinen Gedanken verlieren und sich am Ende noch ungewollt verraten würde – sein Körper entwickelte da gerne mal ein Eigenleben –, wandte er sich mit einem freundlichen Lächeln an die Novizin.

»Xundina, wenn du dich unwohl fühlst, können wir uns auch umdrehen oder dich allein lassen. Tut mir leid, dass ich nicht eher dran gedacht habe. Wir sind es von Kindheit an gewohnt, uns nackt zu sehen. Für dich muss das noch sehr neu sein.«

Xundina schüttelte den Kopf und zog die Knie an den Körper. »Schon gut. Ich bin jetzt eine von euch. Ich will mich dran gewöhnen.«

Vortian und Xundina tauschten einen Blick, der Pan nicht entging, den er aber nicht deuten konnte. Sie tauschten sich auf jeden Fall aus.

Nachdem Elya darum gebeten hatte, einen Plan für die Heilung der Kranken zu entwickeln, hatte Pan gefragt, ob er mit Vortian und Xundina vorher einen Moment der Ruhe genießen dürfte. Eigentlich hatte er hauptsächlich darüber sprechen wollen, was seine Vermutung über Vortians Wesensveränderung war. Aber die heißen Quellen hatten sie einen Moment länger entspannen lassen, als er geplant hatte. Einfach einen Moment die Gedanken schweifen zu lassen, ohne an die vergangenen Stunden zu denken, war einfach zu verlockend gewesen.

Aber jetzt war ihm wieder eingefallen, warum er Elya eigentlich um eine Pause gebeten hatte. Pan wandte sich Vortian zu.

Dieser schien zu bemerken, dass Pan ihn anstarrte und brummte: »Was?«

Er klang zwar missmutig, aber nicht mehr so aggressiv wie bisher.

Auch lag die winzige Andeutung eines Lächelns auf seinen Lippen.

Pan schöpfte Hoffnung und sagte: »Bist du immer noch wütend auf mich?«

Vortian seufzte und ließ sich tiefer in das dampfende Wasser der Quelle sinken. Er starrte an die Decke, als würde er da die Antworten auf alle seine Fragen finden.

»Klingt vielleicht komisch, aber ich frage mich, ob es wirklich *meine* Wut ist, die ich empfinde. Oder ob das nicht viel mehr die Gefühle von jemand anderem sind.«

Pan ahnte, was Vortian damit meinte. Es war ja auch seine Vermutung gewesen, dass sich all die negativen Gefühle des Wirtes auf Vortian übertragen hatten. Sie waren also nicht verschwunden, sondern hatten sich lediglich verlagert. Ob Vortians wahres Wesen allmählich wieder die Oberhand gewann?

»Ich glaube, ich weiß, was du meinst. Als ich versucht habe, dich zu heilen, habe ich auf einmal Erinnerungen und Gefühle des Wirtes gespürt. Sie schienen auf deiner Seele zu liegen...«

»Auf meiner Seele?«

Pan rang nach Worten. Was er gesehen hatte, war schwer zu beschreiben.

»Na ja, das klingt jetzt vielleicht blöd, aber ... es war ein bisschen wie damals, als du Scharlach hattest. Da hattest du überall diesen großen, roten Ausschlag und genauso lagen die Erinnerungen des Wirtes auf deiner Seele.«

»Wie Scharlach?«

Pan zuckte mit den Schultern. »Ja.«

»Du hast mir Seelenscharlach verpasst?«

Einen kurzen Augenblick an sahen Pan und Vortian sich nur in die Augen – dann prustete Vortian los.

»Ach, halt doch die Klappe!«, rief Pan und spritzte Vortian mit einer ordentlichen Ladung Quellenwasser ab. Beide brachen in befreiendes Gelächter aus. Selbst Xundina musste grinsen und entspannte sich merklich.

»Jetzt aber mal ernsthaft«, meinte Vortian und wischte sich eine Lachträne aus dem Augenwinkel. »Dein Heilungsversuch hat echt wehgetan.«

»Ich weiß nicht genau, wieso dir das so wehgetan hat. In dir gab es einen Widerstand gegen meine Heilung. Ich konnte die Trinksucht weder bei dir heilen noch die Erinnerungen des Wirtes von deiner Seele trennen.«

Nachdenklich betrachtete Vortian die Wasseroberfläche, während Pan ihn abwartend ansah.

»Als ich dich berührt habe, war ich stiller Zeuge deiner Heilung. Ich habe die Erinnerungen des Wirtes gesehen, habe seine Gefühle nachempfunden und war auch dabei, als du die Schnapsflasche in seiner Erinnerung in Licht aufgelöst hast.«

Pan fuhr sich über das Gesicht.

»Ich kann mich selbst nicht mehr so gut an die Heilung des Wirtes erinnern. Ich habe ebenfalls seine Erinnerungen und Gefühle gesehen, aber sie nicht selbst gespürt. Und ich kann mich auch nicht daran erinnern, dass du dabei gewesen wärst.«

»Okay, aber ich war da. Und ich habe alles genauso empfunden wie der Wirt. Danach hatte *ich* das drängende Bedürfnis, mich zu besaufen, und habe um einen Sohn und eine Frau getrauert, die ich nie gekannt hatte.«

»Dann hast du die Schnapssucht des Wirtes übernommen, als du mich während der Heilung berührtest. Sind diese fremden Gefühle jetzt weg?«

Pan erinnerte sich, dass er *Das bist nicht du* gesagt hatte, als er nach der Heilung von Vortian wieder aufgewacht war. Genauso war es also gewesen. Vortian war in den letzten Stunden zu einem Teil der Wirt gewesen und nicht mehr er selbst.

Vortian nickte. »Ich kann mich noch an die Gefühle erinnern, aber ich spüre sie nicht mehr. Vor allem ist das Verlangen nach Schnaps weg.«

»Vielleicht kann eine Krankheit nur so ganz verschwinden«, vermutete Xundina auf einmal. Fast hatte Pan vergessen, dass sie auch noch da war.

»Aber ... wenn du die Krankheit erst auf jemanden übertragen musst, damit sie ganz verschwindet, was ist dann mit dem Veteran?«, frage Vortian.

Pan zögerte, denn er war sich bisher nicht sicher gewesen.

»Ich glaube, da habe ich etwas in mir aufgenommen.«

Erst jetzt, während ihres Gespräches, war es ihm wieder eingefallen: Nachdem er den Veteranen geheilt hatte, hatte er bis Mühlbach sein Bein nicht mehr gespürt. Genau das Bein, das bei dem Veteranen gefehlt hatte. Und er hatte auf einem Auge nichts mehr gesehen. Aber es war schnell wieder weggegangen und danach war so viel passiert, dass er es glatt vergessen hatte.

Obwohl – konnte man so etwas vergessen? Oder hatte die Stimme in seinem Kopf vielleicht dafür gesorgt, dass er das vergaß?

»Was meinst du damit?«, fragte Vortian und betrachtete seinen Freund besorgt.

»Nachdem ich den Mann geheilt hatte, konnte ich mein Bein nicht spüren und auf dem einen Auge nichts sehen«, erklärte Pan. »Ich habe mich nur bis eben nicht mehr daran erinnert. Außerdem war das viel schneller wieder weg als bei dir. Bereits nach wenigen Minuten.«

Vortian und Xundina schwiegen. In Pans Kopf rasten die Gedanken.

War diese Stimme in seinem Kopf für die Erinnerungslücken verantwortlich? Konnte er ihr überhaupt trauen?

»Wenn ich dich während der Heilung berühre, muss ich statt dir die Krankheit durchstehen«, versuchte Vortian es mit einer Zusammenfassung, »und wenn ich das nicht tue, musst du die

Krankheit selbst durchleben. Danach ist sie aber weg und der andere ist geheilt. Richtig?«

»Wenn wir davon ausgehen, dass der Veteran immer noch laufen kann und der Wirt nicht wieder säuft, dann ja.«

Mit Sicherheit konnten sie das natürlich nicht wissen, denn sie waren bei keinem der Geheilten länger geblieben.

»Warum solltest du Kranke heilen können, wenn das nur wenige Tage anhält? Also gehen wir mal davon aus, dass es so ist.«

Pan nickte. Dann sagte er: »Jede Art von Krankheit scheint aber auch eine unterschiedlich lange Zeit zu brauchen, bis sie durchgestanden ist. Wie lange hast du dich jetzt so gefühlt wie der Wirt?«

»Einen Tag, eine Nacht und noch ein paar Stunden ungefähr.«

»Dann müssten wir erst mal rausfinden, wie lange einer von uns den Grünen Schreckens durchstehen muss, bevor die Krankheit endgültig geheilt ist.«

Pan spürte empfand zunehmend Angst.

Wenn er Krankheiten erst auf jemand anderen übertragen musste, um sie zu heilen, dann wollte er es lieber nie wieder tun.

Was würde mit Vortian geschehen, wenn er den Grünen Schreckens für die Kranken durchstand? Konnte es passieren, dass er während des Prozesses starb?

Doch dann dachte Pan an die Waffen von Elyas Söldnern und fragte sich, ob er überhaupt eine Wahl hatte.

»Sagt mal, glaubt ihr diese Geschichte mit den Forschern eigentlich?«, flüsterte er.

»Wieso? Was glaubst du denn?«, fragte Vortian.

Pan zuckte mit den Schultern.

»Sie könnten doch auch Tempelräuber sein. Aber ich wollte eigentlich darauf hinaus, dass sie uns vielleicht nicht mehr gehen lassen, bevor wir nicht alle geheilt haben.«

Oder bei dem Versuch verreckt sind. Aber das wollte Pan lieber nicht aussprechen.

Vortian war auffällig still geworden. Erst jetzt fiel Pan wieder ein, dass er die Nacht bei Elya verbracht hatte. Was hatten die beiden währenddessen wohl besprochen? Was war zwischen ihnen passiert?

Pan spürte ein unangenehmes Stechen in der Brust. Er war eifersüchtig auf Elya. Verdammt.

»Willst du denn einfach gehen? Wir müssen doch wenigstens versuchen, ein paar von ihnen zu retten.«

»Ich will nicht, dass einer von uns deshalb sein Leben riskiert.«

Vortian nickte. »Vielleicht müssen wir das doch auch gar nicht. Kommt, wir wollen Elya nicht länger warten lassen.«

Zuerst stieg Vortian aus dem Wasser und zog sich seine Kutte über. Sie hatten keine Tücher, um sich abzutrocknen, aber das machte nichts. So war es im Kloster ja auch immer gewesen. Pan nahm sich den Moment, um seinen besten Freund noch einmal zu betrachten, das Spiel seiner Muskeln, über die feine Wassertropfen perlten. Ein Jammer, dass die Mönchskutte so viel von seinem Körper verdeckte.

Dann folgte Pan Vortian und zum Schluss stieg Xundina aus dem Wasser. Gemeinsam hoben sie ihre Schutzkleidung auf und kehrten zurück zu dem Hauptplatz der schwarzen Stadt.

Als sie bei einem der Feuer ankamen, um das sich die meisten der Söldner versammelt hatten, wandten sich ihnen alle Gesichter zu.

Elya sprang auf und lächelte. Doch ihr Lächeln wirkte verkrampft.

»Habt ihr euch genug ausgeruht? Können wir unseren Plan machen?«

»Zuerst solltet ihr etwas wissen. Bisher haben wir nur zwei Heilungen durchgeführt«, erklärte Pan. »Dabei haben wir festgestellt, dass die Krankheit auf einen von uns übertragen wird und derjenige diese erst durchstehen muss. Es kann also gut sein, dass es einige Zeit in Anspruch nehmen wird, alle Kranken zu heilen und für uns zudem ein hohes Risiko bedeutet.«

Pan deutete auf Vortian und sich, obwohl ihm in diesem Moment auffiel, dass er gar nicht wusste, ob nicht auch Xundina diese Rolle übernehmen könnte.

Nur ihr beide, Vortian und du, könnt gemeinsam heilen.

Pan zuckte zusammen, als die Stimme völlig unerwartet wieder in seinem Kopf erklang. Doch er konzentrierte sich wieder auf sein Gegenüber. Sich Gedanken darüber, was die Stimme gemeint haben könnte, kann er auch später noch.

»Es wäre also gut, wenn wir die Heilung einmal an jemandem austesten, bevor wir einen Plan machen. Wie wäre es mit deinem Vater, Elya?«

Natürlich hatte Elya absolut nichts dagegen, dass ihr Vater als Erstes geheilt wurde. Begleitet von Elya und zwei ihrer Söldner machten Pan, Vortian und Xundina sich auf den Weg zurück zu Elyas Vater. Sie stiegen die Treppe aus der schwarzen Stadt hoch, zogen ihre Schutzkleidung wieder an und setzten ihren Weg fort. Schließlich waren sie wieder an dem schwarzen Bett hinter dem Vorhang angekommen.

»Ich werde meine Handschuhe jetzt ausziehen«, erklärte Pan und versuchte, durch die Löcher in der Maske die Reaktion der anderen zu erkennen. »Ich brauche Körperkontakt zu dem Kranken.«

Aber auch Vortian machte Anstalten, seine Handschuhe auszuziehen.

»Lass deine Handschuhe an, Vort.«

Pan wollte die Krankheit selbst durchstehen. Er konnte Vortian wahrscheinlich nicht helfen, wenn der Grüne Schrecken zu stark war. Die Heilung würde bei ihm vielleicht wieder nicht funktionieren.

Aber Vortian hörte nicht auf ihn.

»Vort ...!«

»Pan, wir brauchen dich. Du heilst, ich stehe die Krankheit durch. Das ist der sinnvollste Weg.«

»Ach, du verdammter Esel!«

Wütend ergriff Pan Vortians Hand und drückte sie. Dass sein dämlicher Freund aber auch immer den Helden spielen musste! Doch er wusste, dass Vortian recht hatte.

Gemeinsam traten sie an das Bett von Elyas Vater heran. Er schlief, doch als Pan ihn sanft an der Schulter berührte, schreckte er hoch, sodass Pan einen Schritt zurückmachte.

»Was? Wer ist da? Was ist passiert?«

»Ich bin es, der Heiler«, sagte Pan, seine Stimme drang dumpf hinter der Maske hervor.

»Was? Hast du denn schon alle anderen geheilt? Du hast es mir versprochen!«

Pans Herz machte einen Aussetzer. Ja, das hatte er. Unsicher blickte er zurück zu Elya, die ihm allerdings deutlich machte, dass er fortfahren solle.

»Wir brauchen jemanden, der anfängt«, erklärte Pan sanft und legte seine Hand wieder auf die Schulter von Elyas Vater. »Sonst können wir den anderen Kranken nicht gut genug helfen.«

»Dann nehmt jemand anderen!«

Pan begann schon, seine Energie zu sammeln und sie durch seine Hand in die Schulter des Mannes zu schicken. Doch der begann sich zu wehren und zu winden, so, wie es Vortian getan hatte.

Vortian drückte mit einer Hand Elyas Vater zurück auf das Bett und griff mit der anderen nach Pan. Dieser ließ das Licht in den Körper von Elyas Vater eindringen. Doch der Kranke bewegte sich noch zu heftig. Pan konnte sich nicht konzentrieren, bekam kein Bild von dem Körper des Kranken und konnte den Ursprung des Grünen Schreckens nicht finden.

»Elya! Hilf uns!«, hörte Pan Vortian rufen. Die zwei Männer, die sie begleitet hatten, fixierten Elyas Vater fester auf dem Bett. Auch Xundina half, indem sie dessen Füße festhielt. Elya war an ihren Vater herangetreten und streichelte ihm sanft über den Kopf. So sanft es eben mit einem dicken Lederhandschuh möglich war. Vielleicht flüsterte sie ihm auch beruhigende Worte zu, aber Pan konnte sie nicht verstehen. Er versuchte, sein Licht durch den Körper des Mannes zusenden, doch obwohl sein körperlicher Widerstand von den anderen verhindert wurde, spürte Pan noch einen inneren Widerstand, genau wie bei Vortian.

Pan konnte spüren, dass der Grüne Schrecken sich in winzigen Teilchen in dem Blut von Elyas Vater befand, aber jedes Mal, bevor er diese kleinen Teilchen mit seinem Licht berühren konnte, hörte er die Stimme des Kranken in seinem Kopf: »Du hast es mir versprochen!«

Etwas blockierte Pans Licht und kurz darauf spürte er einen unbändigen Schmerz. Pan und Elyas Vater schrien gleichzeitig auf. Als Pan auch Vortian aufschreien hörte, zog er seine Hand zurück und unterbrach die Verbindung zu Elyas Vater.

»Hat es funktioniert?«, fragte Elya sofort, ohne zu realisieren, dass Pan und Vortian Schwierigkeiten hatten, Luft zu holen. Pan drehte sich schwer atmend zu Vortian um.

»Alles okay?«

»Glaube schon.«

»Hey?! Hat es funktioniert?!«

Pan drehte sich zu Elya um und sah, dass ihr Vater ohnmächtig geworden war. Immer noch zog sich eine riesige Blase über sein Gesicht und seine Hautfarbe sah kein bisschen lebendiger aus.

Wie verdammt kam Elya auf diese Idee?

»Nein«, antwortete Pan schnaufend. »Dein Vater hat sich zu sehr gewehrt.«

Pan konnte schwer einschätzen, was Elya von dieser Aussage hielt. Aber sie drehte sich zu ihrem bewusstlosen Vater und dann wieder zu Pan.

»Wie kann er sich denn gegen die Heilung wehren?«

Pan zuckte mit den Schultern.

»Ich habe dir ja gesagt, dass wir noch nicht viel über meine Kräfte wissen. Aber meine Heilung schmerzt ihn zu sehr. Vielleicht könnte ich ihn dadurch sogar umbringen.«

Anstatt Pan zu antworten, beugte Elya sich über ihren Vater und versuchte ihn sanft aufzuwecken.

»Komm schon, Paps, sei nicht so stur und lass dich heilen. Dann kannst du uns so doch viel besser helfen, als wenn du am Grünen Schrecken stirbst, hm?«

Aber Elyas Vater wachte nicht mehr auf.

»Wir sollten jemand anderen zuerst nehmen«, sagte Vortian. Mit hektischem Schritt umrundete Elya das Bett ihres Vaters und bedeutete ihnen, den Raum zu verlassen.

»Das liegt alles nur an deinem verdammten Versprechen!«, fauchte sie Pan an und stapfte dann an ihm und Vortian vorbei in Richtung der Vorhalle.

Pan spürte, wie sein Herz schwerer zu schlagen begann.

Ob es etwas geändert hätte, wenn er Elyas Vater nichts versprochen hätte? Wäre seine Blockade dann überwindbar gewesen?

»Der Alte ist sogar zu stur, um sich heilen zu lassen!«, hörten sie Elya noch schimpfen, bevor sie den Gang verließen und auf einmal wieder in der Halle mit all den anderen Kranken standen. Sofort waren das ganze Leid, der Gestank, die Schmerzensschreie, das Stöhnen und Flehen wieder zurück und drückten auf Pans Brust.

»Heiler«, brüllte Elya und ihre wütende Stimme hallte von den Wänden der Höhle wider.

Kurz darauf kam eine Gestalt in lederner Schutzkleidung schnellen Schrittes zu ihnen rübergelaufen.

»Du hast doch alle Kranken hier registrieren lassen, richtig?«

Der Heiler nickte hastig.

»Name, Alter, Grad der Erkrankung.«

»Gut. Bring uns jemanden, der mittelschwer erkrankt ist und der uns bei der Versorgung der Kranken behilflich sein könnte.

Männer, ihr helft dem Doktor den glücklichen Auserwählten zu meinem Vater zu bringen.«

Dann drehte Elya sich um, packte Pan an der Schulter und drückte ihn vor sich her zurück in den Gang.

Pan wehrte sich nicht, aber er spürte trotzdem, wie Wut in ihm hochkochte. Das Gefühl entstand irgendwo in seiner Magengegend und er konnte förmlich spüren, wie es seine Eingeweide hochkroch, bis in seine Brust, wo es sein Herz verengte. Sie hatte ihn nicht so anzupacken, für wen hielt sie sich eigentlich?

Lass mich übernehmen.

Pan erschrak. So deutlich und verlangend hatte er die Stimme in seinem Kopf noch nie gehört.

Es ist okay, Pan. Lass los. Ich kann alle heilen und Elya dafür bezahlen lassen, wie sie mit dir umgeht.

Sollte er der Stimme die Kontrolle über sich geben?

Ja.

Pan taumelte und fasste sich an den eigenen Kopf. Gerade hatte sie direkt auf seine Gedanken geantwortet. Auf diese Weise war das noch nie passiert.

»Hey, alles in Ordnung?«

Vor sich sah er Vortian, dessen grüne Augen durch die Gucklöcher seiner Maske besorgt zu Pan aufschauten. Pan hatte das Bedürfnis, Vortian zu sagen, was in ihm vorging, ihm von der Stimme zu erzählen und dass er jetzt das Gefühl hatte, gegen sie anzukämpfen, ihr widerstehen zu müssen.

Tu es nicht.

Vielleicht sollte er anfangen, genau das Gegenteil davon zu tun, was sie sagte, vielleicht wären sie dann jetzt nicht in dieser Situation.

Tue es nicht Pan. Du kannst mir vertrauen.

Kurz bevor Pan den Mund aufmachen konnte, betraten der Doktor und zwei von Elyas Söldnern den Gang.

Zwischen sich schleppten sie eine junge Frau, deren Hände und Hals von kleineren Eiterbeulen übersät waren. Sie murmelte unverständliche Worte vor sich hin. Ihr Blick war trüb. Ihr Name war Patrizia.

Pan beugte sich zu Patrizia hinab und beschloss, seine Maske abzunehmen. Die Krankheit würde ihn schon nicht holen, immerhin war er derjenige mit den göttlichen Kräften.

»Hallo Patrizia. Ich bin Pan und werde versuchen, dich zu heilen, ja?«

»Meine Güte, jetzt zeig endlich, was du kannst, damit wir weitermachen können!«, schimpfte Elya ungeduldig.

Das enge Gefühl in seiner Brust zog sich weiter zusammen. Aber Pan versuchte, sich nur auf Patrizia zu konzentrieren. Sie nickte mühsam.

Pan spürte, wie Vortian sich neben ihn kniete und als Pan zu ihm sah, bot dieser ihm seine Hand an. Pan lächelte dankbar, während er eine Hand auf Patrizias Wange legte. Hier hatte sie noch keine Eiterbeule.

Diesmal ging alles wieder so leicht wie bei dem Veteranen. Pan sammelte seine Energie, bündelte sie wie bei einer Meditation. Wärme breitete sich in seinem Magen aus, löste alle negativen Gefühle mit sich auf. Pan ließ diese Wärme in seine Hand strömen, er schloss die Augen und sein Licht drang in Patrizias Körper ein. Plötzlich sah Pan ihre Blutbahnen vor sich, als würden sie offenliegen und er fand die kleinen Teilchen, die den Grünen Schrecken in sich trugen. Sie sahen aus wie kleine, stachlige Kügelchen. Pan schickte sein Licht durch Patrizias gesamten Körper und jede einzelne Kugel löste sich auf. Die Eiterbeulen bildeten sich zurück und Pan spürte, wie Patrizias Körpertemperatur wieder stieg und mit ihr auch ihr Hunger und Durst. Die Heilung ging ihm so leicht von der Hand, dass Pan auch nach Vortian suchte. Tatsächlich fühlte er dessen Präsenz nah bei sich. Bloß die Übertragung konnte Pan noch immer nicht verfolgen.

Und wenn er nicht mal bemerkte, wie diese Übertragung funktionierte, wie sollte er sie dann verhindern?

Als jedes noch so kleine Teilchen verschwunden war, löste Pan die Verbindung und öffnete die Augen.

Immer noch saß Vortian neben ihm und hielt seine Hand. Diesmal war wohl nicht allzu viel Zeit verstrichen.

Er sah zu Patrizia rüber, deren Arme und Gesicht nun tatsächlich von den Eiterbeulen befreit waren. Ihr Hautton sah wieder rosig aus. Sie war bewusstlos. Vermutlich würde ihr Körper die Heilung verarbeiten müssen.

»Bringt sie sofort in die schwarze Stadt!«, befahl Elya und die zwei Söldner, die den Doktor begleitet hatten, packten Patrizia und brachten sie fort.

Währenddessen nahm Vortian seine Maske ab. An seinem Hals bildeten sich die ersten Eiterblasen.

»Was zur verdammten Zwischenwelt ...?«, fragte Elya verwirrt und beugte sich zu Vortian herunter. »Wie ist er so schnell erkrankt?«

Ihre Stimme klang bereits viel milder als noch vor Patrizias Heilung.

»Ich sagte es ja: Einer von uns beiden muss die geheilte Krankheit durchstehen«, erklärte Pan und strich Vortian behutsam über das aschfahle Gesicht.

»Jetzt müssen wir abwarten, wie lange Vortian mit dem Grünen Schrecken zu kämpfen hat. Dann können wir bestimmen, in welcher Reihenfolge wir die Kranken heilen.«

Elya gab den Befehl, Vortian in einem gesonderten Raum unterzubringen, bis er sich erholt hatte.

Pan und Xundina weigerten sich, Vortians Bett zu verlassen. Pan plagte das schlechte Gewissen. Er wünschte sich wieder einmal, dass er nie auserwählt worden wäre oder dass zumindest Vortian nichts damit zu tun hätte.

Vortian war schon öfter krank gewesen, aber der Grüne Schrecken hatte alles bisher Dagewesene übertroffen. Sein ganzer Körper hatte geschmerzt, besonders an den Stellen, an denen sich die Eiterbeulen gebildet hatten. Wenn eine dieser Beulen platzte, erreichte der Schmerz seinen Höhepunkt. Gleichzeitig aber war sein Hals so zugeschwollen gewesen, dass er kaum atmen konnte. Ständig fuhren Schauer durch seinen Körper, er hatte geschwitzt, obwohl ihm kalt war, und jedes Mal, wenn er husten musste, hatte er sich vor Schmerzen gekrümmt.

Zum Glück war der Spuk nach zwei Stunden vorbei gewesen. Die Eiterbeulen waren kleiner geworden, der Schmerz wurde weniger und schließlich war auch das Fieber verschwunden.

Trotz Pans Protest hatte Vortian darauf bestanden, weitere Kranke zu heilen, um zu sehen, ob es Unterschiede gäbe, wie lange es dauert, bis Vortian die Krankheit überwunden hat. Sie hatten zwei weitere Kranke geheilt. Nun wussten sie ungefähr, dass Vortian bei einem leichten Verlauf etwa eine halbe Stunde und bei einem schweren ungefähr vier Stunden würde leiden müssen.

Pan hatte erneut versucht, Elyas Vater zu heilen, aber dessen Widerstand hatte dies nicht zugelassen. Dann hatte Pan sich geweigert weiterzumachen, bevor Vortian sich hatte erholen können. Danach hatten sich Pan, Xundina und Vortian in die schwarze Stadt zurückgezogen. Dort waren sie den anderen Söldnern aus dem Weg gegangen und hatte sich stattdessen eines der großen Steinhäuser als Schlafstätte ausgesucht, um sich dort von den Strapazen der Heilungen zu erholen.

Vortian hatte keine Ahnung, ob es Tag oder Nacht war. Er war erst vor ein paar Minuten aufgewacht und hatte bemerkt, dass Pan einen Arm um Vortians Brust gelegt hatte. Xundina lag auf Vortians anderer Seite, dicht mit dem Rücken an ihn gedrängt.

Sie hatten sich auf dem Boden zusammengerollt. Zuvor hatten sie ihre Schutzkleidung ausgebreitet. Die gesamte Einrichtung des Steinhauses war Vortian vollkommen fremd. Viele Möbel waren aus Stein gehauen und so schwer, dass er sie kaum bewegen konnte. Ansonsten gab es einen großen Schrank aus massivem Holz, das seltsamerweise bestens erhalten geblieben war. Bis auf diesen Raum, der sich im Obergeschoss befand, hatten sie sich allerdings noch kaum etwas angeschaut. Sie waren einfach zu müde gewesen und hatten nur noch schlafen wollen.

Vortian lächelte. Er war froh, sich mit Pan wieder vertragen zu haben.

Die Gefühle und Bedürfnisse des Wirts lagen in der Vergangenheit und auch von dem Grünen Schrecken hatte er keine Symptome zurückbehalten.

Entweder Pan schaffte es ohne sein Wissen, Vortian vor dauerhaftem Schaden zu schützen. Oder Cahya beschützte Vortian, genauso wie sie Pan die heilenden Kräfte verliehen hatte.

Ob Pan wohl im Schlaf mit ihrer Göttin sprach? Oder wusste er einfach, wie er seine Fähigkeiten benutzen musste, als hätte er das Heilen genauso wie das Laufen gelernt?

Vortian war ein bisschen neidisch darauf, dass Pan die Fähigkeit besaß, Menschen zu heilen, und Vortian die Krankheit »nur« durchstehen musste, um ihm zu helfen. Ihm wäre es lieber, wenn sie beide heilen könnten. Oder wenn sie einfach im Kloster hätten bleiben können, sicher und geborgen in der Umgebung, die sie ihr ganzes bisheriges Leben gekannt hatten.

Und dann wäre der Krieg gekommen und früher oder später hätten wir sowieso um unser Leben kämpfen müssen, dachte Vortian. Vielleicht aber auch nicht. Vielleicht wäre der Krieg siegreich beendet worden und er hätte einfach mit Pan glücklich sein können, vielleicht irgendwann den Mut finden können, Pan seine Liebe zu gestehen ...

Vortian dachte daran, was geschehen war, als er nicht er selbst gewesen war, und das versetzte seinem friedvollen, letzten Gedanken einen Stich.

In der Nacht, in der er von den anderen getrennt worden war, hatte er zufällig das Lager von Elya und ihren Männern entdeckt.

Dann hatte er die Nacht mit ihr verbracht. Er konnte sich nur noch verschwommen daran erinnern, was passiert war, aber er wusste, dass er niemals darüber sprechen wollte.

Aber am nächsten Morgen, als er ohne Kleidung neben Elya wach geworden war, hatte sie seiner Erinnerung sehr deutlich auf die Sprünge geholfen.

Natürlich war Vortian sofort zurückgeschreckt und hatte ihr gesagt, dass die Nacht ein Fehler gewesen war, dass er nicht er selbst gewesen war ...

Zu allem Überfluss konnte Vortian sich auch noch kaum daran erinnern. Aber was er noch wusste, war, dass sich der Sex mit Elya unglaublich angefühlt hatte. Dadurch bereute Vortian umso mehr, dass nicht Pan sein erster Partner gewesen war. Er hoffte, dass Pan niemals davon erfahren würde.

Vortian spürte, wie dringend er jetzt einen Moment für sich allein brauchte. Sein Herz klopfte stärker als normal und seine Hände zitterten. Er wollte nicht, dass Pan aufwachte und ihn so sah. Vortian hatte Angst, dass er ahnen könnte, dass etwas zwischen Vortian und Elya passiert war. Bisher hatte er sich so normal wie möglich bei ihr verhalten, auch wenn Vort Elyas enttäuschten Blick nie im Leben vergessen würde. Er hatte ihren Stolz verletzt, da war er sich sicher. Und dann war da ja noch das, was Elya Vortian anvertraut hatte.

Vorsichtig schob Vortian Pans Arm beiseite und erhob sich. Gestern Morgen, nachdem er aus Elyas Zelt geflohen war, hatte er einige Äste, eine Blume und verschiedene Kräuter aufgesammelt und Elya danach um einen Satz Feuersteine gebeten.

Bevor er mit Pan und Xundina endlich darüber sprach, was Elya ihm erzählt hatte, wollte er noch ein kleines Ritual durchführen, um sich Cahya wieder näher zu fühlen. Bei den heißen Quellen gestern hatte er den perfekten Ort dafür entdeckt.

Vortian verließ leise das Haus und schlich durch die beklemmenden Gänge der schwarzen Stadt. Er bahnte sich seinen Weg durch die schwarzgoldenen Abzweigungen und ausgearbeiteten Bergstollen.

Er hatte bei den heißen Quellen gestern einen Spalt gesehen, durch den ein wenig frische Luft in das Innere des Berges gelangte. Vermutlich neben dem Eingang in die Vorhalle eine der wenigen Verbindungen an die Oberfläche.

An diesen kleinen Luftzug legte Vortian nun die Äste.

Geschickt schlug er die Feuersteine gegeneinander und versuchte, eine Flamme zu erzeugen.

Solche kleinen Rituale, in denen verschiedene Pflanzen und Kräuter aus der Natur verbrannt wurden, dienten den Mönchen dazu, noch stärker in den Kontakt mit ihrer Göttin treten zu können. Normalerweise konnte Vortian im Kloster an Cahyas Schrein beten oder direkt in der Natur meditieren, aber hier in diesem Berg fühlte er sich der Natur ferner denn je.

Außerdem hatte Vortian das Gefühl, seine Göttin nicht mehr so deutlich zu spüren, seitdem er Pan bei der Heilung des Wirtes geheilt und Vortian dessen Gefühlswelt übernommen hatte. Das Verbrennen der Blume, der Zweige und der Kräuter sollte Vortian dabei helfen, Cahya wieder näher zu sein.

Es brauchte lange, doch dann sprühten endlich genug Funken, dass ein Ast zu brennen anfing. Vortian blies und pustete vorsichtig und die frische Luft von außerhalb erledigte den Rest.

Die kleinen Zweige und Äste brannten langsam an, dann warf Vortian die Blume und die Kräuter hinein und sprach ein stummes Gebet an Cahya. Seine Lippen bewegten sich unbewusst mit.

Vortian betete bereits sein Leben lang und er hatte gelernt, dass es ihm Kraft verlieh, aber dieses Mal spürte er ein gänzlich neues Gefühl. Wärme erfüllte ihn von oben bis unten, jede Zelle seines Körpers atmete neue Kraft und der letzte Schatten der vergangenen Tage schien von seiner Seele zu weichen. Selbst die Scham über seine Nacht mit Elya und sein Verhalten, als der Wirt ihn beeinflusst hatten, schwanden für den Moment. Er konnte einen Seufzer nicht zurückhalten, und während sein Kopf sich von Gedanken leerte, hörte er plötzlich eine Stimme.

»*Halte an mir fest Vortian, an mir ... Verliere mich nicht aus den Augen, halte fest ...*«

Vortian drehte sich um, konnte aber niemanden entdecken.

Hatte er sich das etwa nur eingebildet?

Aber nein, er hätte sich die Stimme nicht einbilden können.

Noch nie in seinem Leben hatte Vortian eine so liebliche Stimme gehört. Sie gehörte zu einer Frau, aber keiner, die er kannte. Dennoch kam sie ihm bekannt vor, ohne dass er sie jemandem zuordnen konnte.

Vortian hoffte, dass sie noch etwas sagen würde, aber vergebens. Trotzdem fühlte Vortian sich ruhiger, ausgeglichener.

»Vortian?«

Er zuckte leicht zusammen, als er Pan hinter sich hörte. Vortian drehte sich um und lächelte.

»Hey. Wie hast du geschlafen?«

Vortian drehte sich ganz zu seinem Freund um und ließ den Luftzug und die Überreste seines Rituals hinter sich. Er lächelte, als er Pans zusammengekniffene Augen und wirren Haare betrachtete.

»Mäßig.«

Vortian grinste und legte Pan freundschaftlich eine Hand auf die Schulter.

»Hey, hör mal. Bevor wir mit den Heilungen weitermachen, muss ich dir und Xundina noch was sagen.«

Abrupt blieb Pan stehen und schaute Vortian ernst an.

»Xundina ist schon bei Elya. Elya wollte uns direkt aufwecken und abholen, damit wir weitermachen, aber ich bin rechtzeitig aufgewacht. Als ich merkte, dass du weg bist, wollte ich dich erst suchen. Xundina hat Elya und deren *Begleiter* kurz aufgehalten.«

»Dann muss einer von uns es Xundina nachher sagen, wenn Elya gerade nicht zuhört.«

»Was denn?«

Vortian sah kurz zur Seite. Hoffentlich würde Pan nicht nachbohren.

»Als ich vor euch geflohen bin, da ... na ja ... bin ich auf Elya und ihre Männer gestoßen. Ich war total betrunken, aber eins weiß ich ganz genau. Als sie dachte, dass ich schlafe, hat sie mir gestanden, dass sie gar keine Forscher begleitet hat. Tatsächlich gehören alle, die wir hier sehen, einer einzigen großen Räuberbande an.«

»Ich wusste es!«

Vortian fuhr kurz zusammen, weil Pan diesen Satz laut gerufen hatte.

»Entschuldige«, fügte Pan etwas leiser hinzu, aber Vortian musste grinsen. Pan grinste zurück.

»Wir müssen wirklich aufpassen, was wir in ihrer Gegenwart sagen. Ich glaube, das mit ihrem Vater fand sie gar nicht lustig.«

Pan nickte nachdenklich und erst jetzt bemerkte Vortian, dass Pan ihn die ganze Zeit am Oberarm festhielt.

Sie sahen sich einen langen Moment in die Augen und Vortian spürte, wie ihm langsam warm wurde. Hitze stieg ihm in die Wangen und sein Herz begann, schneller zu schlagen.

»Vort, ich wollte dir auch noch etwas sagen ...«, begann Pan und seine Stimme war nur noch ein sanftes Raunen. Pans Blick wanderte zu Vortians Lippen, während Pan sich auf die eigene Unterlippe biss.

Pan kam Vortian ein Stück näher, ihre Nasenspitzen berührten sich fast.

»Ah, da seid ihr ja!«

Vortian zuckte zurück, als hätte ihn eine Biene gestochen.

Elya stand vor ihnen, hinter ihr Xundina, die Vortians Blick vehement vermied. Begleitet wurden sie – wie immer – von zwei weiteren Söldnern.

Wollte Elya sich eigentlich vor den Priestern schützen? Oder dafür sorgen, dass sie nicht wegliefen? Warum war sie immer in Begleitung von zwei bewaffneten Männern?

»Wir haben uns schon Sorgen gemacht, dass euch irgendetwas zugestoßen sein könnte ...«

Vortian zog die Augenbrauen zusammen und starrte Elya kritisch an. Was sollte ihnen hier zugestoßen sein?

Sie hatte diesen dämlichen Satz als Ausrede benutzt, um Pan und Vortian zu holen, bevor sie bereit gewesen waren. Obwohl Vortian verstehen konnte, dass die Zeit für die Heilung drängte, fand er, dass Elya wenigstens ehrlich sein konnte. Verdammt, worauf hatten sie sich bloß eingelassen?

»Wollen wir starten?«

Elya klang, als wollte sie Vortian und Pan zu einem lustigen Sportwettkampf einladen. Dabei war es überhaupt kein Spaß, den Grünen Schrecken nach jedem Geheilten durchstehen zu müssen. Vortian tat das alles hier nur, weil er Pan unterstützen und natürlich den Kranken helfen wollte.

Vortian setzte sich in Bewegung, um zu Elya und den anderen zu gehen, da hielt Pan ihn am Arm zurück.

Ein wohliger Schauer jagte Vortian den Rücken hinab, als er in Pans Augen blickte und darin tiefe Sorge fand.

Was wäre eigentlich passiert, wenn Elya sie eben nicht unterbrochen hätte?

»Vort, ich ... will dich nicht weiter gefährden. Wenn du mit den Heilungen aufhören willst, dann finden wir einen Weg.«

Vortian warf einen flüchtigen Blick zu Elya rüber, die allerdings nur ungeduldig mit dem Fuß auf den Boden klopfte. Hoffentlich hatte sie Pans Worte nicht gehört. Vort drehte sich zu Pan um und legte ihm eine Hand auf die Schulter. »Mach dir keine Sorgen um mich, okay? Wir stehen das zusammen durch.«

Vortian sah, wie Pan kräftig schluckte. Pans Blick huschte unruhig zwischen Vortians Augen hin und her, als konnte er sich nicht entscheiden, welche Seite er betrachten sollte.

Elya seufzte genervt.

Bevor Vortian und Pan sie noch länger warten ließen, drückte Vortian die Schulter seines Freundes sanft und ließ ihn dann los. Vortian versuchte sich auf das vorzubereiten, was kommen mochte, aber er wollte und konnte sich nicht vorstellen, den Grünen Schrecken immer und immer wieder durchstehen zu müssen.

Tage vergingen und Elya schleppte immer neue Kranke an. Inzwischen hatten Pan und Vortian ungefähr dreißig Kranke geheilt und Vortian hatte jeden Heilungsprozess tapfer durchgestanden. Aber sie kamen nur schleppend voran, denn mit jedem Kranken schien die Zeit, die Vortian für eine vollständige Heilung benötigte, länger zu werden. Vortian wurde zunehmend schwächer. Nach dreißig erfolgreich geheilten Kranken beschloss Pan, dass es Zeit für eine längere Pause war. Diesmal hatte Elya dafür nicht mehr übrig, als grimmig zu gucken und mit den Zähnen zu knirschen.

Vortian hatte sein Zeitgefühl vollständig verloren.

Er begann daran zu zweifeln, was real gewesen war und was eine Fieberhalluzination des Grünen Schreckens. Regelmäßig sah er zwischen den Kranken Orks herumlaufen, die der Statue in der schwarzen Stadt glichen, oder er sah einen weißen Schatten hinter Pan, der genauso aussah wie sein Freund.

Vortian war sich nur mit einer Erinnerung wirklich sicher – dass Xundina eisern an seinem Bett wachte, wenn er eine Krankheit durchstehen musste. Drehte er sich um, sah er sie vor seinem Bett sitzen und schreiben.

Keinem der Räuber war es gestattet, Vortian zu stören, und Pan, der sich ebenfalls entkräftet und müde fühlte, war dankbar für Xundinas Stärke. Er legte sich neben Vortians Bett auf eine Decke auf den Boden und dachte sehnsüchtig zurück an den Orden der Cahya, das Kloster am Berg und sein Bett aus Stroh.

In dieser Nacht hatte Pan einen lebhaften Traum. Er befand sich in dem Kloster am Berg. Dort stand er in der Haupthalle der Kathedrale. Er blickte sich um und es sah alles viel größer aus, als wäre er selbst in der Nacht geschrumpft. Pan war gänzlich nackt und ohne Haare. Er konnte die Luft auf seinem nackten Kopf spüren.

Die gesamte Kirche war erfüllt mit hellem, angenehmem Licht, das ihn gleichsam erstrahlen ließ. Selbstbewusst schritt er auf das Ritualbecken in der Mitte des Raumes zu und beobachtete sein Spiegelbild in dem klaren Wasser.

Er war wieder sieben Winter alt und stand am Beginn seiner ersten Prüfung. Selbst das Wasser, das sonst so furchteinflößend gewirkt hatte, war nun von einem hellen, glänzenden Blau, und als er sich hinabsinken ließ, spürte er keine Angst.

Nein, es war sogar so, als könnte er unter Wasser atmen. Am Ende des Beckens allerdings war keine Wand, nein – auch dort strahlten ihn eine wunderbare Lichtquelle an, als wäre die Sonne persönlich hinabgestiegen, um ihn zu begrüßen.

Er schwamm auf dieses Licht zu und während er weiter durch das Wasser glitt, rief eine wunderschöne Stimme nach ihm.

Pan ... Pan ...

Plötzlich bemerkte Pan, dass die Stimme nicht von außen kam. Sie war in seinem Kopf, wischte dort alle Gedanken fort, alle Erinnerungen, jeden Schmerz.

Pan ... Pan...

Je weiter er auf das Licht zu schwamm, desto mehr hatte er das Gefühl, selbst ein Teil davon zu werden.

Die Stimme in seinem Kopf wurde lauter und plötzlich fiel es ihm wie Schuppen von den Augen. Er hörte die Stimme, die seit seiner Erleuchtung zu ihm gesprochen hatte und die ihm immer Mut und Zuversicht geschenkt hatte. Und sobald er dies erkannt hatte, war er in dem Licht angekommen und fühlte sich, als würde er ein Teil von ihm werden. Er war eins mit dem Licht, das Licht war eins mit ihm. Der Pan, der er einmal gewesen war, löste sich gänzlich darin auf.

Da konnte er vor sich ein Gesicht erkennen, das einer Frau gehörte, die so atemberaubend schön war, dass er glaubte, ihm müsse das Herz in der Brust vor Glück zerspringen. Ihr Gesicht befand sich ganz dicht vor seinem und sie lächelte so strahlend hell, dass auch er begann, über das ganze Gesicht zu strahlen.

Pan ... Pan ...

Ihre Lippen formten seinen Namen und dann küsste sie ihn.

Pan schlug die Augen auf und erschrak. Direkt auf seine Nasenspitze wurde eine Armbrust gerichtet.

Das erste, das Vortian wieder bewusst wahrnahm, war ausgerechnet ein Traum. Es musste ein Traum sein, denn er befand sich nicht in der schwarzen Stadt unter dem Berg, umgeben von engen Höhlen und kranken Menschen. Er stand in der Haupthalle seiner Kathedrale, bloß dass alles viel größer aussah, als noch bei seiner letzten Prüfung. Vortian sah sich in der Kirche um - er war ganz allein.

Trotzdem hörte er ganz leise das Lied der Wiedergeburt, gesungen von einem unsichtbaren Chor. Die Stimmen klangen so fern, als wären sie weit weg oder würden hinter einer dicken Steinmauer erklingen.

Vortian sah an sich hinab und sah, dass er wieder gänzlich nackt und ohne Haare war. Seine Hände und Füße waren viel kleiner, der Boden viel näher. Er war wieder sieben Winter alt und das hier war seine erste Prüfung.

Er fürchtete sich. Vor ein paar Wochen war eine Freundin von ihm in genau dem Becken gestorben, das nun vor ihm lag.

Vortian ... Vortian ...

Hektisch drehte Vortian den Kopf. Jemand hatte ihn gerufen, eine Stimme, die er nicht kannte.

»Wer ist da?«

Seine eigene, kindliche Stimme hallte von den Wänden wider, aber niemand antwortete. Vortian hatte sich noch nie zuvor so allein gefühlt. Hilfesuchend sah er sich nach Pan um, dessen Anblick ihm sonst immer Kraft gegeben hatte. Aber Pan war nicht da.

Vortian wusste nicht warum, aber ihm war plötzlich klar, dass er seine Prüfung zu Ende bringen musste, wenn er jemals dieser Einsamkeit und diesem Traum entkommen wollte. Zitternd ging er zu dem Wasserbecken und starrte hinab in das dunkle Wasser. Doch dieses Mal schenkte ihm nicht der Blick seines besten Freundes Kraft oder die Erste Priesterin Lena, die ihm nach der Segnung des Wassers ermutigend zu lächelte. Stattdessen sah Vortian ein Licht aus dem Becken an die Oberfläche scheinen.

Vortian ... Vortian ...

Vielleicht würde das Licht ihm helfen, weiterzumachen, vielleicht würde er sich dort unten nicht mehr so einsam fühlen. Vortian wollte es auf jeden Fall herausfinden. Etwas ermutigt ließ er sich in das Wasser gleiten und tauchte hinab. Er öffnete die Augen und sah das Licht im Wasser. Plötzlich stellte er fest, dass er unter Wasser atmen konnte. Das war nicht richtig. Die Prüfung war aus einem bestimmten Grund so schwierig, denn die Geburt eines Menschen barg ebenfalls Risiken. Vortian sollte nicht unter Wasser atmen können. Trotzdem schwamm er weiter auf das Licht zu. Es war, als wäre die Sonne selbst in das Becken hinabgetaucht und würde nun nach Vortian rufen.

Vortian ... Vortian ...

Aber kurz vor dem Ende des Beckens, als er der Sonne schon ganz nahe war, da rührte sich etwas in seiner Magengegend. Er fühlte, dass das Licht, das ihn lockte, ihm unbekannt war, obschon er es schon einmal gespürt hatte. Aber diese Stimme, die mit immer größerem Nachdruck nach ihm rief, kannte er nicht. Und er begann, sich nach der Stimme umzuschauen, die er vernommen hatte, als er zu Cahya gebetet hatte. Da meinte er in der Ferne ihr Rufen zu vernehmen und die andere, fremde Stimme, die versuchte, ihn zu sich zu locken, wurde wütend darüber und rief immer forscher nach ihm.

VortianVortianVortianVortian

Doch sie konnte ihn nicht verführen. Hilfesuchend sah er sich nach einem Ausweg um, aber das Wasser verdunkelte sich schlagartig und etwas schien seinen Knöchel zu packen und ihn nach unten zu ziehen. Das Rufen der bekannten Stimme wurde lauter, flehender und Vortian streckte die Arme gen Himmel und wurde am Handgelenk gepackt ...

»Steh auf, du verdammter Priester«, schimpfte eine dumpfe Stimme und Vortian erwachte schweißgebadet aus seinem Alptraum. Eine Rabenmaske stierte ihn aus toten Augen an.

Der Besitzer der Maske hatte ihn am Handgelenk gepackt und in die Höhe gezogen, und als Vortian langsam wieder zu Sinnen kam, konnte er sehen, dass zwei der Räuber Armbrüste auf ihn gerichtet hatten. Pan saß auf dem Boden, seine Hände hatte man ihm vor dem Körper zusammengebunden, während Xundina fest verschnürt in einer anderen Ecke der Höhle lag.

Auch Vortian band man nun, da er wach war und auf eigenen Beinen stehen konnte, die Hände vor dem Bauch zusammen. Er versuchte zwar, sich zu wehren, doch der Räuber verpasste ihm einen Schlag gegen den Kopf.

Unruhig und mit dröhnendem Schädel suchte Vortian im Raum nach Elya und sah sie, ohne schützende Kleidung, zwischen einer dichten Reihe ihrer Männer stehen.

Sie sah beeindruckend aus: Ihr Haar war in einen festen Knoten gebunden, ihre Augen dunkel geschminkt. Ihr fahler Teint schimmerte im dämmrigen Licht der Fackeln und sie trug eine fellbesetzte Gewandung aus dunklem Leder. Sie trug eine Unmenge an Waffen bei sich, zwei Kurzschwerter in Scheiden auf ihrem Rücken, diverse Messer und Dolche am Gürtel und in einem Holster am Bein. Trotz ihrer zierlichen Figur wirkte sie erschreckend gefährlich.

Dennoch ließ er sich davon nicht ablenken.

»Was soll das?«, fragte Vortian patzig und zog an seinen Fesseln. Unberührt sah Elya ihn an.

»Ihr werdet jetzt die anderen Kranken heilen«, befahl sie ruhig, aber bestimmt und legte die Hand auf den Griff eines Dolches.

Vortian, den die Krankheit noch etwas im Griff hatte, starrte sie aus müden und ungläubigen Augen an.

»Du kannst froh sein, dass wir dir überhaupt geholfen haben«, sagte er mit aufkeimender Wut in der Stimme und machte einen Schritt auf Elya zu.

»Vortian«, murmelte Pan und da erkannte Vortian, dass sein Freund an der Stirn blutete. Noch nie in seinem ganzen Leben hatte Vortian eine solche Wut gespürt, wie in diesem Moment, als er Pan mit einer blutenden Wunde am Kopf sah. Am liebsten hätte er Elya angebrüllt, aber er beließ es bei einem finsteren Blick. In seiner Lage wäre er für jeglichen Wutausbruch sowieso nur ausgelacht worden.

Elya machte unterdessen eine Kopfbewegung und sofort löste sich ein Räuber aus der Reihe hinter ihr und ging auf Xundina zu. Er zückte ein Messer.

»Hey, was macht ihr da?!«, rief Vortian bestürzt, doch der Bandit beugte sich unbeirrt zu Xundina herunter, die man ebenfalls geknebelt hatte, und griff ihre nackten Füße. Xundina zuckte, konnte aber nicht zurückweichen und starrte verängstigt zu Vortian hinüber. Dann setzte der Räuber sein Messer an und schnitt ihr den kleinen Zeh ab. Xundina schrie.

Vortian brüllte »Nein!« – doch ebenso unbeirrt erhitzte der Räuber sein Messer und brannte Xundinas Wunde, unter weiteren Schmerzensschreien der Novizin, aus.

»Sie ist noch ein Kind, ihr herzlosen Wilden«, schrie Pan mit Tränen in den Augen und wollte zu Xundina robben. Doch der Räuber, der ihn bewachte, stellte sich ihm in den Weg.

Elya kam unterdessen auf Vortian zu und packte ihn am Kinn. Sie blickte ihm einen Moment lang tief in die Augen und er konnte Entschlossenheit in ihnen erkennen. Dann zischte sie so leise, dass nur er es hören konnte:

»Ihr habt uns ein verdammtes Versprechen gegeben, und wenn ihr es nicht einhaltet, werde ich dem Riesensäugling da drüben noch mehr abschneiden, verstanden?«

»Wann haben wir dir jemals etwas versprochen?! Hat Pan nicht von Anfang an klar gemacht, dass wir nicht einschätzen können, inwieweit wir helfen können?!«

Doch als Vortian zu Pan hinübersah, konnte er ein Flehen in seinen Augen erkennen. Aber er wollte dieses Mal nicht ruhig bleiben, konnte nicht.

»Elya?!«

Vortian sah zu Xundina rüber, die ohnmächtig geworden war. Wut und Panik verbanden sich und brachten sein Herz zum Rasen.

Elya ließ Vortian los und drehte sich um.

»Mein Vater ist tot«, raunte sie leise und verließ die Höhle. Vortian sackte das wild schlagende Herz in den Magen.

Verdammt. Pan hatte Elyas Vater versprochen, erst alle anderen zu heilen und darum hatte dessen Heilung nicht funktioniert. Zumindest war das ihre Vermutung. Jetzt war er tot und damit hatte Elya völlig freie Hand. Pan, Vortian und Xundina waren ihr vollkommen ausgeliefert.

Der Bandit hinter Vortian brachte ihn zu Fall und so saßen Vortian und Pan wieder nebeneinander und blickten sich verzweifelt an. Panik stand in den Augen seines Freundes geschrieben.

Irgendwie mussten sie eine Möglichkeit zur Flucht finden.

18. Kapitel

Flucht oder Kampf

Bei Cahya, ihr Kopf fühlte sich an, als würde ein Schmied sein Eisen darauf bearbeiten. Etwas brummte konstant in ihren Ohren, wie eine kleine, gemeine Fliege.

Was war passiert? Hatte sie das Bewusstsein verloren?

Blinzelnd schaffte Sinphyria es endlich, die Augen zu öffnen. Noch ein paarmal drückte sie die Augen auf und zu. Sah erst leicht verschwommen, dann immer schärfer. Und schließlich formte sich vor ihren Augen eine Gestalt, die ihr vertraut vorkam.

»Filian!«, keuchte sie, während ihr Blick sich schärfte.

Ehe sie sich recht besinnen konnte, robbte sie zu Filian rüber und fiel ihm in die Arme. Er schenkte ihr ein müdes Lächeln und drückte Sinphyria fest an sich. Der Mann wirkte erschöpft. Nichts von der freundlichen Klugheit, die stets seinen Blick beherrscht hatte, war übriggeblieben. Dabei schien es gar nicht so lange her, seit sie sich das letzte Mal gesehen hatten.

»Was ist passiert? Wo .... sind wir?«, fragte Sinphyria.

Sie blickte sich um. Sobald sie ihren Verstand wieder einsetzen konnte, war sie erleichtert, aber auch verwundert darüber, dass sie nicht tot war. Sie befand sich in einer Art Verließ. Die Decke hing recht niedrig über ihren Köpfen, obwohl sie wohl noch zu stehen vermocht hätte. Rechts befanden sich massive Gitter, die ihnen den Weg versperrten, links und hinter ihr war nur die kalte Wand aus hartem, mit Moos bewachsenem Stein. Weiter hinten konnte sie im Halbdunkel eine zweite Zelle ausmachen, in der eine Gestalt kauerte.

Alles war erleuchtet mit ein paar schwächlich brennenden Fackeln, deren Geruch nach Brennmittel in der Nase zog. Außerdem stank es ganz entfernt nach Abwasser, Dreck und Scheiße. Filian lehnte sich gegen die Wand hinter sich und bot Sinphyria eine Schüssel Wasser an, die neben ihm stand. Dankend nahm sie diese entgegen und trank.

Es schmeckte furchtbar, so, als würde man aus einer Regentonne trinken.

»Sie geben mir hier kein besonders gutes Wasser, das tut mir leid«, sagte Filian und seufzte.

»Sie? Filian, bitte erklär es mir.«

Sinphyria rückte Filian gegenüber und befühlte sich den Kopf. Sie hatte eine riesige Beule an der Stirn und fühlte leicht angetrocknetes Blut. Außerdem brannte ihre Wange, als wäre dort die Haut aufgerieben. Aber insgesamt schien sie in Ordnung zu sein. Ihre Sicht war nicht mehr verschwommen, ihr war nicht übel und sie konnte einigermaßen sicher auf beiden Beinen stehen.

»Ich hatte bereits einen Verdacht«, begann der Bibliothekar mit rauer Stimme. Ein Brillenglas war ihm zerbrochen und die sonst so adrette Frisur hing ihm in wirren Strähnen in das Gesicht. »Dass sich hinter den Morden nicht nur ein Verrückter mit einem riesigen Hass auf Menschen verstecke, die in seinen Augen sündigten. Diese Arbeit ohne Fährten, das verzweifelte Suchen nach Spuren, ohne Erfolg. Seit dem ersten Mord hatte ich das Gefühl, dass etwas faul wäre. Und dann, beim dritten Mord, kurz vor eurer Ankunft, kam ich darauf, mir weitere Ereignisse in der Stadt genauer anzuschauen. Die Zahl der Toten hatte sich innerhalb von Monaten rapide erhöht. Alle starben sie an dem Gleichen: Bechda.

Und das, obwohl der Transport und der Verkauf dieser Droge eigentlich strengstens überwacht werden sollte. Gleichzeitig war es Cansten Aries gelungen, Montegrads Schatzkammern innerhalb von kürzester Zeit zu füllen, trotz horrender

Schulden, die die Stadt hatte. Ich zählte eines mit dem anderen zusammen.«

Sinphyria entglitten die Gesichtszüge.

»Das ist unfassbar. Aries ... und Bechda? Er handelt damit?«

Filian nickte.

»Ich habe die Vermutung, dass er es sogar herstellt. Beides wäre für einen Bürgermeister nicht nur moralisch vollkommen verwerflich, sondern auch verboten. Nur Kräuterhändler dürfen Bechda in sehr geringen Maßen verkaufen. Obwohl es eigentlich gänzlich verboten gehört. Aber na ja. Es ist ebenso beliebt wie Schnaps.« Filian räusperte sich. »Die Morde begannen genau zu dem Zeitpunkt, als die Zahl der Toten alles bisher Dagewesene in den Schatten stellte. Sogar im ersten und zweiten Ring fand man die ersten Bechdaopfer.« Er fuhr sich müde über das Gesicht. »Ich vermute, er wollte die Bürger ablenken. Es musste grotesk sein, skurril. Es musste DAS Stadtgespräch sein und auf diese Weise die Bevölkerung Montegrads und auch die Stadtwache beschäftigen. Ich fing also an, im Verdeckten das Versteck zu suchen, in dem Cansten das Zeug herstellt. Bei meiner Suche stieß ich auf Zeilen in einem Buch, in dem die Kanalisation unserer Stadt beschrieben wurde. Deshalb zeichnete ich dieses Bild, das ich dir hinterließ.«

Sinphyria griff nach dem Amulett, das Madelaine ihr gegeben hatte. Sie öffnete es und entfaltete die Karte von Filian.

Er lächelte müde.

»Genau das. Es ist eine Karte der Kanalisation des ersten Ringes. Meine Frauen haben dir wohl dabei geholfen, das Rätsel zu lösen, wie?«

Sinphyria nickte.

»Das Kreuz hier ist die Kirche. Die Fahne symbolisiert das Rathaus. Hier, der Buchstabe, ist deine Bibliothek. Und die Punkte sind die Ebenen darunter. Dort befinden sich große Hohlräume, die der Erbauer M. Zarresto, nutzte, um zu Zeiten des

Prostitutionsverbotes Bordelle im wortwörtlichen Untergrund zu betreiben.«

Filians Lächeln verbreiterte sich zu einem Ausdruck tiefen Stolzes.

»Meine beiden sind wahre Schätze.«

Sinphyria lächelte. Filians Liebe zu seinen Frauen berührte sie.

»An einem dieser Orte vermutete ich das Lager. Immerhin war dort genug Platz, mögliche Gerüche würden den Weg hinauf nie finden und es gab Wege zwischen den Räumen, die man unbemerkt betreten konnte«, fuhr Filian fort.

Anschließend machte er eine Pause und Sinphyria nutzte den Moment, um darüber nachzudenken, was sie gerade erfahren hatte. Sie erinnerte sich auch wieder daran, was kurz vor ihrer Bewusstlosigkeit geschehen war.

Wie sie niedergeschlagen worden war.

»Greí wollte nicht, dass ich helfe, dich zu finden. Ich sei zu emotional und zu respektlos«, erklärte sie und vermied Filians Blick. »Er ließ mich in der Bibliothek bewachen. Als ich herausfand, dass der Täter sich über die Kanalisation bewegte, wollte ich die anderen warnen und befreite mich. Doch der Mörder legte mich herein. Er muss mich die ganze Zeit beobachtet haben. Er hat Lin angegriffen und mich dann überrumpelt.«

»Lin?« Fragend hob Filian die Augenbrauen. »Wie passt sie in dieses perfide Spiel herein?«

Sinphyria seufzte.

»Sie war es, die den Mörder auf deine Fährte brachte. Sie wurde seit Wochen von ihm erpresst und konnte seinem Druck nichts entgegensetzen. Sie hat dich verraten und wahrscheinlich zuletzt auch mich. Ich hoffe, dass sie ihr Leben noch retten können.«

Einen Moment lang schwiegen sie, aber Sinphyria wusste, dass Filian ihr gleich die Frage stellen würde, vor der sich schon die ganze Zeit gefürchtet hatte.

»Sinphyria«, kam es auch prompt. »Wie genau wollte die Stadtwache mich finden, wenn sie nichts von der Kanalisation wussten? Hatte sie denn eine Spur?«

Erneut seufzte Sinphyria. Auch um ihrer Scham darüber Luft zu machen, dass sie Filians Wunsch widersprochen hatte.

»Nein. Wir haben Lins Vater als Lockvogel benutzen wollen.«

Filian schwieg. Das war vielleicht schlimmer als jeder Vorwurf, den er hatte machen können.

»Und es war zu gefährlich. Du hattest recht. Aber wir waren verdammt verzweifelt.«

Nun war es an Filian, geräuschvoll zu seufzen. Er ließ sich auf den feuchten Boden sinken und lehnte den Kopf gegen die Wand.

»Nun, ich hoffe, dass die Soldaten und die Stadtwache irgendwie darauf kommen, wo wir sein könnten.« Sinphyria setzte sich mit etwas Abstand neben Filian und starrte auf die eisernen Gitter, die ihnen den Weg in die Freiheit versperrten. Doch obwohl sie sich schlecht fühlte, weil sie nicht auf Filian gehört hatte, musste sie doch noch unbedingt etwas wissen: »Warum hast du denn niemandem davon erzählt? Wieso hast du mich nicht eingeweiht oder Hauptmann Greí?«

Filian seufzte.

»Ich wollte euch nicht gefährden. Außerdem kenne ich dich erst wenige Tage, Sinphyria. Wie hätte ich mit hundertprozentiger Sicherheit wissen sollen, dass dein Hass auf Aries nicht nur ein ausgeklügeltes Schauspiel oder ein Trick von ihm sind? Der Mann würde alles tun, um mich loszuwerden.«

Sinphyria konnte nicht anders, als ebenfalls zu seufzen, allerdings etwas genervt. Sie konnte Filian ja verstehen, doch es hätte sicher einiges erleichtert, wenn er wenigstens einen von ihnen eingeweiht hätte.

»Ich vermute mal, dass wir uns derzeit in einem dieser Hohlräume befinden«, sagte sie.

Filian nickte.

»Lin hat dem Mörder wohl verraten, dass ich ihn kriegen könnte. Und er entführte mich, anstatt mich gleich zu töten. Wahrscheinlich auf Aries Anweisung hin. Die Einbruchsspuren an der Tür der Bibliothek stammen eher von einem professionellen Dieb, statt von einem brutalen Mörder. Obwohl das eine das andere natürlich nicht ausschließt. Ich kenne allerdings auch einige Angehörige der Gilde, die sicher keinen gut bezahlten Auftrag abgelehnt hätten«, erklärte Sinphyria ohne darüber nachzudenken.

Filian mustere sie sehr eindringlich, als stünde sie selbst unter Verdacht, eine Spionin für den Bürgermeister oder Filians Entführerin zu sein. Doch im nächsten Moment schien er offenbar wieder von seiner Idee abzukommen, denn er entspannte sich und fuhr mit den Fingern über den Boden der Zelle.

»Wer auch immer mich entführt hat, er ging sehr professionell vor. Ich konnte sein Gesicht nicht erkennen. Nachdem er Madelaine niedergeschlagen hatte, bekam ich es mit der Angst zu tun und bot an, freiwillig mitzugehen. Offensichtlich beteuerte ich entweder glaubwürdig, dass meine Frauen nichts über Aries und seine Machenschaften wussten, oder der Entführer hatte sowieso nie den Auftrag, sie ebenfalls mitzunehmen. Jedenfalls verfrachtete er mich hierher. Allerdings mit einem Sack über dem Kopf, damit ich nicht sehen konnte, wo genau ich mich befand.«

Sinphyria machte ein langes Gesicht.

»He, immerhin ist es ihnen noch wichtig, dass du nichts weißt. Ich würde mir größere Sorgen machen, wenn sie dir den Weg hierher verraten hätten. Oder ihr Gesicht gezeigt«, startete sie einen schwachen Aufmunterungsversuch und entlockte Filian zumindest ein Lächeln.

»Und sie waren noch nicht hier, um mich für Informationen zu foltern.«

Die Gestalt in der anderen Zelle, die bis dahin regungslos gewesen war, gab nun ein Stöhnen von sich.

Sinphyria hatte völlig vergessen, dass da noch jemand war. Aber jetzt nahm sie sich einen Moment Zeit, um die Gestalt genauer zu mustern.

»Moment – Kathanter?«, fragte sie erstaunt und kroch an die andere Zelle heran.

Ein Grummeln ertönte.

»Verdammt, du bist es wirklich!«, rief Sinphyria.

Sie war so erstaunt darüber, dass jemand es geschafft hatte, den berüchtigten Kathanter Irius so zuzurichten und in eine Zelle zu sperren, dass sie ihn nur mit offenem Mund anstarren konnte. Irius gesamtes Gesicht war blau und rot angelaufen und geschwollen, Blut rann ihm von der Stirn. Wahrscheinlich hatte man ihm auch in Bauch und Rücken getreten, denn er hielt eine Hand auf den Magen gepresst.

Sinphyria wusste nicht, was sie sagen sollte.

»Mach die Klappe zu, Leon«, knurrte Kathanter und regte sich mit rasselndem Atem. »Er hat mich von hinten erwischt und mich niedergeschlagen. Dieses Vorgehen sollte dir ja wohl sehr bekannt sein.«

Als er den Kopf hob, wurde sein narbiges Gesicht von einem schwachen Lichtstrahl erfasst. Er sah durch seine Verletzungen noch furchteinflößender aus als sonst, doch man konnte den gebrochenen Stolz in seinen Augen erkennen und widerwillig empfand Sinphyria Mitleid.

Also tat sie ihr Bestes und schwieg.

Dann stand sie auf und begutachtete das Schloss, mit dem die Zellentür abgesperrt war. Wenn jetzt nur Arátané hier wäre ...

Der Gedanke an sie schmerzte. Mit den zwei groben Messern, die Sinphyria besaß, musste sie gar nicht erst versuchen, das Schloss zu knacken. Doch als sie danach tastete, bemerkte sie, dass man ihr die Messer natürlich abgenommen hatte. Mist.

»Wie oft kommt jemand für Wasser vorbei?«, fragte sie hoffnungsvoll und spähte zwischen den Gitterstäben in den Gang, der dahinter lag.

»Seitdem ich hier bin, war nur einmal jemand da«, antwortete Filian und schwieg wieder.

In einem Tag und beinahe einer ganzen Nacht war nur einmal jemand da gewesen. Sinphyria verfluchte sich selbst dafür, dass sie tatsächlich erwischt worden war. Aber immerhin konnte sie die Zeit nutzen, um sich irgendetwas auszudenken.

Eine gefühlte Ewigkeit passierte nichts.

Hunger und Durst begannen ihnen immer mehr zuzusetzen. Sinphyria versuchte, die Sekunden zu zählen, aber sie war zu unruhig. Sie dachte an Athron.

Würde er die richtigen Schlüsse ziehen und versuchen, sie zu finden?

Außerdem fragte sie sich zum tausendsten Mal, wer der Mörder sein könnte. Ein Mönch, der sich von Aries hatte kaufen lassen? Hatte er vorher bereits eine brutale Neigung gehabt oder hatte er im Auftrag des Bürgermeisters die Morde begangen? War er allein oder hat er Hilfe?

Und die wichtigste Frage: Warum hatte man sie am Leben gelassen?

Ein Geräusch riss sie aus ihren Gedanken.

Schwere Schritte näherten sich ihren Zellen.

Sinphyria stand auf und huschte zu dem Gitter. Sie hatte sich etwas zurechtgelegt, das nicht im Ansatz ein Plan war, aber es musste reichen. Noch war niemand zu sehen. Sie strich sich eine Strähne aus dem Gesicht und öffnete die obersten Knöpfe ihres Hemdes.

In diesem Moment trottete eine Wache um die Ecke, die so aussah, wie Sinphyria es gehofft hatte – fett, rotwangig und mit so trübem Blick, dass man meinen konnte, es wäre niemand mehr dahinter zu Hause. Sinphyria öffnete noch zwei weitere Knöpfe. Sie räusperte sich und drückte ihre Brüste so auffällig es ging zwischen den Gitterstäben hindurch.

»Hi, Hübscher«, nuschelte sie wie betrunken und klimperte mit den Wimpern, wobei sie sich wie ein Idiot vorkam. »Diese zwei Typen haben mich schlimm belästigt und ich bin ganz einsam hier unten.«

Sie stülpte ihre Lippen vor und streckte ihre Finger lasziv an den Stangen entlang. »Ich würde mich so über ein bisschen männliche Zuwendung freuen.«

Sin konnte sich vorstellen, dass Kathanter gerade die Augenbrauen hob und sich wunderte, was sie vorhatte.

Sinphyria gefiel es natürlich nicht, dass sie ausgerechnet dem Jäger des Königs einen Einblick in ihre Trickkiste gab. Wenn sie jemals Gelegenheit bekam, das hier Prius zu erzählen, würde er sie wahrscheinlich für verrückt erklären.

Der Wächter hatte mittlerweile ihre Zelle erreicht und starrte sie an.

Einige Sekunden verstrichen. Sinphyria begann sich gerade zu fragen, ob sie nicht vielleicht ein bisschen zu dick aufgetragen hatte, als die Augen des Wächters ein wenig von ihrer Dumpfheit verloren. Offenbar hatte es bloß ein wenig gedauert, bis er die Information verarbeitet hatte.

Sie beschloss, alles auf eine Karte zu setzen.

»Wenn du mich für einen Moment aus dieser Zelle holen könntest ...«

Die Begierde in den Augen des Mannes war nun offensichtlich, doch er schien noch mit sich zu hadern. Er starrte Sinphyria einen weiteren langen Moment lang an, musterte sie von oben bis unten. Dann begann er, selbstgefällig zu grinsen.

»Nein!«, nuschelte er und schob mit dem Fuß einen Laib Brot und eine Schüssel Wasser unter den Gitterstäben in die Zelle.

»Chef hat gesagt, ich darf mich nie nicht von dir besäuseln lassen! Dass Bormir der fiesen Hexe in der Zelle nicht zuhören darf, hat er gesagt. Bormir mag den Chef und würde ihn nie nicht enttäuschen.«

Sinphyria fluchte innerlich, doch als sich der Mann schon abwandte, kam ihr ein neuer Gedanke. Dieser Bormir schien nicht gerade der Schlauste zu sein und war genau in diesem Moment sehr stolz darauf, dass er es geschafft hatte, sich gegen Sinphyrias Avancen gewehrt zu haben. Sie vermutete außerdem, dass es Bormir nicht oft passierte, dass eine Frau ihm Zuwendung versprach.

Sinphyria tat so, als würde sie sich eine Träne aus dem Augenwinkel wischen: »Du hast ja recht, Bormir. Und dein Chef wird genau wissen, warum er dich zum Aufpassen geschickt hat.«

Wie erwartet blieb Bormir stehen und sah sich unschlüssig nach ihr um. Er schien neugierig zu sein, was sie jetzt schon wieder von ihm wollte.

»Du muss mich nicht rauslassen. Das wäre nicht klug. Aber ich bin wirklich einsam und habe schon lagen nicht mehr ... Weißt du – die Gitterstäbe sind breit genug und wenn du ganz nah herankommst und die Hose öffnest, machst du uns beide sehr glücklich. Und Chef wird nie etwas davon erfahren.«

Bormir sah sie jetzt eindeutig gierig an und fuhr sich mit der Zunge über die Lippen. Und Sinphyria könnte schwören, dass die Beule in seiner Hose eben noch nicht dagewesen war. Sie wusste nicht, was Kathanter und Filian im Augenblick taten, und sie versuchte tunlichst, nicht daran zu denken, dass sie Publikum bei dieser Komödie hatte.

»Und Chef wird nichts erfahren.«

Es klang, als versuche er sich selbst gut zuzureden.

Sinphyria drückte sich noch mehr gegen das Gitter.

»Dein Chef wird nichts erfahren. Und wer weiß, wie lange ich noch hierbleiben werde? Wie viele Tage und ... Nächte.«

Jetzt grinste er wieder und bei dem Anblick des Speichelfadens, der aus seinem Mund lief, musste Sinphyria sich zusammenreißen, um nicht angewidert das Gesicht zu verziehen.

Ihr Blick huschte für einen Moment zu Bormirs Gürtel. Wie es sich für eine gute Wache gehörte, trug er eine Waffe bei sich, ein kurzes Messer, das in einer Lederscheide auf der anderen Seite des Gürtels steckte. Sinphyria wusste nun, was sie zu tun hatte. Sie schenkte Bormir das bezauberndste Lächeln, das sie sich in dieser Situation abringen konnte, und wartete, bis er nah genug an das Gitter herangetreten war.

Langsam und geschmeidig streckte sie die Hand nach ihm aus, um dann langsam an seinem Bauch nach unten zu fahren.

In dem Moment, als Bormir begann, an seiner Gürtelschnall herumzufummeln, schoss Sinphyrias rechte Hand vor und löste sein Messer aus der Lederscheide.

Ihr Arm schnellte so gezielt in die Höhe, dass Bormir nicht einmal um Hilfe schreien konnte – Sinphyria rammte ihm das Messer ohne zu zögern bis zum Heft in die Kehle.

Sofort schloss das Blut aus der Wunde und sie spürte heiße Tropfen auf ihrem Arm. Bormir gab ein Gurgeln von sich. Seine Augen quollen aus seinem Schädel, er fasste sich an die Kehle, es sah aus, als wollte er sprechen. Doch kein Laut drang aus seinem Mund.

Sinphyria achtete nicht darauf. Sie hielt Bormir mühsam mit einer Hand am Gürtel fest und versuchte mit der anderen, an den Schlüssel heranzukommen. Doch ihre Finger waren wegen des Blutes zu rutschig und glitten ab. Es kostete ihre ganze Kraft, den sterbenden Mann vom Fallen abzuhalten. Stürzte er ungünstig, konnten die Schlüssel außer Reichweite sein und ihre letzte Chance wäre vertan.

»Filian!«, brachte sie zwischen zusammengebissenen Zähnen hervor. Sie hörte hinter sich eine zögerliche Bewegung und bemühte sich, kein »beweg deinen Arsch« hinterherzuschicken. Endlich stand er neben ihr, griff durch das Gitter und nestelte an dem Schlüsselbund.

Als er es endlich geschafft hatte, die Schlüssel an sich zu nehmen, ließ Sinphyria den bewusstlosen Bormir fallen und atmete laut aus. Ihre Arme zitterten von der Anstrengung. Mit einigen tiefen Atemzügen versuchte sie, ihren bebenden Körper unter Kontrolle zu bringen.

Als Sinphyria sich aufrichtete, sah sie in das entsetzte Gesicht von Filian. Er starrte hinunter auf Bormir, der inzwischen aufgehört hatte zu atmen. Seine Finger umklammerten den blutbespritzten Schlüsselbund. Sie zitterten.

»Wir müssen hier raus, und das war die einzige Gelegenheit«, sagte Sinphyria, die auf einmal das Gefühl hatte, sich rechtfertigen zu müssen.

»Du hättest ihn überwältigen oder betäuben können ...!«

»Und riskieren, dass er hier den ganzen Laden alarmiert?«

»Das war die einzig richtige Entscheidung, Leon«, brummte Kathanter, der sich langsam erhob. Er streckte sich schwerfällig. und wandte sich dann an Filian. »Du weißt, mit wem wir es hier zu tun haben. Sie mögen vielleicht nicht mehr viele sein – immerhin konnten nicht alle Söldner und Verbrecher den Einzugsbefehlen entgehen – aber sie sind sicher nicht gerade zimperlich. Allein dieser durchgeknallte Mörder dürfte schon ein Riesenproblem werden. Und wenn du dann immer noch Mitleid mit dem Kerl hier hast: Denk an die Opfer.«

Das Gesicht des weißhaarigen Bibliothekars verdunkelte sich. Es schien, als wollte er noch etwas sagen, schwieg dann aber.

Sinphyria probierte währenddessen die Schlüssel aus und endlich hörte sie das ersehnte Klicken. Sie öffnete das Gitter und trat noch einmal zu Bormirs Leiche, um ihm den Holzknüppel abzunehmen. Sie reichte die Waffe Kathanter, der hinter ihr stand, dann fragte sie hastig:

»Filian, wo lang?«

Filian dachte kurz nach, sah Sinphyria dabei aber nicht an. Sie konnte später verletzt sein. Jetzt war keine Zeit über Moralvorstellungen zu diskutieren.

»Dieser Gang hier sollte weiter in die Kanalisation hineinführen. Und der andere, der linke, könnte uns möglicherweise zurück an die Oberfläche und damit in die Freiheit führen«, antwortete Filian schließlich und es lag nun eine trotzige Entschlossenheit in seiner Stimme. Die drei sahen sich an.

»Denkt einer von euch an Flucht?«, fragte Sinphyria.

»Das würde dir so passen, Leon, nicht wahr?«, lachte Kathanter rau und schlug den Knüppel von Bormir mit Wucht in seine freie Hand.

Sinphyria fragte sich einen Moment, was es wohl brauchen würde, um Kathanter endgültig zu brechen. Wahrscheinlich war das gar nicht möglich.

Beide drehten sich nun zu Filian um. Er war derjenige von ihnen, der am wenigsten kämpfen konnte, wenn überhaupt.

Nach einem kurzen Zögern, schlug Sinphyria vor: »Ich denke, es wäre am Sinnvollsten, wenn du versuchst, hier herauszukommen. Finde Greí und Athron und sage ihnen, was hier vor sich geht.«

Filian schien darüber nachzudenken, doch plötzlich verzog er die Lippen zu einem finsteren, aber entschlossenen Grinsen.

»Nein. Am Ende laufe ich ihnen bloß wieder in die Arme. Ich bleibe bei euch. Wie Kathanter schon bemerkte, dürften wir nicht viele Gegner haben … einige von ihnen können wir vielleicht überzeugen, sich uns anzuschließen.«

Sinphyria bezweifelte das stark. Doch der entschlossene Ausdruck in Filians Gesicht hielt sie davon ab zu widersprechen.

»Lasst uns dem Ganzen ein Ende bereiten«, sagte er mit fester Stimme und schob sich die Brille zurück.

»Hier entlang.«

»Verdammte Scheiße, wie konnte das passieren?!«

Athron wollte die ganze Welt zusammenschlagen. Kathanter war verschwunden und nun vielleicht auch noch Sinphyria. Athron hatte sie hier gehört, er war sich mehr als sicher. Alles, was er noch brauchte, war die Bestätigung, dass sie nicht mehr in der Bibliothek war.

Filian blieb weiterhin entführt, und es hatte noch einen Mord direkt vor ihrer Nase gegeben.

Lin hatte den Angriff nicht überlebt. Sie hätte gar nicht hier sein dürfen. Aber der Mörder hatte sie wieder einmal an der Nase herumgeführt, als wäre er über jeden ihrer Schritte informiert. Wahrscheinlich war es auch so. Aber Athron war viel zu aufgebracht, um darüber nachzudenken, wer sie verraten haben könnte. Er kam sich vollkommen nutzlos vor. Er hatte niemanden beschützen können. Heimlich einem Mörder nachzuspüren, hatte nicht zu seiner Ausbildung gehört. Auf dem offenen Schlachtfeld das Schwert zu schwingen, die Truppe anzuführen und seine Kameraden zu beschützen – damit konnte er etwas anfangen.

Doch er wusste, dass er sich nur herausredete, und das machte ihn nur noch wütender. Zudem war er in Montegrad aufgewachsen. Er kannte die Stadt. Zumindest hatte er das als Junge. Doch er hatte seine Kindheit hinter sich gelassen, als er damals von zu Hause weggelaufen und sich der Armee angeschlossen hatte. Er hatte bewusst alles verdrängt, was mit dieser verdammten Stadt zu tun hatte. Er wollte nicht wieder zu Athron, dem Straßenjungen werden, der jeden Zentimeter der äußeren Ringe auswendig kannte.

Während diese Gedanken immer wieder von Neuem durch seinen Kopf rasten, stand er in der Gasse, aus der er Sinphyria hatte rufen hören. Er war sofort losgelaufen, doch als in der Gasse angekommen war, hatte da nur Lin gelegen, die bereits tot war. Von Sinphyria war keine Spur mehr zu sehen gewesen. Sie konnte sich doch nicht in so kurzer Zeit in Luft aufgelöst haben!

In diesem Moment kam Jonas in die Gasse gestürzt.

»Es stimmt«, keuchte er aufgeregt und stützte die Hände auf die Knie. »Sinphyria ist nicht mehr in der Bibliothek. Madelaine und Natalie haben ihr geholfen, zu entkommen.«

Mit einem wütenden Brüllen drehte Athron sich um und schlug mit der flachen Hand gegen die Steinmauer. Aus den

Augenwinkeln konnte er sehen, wie Jonas zusammenzuckte, doch Athron konnte sich gerade nicht zusammenreißen.

Dort, wo Sinphyria vermutlich gestanden hatte, hatte man Blut gefunden. Vielleicht würde er sie bald aufgeschlitzt und vom Kirchturm baumelnd wiedersehen. Oder sie lag bereits mutterseelenallein in irgendeiner Gasse, zum Sterben zurückgelassen. Athron wusste, dass er irgendetwas tun musste. Aber er hatte keine Ahnung, wo er anfangen sollte. Die ganze Zeit fragte er sich, warum Sinphyria geflüchtet war und was sie vorgehabt hatte.

Na gut, das Warum war eigentlich klar. Sie hatte auf eigene Faust ermitteln wollen, nachdem man sie ausgeschlossen hatte.

Konnte es sein, dass sie in der Bibliothek etwas Neues herausgefunden hatte, das sie ihnen hatte mitteilen wollen?

Da die Bibliothek der einzige Ansatz war, den er hatte, musste er dort sein Glück versuchen.

»Komm, Jonas«, sagte er zu dem Jungen, der seit Athrons Wutanfall kein Wort mehr gesagt und ihn nur stumm angestarrt hatte. Gemeinsam hasteten sie Richtung Bibliothek. Jonas stellte weiterhin keine Fragen. Kommentarlos folgte er Athron.

Auf ihrem Weg bemerkte Athron, in wie vielen Häusern noch Licht brannte, obwohl die Nacht schon weit fortgeschritten war.

Die Bevölkerung von Montegrad machte wohl schon seit Wochen kein Auge mehr zu. Genauso wenig wie Filians zwei Frauen, wie er feststellte, als sie an dem Tor ankamen und nach einem kurzen Klopfen beide vollständig angezogen, öffneten.

Ohne zu grüßen keuchte er: »Sinphyria ... wie ist sie hier rausgekommen? Wohin wollte sie?«

Die beiden Frauen sahen sich kurz an und es schien ein stummer Dialog zwischen ihnen abzulaufen. Dann ließen sie Athron und Jonas ein.

Sie standen nun in dem dunkel getäfelten Vorraum der Bibliothek. Ihre Gesichter wurden nur schwach von der Kerze beleuchtet, die Madelaine in der hielt. Die beiden Frauen standen in der

Dunkelheit und sahen betretender aus denn je. Athron wusste, dass er eigentlich diplomatisch vorgehen sollte, aber er spürte, wie ihnen die Zeit davonlief.

»Was hat Sinphyria herausgefunden? Wenn ihr etwas wisst, müsst ihr es mir sagen. Es geht um jede Sekunde.«

»Wir wissen nicht, ob wir dir trauen können«, erklärte die Jüngere und verschränkte unsicher die Arme vor der Brust. »Filian hat uns unmissverständlich die Anweisung gegeben, nur mit Sinphyria zu sprechen.«

Athron musste sich zusammenreißen, um die beiden nicht anzubrüllen. Sein Herz pochte hart gegen seine Brust und seine Hände zitterten vor Aufregung. Mit Gewalt verbannte er die Bilder einer toten und verstümmelten Sinphyria aus seinen Gedanken. Gerade wollte er den beiden klar machen, dass ihr Schweigen sowohl für Sinphyria als auch ihren Mann das Todesurteil bedeuten konnte, als er plötzlich Jonas' Stimme hinter sich vernahm.

»Bitte.«

Überrascht sah Athron sich um.

»Filian und Sinphyria wurden entführt. Lin ist tot. Es muss einen Verräter geben. Wenn ihr etwas wisst, dann sagt es uns.« Er zögerte kurz und fügte dann leise hinzu: »Ich will nicht, dass Sinphyria etwas passiert.«

Die beiden Frauen sahen sich erneut an. Dann legte Natalie Madelaine eine Hand auf die Schulter und nickte kaum merklich. Athron atmete erleichtert aus.

Plötzlich polterten Schritte heran. Sofort fuhr Athron herum und legte die Hand an den Griff seines Schwertes. Nur Augenblicke später donnerten Fäuste gegen den Eingang der Bibliothek.

»Madelaine! Natalie! Öffnet die Tür! Wir müssen wissen, wo Leon sich befindet!«

Athrons Muskeln entspannten sich sofort.

»Torben und Nickolas«, raunte er. Vielleicht war es gar nicht so schlecht, dass die beiden gerade jetzt hier aufkreuzten. Sollte es einen Verräter in der Einheit geben, dann sicher nicht die beiden. Greí hatte sie bloß als Sinphyrias Aufpasser abbestellt und nicht in die Ermittlungen eingeweiht. Außerdem kannte er die beiden ganz gut und wusste, dass sie Respekt vor ihm hatten. Sie waren fähige Kämpfer und nur zur Strafe als Wachen in der namenlosen Festung eingesetzt worden. Nickolas war bei früheren Einsätzen mehrfach desertiert, offiziell, weil er Probleme mit der Befehlskette gehabt hatte, und Torben hatte den Mann, der seine Schwester vergewaltigt hatte, so heftig verprügelt, dass der nie wieder aufgewacht war. Bei Nick wurde allerdings gemunkelt, dass er nur nicht damit klarkam, jeden Tag von anderen Männern umgeben zu sein. Es hielt sich das Gerücht, dass er schwul war, und die Nähe zum gleichen Geschlecht nur bedingt aushielt, ohne sie anzuglotzen. Athron hielt das für Quatsch. Bloß, weil man vom anderen Ufer war, hieß das ja nicht, dass man sich nicht zurückhalten konnte. Und er hatte sich in Nicks Gegenwart noch nie unwohl gefühlt.

Als Torben und Nickolas das Angebot bekommen hatten, unter der Fahne von Greí in den Krieg zu ziehen, hatten sie sofort angenommen. Außerdem ging ihnen vermutlich gerade der Arsch auf Grundeis, weil Sinphyria entkommen war. Das konnte sie zu eifrigen Verbündeten machen.

Entschlossen legte Athron eine Hand auf das Schloss.
»Was machst du da?!«, fuhr Madelaine ihn flüsternd an.
»Vertraut mir. Es ist besser, sie miteinzubeziehen.« Athron öffnete den beiden die Tür und winkte sie sofort herein. »Schnell! Und hört auf, hier so einen verdammten Krach zu machen!«

Nachdem Torben und Nickolas den Raum betreten hatten, wurde es eindeutig zu eng. Also führten Filians Frauen die Gruppe in das Innere der Bibliothek, dort, wo der große Holztisch stand, an dem sie sich immer getroffen hatten.

»Burkental, Leon ist entkommen und wenn der Hauptmann davon Wind bekommt ...«

»Richtig erkannt. Dann seid ihr dran.«

Athron ließ sich trotz des Sturms an Gefühlen, die in seinem Inneren tobte, einen Moment Zeit, um die beiden etwas zappeln zu lassen.

»Die gute Nachricht ist aber, dass ihr mir helfen könnt, euren Fehler zu bereinigen. Der Hauptmann wird zwar trotzdem davon erfahren, aber vielleicht etwas gnädiger reagieren, wenn wir Sinphyria und Filian finden können.«

Die beiden Wachen starrten Athron mit einer Mischung aus Misstrauen und Hoffnung an.

»Finden? Wie?«

Anstatt zu antworten, drehte Athron sich zu Madelaine und Natalie um. »Wir waren gerade dabei, das herauszufinden. Bitte, meine Damen. Uns rennt die Zeit davon.«

Seufzend stellte Madelaine die Kerze in der Mitte des Tisches ab. Sie zog ein Buch hervor und begann, darin zu blättern. Unterdessen entzündete Natalie weitere Kerzen. Athron, Torben, Nickolas und Jonas beugten sich aufgeregt über den Wälzer.

»Filian hat etwas herausgefunden, kurz bevor er entführt wurde«, begann Madelaine zu erklären, während sie das Buch auf einer bestimmten Seite aufschlug. »Er vermutete schon länger, dass die Morde von einem florierenden Geschäft mit Bechda ablenken sollten, das in der Kanalisation geführt wird.«

Athron überflog die Seite nur flüchtig. Sie behandelte die Kanalisation von Montegrad, die mit diversen Höhlen und kleineren Hohlräumen gebaut worden war. Ursprünglich, um damals illegale Prostitution anbieten zu können.

»Die Zahl der Toten, die an Bechda verstarben, waren in den letzten Monaten fast in den Himmel gestiegen, und das trotz der Eindämmungsmaßnahmen des Bürgermeisters. Die Bevölkerung wurde unruhig, man begann, Aries öffentlich zu kritisieren.

Und dann begannen die Morde. Plötzlich war alles andere Nebensache und es gab nur noch dieses Thema. Und da ist noch etwas: Ihr habt vielleicht von den Gerüchten gehört, dass sich Aries nur deshalb so lange hatte halten können, weil er dem König immer wieder große Summen zukommen lässt. Und dann die ganzen Bauten. Wo kommt das Geld her? Dies alles brachte Filian zu dem Schluss, dass der Bürgermeister hinter allem steckt. Sowohl hinter dem Bechdageschäft als auch hinter den Morden.«

Torben sah die beiden skeptisch an.

»Das scheint mir etwas aufwendig und extrem gerissen für einen Typ wie Aries«, warf er ein.

Athron zuckte mit den Schultern.

»Wer weiß, wer da sonst noch alles verwickelt ist. Und zutrauen würde ich Aries alles. Er würde für die Erhaltung seiner Macht über Leichen gehen.«

»Ist das da eine Karte?«, rief Jonas auf einmal und deutete auf eine Zeichnung am Fuße der aufgeschlagenen Buchseite, die mit Tinte hingekritzelt worden war. Athron spürte, wie das Adrenalin in einem plötzlichen Schub durch seinen Körper jagte.

War das der Schlüssel zu Sinphyrias Verbleib? Madelaine nickte.

»Filian wusste, dass es in der Kanalisation mehr gab als nur die Abwasserkanäle. Aber ihm fehlte noch ein Beweis. Er beschloss, euch einzuweihen. Doch bevor er euch davon erzählen konnte, wurde er entführt. Aber als Sinphyria ausgerechnet hier eingesperrt wurde, konnten wir ihr eine Kopie der Karte zeichnen, die in diesem alten Wälzer hinterlassen worden war. Sie wollte zu euch stoßen, um euch zu warnen.«

»Dann müsst ihr uns ebenfalls eine Karte zeichnen!«, rief Jonas und sein Gesicht glühte vor Erregung. Während Natalie nickte und sich einen Stuhl heranzog, um mit der Arbeit zu beginnen, seufzte Athron.

»Was meint der Junge damit? Sollen wir vier in die Kanalisation steigen und es mit einer Bande Drogenhändler und einem wahnsinnigen Mörder aufnehmen? Wir ganz allein?«

Torbens starrte Athron an, während sein Gefährte kaum zuhörte. Er war fasziniert davon, wie präzise und schnell Natalie die Tinte auf Pergament brachte.

Athron betrachtete Jonas stattdessen einen Moment lang. Er mochte den Jungen, der in den letzten Wochen bereits einiges gelernt hatte. Aber so gern Athron Jonas auch hatte – ein Zwölfjähriger hatte auf so einer Mission nichts zu suchen. Vor dem Krieg konnte er ihn nicht schützen, aber er musste sich nicht zusätzlich in Gefahr bringen, bevor sie den Süden überhaupt erreicht hatten.

So konnte Athron ihm das allerdings unmöglich sagen. Jonas brauchte eine Aufgabe, sonst würde er ihnen vermutlich bloß heimlich folgen und sich in noch mehr Schwierigkeiten bringen.

Außerdem hatte Torben recht.

Es wäre keine gute Idee, auf eigene Faust einfach drauf los zu marschieren, ohne den anderen Bescheid zu geben. Diese Sache war größer als sie alle geglaubt hatten. Immerhin wurde nicht nur ein verrückter Einzeltäter gejagt, sondern eine gesamte Untergrundorganisation. Und wenn sogar der Bürgermeister darin verwickelt war, konnte das auch auf einen großen Teil der Stadtwache zutreffen.

»Natalie, bitte mach zwei Abzüge«, bat Athron, dem auf einmal eine Idee gekommen war. Er trat auf Jonas zu und legte ihm beide Hände auf die Schultern.

»Jonas, hör zu. Ich habe einen Auftrag für dich. Unter Umständen hängt unser Leben davon ab.«

Aufmerksam hing der Junge an seinen Lippen. Er sah jetzt genauso konzentriert aus, wie an den Abenden, an denen Athron ihn im Bogenschießen unterrichtet hatte.

»Ich brauche jemanden, der Hauptmann Greí von all dem hier berichtet. Du wirst ihm – und *nur ihm* – einen Abzug der Karte geben und ihm erzählen, wohin wir gegangen sind. Wir werden den Eingang nehmen, der in der Gasse liegt, aus der ich Sinphyria habe rufen hören. Sage Greí, dass er niemandem vertrauen darf, schon gar nicht dem Bürgermeister. Und er darf nur Soldaten mitnehmen, die sich schon seit Langem bewährt haben.«

Jonas Augen funkelten vor Aufregung, aber auch vor Angst, denn er wusste, wie viel von seinem Erfolg abhing. Er schluckte kurz und sagt dann mit fester Stimme: »Du kannst dich auf mich verlassen.«

Athron lächelte und drückte kurz seine Schulter. Dann richtete sich auf und wandte sich Natalie zu. Diese war gerade mit der zweiten Karte fertiggeworden. Athron nahm sie entgegen und reichte eine an Jonas weiter.

»Du weißt, was du zu tun hast?«

Jonas nickte bloß. und verstaute die Karte behutsam in einer ledernen Tasche, die an seinem Gürtel befestigt war.

Athron klopfte Jonas noch einmal kräftig auf die Schulter. Dann folgte der Junge Madelaine, die ihn aus der Bibliothek führte.

»Aber was lässt dich eigentlich glauben, dass wir dir einfach folgen, Burkental?«

Athron blickte scharf von Torben zu Nickolas.

»Uns rennt die Zeit davon. Wir müssen versuchen, Sinphyria und Filian so schnell wie möglich zurückzuholen.«

»Warum warten wir nicht einfach auf Greís Verstärkung?«

»Was, wenn keine Verstärkung kommen wird? Wir wissen nicht, wie weit sich die Sache bereits entwickelt hat und was die nächsten Schritte unserer Gegner sein werden. Wenn man es mit politischen Intrigen zu tun hat, kann alles passieren. Vielleicht ...« Er zögerte kurz. »Vielleicht habe ich Jonas gerade in den Tod geschickt. Aries ist zu allem fähig. Wir müssen Filian finden. Er genießt großes Ansehen in der Stadt. Ihm werden die Menschen eher glauben als uns. Das könnte unsere einzige Chance sein, diese Stadt mit dem Kopf auf unseren Schultern wieder zu verlassen.«

Athron stand auf und rückte seinen Schwertgurt zurecht. Er hatte keine Lust mehr zu diskutieren.

»Kommt mit oder bleibt hier. Ich jedenfalls werde nicht dumm herumsitzen und auf Verstärkung hoffen, die vielleicht nie eintrifft.«

Athron wandte sich an Madelaine, die nun mit drei Fackeln und einem Satz Feuersteine zurück an den Versammlungstisch trat. Er nahm sie dankend entgegen und steckte die zweite Karte in seine Gürteltasche. Dann drehte er sich wieder zu Nickolas und Torben um.

»Also?«

Nickolas überlegte noch einen Moment.

»Ich komme mit«, sagte er schließlich. »Ich habe ein sehr gutes Gedächtnis und bin kein schlechter Kämpfer. Lasst uns Filian und Leon retten.«

Athron und Nickolas wandten sich nun Torben zu. Der verdrehte genervt die Augen und grummelte dann: »Schon gut! Schon gut. Ich begleite euch auf eurer Todesmission.«

So machten sich also Athron, Torben und Nickolas auf zu der Stelle, an der sie Lin gefunden hatten und wo Sinphyria vermutlich verschwunden ist. Der glatte Deckel, der den Eingang zu der Kanalisation versperrte, war Athron bisher kaum aufgefallen. Natürlich hatte er schon vorher gewusst, dass die innersten Ringe Montegrads eine Kanalisation besaßen. Aber er hatte nicht daran gedacht, dass der Mörder über deren unterirdische Tunnel geflohen sein konnte – und das wurmte ihn. Dabei war es ein nur schwacher Trost, dass auch sonst keiner daran gedacht zu haben schien.

Athron sah sich zur Sicherheit noch einmal prüfend um, ob sie nicht vielleicht beobachtet wurden, bevor er den Deckel vorsichtig zur Seite schob und hinabspähte.

Die Tagesdämmerung hatte inzwischen eingesetzt. Doch hier war es immer noch stockduster. Die Straßenlaternen erhellten diesen Teil der Gasse nicht. So richtete er sich auf und holte seinen Feuerstein hervor. Mit einer geübten Bewegung, entzündete er Torbens Fackel, die nach einigen Versuchen allmählich zu brennen begann. Nickolas war gerade dabei, seine Fackel an Torbens zu halten und diese ebenfalls zu entzünden, da packte Athron ihn am Handgelenk.

»Nicht. Wir wissen nicht, wie lange wir unterwegs sein werden. Wir bewahren unsere Fackeln lieber auf.«

Torben beugte sich inzwischen über die Öffnung und leuchtete in den darunter liegenden Tunnel. Ein schmaler Schacht führte hinab, der von massiven, feuchten Steinwänden umgeben war. Unten spiegelte sich das Licht der Fackel in einer pechschwarzen Wasseroberfläche. Ganz entfernt konnte Athron ein leises, stetiges Tropfen hören. Sonst sahen sie nichts.

Athron seufzte. Enge Räume sagten ihm nicht besonders zu. Er mochte es gar nicht, den freien Himmel über sich nicht sehen zu können. Aber ihm blieb keine Wahl, wenn er Sinphyria finden wollte.

»Ich gehe mit der Fackel vor«, bot Torben an, wartete aber darauf, dass Athron nickte.

»Gut, ich geh nach dir. Nickolas, du musst den Deckel wieder schließen.«

Vorsichtig kletterte Torben also den schmalen Schacht hinunter. Als er unten ankam, war ein leises Platschen und ein unterdrücktes »Scheiße, ist das kalt« zu hören.

Athron folge dichtauf. Als er die glitschigen Stufen der Leiter hinabstieg, versuchte er den zunehmend furchtbaren Gestank zu ignorieren, der ihm in die Nase kroch. Schließlich kam er unten ab und landete knöcheltief in eiskaltem Wasser. Nickolas kämpfte unterdessen damit, den schweren, steinernen Deckel über wieder zu schließen.

Dieser Versuch wurde von einem Scharren begleitet, dass viel zu laut an den Tunnelwänden widerhallte. Vorsichtshalber zogen Athron und Torben ihre Kurzschwerter. Nickolas hatte es endlich geschafft und hatte sich zu ihnen gesellt. Für einen Moment harrten sie noch aus, ob sich vielleicht doch jemand näherte, aber sie konnten nichts weiter hören, als das stetige Tropfen des Wassers.

Vor ihnen konnten sie im Schein der Fackel einen langen, dunklen Tunnel erkennen, der tiefer in die Kanalisation führte.

Nickolas, der als Einziger noch keine Waffe gezogen hatte, holte ein dickes Stück weißer Kreide aus einer Gürteltasche und machte einen Strich an die Wand.

Verwundert sahen Athron und Torben ihn an. Der Soldat zuckte mit den Schultern.

»Um den Eingang zu markieren.«

»Ja, aber wo hast du das Stück Kreide her?«, fragte Torben verwirrt.

»Von Natalie. Hab sie drum gebeten. Das macht doch Sinn, wenn man sich in ein Tunnelsystem begibt, oder?«

»Du erstaunst mich immer wieder.«

Bei der Art, wie Torben Nick anlächelte, meinte Athron fast mehr zwischen den beiden zu erkennen als Freundschaft.

Genug jetzt. Athron musste sich konzentrieren.

Da offenbar keine akute Gefahr zu drohen schien, schob Athron sein Schwert zurück in die Scheide. Torben tat es ihm gleich. Dann sahen sie um, soweit es ihnen das Licht der Fackel ermöglichte.

»So, mal sehen, wo wir lang müssen«, raunte Athron und friemelte an der Schnalle seiner Gürteltasche herum. Als er sie geöffnet hatte, zog er die Karte.

Torben bewegte sich währenddessen mit der Fackel in der Hand weiter vor.

»Geh nicht zu weit weg, ich brauche das Licht.«

Torben blieb stehen. Nickolas kam zu ihnen und gemeinsam warfen sie einen Blick auf die Karte.

»Hier hat Natalie einen größeren Raum eingezeichnet. Wenn Aries wirklich Bechda herstellen lässt, dann vermutlich dort«, raunte Athron und deutete auf einen großen Punkt auf der Karte.

»Dann müssen wir hier entlang«, sagte Nickolas bestimmt und deutete nach links.

Torben und Athron nickten zustimmend. Dann verstaute Athron die Karte wieder sicher in seiner Gürteltasche und sie folgten Torbens Lichtschein ins Ungewisse.

19. Kapitel
Das Kartenhaus fällt

Vorsichtig schlich Sinphyria den Gang entlang. Vor ihr ging Kathanter mit einer Fackel in der Hand, die er so dicht wie möglich an seinem Körper hielt. Er wollte nicht zu weit leuchten, um unnötige Aufmerksamkeit zu vermeiden. Bisher waren sie allerdings keiner Menschenseele begegnet. Seit sie den Gefängnistrakt verlassen hatten (die Fackel hatten sie dort aus einer Wandhalterung gelöst), schlichen sie durch die finsteren Kanalisationstrakte. Sinphyria stand bis über die Knöchel in Abwasser, ihre Stiefel waren schon längst durchnässt.

Es stank hier unten fürchterlich nach abgestandenem Wasser sowie Exkrementen, und ihr eigener Angstschweiß und die leicht nässenden Wunden von Kathanter machten es nicht gerade besser. Es stand schlecht um den Jäger des Königs. Zwar versuchte er, so aufrecht wie möglich zu gehen, aber er humpelte und ächzte alle paar Minuten leise vor Schmerz.

Sinphyria mied unterdessen Filians Blick. Sie starrte stur geradeaus. Ihre Gedanken kreisten immer wieder um seinen enttäuschten Blick. Seine Vorwürfe. Dabei war Sin immer noch der Überzeugung, das Richtige getan zu haben. Bormir hatte sterben müssen, damit sie sich befreien konnten. Wäre sie mit Arátané unterwegs, würde sie keinen zweiten Gedanken daran verschwenden.

Warum war es ihr bloß so wichtig, was der verdammte Bibliothekar von ihr dachte?

Sinphyrias Blick huschte zu Filian, der genau in diesem Moment ebenfalls in ihre Richtung sah. Beiden sahen rasch wieder weg. Was war bloß los mit ihr? Ob es daran lag, dass sie ihren Vater vermisste? Erinnerte Filian sie an ihn? Was auch immer es war – sie durfte sich jetzt nicht länger davon ablenken lassen.

Also konzentrierte Sinphyria sich auf den düsteren Weg, der vor ihnen lag. Ihr größtes Problem war, dass es in dem Gang, der stetig geradeaus führte, keinerlei Versteckmöglichkeit gab, sollte ihnen jemand entgegenkommen. Auch hatte sie das Gefühl, dass sie viel zu laut waren. Ihre Zellen hatten sich auf einer Art Plateau befunden und waren deshalb einigermaßen trocken gewesen. Doch jetzt mussten sie durch das Wasser der Kanalisation waten, was ein verräterisches Platschen erzeugte, das zwar leise, aber dennoch unüberhörbar von den Wänden widerhallte.

Und genau in diesem Moment hörte Sinphyria Geräusche von weiter vorne aus dem Gang. Je weiter sie gingen, umso deutlicher wurden sie.

Unwillkürlich musste sie an eine Küche denken, denn es klang unverkennbar nach dem Klappern von Töpfen und dem Blubbern irgendwelcher Flüssigkeiten.

Während Sin angestrengt in die Dunkelheit starrte, meinte sie in fünfzig oder sechzig Fuß Entfernung einen schwachen Lichtschein zu sehen.

War das eine Abzweigung?

Kathanter streckte auf einmal den Arm aus, damit Sinphyria und Filian innehielten. Alle drei horchten einen Moment. Dann sahen sie sich an.

Konnte das der Ort sein, an dem das Bechda hergestellt wurde?

Es wäre vermutlich am besten, wenn einer von ihnen vorsichtig weiterschleicht, um herauszufinden, was sich da vor ihnen befand. Und da Kathanter körperlich so geschwächt war und Filian ohnehin nicht infrage kam, entschloss Sinphyria sich kurzer Hand, selbst zu gehen. Kathanter schien ihre Gedanken erraten zu haben, denn er nickte ihr zu.

Sinphyria schloss die Finger fester um den Griff des erbeuteten Dolches und atmete tief durch. Im Prinzip war sie hier doch in ihrem Element. Das war wie ein weiterer Diebesauftrag, etwas, das sie schon zur Genüge getan hatte. Bevor sie an Kathanter vorbei in Richtung der Geräusche gehen konnte, hielt Filian sie noch einmal auf. Er legte die Hand auf ihre Schulter und sah ihr tief in die Augen.

Fast, als wolle er sagen: ›Pass auf dich auf‹. Sinphyria nickte noch einmal und lächelte schwach. Dann griff sie in ihr Dekolleté, wo sie die Karte verstaut hatte und überreichte sie Filian. Falls ihr was passierte, konnten die anderen beiden immer noch versuchen zu fliehen.

Langsam schlich sie den Gang entlang, dicht an der Wand gepresst, bis sie ungefähr zwanzig Fuß weiter an eine Abzweigung gelangte.

Sinphyria warf einen kurzen Blick nach hinten, um Kathanter zu bedeuten, dass er die Fackel löschen sollte. Sie sah, wie der sture Bock Anstalten machte, zu ihr aufzuschließen.

Gerade, als Sin wütend gestikulieren wollte, hielt Filian Kathanter zurück. Im Fackelschein sah Sinphyria den Widerstand im Gesicht des alten Jägers. Doch er sah wohl ein, dass Erkunden und Anschleichen Sinphyrias Spezialgebiet war. Außerdem war er durch seine Wunden viel zu geschwächt, als dass er von großer Hilfe hätte sein können. Also löschte Kathanter die Fackel und Filian und er verschwanden in der Dunkelheit.

Ganz vorsichtig schob sie sich an der Wand weiter und spähte um die Ecke. Hinter der Kurve wölbte sich ein großer, runder Raum von ungefähr fünfzehn Meter Breite mit einer niedrigen Decke, der von Fackelschein erleuchtet war.

In jeweils einigen Schritten Abstand zueinander standen dort kleine, hölzerne Tische, an denen immer zwei Personen saßen und etwas zusammenmischten. Soweit Sinphyria erkennen konnte, befanden sich ungefähr fünfzehn Personen in dem Raum. Frauen, Männer, Jugendliche – alles war hier vertreten.

Sie alle trugen schlichte Kleidung und weiße Schürzen. Ihre Gesichter waren hinter Tüchern aus dickem Stoff halb verborgen und ihr Haar streng zurückgebunden oder sogar unter Kopftüchern versteckt. Die meisten von ihnen hatten einen recht muskulösen Körperbau, als wären sie Krieger oder Soldaten. Zwar konnte Sinphyria zwar nur wenig von den Gesichtern erkennen, trotzdem bemerkte sie, wie aschfahl die Haut der meisten war. Und ihre Augen, unter denen die Haut dunkel und geschwollen aussah, lag eine solche Leere, dass ihr ein Schaudern über den Rücken lief.

Wer weiß, wie lange sie schon hier unten waren und wann sie das letzte Mal das Licht der Sonne erblickt hatten.

Die Köche (Sinphyria hatte beschlossen, dass das die passendste Bezeichnung war) starrten unverwandt auf ihre Tische, auf denen je ein Mörser, ein kleiner, dampfender Topf und zwei große Holzschachteln standen. In den Schachteln befanden sich große Haufen grüner Pflanzen. Davor standen kleine Flaschen aus Ton. Immer wieder nahmen die Arbeiter eine Handvoll Pflanzen, zerstießen sie in dem Mörser, taten den Sud in die Schüsseln und gaben aus den verschiedenen Flaschen die darin enthaltenen Flüssigkeiten hinzu. Dann verrührten sie alles und kippen die Masse in die brodelnden Kessel. Immer, wenn die Köche die Pflanzen mit den Flüssigkeiten aus den Tonflaschen mischten, entstand ein schwacher, durchsichtiger Dampf.

Sobald die Mixturen in den großen Kesseln landeten, breitete sich über diesen kurz ein dicker, grüner Rauch aus, der beinahe feste Konsistenz zu haben schien. Der Geruch, der davon ausging und sich im ganzen Raum verteilte, war mit kaum etwas zu vergleichen, das Sin jemals gerochen hatte. Es war ein beißender, süßlicher Gestank. Unwillkürlich musste Sinphyria an Schlachtfelder und unter dem freien Himmel verrottende Leichen denken. Schnell schob sie dieses Bild beiseite. An so etwas sollte sie jetzt wirklich nicht denken.

Unermüdlich vollführten die Köche immer wieder die gleichen Schritte. Gelegentlich liefen ihnen Tränen über die Wangen liefen, doch wischten sie diese nicht weg. Sie sprachen kein Wort miteinander und gaben auch kein anderes Geräusch von sich, kein Husten, Seufzen oder Niesen. Sinphyria zählte die Tische mehrfach, um sich nicht zu vertun.

Dreizehn Köche und Köchinnen saßen dort, alle einigermaßen kräftig gebaut. Die Küche lag in einem Hohlraum im Gang, und war – ähnlich wie die Zellen – auf einer Art Plateau erbaut worden. So war der Boden größtenteils trocken.

Rechts führte der Gang weiter in das Innere der Kanalisation und hier stand eine Reihe an Regalen, die von Sinphyrias Position aus mit einem Satz zu erreichen gewesen wäre. Sie waren hoch genug und so vollgestopft mit großen Flaschen und Töpfen, dass sie leicht dahinter Deckung finden konnten, wenn es Not tat. Die Regale wurden kaum von den Fackeln erleuchtet, die nahe bei den Kochtischen hingen. Offenbar stellte man Bechda nicht mithilfe von leicht entzündlichen Flüssigkeiten her.

Sinphyria winkte ihre beiden Gefährten heran, machte dann aber sofort eine absenkende Handbewegung, damit sie nicht allzu sehr herumplatschten. Das Geräusch der brodelnden Kessel war zwar laut und sollte die meisten anderen Geräusche überdecken, doch sie sollten nach Möglichkeit keine unnötigen Risiken eingehen. Kathanter und Filian erreichten sie und mussten sich keine zwei Sekunden die Szene anschauen, bevor Filian schon beinahe unhörbar »Bechda« flüsterte.

Die Droge wurde also tatsächlich in der Kanalisation hergestellt.

Blieb noch Filians zweite Vermutung.

Konnten sie hier einen Beweis dafür finden, dass der Bürgermeister hinter der ganzen Sache steckte und es eine Verbindung zu den Morden gab? Oder gar den Auftragsmörder selbst stellen?

Doch wie ging es jetzt weiter? Immerhin waren sie bloß zu dritt und da drin waren zu viele, als dass sie auch nur den Hauch einer Chance gehabt hätten, selbst, wenn Kathanter in Hochform gewesen wäre.

Sinphyria ließ den Blick durch den Raum schweifen und entdeckte schräg gegenüber von ihrer Position eine Tür, neben der ein Aufseher zu schlafen schien.

Genau in diesem Moment öffnete sich die Tür und ein Mann betrag den Raum. Sein kahler Schädel war überzogen mit rankenartigen Tattoos und er trug eine Kutte der Cahya. Sinphyria kannte sich mit der Kirche nicht besonders gut aus, um seinen Rang genau bestimmen zu können. Aber wenn sie sich nicht irrte, sprach die Kutte für eine mittlere Position ohne viel Befehlsgewalt. Trotzdem hatte er wohl schon die ersten drei Prüfungen abgelegt.

Etwas an ihm war anders als bei den Mönchen, die Sinphyria bisher kennengelernt hatte. Aus der Distanz war es schwer auszumachen, vielleicht lag es an seiner Haltung. Doch dann hob er den Kopf.

Seine Augen waren eiskalt. Sie jagten Sinphyria einen Schauer den Rücken hinunter. Doch es waren nicht nur diese Augen, die sie irritierten. Irgendwie kam er ihr entfernt bekannt vor.

»Na, hast du dich wieder sauber bekommen?«

Der Aufseher war aufgewacht, als der Mönch neben ihm stehengeblieben war. Von dem Mönch kam keine Antwort, doch der Aufseher plapperte munter weiter.

»Ich hab' gehört, die Zeichnerin hat's nicht geschafft. Kluger Schachzug von dir. Warst wohl wütend, dass sie dich hereinlegen wollten, he? Ich bin sicher, du wartest nur auf die Freigabe, um dieser Hübschen in der Zelle auch noch den Garaus zu machen. Immerhin soll die Idee mit dem Lockvogel ja von der gekommen sein.«

Seine Worte versetzten Sinphyria einen Stich in der Magengrube. Zum ersten Mal seit langer Zeit spürte sie bei der Nachricht über eine Tote Übelkeit in sich aufsteigen. Es gab nichts schönzureden: An Lins Tod trug sie die Verantwortung. Ihr war, als spürte sie Filians Blick, wie glühende Kohlen in ihrem Nacken.

Sin biss sich auf die Unterlippe und zwang sich zur Konzentration. Der Aufseher lachte dreckig, während viele der anwesenden Köche dem Mönch einen ängstlichen Blick zuwarfen. Doch einige von ihnen sahen eher wütend drein. Sinphyria vermerkte dies in ihrem Hinterkopf.

Dann hörte sie die Stimme des Mannes in der Kutte und musste schlucken. Sie hörte sich für einen Mann seltsam hoch an und war so eiskalt wie seine Augen.

»Jeder erhält seine gerechte Strafe.«

Plötzlich zerbrach etwas mit lautem Klirren.

Sinphyrias Blick jagte durch den Raum.

Einer der Köche hatte eine Tonflasche vom Tisch gefegt, als er aufgestanden war. Der Aufseher funkelte den Unglücklichen böse an.

»Markesch, warum bist es immer du, der Mist baut, he?«

Er erhob sich mühsam und bewegte sich auf Markesch zu, der begann, die Scherben der Tonflasche mit zitternden Fingern vom Boden aufzusammeln.

»Ihr seid allesamt ein widerliches Pack. Drückt euch vor dem Krieg und tut alles dafür, dass sie euch nicht einziehen können, he?«

Dann holte er aus und ließ seinen Knüppel auf den Rücken des Mannes niedersausen. Es knackte hörbar und der Mann stöhnte laut vor Schmerz.

»Schmutzige Kakerlaken, mit euren ungeschickten Händen macht ihr uns noch irgendwann das Geschäft kaputt.«

Plötzlich hörte Sinphyria hinter sich Schritte. Filian und Kathanter schienen sie auch gehört zu haben. Noch war niemand zu sehen, aber sie mussten handeln, und zwar schnell.

Sinphyria presste sich so gut es ging rücklings an die Wand, die Augen auf die Köche gerichtet. Doch diese starrten wie gebannt auf den Aufseher, der nun erst so recht mit seinen Prügeln loslegte. Selbst der Mönch, schien seinen Spaß zu haben. Auf seinen Lippen lag ein so widerwärtiges Lächeln, dass Sinphyria spätestens jetzt sicher war, dass nur er der gesuchte Mörder sein konnte.

Markesch lag mittlerweile zusammengekrümmt auf dem Boden und gab nur noch gelegentlich ein Stöhnen von sich.

So schnell und leise wie möglich, schlich Sinphyria an der Wand entlang, direkt auf die Regale zu. Eine bessere Gelegenheit würde sich ihnen nicht mehr bieten. Auf dem trockenen Boden machten ihre Schritte kaum Geräusche.

Das leise Tropfen ihrer Kleidung wurde von Markeschs Wimmern und dem dumpfen Schlagen des Knüppels überdeckt, der seinen Körper immer und immer wieder traf. Sinphyria hatte Mitleid mit ihm, aber sie konnte im Augenblick nichts für ihn tun.

Mit wild schlagendem Herzen schaffte sie es, sich hinter das erste Regal zu quetschen. Aus den Augenwinkeln sah sie, wie Kathanter Filian ein Zeichen gab. Dieser stellte sich deutlich weniger geschickt an, wurde aber zum Glück ebenfalls nicht bemerkt.

Kurz, bevor er die rettenden Regale erreicht hatte, blieb Filian plötzlich wie ein verschrecktes Reh stehen. Sinphyrias Atem und Herzschlag setzten gleichzeitig aus.

Was machte er da?!

Doch dann fiel ihr Blick auf einen der Köche, eine junge Frau. Diese hatte Filian bemerkt.

In Sinphyrias Kopf rasten die Gedanken.

Was sollte sie tun? Und warum hatte die Köchin noch keinen Alarm geschlagen?

Es konnten nur Sekunden vergangen sein, die sich für Sinphyria allerdings wie Minuten anfühlten. Dann begann die Frau unmerklich mit dem Kopf in Richtung der Regale zu deuten. Sinphyria wagte es wieder zu atmen. Filian, der glücklicherweise die Bewegung richtig gedeutet hatte, konnte sich aus seiner Starre reißen und trat endlich neben Sinphyria in den Schutz der Regale.

Als Letzter humpelte Kathanter zu ihnen.

Diese Hürde hatten sie also genommen

Kurz sah Sinphyria zu der Köchin, die ihre Aufmerksamkeit wieder dem Aufseher und seinem Opfer zugewandt hatte. Ihr kam ein schrecklicher Gedanke.

Waren diese Leute hier vielleicht so etwas wie Sklaven oder Gefangene?

Allerdings hatte der Aufseher behauptet, sie würden sich vor der Einberufung drücken. Dann waren sie womöglich Deserteure.

Ob sie erwischt worden waren und Aries hatte sie vor die Wahl gestellt: Entweder schließen sie sich seinen Machenschaften an oder werden wegen Verrats hingerichtet?

Wahrscheinlich bereuen sie ihre Entscheidung, und wären jetzt wohl doch lieber ehrenvoll auf dem Schlachtfeld gestorben, als hier unten langsam zugrunde gerichtet oder von einem sadistischen Aufseher zu Tode geprügelt zu werden. Bei diesem Gedanken schüttelte Sinphyria sich. Sie war keine Verfechterin eines ehrenvollen Todes.

Tot ist tot. Ehre nutzte einem danach auch nichts mehr.

Ihre durchnässten Stiefel lenkten unangenehm die Aufmerksamkeit auf sich. Auch konnten sie nicht ewig hierbleiben. Sollte jemand zu nah an die Regale herantreten, was früher oder später passieren musste, würden sie sofort entdeckt werden.

Ein Blick rüber zu Kathanter verriet ihr, dass er sich wohl nicht mehr lange auf den Beinen würde halten können. Doch Kathanter war ein bärbeißiger, alter Sturkopf. Die meisten anderen wären mit seinen Verletzungen längst zusammengeklappt. Und der wütende Blick, den er ihr in genau diesem Moment aus seinen grauen Augen zuwarf, schien sie darin zu bestätigen. Sinphyria musste nicht Gedankenlesen können, um sich denken zu können, was er ihr damit sagen wollte. »Glotz nicht so! Ich habe schon Schlimmeres überstanden!«

Sin konnte ein Grinsen nicht unterdrücken, doch dann sah sie wieder nach vorne. Sie hatte über der Aufregung der letzten

Minuten völlig die Schritte vergessen, die sie hinter sich gehört hatten. Doch nun stürzten zwei Wachen in den Raum.

Sie beachteten das Regal gar nicht und zum Glück auch nicht die feinen Abdrücke auf dem Boden, die Sinphyria, Kathanter und Filian unweigerlich hinterlassen hatten, als sie sich zu den Regalen vorgewagt hatten. Sie hatten bisher wirklich unverschämtes Glück gehabt. Sie hoffte, es würde noch eine Weile anhalten.

»Mein Herr«, keuchte die eine Wache und seine Stimme zitterte, »die Gefangenen sind entkommen. Sie haben Bormir getötet. Wir suchen noch nach ihnen, aber in der Kanalisation ... hinterlassen sie keine Spuren.«

Einen Moment lang stand der Aufseher wie erstarrt da, dann ließ er von Markesch ab und ging auf die Wachen zu. Markesch ließ ein leises Stöhnen hören. Er lebte also immerhin noch.

»Bormir ist tot?«, brüllte der Aufseher, was die beiden Wachen und auch einen Teil der Köche zusammenzucken ließ. Selbst von ihrem Versteck aus konnte Sinphyria sehen, wie sein Kiefer mahlte.

»Ja, mein Herr.«

»DIESES VERDAMMTE HEXENWEIB!«

Der Aufseher drehte sich wütend um und schlug mit seinem Knüppel um sich. Er fegte eine Schüssel von Markeschs Tisch, die mit lautem Klirren auf dem Steinboden zerbrach.

»Sucht die Ausgänge ab, die sie erreicht haben können. Und Aryan, mach dich nützlich und hol Aries.«

Sinphyria wurde hellhörig.

Der Bürgermeister, wahrhaftig. Filian grinste böse. Er hatte also wirklich recht gehabt.

»Ich bin keiner Eurer kleinen Sklaven, Juntus«, zischte Aryan. Doch Juntus war nicht in der Stimmung für Diskussionen.

»Du bist genauso abhängig von diesem beschissenen Drogengeschäft wie wir alle, du verkackter Verrückter, also hol gefälligst den Boss oder du landest auf dem Scheiterhaufen!«

Wütend fuhr Aryan herum und verschwand durch die Tür.

Sinphyria wechselte mit den anderen beiden einen Blick. Sollten sie versuchen, die Wachen auszuschalten? Aber Kathanter schüttelte den Kopf. Sinphyria gefiel das nicht, doch vielleicht war es wirklich besser, erst einmal auszuharren.

Also warteten sie.

Athron hatte das Zeitgefühl verloren.

In der Kanalisation stank es fürchterlich, es war nass und dunkel, und auch wenn sich keiner der beiden anderen beschwerte, war Athron sich sicher, dass sie ihre Entscheidung zu bereuen begannen. Natürlich wären sie lieber an der Oberfläche geblieben und hätten auf Greís Verstärkung gewartet. Die vielleicht nie gekommen wäre.

Athron war ja auch nicht begeistert davon, dass seine Stiefel und Hosenbeine komplett durchnässt waren. Aber er musste Sinphyria finden, bevor ihr etwas zustieß. Oder musste es zumindest versuchen. Es war schon erstaunlich, wie diese Frau ihm den Verstand geraubt hatte. Aber so blöd es klang – er hatte noch nie jemanden getroffen, der ihm so wertfrei zugehört hatte. Sie entlockte ihm Informationen über sich selbst, die er sonst nicht mal unter Androhung von Folter mit jemandem geteilt hätte. Nur durch ihre bloße Anwesenheit.

Wenn Athron darüber so nachdachte (und in dem elendig gleichbleibenden Tunnel hatte er dazu viel Gelegenheit), hatte er sich auch noch nie so geborgen gefühlt wie bei ihr. Noch bei keiner anderen Liebschaft, und auch bei niemandem in seiner Kindheit. Ganz besonders nicht bei seiner Mutter.

Athron hatte noch nie das Gefühl gehabt, irgendwo zu Hause zu sein, einen Ort oder einen Menschen zu haben, zu dem er immer zurückkehren konnte.

Bei seiner Mutter hatte er höchstens mal was zu essen erhalten. Es mochte noch so wenig Liebe in ihr gesteckt haben, eine

Kruste Brot hatte er zumindest immer bekommen. Zusammen mit einer Ohrfeige. Jetzt, in dieser Situation an seine Mutter zu denken, war irgendwie passend.

Mit grimmiger Miene schüttelte er den Kopf, als wollte er so seine Gedanken verscheuchen.

Sie waren gerade kurz vor einer weiteren Abbiegung angekommen, als Athron plötzlich vor sich ein Geräusch wahrnahm. Wie lange war es schon zu hören gewesen, während er sich von seinen Gedanken hatte ablenken lassen?

Mit einer energischen Handbewegung bedeutete er Nickolas und Torben, stehen zu bleiben.

Es klang, wie ein Brummen oder ... ein Knurren?

Als er begriff, was da auf sie zukam, wollte er die anderen warnen, doch es war bereits zu spät.

Mit einem Satz sprangen vier riesige Hunde um die Ecke und direkt auf sie zu.

Einer landete auf Athron, den das Gewicht des Tieres sofort zu Boden warf. Athron wurde unter Wasser gedrückt. Die ekelhafte Brühe drang in seine Nase, seine Augen und am schlimmsten: in seinen Mund.

Mit beiden Händen griff er blind nach der Schnauze des Hundes, bekam sie zu packen.

Verzweifelt versuchte er, das rasende Tier davon abzuhalten, sich in seiner Kehle zu verbeißen, und stemmte sich gleichzeitig mit seinem gesamten Körpergewicht gegen den Hund. Für einen kurzen Moment konnte er ihn ein Stück weckdrücken und brachte seinen Kopf soweit aus dem Wasser, dass er keuchend Luft holen konnte.

Inzwischen versuchten Nickolas und Torben die anderen drei Hunde, die sie von allen Seiten attackierten, mit ihren Schwertern zu durchbohren. Er konnte sie nur für einen kurzen Augenblick sehen.

Athron wurde wieder unter Wasser gedrückt und schmeckte flüssige Scheiße in seinem Mund, doch er hatte gerade andere

Probleme. Immer wieder schnappte der Hund nach seiner Kehle. Das verunreinigte Wasser nahm Athron die Sicht, brannte in seinen Augen.

Ihm wurde die Luft immer aus den Lungen gepresst.

Athron wusste, dass ihm nicht mehr viel Zeit blieb, und mit einer verzweifelten Kraftanstrengung versuchte er, das riesige Mistvieh von sich zu stoßen. Dabei biss der Hund sich in Athrons linkem Unterarm fest. Er konnte einen Schmerzensschrei nicht mehr unterdrücken.

Die messerscharfen Zähne des Hundes gruben sich durch das weiche Leder von Athrons Handschuhen bis in sein Fleisch hinein.

Wieder wurde er unter das Wasser gedrückt. Das Abwasser brannte höllisch und er wollte gar nicht wissen, wie viele Krankheiten er sich gerade holte. Und der Hund hatte nicht losgelassen, seine Zähne mahlten in Athrons Arm. Athron wurde speiübel von der Mischung aus Schmerz, Gestank und Abwasser in seinem Mund.

Immerhin schaffte er es endlich, den Hund so weit von sich wegzudrängen, dass er das Gesicht aus dem Abwasser raushalten konnte. Athron konnte kaum etwas erkennen, das Abwasser stach immer noch in seinen Augen. Doch an der gegenüberliegenden Wand versenkte Nickolas gerade sein Schwert im Maul eines Hundes und Torben verbrannte den anderen mit einer Fackel, sodass der schrill aufheulte.

Plötzlich tauchte ein Schatten vor Athron auf und verdeckte ihm die Sicht auf seine Kameraden. Der Hund, der sich immer noch in seinem Arm festgebissen hatte, jaulte auf und nur wenige Herzschläge später erschlaffte er und sein fürchterliches Gebiss gab Athrons Arm frei. Sofort sprang er auf und zog sein Schwert.

Beinahe blind, versuchte er zu erkennen, wer da vor ihm stand. Er umfasste sein Schwert noch fester, da hörte er jemanden eine Warnung rufen.

War das etwa Jonas Stimme?

Athron rieb sich über die Augen. Durch einen Tränenschleier versuchte er blinzelnd herauszufinden, wie die Lage war. Gerade rechtzeitig wurde seine Sicht soweit klar, dass er den heranrasenden Feuerball erkennen konnte. Der Hund, den Torben mit seiner Fackel gestreift hatte, stand lichterloh in Flammen und jaulte unter Todesqualen.

Athron packte sein Schwert fester, holte aus und versenkte die Klinge tief im Bauch des Hundes. Dieser winselte noch einmal erbärmlich, dann sackte er zusammen und sein Gewicht ließ ihn beinahe elegant von Athrons Klinge gleiten. Das Brackwasser löschte sein brennendes Fell.

Athron konnte sich später darüber wundern, wieso der Hund plötzlich Feuer gefangen hatte. Nickolas und Torben hatten einen Hund erledigt. Zusammen mit dem Hund, der in Flammen aufgegangen war, und dem, der Athron angegriffen hatte, hatten sie drei erledigt. Blieb also nur noch einer.

Als er ein Geräusch hinter sich hörte, fuhr er herum.

Und tatsächlich: Er hatte sich vorhin nicht geirrt.

Da stand Jonas, keuchend und schwitzend, und er war nicht allein. William, Aiden und Tomf begleiteten ihn.

Athron spürte ein unangenehmes Ziehen in seinem Magen, als er außer den vier Jungen, keinen anderen Soldaten erblickte.

Das war gar nicht gut.

Doch mit Fragen musste er warten, denn der letzte Hund attackierte die Jungen. Er wollte ihnen gerade zu Hilfe eilen, da sah er, dass dies nicht mehr nötig war. William hatte es geschafft, dem Tier eine tiefe Wunde zu zufügen, während die anderen den Hund immer wieder ablenkten. Gerade als dieser sich auf Tomf stürzen wollte, nutzte Jonas die Gelegenheit und rammte ihm sein kurzes Schwert in den Nacken.

Mit vor Ekel verzogenem Gesicht zog er sein Schwert aus dem Kadaver des Hundes, während Athron nun endlich die Zeit fand, um eine Flasche Wasser von seinem Gürtel zu lösen und sich die Augen damit auszuspülen.

Immerhin hatte die Dichtung gehalten. Niemand sagte ein Wort.

Schließlich wischte Athron sich mit dem Ärmel über das Gesicht und spuckte einmal kräftig in das Abwasser.

»Was ist passiert?«

Nickolas und Torben kamen zu ihnen. Nickolas humpelte. Scheiße, wenn er eine Wunde am Bein hatte, würde sie sich bestimmt durch das Abwasser entzünden. So, wie seine eigene. Verdammter Mist.

Torben sah unversehrt aus.

»Ich habe versucht, Greí zu finden«, begann Jonas zu erzählen. »Aber als ich ihn endlich vor dem Rathaus entdeckte, sprach er gerade mit Aries. Dieser sagte etwas von einem Problem, das beseitigt werden müsse. Einer Entscheidung, die die falsche gewesen sei und dass man niemals auf *solche* Frauen hören dürfe. Und der Hauptmann hat ihm zugestimmt!«

Athron spürte einen Stich in der Magengegend.

Konnte es sein, dass Hauptmann Greí Sinphyria aufgegeben hatte? Oder noch schlimmer: dass er mit dem Bürgermeister unter eine Decke steckte?

»Ich hatte nicht das Gefühl, dass ich ihm noch vertrauen konnte. Oder den anderen Soldaten unserer Einheit. Also habe ich meine Freunde gefragt, ob sie mich begleiten würden und … habe außerdem Gregor alles erzählt. Damit er Bescheid wüsste, falls uns etwas passieren sollte.«

Gregor.

Dem ältesten und zerbrechlichsten Mitglied ihrer Einheit.

Trotzdem war Athron beeindruckt. Jonas hatte eigenständig eine Entscheidung getroffen, nachdem sich ihr eigentlicher Plan als nicht umsetzbar erwiesen hatte. Außerdem hätte er selbst Greí in dieser Situation auch nicht vertraut.

Athron zerbrach sich das Hirn darüber, was er jetzt tun sollte.

Die Jungen zurückschicken?

Nickolas humpelte und er selbst war verletzt. Sie konnten jeden Kämpfer gebrauchen, selbst wenn er noch so unerfahren war. Und ihre Ablenkungstaktik bei dem Hund hatte gut funktioniert.

Außerdem: Waren sie nicht gerade alle auf dem Weg in einen Krieg, aus dem selbst die erfahrensten Krieger nicht lebendig zurückkamen? Worüber regte er sich also überhaupt auf?

Die Jungen hatten eine Entscheidung getroffen. Er würde sie respektieren. Wahrscheinlich wären sie ihm sonst sowieso gefolgt.

»Hey, hört ihr das?«, raunte Torben auf einmal und hielt die Fackel ein Stück in die Höhe. Aus dem Tunnelstück, das vor ihnen lag, erklang ein regelmäßiges Platschen. Schritte, die sich ihnen rasch näherten. Hektisch sah Athron sich um. Es gab keine Möglichkeit des Entkommens, keine Chance sich zu verstecken.

Warum hatten sie die Schritte nicht schon viel gehört? Wurde er langsam alt? Verdammt!

»Jonas, wie weit ist der Gang weg, durch den ihr gekommen seid?«

Der Junge deutete in die Richtung, aus der die Schritte gekommen waren. Wie konnte es denn sein, dass die Jungen eher hier gewesen waren, als die Herren dieser Hunde? Warum hatten sie sich diese nicht in den Kampf eingeschaltet?

Es half nichts. Sie hatten bloß die Wahl, zu versuchen, wegzulaufen, oder sich zum Kampf zu stellen.

Athron, Nickolas und Torben stellten sich vor die Jungen.

Mit gezückten Schwertern standen sie da und warteten.

In diesem Moment bog eine Gruppe Krieger um die Ecke. Athron zählte sechs Mann sowie eine Frau und sein Herzschlag beschleunigte sich. Sie alle trugen schwarze Rüstungen ohne Emblem. Ihre Gesichter, auch das der Frau, waren mit Narben übersät. Sie waren muskulös und ihre Waffen wirkten gefährlicher und vor allem tödlicher, als alles, was Athron bisher bei der

Armee gesehen hatte – ihre eigenen Schwerter eingeschlossen. Athron wurde klar, dass ihnen gerade eine Gruppe erfahrener, kampferprobter und bestens ausgerüsteter Söldner gegenüberstand.

Damit hatte sich ein Kampf im Grunde bereits erledigt.

Einer der Söldner – ein Hüne mit einer Narbe, die sich quer über sein rechtes Auge zog – kam ein Stück auf Athron und die anderen zu.

»Wer seid ihr?«, brummte er und spuckte Athron vor die Füße.

Athron funkelte ihn böse an, dann trat er ebenfalls einen Schritt vor.

»Mein Name ist Athron Burkental, Fähnrich in der Armee des Königs, und ich bin im Auftrag des Bürgermeisters höchstselbst unterwegs.« Er reckte das Kinn und hob sein Schwert ein wenig. »Die Frage sollte also eher lauten; wer seid *ihr*?«

Einen Moment schauten sich die Söldner verdutzt an. Dann brachen sie in schallendes Gelächter aus.

Der Hüne hob die Hand und die anderen verstummten sofort.

»Wer wir sind, geht dich nichts an, und wenn du deinen Leuten nicht sofort befiehlst, die Waffen fallen zu lassen, werde ich einen nach dem anderen töten lassen.«

Er zögerte kurz und warf Jonas und seinen Freunden einen verächtlichen Blick zu. »Und mit diesen Halblingen fange ich an.«

Sofort ließen Aiden, William und Tomf ihre Schwerter fallen, während Jonas seines noch umklammert hielt.

Auch Tobias und Nickolas schienen mit sich zu hadern.

Athron seufzte und ließ seine Waffe fallen. Er nickte Jonas, Torben und Nickolas zu, die widerwillig Folge leisteten.

»Schlaue Entscheidung. Na, dann kommt ihr mal mit zum Chef und wir werden sehen, inwieweit ihr im Dienst *des Bürgermeisters* steht.«

Er gab zweien der Söldner ein Zeichen, worauf diese kurze Ketten hervorholten und begannen, Athron, Tobias und Nickolas damit zu fesseln.

Plötzlich brüllte die Frau, die bisher weiter hinten im Tunnel gestanden hatte, auf und lief an ihnen vorbei. Ihr Schluchzen zog Athron durch Mark und Bein, als sie sich auf die Knie fallen ließ und laut heulend einen der toten Hunde an sich zog.

»MEINE HUNDE! Meine Babys!«, jammerte sie immer wieder und drückte ihr Gesicht in das kurze Fell der furchteinflößenden Biester. »Diese Schweine haben meine Hunde getötet!«

»Vergiss die blöden Köter, Djanna, wir müssen diese Funde zum Boss bringen. Sind zwar nicht die Flüchtigen, aber wichtig sind sie bestimmt trotzdem.«

»Aber das sin nich nur irgendwelche blöden Köter«, antwortete Djanna frustriert. »Und hättest du mir nich befohlen, sie durch die Gänge zu schicken, wäre ich hier gewesen, um sie zu schützen! Dann wär'n diese Bastarde niemals mit dem Leben davongekommen und hätten meine Babys alle getötet!«

»Djanna. Bleib entweder hier und trauere um deine verdammten Viecher, oder komm mit und frag den Chef, ob er dir vielleicht die Gefangenen überlässt, die er nicht gebrauchen kann.«

Djanna erhob sich ruckartig und funkelte Athron und seine Truppe mordlüstern an.

»Das werde ich«, knurrte sie, während sie sich die Tränen von den Wangen wischte und geräuschvoll den Schleim in der Nase hochzog.

Athrons Herz krampfte in der Brust vor Angst um die Jungen. Vielleicht hätte er sie doch besser fortschicken sollen.

Juntus beugte sich über Markesch, der schon seit einiger Zeit keinen Laut mehr von sich gegeben hatte.

Sinphyria konnte nicht genau erkennen, wie schwer er verletzt sein mochte, doch immerhin atmete er noch.

Sie erwartete, dass Juntus nun weiter auf ihn einprügeln würde, allein schon, um seinen Ärger an irgendjemandem auszulassen. Doch der Aufseher trat wieder einen Schritt zurück und bellte den anderen einen Befehl zu, endlich weiterzuarbeiten. Dann hockte er sich wieder auf seinen Hocker und schien vor sich hinzubrüten.

Was war los mit ihm? Hatte dieser brutale Schwachkopf seine Wachen so gern, dass es ihn völlig aus dem Konzept brachte, wenn einer von ihnen mal drauf ging?

Die beiden Wachen, die ihm Bericht erstattet hatten, standen etwas unschlüssig in der Gegend rum. Dann beschlossen sie, sich einfach links und rechts neben Juntus aufzustellen und mit ihm auf das Eintreffen des Bürgermeisters zu warten.

Sinphyria blieb jedoch keine Zeit, sich über das seltsam unpassende Desinteresse des Aufsehers bezügliche ihrer Flucht Gedanken zu machen. Denn sie konnte Schritte hören, die sich der Tür näherten, durch die der Mönch vor Kurzem verschwunden war. Dieser trat wenige Sekunden später durch die Tür, gefolgt von Aries, der sich naserümpfend umsah.

»Warum habt Ihr mich rufen lassen, Juntus?«, fragte er schroff und würdigte die Arbeiter keines Blickes. »Und noch dazu von ... ihm. Ihr wisst doch, dass ich mich möglichst nicht mit ihm sehen lassen sollte.

Juntus sah zu Aries auf und schien nicht im Mindesten beeindruckt zu sein.

»Woher sollte ich wissen, dass der da selbst zu euch läuft, anstatt jemanden zu schicken. Aber das zeigt mal wieder, dass man zum Leuteausweiden nicht viel Gehirn braucht. Ihr bekommt, wofür ihr bezahlt.«

Aryans eiskalte Augen wurden noch eine Spur kälter und Aries stieß scharf Luft zwischen den Zähnen aus.

»Hüte deine Zunge, Juntus. Ich schätze deine Arbeit hier genauso sehr wie deine Verschwiegenheit. Aber ich dulde keine Respektlosigkeiten.«

Juntus brummelte Unverständliches vor sich hin, sagte aber nicht weiter.

»Also, warum wurde ich gerufen?«

»Eure Gefangenen sind entkommen, *Herr*«, erwiderte Juntus. »Sie haben die Wache getötet und ihm seinen Schlüssel abgenommen.«

Aries Gesicht gewann langsam, aber sicher an roter Farbe. Seine Augen weiteten sich. Trotzdem brüllte er nicht los.

»Juntus.«

Aries machte einen Schritt auf den Aufseher zu und legte ihm eine Hand auf die Schulter. Normalerweise hätte Sinphyria das als freundschaftliche Geste wahrgenommen, aber mit dem Lächeln des Bürgermeisters, das nun einen Hauch Wahnsinn bekam, wirkte sie bedrohlich.

»Ihr habt ... die Gefangenen entkommen lassen? Alle drei?!«

Die Lautstärke von Aries Stimme steigerte sich allmählich. Es fühlte sich an, wie der Moment, indem das Meer sich zurückzog, nur um dann mit einer noch größeren Welle an das Ufer zu schlagen.

»Ich lasse schon nach ihnen suchen, aber wir sind hier nun mal deutlich unterbesetzt.«

Juntus Ruhe war beinahe bewundernswert. Er hatte den Gesichtsausdruck eines trotzigen Kindes.

»Gib mir nicht die Schuld an deiner Inkompetenz, Juntus. Oder der deiner Männer.«

Aries kam Juntus nun so nahe, dass kaum noch ein Finger zwischen ihre Nasen gepasst hätte. Dann brüllte er so plötzlich, dass Sinphyria zusammenzuckte, obwohl sie die ganze Zeit genau darauf gewartet hatte.

»VERGISS VERDAMMT NOCH MAL NICHT, WER HIER DER HERR IST UND WER NUR DAS UNGEZIEFER, DAS FÜR SEINE SACHE ARBEITET!«

Juntus fuhr so heftig hoch, dass Aries hektisch einen Schritt zurück machen musste. Sonst hätte Juntus beträchtliche Wampe ihm vermutlich die Nase umgebogen.

»DIESE HEXE HAT MEINEN BRUDER GETÖTET!«

Sinphyrias zuckte überrascht zusammen. Bormir war Juntus Bruder gewesen.

Doch was machte das eigentlich für einen Unterschied? Immerhin hatten die beiden sie entführt, gefangengehalten und sonst was mit ihr vorgehabt.

Die Wachen, die hinter Juntus standen, schienen unschlüssig, was sie tun sollten. Sinphyria erwartete natürlich, dass Aries sofort den Befehl gab, Juntus für seinen Frevel hinzurichten.

Doch bevor der Bürgermeister etwas erwidern konnte, waren erneut laute Schritte im Gang zu hören und ein Trupp Krieger, die ganz anders aussahen, als die Wächter, die Sinphyria bisher gesehen hatte, betraten den Raum.

Und sie hatten Gefangene dabei. Sinphyria sog scharf die Luft ein, als sie Athron und Jonas erkannte. Außerdem waren noch drei weitere Jungen sowie die beiden nicht ganz so aufmerksamen Wächter darunter.

»Herr, wir haben die hier aufgegriffen, als sie durch die Kanalisation streiften«, sagte einer der Krieger, die sehr wahrscheinlich Söldner waren, und stieß Athron nach vorne. Dieser erblickte Cansten und begriff sofort.

Seine Augen weiteten sich, während sein Gesicht in Flammen aufzugehen schien.

»Aries, du verdammtes Schwein!«, brüllte er und machte Anstalten, sich auf ihn zu stürzen. Doch der Mann, der ihn gestoßen hatte, ein Hüne, der gut einen Kopf größer war als Athron, hielt sofort die Spitze seines Schwertes an dessen Kehle.

Schweratmend blieb Athron stehen, starrte den Bürgermeister aber weiterhin zornig an.

»Also ist alles wahr! Ihr seid ein gieriges, korruptes Stück Dreck.«

Sinphyria umklammerte ihren Dolch und blickte Kathanter an, doch dieser bedeutete ihr, sich ruhig zu verhalten.

Athron heftete seinen Blick wieder auf den Bürgermeister. »Ihr steckt dahinter, richtig? An diesem Ort stellt Ihr Bechda her, um Euch an der Sucht und dem Tod der Süchtigen zu bereichern. Und die Morde dienten bloß zur Ablenkung. Filian Eregor hat zu viel gewusst, deshalb habt Ihr ihn wegschaffen, vielleicht sogar ermorden lassen?«

Cansten Aries verzog die Lippen zu einem Lächeln. Gerade, weil es aufrichtig war, lag darin seine ganze Widerwärtigkeit. Und dennoch wirkte er unsicher.

Er warf Aryan einen kurzen Blick zu. Es war nur ein Moment, aber Sinphyria hatte plötzlich so etwas wie eine Eingebung.

Aries hatte vorhin ziemlich deutlich gemacht, dass er nicht mit dem Mönch gesehen werden wollte – lediglich, um zu vermeiden, dass man sie beide in Verbindung brachte und anfing, Fragen zu stellen? Oder konnte es sein, dass sich der Bürgermeister vor dem Mann, der in seinem Auftrag die grausamsten Morde beging, fürchtete?

Aries war ein korrupter Bastard, aber mit dem, was den Opfern angetan worden war, hatte Aryan vielleicht sogar bei ihm eine Grenze überschritten. Kathanter und Filian schien ein ähnlicher Gedanke gekommen zu sein, denn sie fixierten nun ebenfalls Aryan.

Juntus sagte nichts, doch der verächtliche Blick, den er dem Bürgermeister zuwarf, sprach Bände.

Mittlerweile war die Arbeit zum Stillstand gekommen und die Köche saßen mit offenem Mund da. Ihre glasigen Augen schienen ein klein wenig zum Leben erwacht zu sein.

Der Hüne hielt Athron weiterhin ungerührt sein Schwert an die Kehle, während die anderen Söldner die Jungen sowie Torben und Nickolas im Auge behielten.

»Sinphyrias und Irius Verschwinden geht vermutlich auch auf Euer Konto, was?«

Sinphyria war am Ende ihrer Nerven. Ihr war vollkommen klar, dass Athron hier war, um sie zu retten. Die beiden Wächter waren wohl im Rahmen einer Schadensbegrenzung mitgekommen, um Punkte zu sammeln, damit Greí ihnen später nicht den

Kopf abreißen würde. Und die Jungs ... Nun ja, vermutlich war auch Jonas auf seiner ganz eigenen Rettungsmission.

Sie seufzte innerlich, als ihr klar wurde, dass sie alle diesen Ort wahrscheinlich nicht mehr lebend verlassen würden ...

Doch noch stand das nicht fest.

»Herzlichen Glückwunsch«, sagte Cansten Aries und klatschte in die Hände. »Ihr habt das Rätsel gelöst, Burkental. Leider nur werdet Ihr keine Gelegenheit haben, es weiterzuerzählen. Denn, wenn Ihr mir erlaubt, eine kurze Zusammenfassung zum Besten geben, steht es doch so: Ich habe jeden, der dahintergekommen ist, in meiner Gewalt oder werde ihn bald in meiner Gewalt haben. Leon wird nicht weit kommen mit dem schwer verletzten Leutnant an ihrer Seite und einem vollkommen kampfunfähigen Bibliothekar. Ihr und Eure kleine ... Gefolgschaft seid hier und habt Hauptmann Greí nicht Bescheid gesagt, korrekt?«

Sinphyria hatte keine Lust mehr, hinter den Regalen herumzustehen und sich diesen Mist anzuhören. Mit einer geschickten Bewegung schob sie sich hinter dem Regal hervor und schlich im Schutze der Schatten an der Wand entlang, auf die Tische der Köche zu.

»Woher wollt Ihr wissen, dass ich Hauptmann Greí nicht informiert habe, während ich mich selbst in die Kanalisation begab? Ich könnte das Ablenkungsmanöver sein und jeden Moment taucht der gesamte Trupp von Hauptmann Greí auf, um Euch zu stürzen.«

Obwohl sie sich darauf konzentrierte, so leise wie möglich zu sein, verdrehte Sinphyria kurz die Augen. Athron war ein tapferer Soldat und ein treuer Gefährte – aber taktische Gespräche waren ganz klar nicht seine Stärke.

Inzwischen war sie bei dem Tisch der jungen Köchin angekommen. Sie musste riskieren, dass die Frau ihr erneut half. Als diese Sinphyria bemerkte, riss sie die Augen erschrocken auf.

Aber Sinphyria legte den Finger auf die Lippen und schüttelte langsam den Kopf. Wie erhofft nickte die Köchin bloß und sah wieder weg. Sinphyria kletterte unter ihren Tisch und verbarg sich so hinter dem Körper der Frau.

Aries lachte.

»Ach, Burkental. Ist das alles, was Ihr noch zu bieten habt? Der Junge hat doch mein Gespräch mit dem Hauptmann belauscht. So, wie er weggerannt ist, schien er zu glauben, Greí wäre mit von der Partie. In dem Fall würdet Ihr ihm doch wohl kaum irgendwelche Informationen zukommen lassen, oder? Außerdem waren wir uns tatsächlich einig. Leon stellt eine Bedrohung dar, die besser eliminiert werden sollte.«

Sinphyrias Herz zog sich erneut zusammen.

Um was für ein Gespräch ging es gerade? Hatte Greí den Glauben in sie verloren? Oder hatte er dem Bürgermeister bloß zugestimmt, um ihn zufrieden zu stellen?

Mit einem sehr unguten Gefühl im Magen versuchte sie, einen Blick auf die Situation zu erhaschen.

»Aber jetzt langweilt mich diese Unterhaltung. Ihr seid weit über Euren Nutzen hinaus am Leben geblieben. Damit ist jetzt Schluss.«

Aries wandte sich zum Gehen, nachdem er den Söldnern zugenickt hatte. Diese zogen ihre Waffen.

Plötzlich geschahen mehrere Dinge gleichzeitig.

Einer der Jungen schluchzte laut auf und flehte die Männer an, ihn zurück zu seiner Mutter gehen zu lassen.

Sinphyria wollte nun alles auf eine Karte setzen. Wenn ihr Glück noch ein wenig länger andauerte, konnte sie die Söldner überrumpeln und ein oder zwei ausschalten, bevor der Rest reagieren würde. Außerdem hoffte sie, dass vielleicht auch der ein oder andere Koch zu ihren Gunsten eingriff. Und selbst wenn nicht, hier herumzustehen war jedenfalls keine Option. Gerade wollte sie aufspringen, als der unvermutet starke Arm der Köchin sie zurückhielt.

Bevor Sinphyria reagieren konnte, erklang ein lautes Räuspern.

Filian.

Der schmächtige Bibliothekar war hinter seinem Regal hervorgetreten und schritt nun entschlossen auf die anderen zu. Er versuchte dabei, sich möglichst aufrecht zu halten.

Kathanter folgte ihm humpelnd. Trotz der Schwellungen, die sein Gesicht entstellten, konnte man sehr deutlich sehen, was er von Filians Vorstoß hielt.

»Du hast genug angerichtet, Cansten. Hier und jetzt ist deine lächerliche Intrige vorbei.«

Keiner rührte sich und alle starrten Filian an, als wäre der Feuergott persönlich in ihre Mitte gefahren.

Einen Moment lang glotzte auch der Bürgermeister ihn nur mit offenem Mund an. Doch er fing sich schnell wieder und brach in schallendes Gelächter aus.

»Filian! Wie verdammt kommst du hierher? Ich hätte gedacht, dass du sofort zu deinen Weibern zurückrennst, sobald du dich aus der Zelle befreist.«

Aries lachte, aber er konnte seine Überraschung damit nicht gänzlich überspielen.

»Du hast mich schon immer unterschätzt, Cansten. Das ist wohl auch der Grund, aus dem du jetzt auffliegst.«

Aries ignorierte die Spitze.

»Was genau hast du jetzt vor, hm? Erzähl mir, wie du mir und all den schwer bewaffneten Söldnern Einhalt gebieten willst. Das interessiert mich wirklich.«

Kathanter humpelte näher an Filian heran und spuckte Aries vor die Füße.

»Der erste von euch, der uns zu nahekommt, kann seinem Schädel einen Abschiedskuss geben.«

Ein paar der Söldner lachten. Athron zuckte bei dem Geräusch zusammen und wäre auf sie losgegangen, wenn sich nicht nach wie vor die Schwertspitze in seinen Hals bohrte. Sinphyria konnte nicht umhin, Filians Mut zu bewundern. Dennoch hätte sie ihn am liebsten geohrfeigt, denn sein Auftritt hatte ihnen endgültig jegliche Chance vermasselt. Sie allein war jetzt noch übrig.

Doch dann sah sie, dass die junge Köchin ein Messer in der Hand hielt und ihr zunickte. Sinphyria spürte entgegen aller Vernunft einen Funken Hoffnung in sich keimen. Vielleicht würden ja auch noch andere ihr beistehen.

Juntus war inzwischen aufgestanden und hatte die Arme verschränkt.

Bei Kathanters Worten lachte er heiser auf.

»Selbst du, großer Jäger des Königs, Schlächter der Gerechten, sagenumwobener erster Leutnant, der nie höher aufsteigen *wollte*, ist einmal geschlagen. Nichts weiter als ein Schreckgespenst bist du, eine lebendige Lüge, so wie alle Sagengestalten. Du kannst uns nicht aufhalten. Also los, bringen wir es zu Ende. Danach jagen wir diese Schlampe und scheuchen den Rest dieser nutzlosen Soldaten in den Krieg, damit sie endlich verrecken können.«

Bevor Kathanter etwas erwidern konnte, hob Filian die Hand, so, als ob er derjenige war, der hier die Befehle gab. Langsam ging er auf Aries zu, wobei keiner der Söldner Anstalten machte, ihn aufzuhalten.

»Cansten. Ich bin mir sicher, dass es einen Grund gibt, warum du uns noch nicht hast ermorden lassen. Es bedürfte nur eines Fingerschnipsens und wir wären aus dem Weg geräumt. Aber ich habe noch eine weitere Theorie – dir ist das alles hier über den Kopf gewachsen.«

Aries sagte kein Wort. Sinphyria konnte den Ausdruck auf seinem Gesicht nicht deuten.

»Es lief alles perfekt. Du hast mehr und mehr Geld für dein Badehaus gesammelt, die Bevölkerung Montegrads fing endlich an, sich zu dezimieren, statt immer weiter zu wachsen, und nebenbei wuchs deine Macht über die Ringe. Aber da gab es ja noch mich, mit meinem verdammten Herz für die Armen. Also musste ein Plan her, ein Ablenkungsmanöver. Und da kam dir der Mönch gerade recht, der aus dem Orden ausgestoßen worden war, nachdem er einen Mann ermordet hatte, der bei ihm gebeichtet gewesen war.«

Sinphyria wurde zunehmend unruhig, weil sie nicht wusste, worauf das hinauslaufen würde. Was hatte Filian vor? Hatte er überhaupt irgendetwas vor?

»Du hast ihm erlaubt, seine Morde oder – wie er es nennen würde – Sühneakte zu begehen, damit die Bevölkerung etwas hatte, worüber sie reden konnte und das ihnen gleichzeitig so viel Angst machte, dass sie sich weitgehend von der Straße fernhalten und somit auch nicht gegen dich protestieren würden. Die Bechdasüchtigen würden weiter dein Zeug kaufen und alles würde laufen wie gehabt. Aber dann ermordete er das Kind. Da hörte es sogar für dich auf. Du hast bereut, Aryan jemals eingeschaltet zu haben. Wahrscheinlich wolltest du, dass er aufhört. Aber diese Entscheidung lag nicht mehr bei dir. Er hat dich mit irgendetwas in der Hand, nicht wahr? All deine Macht und dein Geld reichen nicht aus, um diesem Teufel Einhalt zu gebieten.«

Filian war Aries nun so nahegekommen, dass er ihn hätte berühren können.

»Komm schon, Cansten. Das kannst du nicht gewollt haben. Ich weiß, dass auch du mit Ambitionen in dein Amt gestartet bist, Montegrad zu verändern.« Dann flüsterte Filian ihm noch etwas ins Ohr, das Sinphyria nicht verstehen konnte.

Nur das Blubbern in den Kesseln und das gelegentliche Zischen des Dampfes war in dem ansonsten totenstillen Raum zu hören. Aries starrte Filian an und Sinphyria konnte nicht einschätzen, was in dem Kopf des Mannes gerade vor sich ging. Ob Filian einen wunden Punkt getroffen hatte? Was wusste er über Aries, das er mal wieder für sich behalten hatte?

Aber am wichtigsten war die Frage, wie die anderen reagieren würden. Sinphyria hielt es für sehr unwahrscheinlich, dass sich die Söldner oder gar Aryan einfach so ergeben würden, bloß, weil der Bürgermeister einen Sinneswandel hatte.

Da ertönte die schrille Stimme der Söldnerin. Sie hatte die Jungen beiseitegestoßen und starrte Aries an: »Diese Bastarde haben meine Hunde getötet! Macht, was ihr wollt, aber ich hole mir jetzt meinen Teil!«

Sinphyria machte einen geschmeidigen Satz unter dem Tisch hervor und sah mit Entsetzen, wie die Söldnerin einem der Jungen ihr Kurzschwert in den Bauch stieß.

Es war Aiden. Der Junge mit dem schwarzen Haar und den blauen Augen. Schüchterner als die anderen, ängstlicher. Wahrscheinlich war er es vorhin gewesen, der nach seiner Mutter gewimmert hatte.

Athron und Jonas schrien gleichzeitig auf. Sinphyria unterdrückte resolut ihre Emotionen. Wenn sie auch nur den Hauch einer Chance haben wollte, musste sie jetzt eiskalt sein.

Der stärkste Kämpfer im Raum schien der hünenhafte Söldner zu sein, der zuvor sein Schwert in Athrons Hals gebohrt hatte. Eben hatte er sich der Sölderin zugewandt, vermutlich, um sie davon abzuhalten, ihren persönlichen Rachefeldzug weiterzuführen.

Sinphyria machte einen Satz nach vorne und warf ihren Dolch. Eine Sekunde später ragte der Griff zwischen seinen Augen hervor. Der Söldner sackte augenblicklich zusammen, ohne dass er je erfahren würde, was eigentlich passiert war. Nun brauchte Sinphyria allerdings sofort eine neue Waffe. Aus den Augenwinkeln bekam sie mit, wie Filian tatsächlich auf die Gefangenen zuhastete, während Kathanter die übrigen Söldner im Alleingang attackierte.

»Hey, Leon!«

Sin drehte sich um und sah, dass die Köchin ihr das Messer entgegenstreckte.

Mit einem Nicken nahm sie das Messer entgegen. Zu ihrer großen Erleichterung stellte sie fest, dass zwar einige der Köche geflohen waren, aber die meisten wohl beschlossen hatten, dass die Zeit der Sklavenarbeit vorbei war. Sie ergriffen die kochenden

Kessel und leerten sie über den Söldnern aus, die vor Schmerz laut aufheulten.

Athron, den Filian von seinen Fesseln befreit hatte, griff sich sein Schwert, das ihm der tote Söldner wohl abgenommen hatte und rammte es einem Angreifer in den Bauch.

Tomf kniete sich zu Aiden herunter, der sich nicht mehr bewegte, während Jonas und William sich auf die Söldnerin gestürzt hatten. Unterstützt wurden sie dabei von einem der beiden Aufpasser, dem Lustigen, der schon gehumpelt hatte, als sie von den Söldnern in die Küche geschleppt worden waren. Der Grimmige fixierte stattdessen Juntus. Kathanter und Athron eilten hinzu, während Filian sich daran machte, Cansten Aries eine der Ketten anzulegen. Dieser betrachtete erstarrt und völlig überfordert das Chaos, das sich vor seinen Augen abspielte. Die Söldner, die noch nicht tot waren, wanden sich stöhnend am Boden, während Dampf von ihren Rüstungen aufstieg.

Es war unglaublich, aber sie hatten es fast geschafft.

Es blieb nur noch einer.

Aryan.

Sinphyria suchte hastig den Raum ab. Als die Ereignisse sich zu überschlagen begannen, hatte sie ihn aus den Augen verloren.

»Hinter dir!«, rief plötzlich eine Männerstimme. Bevor Sinphyria reagieren konnte, erhielt sie von hinten einen so kräftigen Stoß, dass sie nach vorne stürzte. Sie rollte sich ab und kam sofort wieder auf die Beine.

Da, wo sie gerade noch gestanden hatte, sah sie endlich Aryan, der sie mit gezücktem Dolch und kalter Wut in den Augen anstarrte. Der Koch, der sie gerettet hatte, zog sich schnell zurück.

Ihr Herz schlug wie wild, denn der Mann machte ihr Angst. Gegen korrupte Wachen oder selbst gegen Söldner zu kämpfen, war sie gewohnt. Aber Aryan war vollkommen wahnsinnig. Und er hatte nichts zu verlieren.

Sie fixierten sich und schienen ihre Umgebung nicht mehr wahrzunehmen. Sinphyria wich Aryans eisblauen, vollkommen verrückten Augen nicht aus.

Für einen Moment schien die Zeit stillzustehen, dann stürzte Aryan sich mit einem Wutschrei auf Sinphyria. Sinphyria wich seinen Hieben so gut es ging aus., Sie war zu schnell, als dass Aryan sie bisher ernsthaft verletzen konnte, aber ein paarmal hatte er sie mit der scharfen Klinge seines Dolches streifen können. Sie spürte klebriges Blut auf ihrer Haut und hoffe, dass der Irre die Klinge des Dolches nicht vergiftet hatte.

Sinphyrias Puls raste. Ihre Haare, lösten sich aus ihrem Zopf und fielen ihr in Strähnen ins Gesicht. Aryan war unglaublich schnell und selbst, wenn sie ihm immer wieder ausweichen konnte, gelang es ihr nicht, ihn auch nur zu verletzen. Schließlich stand Sinphyria buchstäblich mit dem Rücken zur Wand.

Aryans Augen funkelten und ein Lächeln, das ihr noch lange in ihren Träumen begegnen sollte, erschien auf seinen Lippen. Mit einer geschmeidigen Bewegung hob der den Dolch und ließ ihn auf ihr Gesicht niederfahren. Sie drehte schnell den Kopf und spürte den Luftzug, als der Dolch, der sie knapp verfehlt hatte, an ihr vorbei in die Wand fuhr, wobei er ein Stück ihres Ohres mitriss. Ein leiser Schmerzensschrei verließ ihre Lippen.

Sinphyria sah schnell wieder nach vorne. Aryan war einen Schritt zurückgetreten. Sinphyria spürte das Blut an ihrem Hals entlanglief, aber das Adrenalin dämpfte den brennenden Schmerz.

Aryan atmete schwer, als er erneut auf sie zuging, den blutigen Dolch in der Hand.

»Dir Reinheit zu verschaffen«, keuchte er mit verzerrtem Gesicht, »wird mir ein besonderes Vergnügen sein.«

Sinphyria dachte nicht nach, als sie ihr Messer hob und sich grimmig in Angriffsstellung begab. Sie konnte ausweichen und ihm das Arbeitsmesser in den Bauch rammen. Das würde ihr genug Zeit verschaffen, um ...

Plötzlich tauchte ein Schatten hinter Aryan auf.

Ein Stuhl raste auf dessen Kopf nieder und begleitet von dem Splittern von Holz, brach der mörderische Mönch zusammen.

Als Aryan Sinphyria entgegenfiel, wich sie geschmeidig wie eine Katze aus und beobachtete mit Befriedigung, wie der Mönch gegen die Wand schlug.

Da, wo der Mönch eben noch gestanden hatte, erkannte Sinphyria Markesch, der noch die Reste des Stuhls in Händen hielt. Sein Gesicht war geschwollen und Blutergüsse zeichneten sich auf seinen Armen ab, aber seine Augen funkelten zornig.

»Das war schon lange fällig!«

Sinphyria nickte ihm dankbar zu. Innerhalb kürzester Zeit hatte ihr erneut einer der Köche das Leben gerettet.

Da hörte sie Athron plötzlich rufen: »Der Bürgermeister! Er flieht!«

Tatsächlich war es Filian wohl nicht gelungen, Aries festzuhalten. Der Bibliothekar lag am Boden und versuchte sich gerade wieder aufzurappeln, während Aries in Richtung der hinteren Tür zulief.

Sinphyria hastete sofort hinter ihm her. Sie umrundete flink die Tische und Stühle, an denen zuvor noch Bechda gekocht worden war.

Aries entfloh durch die Tür und Sinphyria folgte ihm. Bald hatte sie ihn eingeholt. Plötzlich hörte sie direkt hinter sich Schritte und keuchenden Atem. Obwohl Sinphyria bereits rannte, so schnell es sich in diesem engen Seitengang der Kanalisation eben machen ließ, holte noch jemand zu ihr auf – Filian. Der Bibliothekar musste direkt vom Boden aufgesprungen und Sinphyria gefolgt sein. In seinen Augen lag ein Zorn, den sie dem alten Mann niemals zugetraut hatte. Genau der schien seine Schritte zu beschleunigen.

Die Kanalisation führte nur noch ein Stück weiter und endete dann an einer Leiter, die Cansten gerade erklomm, als Sinphyria und Filian ihn erreichten. Filian erwischte ihn am Fußknöchel und zog Aries von der Leiter.

Der Bürgermeister landete mit einem lauten Platschen im Abwasser und keuchte panisch.

Gerade, als Cansten sich wiederaufraffen und flüchten wollte, stieß ihn Sinphyria zurück, platzierte einen Fuß auf seiner Kehle und drückte ihn unter Wasser.

Cansten japste und schlug mit den Armen um sich, als das Kanalisationswasser über sein Gesicht schwappte.

Sie spürte eine Hand auf ihrem Arm und als sie sich umdrehte, stand Filian neben ihr und sah sie an.

»Er wird seinen Prozess bekommen«, sagte er leise.

Einen Moment zögerte Sinphyria. Dann nahm sie ihren Fuß von Aries Kehle und hielt ihm stattdessen das Messer direkt ins Gesicht.

Aries japste nach Luft und hustete. Sein Haar triefte von Abwasser, genauso wie seine Kleidung.

Wie gern hätte sie dem Bürgermeister das Messer in die Kehle gestoßen.

Aries schien zu ahnen, was sie dachte, denn er starrte auf das Messer und begann unkontrolliert zu wimmern. Von seiner Arroganz war nichts mehr übriggeblieben.

»Sinphyria! Wir sollten nicht die Richter über Leben und Tod spielen. Sonst sind wir kein Stück besser als er.« Plötzlich klang Filian furchtbar müde. Als hätte sich seine ganze Wut auf einmal in Luft aufgelöst und wäre purer Erschöpfung gewichen. »Wir werden ihm eine Gerichtsverhandlung gewähren, so, wie es vor Aries Zeit in Montegrad üblich war. Dann soll das Volk über sein Schicksal entscheiden.«

»Bitte, ich konnte doch nicht ahnen, dass alles außer Kontrolle gerade würde«, winselte Aries. »Es ist genauso, wie du vorhin sagtest, Filian. Dieser verrückte Mönch macht einfach sein eigenes Ding. Ich wollte doch nie … mir ist einfach die Kontrolle entglitten und dieser verrückte Mönch …«

Filian seufzte, als er sich zu Aries herunterbeugte.

»Cansten, bitte tu uns den Gefallen und halt jetzt einfach den Mund.«

Sinphyria und Filian packten Cansten Aries am Kragen, zogen ihn unsanft in die Höhe und schleiften ihn zurück in den Hauptraum der Küche.

Dort hatte sich ein Halbkreis aus den übrig gebliebenen Köchen, Jonas, William und dem Grimmigen gebildet, die alle auf den am Boden liegenden Aiden starrten. Daneben hockte Tomf, dessen Gesicht vom Weinen verquollen war, und hielt den Kopf seines Freundes. Unter Aidens Körper hatte sich eine große Blutlache gebildet. Athron kniete neben Tomf und hatte ihm eine Hand auf die Schulter gelegt. Kathanter stand im Hintergrund und bewachte Aryan, der sich immer noch nicht regte. Juntus und die Söldner waren tot.

Auch zwei der Köche hatten ihre Entscheidung, Sinphyria und den anderen zu Hilfe zu kommen, mit dem Leben bezahlt.

Sinphyria spürte einen dicken Kloß in ihrem Hals, der wahrscheinlich nicht so leicht wieder verschwinden würde. Sie hatten den Bürgermeister und seine Machenschaften auffliegen lassen, aber zu welchem Preis?

Aiden hätte niemals in dieser verdammten Kanalisation sein sollen. Er hätte überhaupt erst einzogen werden sollen, noch bevor er seinen dreizehnten Geburtstag feiern konnte.

Sinphyria war zum Heulen zumute, aber es kam keine Träne. In ihrem Kopf stellte sie sich nur noch eine Frage: Hatte das, was sie hier taten, die Opfer, die sie brachten, überhaupt einen Sinn? Oder durchlitten sie das alles nur, um dann auf dem Schlachtfeld irgendeiner finsteren Magie zum Opfer zu fallen?

Das Schweigen wurde plötzlich unterbrochen, als der Lustige mit den Locken etwas vor sich hinmurmelte und dann ganz plötzlich zusammenbrach.

Der Grimmige rief: »Nick!« und beugte sich augenblicklich zu seinem Kameraden herunter. »Es ist sein Bein! Es hat sich entzündet!« Voller Sorge legte der Grimmige eine Hand auf Nicks Stirn und begann, ihm gut zuzureden.

Athron schob die Arme unter Aidens Leiche und hob ihn auf. Filian war neben ihn getreten.

»Sinphyria, bleib bei Cansten.«

Er wandte sich an Markesch. »Geh zu Leutnant Irius. Wir müssen damit rechnen, dass Ayran jeden Moment zu sich kommt. Ich hole die Handschellen der Söldner. Die können wir ihm und Cansten anlegen. Danach bringen wir die beiden in die Kerker. Athron, du hilfst bitte dabei, Nick aus der Kanalisation zu schaffen. Torben und die Jungen werden ihn allein nicht tragen können.«

Niemand erwiderte etwas, aber jeder folgte Filians Anweisungen. Sinphyria ließ sich an Aries ketten, der mittlerweile jeglichen Widerstand aufgegeben hatte. Endlich schaute Sin auch zu Athron hinüber. In seinem Blick lag Wut und Trauer und eine Spur Zweifel. Sie wollte irgendetwas sagen, das ihm half, aber ihr fiel nichts ein. Stattdessen warf sie einen kurzen Blick zu Jonas und seinen übriggebliebenen Freunden. Alle drei ließen die Köpfe hängen und Sinphyria konnte die Spuren von Tränen auf ihren schmutzigen Wangen erkennen. Sie versuchte sich einzureden, dass der Tod nun einmal der ständige Begleiter eines Soldaten war und sie sich damit abfinden müsse, wenn Kameraden starben. Selbst, wenn es noch Kinder sind. Aber so erschöpft sie auch war, sie kaufte sich diesen Mist keine Sekunde ab.

20. Kapitel

Der Fluch der Orks

Vortian und Pan hatten vorerst keine andere Wahl, als sich Elyas Befehlen zu beugen. Sie heilten einen Kranken nach dem anderen Nach jeder Heilung schwanden ihre Kräfte ein Stück mehr und sie spürten, wie die Krankheit von ihnen Besitz ergriff. Bald würde Vortian nichts mehr aufnehmen können und Pan würde niemanden mehr heilen können, ohne selbst an der Krankheit zu sterben.

Die ganze Zeit dachte Vortian über Flucht nach.

Aber die Krankheit vernebelte seine Sinne und ihm kam keine Möglichkeit in den Sinn, wie sie entkommen konnten. Sie waren gefangen. Immerhin waren sie nur zwei Priester und eine Novizin und hatten kaum Kampferfahrung. Vortian hatte einundzwanzig Jahre in einem Kloster gelebt. Nichts und niemand hatte ihn auf so etwas vorbereitet.

Schließlich konnte Vortian sich nicht mehr aufrecht halten. Kraftlos kippte er zur Seite.

»Elya, bitte«, flehte Pan und strich Vortian über die Stirn, doch die Räuberanführerin blieb herzlos. Sie ließ ihren Schlächter schon wieder drohend auf Xundina zu gehen, doch Pan rief sie zurück. Verzweifelt blickte er zu Vortian nieder, der ihn aus erstaunlich wachen Augen anblickte.

»Wasser«, wisperte er leise und bewegte die trockenen Lippen nur schwächlich. »Wasser.«

»Bitte«, wandte Pan das Wort an Elya, »gönne ihm wenigstens Wasser. Es hilft dir nichts, wenn er stirbt.«

Elya zögerte kurz, dann bedeutete sie einem der Räuber, Pans Bitte Folge zu leisten.

Der Räuber beugte sich zu Vortian herunter und wollte ihm die Wasserflasche reichen, die an seinem Gürtel befestigt gewesen war.

Aber Vortian, dessen Fesseln sich in den Stunden der Heilung etwas gelöst hatten, ließ seine Arme nach oben schnellen und schnappte das Messer des Räubers.

Ehe dieser reagieren konnte, hatte Vortian das Messer schon in den Fingern und stieß es dem vollkommen überrumpelten Räuber mitten in die Kehle. Der japste, schnappte nach Luft und griff sich an den Hals, aus dem augenblicklich Blut zu spritzen begann, sobald Vortian das Messer zurückzog. Das Blut traf Vortian im Gesicht und benetzte seine Kutte. Obwohl er spürte, wie ihm das Herz in der Brust gefror, durfte er jetzt nicht darüber nachdenken, dass er gerade einen Menschen getötet hatte.

Der Räuber sank wie in Zeitlupe Richtung Boden und landete dort mit einem dumpfen Geräusch. Erst jetzt bemerkte Vortian, wie blöd er gewesen war. Sie waren ja immer noch von Elyas Männern und Elya selbst umzingelt und er hatte keinen Plan, wie er nach dem Mord an dem Räuber weitermachen sollte. Er hatte einfach nicht mehr tatenlos rumsitzen wollen und den Moment der Überraschung genutzt.

Vortian drehte sich zu Pan um, vielleicht konnte er drohen ihn zu töten, bevor er alle geheilt hatte und hatte damit wenigstens ein Druckmittel?

Doch in diesem Moment löste sich ein Bolzen aus einer Armbrust und traf ihn mitten in die Schulter. Er schnappte nun seinerseits nach Luft und ließ das Messer fallen.

Während Vortian rückwärts taumelte, sah er, dass Pan versuchte, sich auf das Messer zu stürzen. Doch einer von Elyas Männern verpasste Pan einen Tritt und so stieß dessen Hand nur gegen das Messer und schleuderte es direkt auf Xundina zu.

Xundina reagierte so schnell sie konnte und begrub das Messer erst einmal unter sich. Sie ließ sich nach vorne kippen, als wollte sie zu ihren Freunden robben.

»Dachtet ihr wirklich, dass es so einfach wäre?«, brüllte Elya und lachte hysterisch auf. »Dafür werdet ihr beiden büßen, das sage ich euch. Dieses Mal wird es eine ganze Hand.«

Währenddessen murmelte Pan immer wieder: »Nein, ich kann dich nicht ... Ich kann das nicht zulassen ... Nein!«

Vortian spürte seinen Arm nicht mehr. Er versuchte, Pan etwas zuzurufen, aber die Hoffnungslosigkeit der Situation lähmte ihn. Vielleicht war es auch der Schmerz in seinem Arm.

Vortians Beine gaben nach, knickten einfach ein und er landete auf den Knien. Er fiel vornüber und stützte sich mit dem gesunden Arm auf dem Boden ab. Die Krankheit schwächte ihn immer noch.

Elya stapfte inzwischen auf Xundina zu, packte sie an ihren Haaren und zog ihren Kopf nach hinten.

»Und ich werde es persönlich machen«, zischte die Banditin und zog ihren gefährlich blitzenden Dolch.

Vortian versuchte, irgendwelche letzten Kräfte zu sammeln, um Xundina zu retten, doch schon der Gedanke daran, sich in ihre Richtung zu schleppen, schmerzte ihn.

»Vortian!«, hörte er plötzlich die glasklare Stimme von Pan. Langsam bewegte Vort den Kopf und sah ihn an.

Der Räuber, der Pan gerammt hatte, stieß ihm das Knie in den Rücken und fixierte ihn so am Boden. Pan wehrte sich nicht. Er verwendete all seine Kraft darauf, seinen Kopf oben zu halten und Vortian direkt in die Augen zu blicken.

»Ich muss ... die Stimme in meinem Kopf die Macht übernehmen lassen. Ich weiß nicht, wer ich danach sein werde.«

Vortian verstand gar nichts. Welche Stimme in Pans Kopf?

»Halt's Maul!«, knurrte der Räuber über Pan gleichzeitig mit Elya, die sagte: »Und ich werde sie höchstpersönlich entfernen! Fixiert das Biest!«

Zwei weitere Räuber hasteten zu Xundina und drückten sie zu Boden. Xundina schrie.

Vortian spürte, wie die Verzweiflung in ihm aufkeimte, wie er versuchen wollte, gegen seine Schwäche anzukämpfen. Aber es gelang ihm nicht. Er wagte es nicht, den Blick von Pan abzuwenden.

»Vort, ich ... ich liebe dich! Versprich mir, dass du das nicht vergisst!«

Pans Blick war flehend. Seine Worte hatten Vortian noch nicht mal richtig erreicht, da ließen sie sein Herz schon höherschlagen. Und das trotz der Angst, die kurz davor war, in nackte Panik umzuschlagen, und der Situation, in der sie sich gerade befanden, – und obwohl sie sich nach einem Abschied anhörten.

Vortian wollte schreien, dass er Pan auch liebte, wollte sich wenigstens ein Lächeln abringen, aber er brachte kein Wort heraus. Deshalb nickte er nur.

In diesem Moment war Vortian sich sicher, dass er es für immer bereuen würde, nichts gesagt zu haben. Pan presste die Augen zusammen und krallte die Finger so sehr in den Steinboden, dass seine Nägel weiß hervortraten. Dann erschlaffte er ganz plötzlich, als wäre er ohnmächtig geworden.

Vortian schnappte nach Luft.

»NEEEEIN!«, hörte er Xundina brüllen und Vortian musste nun doch nach ihr sehen. Er riss den Kopf herum. Elya hob gerade ihr Schwert und zielte auf Xundinas Handgelenk. Da legte sich ein Schatten über ihre Gesichter.

Pan hatte sich aus dem Griff des Räubers befreit, der zur Seite gekippt war. Warum konnte Vortian nicht erkennen. Auch nicht, ob der Räuber bewusstlos oder tot war.

Pan begann ein kleines Stück vom Boden abzuheben, dann immer weiter, bis er schließlich einige Meter über ihnen schwebte.

Langsam, gespenstisch, breiteten sich seine Arme aus und als er die Augen öffnete, strahlte aus ihnen ein geisterhaftes Licht. Auch aus seinem Mund und seinen Ohren drangen diese Strahlen und dann, als Elya und alle anderen ihn fassungslos anstarrten, kippte Pans Kopf in den Nacken. In Vortians Ohren dröhnte es nur noch, er konnte nichts mehr hören.

Das Stöhnen und die Schmerzensschreie der Kranken verstummten, als sich von Pan aus eine Welle an Licht durch den Raum ausbreitete.

Als das Licht Vortian erreichte, traf es ihn nicht nur, sondern es erfüllte ihn gänzlich mit Wärme. Diese Wärme begann hinter seiner Stirn und lief dann seinen Körper hinab wie warmes Wasser. Als die Wärme seinen Arm erreichte, spürte Vortian, wie eine unsichtbare Kraft auf einmal an dem Armbrustbolzen zog, der immer noch in seinem Arm steckte. Vortian schrie auf, als der Bolzen aus seinem Arm gezogen wurde. Mit einem leisen Scheppern fiel der Bolzen auf den Steinboden. Ein Zittern erfasste Vortians ganzen Körper. Er blickte zu seinem Arm hinunter und sah, wie sich die Wunde wie von Zauberhand schloss.

Erst jetzt bemerkte Vortian, dass viele andere um ihn herum ebenfalls schrien.

Xundina starrte angsterfüllt auf ihren Zeh, der auf magische Weise nachwuchs. Doch sie schrie dabei, als bereite es ihr größte Schmerzen. Elya und ihre Räuber versuchten, sich mit den Armen vor dem Licht zu schützen. Trotz des gleißenden Lichts konnte Vortian erkennen, dass sich die Strahlen in ihre Haut brannten wie Feuer.

Der Schmerz zwang sie in die Knie. Diejenigen, die noch Masken trugen, traf es am schlimmsten. Ihre Ledermasken schmolzen auf ihren Gesichtern und in die Haut hinein. Sie starben unter Qualen. Aber auch die anderen schrien und wanden sich, als wäre das Licht fließende Lava, die ihre Haut zersetzte.

Vortian konnte unmöglich einschätzen, wie viel Zeit vergangen war. Aber das Ganze konnte nicht länger als wenige Minuten gedauert haben. Plötzlich zog sich das Licht in Pans Körper zurück und er fiel zu Boden wie ein Stein, den man ins Wasser hatte fallen lassen.

Vortian hastete sofort auf Pan zu, nahm ihn in die Arme und strich ihm die wirren Haare aus dem Gesicht.

Immer wieder murmelte Vortian Pans Namen, aber dieser reagierte nicht. Pan hatte das Bewusstsein verloren, genauso, wie viele der Räuber. Grollen und Rauschen erfüllten die Höhle und es schien, als rege sich tief im Inneren etwas, das nun erwachte. Vortian hatte jedoch nur Augen für Pan. Behutsam beugte er sich zu seinem besten Freund herunter und küsste ihm die Stirn.

»Ich liebe dich auch«, flüsterte er mit heiserer Stimme, in der Hoffnung, dass Pan es hören würde.

Ich weiß nicht, wer ich danach sein werde.

Vortian konnte diesen Satz nicht vergessen und dass er sich wie ein Abschied angehört hatte.

Plötzlich löste sich ein großer Stein aus der Decke am Ende der Höhle und fiel mit einem tosenden Donnern auf den Pfad, über den Vortian, Pan und Xundina den Berg betreten hatten.

»Vortian, wir müssen hier weg«, rief Xundina ihm keuchend zu.

Endlich erwachte Vortian aus seiner Starre. Er hob den Kopf und sah, dass Xundina ihre Fesseln mithilfe des Messers durchgeschnitten hatte, das sie jetzt in der rechten Hand hielt.

Neben ihr lagen Elya und die Räuber. Sie waren bewusstlos und obwohl ihre Arme teilweise noch auf ihren Gesichtern lagen, konnte Vortian erkennen, was Pans Kraft ihnen angetan hatte. Ihre Gesichter waren zu großen Teilen verbrannt.

War Pan die ganze Zeit dazu fähig gewesen? War das hier wirklich das Werk der Cahya? Der gütigen, barmherzigen Göttin, die sie Jahre lang angebetet hatten?

Mit einem weiteren Grollen löste sich der nächste Felsbrocken aus der Decke, diesmal viel näher bei Vortian und Xundina. Hoffentlich begrub er keine Kranken unter sich.

Ob Pan die übrigen Erkrankten ebenfalls geheilt hatte?

Vortian und Xundina hatten keine Zeit, um das herauszufinden.

Sie mussten hier weg.

Vortian beugte sich zu Pan hinunter und stützte dessen bewusstlosen Körper. Unmöglich, dass Vortian ihn allein tragen konnte. Aber Xundina war schon zur Stelle. Sie humpelte noch etwas, stützte aber Pans andere Seite.

Vortian bemerkte erst jetzt, dass er sich deutlich wacher und kräftiger fühlte. Er konnte keine Symptome des Grünen Schreckens mehr spüren.

»Wir kommen nicht raus, wie wir reingekommen sind«, sagte Xundina und nickte in Richtung des Ausgangs, vor dem ein großer Felsbrocken jegliches Durchkommen unmöglich machte.

»Dann müssen wir tiefer in die Stadt hinein und hoffen, dass es einen zweiten Ausgang gibt.«

Vortian hörte, wie um sie herum der Berg zu grollen schien. Ob Pan den ganzen Berg zum Einstürzen gebracht hatte?

»Los!«

Vortian und Xundina machten sich, mit Pan in ihrer Mitte, auf den Weg in Richtung des Tores, das immer noch einen Spalt breit offenstand. Während sie mühsam weiterhasteten, sah Vortian aus den Augenwinkeln, wie die ersten Räuber sich wieder zu regen begannen.

Das Letzte, was Vortian sehen konnte, war, wie Elya sich in die Höhe stemmte. Dann fiel ein weiterer Stein zu Boden, dorthin, wo Pan gerade eben noch gelegen hatte.

Vielleicht hat der Stein sie erwischt, dachte Vortian und ertappte sich dabei, wie er genau das hoffte.

War er jetzt nicht nur zu einem Mörder geworden, sondern wünschte auch noch anderen aus Angst den Tod? Verriet jeder so schnell seinen Glauben, wenn er um sein Leben fürchten musste?

Vortian und Xundina drängten sich zwischen den steinernen Flügeln des Portals hindurch und gelangten in einen Teil der schwarzen Stadt, den sie nie zuvor betreten hatten. Das bedeutete aber nicht, dass sie hier niemandem begegnen würden, der ihnen schaden konnte. Immerhin musste der Platz, den man durch den Seitengang erreichte, nur wenige Straßen entfernt liegen. Auch in diesen Teil der Stadt hatten sich einige der Geheilten zurückgezogen. Inzwischen fragte Vortian sich, ob manche von ihnen wirklich aus Perlhain stammten, oder ob das auch nur eine von Elyas Lügen gewesen war. Soweit er wusste, hatte jedenfalls keiner von ihnen den Berg verlassen.

Die Feuerstellen, die Vortian auf ihrem Weg durch die Stadt sah, waren allesamt erloschen Wer immer sich hier aufhielt, schlief vielleicht oder wärmte sich in den heißen Quellen auf. Es war jedenfalls so still, dass Vortian beinahe eine Falle erwartete. Doch als sie die Treppen hinauf an einigen der Häuser vorbeischlichen, konnten sie ein lautes Schnarchen hören, und ein Gefühl der Erleichterung überschwemmte ihn. Vorerst schienen Vortian, Xundina und der bewusstlose Pan in Sicherheit.

Die Stadt ging tief in den Berg hinein, bis die drei schließlich auf eine breite Treppe stießen, die wieder aufwärts führte und direkt auf einem schwarzen Plateau endete, von dem aus man die ganze Stadt überschauen konnte. Vortian hatte aber keinen Sinn mehr für die Wunder dieser finsteren Bauwerke, sondern wollte nur noch einen Ausgang finden.

Die Dunkelheit, die durch das sanfte Schillern des Goldes in den Wänden durchbrochen wurde, umfing sie wie ein schützendes Schild, etwas, das Sicherheit, aber auch neue Gefahren zu bieten schien, da sie mögliche Angreifer erst viel zu spät würden entdecken können. Auf dem Plateau machten sie kurz Halt. Von hier aus gab es zwei Wege, die sie nehmen konnten. Ein Tunnel links führte tiefer in den Berg hinein.

Vortian sah nichts als pechschwarze Dunkelheit. Und eine kleine Treppe geradeaus führte nach oben in einen weiteren Tunnel. Auch diese mündete in Dunkelheit. Hinter dem Plateau lag ein weiterer Teil der schwarzen Stadt, aber einen direkten Weg hinunter konnte Vortian nicht sehen.

Vortian horchte, ob ihnen jemand folgte. Bisher konnte er weder Schritte noch Rufe hören, aber das konnte sich schnell ändern. Ihm war klar, dass sie sich beeilen mussten. Immerhin hatten sich Elya und die anderen Räuber wieder geregt, als Xundina, Vortian und Pan geflohen waren.

»Wo lang wollen wir jetzt gehen?«, fragte Xundina atemlos und schaute zwischen dem dunklen Tunnel links und der Treppe aufwärts hin und her.

Bevor Vortian antworten konnte, murmelte Xundina »Halt ihn mal kurz allein« und schob Pan in Vortians Arme. Behutsam drückte Vortian seinen bewusstlosen Freund an sich und wünschte sich zum ersten Mal, dass er der Größere von ihnen beiden wäre. Pan war wirklich verdammt schwer dafür, dass er so schlank aussah.

Xundina hastete auf die Treppe zu und ging ein paar Stufen nach oben.

Obwohl Vortian schreckliche Angst hatte, kam er jetzt, wo er das erste Mal innehalten konnte, nicht umhin, an Pans Worte zu denken. Pan liebte Vortian. Damit hatte er wirkliche, richtige Liebe gemeint, ganz sicher. Sonst hätte er doch niemals ›Ich liebe dich‹ gesagt und ihn dabei so angesehen ... so flehend.

Vortian hasste sich dafür, dass er in dem Moment nichts gesagt hatte.

Wieso hatte er nicht geantwortet? Waren diese drei Worte nicht alles gewesen, was er sich in den letzten Jahren von Pan zu hören gewünscht hatte?

Vortian wusste, dass es jetzt keinen Sinn hatte, sich verrückt zu machen. Aber er konnte eben doch nicht so ganz aus seiner Haut.

Xundina war inzwischen die Treppenstufen wieder heruntergekommen und war in der Dunkelheit des linken Tunnels verschwunden.

Weit hinter ihnen aus Richtung des Tors, meinte Vortian Stimmen zu hören, und wieder keimte Panik in ihm auf. Plötzlich hörte er Xundina schreien.

»Xundina?«

Ohne große darüber nachzudenken, griff Vortian Pan unter den Achseln und schleifte ihn mit sich. Anders ging es nicht, er konnte Pan unmöglich tragen.

Vortian musste so zwar rückwärts in die Dunkelheit des Tunnels hasten, was extrem mühsam und schmerzhaft für den Rücken war, aber er konnte Pan schließlich nicht zurücklassen.

Auf einmal glommen zwei riesige Augen in der Dunkelheit auf. Vortian erschrak und stieß einen Schrei aus, soweit er noch Luft dafür hatte.

Nur wenige Meter vor ihm war aus dem Nichts ein eine furchteinflößende Fratze aufgetaucht, ein Ungetüm, wie er es noch nie zuvor erblickt hatte. Das Gesicht war dreimal so groß wie Vortians. Es hatte einen breiten Kiefer, aus dem zwei gigantische, spitze Zähne ragten. Statt einer Nase hatte es Nüstern wie ein Bär und riesige, spitz zulaufende Ohren.

Doch ein Teil seines Verstandes, der trotz seiner Panik noch zu funktionieren schien, machte ihn darauf aufmerksam, dass das Wesen weder auf ihn reagierte noch sich rührte.

»Ist nur aus Stein.«

Vortian fuhr ein zweites Mal zusammen, als plötzlich Xundinas Stimme neben ihm ertönte. Sie trat in den matten, grünen Schein, den die Augen des Wesens abgaben. Auf Xundinas Lippen lag ein schiefes Grinsen.

»Hättest du mich nicht vorwarnen können?«, fragte Vortian ärgerlich, und hockte kurz auf den Boden, weil ihm der Rücken schmerzte.

Xundina zuckte mit den Schultern.

»Ich hab nicht erwartet, dass du gleich nach mir guckst, wenn ich nur einmal kurz aufschreie.«

Vortian sah sie vorwurfsvoll an und Xundina zuckte mit den Schultern, schien sich aber zu freuen.

Erst jetzt bemerkte Vortian, dass nicht nur die Augen der Steinfratze leuchteten. Der gesamte Stein war mit kleinen, goldenen Partikeln durchzogen, genauso wie der Rest des Gesteins.

Ob das wirklich Mondsteine waren? Oder war das eine andere Art von leuchtendem Gestein?

»Hier unten ist die Luft besser als da oben«, meinte Xundina und beugte sich zu Pan herunter.

»Ich denke, wir sollten hier weiter gehen. Ich mir auch vorstellen, dass dieser Gang zum nächsten Teil der schwarzen Stadt führt. Dort könnten wir uns wenigstens verstecken, falls wir vorerst keinen Ausweg finden.«

Vortian nickte und beugte sich wieder zu Pan, doch Xundina schüttelte den Kopf.

»Wir sind schneller, wenn ich ihn allein trage«, sagte sie, schulterte Pan mühsam und ging durch den Tunnel voran. Vortian war etwas verdattert darüber, dass sie offenbar das Kommando übernommen hatte, doch er wunderte sich nicht länger und folgte ihr. Die Scham darüber, dass Xundina groß und stark genug war, um Pan allein zu tragen und Vort nicht, schluckte er herunter. Jetzt war nicht der Zeitpunkt für solche kleinlichen Gefühle. Außerdem – wer weiß.

Vielleicht empfand sie ja ganz ähnlich? Sollte eine Frau einen Mann sich einfach so über die Schulter werfen können?

Doch Vortian beschloss, sich über diese und weitere Fragen später Gedanken zu machen.

Je tiefer sie in den Berg gelangten, umso geringer wurden die Anteile von Gold im Gestein. Stattdessen tauchten grünliche Steine in den Wänden auf, die den Mondsteinen im Kloster ähnelten. Sie waren in immer gleichen Abständen angebracht worden und leuchteten ihnen den Weg durch den Tunnel.

Unweigerlich fragte Vortian sich, was mit den Wesen geschehen war, die diese gigantische Stadt erbaut hatten. Er konnte immer noch nicht fassen, dass es solche Orte tatsächlich gab.

Ab und an gelangten sie an eine Biegung, dann entschieden abwechselnd Vortian und Xundina, welchen Weg sie einschlagen sollten. Sie versuchten zu fühlen, wo die Luft besser war, oder horchten auf ein Geräusch, das vielleicht von außerhalb des

Berges stammen könnte. Das Plätschern eines Baches oder das Rauschen von Blättern im Wind. Aber natürlich war das hier unten vergebens. Sie befanden sich viel zu tief im Inneren des Berges. Sie konnten nur hoffen, dass sie intuitiv die richtigen Entscheidungen trafen.

Immer, wenn sie kurz innehielten, versuchten sie Pan aus seiner Bewusstlosigkeit zu wecken. Doch es gelang ihnen nicht.

Hier und da konnte man Markierungen mit Kreide an den Wänden erkennen, die eindeutig neu waren und vermutlich von den Räubern stammten. Also mussten Xundina und Vortian vorsichtig sein. Wenn die Räuber bis hierher vorgedrungen waren und wenigstens ein Teil von Elyas Geschichte stimmte, dann konnte sich hier die Schatulle befinden, die angeblich den Fluch ausgelöst hatte. Selbst wenn Pan aufwachen sollte, hätte er vielleicht nicht die Kraft, Xundina oder Vortian erneut zu heilen. Außerdem kannten die Räuber in diesem Fall die Gänge hier besser als sie. Deshalb mussten sie zusehen, dass sie ihren Vorsprung ausbauten.

Als er wieder an Elya dachte, stellte Vortian fest, dass die Erinnerung schmerzte. Er hatte ihr vertraut, sie hatten miteinander ... geschlafen. Selbst dieser Gedanke kam Vortian so ... abwegig vor.

Nachdenklich schüttelte er den Kopf.

»Was ist?«, fragte Xundina, die Vortian von der Seite ansah.

Sollte er Xundina erzählen, was in ihm vorging? Konnte sie das verstehen?

»Ich weiß nicht, wie ich's dir erklären soll.«

Vortian spürte, wie sie beide etwas langsamer wurden. Sie waren jetzt schon eine ganze Weile durch den Tunnel gegangen, doch dieser schien kein Ende zu nehmen. Und obwohl sie nicht mehr von vollkommener Dunkelheit umgeben waren, empfand Vortian die dunklen Wände und das grüne Licht sehr bedrückend.

Xundina zuckte mit den Schultern.

»Du musst es mir nicht erklären, wenn du nicht willst. Aber falls doch, habe ich auf jeden Fall ein offenes Ohr für dich.«

Vortian lächelte und betrachtete den immer noch bewusstlosen Pan.

Was würde geschehen, wenn er aufwachte? Wer würde er dann sein? Wem hatte er die Kontrolle überlassen, der so eine Macht freisetzen konnte?

Würde Vortian noch einmal die Gelegenheit haben, mit Xundina vollkommen unbefangen und allein zu sprechen, nachdem Pan aufgewacht war?

Schließlich sagte er: »In der Nacht im Wald, als ich noch von den Seelenteilen des Wirtes beeinflusst wurde, bin ich Elya direkt in die Arme gelaufen. Ich war schon so betrunken, dass ich mich gar nicht mehr an alles erinnern kann, aber ... Ich weiß noch, dass wir lange geredet haben und mir das sehr geholfen hat.«

Xundina hörte ruhig zu und sah stur geradeaus. Auch Vortian versuchte ihren Blick zu meiden, und obwohl die Scham darüber ihm immer noch die Brust zuschnürte, spürte Vortian auch ein riesiges Gewicht von seinen Schultern fallen, während er sprach.

»Und nicht nur das. Ich glaube, wir sind uns auch ... körperlich nähergekommen, weißt du?«

Xundina nickte bloß, sie sagte nichts.

»Das wäre natürlich niemals passiert, wenn ich nicht so schrecklich betrunken und mehr ich selbst gewesen wäre, aber na ja ... Ich hatte nicht erwartet, dass sie so eine berechnende, brutale ... Schlange wäre.«

Für einen Moment, der sich in Vortians Augen wie eine Ewigkeit anfühlte, schwieg Xundina nur. Dann schlich sich die Andeutung eines schiefen Grinsens auf ihre Lippen.

»Ihr Priester habt echt keinen Schimmer davon, wie kompliziert Gefühle sein können, oder?«

Bevor Vortian protestieren konnte, lachte sie kurz auf. Plötzlich sah sie so viel weiser aus als eine Fünfzehnjährige.

»Wer weiß, vielleicht steckt in Elya ja sogar ein Teil, der ein bisschen eifersüchtig war, dass du Pan so angesehen hast. Selbst, wenn sie eher wie eine berechnende ... *Frau* wirkt. Sonst ist es nämlich immer vollkommen offensichtlich, dass du in Pan verliebt bist. Und er in dich. Freunde schauen Freunde nicht so an, wie ihr beide euch anseht, wenn ihr glaubt, dass niemand guckt.«

Vortian wusste nicht, was er dazu sagen sollte. Er überlegte, ob er Xundina jemals so viele Sätze auf einmal hatte reden hören. Außerdem fühlte er sich ertappt. War es wirklich für alle anderen so offensichtlich, was er fühlte?

Aber wieso hatte Pan das dann nie erkannt? Konnte es etwa sein, dass der selbstbewusste Pan auch Angst hatte?

»Aber ich glaube auch, dass du dich da nicht so wichtig nehmen darfst. Erstens habt ihr ja nur eine Nacht miteinander verbracht. Für dich mag das ein Riesending gewesen sein, aber für eine Frau wie Elya war das sicher nicht das erste Mal. Und dass sie euch zur Heilung gezwungen hat, lag an dem Tod ihres Vaters. Er hat ihr enorm viel bedeutet.«

Vortian sah Xundina an, als wäre sie eine vollkommen neue Person. Vorher wäre er niemals auf die Idee gekommen, dass sie sich solche Gedanken über ihre Mitmenschen machte. Aber ihre Schlussfolgerungen ergaben Sinn.

»Hast du die Menschen schon immer so ... treffend einschätzen können?«, fragte Vortian.

Xundina zuckte erneut mit den Schultern.

»Zu Hause wurde ich eigentlich nie groß beachtet. Mein Vater hat sich höchstens Sorgen darum gemacht, ob er jemals einen Mann für mich finden würde. Die meisten Diener mieden mich, weil sie mich komisch fanden. Wenn man so allein ist, fängt man irgendwann an, sich mit etwas zu beschäftigen. Ich dachte mir, wenn die anderen nichts mit mir zu tun haben wollen, dann muss ich eben auf andere Weise einen Zugang zu ihnen finden – oder zumindest zu ihrem Wesen.«

»Oh.«

Vortian stellte sich vor, wie die kleine Xundina täglich allein in einem großen Schloss hockte, anderen dabei zusah, wie diese sich unterhielten und miteinander lachten, ohne jemals selbst ein Teil davon zu sein. Plötzlich empfand er es als große Ehre, dass Xundina ihm davon erzählt hatte.

Vortian hatte das Gefühl, noch irgendwas sagen zu müssen, doch in diesem Moment führte der Gang sie einen kurzen, steilen Hang hinauf und öffnete sich in einen weiteren Teil der schwarzen Stadt. Oder vielleicht war das hier schon eine andere Stadt?

Sie fanden sich auf einem großen Platz wieder, in dessen Mitte ein weiterer Brunnen mit einer Skulptur stand. Diesmal stellte sie einen Ork in einer Rüstung dar, der ein Schwert in die Höhe streckte.

Obwohl der Anblick Vortian ein ums andere Mal faszinierte, schwand ihm gleichzeitig auch die Hoffnung. Er konnte nicht einmal die Andeutung eines Ausgangs erkennen.

Vortian sah sich auf dem Platz um. Hier gab es Stände, die so aussahen, wie Vortian sich Markstände immer vorgestellt hatte. Bloß, dass diese hier gänzlich aus Stein bestanden und nicht aus Holz.

Weiterhin gab es kleine Hütten, die sich teilweise an den Decken und Wänden hängend befanden und die man durch schmale Wendeltreppen erreichen konnte. Vortian entdeckte außerdem eine Reihe von Laternen, die teils stark verstaubt waren, aber noch sehr hell leuchteten.

Wer hatte sie entzündet?

Hektisch sah Vortian sich um, horchte einen angsterfüllten Moment lang. Doch wie in dem dunklen Tunnel zuvor, herrschte tiefe Stille. Nicht einmal das leise Tropfen von Wasser war zu hören.

Jetzt erst fiel ihm auf, dass das Licht der Laternen grünlich schimmerte, ähnlich wie die Steine in dem Tunnel. Wahrscheinlich hatte man einfach einige der Steine in die Laternen eingesetzt. Manche standen auf festen, steinernen Säulen, so hoch, dass sie nicht einmal Xundina hätte erreichen können. Aber ein paar hingen auch an den Dächern der Stände und Häuser. Von diesen schnappte Vortian sich eine und pustete den Staub fort. Er musste noch ein wenig mit dem Ärmel nachwischen, dann erstrahlte das grüne Licht so hell, wie es wahrscheinlich am ersten Tag gestrahlt hatte. In dem Lichtschein der Lampe konnte Vortian seine Umgebung nun besser erkennen und er erschrak. Auf dem gesamten Marktplatz, vor den Ständen und den Häusern, waren Teller, Kisten und Becher verteilt; Schmuckstücke, Schriftrollen und Tintenfässer. Einiges davon war zerbrochen und lag in großen Scherben zu ihren Füßen.

Es war fast so, als hätte ein Sturm hier gewütet. Aber natürlich wusste Vortian, dass dieses Chaos nicht von einem Unwetter hervorgerufen worden war.

Elya und ihre Räuberbande hatten hier alles durchwühlt, auf der Suche nach Schätzen oder Ähnlichem.

Vortian fühlte sich bei dem Anblick der ganzen Zerstörung schlecht. Er wusste nicht, warum ihn das so mitnahm, aber wenn er daran dachte, dass sie hier vermutlich die letzten Überreste einer ausgestorbenen Rasse vor sich hatten, dann zog sich ihm das Herz in der Brust zusammen. Für ihn, der nie etwas besessen hatte, war es äußerst verstörend, wenn jemand so wenig Respekt vor dem Besitz anderer hatte. Und wenn er sich vorstellte, dass jemand mit der Bibliothek des Klosters so umspringen würde, dann erfasste ihn schlichtweg Wut.

»Vortian«, drängte Xundina da plötzlich hinter ihm und besorgt drehte er sich um. Xundina hockte vor dem trockenen Brunnen.

Sie hatte Pan davor auf den Boden gelegt und seinen Kopf in ihrem Schoß gebettet.

Pan regte sich. Er schien aufzuwachen. Vortian eilte zu ihnen und kniete sich neben sie. Er drückte Pans Hand. Gebannt warteten die beiden darauf, dass Pan erwachte, und hofften, dass es schnell gehen würde, doch er ließ sich Zeit. Vortian starrte nervös zu dem Gang, aus dem sie gekommen waren. Und da meinte er auch, das Scheppern und Klingen von Waffen zu hören

»Pan, bitte«, flehte er und versuchte seinen Freund zu schütteln, »wir brauchen dich doch ...«

Pan regte sich zwar, aber er schlug die Augen nicht auf. Seine Pupillen jagten unter seinen Lidern hin und her, sein Atem ging schneller, aber er wollte nicht zu sich kommen.

»Vortian, wir müssen hier weg.«

Xundina hatte recht. Beide sprangen auf Xundina packte Pan nun weniger vorsichtig und warf ihn sich über die Schulter. Gemeinsam überquerten sie den Marktplatz, so schnell sie konnten. Dann rannten sie in den nächsten Gang. Etwa zwei Minuten liefen sie gerade aus, dann führte der Gang um eine Kurve und einen steilen Hang hinauf. Vortian wagte schon zu hoffen, dass sie einem Ausgang näherkamen, denn am Ende des Tunnels schien ein grünes Licht ... dann rannten sie wieder auf denselben Marktplatz zu. Zwar betraten sie ihn diesmal von einer anderen Ecke aus (sie standen jetzt neben der Statue), doch es war derselbe Ort der Stadt. Ihre Verfolger holten immer mehr auf. Verzweifelt rannten Vortian und Xundina durch einen dritten Gang, der auf der anderen Seite des Platzes lag, um nach kurzer Flucht erneut auf dem Marktplatz zu stehen.

Sie hörten eine raue Stimme rufen: »Hier entlang!«

Xundina zuckte zusammen. Panisch und orientierungslos drehte Vortian sich im Kreis, in der Hoffnung, einen Ausweg zu finden, doch es war vergebens. Er hatte keine Ahnung mehr, welche Gänge sie bereits ausprobiert hatten. Alle sahen vollkommen gleich aus. Er hatte die Orientierung verloren.

»Vort, wir müssen uns verstecken«, raunte Xundina verzweifelt und verschwand bereits in einem der Häuser. Vortian folgte ihr hastig. Der Raum, indem sie sich nun befanden, war genauso hoch, wie es die Tür hatte vermuten lassen. Er ähnelte in großen Teilen einem menschlichen Wohnraum – nur, dass es wenig Möbel und viele alte, muffige Felle gab.

Wie sie über all die Jahre wohl erhalten geblieben waren? Vortian hatte keine Zeit, darüber nachzudenken.

Kleine, grüne Leuchtsteine erhellten die Wände und somit den Rest des Hauses, und eine längst verlassene Feuerstelle bildete den Mittelpunkt des Zimmers. Auch hier hatten die Plünderer keinen Halt gemacht. Geschirr und diverser Hausrat lagen verstreut über dem Boden. Gold und Schmuck hatten sie wohl entweder mitgenommen oder keinen gefunden. Vortian konnte keine Dinge von Wert erkennen und auch nichts, das sich besonders gut als Waffe eignen würde. Eine breite Leiter aus Stein führte in ein oberes Stockwerk, und da der Wohnraum keine einzige Möglichkeit für ein Versteck bot, bedeutete Vortian stumm, dass Xundina Pan dort hochschaffen sollte. Vorsichtig, beinahe zaghaft, kletterte Xundina hinauf und nahm den leblosen Körper Pans entgegen, den Vortian mit aller Mühe die Leiter hinaufstemmte.

Als sie das geschafft hatten, folgte Vortian selbst und stieß dabei fast eine Stehlampe hinunter, die sicher einen furchtbaren Krach gemacht hätte. Xundina fing die Lampe gerade noch auf. Vortian atmete erleichtert auf. Dann zog er sich das letzte Stück in das obere Stockwerk hinauf und folgte leise Xundina, die Pan hinter sich herzog. Hier oben war ganz offenbar der Schlafplatz gewesen. Sie fanden einen riesigen Haufen Felle vor, in dem sie Pan versteckten, eine Art Bett mit Baldachin, in dessen ausladenden Kissen und Decken sich Xundina verbarg, und etwas, das wohl ein gigantischer Kleiderschrank mit ebenso großer Kleidung sein sollte, und das nun Vortian als Versteck diente. Ängstlich quetschte er sich in die hinterste Nische des Schrankes und versuchte, so leise wie möglich zu atmen.

Er betete. Fast wünschte er sich, dass die Stimme, die er während seines Gebetes an dem Spalt gehört hatte, zu ihm sprechen würde. Aber er hörte nur das Pochen seines Herzens und das Rauschen seines eigenen Blutes. Sie konnten unten die

Schritte und Stimmen der Räuber hören. Auf Xundinas Versteck legte sich der Schein einer Fackel, die durch eines der Fenster schien.

Ausgerechnet jetzt fing Pan an, sich unruhig unter den Fellen zu regen. Vortian betete zu Cahya, dass er noch eine Weile bewusstlos bleiben würde.

Oder wäre es besser, er würde wieder zu sich kommen und noch einmal diese Macht freisetzen? Aber was würde dann mit ihm geschehen?

Vortian wünschte sich, dass er genauer nach einer Waffe gesucht hätte. Hatte Xundina eigentlich das Messer noch?

Obwohl – wem wollte er etwas vormachen? Sie waren nun einmal keine Krieger und gegen eine Armbrust hätten sie auch mit dem besten Schwert keine Chance gehabt. Vortian berührte die Stelle, wo ihn der Bolzen getroffen hatte. Selbst wenn Pan ihn sofort geheilt hatte, würde er diesen Schmerz nie vergessen.

Elyas Stimme hallte durch die schwarze Stadt.

»Sie müssen hier sein, man kann diesen Ort nicht ohne den Zauber verlassen«, rief sie, und man konnte die Wut aus ihrer Stimme heraushören. Kurz darauf erklangen im unteren Stockwerk des Hauses schwere Schritte. Erst wurde unten alles durchsucht, doch das dauerte nicht lange.

Vortian wurde schlecht. Durch den Spalt, den er zwischen den Türen des Kleiderschrankes offengelassen hatte, konnte er erkennen, dass der Fellhaufen sich bewegte.

Kurz darauf schob sich Pan aus seinen Fellen. So leise wie möglich versuchte Vortian, die Türen des Kleiderschranks zu öffnen, und winkte Pan wild zu. Er wollte Pan bedeuten, sich wieder zu verstecken. Doch der erhob sich langsam und grazil, er sah in Vortians Richtung und lächelte, während er sich auf die Füße stemmte.

»Es ist in Ordnung«, sagte Pan stattdessen mit einer viel zu lauten Stimme, die Vortian zusammenzucken ließ, »sie können uns nichts antun.«

Unten konnte man hören, dass die Bewegungen stockten. »Hier sind sie!«, rief eine raue Männerstimme. Das Stampfen vieler – zu vieler – Stiefel kam auf das Haus zu. Stimmengewirr war von unten zu hören und kurz darauf erschien eine Hand am oberen Ende der Leiter. Elya zog sich nach oben. Ihr Gesicht war zur Hälfte verbrannt und obwohl die Wunde frisch war, schien der Zorn sie die Schmerzen vergessen zu lassen.

Ihre Augen brannten vor Wut.

»Das war dumm von dir, Hexer«, knurrte sie, ein Schwert hoch erhoben vor ihrem Gesicht, »dich einfach so zu verraten. Jetzt werden wir dir den Hokuspokus austreiben und du wirst unsere Leute heilen, verdammt.«

Vortian konnte keine Angst in Elyas grünen Augen erkennen. Sie war einfach nur rasend vor Zorn. Ging sie denn gar nicht davon aus, dass Pan ihr noch etwas viel Schlimmeres antun könnte?

Pan schien davon nicht im Mindesten beeindruckt zu sein. Er verschränkte nur die Arme vor der Brust und lächelte.

»Du kannst froh sein, dass der Mensch an den vermeintlich Unschuldigen seiner Rasse hängt. Und dass meine Hülle offenbar erkannt hat, dass seinem Freund etwas an dir liegt. Deshalb stimmt eine der Aussagen, die du unwürdiges Wesen gerade getroffen hast. Ich werde die Menschen heilen, die du als deine Leute bezeichnest. Deine Leute haben diese Krankheit dir zu verdanken. Doch davon abgesehen wirst du mich und meine Freunde in Ruhe lassen, da du keine Macht über uns besitzt. Ich könnte euch mit einem Schnippen meiner menschlichen Finger zu Asche verbrennen und würde nicht einmal blinzeln müssen. Das vorhin war nur eine Warnung.«

Vortian gefror das Blut in den Adern. Er wusste sofort, was Pan gemeint hatte, als er gesagt hatte, dass er die Kontrolle abgeben musste. Vortian sah zwar seinen Freund Pan, dessen Körper, dort vor Elya stehen. Aber da sprach jemand anderes mit seiner Stimme.

Die Frage war nur – wer hatte jetzt die Kontrolle? Cahya?
Noch immer wagte Vortian es nicht, herauszukommen.

Pan nickte in die Richtung ihrer verbrannten Gesichter, und der Räuber, der hinter Elya aufgetaucht war, zuckte erschrocken zurück.

»Du machst mir keine Angst, Priester!«, donnerte Elya und machte einen Schritt auf Pan zu. Vortian sprang ohne darüber nachzudenken aus seinem Kleiderschrank. Er wollte nicht, dass die Situation noch mehr eskalierte. Es gab jetzt schon viel zu viel, das er erst noch mühsam würde verarbeiten müssen. Aber Pan betrachtete Elya vollkommen unbeeindruckt.

Dann wandte er sich zu Xundinas Versteck um und bedeutete ihr, herauszukommen.

Sie zögerte, doch Pan reichte ihr die Hand, und sie kroch aus dem Kissenhaufen hervor. Pan ließ Xundinas Hand los und deutete auf Elya.

»Ihr werdet jetzt zu den Geheilten zurückkehren. Meine Freunde und ich dringen weiter in den Berg vor und vernichten diese Krankheit endgültig«, sagte er ruhig.

»Warum sollten wir dir auch nur ein Wort glauben?«

Elya machte drohend einen weiteren Schritt auf Pan zu.

»Du hast uns verbrannt! Du wirst das sofort rückgängig machen oder ...«

Ihre Schwertspitze schwebte vor Pans Gesicht, als dieser vorschnellte und ihr Handgelenk packte. Elya schrie. Ein Pfeil löste sich aus der Armbrust ihres Begleiters, doch Pan streckte den Arm aus und der Pfeil zerstob sofort zu Asche. Erbarmungslos hielt er Elya einen weiteren Moment fest, während ihre markerschütternden Schreie in den Ohren der Anwesenden gellten.

Ihre Gefolgsleute waren zurückgewichen. Pan schien ganz geduldig zu warten, schien die Sekunden zu zählen, bis er zu dem Ergebnis kam, dass es genug sei und er Elya losließ.

Sie sank sofort zu Boden. Vortian konnte keine Verletzung erkennen, aber er dachte an seine misslungene Heilung im Wald zurück und meinte zu wissen, was Elya solche Schmerzen bereitet haben könnte. Pan konnte nicht heilen, was er selbst verursacht hatte. Stattdessen löste er Schmerzen in denen aus, die er einmal mit seiner Macht berührt hatte. Vortian war hin- und hergerissen, ob er sich freuen sollte, dass Pan solche Macht über Elya besaß, oder bestürzt über dessen plötzliche Grausamkeit sein sollte.

Am Ende überwog der Schmerz, dass er seinen besten Freund verloren zu haben schien. Selbst, wenn Pan sie gerettet hatte (oder was auch immer er jetzt war), wünschte Vortian, es wäre gar nicht nötig gewesen.

Vortian warf einen flüchtigen Blick zu Xundina rüber, die krampfhaft versuchte, keine Regung zu zeigen. Sie hatte aber ganz eindeutig Angst vor Pan. Oder vor dem, was er geworden war.

Elyas Begleiter ging in die Knie und robbte vorsichtig auf sie zu. Er machte Anstalten, sie in den Arm zu nehmen, doch sie drückte ihn mit einer schwachen Bewegung von sich.

»Du gibst hier nicht mehr die Befehle, Mensch«, sagte Pan bedächtig und blickte voller Verachtung auf die beiden Räuber nieder, »und jetzt lasst ihr uns gehen.«

Elya musste sich zwingen, sich aufzurichten und zwischen den Zähnen etwas hindurchzupressen. Sie atmete schwer.

»Verschwindet.«

Sie rieb sich über das Gesicht. Ihre Wunden schienen wieder schlimmer geworden zu sein, »verschwindet und haltet euch von diesen Wäldern fern! Sollten wir uns jemals wieder begegnen, werde ich euch töten.«

Triumphierend lächelte Pan.

»Kommt«, sagte er an seine Gefährten gerichtet. Er streckte den Arm nach ihnen aus, als wollte er sie einladen, vorzugehen. Vortian und Xundina gingen an Elya vorbei auf die Leiter zu und stiegen in das Wohnhaus hinab. Sie blickten sich in die Augen und beide hatten den gleichen Ausdruck darin. Angst.

Sie verließen das Haus und traten wieder auf den golden schimmernden Marktplatz.

Die Räuber hoben ihre Waffen, aber da schaute Elya aus dem Fenster der Wohnung, die sie eben verlassen hatten und brüllte herunter, dass man sie ziehen lassen sollte.

Pan steuerte auf einen der Tunnel zu, und als Vortian ihn gerade darauf hinweisen wollte, dass die Tunnel nicht weiter in den Berg hineinführten, hob Pan die Arme, stellte sich in den Eingang des Tunnels.

»Ix chalanon. Shon culum shaxeminin.«

Vortian fragte sich schon gar nicht mehr, was diese Worte bedeuteten. Er wollte einfach hier weg.

Der Tunnel verschwand und dahinter erschien ein anderer Tunnel, der tiefer in den Berg zu führen schien. Er war hell erleuchtet durch das Licht der grünen Steine, die man hier in die Wände geschlagen hatte. Pan ging voraus, Vortian und Xundina folgten ihm in den tiefen, dunklen Tunnel. Als Vortian einen Blick zurückwarf, konnte er in Elyas eisige Augen sehen. Sie schien fiebernd darüber nachzudenken, wie man die Mönche doch noch erledigen konnte.

Erneut fanden sie sich in dunklen Tunneln wieder. Vortian vermisste die Sonne auf seiner Haut, alles in ihm sträubte sich dagegen, noch weiter in diesen verdammten Berg vorzustoßen.

Vor allem aber sprach keiner ein Wort. Die Stille fühlte sich für Vortian und Xundina erdrückend an, während sie durch die Dunkelheit hinter Pan her stapften.

Die gesamte Zeit über wollte Vortian mit Xundina sprechen, aber er bekam keine Gelegenheit, da Pan immer in Hörweite war. Stattdessen war er allein mit seinen Gedanken, die immer wieder um dieselben Fragen kreisten.

Was war mit Pan geschehen? War das tatsächlich die Macht der Cahya, die sich in ihm zeigte? War Pan jetzt von ihrer Göttin ... besetzt?

Warum hatte sie dann dafür gesorgt, dass die Banditen solche Qualen litten?

Die Cahya, über die Vortian sein ganzes Leben etwas gelernt hatte, hätte sicherlich eher versucht, sie aus der Höhle zu befreien und nur die Kranken vom Grünen Schrecken geheilt. Denn Cahya war gnädig gegenüber den Verfehlungen der Menschen, selbst wenn sie grausam handelten. Aber Pan wirkte überhaupt nicht mehr gnädig.

Im Gegenteil: Es schien ihm sogar Spaß gemacht zu haben, die Banditen zu quälen. Vortian war gleichzeitig dankbar und verspürte eine Angst, die er noch nie zuvor in einem Leben gekannt hatte.

Die viel wichtigere Frage war aber: Wenn Pan nicht von Cahya ausgewählt worden war – wem lieh er dann gerade seinen Körper? Dem Gott des Feuers? Oder der Schatten?

Das kam Vortian alles falsch vor. Denn Pans Opfer waren zwar verbrannt worden, aber nicht mit Flammen, sondern mit gleißendem Licht ... Seltsamerweise dachte er jetzt an den Traum, den er gehabt hatte.

Als er von dem Licht weggeschwommen war, statt darauf zu. Diese Stimme ... und dieses Licht hatten ihm Angst gemacht.

War das bereits ein Zeichen gewesen? War seine Angst vor der Gottheit, die jetzt Macht über Pans Körper hatte, berechtigt?

Vortian schreckte aus seinen Gedanken, als er eine Hand auf seiner Schulter spürte. Kurz hoffte er, dass es Pans war, der wieder seinen Körper zurückerhalten hatte. Stattdessen blickte er in Xundinas Gesicht.

»Wenn du dir noch weiter Sorgen machst, wirst du diese Falte zwischen deinen Augenbrauen nie wieder los«, raunte sie und Vortian musste einfach grinsen. Xundina hatte recht. Sie waren zumindest vor den Räubern in Sicherheit.

Der Tunnel war inzwischen sehr kurvenreich geworden. Vortian hatte schon längst den Überblick verloren, wie oft es rechts oder links gegangen war. Dann, nach einer gefühlten Ewigkeit, verließen sie den Tunnel und vor ihnen lag schon wieder ein weiterer Teil der schwarzen Stadt. Und wieder eröffnete sich vor ihnen ein Platz, der den anderen beiden zuvor glich.

Vortian befürchtete ihm ersten Moment, dass sie sich doch wieder verirrt hatten und gleich auf Elya treffen würden. Aber dann stellte er fest, dass die Decke der Höhle hier so weit über ihnen lag, dass er sie in der Dunkelheit gar nicht ausmachen konnte. Die Häuser waren doppelt so hoch wie in dem Teil der Stadt, aus dem sie gekommen waren. Und in der Mitte des vor ihnen liegenden Platzes stand eine so beeindruckende Figur, dass nicht einmal die Statue der Cahya in ihrem Kloster da mithalten konnte.

Sie stellte einen Ork dar, der doppelt so groß war wie derjenige aus der anderen Höhle. Der Bildhauer hatte eine Krone mit spitzen Zacken auf den Kopf des Orks gesetzt. Seine steinernen Augen waren nicht zur Decke gerichtet, sondern sahen auf Vortian, Xundina und Pan herab. Das majestätische Gewand, das der Künstler in den Stein gehauen hatte, war mit goldenen Sprenkeln durchzogen. Die Haut des Orks schimmerte, als läge eine grüne Patina über dem Gestein. Vortian konnte jedes einzelne, in Stein gehauene Haar erkennen. In der Hand hielt der Ork eine Schatulle.

War das die Schatulle, von der Elya gesprochen hatte? Aus der angeblich der Fluch stammte?

Auch der Brunnen, der diese Statue umgab, hatte schon seit Ewigkeiten kein Wasser mehr gesehen.

Die ganze Stadt leuchtete, fast so, als wäre sie immer noch von ihren alten Erbauern bewohnt.

Bei genauerem Hinsehen erkannte Vortian, dass überall an den Fassaden der Häuser und auch in die Fassung des Brunnens, in die Fliesen auf dem Boden, winzige Mondsteine eingelassen worden waren.

Nach allem, was er bisher gesehen hatte, glaubte Vortian, dass er hier vor den Überresten einer ausgestorbenen Zivilisation stand, über die falsche Geschichten verbreitet worden waren. Wahrscheinlich, weil die Menschen sich nicht vorstellen konnten, dass Orks, die doch so ganz anders aussahen, ähnlich leben konnten wie sie selbst, dass sie eine Kultur besaßen.

Überall waren Wohnungen in den Stein geschlagen und ganz oben, man konnte es kaum erkennen, ragte ein gigantisches Plateau in die Leere über ihren Köpfen hinein. Xundina und Vortian vergaßen einen Moment ihre Angst vor Pan und betrachteten vollkommen gebannt ihre Umgebung. Zwei riesige Wendeltreppen führten zu der Plattform hinauf und Pan steuerte direkt darauf zu. Weitere Lichter erleuchteten wie die Geländer der Treppen wie kleine Sterne. Die Atmosphäre hatte etwas Märchenhaftes. Vortian wagte nicht zu sprechen, aus Ehrfurcht vor den Wesen, die einst hier gelebt hatten.

Sie stiegen immer weiter hinauf, bis sie auf dem Plateau angekommen waren.

Dort standen, so hell erleuchtet, wie nichts anderes im gesamten Berg, drei riesige, schwarzglänzende Throne. Ihr Rahmen war vergoldet.

Auf jedem von ihnen lag eine Decke aus grünem Stoff, unter der das pure Gold des Stuhls hervorschimmerte.

Man konnte nicht genau erkennen, woher das Licht hinter den Stühlen stammte, doch das machte diese Throne nicht weniger beeindruckend.

»Hier haben sie regiert«, erklärte Pan, schritt auf die Stühle zu und strich über das grüne Polster, »bis Neid und Gier sie zerfraßen. Diese Stadt war ihr größter Schatz und sie versteckten sie mit einem furchtbaren Fluch. Etwas, das so grausam war, dass niemand, der davon wusste, je versuchen würde, ihnen etwas zu stehlen.«

Vortian war völlig verwirrt, woher Pan das wusste, aber Xundina sagte: »Der Grüne Schrecken.«

Pan nickte. »Sie waren so gierig, dass sie mit der Natur spielten«, erwiderte er und beugte sich über den kleinsten Stuhl, der in der Mitte stand und aussah, als sei er für ein großes Kind gedacht, »und das Ende ihrer Art besiegelten.«

Vortian bekam eine Gänsehaut. Er wagte es nicht, sich zu rühren.

Auf dem Stuhl stand ein kleines, schwarzes Kästchen, das geöffnet war.

Dessen Inneres war so dunkel, dass Vortian nicht erkennen konnte, ob das Kästchen überhaupt etwas enthielt. Pan betrachtete das Kästchen beinahe liebevoll und räusperte sich dann kurz.

»Er ... ich meine, ich, werde deine Hilfe brauchen, Vortian«, sagte er leise und streckte die Hand nach ihm aus. »Die Aufhebung des Fluches wird sehr anstrengend für mich werden. Aber zusammen werden wir es schaffen. Und dann verschwinden wir endlich aus diesem Berg.«

Es kostete Vortian einiges an Überwindung, um Pans Hand zu ergreifen. Er zögerte noch.

»Pan, warte noch ...«, begann er.

Doch Pan hatte sich bereits dem Kästchen zugewandt, als würde er davon ausgehen, dass Vortian ihm zur Seite stehen würde. Er legte beide Hände auf den Rahmen des Kästchens, die nach wenigen Sekunden von einem hellen Licht umgeben waren. Er begann dieses Licht in das Kästchen zu leiten.

Plötzlich schien er von einer unsichtbaren Macht ergriffen zu werden. Sein Kopf wurde zurückgerissen und seine Finger krallten sich so stark in die Wände des Kästchens, dass seine Fingernägel weiß wurden. Dann begann er, aus voller Kehle zu schreien.

»Pan!«, rief Vortian. Der ganze Berg begann zu beben, ein Grollen durchfuhr ihn, als würde er gemeinsam mit Pan schreien. Mit einem Mal strömte ein unheilvolles, dunkelgrünes Licht aus dem Kästchen hervor, das sich in die Höhe schraubte. Pan schaffte es unter großer Anstrengung, den rechten Arm von dem Kästchen zu lösen, als würde ein unsichtbarer Sog von dem Gegenstand ausgehen, der ihn festhielt.

Flehend blickte Pan Vortian an.

In diesem Moment hatte Vortian seit langer Zeit das Gefühl, dem echten Pan wieder in die Augen zu sehen. Ohne nachzudenken packte er dessen Hand und spürte sofort einen starken Druck, der seinen ganzen Körper zusammenzupressen schien, als würde er sich zwischen zwei mächtigen, unsichtbaren Platten befinden. Er wollte Vortian in die Knie zwingen, sodass er Mühe hatte, aufrecht stehenzubleiben. Doch er spürte seltsamerweise keinen Schmerz. Er hielt Pans Hand so fest, als würde ihrer beider Leben davon abhängen.

Trotz seiner Angst und Verwirrung spürte Vortian, dass Pan versuchte, die Energie des Kästchens in Licht zu verwandeln, wie er es mit der Flasche des Wirts getan hatte, um dieses dann an Vortian abzugeben. Vortian spürte diese Energie, er spürte, wie sie durch seine Adern floss.

Das Gefühl trieb Vortian fast in den Wahnsinn. Vielleicht war dieses Fließen der Energie sogar schlimmer als Schmerz. Denn es fühlte sich so an, als würden tausende Insekten unter seiner Haut bis zu seinem Herzen krabbeln.

Er konnte Xundinas entsetztes Gesicht sehen, doch sie sah nicht ihn an.

Als er ihrem Blick folgte, verstand er.

Eine grün-schwarze, wabernde Masse, die langsam auf ihn zu kroch, war aus dem Inneren des Kästchens emporgestiegen. Dieses Etwas erreichte Vortian, floss in ihn hinein und mischte sich mit seinem Blut, und nun schien bloß sein Herz der einzige warme Punkt in seinem Körper zu sein.

Der Rest seines Körpers war eiskalt.

Schließlich, nach langen, erschöpfenden Minuten, war die Energie verschwunden, das Kästchen war leer und die Kälte sowie die Gefühle, die der ganze Vorgang in ihm ausgelöst hatten, ebbten allmählich ab. Pan und Vortian fielen zu Boden, doch wurde diesmal keiner von ihnen bewusstlos. Trotzdem waren beide vollkommen außer Atem.

Pan lächelte schwach.

Xundina setzte sich zu ihnen. »Bitte. Bring uns jetzt hier raus«, flüsterte sie an Pan gewandt und wischte sich mit dem Handrücken eine Träne aus dem Augenwinkel.

21. Kapitel

Ein viertes Leben

Es war einmal ein König, dessen Name war Bjorek. Er lebte auf einem Kontinent, den man Zagath nannte – und der in zwei Länder aufgeteilt war. Das Land im Norden hieß Kanthis. Es war geprägt von kalten Wintern und milden Sommern und zeichnete sich besonders durch seine zwei großen Wälder aus.

Der heiße und trockene Süden hieß Sinthaz. Dieses Land bestand aus Wüsten und herrschaftlichen Städten, die an Oasen erbaut worden waren. Sinthaz wurde regiert von einer Herrscherin namens Mysandre.

Beide Länder wurden durch ein gigantisches Gebirge, das man das Torkengebirge nannte, voneinander getrennt.

Immer wieder versuchten die Menschen, diese natürliche Grenze zu überbrücken. Über Jahrhunderte führten beiden Länder Krieg gegeneinander, um mehr Land zu erobern und größere Macht zu erlangen. Bjorek hatte noch nicht einmal das volle Alter erreicht, als sein großer Bruder Ruben, ein stattlicher Krieger von fünfundzwanzig Wintern, ein weiteres Mal gegen den Süden in den Krieg zog. Dieser Krieg war von Bjoreks und Rubens Vater, Ölmnir, begonnen worden, und Ruben führte die stärkste Legion als Verstärkung an, um den Sieg für sich zu entscheiden. Dafür überquerte er das Torkengebirge und betrat feindlichen Boden.

Woche um Woche verging, in der keine Nachricht aus dem Krieg zu Bjorek und seinem Vater gelangte, bis eines Tages die Boten verkündeten, Ruben würde heimkehren. Er habe dafür gesorgt, dass Frieden einkehren konnte. Obwohl nicht berichtet worden war, ob Ruben nun ein Gebiet für sich hatte erobern können oder wie für Frieden gesorgt worden war, ließ Ölmnir ein Fest veranstalten und Ruben mit Hörnern empfangen. Doch sein Ältester kehrte nicht allein nach Hause zurück.

Bei ihm befand sich der Hofstaat von Mysandre, der Herrscherin des Südens, und sie selbst war angereist, um Ölmnir zu treffen.

Ruben und Mysandre, verkündeten, dass sie sich ineinander verliebt und dadurch Frieden geschlossen hatten. Sie hätten sich bereits nach südlicher Tradition das Wort ewiger Treue geschworen und somit für eine Einigung im Streit des Nordens und des Südens gesorgt. Nun wollten sie den Segen des Vaters.

Aber natürlich war Ölmnir wütend über den Zusammenschluss und den ehrlosen Frieden. Er verstand nicht viel von Diplomatie oder der Kunst des Wortes und beschuldigte Mysandre, seinen Sohn mittels Hexerei dazu gebracht zu haben, sie zu lieben. So musste sie kein Land abtreten.

Dass Ruben durch diese Verbindung vielmehr Macht in Sinthaz würde ausüben können, spielte für ihn keine Rolle. Ölmnir ließ also offiziell verkünden, dass er den durch die Ehe geschlossenen Frieden nicht anerkennen würde. Er schlug die Warnungen seiner Berater und seines jüngsten Sohnes in den Wind und verstieß Ruben. Außerdem verkündete er, den Krieg weiterzuführen. Ruben verließ mit Mysandre den Hof.

Bjorek stahl sich noch in derselben Nacht aus dem Haus, um seinem Bruder zu folgen und sich selbst von dessen Glaubwürdigkeit zu überzeugen. Bjorek sprach mit Ruben und Mysandre und er konnte keine Zeichen von Magie entdecken, sondern, soweit er es in seinen jungen Jahren beurteilen konnte, nur wahre Liebe. Also beschloss er, sich gegen seinen Vater zu stellen. Bjorek half Ruben und Mysandre bei der sicheren Flucht zurück nach Sinthaz und versprach ihnen, noch einmal mit Ölmnir zu reden.

Doch dieser war in einen rasenden Wahn verfallen und wollte nicht glauben, dass Mysandre Ruben aufrichtig liebte. Auch nicht, als Bjorek ihn anflehte.

So sah Bjorek sich gezwungen, seinen alten Vater vom Thron zu stoßen, und stellte fest, dass er nicht nur die Unterstützung des Volkes, sondern auch der kriegsmüden Soldaten hatte, die endlich Frieden mit Sinthaz schließen wollten.

Bereits nach drei Tagen hatten Kanthis und Sinthaz je einen neuen König, die beiden Brüder des Nordens.

Viele Jahre herrschte Frieden zwischen den alten Rivalen aus dem Norden und dem Süden, bis vor wenigen Wochen eine verstörende Nachricht den Norden erreichte.

Im Süden hatte eine fremde Macht einen grausamen Krieg begonnen, einen Krieg, den eine seltsame und tödliche Macht bestimmte. Feuer. Feuer, das angeblich von einem Mann kontrolliert wird.

Wie das möglich war, konnte König Bjorek sich nicht erklären. Fluchmagie war zwar schon seit Jahrhunderten Teil der sinthazianischen Kultur, aber dass jemand Feuer erschaffen, kontrollieren und damit die gesamte Armee Mysandres vernichtet haben sollte, klang wie eine Geschichte aus einem Märchen. Bjorek erhielt von einem Falken die Nachricht in der altbekannten Schrift Mysandres verfasst, verschnörkelt und schmuckhaft wie immer, doch von unfassbarer Trauer und Hektik gezeichnet.

Ruben war tot.

Rasend schnell zu Asche verbrannt. König Bjorek konnte es nicht glauben. Vor ein paar Monaten hatte er erst seinen Bruder besucht, mit seinem Sohn Erik, seiner Tochter Gyscha und der Königin – Ruben hatte sich bester Gesundheit erfreut – und nun sollte er tot sein? Ohne jegliche Überreste, die man ehrenvoll bestatten konnte?

König Bjorek fällte zwei wichtige Entscheidungen an dem Tag, an dem er den Falken erhielt.

Er würde dafür sorgen, dass Mysandre alle Unterstützung bekam, die er entbehren konnte. Bis auf eine.

Egal, was geschehen sollte, seinen Sohn Erik würde er nicht an die Flammen verlieren. Da konnte der ein noch so heldenhafter Krieger sein.

König Bjorek ließ Erik noch am selben Abend in seinem Zimmer einsperren. Er würde niemals in den Krieg ziehen dürfen.

Voller Schrecken erwachte Erik Bjoreksson aus seinem Schlaf. Er war im Traum unten in Königsgrub gewesen und Rupert hatte ihm das Schwimmen beigebracht. Rupert, der älteste und treuste Diener des Königshauses des Nordens war Erik nicht nur Kämmerer und Lehrer gewesen, er würde ihn auch als einen echten Freund bezeichnen. Bis dahin war der Traum mehr eine Erinnerung gewesen. Doch dann war Eriks Vater gekommen und hatte ihn unter Wasser gedrückt, so lange, bis ihm die Luft knapp geworden war.

Heute war der erste Tag seit dem Beginn von Eriks Gefangenschaft, an dem Rupert ihn nicht besuchen kam. Mit einem merkwürdigen Gefühl in der Magengegend erhob er sich von seinem Bett und wanderte hinüber zu dem Schreibtisch, an dem noch eine Kerze herunterbrannte.

Es musste weit nach Mitternacht sein und er war kurz weggedöst, nachdem er seine Arbeit beendet hatte. Die Arbeit, die er sich selbst auferlegt hatte: das Niederschreiben seiner eigenen Geschichte

Erst gestern Abend war er bei der Beschreibung seiner derzeitigen Situation angekommen. Eingesperrt in seinem eigenen Zimmer, statt auf dem Schlachtfeld an der Seite seiner Krieger das befreundete Sinthaz vor einer unbekannten Macht zu verteidigen.

Der Krieg, den er beschrieb, dauerte nun schon mehrere Wochen und der Hauptteil der nordischen Armee war bereits tot. Und er saß hier und schrieb die Chroniken des größten Misserfolgs seines Vaters.

Frustriert langte Erik in eine Dose neben der Kerze und nahm eine Prise eines grünen Pulvers zu sich. Sofort spürte er dessen Energie durch seinen Körper fließen. Es ging ihm auf Anhieb besser. Bechda war das Einzige, was Erik noch geblieben war, nachdem sein Vater ihn in seiner Kammer eingesperrt hatte wie einen Schwerverbrecher. Langsam gingen seine Vorräte allerdings zur Neige, wie er in einem Anflug von schlechter Laune feststellte.

Es würde schwer werden, an etwas heranzukommen, da niemand wirklich begeistert davon sein würde, dass Erik sich dieses Suchtmittel genehmigte. Seine Zelle war ein großes, rundes Zimmer an der Westseite einer stattlichen Burg. Dunkel und ein wenig furchteinflößend stand sie am nördlichen Rande Kanthis', ganz nah der Polarebene. Eriks Licht war immer das Letzte, das noch brannte. Er überlegte Tag und Nacht, wie er aus dem Zimmer entkommen konnte, er rasierte sich nicht, wusch sich kaum noch und brütete ausschließlich über seinen Aufzeichnungen. Die einzigen zwei Dinge, die ihn davon abhielten, seinen Verstand zu verlieren, waren das Schreiben und die täglichen Einheiten, um seinen Körper aktiv zu halten. Es war, als bereite er sich die ganze Zeit darauf vor, in den Krieg zu ziehen, und verzweifelte an dem Gedanken, dass er das vielleicht niemals tun würde.

Im Bürgerkrieg vor zehn Jahren hatte er sich einen Namen gemacht, mit gerade mal fünfundzwanzig Wintern. Er war Hauptmann geworden, hatte seine eigene Legion angeführt und Dutzende Soldaten befehligt. Wenn er eins war, dann ein Soldat, ein Kämpfer, ein Krieger.

Wie sollte ihn das Volk jemals wieder respektieren, wenn er nicht in diesem Krieg kämpfte?

Und alles nur, weil sein Vater sich zum ersten Mal in Eriks Leben wirklich Sorgen um seinen Sohn machte, weil er blind geworden war in seiner Angst, anstatt zu kämpfen wie ein Mann.

Was war bloß aus dem mutigen König Bjorek geworden, der sich damals gegen den mächtigen Ölmnir stellte? Warum brachte ein Brief in so sehr aus der Fassung, dass er seine Soldaten wie die Fliegen verrecken ließ, ohne selbst in den Kampf zu ziehen?

Gerade begann er erneut, seinen Puls mit kräftigen Sprüngen in die Höhe zu treiben, da hörte er ein seltsames Geräusch. Im Schloss seiner Tür bewegte sich etwas.

Doch es klang nicht nach einem Schlüssel – dafür war es zu klein, zu zaghaft.

Er musste nicht lange warten, bis ein befriedigendes Klicken erklang und die Tür geschmeidig einen Spalt aufschwang. Einen Moment lang überlegte er noch, ob er nach seinem Dolch greifen sollte, dann öffnete sich die Tür vollends.

Erik entgleisten die Gesichtszüge.

»Gyscha?«, fragte er ungläubig und merkte etwas verärgert, wie rau und schwach seine Stimme klang. Die Frau, die in der Tür stand, blickte sich prüfend um, trat dann in das Zimmer und schob die Tür wieder leise hinter sich zu.

Gyscha war klein, hatte schmutzig-blondes Haar und braune Augen. Sie trug ein weißes Nachthemd und über den Schultern ein Fell. Doch an den Händen trug sie Lederhandschuhe und an den Füßen dicke Stiefel. Fast musste Erik über ihren Anblick lachen. Sie sah aus, als wollte sie im Nachthemd jagen gehen.

Gyscha betrachtete ihn aus ihren großen, braunen Augen.

»Ach Erik«, murmelte sie dann, ging auf ihn zu und schloss ihn in die Arme.

»Ich wusste, dass dir die Gefangenschaft zusetzen würde.«

Kurz standen sie einfach so da, dann blickten sie sich in die Augen. Noch immer trug Gyscha die traditionell geflochtenen Zöpfe ihres Volkes, die wie eine Krone ihren Kopf umwoben. Im Gegensatz zu Erik hatte sie das breite, volle Gesicht ihres Vaters mit den dicken Pausbacken geerbt und nicht das glatte, kantige ihrer Mutter.

Der Mangel an Schlaf betonte durch die Augenringe Eriks schmale Züge noch, und da er auch um einiges höher und breiter gewachsen war als Gyscha, konnte man kaum meinen, dass sie Zwillinge waren. Gyscha war nur wenige Minuten älter als Erik.

»Wie bist du hier reingekommen?«, fragte Erik.

Lächelnd hielt seine Schwester etwas in die Höhe, das bei genauerer Betrachtung ein alter, äußerst schäbiger Dietrich zu sein schien.

»Von Rupert«, antwortete Gyscha und ließ das Teil noch einen Moment vor seinen Augen hin und her baumeln.

Rupert. Der Mann, der Erik und Gyscha praktisch aufgezogen hatte, ihnen mehr Vaterfigur gewesen war, als Bjorek. Der König war schon immer ein reservierter und resoluter Mann gewesen, der nur wenige Momente mit seinen Kindern teilte. Hatte es also einen Grund, dass Rupert heute nicht zu Besuch gekommen war?

»Rupert? Wo ist er jetzt?«, fragte Erik.

»Er holt dein Schwert. Vater hatte es im Keller aufbewahrt. Meine Aufgabe war es, dich hier rauszuholen.«

Erik sah sie einen Moment ausdruckslos an. Dann belebten sich seine Züge und er ging zu einer Truhe, die neben seinem Bett stand. Er öffnete sie und holte seine Lederrüstung hervor und legte sie an. Dann legte er noch ein geflochtenes Stirnband an.

Er war froh, dass es Gyscha und Rupert endlich gelungen war, ihn zu befreien. Sie hatten bisher zwar bereits ein paar Versuche unternommen, waren aber jedes Mal beinahe erwischt worden.

»Ein wenig übertrieben von dem alten Bären, nicht?«, sagte er und überprüfte die Gurte seines Wamses. Seine Schwester antwortete nicht. Erik spürte, wie er wütend wurde.

Entschuldigte sie immer noch jedes Verhalten ihres Vaters? Sah sie selbst jetzt nicht, was für ein Feigling ihr Vater geworden war?

Gyscha war immer die diplomatischere von ihnen beiden gewesen. Sie hatte sich um die Verwaltung des Hofes gekümmert und hätte später gemeinsam mit ihm regieren sollen. Doch das spielte nun keine Rolle mehr. Gab es kein Königreich, brauchte man auch keinen König.

Und sollten die Geschichten und Gerüchte über einen ›Herrscher des Feuers‹ stimmen, der Menschen mit einem Fingerschnipsen binnen Sekunden zu Asche verbrennen lassen konnte, dann würde dieser sicher nicht einfach an den Grenzen von Sinthaz Halt machen. Er würde versuchen, auch Kanthis zu unterjochen oder zu zerstören, da war Erik sich sicher.

»Mutter schläft?«

Gyscha öffnete die Tür einen Spalt und spähte hinaus in den Gang.

Die einzige Fackel, die neben der Tür an der Wand hing, beleuchtete schwach den Gang, doch bereits nach etwas mehr als zwei Metern lag alles in völliger Dunkelheit.

Mit einem kurzen Nicken beantwortete Gyscha Eriks Frage.

Dann winkte sie Erik kurz zu.

Gut, dachte Erik, bevor er tief durchatmete und sich daran machte, hinter Gyscha sein Zimmer endlich zu verlassen, *Ich möchte nicht, dass Mutter zu viel mitbekommt.*

Erik spürte einen Stich, als er an seine Mutter dachte. Sie hätte vielleicht die Macht gehabt, ihn früher zu befreien, wenn sie versucht hätte, auf ihren Mann einzureden. Wenn sie irgendetwas versucht hätte. Aber das war nicht ihre Art.

Sie hatte gelernt, ihrem Ehemann zu gehorchen wie einem Herrn, und das hatte sie ihr Leben lang getan. Dieses Verhalten stellte sie offensichtlich auch über das Wohl ihrer Kinder.

Erik schüttelte leicht den Kopf, um sich aus seinen Gedanken zu reißen.

Er musste sich konzentrieren.

Als auch er sich davon überzeugt hatte, dass die Luft rein war, schlüpften Gyscha und Erik durch die Tür und huschten den Gang entlang. Ihre Schritte kamen ihnen in der Stille der Burg viel lauter vor, als sie eigentlich sein konnten. Eriks Herz schlug aufgeregt. Er hastete stumm, aber schnell durch die ihm so vertraute Burg und hoffte, dass der Ausbruchsversuch diesmal klappen würde. Er spürte, wie das Bechda ihn beflügelte, Wärme durch seine Adern pumpte und ihm Zuversicht verlieh.

Gyscha bog um eine Ecke. Dahinter lag der Gang, der zu dem Thronsaal führte. Links befand sich nun das majestätische Eingangstor der Burg, das auch jetzt, obwohl nur Schemen erkennbar waren, beeindruckend wirkte.

Fast war Erik versucht, einfach durch den Seiteneingang hinaus in die Freiheit zu treten und zum nächsten Dorf zu rennen. Bloß weg von der Burg, weg von seinem Vater. Aber Gyscha hatte andere Pläne, und Erik vertraute seiner Schwester blind. Selbst, wenn sie oft Differenzen gehabt hatten in den letzten fünfunddreißig Jahren, waren sie doch immer füreinander da gewesen, wenn es drauf angekommen war.

Die Wand gegenüber dem Portal wurde geziert von Portraits und Jagdtrophäen. Ganz oben, über zwei gewundenen Steintreppen, prangte das Bild von Bjorek Ölmnirsson. Hart, düster, starrte er auf seine Kinder nieder. Erik fühlte sich beobachtet, eingeschränkt, angegriffen. Gyscha fühlte sich herausgefordert, begutachtet, heimisch. Es war eigenartig, wie unterschiedlich sie beide ihren Vater wahrnahmen.

Gyscha schaute sich nervös über die Schulter.

Die Geschwister durchquerten die Eingangshalle und Gyscha zählte ihre Schritte. Beim siebzehnten machte sie Halt, wandte sich nach rechts. Dort hing ein riesiger Wandteppich mit einem Bild der verrückten Königin. Dahinter befand sich ein Geheimgang zum Kerker. Wahrscheinlich sollten sie hier auf Rupert warten. Erik sah sich immer wieder um und wollte gerade fragen, warum sie hier herumstanden, da ließ ihn eine Stimme hinter ihnen heftig zusammenzucken.

»Was macht ihr hier?«

Erik fuhr herum.

Auf der rechten Treppe über der Eingangshalle war ihr jüngerer Bruder Ruben aufgetaucht. Offenbar hatte er den Geheimgang aus der Küche benutzt, denn er hätte es sonst niemals unbemerkt so nah an seine Geschwister herangeschafft. Ruben kannte sich im Schloss besser aus als jeder andere.

Er betrachtete Gyscha und Erik aus seinen tellergroß wirkenden Augen, dann nickte er langsam.

»Ihr wollt Vater hintergehen, nicht wahr?«, fragte er leise und ohne eine Miene zu verziehen. Elegant rutschte er das Treppengeländer hinunter und landete neben Gyscha, die er nur kurz ansah, um sich dann Erik zuzuwenden. Erik schaute seinen jüngeren Bruder fragend an.

Was wollte er hier? Würde er sie verraten?

Ruben war manchmal nicht ganz leicht einzuschätzen. Erik wusste nie, was gerade in dem Kopf seines jüngeren Bruders vor sich ging. In dessen Gesicht zu lesen, war so schwer, wie die Stimmung einer Echse zu deuten.

»Es wurde Zeit, dass ihr das endlich macht«, raunte er und zwinkerte Erik zu. In seinen Augen lag etwas Altes, Müdes, das Erik nie ganz verstanden hatte.

»Brauchst du meine Hilfe, Brüderchen?«, fragte Ruben, der immer schon der Vernünftigste von ihnen dreien gewesen war.

»Ruben, bitte geh wieder ins Bett. Wir wollen Erik endlich befreien, das ist kein Ort für …«

Aber Erik hielt eine Hand in die Höhe und funkelte Gyscha böse an, bevor sie ihren Satz beenden konnte.

Gyscha hatte es vielleicht geschafft, ihren Vater besser zu verstehen, aber in Hinblick auf ihren jüngeren Bruder hatte ihr diese Fähigkeit immer gefehlt. Ruben der Zweite, benannt nach seinem Onkel und doch so ganz anders als dieser, unterschied sich von den meisten Menschen. Ruben lebte zurückgezogen, war sehr intelligent und manchmal fürchterlich arrogant, und genau das war Gyscha immer suspekt gewesen. Während Erik sich bemüht hatte, Ruben kennenzulernen und ihn so zu akzeptieren, wie er nun einmal war, hatte Gyscha ihn gemieden. Erik hatte Ruben das Kämpfen beigebracht und Ruben Erik dafür Schach. Sie hatten sich gegenseitig Geschichten erzählt, waren auf der Jagd gewesen und manchmal waren sie einfach gemeinsam spazieren gegangen und hatten geschwiegen. Obwohl elf Jahre sie trennten, waren Erik und Ruben nicht nur Brüder, sondern gute Freunde.

Gyscha schien zu ahnen, dass sie hier in der Minderheit war, deshalb seufzte sie bloß und schwieg dann.

»Rupert ist in den Kerkerräumen, um mein Schwert zu holen. Kennst du einen Weg, um zu ihm zu stoßen? Das könnte unseren Plan wirklich vereinfachen.«

Ruben blickte Erik mit einer Spur Überheblichkeit an und verzog die Lippen zu einem dünnen Lächeln.

»Ich hasse rhetorische Fragen«, antwortete er schließlich und führte Erik und Gyscha in Richtung des Thronsaales davon.

Aus den Augenwinkeln sah Erik, wie Gyscha die Augen verdrehte.

»He, Ruben, bist du verrückt? Wir können doch nicht direkt unter Vaters Nase hindurchspazieren!«, flüsterte Gyscha energisch, die sich am Ende des Trupps befand. Ruben antwortete nicht. Kurz vor dem Thronsaal bog er nach links ab und befühlte die Büste eines steinernen Bären. Er zog am rechten Schneidezahn und leise ächzend schob sich ein Stück Steinwand beiseite. Der Gang, der sich dahinter offenbarte, ging Erik gerade mal bis zur Brust, war unbeleuchtet und roch nach feuchtem Keller. Aber Erik vertraute Ruben mindestens genauso sehr wie Gyscha. Wenn es um das Thema Geheimgänge ging, vielleicht sogar ein bisschen mehr. Denn dieser Gang hier war zum Beispiel nicht mal Erik bekannt gewesen, und das war sicher nicht das einzige Geheimnis des Schlosses, das nur Ruben kannte und niemand sonst.

Außerdem hatte Gyscha einen furchtbaren Orientierungssinn.

»Wa hunak«, sagte Ruben selbstgefällig und zog provokant die Augenbrauen in die Höhe, den Blick Richtung Gyscha gerichtet. Nicht mal Erik wusste, was diese zwei Worte bedeuteten. Ruben hatte sich mal eine Fantasiesprache ausgedacht, aber seit er lesen konnte, brütete er oft stundenlang über irgendwelchen uralten Schriftrollen und brachte sich selbst längst ausgestorbene Sprachen bei. Ehrlich, wenn Intelligenz allein die Welt retten konnte, wäre Ruben sicher der größte Held.

»Ich gehe mal vor«, sagte Ruben, als Gyscha nichts erwiderte, sondern nur böse dreinschaute, und verschwand in dem Gang.

Gyscha sah aus, als wollte sie gerade losschimpfen, doch Eriks mahnender Blick, ließ sie erst einmal durchatmen.

Zu dritt hasteten sie durch die Dunkelheit des Ganges, der sich hinter ihnen wieder verschlossen hatte. Ab und zu stieß Erik mit dem Kopf gegen die Steinmauer über sich, doch er ignorierte den Schmerz.

Nach ein paar Minuten konnten sie Stimmen hören.

Dann sah Erik einen kleinen Lichtstrahl, der durch einen Spalt an der Wand schien. Dort war der Tunnel zu Ende. Ruben hockte sich vor den Spalt und spähte in den Raum dahinter. Erik drängte sich hinter seinen Bruder.

»Da ist Rupert«, wisperte Ruben ganz leise und tatsächlich – durch eine Lücke im Stein konnten sie den alten Hofdiener erkennen. Sein kahler Kopf schimmerte im Licht der Fackeln vor Schweiß.

Angsterfüllt starrte er in das Antlitz seines Gegenübers. König Bjorek selbst.

Dieser sah furchtbar aus. Übermüdet, mit dunklen Ringen unter den Augen, unrasiert, mit langem, fettigem Haar.

Er war ein kleiner und gedrungener Mann, dessen Haltung und Statur allerdings immer noch von alten, glorreichen Zeiten sprachen. Rupert umklammerte wie eine Maus einen Zahnstocher Eriks Schwert. Es wirkte viel zu groß für ihn. Die silbern glänzende Klinge mit dem kantigen Griff und der schwungvollen Gravur wirkte lächerlich in den Händen dieses zierlichen Mannes.

Erik ballte eine Hand zur Faust.

»Du warst mir Jahre lang ein treuer Diener, Rupert, aber wenn du mir nicht sofort das Schwert meines Sohnes aushändigst, wird es dir sehr leidtun«, sagte Bjorek. Äußerlich blieb er ruhig, doch in seiner Stimme schwang etwas Kaltes und Endgültiges mit, das Erik um Rupert bangen ließ.

Erik reckte sich, um hinter seinen Vater blicken zu können. Hatte er eine Waffe? Erik konnte keine entdecken. Doch dann entdeckte er ein Stück hinter Bjorek eine junge Wache, die mit einer gespannten Armbrust direkt auf Ruperts Gesicht zielte.

Erik erinnerte sich. Der Mann war von Kathanter Irius persönlich zu ihnen strafversetzt worden. Erik hatte das fast schon für eine Beleidigung gehalten, während Gyscha vermutet hatte, dass Irius den jungen Mann davor hatte schützen wollen, eingezogen zu werden. Aber Erik kannte Kathanter. Der Mann hatte doch ein Herz aus Stein.

»Mein König, vergebt mir, aber Ihr macht einen Fehler! Euren Sohn wegzusperren, obwohl Erik das taktische Verständnis und die Kraft besäße, den Krieg vielleicht endlich zu beenden! Ihr meidet die Königin, schlagt jeden Rat in den Wind. Aber Erik ist ein erwachsener Mann und sollte ...«

»Ich schütze, was mir am Herzen liegt!«, donnerte Bjorek und das Blut schoss ihm ins Gesicht. »Warum glaubt hier jeder verschissene Diener mehr zu wissen als ich?!«

»Ruben, öffne die Tür«, raunte Erik und griff seinem kleinen Bruder so hart an die Schulter, dass dieser zusammenzuckte.

»Weder mein Weib noch mein Sohn haben die Schrecken gesehen, die meinen Bruder getötet haben. Niemand außer mir hat niemand seine letzten Worte gelesen. Und du hast erst recht keine Ahnung. Nur *ich* habe bereits einige Nächte bevor Mysandres Nachricht eintraf, einen mehr als lebendigen Traum gehabt. Nur *ich* habe gesehen, wie diese ... diese Gestalt einen Feuerball aus dem Nichts heraufbeschwor und meinen Bruder binnen Sekunden in ein elendiges Häuflein Asche verwandelte! Mein armer, lieber Bruder ...«

König Bjorek krümmte sich zusammen und für einen Moment sah Erik in dessen Gesichtszügen einen so großen Schmerz, dass er für einen Moment innehielt. Bjorek verbarg sein Gesicht halb hinter einer seiner großen Hände. Weinte er etwa?

»Mein Herr ...«, murmelte Rupert und machte Anstalten, einen Schritt auf Bjorek zuzugehen, doch dann fuhr sein Blick hinüber zu der Armbrust und er hielt inne.

»Und keiner von euch Glücklichen hat eine Stimme in seinem Kopf gehört, die ihn gewarnt hat, dass er alles verlieren würde, wenn er in den Krieg zöge. Wenn er dem Süden zu Hilfe eilen würde! Es war kein Traum, es war eine Vision. Kein taktisches Verständnis und keine noch so mächtige Kriegskunst können den Herrn des Feuers aufhalten, Rupert! Besonders Erik nicht. Alles, was wir tun können, ist hoffen, dass sich dieses Monster mit Sinthaz zufriedengibt und nie einen Fuß auf kanthisches Land setzt. Wenn nicht ... bleibt uns nur die Verdammnis.«

Sein Blick wirkte irre im Licht der Fackeln und seine Augen, von Schatten untermalt, glommen beinahe vor purem Wahnsinn.

Erik stieß Ruben an, Gyscha wollte ihren Zwilling noch warnen, doch schon schoben sich Stein um Stein beiseite und Erik trat aus dem Geheimgang.

»Du nennst uns also Glückliche, Vater? Mich, den du wochenlang in seinem Zimmer einsperrtest wie einen unwilligen Halbwüchsigen, und das nur, weil ich das Richtige tun wollte?«

Rupert murmelte seinen Namen, während Bjorek ihn bloß anstarrte.

»Ich werde heute Nacht dieses Schloss verlassen. Ich werde in diesen Krieg ziehen und jeden mitnehmen, der gehen will. Wir werden kämpfen!«

Bjoreks Überraschung wich einem so wilden Zorn, der sein Gesicht zu einer Maske verzerrte, dass Erik für einen Moment verunsichert war und zwei Schritte zurückwich, obwohl sein Vater einen halben Kopf kleiner war als er und zudem seine Nachtkleider trug.

»Du wirst verdammt noch mal nichts dergleichen tun! Und wenn ich dich mit meinen eigenen Händen wieder wegsperren muss ...«

Der König machte ein paar Schritte auf Erik zu, der sich tatsächlich zusammenreißen musste, nicht noch weiter zurückzuweichen.

Doch da schrie Rupert: »Erik, fang!« und warf mit einer überraschend eleganten Geste das Schwert in Richtung des Prinzen. Im gleichen Augenblick ertönte ein Surren und der Bolzen bohrte sich von hinten in Ruperts Kopf. Der alte Diener brach wortlos zusammen.

Gyscha schrie und warf eines ihrer Dolche nach dem jungen Wachmann. Die Klinge durchbohrte seine Kehle, sodass er mit ein einem grauenvollen Röcheln auf die Knie fiel, während das Blut aus der Wunde schoss.

Ruben schlug die Hände auf die Ohren

Eiskalte Wut erfasst Erik und er ging langsam auf seinen Vater zu, wobei seine Stiefel blutige Fußabdrücke hinterließen.

»Das ist deine Schuld«, knurrte Erik und seine Augen füllten sich mit Tränen, während er die Spitze seines Schwertes gegen die Kehle seines Vaters drückte. Wut und Trauer schnürten ihm die Brust zusammen.

Erik dachte an seine Kindheit, an all das, was Rupert ihm beigebracht hatte. Schwimmen, lesen, reiten ... er hatte ihn getröstet und ihm Rat gegeben. Er hatte Erik aufgemuntert, wenn sein Vater wieder unzufrieden mit der Leistung seines Sohnes gewesen war.

Und jetzt lag er tot zu seinen Füßen.

»Erik, dieser Krieg, er ...«, stammelte König Bjorek. Aller Zorn war verschwunden. Er wirkte nur noch müde und verzweifelt, wie das älteste Kind der Welt.

»Sei still! Ich habe genug davon, deine Ausreden zu hören, deine Ausreden, um deine Feigheit zu verstecken! Wie du Kinder und Alte in den Tod schickst, während ich dort oben verrotten muss! Ich habe genug, hast du verstanden?!«

Nun begann der alte König zu wimmern, Erik meinte fast, eine Träne in seinem Augenwinkel zu erkennen. Es irritierte ihn kurz, doch die Wut war noch da.

»Du hast es nicht gesehen und nicht gehört, du hast es nicht begriffen, das ist kein normaler Krieg!«

Bjorek schien ihn beinahe anzuflehen. Er kauerte an der Wand wie ein alter Hund, den man im eiskalten Regen hatte stehen lassen.

»Aber *ich* habe es gesehen, Vater. Ich habe es auch gefühlt«, raunte da auf einmal die zaghafte Stimme von Gyscha.

Eriks Kopf fuhr ruckartig zu seiner Schwester herum. Sie hatte über dem Mann gehockt, den sie getötet hatte.

Nun war sie blutüberströmt und ihre Wangen waren nass von den Tränen, die sie vergossen hatte. Aus den Augenwinkeln sah Erik, dass sie Rupert offenbar den Pfeil aus der Stirn gezogen und die Augen geschlossen hatte.

Gyschas Augen waren rot und verquollen und ihre Stimme klang belegt. Sie ging zu ihrem Bruder und ihrem Vater und legte Erik eine Hand auf den Rücken.

»Ich habe gesehen, wie Onkel Ruben starb. Ich habe es gefühlt. Die Hitze. Und ich habe die Schreie gehört. Ich weiß, er wird kommen. Aber trotzdem denke ich, dass Rupert recht hat. Wenn jemand diesen Schrecken stoppen kann, dann Erik.«

Erik ließ erstaunt das Schwert sinken. Er betrachtete seine Schwester, die es schaffte, ruhig und sanft mit ihrem Vater zu sprechen, obwohl er schuld an Ruperts Tod war.

Hatte sie tatsächlich den gleichen Traum gehabt, wie ihr Vater?

Bjorek starrte Gyscha erschrocken in die Augen.

»Wie kannst du dir da so sicher sein? Wo du den Tod persönlich gesehen hast?«, fragte er mit zitternder Stimme.

Gyscha ging nun zu ihrem Vater hinüber.

»Sieh dir deinen Sohn an, Vater. Es ist Eriks Bestimmung zu kämpfen. Vielleicht sogar sein Schicksal. Selbst wenn der Kampf so aussichtslos ist, wie du behauptest, müssen wir es doch versuchen, oder? Wenn wir jetzt aufgeben und den besten Kämpfer des Landes weiter vom Krieg fernhalten, haben wir dann nicht längst verloren?«

Und Bjorek tat wie geheißen, es war, als studiere er angestrengt seines Sohnes Seele. Und als wäre ein Bann gebrochen, sank er in sich zusammen und begann zu weinen. Gyscha strich ihm über das Haar und bedeutete Erik, sich um Ruben zu kümmern.

Wie von fremder Hand gesteuert, folgte Erik ihrem Willen und beugte sich zu seinem Bruder hinunter. Er legte einen Arm um dessen bebende Schultern und redete auf ihn ein, brachte ihn dazu, sich von den Toten abzuwenden. Als Ruben sich einigermaßen beruhigt hatte, stand Erik wieder auf und schob das Schwert in die Scheide an seinem Gürtel. Dann half er Ruben auf und bat ihn, durch den Geheimgang zurückzugehen. Ohne ihn anzusehen, nickte sein Bruder, wischte sich kurz über die Augen und verschwand in dem Gang.

Erik sah sich nach Gyscha um, die in diesem Moment auf ihn zutrat.

»Lebewohl, Vater«, raunte sie, doch es war mehr zu sich selbst.

Die Geschwister verschwanden und ließen den König allein im Kerker zurück.

22. Kapitel
DIE LETZTE LEGION

Ruben und Erik warteten, während Gyscha ihre Mutter aufweckte. Die beiden Brüder sagten kein Wort. Eisiger Wind wehte durch die undichten Rahmen der Fenster und Eriks Schatten unter den Augen schienen mit jedem weiteren Moment in der Burg noch eine Spur tiefer zu werden.

Ruben betrachtete ihn. Die Farbe war noch nicht in seine Lippen zurückgekehrt, als er mit leiser Stimme fragte: »Ist er immer so, der Krieg? So ... blutig, so schnell und still?«

Erik erschrak beinahe ein wenig bei dem Klang seiner Stimme und fuhr sich müde über den Bart.

»Manchmal ist er auch laut und langwierig«, sagte Erik und starrte abwesend ins Leere, »aber blutig ist er immer. Und niemals angenehm oder heldenhaft, wie in den Heldengeschichten aus den Büchern, die du so gern liest.«

Der Bürgerkrieg vor zehn Jahren war Eriks einzige Erfahrung mit Schlachten gewesen, aber das hatte gereicht, um ihn seine verklärte Vorstellung von einem ehrenvollen Tod für immer ablegen zu lassen.

Die Bilder der Toten verfolgten ihn täglich.

»Dann will ich nicht mit.«

Verwundert blickte Erik zu seinem Bruder hinüber.

»Ich hatte darüber nachgedacht«, sagte Ruben, das schüttere, blonde Haar fiel ihm über die Augen. »Um erwachsen zu werden und Vater zu beweisen, dass ich auch so sein kann wie du. Es vielleicht auch Gyscha zu beweisen.«

Erik lächelte ein wenig, da er sich selbst in seinem Bruder

erkennen konnte, und war froh, dass Ruben klüger zu sein schien als er. Doch er dachte auch einen Moment über Rubens Worte nach und blickte ihm dann fest in die Augen.

»Der Krieg macht die Menschen nicht erwachsen, Ruben. Er macht sie höchstens zu zerbrochenen Kindern.«

Danach schwiegen sie eine Weile. Der Sonne stieg allmählich über den Felder von Kanthis auf und das erste Licht drang durch die schmalen Fenster und Ritzen der Burg. Bald würde der Hahn krähen und die alte Küchenmagd, Jennefer, würde sehen, dass ihr Freund Rupert tot war.

Trauer blockierte Eriks Kehle und er versuchte, nicht an Rupert zu denken. Die Tage am See, unten in Königsgrub, oder die zahlreichen Lehrstunden im Burggarten verfolgten ihn. Sie hätten sich so oder so verabschieden müssen, doch die Vorstellung, zu Rupert zurückzukehren, der ihm stolz zulächelte, weil sie den Krieg gewonnen hatten, hätte Erik Mut gespendet.

Diese Hoffnung war nun innerhalb eines Wimpernschlags zerstört worden.

Gyscha kam einen Moment später die Treppe herunter, ihr Gesicht von einer Fackel hell erleuchtet. Aleidis folgte ihr.

Ihr langes Haar war zu einem unordentlichen Zopf geflochten, aus dem viele Strähnen ihres grauen Haares heraushingen, und sie trug lediglich ihr Nachthemd. Als sie Erik erblickte, füllten sich ihre Augen mit Tränen und sie lief auf ihn zu und schloss ihn in die Arme. Erik rührte sich nicht. Sie küsste seine Wange, seine Stirn konnte sie nicht erreichen, dann tat sie das Gleiche mit Ruben, der sich ausnahmsweise nicht dagegen wehrte.

»Oh, meine lieben Kinder!«, schluchzte sie und strich nun auch Gyscha durch das Haar. »Ich wünschte, ich hätte etwas ändern können!«

»Doch du hast alles getan, was du konntest«, murmelte Gyscha und Erik spürte, wie wütend ihn dieser Satz machte.

Die Wut brodelte in ihm wie ein wildes Tier, das herausgelassen werden wollte. Wut darauf, dass es so lange gedauert hatte, ihn aus dem Turm zu holen. Auf seine Mutter, die nie versucht hatte, ihren Vater umzustimmen. Und auf sich selbst, weil er drogenbenebelt Zeit mit seiner Chronik verschwendet hatte. Doch er schluckte sie herunter. Niemand hätte etwas an den Ereignissen der heutigen Nacht ändern können, niemand, außer seinem Vater.

»Nun wirst du in den Krieg ziehen, nicht wahr?«

Die Stimme seiner Mutter riss ihn aus seinen Gedanken und er blinzelte die Tränen fort, die sich in Müdigkeit, vielleicht.

»Wir werden in den Krieg ziehen«, verkündete Gyscha stolz und packte ihr Kurzschwert, das an ihrem Gürtel hing.

Keiner der Anwesenden schien besonders überrascht, obschon die Königin so aussah, als hätte sie gehofft, mit ihrer Vermutung falsch gelegen zu haben. Sie nickte nur und fuhr sich durch das verworrene Haar. Dann lehnte sie sich zu Erik hinüber und umarmte ihn noch einmal fest.

Sie wiederholte das Gleiche bei Gyscha und strich sich die Kleider glatt, während sie sich umdrehte.

»Komm, Ruben, wir haben zu tun«, murmelte sie, ihre Stimme zitterte. Langsam ging sie zurück, ohne sich noch einmal nach Erik und Gyscha umzusehen. Sie wollte wohl nicht, dass ihre Kinder sie weinen sahen. Ruben verabschiedete sich ebenfalls von seinen Geschwistern. Er sagte nichts; auch ihm standen die Tränen wie glitzernde, stumme Boten seines Schmerzes in den Augen. Erik wusste, wie furchtbar es für ihn sein musste, in einer Nacht Rupert und seine beiden Geschwister zu verlieren.

Auch für Erik war es schwer, seinen Bruder zu verlassen, doch als Erik und Gyscha endlich durch die Nebentüren das Schloss verließen, schien ein großer Teil der Last von ihm abzufallen.

Der erste Schritt war endlich getan. Nun erhob sich auch die Morgensonne mit ihren leuchtenden Strahlen endgültig über den grünen Hügel Kanthis' und Erik atmete tief durch.

Mit geschlossenen Augen genoss er für einen Moment die Wärme. Dann griff er in seine Tasche und nahm eine weitere Prise

Bechda, ohne auf den verurteilenden Blick seiner Schwester zu achten. »Wir müssen ihnen Bescheid sagen, meiner Einheit.«

Er sprach so leise, dass Gyscha sich zu ihm rüberbeugen musste.

Sie grinste nur schief und pustete sich eine Strähne ihres langen Haares aus dem Gesicht.

»Denkst du nicht, dass ich alles vorbereitet habe?«

Und tatsächlich.

Als sie zu den Ställen gingen, standen da bereits ihre Pferde und warteten auf sie. Pferde waren einer der zentralen Bestandteile der Kultur der Nordmenschen und standen für Stärke, Freiheit und Anmut. Sie wurden Adligen meist schon in früher Kindheit an die Seite gestellt und begleiteten sie ihr Leben lang. Den Pferden des Nordens war ein längeres Leben vorherbestimmt als denen des Südens, und auch die Verbindung zwischen Mensch und Tier war inniger. Während die Sinthazianer ihre Pferde und Kamele höchstens als Transportmittel betrachteten, waren sie für die Bewohner Kanthis wahre Freunde, fast schon Familienmitglieder. Auch Erik und Gyscha hatten ihre Pferde zugeteilt bekommen als sie sieben Jahre geworden waren. Und auch ihre Pferde waren am gleichen Tag geboren.

Sie waren fertig gesattelt und mit Vorräten bestückt.

»Die Legion wartet im nächsten Dorf. Der harte Kern. Sie wehrten sich mit Händen und Füßen gegen die Einberufung, obwohl Vater seine besten Männer schickte. Ohne dich wollten sie sich keinen Zentimeter gen Süden bewegen.«

Erik schwang sich auf sein Pferd, das aufgeregt schnaufte. Doch es schien auch zu merken, dass etwas nicht stimmte, und neigte den Kopf nach hinten, um Erik in den Fuß zu zwicken.

»Der harte Kern?«, fragte Erik, »wie viele?«

Er streichelte Fuchs, so lautete der Name seines Pferdes, passend zu seiner Fellfarbe, und merkte, wie er sich selbst dabei entspannte.

»Nach meinem letzten Stand sind es hundertdreißig Mann.«

Ein wenig des Mutes und der Hoffnung fielen von Erik ab, als sie ihre Rösser antrieben. Er hatte gehofft, dass wenigstens dreihundert Mann übrig waren. Aber der Krieg hatte stärker gewütet, als er es in seinem kleinen Turmzimmer hatte mitbekommen können, und nun war es vermutlich zu spät, um die Schlacht zu gewinnen.

Nein, daran durfte er nicht denken. Er wäre auch in den Krieg gezogen, wenn er ganz allein hätte reiten müssen. Niemand konnte ihn jetzt noch davon abhalten.

»Es könnte sein, dass wir die Einheit von Vardrett Greí noch einholen«, erklärte Gyscha, während sie in einen leichten Trab verfielen. »Ein Bote hatte mir kürzlich zugetragen, dass sie in Montegrad aufgehalten wurden und sich erst vor wenigen Tagen Richtung Pórta aufmachten.«

Ein kleiner Hoffnungsschimmer. Erik biss die Zähne aufeinander und richtete den Blick stur geradeaus. Herr des Feuers hin oder her, er würde zumindest versuchen, seinem Vormarsch Einhalt zu gebieten.

»Allerdings gab es in Montegrad auch einen gigantischen Aufruhr. Aries hat wohl illegal Bechda verkauft und einen Mörder auf die Stadt losgelassen, um von den hohen Todeszahlen durch die Droge abzulenken. Daraufhin wurde er abgesetzt und hingerichtet. Statthalter ist jetzt der Bibliothekar, Filian Eregor.«

Verwundert warf Erik Gyscha einen Blick zu.

»Das klingt alles sehr wirr.«

Gyscha zuckte mit den Schultern.

Was war eigentlich noch alles passiert, als Erik im Turm eingesperrt war? Warum hatte Gyscha ihm nicht schon früher davon erzählt? Hatte sein Vater sich eigentlich um gar nichts mehr gekümmert, außer zahllose Soldaten in den Tod zu schicken?

Erik und Gyscha trieben ihre Pferde zum Galopp. Sie schwiegen – nicht nur, weil es anstrengend war, sich während des schnellen Tempos zu unterhalten, sondern auch, weil Erik die vergangenen Ereignisse verarbeiten musste. Wie Rupert in sich zusammen klappte. Sein leerer, toter Blick.

Jetzt auch noch die Nachrichten aus Montegrad.

Allmählich schlichen sich die ersten Sonnenstrahlen über die Grenze des Horizonts und die Kälte eines neuen Morgens peitschte ihnen ins Gesicht. Die Burg war nur wenige Kilometer von der Polarebene entfernt und die eisigen Winde der Eiswüste wehten immer wieder über die Ebene um Königsthron. Glücklicherweise lag die Stadt wenigstens etwas weiter südlich als die Burg des Königs. Schon nach kurzer Zeit erreichten sie die ersten Ausläufer von Königsthron, schmale Bauernhöfe aus Holz und kleine Lehmhütten. Königsthron war keine große Stadt, überhaupt nicht zu vergleichen mit Montegrad oder Kanthri Stadt.

Ganz in der Nähe war der Königsgrub, der See, zu dem Rupert immer mit Gyscha und Erik gewandert war, um ihnen das Schwimmen beizubringen. Erik wurde übel bei dem Gedanken daran. Königsthron befand sich noch in morgendlichem Schlummer und man konnte keinen Menschen auf den Straßen sehen. Erik erwartete, dass sie die Stadt durchqueren mussten, um zu seinen Männern zu gelangen, doch als die verschlungene Hauptstraße in den großen Dorfplatz mündete, erblickte er ihre dunkelgrünen Zelte und ein erloschenes Lagerfeuer direkt neben dem Dorfbrunnen. Die Zelte schienen nicht in besonders gutem Zustand zu sein.

Hie und da waren Planen grob geflickt worden oder wiesen große, dunkle Flecken auf, und einige davon sahen aus, als wäre altes Obst dagegen geworfen worden.

Auf dem Rand eines Springbrunnens lag eine Gestalt und schlief. Es handelte sich um einen Jungen, der zwölf Winter alt war und Janson hieß.

Erik kannte ihn schon sehr lange, er war der Sohn und Knappe seines ältesten Freundes und treusten Soldaten, und so machte er sich einen Spaß daraus, dass der Junge die Schritte ihrer Pferde nicht kommen hörte.

Vorsichtig und so leise wie möglich, stieg Erik von seinem Pferd und schlich sich an Janson an. Er stellte sich in den Schein der Morgensonne, sog Luft in seine Lungen und brüllte mit der strengsten Stimme, die er zustande brachte: »Stramm stehen, Soldat!«

Der Junge erschrak so heftig, dass er vor Schreck das Gleichgewicht verlor, die Hellebarde von sich stieß und mit heftigem Schwung rücklings in das flache Becken des Brunnens plumpste. Dabei schrie er laut auf und Erik und Gyscha brachen beide in Gelächter aus.

Im nächsten Moment konnte man ein Rascheln und Räumen hören und aus dem Zelt dicht bei Erik stolperte ein Mann mit feuerrotem Haar. Es war an manchen Stellen von Grau durchzogen, sogar der gut gepflegte Bart, der sein kantiges Gesicht schneidig betonte.

Seine Augen weiteten sich und kurz danach verzogen sich seine Lippen zu einem breiten Grinsen.

Ohne ein Wort zu sagen, stürmte er auf Erik zu und nahm ihn in die Arme. Jan stank fürchterlich nach Schweiß und verfaultem Obst, und als die Männer sich voneinander lösten, sah Erik, dass er mindestens genauso fertig aussah, wie er selbst.

»Du siehst echt scheiße aus, Jan«, sagte Erik und klopfte seinem Gegenüber auf die Schulter.

»Du aber auch«, antwortete dieser und sagte dann gleich darauf: »Erik Bjoreksson, wie haben sie dich nur endlich frei bekommen?«

In diesem Moment entdeckte er Gyscha, die Janson aus dem Brunnen geholfen hatte und immer noch äußerst amüsiert dreinblickte.

»Ah, ich wusste, dass nur du es schaffen konntest, verdammtes Feuerweib«, sagte Jan glücklich und schloss auch Gyscha in die Arme.

»Die Leute waren nicht gerade begeistert, dass ihr euch dem Einzug verweigert habt, oder?«, fragte Erik und nickte in Richtung der Obstflecken auf den Zelten.

Jan folgte seinem Blick und zuckte mit den Schultern.

»Mach dir deshalb keine Sorgen, Erik. Wir haben schon Schlimmeres erlebt, als ein paar wütende Bürger. Weißt du noch damals, in Kanthri Stadt?«

Erik nickte und klopfte Jan brüderlich auf die Schulter.

»Hast dich um Kopf und Kragen geredet vor dieser Rebellenanführerin, Jan, das werde ich nie vergessen. Den Ausdruck auf ihrem Gesicht, als unser Hinterhalt dann endlich zuschnappte ...«

»Gerade in letzter Sekunde.«

Erik nickte, dachte aber auch mit einem Ziehen in der Brust an die Soldaten, die sie während des Hinterhalts verloren hatten.

»Wir gehen nirgendwo ohne dich hin, Erik. Wenn wir schon in den Flammen sterben sollten, dann nur mit unserem wahren Anführer.«

Erik spürte, dass selbst Jan eigentlich keine Hoffnung mehr auf einen Sieg hatte. Wie viel hatte er wohl verpasst, als er in seinem Zimmer eingesperrt war? Ob Gyscha und Rupert ihm irgendetwas vorenthalten hatten?

Nein, sie hätte es ihm auf dem Weg doch erzählt.

Nacheinander wachte die gesamte Legion auf. Jeder einzelne Mann wollte Erik begrüßen und es dauerte eine Weile, bis die Soldaten zur Ruhe kamen. Inzwischen waren auch einige Bewohner von dem Lärm erwacht und starrten ungläubig aus ihren Häusern hinaus. Ein Kind rief: »Es ist der Prinz!«. Nach und nach traten immer mehr Leute auf die Straße und umringten das Lager. Keiner kam auf den Prinzen zu, aber ein aufgeregtes Getuschel erfüllte die Luft.

Erik hob schließlich die Hand und die Menge verstummte. Sein Mund war trocken und er räusperte sich kurz. Dann wandte er sich an seine Männer.

»Ich weiß, dass ihr lange gewartet habt. Und ich möchte hören, was euch in der Zwischenzeit widerfahren ist. Und ich möchte auch erklären, wieso es so lange gedauert hat, bis ich endlich hier eintreffen konnte. Mein Vater hörte, dass sein Bruder den Tod erlitten hatte. Er hörte von verbrannten Körpern und einer unbesiegbaren Macht. Blind und taub vor Kummer, sperrte er mich in einen Turm, um zu verhindern, dass sein Sohn in den Krieg ziehen würde. Doch ihr tapferen Krieger habt ausgehalten und auf mich gewartet, damit ich unserem Volk doch noch von Nutzen sein kann. Meine mutige Schwester Gyscha hat mich schließlich aus dem Gefängnis meines Vaters, in das ihn seine Furcht mich hat verbannen lassen, befreit.«

Jan begann zu jubeln und zu grölen und bald stimmten die anderen Soldaten mit ein. Gyscha schien die Aufmerksamkeit sichtlich zu genießen. Erik lächelte müde und wartete, bis die Männer wieder verstummt waren.

»Nun werden wir als Letzte Legion in den Krieg ziehen! Für Kanthis!«

Die Menge brüllte »Für Kanthis!«

Plötzlich öffneten sich die Reihen der Soldaten.

Durch die Menge drängte sich eine Frau mit einem Nudelholz in der Hand. Sie trug grau-weiße Kleidung und ihre Augen funkelten den Prinzen zornig an. Sie wirkte abgekämpft und hatte dunkle Schatten unter den Augen. Ihre Schürze und ihre Wangen waren voll von Mehl, weshalb Erik vermutete, dass sie bereits seit Stunden in der Küche stand.

»Vor Wochen habe ich die Nachricht erhalten, dass mein Mann und mein einziger Sohn getötet wurden. Wo wart Ihr da?«, fragte sie zornig.

Verunsichert starrte Erik auf sie nieder.

»Ich sagte doch gerade, dass ...«

»Ich habe Euch gehört, ich bin weder taub noch dumm. Aber Eure Ansprache lindert meinen Schmerz nicht. Ihr wollt in den Krieg ziehen? Wisst Ihr, worauf Ihr Euch einlasst oder wollt Ihr

Euch einfach opfern, Euer Land im Stich lassen, indem Ihr Euch sinnlos dem Tode entgegenwerft?«

Erik wusste nicht, was er sagen sollte. Er hatte noch keine Zeit gehabt, sich über einen Plan Gedanken zu machen.

»Nun lass den Prinzen zur Ruhe kommen, dummes Weib, er hatte noch keine Zeit, sich einen Plan zu überlegen!«, rief einer der Männer, an dessen scharfkantigem Gesicht Erik Marik Ralfsson erkannte.

»Keine Zeit? Keine Zeit?! Ich dachte, er wäre wochenlang in einem Turm eingesperrt gewesen! Er hatte wohl Zeit, sich sein hübsches Köpfchen über den Krieg zu zerbrechen.«

Und das hatte er. Erik hatte stundenlang darüber nachgedacht, aber eine richtige Taktik hatte er nicht ausarbeiten können, solange ihm die Informationen fehlten. Zum Beispiel wie viele seiner Krieger noch übrig waren und ob die Gerüchte stimmten, dass kaum Verletzte zurückkehrten. Erik würde noch etwas Zeit brauchen, um einen wirklich klugen Plan auszuarbeiten. Vielleicht würden sie sich sogar erst die Lage im Süden ansehen müssen, mit Spähern sprechen, wenn sie sich in unmittelbarer Nähe zu Sinthaz befanden. Aber die Frau war viel zu wütend, um ihr all das jetzt zu erklären.

Erik ging auf sie zu und blickte ihr in die Augen.

»Wie ist Euer Name?«

Die Frau brummte: »Karla Andersdottir. Aber man nennt mich hier Frau Dott.«

Erik lächelte, dann verneigte er sich kurz. »Frau Dott. Euer Verlust tut mir unendlich leid. Viele meiner Freunde sind in diesem Krieg bereits umgekommen und die wenigsten konnte ich begraben. Ihr habt recht, noch fehlen mir Informationen, um einen Plan zu entwickeln. Aber ich frage Euch: Haben Euer Mann oder Euer Sohn Euch aus dem Krieg Briefe geschrieben?«

Überrascht nickte die Frau.

»Wärt Ihr bereit, uns diese zu zeigen? Vielleicht enthalten sie nützliche Informationen.«

Noch einmal nickte die Frau, dieses Mal zögerlicher.

»Verzeiht mir die Frage, aber sehe ich das richtig, dass ihr die Bäckermeisterin dieser Stadt seid?«

Frau Dott richtete sich mit vor Stolz geschwellter Brust auf.

»Eigentlich bin ich nur die Wirtin gewesen, ich besitze eine Schenke ein paar Straßen weiter. Aber der Bäcker und sein Sohn sind in den Krieg gezogen und als sie niemanden mehr hatte, hat sich auch die Bäckersfrau einer Legion angeschlossen. Seitdem bin ich offensichtlich auch noch die Bäckerin und versorge die ganze Stadt mit gutem Brot.«

»Mehr als gut!«, rief einer der Bürger und Erik musste grinsen. Frau Dott klopfte sich das Mehl von der Schürze, womit sie es allerdings nur schlimmer machte. Erik griff an seinen Gürtel und holte einen Geldbeutel hervor. Dann zählte er ein paar der Goldstücke ab und nahm sie heraus, reichte Frau Dott den Beutel und steckte den Rest der Münzen wieder fort.

»Würde dieses Gold reichen, um Eure Schenke für einen Abend zu mieten, meine Männer und mich zu versorgen mit Bädern und Essen?«

Frau Dott spähte kritisch in den Beutel und ihre Augen wurden für einen Moment groß.

»Dafür kann ich Eure Truppe eine Woche lang versorgen! Aber schlafen muss der Großteil draußen. Wenn ihr dicht an dicht schlaft, kriege ich vielleicht ein Drittel von euch unter.«

»Das ist mehr als genug«, meinte Erik zufrieden.

Als Erik sich bei Frau Dott bedankte, löste sich die Menge auf. Einige der Bürger halfen den Soldaten dabei, ihre Zelte abzubauen und ihre Sachen zusammenzusammeln. Der ein oder andere entschuldigte sich sogar dafür, dass sie das faule Obst geworfen hatten. Sie hatten wohl nicht verstanden, dass Erik gegen seinen Willen im Turm eingesperrt war, oder hatten es einfach nicht glauben wollen. Erik verstand das Verhalten seines Vaters selbst nicht. Dieser hatte ihn damals in den Bürgerkrieg ziehen lassen, obwohl er noch keinerlei militärische Erfahrung hatte sammeln können.

Dass Erik sich in den vier Jahren Bürgerkrieg bewährt hatte, war nicht der Verdienst seines Vaters gewesen, sondern Jans. Er war damals bereits Eriks engster Vertrauter, seine rechte Hand sozusagen. Er und einige andere der höheren Offiziere hatten Erik beraten und ihn weiter ausgebildet.

Als Eriks Einheit schließlich der entscheidende Schlag gegen die Rebellenanführerin gelang, war es seinem Vater wieder nicht schnell genug gegangen. Damals hatte Bjorek versucht, alle Lorbeeren selbst einzustreichen, und vor seinem Volk war ihm das auch gelungen. Aber die Soldaten hatten Erik als ihren Anführer akzeptiert und der harte Kern von ihnen hatte sich nun dem Einzug widersetzt, trotz der wütenden Bürger und der Verachtung ihrer Kameraden. Sie hatten ausgeharrt, vielleicht sogar Gyscha beim Austüfteln eines Plans geholfen.

Nicht alle Bürger schienen die Freude über Eriks Auftauchen zu teilen. Sie verschwanden schnell in ihren Häusern. Doch wer konnte es trauernden Menschen auch verübeln, wenn nichts ihren Schmerz zu lindern vermochte?

Erik konnte sie jetzt fast noch besser verstehen, nachdem Rupert gestorben war. Selbst wenn auf dem Schlachtfeld schon einige gute Freunde und Soldatengefallen waren, hatte er bisher das Glück gehabt, noch niemanden verloren zu haben, der ihm wirklich nahegestanden hatte. Bis jetzt.

Die Soldaten brachen die Zelte ab, sie spülten die Planen und klaubten ihre Habseligkeiten zusammen. Erik und Gyscha halfen, wo sie konnten.

Ein Teil der Letzten Legion bezog die Räume im Wirtshaus von Frau Dott, einem recht großen und beschaulichen Steinhaus, das »Zum Alten Steinbock« hieß. Der Teil der Legion, der keinen Platz fand, stellte die Zelte auf dem Platz vor der Taverne auf.

Der Schankraum wurde schnell umgebaut. Ein paar Tische wurden zu einer riesigen Tafel zusammengeschoben und viele der Krieger boten freiwillig an, in der Küche zu helfen. Schnell war der Tisch gedeckt und Eintopf brodelte über dem Herd.

Erik sah müde aus, als er sich an den Kopf der Tafel setzte und spürte, wie sein Körper langsam zur Ruhe kam. Seine Gedanken allerdings kreisten wie hungrige Geier in seinem Verstand umher und ließen ihm keine Ruhe. Immer wieder suchten ihn die Bilder von Ruperts Tod heim, die Wut auf seinen Vater. Jan setzte sich neben ihn und betrachtete seinen Heerführer.

»Was ist passiert, Erik?«, fragte er leise und beobachtete ihn mit den Augen eines Vaters.

Erik winkte ab.

»Es ist zu früh ... Ich will jetzt nicht daran denken, sondern nur den Kopf frei bekommen.«

Jan nickte verständnisvoll und fuhr sich über den roten Bart.

»Den Kopf bekommt man meist frei, indem man die Gedanken hinauslässt«, antwortete er und klopfte Erik auf die Schulter.

Gyscha setzte sich dazu und schien darauf zu warten, dass jemand sie verscheuchte, weil sie strenggenommen nicht zu der Legion gehörte. Erik bemerkte ihr Zögern und wunderte sich wieder mal darüber. Sie rechnete immer damit, dass man sie nicht akzeptierte und er fragte sich, ob Gyscha sich eigentlich dessen bewusst war, dass sie die Tochter des Königs war. Sie beide sollten irgendwann ihrem Vater auf den Thron folgen. Niemand aus seiner Legion hätte es gewagt, der Prinzessin vorschreiben zu wollen, wo sie zu sitzen hätte.

Die Männer und Frauen der Letzten Legion, denen Erik am meisten vertraute und die die höchsten Ränge innehatten, setzten sich wie erwartet ganz selbstverständlich neben Gyscha und Jan, sodass sie bald eine große Runde bildeten.

Frau Dott stellte sich hinter die Theke und hörte zu, während der Eintopf köchelte.

Die erste Besprechung verlief kurz und knapp. Alle schienen übermüdet und erschöpft. Sie beschlossen, die Bevölkerung nach Briefen ihrer Familie zu befragen. In Königsthron gab es einige

Adlige, die sich vielleicht Menschfalken hatten leisten können. Außerdem lebten natürlich Boten hier, die von der Schlacht zurückgekehrt waren.

Bisher wussten alle ungefähr das Gleiche: Es gab einen Herrn des Feuers, der angeblich Feuer aus dem Nichts erschaffen und damit binnen Sekunden einen Menschen zu Asche verbrennen konnte. Deshalb kehrten kaum Soldaten zurück. Bereits nach wenigen Wochen war der Großteil des kanthischen Heeres aufgerieben oder vernichtet.

Die Verletzten, die zurückkehrten, waren meist zu traumatisiert, um zu sprechen, oder sie stammelten nur wirres Zeug.

Dieser Herr des Feuers konnte aber nicht überall gleichzeitig sein.

Der Mann und er Sohn von Frau Dott schrieben auch von sinthazianischen Kämpfern, die sich der Gegenseite angeschlossen hatten. Also hatten sie es nicht nur mit einem Hexer zu tun (oder was dieser Herr des Feuers auch immer war), sondern auch mit menschlichen Soldaten.

Konnte es sein, dass sich sogar einige Krieger aus Kanthis der Gegenseite angeschlossen hatten? War das ein Grund für die fehlenden Rückkehrer?

Erik bekam schreckliche Kopfschmerzen, da die zweite Dosis Bechda vorhin wohl eine zu viel gewesen war. Als er endlich in sein Bett fallen konnte, schlief er bis tief in den Abend hinein, stand dann nur kurz für die nächste Besprechung auf und sortierte die bisher gesammelten Informationen. Wieder nahm er Bechda, um die Kopfschmerzen zu besiegen.

Am Abend hörte Erik sich die ersten Berichte der Boten an, die zurückgekehrt waren. Es waren nur zwei. Heimgekehrte Verletzte waren in ganz Königsthron nicht zu finden gewesen. Allein das sprach schon für sich.

Der erste Bote war nur bis zum äußersten Rand einer Schlacht nahe Altherra vorgedrungen. Dort hatte er einige Briefe von Soldaten eingesammelt, die Erik bereits vorlagen, sowie einen Bericht von Hauptfrau Tarya Sturm, den Erik kurz überflog. Sturm hatte zu diesem Zeitpunkt noch keine Magie oder Ähnliches zu Gesicht bekommen, und war guter Dinge, mit ihren tausend Soldaten Erfolge zu erzielen. Der Bericht war zwei Monate alt. Seitdem hatte es keine Nachricht mehr von Sturm gegeben.

Die zweite Botin war noch vor dem Torkengebirge von einer sinthazianischen Botin abgefangen worden. Diese riet ihr, das Gebirge nicht mehr zu überqueren und händigte ihr die Abschrift einer Botschaft von General Obius aus. Dieser beschrieb, dass seine Position ebenfalls nahe Altherra wäre. Hier gäbe es keine Truppen mehr, die man verstärken könnte. Die Hoffnung sei in seinen Augen verloren. Der Herr des Feuers sei allmächtig. Damit endeten seine Worte. Der Bericht war nur zwei Wochen später datiert als der von Hauptfrau Sturm. Das konnte nicht stimmen. Diese Berichte, und auch die Briefe, die Erik bisher gelesen hatte, gaben überhaupt keinen sinnvollen Aufschluss über die Situation im Süden. Langsam fragte er sich, was sie noch zu erreichen hofften.

Gab es auch nur den Hauch einer Chance oder würden sie wirklich, wie Frau Dott gesagt hatte, einen sinnlosen Tod finden?

Zum Schluss las Erik noch die Briefe von Herrn Dott, der eigentlich Bragisson hieß, und war wie gebannt von den Worten des Soldaten:

»Seit drei vermaledeiten Wochen bin ich nun schon hier und immer noch habe ich keine Ahnung, wer die Truppen eigentlich anführt, die sich uns Tag für Tag entgegenstellen ... Es ist nur heiß, so heiß ... Und ständig diese verbrannten Menschen, Frauen, Kinder, die Asche in der Luft ... Ich vermisse dich so sehr, meine Dotti ...«

Am nächsten Morgen erwachte Erik als Erster. Er hatte furchtbare Alpträume gehabt, und wieder, immer wiederkam darin das Feuer vor. Müde rieb Erik sich die Schläfen und versuchte, die Träume fortzukneten, aber es half nichts. Er brauchte etwas

Ablenkung, damit seine Gedankenkreise unterbrochen werden konnten.

Erik hatte die Nacht auf einem Fell auf dem Boden verbracht, dicht bei ihm Gyscha und Jan. Beide schliefen noch friedlich genauso wie der Rest des inneren Kreises der Letzten Legion, von denen manche schnarchten und andere leise vor sich hinredeten. Erik packte sein Schwert.

Vorsichtig stieg er über die anderen hinweg und schlich durch die Vordertür, um sich einen Platz zum Üben zu suchen. Der Morgen empfing ihn mit frischer und feuchter Luft. Der Sommer stand in seiner vollen Blüte und so wurde es bereits etwas wärmer und der klare, blaue Himmel bot keinen Schutz vor den Sonnenstrahlen. Trotzdem zogen noch eisige Winde aus dem Norden rüber und lange hielt man es nicht ohne Umhang aus.

Erik genoss allerdings die zusätzliche Wärme, mochte sie auch noch so mild sein. Er schloss die Augen und breitete die Arme aus, dann begann er, sein Schwert elegant zu schwingen.

Als Erik eine Stunde später etwas verschwitzt in die Taverne zurückkam, waren alle Soldaten in hellem Aufruhr. Zwischen ihnen lief Frau Dott auf Erik zu und hielt ihm ein hastig geschriebenes Pergament hin.

»Kommen Sie zur Ruhe, gute Frau«, sagte Erik beunruhigt. Als sie ihm den Brief übergab, konnte Erik sofort das Siegel der Bergposten erkennen. Mit hastiger Schrift hatte jemand eine kurze Botschaft auf das Pergament gekritzelt. Erik überflog sie schnell. Es waren Kriegsverwundete auf dem Weg zurück in den Norden. Sie würden in zwei Tagen Königsgrub erreichen. Das war interessant. Erik ließ einen Blick durch den Raum schweifen.

»Wo ist Gyscha?«, fragte er und sah sich suchend im Raum um.

»Hier«, antwortete sie direkt hinter. Als er sich zu ihr umdrehte, riss er überrascht die Augen auf. Gyscha hatte sich die langen Haare abgeschnitten. Nun umspielten kurze Strähnen ihr Gesicht.

Die Prinzessin schien zufrieden, sie lächelte beinahe befreit. Erik lächelte zurück. Dann wurde er wieder ernst.

»Alle mal zuhören. In zwei Tagen erwarten wir einen Krankentransport aus Sinthaz. Wir werden ihn in die Hauptstadt begleiten, um dort weitere Krieger zu rekrutieren. Dabei sammeln wir letzte Informationen und schmieden dann unseren finalen Plan. In spätestens einer Woche werden wir in den Krieg ziehen!«

Die Krieger johlten und brüllten.

Die nächsten zwei Tage wuschen sie ihre Kleider, ölten ihre Rüstungen und polierten ihre Waffen. Sie trainierten und trällerten Schlachtgesänge. Außerdem halfen sie Frau Dott, die Vorräte für ihre Reise vorzubereiten.

Erik wollte unterdessen mit den Männern und Frauen sprechen, die er zu seinen engsten Vertrauten zählte. Diejenigen, die er am längsten kannte, mit denen er am meisten Schlachten gefochten hatte oder die er sich vor seiner Gefangenschaft zu guten Freunden gemacht hatte.

Bevor sie gemeinsam in diesen Krieg zogen und sich wahrscheinlich mit Kräften auseinandersetzen mussten, die sie alle weder kannten noch einschätzen konnten, wollte er sichergehen, dass er ihnen wirklich noch vertrauen konnte. Und dass sie ihm noch vertrauten, dass sie wirklich zu ihm standen. Erik spürte, dass er unsicher war, was während seiner Gefangenschaft geschehen sein mochte. Er wollte wissen, woran er bei seinen Leuten nach all diesen Wochen war.

Erik fragte Gyscha, ob sie ihn begleiten und diejenigen besser kennenlernen wollte, die er selbst zu seinen engsten Vertrauten zählte. Aber Gyscha behauptete, dass sie diese Soldaten der Legion in den letzten Wochen gut genug kennengelernt hatte.

Als Erstes suchte er Marik auf, der ein recht aufmüpfiger und anstrengender Geselle war. Er schien auch nicht recht begeistert, dass es nun in den Krieg gehen sollte, und einige der anderen zogen ihn manchmal als Angsthasen auf. Aber Erik konnte sich auf ihn als loyalen und fähigen Soldaten verlassen, und ebenso auch auf seine Schwester. Aber Erik konnte sie nirgendwo entdecken.

»Wo ist Riva?«, fragte Erik, als er Marik draußen am Brunnen lehnend vorfand.

»Zu viel Heldenmut«, brummte Marik und riss ein paar wilde Wurzeln aus den Rillen der Brunnensteine. »Sie ist dem ersten Ruf gen Süden gefolgt, als sie merkte, dass du nicht kommen würdest. Ich habe versucht, sie aufzuhalten. Seitdem hab' ich nichts mehr von ihr gehört.«

Erik nickte langsam. Das Gespräch begann nicht so gut. Er überlegt kurz, was er als nächstes sagen sollte.

»Das passt zu Riva. Sie war schon immer eine der Mutigsten von uns. Aber wenn jemand so einen furchtbaren Krieg trotz aller Widrigkeiten überlebt, dann Riva.«

Marik brummte wenig überzeugt und blickte nachdenklich in die Ferne. Erik hatte nicht das Gefühl, dass er noch etwas sagen konnte, das Mariks Stimmung heben würde. Gerade, als er sich aufmachte, um seine Runde fortzusetzen, sagte Marik: »Aber es ist gut, dass du wieder da bist. Dann kann ich Riva vielleicht noch finden. Oder habe wenigstens Gewissheit.«

Erik drückte kurz Mariks Schulter. Dann ließ er ihn allein. Er war sich sicher, dass es Marik große Überwindung gekostet hatte, das zu sagen, und wollte ihn nicht in Verlegenheit bringen, indem sie sich Minuten lang anschwiegen.

Erik ging weiter. Etwas außerhalb des Dorfes fand er zwei Krieger, die in der Sonne trainierten, umgeben von einigen weiteren Soldaten, die ihnen zusahen.

Die Kämpfenden waren Ana und Orya, zwei Kriegerinnen, die unterschiedlicher nicht sein könnten. Orya war von massiger Statur und sehr groß, sie trug eine schwere Rüstung und einen mächtigen Zweihänder. Ihr Gesicht war von zahlreichen Narben durchzogen, was darauf schließen ließ, dass auch der Rest ihres Körpers so aussah.

Die wenigsten Menschen hätten sie als schöne Frau bezeichnet, doch ihr Aussehen passte perfekt zu ihrem beeindruckenden und furchteinflößenden Auftreten.

Ana kämpfte wiederum mit Dolch und Kurzschwert. Sie trug leichte Baumwollkleider, die nur an wenigen Stellen mit Leder besetzt waren.

An einen Stein gelehnt saß Gilien. Er war ein ehemaliger Mönch des Ordens der Cahya, hatte nach der zweiten Prüfung das Handtuch geworfen und war nach einem kurzen Leben als Vagabund der Armee beigetreten. Seitdem probierte er sehr gern wilde Frisuren aus, spendierte Schnaps und bestes Essen, gab sehr hohes Trinkgeld und vögelte alles, was ihm gefiel. Egal, ob Männlein oder Weiblein, Gilien zelebrierte offenherzig das Leben.

Ein Stück von ihm entfernt saß Inya. Die junge Frau war sehr verschwiegen und niemand wusste besonders viel über sie. Ihre wachen Augen schienen einen ständig zu durchbohren, als ob sie direkt in die Seele eines Menschen blicken konnte. Sie hatte dunkelrotes Haar, trug nur pechschwarze Kleidung und bemalte sich die Augenpartie mit einem fetten, schwarzen Balken.

Erik war schon oft von seinem Vater und anderen, traditionsreichen Generälen und Hauptmännern dafür kritisiert worden, dass er seine engsten Vertrauten ihre eigenen Rüstungen tragen ließ. Aber im Bürgerkrieg hatte sich das durchaus bewährt. Einige von ihnen waren eben keine Meister am Schwert oder an der Hellebarde, sondern eher gut im taktischen Ausschalten von Einzelpersonen. Ob ihnen diese individuellen Fähigkeiten in Sinthaz auch helfen würden, wusste Erik nicht. Aber vielleicht lag genau darin ja auch die Lösung zum Sieg gegen den Herrn des Feuers.

»Ich verstehe wirklich nicht, wie du mit dem Zahnstocher in den Kampf ziehen kannst«, tönte Orya und holte zu einem mächtigen Schlag aus, dem Ana geschmeidig auswich.

»Taktik«, erklärte diese ohne eine Spur außer Atem zu sein. »Ich versuche seit Jahren, dir das zu erklären.«

Erik schaute ihrem Schlagabtausch einen Moment lang zu, wobei er sich zu Gilien setzte.

»Tee?«, fragte dieser und hielt ihm einen dampfenden Porzellanbecher entgegen. Erik winkte ab.

»Stimmt, ein Mann wie du hat die Wirkung eines verschönernden Getränkes nicht nötig«, bemerkte Gilien charmant und betrachtete Erik von oben bis unten. Lachend klopfte Erik ihm auf die Schulter und antwortete: »Auch nach all dieser Zeit bin ich nicht an Männern interessiert, Gilien.«

»Ich auch nicht. Ich bin an Menschen interessiert«, erwiderte der ehemalige Mönch frech, der derzeit die Seiten kurzrasiert und ansonsten einen langen Zopf am Hinterkopf trug.

Erik verdrehte die Augen, grinste aber weiter. »Hast du vielleicht etwas Nachschub von dem wichtigen Zeug?«, fragte er beiläufig und spielte mit einer Silbermünze zwischen seinen Fingern.

»Klar«, antwortete Gilien und holte einen Stoffbeutel heraus. »Inzwischen stelle ich es sogar selbst her, wenn ich die Kräuter im Wald finde, den richtigen Schnaps und ein nettes Feuerchen zur Verfügung habe.«

Erik hob fragend die Augenbrauen.

»So leicht geht das? Ich hätte mir die Herstellung von Bechda komplizierter vorgestellt.«

Gilien zuckte mit den Schultern.

»Es ist nicht ganz so stark wie das Zeug, das man in Montegrad kriegt. Aber dafür macht es auch nicht so abhängig. Ist vielleicht gar nicht so schlecht, besonders für dich.«

Eriks Blick verfinsterte sich. Was fiel Gilien eigentlich ein, über seinen Bechdakonsum zu urteilen?

Gilien bemerkte den finsteren Blick seines Prinzen, richtete sich auf und fügte schnell hinzu: »Ähm, na ja, weil du sicher während deiner Gefangenschaft ziemlich viel Bechda nehmen musstest, um dir die Zeit zu vertreiben, oder? War nicht böse gemeint, Erik.«

»Schon klar.«

Erik versuchte, den Unmut über Giliens Worte zu unterdrücken. Natürlich wollte er es sich nicht mit seinen Kriegern verscherzen, die so treu auf ihn gewartet hatten. Aber Giliens Andeutung, dass Erik es gern mal mit dem Bechda übertrieb, schmerzte ihn. Vielleicht deshalb, weil Gilien recht hatte? Wenn man schon Kopfschmerzen bekam, weil man zu viel oder zu wenig von dem Zeug nahm, dann übertrieb man es sicher.

»Ich bin wahrscheinlich nur übervorsichtig, weil die Anzahl an Süchtigen gerade immer mehr zunimmt. Du weißt ja selbst, wie es in den äußersten Ringen von Montegrad so zugeht.«

Erik stimmte Gilien zu und stopfte sich dennoch seine Dose wieder mit Bechda voll. Er würde schon nicht süchtig werden, immerhin war er der Sohn des Königs und keiner dieser armen Seelen, die im äußersten Ring von Montegrad versauerten. Zumindest musste er sich das einreden, denn ohne Bechda konnte er die ganze Scheiße nicht überstehen. Seine Gefangenschaft, Ruperts Tod und diese aussichtslos erscheinende Lage.

Schließlich stand Erik auf, um weiterzugehen. Sein Weg führte ihn ein Stück außerhalb der Stadt in Richtung des Sees Königsgrub. Neben dem großen See lag in einiger Entfernung eine Ansammlung kleiner Teiche und Seen, die tiefer gelegen und von dichtem Schilf umgeben waren.

Erik ließ einen Moment die Gedanken schweifen. Plötzlich bemerkte er eine Bewegung im Schilf. Ein Sausen wie von einem Pfeil ertönte, doch zu weit entfernt, um für Erik gefährlich zu sein. Dennoch zuckte er kurz zusammen und sah sich aufmerksam um.

Von einem Baum rechts hinter ihm, jedoch noch weit entfernt, sprang ein dünner Junge, der sicher noch nicht die fünfzehn Winter erreicht hatte. Er hatte sehr fahle Haut und aschblondes Haar. Sein Name war Vikem.

Vikem war durch einen guten Freund zu Eriks engsten Vertrauten gestoßen. Er war gerade von dem Baum gesprungen und ging in Richtung des Schilfes. Wenn Vikem hier war, konnte Kayrim eigentlich nicht weit sein.

Erik kam Vikem etwas näher und sah kurz darauf Kayrim aus dem Schilf treten. Kayrim war mindestens dreißig Winter älter als Vikem, hatte schwarzes Haar, die braune Haut der Sinthazianer, und war breit gebaut.

»Du bist immer noch laut wie ein Kamel«, sagte Vikem ausdruckslos, ging kurz hinter seinem Gegenüber ins Schilf und zog den Pfeil aus dem Boden.

»Eine etwas rassistische Metapher«, bemerkte der andere Mann und stülpte schmollend die Unterlippe vor, »aber leider hast du recht. Ich bin immer noch ein lausiger Waldläufer.«

Erik beobachtete sie nur noch einen kleinen Moment. Kayrim hob kurz die Hand zum Gruß, doch dann widmete er sich wieder seinem jüngeren Lehrer. Erik wollte sie nicht stören. Kayrim hatte Vikem davor bewahrt, eine Hand zu verlieren, nachdem er von Kathanter Irius beim Klauen erwischt worden war. Nur durch Kayrims jahrelange Dienste für die Krone hatte Irius die Zwangsrekrutierung als Strafe akzeptiert. Erik wusste nicht genau, warum Kayrim Vikem geholfen hatte, aber er vertraute Kayrim. Später würde er den gebürtigen Sinthazianer noch einmal zu sich rufen, um ihn zu fragen, ob er vielleicht mehr über einen Herrn des Feuers wusste. Die Hoffnung war gering, weil Kayrim schon als Kind nach Kanthis kam und nicht viel von seinen Eltern mitbekommen hatte. Aber vielleicht fiel ihm ja eine alte Geschichte oder Legende ein.

Erik kehrte nach Königsgrub zurück, nahm dieses Mal einen anderen Weg und war bald wieder von Häusern umgeben. Kinder spielten auf den Straßen, fröhlich, unschuldig, vielleicht ebenfalls gerade in dem Vergessen, jemanden verloren zu haben, den sie sehr liebten. Doch viele Kinder besaßen noch diese Unbeschwertheit, die Fähigkeit, sich im Grübeln nicht zu verlieren, selbst wenn ihnen etwas Schreckliches passiert war.

Die nächsten beiden Mitglieder seiner Truppe fand er auf einem kleinen Dorfplatz ohne Brunnen. Hier stand eine alte Figur, von der nur noch die Beine übrig waren.

Erik vermutete, dass es einmal ein Abbild der Cahya gewesen war, für dessen Pflege die Arbeiter und das Gold gefehlt hatten. Davor hatte jemand zwei Stühle hingestellt und darauf saßen die ältesten Mitglieder der Letzten Legion und erzählten einer Gruppe von aufmerksamen Kindern wilde Geschichten. Yndor rauchte dabei Pfeife und lachte sein dreizahniges Lachen, während Calia mit ausladenden Gesten ihre Erzählungen untermalte. Im Hintergrund trainierten Jan und Jansson miteinander, während die Sonne immer kräftiger auf sie niederschien.

Dem inneren Kreis der Letzten Legion fehlten nun nur noch zwei: der großspurige Dante und der sehr loyale, aber etwas langsame Tonda.

So kehrte Erik zu der Taverne zurück und fand die beiden dort, Dante erging sich natürlich gerade großspurig in seinen vergangenen Heldentaten, während Tonda jedes Wort aufsog, als würde sein Leben davon abhängen.

Zufrieden setzte Erik sich an einen Tisch in der Nähe und betrachtete seine Aufzeichnungen. Er hatte auf seinem Spaziergang natürlich nicht alle hundertdreißig Mitglieder getroffen, doch er hatte nun einen ordentlichen Überblick über die bekannten Gesichter.

Am Abend sammelte er gemeinsam mit der Legion die Hinweise, die er bis jetzt hatte.

Ein Herr des Feuers zog durch das Land und führte vermutlich eine Armee aus sinthazianischen Überläufern an. Vielleicht hatte er auch eigene Leute, das ging aus den bisherigen Aufzeichnungen nicht hervor.

Wenn er die Worte von General Obius sehr pessimistisch auslegte, waren auch einige kanthische Einheiten zur Gegenseite übergelaufen. Der Herr des Feuers wurde so genannt, weil er

Feuer aus dem Nichts erschaffen und damit Menschen in Sekunden zu Asche verbrennen lassen konnte.

Doch er war nicht bei allen Schlachten dabei, zumindest nicht von Anfang an. Wenn dieser Herr des Feuers so mächtig war, warum gab es dann überhaupt noch Überlebende? Warum waren nicht mehr Soldaten desertiert und hatten versucht, in ihre Heimat zu flüchten?

Gut, vielleicht hatten sie das probiert und wurden abgefangen oder hielten den Witterungsbedingungen der Wüste oder des Gebirges nicht stand. Aber mussten dann nicht mehr Körper gefunden werden?

Wie groß war die Einheit um Greif? Wo hielt der Herr des Feuers sich auf, wenn er keine Schlachten schlug, von was für einem Lager aus planten sie ihre Schlachten?

Angeblich war Altherra noch nicht gefallen, doch das war eine wochenalte Information und angesichts der Schnelligkeit mit der der Sitz von Mysandre gefallen war, konnte die Stadt bereits in Schutt und Asche liegen. Lebte Mysandre überhaupt noch? Wieso hatte sie den Angriff überlebt, dem Onkel Ruben zum Opfer gefallen war?

Im Prinzip wussten sie nichts. Erik hoffte darauf, dass zumindest einer der Verwundeten soweit genesen war, dass er ihm Informationen liefern konnte.

»Wir sollten einen Spähtrupp vorschicken«, schlug Orya vor, »dann könnten wir mit Menschfalken arbeiten und diejenigen mit richtiger Kampfeskraft nachschicken.«

Marik lachte auf. »Ich glaube du vergisst, dass wir gerade mal etwas mehr als hundert sind!«

»Vergessen? Möchtest du sagen ich wäre dumm? Wenigstens habe ich keine Angst.«

»Ich habe keine verdammte Angst, ich denke einfach taktisch, du dämliches Weib eines Ogers!«

»Genug!«, rief Erik und schlug mit der Faust auf den Tisch. Ein paar der Krieger zuckten zusammen. Noch nie hatte ihr Anführer so gereizt reagiert.

»Wir können es uns nicht leisten, uns zu streiten«, fuhr er fort und zwang sich zur Ruhe. »Marik hat recht. Wir dürfen uns nicht aufteilen.«

Es herrschte einen Moment lang Schweigen, jeder der Krieger schien sich das Hirn zu zermartern. Doch die Informationen reichten einfach nicht aus, um einen konkreten Plan auszuarbeiten.

»Es ist zwar schon ein paar Wochen her«, verkündete Gyscha auf einmal, »aber damals brach ein letzter Rekrutierungstrupp Richtung Süden auf. Angeführt von Offizier Greí. Eventuell erreichen wir sie noch, wenn wir nach Montegrad ziehen.«

Erik nickte nachdenklich.

»Doch falls wir sie nicht einholen können, brauchen wir eine Alternative.«

»Der Herr des Feuers ist doch der Grund für all diese Vernichtung, oder? Wieso hat bisher keine kleine Gruppe an Attentätern versucht, ihn auszuschalten?«

Es war Vikem, der diesen Vorschlag gemacht hatte, und wäre es nicht so still gewesen, hätte ihn niemand gehört. Alle drehten die Köpfe in Richtung des Jungen, dem diese Aufmerksamkeit sofort unangenehm zu sein schien.

»Das war ein guter Vorschlag, Vikem. Danke. Wahrscheinlich werden wir nicht die ersten sein, die auf diese Idee gekommen sind. Aber ich werde einen der Boten zur Gilde der Goldenen Hand schicken, und fragen, ob sie nicht doch noch Diebe entbehren könnten. Um den Herrn des Feuers eventuell auszuschalten, werde ich deine Idee auf jeden Fall in Betracht ziehen. Doch dafür müssen wir mehr über die Umstände vor Ort erfahren. Wir müssen einfach näher an den Feind heran. Wir alle.«

»Aber ...«, protestierte Orya, doch Erik ließ sie nicht ausreden.

»Bis du keinen besseren Vorschlag hast, Orya«, erklärte er, »möchte ich keine Widerworte mehr von dir hören, auch wenn ich dich sehr schätze. Egal, wofür wir uns entscheiden, wir werden deine Kampfkraft brauchen.«

Sobald Erik ausgesprochen hatte, stand Orya auf und ihr Stuhl flog dabei mit einem lauten Knall um. »Bitte um Erlaubnis, gehen zu können«, sagte sie monoton und schaute beharrlich auf den Tisch vor ihr.

»Erteilt«, sagte Erik leise und seufzte.

Orya verschwand hastig, ihr Schwert prallte bei jedem Schritt gegen ihren Rücken.

»Alter Esel«, brummte Ana vor sich hin und machte sich ebenfalls daran, aufzustehen. »Später werde ich gerne dazustoßen, mein Prinz«, fügte sie hinzu, doch dann verschwand sie ebenfalls in der Dunkelheit.

»Kayrim, ich möchte, dass du auf jeden Fall bleibst. Ich brauche deinen Rat. Für alle anderen ist die Versammlung beendet. Morgen treffen wir uns zur Beratung wieder.«

Doch Erik blieb die ganze Nacht wach und teilte seine Krieger ein. Langsam schwand seine Hoffnung. Sie waren wirklich sehr wenige.

23. Kapitel

Bruder nimm mich bei der Hand

Bisher war Sinphyria noch nie auf einer großen Beerdigung gewesen.

In Grünwald verscharrte man die Toten auf einem Acker, gab ihren Körper der alten Tradition nach der Natur zurück, in den Schoß der Cahya, selbst dann, wenn man an die Götter nicht mehr glaubte. In den darauffolgenden Jahren gedachte man bei Familienfesten seiner verstorbenen Verwandten, erzählte Geschichten, machte Scherze und wirkte so dem Vergessen entgegen.

In Montegrad wurde der Tod auf eine ganz andere Weise zelebriert.

Sinphyria stand allein vor zwei Scheiterhaufen. Die ganze Nacht über hatte sie mithilfe von Athron, Jonas, Tomf und William, Torben und einigen Soldaten Holzscheite, Stroh und Reisig zusammengetragen und sorgsam aufeinandergeschichtet. Der Erste Priester Elias hatte dann einige Stunden damit verbracht, die Scheiterhaufen zu segnen und mit heiligen Kräutern zu bestücken. Der Duft von Lavendel, Salbei und Nelken wurde mit einer sanften Brise an Sinphyrias Nase getragen.

Eigentlich hatte sie ein paar Stunden schlafen sollen, aber stattdessen stand sie hier und hing ihren Gedanken nach. Das taube Gefühl, das sich seit dem Anblick von Aidens totem Körper auf dem dreckigen Boden der Bechdaküche in ihr breit gemacht hatte, eine innere, allumfassende Taubheit, wollte nicht verschwinden. Warum war sie wirklich hier? Was war ihre Aufgabe?

Hätte sie all das verhindern können, wenn sie nur besser begriffen hätte, was gerade mit ihr geschah? Und noch viel wichtiger: Was, wenn sie nie den Vorschlag gemacht hätte, die Morde zu lösen? Würde Aiden dann noch leben?

Und als wären Zweifel und Selbstanklage nicht schon genug, kehrten ihre Gedanken zu dem Krankenbau zurück, den sie ein paar Stunden zuvor aufgesucht hatte.

Sie hatte Aries in seine Zelle im Rathaus gebracht und war danach sofort zu dem Krankenbau gegangen – sie hatte Lin noch einmal sehen wollen.

Während sie durch die einzelnen Räume lief, hatte sie ihre Umgebung kaum wahrgenommen, genauso wenig wie den vor Schmerz ächzenden Nicholas und den schlecht gelaunten Kathanter, der voller Ungeduld darauf wartete, dass eine der Heilerinnen, die sichtlich nervös war, seine Wunden verband.

Sinphyria durchquerte den Raum wie ein Geist – sie bemerkte kaum jemanden und wurde selbst auch nicht gesehen.

Die Vorstellung, dass sie tatsächlich nicht mehr existieren würde, fühlte sich in diesem Moment so verlockend an. Vorher, bei den Aufträgen für die Gilde, hatte sie sich noch eingebildet, sie hätte trotz ihrer Tätigkeit eine Moral. Nur töten, wenn man es unbedingt musste, aber niemals Kinder. Sie hatte sich eingeredet, dass die gesamte Gilde einem ungeschriebenen Codex folgte, nie mehr nahm, als sie unbedingt brauchten und den Armen stets etwas von der Beute abgab.

Wie naiv sie gewesen war. Wie behütet in ihrem kleinen, grünen Dorf mit ihrem liebevollen, beschützenden Vater.

Hier, in Montegrad, gab es seit Jahrzehnten nur Leid und Unrecht. So viele Menschen wurden in einen bitteren Kampf ums Überleben hineingezogen, der vollkommen unnötig war, da es *eigentlich* genug für alle gab.

Schließlich erreichte sie ihr Ziel.

Vor ihr stand ein niedriger Tisch, auf dem sich ein schmaler Körper unter einem weißen Leintuch abzeichnete. Lin. Auf einem Stuhl danehmen saß ihr alter Vater. Er hatte die Hände vor das Gesicht geschlagen, sein Körper bebte vor Schluchzen. Unbemerkt trat sie an den Tisch heran und lüftete das Tuch behutsam ein kleines Stück. Lins Augen waren geöffnet und starrten mit leerem Ausdruck an die Decke, ihre Haut war aschfahl. An ihrem Hals war die grässliche Schnittwunde zu sehen, mit der Aryan ihr Leben beendet hatte. Zwar blutete sie nicht mehr und war gesäubert worden, dennoch wurde Sinphyria fast übel bei dem Anblick. Und selbst jetzt, als sie über dem toten Körper der jungen Frau stand, konnte sie keine Träne weinen. Sie konnte nichts fühlen außer Wut auf sich selbst und den ganzen beschissenen Krieg.

Mehr als alles andere aber sehnte sie sich nach ihrem Vater. Miran hätte sicher gewusst, wie er Sinphyria aus diesem furchtbar tauben Zustand holen konnte.

Oder vielleicht würde er sich auch von dir abwenden, wenn er alles über dich wüsste. Weil er seine einzige Tochter nicht mehr erkennt, sagte eine leise Stimme in ihrem Hinterkopf.

»Leon.«

Die raue Stimme von Kathanter holte Sinphyria wieder zurück in die Gegenwart. Sinphyria bewegte sich nicht. Sie blinzelte, während sie auf die Scheiterhaufen starrte. Lins Körper wurde in diesem Moment mit Öl eingerieben damit er schneller verbrennen würde.

Genauso wie Aiden ...

Kathanter trat neben sie.

»Burkental sagt mir, dass du die ganze Nacht nicht geschlafen hast. Aus irgendeinem Grund macht er sich tatsächlich Sorgen.«

Sinphyria wollte sich freuen, doch ihr Inneres blieb nach wie vor unbeteiligt. Kathanter sprach einfach weiter. »Du fängst doch jetzt nicht an, so etwas wie Mitgefühl zu entwickeln, oder?« Er ließ ein kurzes, bellendes Lachen hören, das sofort in einen heftigen Hustenanfall überging. Für einen Moment krümmte er sich, bis der Anfall vorbei war. Doch das Pfeifen, das jetzt bei jedem Atemzug ertönte, klang alles andere als gut. Der Leutnant spuckte einen riesigen Klumpen Schleim auf dem Boden und verscharrte ihn mit seinem Stiefel.

»Das ist ein Scheiterhaufen, kein Spucknapf ...«, konnte Sinphyria sich nicht verkneifen.

»Na, dir hat's also doch nicht die Sprache verschlagen. Also, was ist los, Leon?«

Sinphyria schnaubte. Wie sollte sie all die Zweifel und Selbstvorwürfe in Worte fassen? Und warum fragte er überhaupt?

Kathanter zögerte und sah an ihr vorbei, Richtung Süden, wohin ihr Weg sie bald in ein ungewisses Schicksal führen würde. Zum ersten Mal fragte sie sich, ob überhaupt einer von ihnen lebend zurückkommen würde – und was in seinem Kopf gerade vorgehen mochte. Als er sich ihr wieder zuwandte, konnte sie seinen Gesichtsausdruck nicht deuten.

»Ich bin kein großer Redner. Leute, die viel reden, handeln oft nicht, wenn sie sollten. Aber ... Manchmal ist es vielleicht gar nicht so schlecht, sich die Zeit für ein Gespräch zu nehmen. Man weiß nie, wann es zu spät sein könnte.«

Sinphyria wusste plötzlich, dass er wohl ganz ähnliche Gedanken gehabt haben musste wie sie. Und dass er an seinen verstorbenen Sohn dachte.

»Kathanter ...«

»Du denkst sicher, ich würde über all diesen Dingen stehen, weil ich schließlich der Jäger des Königs bin und selbst schon mehr als nur einen Mann getötet habe. Aber das ist nicht so. Die Machenschaften der Reichen, diese endlosen Intrigen ... Und was kommt am Ende dabei heraus? Dieser Junge hätte nicht sterben müssen.«

Er spukte wütend einen weiteren Schleimklumpen auf den Boden, was Sinphyria diesmal nicht kommentierte, da sie wie gebannt an seinen Lippen hing. Wenn man ihr vor ein paar Monaten gesagt hätte, dass sie neben Kathanter Irius stehen und mit ihm ein solches Gespräch führen würde, hätte sie denjenigen für verrückt erklärt.

»Die vielen Toten, dieser wahnsinnige Bastard ... An so was gewöhnt man sich nicht. Und das ist auch gut so.«

Sinphyria wollte gerade antworten, als sie Schritte hinter sich hörte sowie leises Murmeln und das Rascheln von Kleidung. Nach und nach gesellten sich auch die anderen Soldaten und auch viele Einwohner von Montegrad zu ihnen. In mehreren Reihen versammelten sie sich um die Scheiterhaufen.

»Warum erzählst du mir das?«, fragte sie leise, damit die Umstehenden sie nicht hören konnten. »Bin ich nicht eine Diebin und sollte eigentlich in irgendeinem Kerker schmoren? Und habe ich in deinen Augen nicht auf ganzer Linie versagt? Beim Klauen erwischt worden, dann sich von einem Verrückten entführen lassen und schließlich das Hadern kriegen, weil ich zum ersten Mal mit der bösen, großen Welt konfrontiert wurde und jetzt nicht weiß, wie ich damit umgehen soll?«

Kathanter lachte leise. Dann stellte er sich vor sie und legte ihr eine Hand auf die Schulter.

»Wenn du das von mir denkst, hast du zusätzlich zu allem anderen auch noch eine sehr schlechte Menschenkenntnis.«

Kathanter trat einen Schritt zurück und hielt das Gesicht in die aufsteigende Sonne, die ganz langsam über die Stadtmauer kroch. Sein pockenvernarbtes und von Blutergüssen und Schwellungen überzogenes Gesicht leuchtete beinahe in dem noch schwachen Sonnenlicht. Das eisengraue Haar umrahmte seine kantigen Züge.

»Du hast mir und Filian da unten das Leben gerettet, Leon. Ich bin nicht gerne jemandem etwas schuldig, also wirst du es wohl noch ein bisschen mit mir aushalten müssen. Und vielleicht hat Greí ja auch recht und du bist wirklich zu etwas Großem auserkoren. Helden verzeiht man fast alles, wenn sie am Ende nur den Tag gerettet haben.«

Aus den Augenwinkeln konnte Sinphyria sehen, wie eine Gruppe Novizen sich neben dem Scheiterhaufen aufstellte. Würden sie etwas singen? Lieder waren ein fester Bestandteil der Kirche des Lichts, so viel wusste Sinphyria. Sie kannte sogar ein paar der gängigeren Kirchenlieder.

Doch dann sah sie Kathanter direkt in die Augen. Mit bebenden Lippen und zitternder Stimme fragte sie: »Und wie soll ich mir selbst verzeihen?«

Kathanter erwiderte Sinphyrias Blick und in seinen Augen sah sie eine solche Traurigkeit, dass das Lächeln auf seinen Lippen dazu fast grotesk dazu wirkte. Doch passte der Schmerz in sein Gesicht, als wäre er ein untrennbarer Teil davon.

»Das musst du selbst herausfinden«, raunte er. Dann wandte er sich den Scheiterhaufen zu.

Der Chor begann zu singen, erst leise, dann immer lauter. Kein Lied aus Worten, sondern eine reine Melodie, die den ganzen Platz zu umfingen schien. Musik war eigentlich etwas, das Sinphyria immer schon etwas bedeutet hatte, selbst die Lieder der Kirche, deren Glauben Sin eigentlich nicht teilte. Doch konnte selbst der Gesang der Mönche ihr keine Erleichterung verschaffen. Zu schwer wogen ihre Gedanken.

Jeder der Anwesenden schien der Musik zu lauschen. Kein einziges Gemurmel störte die feierlichen Klänge. Zwei Gruppen traten aus dem Portal der Kirche und kamen langsam näher. Die Menge teilte sich, als die Prozession die Versammlung erreicht hatte. Die Leichen von Lin und Aiden wurden auf zwei Bahren von jeweils vier Mönchen getragen.

Die erste Gruppe wurde von Lins Vater angeführt, der zu weinen aufgehört hatte, aber mit leerem Blick auf den Weg vor sich starrte. Seine Haut war blass und das Haar stand ihm wirr vom Kopf ab.

Sin wurde mit einem Mal bewusst, dass sie gar nicht wusste, wo eigentlich Lins Mutter war. Lebte sie von ihrem Mann und ihrer Tochter getrennt und oder war sie schon tot?

Als der Zug mit Lins Leichnam näherkam, konnte Sinphyria erkennen, dass jemand ein Fässchen Tinte sowie eine Feder und ein Pergament neben sie auf die Bahre gelegt hatte. Das Zeichnen war vielleicht nicht nur ihr Beruf, sondern vielleicht sogar eine Leidenschaft von ihr gewesen.

Sinphyrias Magen zog sich für einen Augenblick schmerzhaft zusammen.

Noch schlimmer wurde es beim Anblick von Aidens Trauerzug.

An der Spitze lief Tomf, der tapfer nach vorne sah, obwohl seine Augen rot und seine Wangen feucht vom vielen Weinen waren. Dahinter liefen Jonas und William mit versteinerten Gesichtern. Sie trugen über ihrer Kleidung einen offiziellen Überwurf aus Stoff mit dem Wappen des Königs darauf.

Torben und Athron gingen ein Stück hinter ihnen.

Nickolas humpelte auf Krücken dem Zug hinterher, konnte aber nicht mithalten. Die Fähigkeiten des Heilers hatten verhindern können, dass er sein Bein verlor. Ob und wann Nickolas wieder voll kampffähig sein würde, war jedoch ungewiss.

Und jetzt endlich – beim Anblick der Jungen – spürte Sinphyria, wie sich salzige Tränen in ihren Augen sammelten und ihr die Sicht trübten. Fast schon erleichtert wandte sie ihren Blick zu dem blauen Himmel, dessen Makellosigkeit entweder eine Ehre oder eine Verhöhnung der Toten darstellen konnte.

Cahya ehrt euch mit einem wolkenlosen Himmel – oder sie sagt euch, dass die Welt auch ohne euch noch ein schöner Ort ist. Verdammte göttliche Ironie.

Sinphyria presste ihre Fingernägel in ihre Handflächen und starrte wieder die Scheiterhaufen an. Lin und Aiden wurden vorsichtig auf das Holz gebettet. Dann traten die Träger zurück.

Sinphyria wollte jetzt nur noch, dass es endlich vorbei war. Sie war zwar schon bei einigen wenigen Verbrennungen dabei gewesen, aber diese Verstorbenen hatte sie nicht gekannt. Wie sollte sie das bloß durchstehen?

Hier ausharren und zusehen, wie Aiden und Lin von den Flammen verzehrt werden ...

Mit einer Handbewegung ließ der Erste Priester Elias den Chor verstummen. Er begann, eine kurze Predigt zu halten – Sinphyria konnte sich nicht auf die Worte konzentrieren. In dem verzweifelten Versuch, sich auf andere Gedanken zu bringen, beobachte sie die Menschen um sich herum. Neben einigen der Angehörigen der Legion waren viele der reicheren Bürger gekommen, was man an ihrer kostbaren Kleidung und dem teuren Schmuck erkennen konnte. Alle schauten betreten drein, einige sogar wütend.

Konnte es sein, dass sogar der Adel Cansten Aries' Machenschaften verurteilte?

Neben den Bewohnern des ersten Ringens fanden sich auch Angehörige der Arbeiterschicht unter den Trauergästen – man erkannte sie an ihrer einfachen Kleidung und der Art, wie sie von manchen Bewohnern des ersten Rings angeglotzt wurden.

Und dann fiel Sinphyria eine weitere Gruppe auf, die etwas abseits von den anderen, ganz in der Nähe von Lins Scheiterhaufen stand: die Schreiber und Zeichner.

Sie musste schlucken, als sie sah, dass alle sich zum Zeichen der Solidarität einen schwarzen Tintenstrich über die Kehle gezogen hatten. Einige von ihnen weinten, andere hielten sich an den Händen oder in den Armen.

Obwohl Lin sehr still gewirkt hatte, schien sie vielen etwas bedeutet zu haben.

Tammen Krain war ebenfalls gekommen mit der gesamten Stadtwache, oder zumindest mit denjenigen davon, die noch übriggeblieben waren. Sie hatten die Nacht damit verbracht, die flüchtigen Köche einzufangen und ebenfalls in Zellen zu sperren. Auch der ein oder andere Wächter, der von diesen denunziert worden war, leistete ihnen Gesellschaft.

Nahe bei Aidens Scheiterhaufen stand Filian mit Madelaine und Natalie. Alle drei hatten feuchte Augen und hielten sich in den Armen.

Greí befand sich wahrscheinlich irgendwo hinter Sinphyria, aber sie wollte sich nicht nach ihm umsehen. Auch Hemera konnte sie nirgendwo entdecken.

Der Priester forderte gerade die Menge auf, das Andenken dieser beiden jungen Menschen sowie aller weiteren Opfer in Ehren zu halten, die den furchtbaren Machenschaften von Cansten Aries zum Opfer gefallen waren.

»Das hätte Aiden gefallen«, sagte plötzlich eine Stimme neben ihr und Sinphyria zuckte zusammen. Jonas war neben sie getreten und sah nachdenklich auf dem Scheiterhaufen. Seit den Ereignissen in der Kanalisation schien er älter geworden zu sein. Aber nicht auf eine gute Art, wie Sinphyria innerlich seufzend feststellte.

»Er mochte Heldengeschichten und die Lieder, die du am Lagerfeuer gesungen hast. Auch, wenn ihm das alles Angst gemacht hat, war er auch stolz, dass man ihn auserwählt hatte. Dieser Dummkopf.« Er schluckte kurz und wischte sich mit der Hand über die Augen. »Eine feierliche Feuerbestattung hat er sich verdient«, fügte er leise hinzu.

Elias breitete soeben die Hände aus und verkündete: »Nun wollen wir bis zum Glockenschlag schweigen und Aiden und Lin gedenken, damit sie in Ehren in den Schoß der Cahya aufgenommen werden können.«

Der Erste Priester verneigte sich einmal vor Lin und danach vor Aiden. Dann trat er zurück und senkte den Kopf, legte die Fäuste zum Zeichen der Cahya aneinander und schwieg.

Währenddessen entzündeten zwei Männer der Stadtwache Fackeln und setzten die Scheiterhaufen in Brand.

Mit gesenkten Köpfen wartete die gesamte Menge schweigend darauf, bis der erste Glockenschlag ertönte. Sin senkte ebenfalls den Kopf, denn sie konnte den Anblick des Feuers nicht ertragen, das sich durch das Holz fraß und den Körpern von Lin und Aiden immer näherkam.

Als der Glockenschlag ertönte, ergriff sie Jonas' Hand, hob den Kopf und sah ihm kurz in die Augen. Dann begann sie zu singen:

> »Kommt, meine Brüder lasst mich hör'n.
> Und Schwestern, lasst uns alle schwör'n.
> Dass, wenn einer dem Tod ins Auge sieht,
> er nicht allein ins Unheil zieht.«

Das Lied war ein altes Volkslied, ein Lied der Soldaten und auch der Wanderer, die es in Gruppen sangen, um sich gegenseitig Mut vor einer gefährlichen Reise oder einer Schlacht zu machen. Sobald Sinphyria die erste Strophe geendet hatte, stiegen Kathanter und Jonas mit ein. Jonas etwas holprig, er kannte wohl nicht den ganzen Text. Dafür ertönte Kathanters erstaunlich guter Bass kräftig und voller Inbrunst.

> »Das Schicksal hat uns auserwählt,
> ob König, Götter oder Held.
> Wir werden uns're Pflicht erfüll'n.
> Mit Ehre und mit Stolz umhüll'n.«

Beim Refrain sangen schließlich auch Soldaten sowie die Männer der Stadtwache mit ein.

> »He, Bruder nimm mich bei der Hand.
> Zeig mir, dass die Angst verschwinden kann.
> Schwester, sei im Dunkel mein Geleit.
> Soll'n wir sterben, sterben wir niemals allein.«

Trotz des Gesangs, der über den ganzen Platz hallte, konnte Sinphyria hören, wie Jonas' Stimme brach. Er hatte die Hände vor das Gesicht geschlagen und ein wildes Schluchzen ließ seinen Körper erzittern. Sinphyria nahm ihn in den Arm und nun flossen auch bei ihr die Tränen. Während sie den Jungen an ihre

Brust drückte, dessen heißer Tränenstrom ihre Tunika durchnässte, sang sie mit fester Stimme die zweite Strophe. Gegen Ende hatten alle miteingestimmt, manche summten zwar nur mit, aber das Lied war sicher noch weit bis über die Stadtgrenzen zu hören. Vor der vierten und letzten Strophe verstummten alle. Sinphyria schloss das Lied ab.

> *»Weint nicht um mich, wenn ich zieh',*
> *denn wenn die Nacht dem Tage flieht,*
> *Wenn viele irgendwann um Hilfe fleh'n,*
> *müssen immer noch Soldaten steh'n.«*

Jonas krallte sich in Sinphyrias Tunika und sie drückte ihn noch ein wenig fester an sich. Kathanter legte ihr eine Hand auf die Schulter. William und Tomf kamen dazu und legten ihre Arme um Jonas. Als Sinphyria aufsah, blickte sie direkt in Athrons Gesicht. Selbst in seinen Augen glitzerten Tränen.

Der Tag neigte sich bereits dem Ende zu, als Sinphyria allein den nun menschenleeren Hofplatz des ersten Rings überquerte. Die Reste der Scheiterhaufen brannten immer noch nieder, doch die lechzenden, meterhohen Flammen hatten sich zu einem zarten Glimmen reduziert, das nur noch von Holz- und Reisigresten genährt wurde.

Eine Weile hatten Jonas, William und Tomf, Athron und Sinphyria noch zusammengesessen und sich Geschichten über Aiden erzählen lassen.

Aiden war in einem kleinen Dorf nördlich von Grünwald zu Greís Einheit gestoßen, als Jonas und William schon dabei gewesen waren. Nur Tomf hatte damals noch gefehlt. Da sie zu den Jüngsten des Trupps zählten, hatten sie sich schnell angefreundet. Reine Überlebenstaktik. Sie waren wie Brüder geworden und nun war einer von ihnen getötet worden. Nicht in einer Schlacht, sondern einfach so nebenbei.

Für die drei Jungen mochte das einen Unterschied bedeuten, überlegte Sinphyria. Doch am Ende war es gleich. Tot war tot. Fort, für immer. Vielleicht hätte es ihr geholfen, wenn sie an einen Gott geglaubt hätte, der einen nach seinem Tod in seine Arme schloss. Dass man sich wiedersah, wenn alles Leid vorbei wäre. Aber so richtig konnte sie das nicht glauben.

Während sie zwischen Kirche und Rathaus entlanglief und die Sonne langsam hinter der Stadtmauer versank, dachte sie zum ersten Mal seit Langem wieder daran, dass der Erste Priester Elias ihr eigentlich noch Informationen versprochen hatte. Aber wahrscheinlich musste sie sich noch gedulden, bis die Verhandlungen von Cansten Aries und Aryan abgeschlossen waren. Das sollte laut Kathanter in spätestens drei Tagen der Fall sein.

Sinphyria hatte es jedenfalls irgendwann nicht mehr ausgehalten, sich in Geschichten zu verlieren und so zu tun, als würde es irgendetwas ändern.

Klar, für die Jungen war die Gespräche wichtig, um mit Aidens Tod abzuschließen zu können. Aber Sinphyria fühlte sich verantwortlich für Lins Tod, selbst wenn noch viele andere Faktoren dazu geführt hatten. Sie konnte nicht verhindern, dass die ganze Sache an ihr nagte, einfach, weil sie die Idee mit dem Lockvogel gehabt hatte.

Jetzt war es zu spät.

Sinphyria blieb stehen. Wohin wollte sie eigentlich? Sollte sie Filian und seinen Frauen einen Besuch abstatten?

Nein, sie hätte zwar gerne mit Madelaine und Natalie gesprochen, aber Filian wollte sie lieber gerade nicht begegnen. Diskussionen über Moral konnte sie jetzt einfach nicht ertragen. Vor allem aber war Filian am Verhör von Aries beteiligt gewesen und brauchte jetzt wahrscheinlich erst einmal Ruhe.

Wie wäre es mit einem Besuch in einer Schenke, um ihre Sorgen mit teurem Bier zu ertränken? Sicher würde der ein oder andere reiche Bürger sie wiedererkennen. Wahrscheinlich würde sie kein Kupferstück zahlen müssen. Gleichzeitig schreckte sie aber genau dieser Gedanke auch wieder ab.

Plötzlich fuhr Sinphyria erschrocken zusammen, als sie Schritte hörte. Sofort fuhr sie herum, vermutete schon, dass irgendein treuer Handlanger von Cansten Aries doch noch Rache verübte. Doch dann erkannte sie Athron. Sein Gesichtsausdruck wirkte ernst und leicht abwesend. Erst glaubte Sinphyria, dass er sie gar nicht richtig wahrnahm. Als er aber schließlich bei ihr angekommen war, spielte die Andeutung eines Lächelns auf seinen Lippen. Behutsam streckte er die Hand nach ihrer Wange aus und strich ihr eine verirrte Haarsträhne hinter das Ohr.

»Kann ich dir Gesellschaft leisten? Oder möchtest du mit deinen düsteren Gedanken allein sein?«

Sinphyria schloss die Augen, als er seine Hand auf ihrer Wange verweilen ließ.

In Athrons Nähe wich ein kleiner Teil des Schattens, der auf ihrer Seele lag. Das Gewicht der Schuld ließ sich etwas besser ertragen.

Also nickte Sinphyria.

»Komm«, sagte er dann. »Ich will dir etwas zeigen.«

Athron ließ seine Hand sinken und ergriff stattdessen ihre Hand. Ohne ein weiteres Wort zu sagen, ging er Richtung Taverne.

Während sie in der beginnenden Abenddämmerung nebeneinander herliefen, strich Athrons Daumen immer wieder gedankenverloren über Sinphyrias Handrücken. Sie genoss jede dieser kleinen Berührungen, spürte, wie sie sich ein wenig mehr entspannte.

Rechts von der Taverne bogen sie ab.

Durch das noch offene Stadttor verließen sie den ersten Ring und durchquerten auch den zweiten ohne große Vorkommnisse. Einige Gruppen von Arbeitern, Kaufleuten oder Gelehrten kreuzten ihren Weg, doch erkannten sie Sinphyria und Athron zum Glück nicht. Sie unterhielten sich aufgeregt miteinander und das

Thema waren meist die Morde, der Bürgermeister und die Zukunft der Stadt.

Unbemerkt gingen die beiden weiter. Im dritten Ring fragte Sinphyria sich allmählich, was Athron ihr so unbedingt zeigen wollte. Aber ihr war nicht danach zumute, ihm eine Frage zu stellen. Sie beschlich der Verdacht, dass es etwas mit ihm und seiner Vergangenheit zu tun hatte, und daher etwas sehr Intimes war. Deshalb wollte sie keine Frage stellen, die vermutlich ohnehin bald beantwortet werden würde.

Als sie das Tor zum vierten Ring durchqueren wollten, rief ihnen eine Stadtwache zu: »Bleibt aber nicht zu lange weg. Kann im vierten Ring nachts schon mal rauer werden, selbst wenn dieser Mörder jetzt gefasst ist. Gibt immer noch allerlei Gauner hier.«

Athron hob den Arm, um zu zeigen, dass er verstanden hatte.

Im vierten Ring bogen sie nun von der Hauptstraße ab und begaben sich auf die engen Wege, die zwischen den Häusern, welche teilweise eher baufälligen Scheunen ähnelten, hindurchführten.

Hier musste Athron als Kind gewohnt haben, als der Ring noch der letzte gewesen war und nur die Ärmsten der Armen hier gehaust hatten. Vielleicht war der fünfte Ring gerade im Aufbau gewesen. Sinphyria versuchte sich den genauen Weg zu merken, den sie nahmen, doch sie bogen oft ab, links und rechts, sahen kaum Gebäude, die man sich gut merken konnte, und nur wenige Menschen. Vereinzelt beleuchteten an Häusern angebrachte Fackeln die kleinen Gassen, aber ihr Licht reichte kaum bis in die Ecken der Sackgassen, die sich immer wieder zwischen den Gebäuden auftaten. Manchmal meinte Sinphyria, den Schemen einer Person zu erahnen, die sich zum Schlafen in so eine dunkle Ecke zurückgezogen hatte. Aber Athron führte sie zügig weiter.

Schließlich gelangten sie an ein Haus, das aussah wie ein gigantischer, hölzerner Flickenteppich. Es ähnelte eher einem großen Geräteschuppen und besaß kein zweites Stockwerk. Es lag komplett ebenerdig, obwohl man eventuell unter dem

Spitzdach eine Art Heuboden oder Ähnliches anbauen konnte. Jedenfalls gab es direkt unter dem Giebel ein Fenster. Sowohl am Dach als auch an den Seiten und der Front hatte man zur Verstärkung lose Holzplatten angenagelt. Die Fensterläden waren teilweise abgefallen oder nur auf einer Seite vorgeklappt. Dahinter konnte man schmutzige Laken entdecken, die innen als Sichtschutz angebracht waren. Die Eingangstür besaß ganz oben ein eingeschlagenes Fenster, das man von innen versperrt hatte.

Hinter den Teilen der Fenster, die nicht verhangen waren, konnte man eine Frau sehen, die ein Kind fest im Arm hielt. Hinter ihr lief ein Mann auf und ab. Er trug ebenfalls ein Baby im Arm.

Athron hätte eigentlich gar nichts sagen müssen. Sinphyria konnte sich schon denken, dass es das Haus seiner Kindheit war, in dem jetzt eine andere Familie wohnte.

»Ich habe hier die ersten acht Jahre meines Lebens verbracht. Größtenteils zumindest. Natürlich lief ich ständig weg, aber ich kam auch immer wieder zurück. Selbst, wenn die Frau, die hier wohnte, mich windelweich prügelte, war sie dennoch meine Mutter. Hatte sie mal einen guten Tag, versicherte sie mir, dass sie mich liebte und gab mir etwas zu essen. Deshalb kam ich zurück.«

Sinphyria empfand Mitleid für Athron, der ein Kind gewesen war, das wahrscheinlich nie so etwas wie echte Liebe erfahren hatte. Sanft drückte sie seinen Arm.

»Sieh dir das Haus jetzt an. Sieh dir die Menschen an, wie sie ihre Kinder im Arm halten. Ich kann mich nicht erinnern, jemals so getröstet worden zu sein.«

Betreten schaute Sinphyria zu Boden.

Sollte das hier jetzt eine Lektion in ›Es wird immer alles wieder gut‹ werden? Sollte ihr das dabei helfen, über ihre Schuld hinwegzukommen und mit neuem Mut voran ins größere Übel zu schreiten?

Innerlich musste sie über sich lachen. Der Mann, in den sie sich verliebt hatte, erzählte ihr hier gerade seine Lebensgeschichte, teilte etwas Wichtiges mit ihr. Und sie dachte immer nur an sich und ihre eigenen Scheißgefühle. Sie musste ihr verdammtes Selbstmitleid überwinden und erwachsen werden. So wie Kathanter es ihr bei der Beerdigung im Prinzip auch geraten hatte.

»Wo ist deine Mutter? Was ist mit ihr passiert?«, fragte sie unvermittelt. Es war, als hätte sich ein Schatten über sein Gesicht gelegt.

Dann zuckte er mit den Schultern.

»Ich habe nie wieder nach ihr gesucht. Nachdem sie mich im Kartoffelkeller eingesperrt hatte, musste ich mich durch das Bodenfenster befreien. Sie hatte mich fast zwei Tage lang darin vergessen. Danach habe ich kapiert, dass ich mein Leben an diese Frau verlieren könnte, wenn ich je wieder zurückkehre. Und ich habe diesem Ort für immer den Rücken zugekehrt.«

Er deutete auf eine kleine Luke am unteren Teil des Hauses, die mit einer ebenso provisorisch wirkenden Holzplanke verbarrikadiert worden war, wie diverse andere Stellen des Hauses. Als Sinphyria sich vorstellte, dass sich Athron als Achtjähriger nach *tagelangem* Ausharren in einer winzigen Kammer durch diese winzige Luke nach außen hatte zwängen müssen, wurde ihr ganz anders.

»Seltsamerweise vermisse ich sie trotzdem manchmal. Wir hatten unsere guten Momente.«

Athrons Lippen verzogen sich zu so einem schmerzlichen Lächeln, dass Sinphyria die Arme um Athron schlang und ihn fest an sich drückte.

»Ich ... weiß nicht, was ich sagen soll.«

»Du musst gar nichts sagen. Ich wollte einfach nur, dass du das über mich weißt. Dass es irgendjemand weiß.«

Diesmal wurde Athrons Lächeln breiter und Sinphyria spürte, wie sich neue Tränen den Weg in ihre Augen bahnten. Ein Stich in ihrer Brust machte ihr eines deutlich: Sie durfte Athron nicht verlieren. Egal, was geschah.

Noch drückte sie Athron fest an sich und schmiegte ihr Gesicht an seine Brust.

»Ich werde dich beschützen, Sin. Egal, was passiert. Dann kannst du Aidens und Lins und vielleicht meine Geschichte erzählen, wenn wir den Krieg gewonnen haben.«

Sinphyria wollte ihm sagen, wie viel er ihr bedeutete, wie gut es ihr tat, dass er bei ihr war und wie sehr es sie ängstigte, dass er seinen Tod andeutete. Aber kein Wort wollte ihre Kehle verlassen.

Vielleicht werde ja ich es sein, die euch alle beschützen muss, dachte sie nur stumm bei sich und etwas in ihrem Inneren zog an ihrem Herzen und schnürte ihr die Brust zu.

Trotzdem, als Athron und sie sich zurück in Richtung des ersten Rings aufmachten, fühlte sie sich leichter als vorher. Egal, was sie in der Zukunft erwarten würde – sie hatte die Gewissheit, einen Menschen in ihrem Leben zu haben, dem sie etwas bedeutete. So viel, dass er einen Teil seiner Geschichte mit ihr teilte, der ihn verwundbar machte. Mit Athron würde der Weg, der vor ihr lag, vielleicht ein kleines Stück leichter werden.

Ob vor Erschöpfung oder weil sie sich endlich sicher fühlte – in dieser Nacht schlief Sinphyria das erste Mal seit Langem wieder durch.

Am nächsten Tag verkündeten die lang und wild läutenden Kirchenglocken den Beginn des Prozesses. Sinphyria und Athron waren als Zeugen geladen und würden Platz in der ersten Reihe finden, weshalb sie sich nicht extra früh auf den Weg gemacht hatten. Als sie allerdings aus ihrem Zimmer im Rathaus traten, kam ihnen ein vollkommen atemloser Diener entgegen. Sein Name war Finn. Er hatte sich in den letzten Tagen um Sinphyria und Athron gekümmert, ihnen die Mahlzeiten vor die Zimmertür gebracht oder Neuigkeiten berichtet. Jetzt klebte ihm das blonde Haar an der Stirn und unter den Armausschnitten seiner weißen Weste hatten sich große Schweißflecken gebildet.

»Meine Güte! Die Leute haben heute Nacht wohl vor dem Eingang des Rathauses gezeltet und uns eben fast über den Haufen gerannt, als wir die Verhandlung für das Volk zugänglich machten«, erklärte er schnaufend und stützte sich auf seine Oberschenkel. »Ich werde euch durch einen Nebeneingang in den Richtersaal führen müssen.«

Finn hielt kurz inne und atmete tief durch, dann legte er zwei Finger an sein Kinn und überlegte einen Moment. Sinphyria und Athron, die immer noch im Eingang ihrer Zimmertür standen, wechselten einen amüsierten Blick. Finn war ein lustiger Kerl. Seine Erscheinung und sein wildes Gefuchtel lenkte Sinphyria etwas von ihrer Aufregung ab. Weder sie selbst noch einer der anderen, die an der Suche nach dem Mörder beteiligt gewesen waren, sollten sich in der Verhandlung rechtfertigen müssen. Es konnte aber durchaus sein, dass Aries Verteidiger es darauf anlegen würde.

Natürlich hatte sie sich gewundert, dass es überhaupt einen Prozess gab. Immerhin war Montegrad durch Aries eigenes Zutun immer noch die rückständigste Stadt in ganz Kanthis, was Bestrafungen anging. Aries würde die Todesstrafe bekommen, da war sie sich sicher. Es hätte sie auch nicht gewundert, wenn er einfach als vogelfrei erklärt und von den Montegradern gelyncht worden wäre.

Aber vielleicht hatte Filian darauf bestanden. Er wollte sicher, dass die Stadt gleich von Beginn an gerechter geführt wurde. Deshalb hatte er eine Verhandlungsgruppe einberufen, die meistens über das Strafmaß entschied. Das war eine komplett neue Taktik im Strafprozess, die nach dem Bürgerkrieg eingeführt wurde. Sinphyria selbst hatte noch nie so einen mitgemacht, sondern nur davon gehört.

Dann würden sie festlegen, welcher Verbrechen die beiden angeklagt würden.

Morgen würde dann bereits über Cansten Aries Verbrechen gerichtet werden und am darauffolgenden Tag über Aryans. Am vierten Tag würden die Urteile vollstreckt werden. Ob Irius und Greí beschlossen hatten, dass sie auch dabei anwesend sein musste, wusste Sinphyria nicht. Sie war sich auch nicht sicher, ob sie es selbst überhaupt wollte. Die Ereignisse der letzten Wochen hatten sie an ihrer Moral zweifeln lassen.

Sie wusste einfach nicht mehr, was sie denken, wo sie Grenzen setzen sollte. Ab wann war eine Tat vertretbar und ab wann war sie es nicht mehr?

»Erde an Sinphyria?«

Athrons Stimme schreckte sie aus ihren Gedanken und sie merkte erst jetzt, dass er ihr eine Hand auf die Schulter gelegt hatte.

»Geht es dir gut?«

Sinphyria nickte. Athron sah sie lange an. Im hellen Blau seiner Augen konnte sie sich genauso verlieren, wie in ihren Gedanken.

»Na gut. Können wir gehen?«

Wieder antwortete Sinphyria mit einem Nicken.

Finn nickte eifrig.

»Ja, ich glaube, ich habe auch schon den richtigen Weg für uns«, meinte er, drehte sich dann auf dem Absatz um und führte sie tiefer in den Gang hinein, statt direkt zu der Treppe.

Erst jetzt wurde Sinphyria bewusst, dass sie sich von dem dumpfen Stimmengewirr entfernten, das am Fuße der Treppe zu hören war. Wahrscheinlich strömten immer noch Bewohner von Montegrad durch Eingangstür des Rathauses, um die Vorverhandlung mitanzusehen.

Finn führte sie durch einige verworrene Gänge. Sie passierten das Zimmer, in dem eigentlich Hemera untergebracht worden war. Doch die Tür stand offen und niemand war darin zu sehen. Sinphyria konnte auch nichts entdecken, das darauf schließen ließ, dass das Zimmer überhaupt noch bewohnt war.

Ob Hemera die Stadt bereits wieder verlassen und in ihre Heimat zurückgekehrt war?

Die Wände hier oben waren bunt tapeziert und vollbehangen mit Gemälden, die die früheren Bürgermeister Montegrads zeigten. Allesamt Männer mit finsteren oder erhabenen Gesichtern, deren Kleidung so ganz anders aussah als diejenige, die Sinphyria kannte. Bei dem einzigen Bild, das einen etwas freundlicheren Herrn zeigte, blieben sie stehen. Auf seinem Namensschild stand ›Egon, der Verwirrte‹ und Sinphyria konnte sich sofort denken, warum.

Auf dem Portrait war ein Mann mittleren Alters mit langem, schwarzem Haar zu sehen. Es war buschig und kraus, genauso wie sein etwas verwahrlost wirkender Vollbart. Er lächelte breit, schielte aber dabei (und es sah nicht aus als hätte er mit Absicht seine Nasenspitze angestarrt, was schon beachtlich war, wenn man bedachte, wie lange man für ein Portrait posieren musste). Dazu trug er eine Art Umhang aus Pelz, den er mit Farbe übergossen zu haben schien und ein Diadem. In der rechten Hand hielt er einen Apfel, der auf einen Stock gespießt war.

Sinphyria musste grinsen. Sie stellte sich gerade Aries in diesem Fummel vor. Gleichzeitig fragte sie sich, wie es wohl gewesen war, ein Bürger von Montegrad zu sein unter diesem Bürgermeister.

Finn, der neben ihr stehen geblieben war, bemerkte ihren amüsierten Blick und rückte sich sogleich seine blaue Mütze zurecht, so, als ob er beweisen wollte, dass er ordentlich aussah.

»Ja, angeblich soll Egon der Verwirrte auf die Idee mit den Ringen gekommen sein.«

Jetzt schaute der Dienstbote zweimal nach rechts und links, bevor er auf den Apfel in dem Portrait drückte.

Der Apfel gab nach und ließ sich von Finn herumdrehen. Die Wand klappte nach innen und eine Geheimtür gab den Weg in einen schmalen Gang frei, der dahinter lag. Sinphyria staunte nicht schlecht.

»Kommt schnell.« Finn winkte ihnen. »Einfach geradeaus. Ihr könnt euch nicht verlaufen.«

Sinphyria fragte sich, wie gut Athron wohl mit diesem Gang zurechtkam. Sie selbst konnte nicht ganz aufrecht stehen. Es war dunkel, roch aber weder muffig noch konnte Sinphyria auch nur eine einzige Spinnwebe entdecken. Der Gang wurde wohl häufiger genutzt und dementsprechend sauber gehalten. Das war nichts Ungewöhnliches in solch herrschaftlichen Häusern wie einem Rathaus. Sinphyria war öfter schon in Gebäuden dieser Art eingebrochen, in Herrenhäuser und Burgen, und diese Gänge waren immer nützliche Helfer beim lautlosen Entkommen gewesen. Wenn die Herren diese Gebäude nicht selbst gebaut, sondern nur übernommen hatten, konnte es nämlich gut sein, dass sie selbst diese Geheimgänge gar nicht kannten. Nur ihre Bediensteten nutzten sie, um sich schneller von A nach B bewegen zu können oder um mal eine Sekunde der Ruhe zu genießen.

Sinphyria ging unbekümmert weiter. Die Dunkelheit wirkte auf sie beruhigend. Das war auch gut so, denn was sie in dem Prozess erwarten würde, bereitete ihr Kopfschmerzen.

Würde Cansten Aries ein volles Geständnis abliefern? Oder würde er alles abstreiten und so tun, als hätte Filian gar keine Beweise? Wie würde das in der Vorverhandlung anwesende Volk reagieren?

All diese Fragen drehten sich immer wieder in ihrem Kopf, als der Gang schließlich an einer dunklen Wand endete. Offenbar waren sie am Ende des Ganges angekommen.

Sinphyria drückte einfach kurz gegen die Wand vor sich, worauf diese sich nach innen öffnete. Einen Augenblick später stand sie in einem Gang, der von Tageslicht durchflutet wurde. An ihr vorbei huschte ein vollkommen unbeeindruckter Diener, der ein ganzes Tablett voller Becher mit einer galanten Bewegung vor dem Überschwappen bewahrte. Den Inhalt der Trinkgefäße konnte Sinphyria auf die Schnelle nicht erkennen.

Sie machte Platz, um Athron und Finn aus dem Gang treten zu lassen. Athron streckte sich stöhnend und ließ die Wirbel im Nacken knacken, während Finn sorgsam die Geheimtür wieder zuschob. Mit einem leisen Knarren verschwand sie nahtlos in der Wand. Sinphyria sah sich unterdessen um.

In diesem Teil vom Rathaus war sie noch nie gewesen. Das machte sie nervös. Sie hatte keinen besonders guten Orientierungssinn und versuchte meist, sich ihre Umgebung umso genauer einzuprägen. Inklusive verschiedener Fluchtwege. Als sie zurückblickte, sah sie, dass auch hier ein Portrait von Egon, dem Verwirrten hing. Dies hier zeigte ihn in der gleichen Kleidung – allerdings von hinten. War das nicht ein wenig auffällig?

»Ihr würdet Euch wundern, was den reichen Herrschenden alles entgeht«, erklärte Finn mit einem Lächeln, während er Sinphyrias Blick folgte. Offenbar hatte er ihre Gedanken gelesen. »Folgt mir.«

Plötzlich strahlte dieser junge Dienstbote, der bisher ein wenig überspannt gewirkt hatte, eine Selbstsicherheit aus, die Sinphyria nicht von ihm erwartet hatte. Erste Eindrücke mochten eben manchmal täuschen.

Finn führte sie durch den Gang, der schließlich nach rechts abbog und in einer Art Vorraum mündete.

Sinphyria hatte schon die ganze Zeit über Stimmengewirr gehört und als sie um die Ecke kam, stellte sie mit Erleichterung fest, dass es keine vor Neugierde gaffenden Zuschauer waren. Sinphyria erkannte Tammen Krain, den beleibten Vorsteher der Stadtwache, der seine Rüstung gegen Wams und Mantel getauscht hatte und darin heftig schwitzte. Sie sah Jasper Kohn tief in ein Gespräch mit Nick und Torben vertieft.

In einer Ecke standen vollkommen verunsichert Jonas, Tomf und William und klammerten sich an ihre Trinkbecher. Dicht in ihrer Nähe lehnte Kathanter Irius an einer Wand. Die Schwellung an seinem rechten Auge war ein wenig zurückgegangen, dafür schimmerte sie in den schillerndsten Farben.

Weitere Soldaten der Legion hatten sich dicht bei Vardrett Greí versammelt, der sich mit einem hohlwangigen, alten Mann in einer langen, schwarzen Robe unterhielt. Das war vermutlich der vorsitzende Richter.

Filian und seine Frauen unterhielten sich mit dem ehemaligen Sekretär des Bürgermeisters, Jyrgen Truss.

Es gab aber auch unbekannte Gesichter in der Menge.

Die meisten von ihnen waren ihrer Kleidung nach zu schließen Angehörige der Oberschicht Montegrads. Aber es fanden sich auch ein paar Handwerker sowie einige Schreiber darunter. Mit einigem Unbehagen stellte sie fest, dass man immer noch die schwarze Tinte an ihren Hälsen erkennen konnte. Lins Vater konnte Sinphyria nicht sehen, vielleicht würde er dem Prozess nur beisitzen. Oder er brachte es nicht über's Herz zu kommen.

Was machte der Richter hier? Sollte er nicht neutral bleiben, anstatt sich mit denjenigen zu unterhalten, die so eindeutig in den Prozess verwickelt waren wie Greí? Was den Hauptmann anging – inwieweit hatte er eigentlich mit der Sache rund um Aries und den Morden zu tun? Hatte er Aries nun zugestimmt, dass man Sinphyria beseitigen solle oder nicht?

Sie würde jedenfalls einen Teufel tun und sich anmerken lassen, dass sie an dem Hauptmann und seinen Absichten zweifelte. Zumindest jetzt noch nicht.

Nickolas und Torben hatten sie und Athron entdeckt und winkten ihnen freundlich zu.

»Geh schon«, sagte Sinphyria und lächelte Athron an. »Mir ist nicht so nach Gesprächen.«

Athron beugte sich zu ihr herunter und gab ihr einen kurzen Kuss. »Aber sag Bescheid, wenn irgendetwas ist, ja?«

Sie versprach es mit einem Nicken und stand dann für einen Augenblick ratlos in der Mitte des Ganges. Sie fragte sich, wie viele dieser Adligen, die hier voller Neugierde den Prozess erwarteten, in den letzten Monaten versucht hatten, etwas gegen die Morde zu unternehmen. Oder gefordert hatten, den

Bechdahandel stärker zu kontrollieren. Sie vermutete, nicht allzu viele.

Woher kam jetzt das plötzliche Interesse?

Bevor irgendjemand auf die Idee kommen konnte, Sinphyria anzusprechen, gesellte sie sich zu Kathanter und lehnte sich wortlos neben ihn an die Wand. Irius nickte ihr kurz zu.

Sie schwiegen einen Moment und beobachteten die Leute. Dann fragte Kathanter völlig unvermittelt: »Hast du eigentlich Erfahrung mit dem Kampf auf dem offenen Schlachtfeld?«

Sinphyria drehte den Kopf und sah den alten Jäger überrascht an. Diese Frage hatte sie sich tatsächlich noch gar nicht gestellt.

Der verzog den rechten Mundwinkel zu einem schiefen Grinsen.

»Ich sag ja nur, es ist noch ein langer Weg bis Sinthaz. Ich könnt' dir was zeigen, wenn du willst.«

Fragend hob Sinphyria die Augenbrauen. Sie löste die verschränkten Arme und starrte Kathanter Minuten lang an, fast so, als hätte er sie gerade gefragt, ob sie ihn heiraten würde. Ein Angebot zum Kampfunterricht kam einem Antrag in seiner Unmöglichkeit jedenfalls sehr nah.

»Natürlich müssten wir aufpassen, dass dich keiner sieht. Sonst wird das noch peinlich für dich.«

Sinphyrias ungläubiger Ausdruck wurde zu einem breiten Grinsen.

»Endlich beleidigst du mich wieder. Ich dachte schon, sie hätten jeglichen Schneid aus dir rausgeprügelt.«

Kathanter lachte heiser auf. Plötzlich richtete er sich so gut er konnte wieder auf und sein Lächeln verschwand.

Sinphyria folgte seinem Blick und sah, dass Vardrett Greí auf sie zugekommen war.

»Ihr dürft gern weiter euren Moment der Freude genießen, woher auch immer er gekommen ist«, sagte Greí mit einem amüsierten Lächeln auf seinen Zügen. Trotzdem sprach sein Blick, wie immer, von einer tiefen Müdigkeit. Sinphyria fragte sich, warum Greí eigentlich immer so abgekämpft aussah.

Außerdem ließ sie diese Geschichte mit Aries einfach nicht los. War der Hauptmann nun überzeugt davon, dass sie gut war oder nicht?

»Fräulein Leon, ich muss nach der Vorverhandlung noch einmal Eure Zeit in Anspruch nehmen. Der Erste Priester Elias hat etwas im Archiv gefunden, das uns bezüglich Eurer Kräfte weiterhelfen könnte.«

Sinphyria nickte. »Gut. Ich komme direkt nach der Vorverhandlung zur Kirche.«

Ihr Magen verkrampfte sich ein wenig, als sie daran dachte, wieder mit Greí und dem Ersten Priester allein zu sein. Aber vielleicht hatte sie dann ja auch Gelegenheit, ihn auf Jonas Beobachtung anzusprechen. Vielleicht würde sich dann alles aufklären.

Greí verabschiedete sich mit einem Nicken und ließ Sinphyria und Kathanter wieder allein. Plötzlich pochte ihr Herz unangenehm aufgeregt gegen ihre Brust. Ihr Hals schnürte sich zusammen. Was würde sie später wohl über sich erfahren?

Um ihrer Spannung Luft zu machen, grinste sie und verschränkte die Arme vor der Brust.

»Ich darf ihn übrigens duzen, wenn wir allein sind. Hast du diese Ehre auch erhalten, Irius?«

»Ich *duze* niemanden, Leon«, knurrte Kathanter, obwohl Sin meinte zu hören, dass er sich ebenfalls amüsierte. »Vor allem keine Vorgesetzten.«

»Langweiler.«

Bevor Irius antworten konnte, trat ein Diener aus dem Eichenportal heraus und hieb mit einem Schlägel auf einen Gong ein. Der hohe, durchdringende Ton hallte von den Wänden wider.

Ruckartig setzten sich alle Anwesenden in Bewegung. So auch Sinphyria und Kathanter. Die Vorverhandlung würde beginnen.

Wortlos gingen die beiden auf das Eichenportal zu. Dahinter öffnete sich ein gigantischer Saal, dessen Deckenhöhe schätzungsweise zwei Stockwerke einnahm. Auf der rechten und der linken Seite lagen zwei große Holzgalerien, die Platz für über hundert Besucher boten. Geradeaus auf Sinphyrias Seite stand ein großes Holzpodest. Dahinter stand auf einem niedrigen Podest ein breiter Holzstuhl, links daneben befand sich eine kleinere Galerie. Vor dem Podest standen zwei einfache Stühle. An einem von ihnen waren schwere Eisenketten befestigt. Am anderen Ende standen die Bänke für die übrigen Besucher. Dieser Bereich war durch ein niedriges Holzgerüst von dem Rest des Saals abgetrennt. Hier drängten sich hauptsächlich die Angehörigen der niederen Stände. Hoch oben auf den Tribünen fanden sich bereits ein paar Zuschauer der Oberschicht ein. Sinphyria wurde von einem Bediensteten zu der rechten Galerie geleitet, wo sie in der ersten Reihe Platz nehmen sollte.

Die dunklen Holzstufen der Galerie knarzten unter Sinphyrias Füßen, die ganz beeindruckt von dem Gerichtssaal war. Die Decke hatte man mit einer Schlachtszene bemalt, die aus dem Bürgerkrieg vor zehn Jahren zu stammen schien. Jedenfalls konnte sie Prinz Erik erkennen, der neben seinem Vater in den Krieg ritt. Und war das Kathanter an ihrer Seite? Der Maler hatte die Pockennarben weggelassen und das kinnlange Haar in eine viel zu glatt wirkende Frisur gezeichnet. Irius – wenn er es denn war – wurde in seiner königlichen Rüstung dargestellt, die über und über mit Blut bespritzt war.

Sie hatte sich gerade Kathanter zugewandt, der neben ihr saß und ihrem Blick missmutig gefolgt war, als dieser auch schon etwas grummelte, das sie zwar nicht verstand, dem sie aber entnahm, dass er sich nicht dazu äußern wollte. Sie drehte sich wieder herum und beschloss, nicht weiter auf das Bild einzugehen. So übertrieben das Gemälde auch sein mochte, so zeigte es vermutlich ein reales Ereignis aus Kathanters finsterer Vergangenheit.

Sie wurde von einem allgemeinen Raunen abgelenkt.

Als sie nach unten sah, wurde Cansten Aries soeben von Männern der Stadtwache in den Raum geführt, begleitet von einem nervös wirkenden Mann in einer dunkelblauen Robe. Aries wurde auf den Stuhl mit der Kette gesetzt und angekettet. Der Mann in der blauen Robe, der ihn vermutlich verteidigen sollte, nahm neben ihm Platz.

In Cansten Aries Gesicht konnte man keine Regung ablesen, aber die knapp zwei Tage, die er nun in Haft verbracht hatte, hatten ihm nicht gerade gutgetan. Er war blass und dunkle Ringe saßen unter seinen Augen.

Sinphyria ließ einen Blick über ihre Sitznachbarn schweifen. Athron war eben angekommen und hatte sich neben sie gesetzt. Rechts von Kathanter saß Kohn, dahinter folgten Nickolas und Torben, Jonas, William und Tomf, Tammen Krain und schließlich Madelaine sowie Natalie. Ganz zuletzt entdeckte sie Filian, der zu Sinphyrias Überraschung eine dunkelviolette Robe trug. Das bedeutete ... dass er die Anklage vertreten würde.

Fachlich war Filian sicher fantastisch dafür geeignet, aber ... Normalerweise wurde ein Vertreter der Stadt oder der Partei, die geschädigt worden war, zum Ankläger ernannt. Und Filian sollte ja eigentlich selbst als Zeuge und Geschädigter verhört werden. Dass er nun stattdessen die Anklage übernehmen sollte, wertete Sinphyria als weiteres Indiz dafür, dass dieser Prozess lediglich den Anschein einer fairen Verhandlung erwecken sollte.

Filian war kein Unbeteiligter. Sinphyria hätte mehr von ihm erwartet, als sich als Ankläger aufstellen zu lassen, obwohl er niemals objektiv handeln konnte.

Zuletzt betraten die Verhandlungsgruppe, die sich auf die linke Galerie begab, und der Richter den Saal. Er trug einen großen Hammer bei sich und wurde begleitet von einer jungen Dame, die offensichtlich zu den Schreibenden gehörte. Sie war jung, hatte braune Haut und ebenso braunes Haar und auch auf ihrem Hals schimmerte noch der blasse Tintenstrich des Protestes.

Zwei Diener trugen ihr einen Stuhl herbei, der neben das Podest des Richters gestellt wurde.

Dann schlug der Richter dreimal laut auf ein kleines Brett, das vor ihm lag, und das Gemurmel, das bis jetzt den Raum erfüllt hatte, verstummte.

Sinphyrias Herz machte ebenfalls einen Aussetzer. Mit zunehmender Unruhe wartete sie gespannt darauf, wie es nun weitergehen würde.

»Mein Name ist Durian Prím«, setzte der Richter mit einer tiefen, grollenden Stimme an, die den ganzen Saal erfüllte. Der alte Mann mit den hohlen Wangen strahlte eine solche Autorität aus, dass keiner es wagte, auch nur einen Mucks von sich zu geben. Viellicht lag es aber auch an seinem Ruf.

Sinphyria hatte Prím in der Menge vorhin nicht erkannt, weil sie ihm noch nie persönlich begegnet war. Aber der alte Richter galt als einer der wenigen Gerechten in ganz Kanthis. Er hatte besonders die Beteiligten des Bürgerkriegs, die gegen die Krone rebelliert hatten, hart bestrafen lassen. Er musste in aller Eile aus dem Ruhestand geholt worden sein, denn nach Sinphyrias Informationen hatte er sich schon vor Jahren aus seinem Amt zurückgezogen.

»Ich bin der vorsitzende Richter in diesem Fall. Wir beginnen mit der Stadt gegen Cansten Aries, ehemaliger Bürgermeister Montegrads.«

Immer noch herrschte Totenstille in dem großen Saal.

»Vertreten wird der Angeklagte durch Herrmann von Duhn. Die Stadt wird vertreten durch Filian Eregor, der ebenfalls Leiter der Mordermittlungen gegen Aryan, den Mönch, war. Herr Eregor, das Wort gehört Euch.«

Die Schreiberin notierte fleißig alles, was gesagt wurde. Unterdessen erhob sich Filian, der sich räusperte und in die Mitte des Saals trat.

Sinphyria folgte der folgenden Anhörung aufmerksam, auch wenn sie nichts Neues mehr für sie bot.

Filian wies als Erstes darauf hin, dass er zwar an den Ermittlungen beteiligt war, sich aber ausschließlich auf die Fakten beziehen und sämtliche persönlichen Empfindungen außen vorlassen würde. Er schilderte in einem groben Zeitablauf alles, was geschehen war, von dem Zeitpunkt an, als er zum ersten Mal auf die Zunahme an Bechdaopfern aufmerksam wurde, bis zu den Ereignissen in der Kanalisation. Da dies nur die Vorverhandlung war, ging er noch nicht zu sehr ins Detail. Aber er schilderte alles aus dem Kopf und ohne Vorlage – und soweit Sinphyria das beurteilen konnte – vollständig korrekt.

Noch wurden keine Zeugen befragt oder Beweise präsentiert. Es ging einzig und allein darum, die Anklagepunkte gegen Cansten Aries festzulegen.

»Ich fasse nun zusammen: Widerrechtliche Nebentätigkeiten zu einem politischen Amt. Bestechlichkeit im Zuge seiner Tätigkeit als Bürgermeister. Eidbruch. Gezieltes Verbreiten von Falschinformationen und Zurückhalten von Informationen, dadurch Behinderung einer behördlichen Untersuchung. Vertrieb von Bechda über dem von König Bjorek vorgeschriebenem Maße. Dadurch Körperverletzung mit Todesfolge mit der bewussten Inkaufnahme von Toten und Verletzten. Anstiftung zum vielfachen Mord. Entführung in mehreren Fällen, dabei teilweise einhergehend mit Körperverletzung, im Falle von Kathanter Irius in einem schweren Ausmaß. Sollte ich etwas vergessen haben, bitte ich jetzt um entsprechende Einwürfe seitens der Zeugen, oder von Euch, Herr Prím.«

Keiner fügte etwas hinzu. Es war ja auch schon so genug zusammengekommen.

Prím erhob sich von seinem Stuhl und nickte Filian zu. »Danke, Herr Eregor. Die Anklagepunkte der morgigen Verhandlung sind damit abgeschlossen. Wir legen eine fünfzehnminütige Pause ein. Dann verhandeln wir die Anklage von Aryan.«

Sinphyria wunderte sich, dass Jyrgen Truss nicht der Mittäterschaft beschuldigt wurde. Auf einmal wurde ihr klar, wie sehr ihr der Austausch in den letzten Tagen mit Filian gefehlt hatte. Doch sie hatte sich nicht getraut, mit ihm zu sprechen. Verdammt. Sie wünschte sich plötzlich, besser vorbereitet zu sein. Kurzentschlossen nahm sie sich vor, das nachzuholen. Angst hin oder her.

Die Pause zog sich für ihr Empfinden viel zu lange hin. Alle waren auf ihren Plätzen sitzen geblieben und verhaltenes Gemurmel erfüllte den Saal. Als Sinphyria sich bei Natalie und Madelaine nach Filian erkundigte, erklärten diese ihr mit einem Lachen, dass sie übermorgen feiern würden, wenn alles vorbei war. Dass es Filian gut ging und sie sich keine Sorgen machen sollte.

Schließlich war die Pause zu Ende und Prím nahm wieder Platz. Das Stimmengewirr verstummte fast augenblicklich. Als Aryan in den Saal geführt wurde, kam es dann doch zu einiger Unruhe. Die Leute buhten und schrien und verlangten seinen Kopf. Prím musste mehrfach ‚Ruhe' brüllen, bis wieder einigermaßen Ruhe eingekehrt war. Aryan grinste jedoch völlig unbeeindruckt vor sich hin. Am liebsten hätte ihm Sinphyria sein blödes Grinsen mit einem Schwert aus dem Gesicht geschlagen. Sie biss sich auf die Lippe und lauschte aufmerksam Filians Worten: »Mehrfacher Mord aus niederen Beweggründen bei voller Schuldfähigkeit. Teilnahme an einer Verschwörung ...«

Filian fuhr fort und als er geendet hatte, drehte Aryan ruckartig seinen Kopf und schien den Saal abzusuchen. Schließlich blieb sein Blick an ihr hängen. Langsam verschwand das Grinsen von seinen Lippen und seine Augen waren so kalt wieder Tod.

Nach der Verhandlung strömte die Menge aus dem Saal und Sinphyria verabschiedete sich von Athron, um sich auf den Weg zu der Kirche zu machen. Er hatte sie begleiten wollen, doch sie gestand ihm, dass sie lieber erst einmal allein hören wolle, was der Priester zu sagen hatte.

Nach kurzem Zögern hatte Athron eingewilligt. Sie war tief in Gedanken versunken und ließ noch einmal alles, was sie heute gesehen und gehört hatte, vor ihrem inneren Auge vorbeiziehen. Den Blick von Aryan sah sie noch deutlich vor sich.

Greí und Elias standen am Eingang der Kirche und unterhielten sich. Als Sinphyria zu ihnen stieß, wandten sie sich ihr zu.

»Ah, Fräulein Leon. Schön, dass Ihr Euch durch das Getümmel her kämpfen konntet«, begrüßte Greí sie.

Sie zuckte mit den Schultern.

In ihrem Bauch schien sich ein Schwarm wilder Hummeln herumzutreiben. Sie wollte keine Förmlichkeiten austauschen, sondern endlich erfahren, was der Erste Priester in den Archiven gefunden hatte. Er sah zwar nicht beunruhigt aus, aber vielleicht hatte er sich einfach nur gut unter Kontrolle.

Was, wenn Elias nun doch zu wissen glaubte, dass sie von dem Feuergott besessen und daher eine Bedrohung sei? Was, wenn Greí daraufhin beschloss, dass sie sterben musste?

Die Unsicherheit brachte sie beinahe um den Verstand.

»Lasst uns nicht länger hier draußen herumstehen«, sagte Elias, drehte sich um und ging in das Innere der Kirche. »Neben der Nachricht aus dem südöstlichen Kloster möchte ich euch nämlich noch etwas zeigen.«

Wortlos folgten Greí und Sinphyria Elias in Richtung seiner Kammer. Dieses Mal allerdings bogen sie nicht links ab, sondern rechts.

Hier befand sich in der Wand, die sich an die Galerie anschloss, eine große, hölzerne Tür, die Elias mit einem kleinen Eisenschlüssel öffnete. Dahinter führte eine Wendeltreppe in das untere Stockwerk.

»Hauptmann, würdet Ihr mir den Gefallen tun und die Fackel an der Wand entzünden, bevor ich die Tür wieder schließe?«, fragte Elias und hielt dabei Greí einen Satz Feuersteine entgegen. Greí folgte der Bitte des Priesters und sofort erfüllte schwaches Licht den kleinen Treppenraum. Elias verschloss die Tür hinter ihnen und löste die Fackel aus ihrer Wandhalterung.

»Ich möchte nicht, dass uns jemand folgt und belauscht. Nach dem, was mit Aryan passiert ist ...«

Elias erläuterte nicht, was er damit meinte.

Sinphyria fühlte sich sofort eingesperrt.

Ihre Zweifel Greí gegenüber wurden nun fast zu einer fixen Idee.

Er mochte vielleicht bisher von ihrem freien Willen und ihren guten Absichten überzeugt gewesen sein – aber, wenn es eine heilige Schrift gäbe, die das Gegenteil behauptete, würde er weiterhin an sie glauben? Oder würde er Sinphyria ohne mit der Wimper zu zucken zum Wohl der Welt töten lassen?

Trotzdem spürte sie auch eine stärker werdende Neugierde, denn vielleicht erfuhr sie endlich, was mit ihr los war. Danach konnte sie immer noch entscheiden, wie es weitergehen sollte.

Dennoch fuhr ihre Hand kurz über den Dolch, den sie an ihrem Gürtel trug. Sie war im Zweifel fähig, sich zu wehren. Außerdem wollte sie Greí auf sein Gespräch mit dem Bürgermeister ansprechen.

Elias führte sie immer tiefer die Treppe hinab. Mit jedem weiteren Schritt hinunter kroch Sinphyria stärker ein modriger Geruch in die Nase, etwas, mit dem sie nur eines verband: Tod.

Immer wieder hielt Elias inne und entzündete weitere Fackeln an den steinernen Wänden, die ihnen den Weg zusätzlich erhellten. Schließlich endete die Treppe und sie befanden sich in einem Gang, der nach einigen Hundert Metern an einer Holztür endete.

»Normalerweise erhellt jeden Abend ein Novize sämtliche Fackeln hier unten. Aber ich bin vorsichtig geworden, seit ...«

Er zögerte. Sinphyria lief hinter ihm und konnte sein Gesicht dabei nicht sehen. Das Tempo, das der Erste Priester vorlegte, war wirklich beachtlich.

»Nun. Das war Aryans Aufgabe, bevor er diese schrecklichen Dinge tat. Ich befürchte nun, seitdem das alles ans Licht kam, dass seine Taten etwas mit dem zu tun haben, das er hier unten gefunden hatte.«

Ein Schauer jagte Sinphyria den Rücken herunter und die kleinen Härchen in ihrem Nacken stellten sich auf.

Was meinte der Priester damit?

Vorsichtig sah sie zu Greí auf, der ihren Blick erwiderte. Zwischen seinen Augenbrauen hatte sich eine tiefe Sorgenfalte gebildet.

Sie erreichten die Holztür am Ende des Ganges, die so schwer war, dass Greí Elias helfen musste, um sie aufzuschieben. Sie quietschte und rieb mit einem Scharren über die dunklen Fliesen auf dem Boden.

Diese Tür sperrte Elias nicht wieder hinter ihnen zu. Als er dieses Mal die Fackeln anzündete, öffnete sich vor ihnen ein Raum, von dem sich gleich mehrere Wege abzweigten. Die steinernen Torbögen vermittelten beinahe den Eindruck, als würden sie sich in einem Grabmal befinden.

Hier würde es sicher schwer werden, den Überblick zu behalten. Daher versuchte Sinphyria, sich jede genommene Abzweigung genau einzuprägen.

In den Wänden befanden sich zahlreiche Holztüren, die nummeriert waren. Sie mussten sich nun in dem Archiv von Montegrad befinden, in dem sich das gesamte Wissen dieser Zeit befand.

»Aryans Aufgabe hier hatte darin bestanden, die Gänge zu reinigen, die Fackeln auszutauschen, Mäuse- und Rattenfallen zu verteilen und ähnliche Tätigkeiten.«

Plötzlich bogen sie in einen Gang ein, an dessen Wände Steinplatten eingelassen worden waren. Im Schein der Fackel konnte Sinphyria Namen und Geburtsdaten erkennen. Das waren Grabstätten. Die Wände waren voll mit diesen Platten. So viele Gräber.

Sinphyria wusste, dass es ein Brauch war, sich nach dem Tod in den Wänden der Kirche einmauern zu lassen. Aber irgendwie fand sie den Gedanken ... beängstigend.

Elias fuhr fort. »Stattdessen verschaffte er sich Zugang zu einem Geheimnis, das hätte verborgen bleiben sollen.«

Der Gang, den sie eben durchquerten, machte eine scharfe Rechtskurve. An seinem Ende lag ein Raum ohne Tür, durch dessen Öffnung Sinphyria einige Steinfiguren sehen konnte. Dieser Raum wurde durch Leuchtsteine in den Wänden erhellt, so, wie es in den Kellerräumen der namenlosen Festung der Fall gewesen war.

Doch Elias führte sie zu einer Tür, die direkt daneben lag. Sie bestand aus dunklem Holz. Wieder half Greí, sie aufzuschieben, nachdem Elias das Schloss geöffnet hatte.

Dahinter lag eine kleine Kammer mit gewölbter Decke. Als Elias die Fackeln im Raum entzündet hatte, bot sich ihnen ein faszinierendes Bild.

Die Wände des Raumes, ja, selbst die Decke, waren bis oben hin mit Zahlen und Buchstaben verziert worden. Insgesamt waren sechs verschiedene Farben dafür genutzt worden: Schwarz, Weiß, Gelb, Blau, Grün und Rot. Dieselben Farben zierten auch einen Sockel, der in der Mitte des Raumes stand. Auf diesem lag ein so großes und dickes Buch, dass man vermutlich zwei Mann gebraucht hätte, um es zu transportieren. Um seinen Einband waren dicke Eisenketten gelegt worden, die in einem großen Schloss mündeten.

»Aryan schaffte es, diesen Raum zu entdecken und mir die Schlüssel für die Tür und das Buch zu entwenden. Ich schäme mich selbst dafür, dass ich seine List nicht erkannte. Aber ich hatte keine Ahnung, was in diesem Raum verborgen war.«

Elias trat an das Buch heran und schenkte Sinphyria und Greí einen bedeutenden Blick.

»Ich wusste, dass es dieses Buch irgendwo in unseren Katakomben geben musste. Jeder Erste Priester Montegrad bekommt eingeschärft, dass der Schlüssel zu dem Buch unbedingt bewahrt werden muss. Dass es niemals geöffnet, am besten niemals gefunden werden darf. Denn es ranken sich Geschichten um Flüche und Tod darum. Niemand weiß genau, was es beinhaltet. Aber es muss mit den Hüllen der Macht zu tun haben. Mit den Göttern. Etwas, das uns vielleicht helfen könnte, den Krieg zu gewinnen. Oder das uns in noch größeres Verdammen stürzt.«

Elias seufzte schwer, so als würde er die Bürde der Welt auf seinen Schultern tragen.

Sinphyria griff nach ihrem Dolch. Ihre Hand verkrampfte sich um dessen Griff.

Greí rührte sich keinen Zentimeter. Seine Miene wirkte wie versteinert.

»Aryan muss das Buch gelesen haben. Ich selbst habe es aufgeschlagen und verstanden, dass es sich um einen Code handelt, der die scheinbar sinnlosen Zeichen an den Wänden in eine verständliche Reihenfolge bringt. Aber ich habe noch nicht damit begonnen, sie zu entschlüsseln. Leider befürchte ich, dass es Wochen dauern wird. Trotzdem wollte ich euch eines nicht vorenthalten.«

Mit langsamen, vorsichtigen Bewegungen schob Elias den Schlüssel in das Schloss. Ein Klicken ertönte und mit lautem Rasseln glitten die schweren Ketten zu Boden. Sinphyria hielt den Atem an, währen Elias ehrfürchtig über den dunkelroten Einband des Buches strich. Dann klappte er das Buch auf und begann zu lesen:

»Die Geschichte der Hüllen der Macht.

Nichts täten wir lieber, als Euch zu sagen, dass alles ein Irrtum gewesen war.

Dass wir uns geirrt und die Verschlüsselung falsch angebracht hätten.

Doch es ist wahr. Genauso, wie es an den Wänden geschrieben steht. Die Wahrheit durfte nie ausgesprochen, nicht verbreitet werden. Wir mussten es tun, um unsere Art zu erhalten.

Glaubt uns jetzt, dass alles falsch war. Jede Geschichte, an die ihr bisher glaubtet.

Unsere Schöpfung und die Götter, die wir verehrten.

Aber besonders die Götter, die wir verachteten.
Es steht in den Steinen geschrieben und es besteht kein Zweifel, dass die Steine Richtiges schreiben und Falsches berichten.
Einst werden die Richtigen diese Zeilen lesen.
Doch bis es soweit ist, müssen wir diese Welt verlassen.
Wisset, dass, wenn Ihr nicht die Richtigen seid, es Euch ähnlich ergehen wird.
Das Gemüt der Ur ist ohne Erbarmen.
Gez. Hunin, Sohn des Thral, und Karin, Tochter der Mera.«

Greí zuckte plötzlich heftig zusammen. Sinphyria sah ihn beunruhigt an. Was hatte dieses Vorwort zu bedeuten?

»Ich vermute, dass Aryan den Code zu entschlüsseln versucht hat und währenddessen den Verstand verlor. Wie viel er von diesem Text entzifferte, weiß ich nicht, aber vielleicht fühlte er sich daraufhin dazu berufen, die ältesten Schriften der Cahya als Grundlage für seine furchtbaren Verbrechen zu nutzen. Das ist allerdings nur eine Spekulation, ich habe nie mit ihm darüber gesprochen. Alles, was ich weiß, ist, dass ich letzte Nacht einen Traum hatte, in dem ich das Buch übersetzte. Das sehe ich als ein Zeichen. Ich werde es versuchen und Euch das Ergebnis übermitteln, falls es hilfreich ist.«

Sinphyria blickte zwischen Greí und Elias hin und her.

Das war alles? Deswegen hatte sie sich solche Sorgen gemacht, solche Angst bekommen? Verdammt, am liebsten hätte sie diesen Priester hier und jetzt erwürgt. Stattdessen beobachtete Sinphyria ganz genau Greí. Irgendetwas stimmte nicht mit ihm.

»Aber Hauptmann – was hat Euch so aus der Fassung gebracht? Was hat dieses Vorwort zu bedeuten?«

Entschlossen machte sie einen Schritt auf Greí zu und legte ihm eine Hand auf den Oberarm. Er war ganz bleich. Seine Lippen bewegten sich, aber er bekam keinen Laut heraus.

»Es heißt, dass alles, was wir bisher glaubten, nicht der Wahrheit entspricht. Dass irgendetwas in unserem Glauben an die Götter erlogen ist. Wir können keiner öffentlichen Geschichte mehr trauen, keiner Sage oder Legende. Wir wissen nicht, was Gut oder Böse ist oder ob wir die Götter überhaupt bei ihrem richtigen Namen nennen.«

»Woher wissen wir denn, dass dieses Buch die wahre Geschichte erzählt? Es könnte genauso gut eine Fälschung sein! Wer hat es überhaupt geschrieben?«

Das konnte doch nicht Greís Ernst sein. Glaube hin oder her, aber zwischen Gut und Böse würde er wohl selbst noch entscheiden können.

Oder?

Sins Herz schlug aufgeregt gegen ihre Brust, ihre Finger kribbelten.

Plötzlich begann Greí neben ihr wieder zu sprechen, doch seine Stimme zitterte. Er wirkte schwächer als jemals zuvor.

»Montegrad wurde um diese Kirche herum erbaut. Es ist unbekannt, seit wann das Gotteshaus existiert, aber die Legende besagt, dass es zuerst diese Gruft mit diesem Buch gab.«

Elias nickte. »Nur noch ganz wenige Geistliche wissen, dass Karin und Hunin die Scheibe der Macht erschufen und die Götter darin einsperrten. Die Geschichte geriet, wie gesagt, in Vergessenheit. Und hier, in diesem Raum, verschlüsselt in diesem Buch, steht sie geschrieben. Die wahre Geschichte der Götter.«

Greí atmete tief durch.

»Ich kann nicht glauben, dass wir hier vor der wahren Geschichte der Götter stehen, gezeichnet mit einem Vorwort der allerersten Menschen, die noch mit ihnen in Einklang und Frieden lebten.«

»Doch zeugt die Aufmachung des Buches und diese aufwendige Verschlüsselung vom Gegenteil von Frieden. Und egal, was Aryan erfahren haben mag – es hat nichts Gutes in ihm ausgelöst. Vielleicht hat das Buch hier auch gar nichts mit seinen Taten zu tun. Aryan hatte es als Kind schon nicht leicht, vielleicht war das hier nur der Auslöser für etwas, das schon lange in ihm geschlummert hatte.«

Elias klappte den Einband des Buches wieder zu und verschloss die Kette erneut.

»Aber was ich Euch jetzt schon zeigen wollte, ist dieser Teil:
Glaubt uns jetzt, dass alles falsch war.
Jede Geschichte, an die ihr bisher glaubtet.
Unsere Schöpfung und die Götter, die wir verehrten.
Aber besonders die Götter, die wir verachteten.
Das heißt für mich, dass unsere Vorstellungen von Gut und Böse in Bezug auf die Götter vielleicht nicht so eindeutig sind, wie wir bis jetzt gedacht hatten. Das kann heißen, dass du, Sinphyria, von einem guten Gott erwählt wurdest. So, wie der Hauptmann und ich es vermutet hatten. Vielleicht kannst du auch bestimmen, ob du deine Macht als Hülle für das Gute oder Böse einsetzt. Vielleicht bist du der Schlüssel, um den Krieg zu beenden!«

Sinphyria lachte heiser und nervös auf.

»Woher habt Ihr das denn jetzt? Aus diesen nichtssagenden Zeilen? Genauso gut könnte es sein, dass alles noch viel schlimmer ist, als wir es erwartet hatten. Bevor Ihr das Buch nicht übersetzt habt, wissen wir überhaupt nichts!«

Immerhin sind die Berichte aus dem Süden eindeutig ... da vernichtet das Feuer gerade alles, keine der anderen Götterkräfte ...

Aber diesen Gedanken sprach Sinphyria gar nicht mehr aus.

Plötzlich spürte sie, wie sich ihr Puls erhöhte und ein Schmerz schoss in ihre Schläfe.

Sinphyria ...

Was war das für eine Stimme?

Sinphyria sah sich hektisch um, aber weder Greí noch Elias schienen etwas gesagt zu haben.

Sinphyria ...

Es schien ihr, als kämen die Wände immer näher.

Verlor sie den Verstand?

Sinphyria sah zu Greí rüber, der sie mitleidig anstarrte, als wäre sie todkrank und hätte das nur noch nicht eingesehen. Für ihn stand wohl fest, dass sie die Hülle war, die den Krieg beenden würde? Oder was ging hinter dieser faltigen Stirn vor, die zu dem Mann gehörte, der sie vermutlich an Aries verraten wollte? Der sie nur so freundlich behandelte, weil er in ihr die Auserwählte sah, ein Zeichen *seines Glaubens*?

Sinphyria ...

Sie musste hier weg. Und zwar sofort.

Ohne noch ein weiteres Wort zu verlieren, drehte Sin sich auf dem Absatz um und verließ den Raum.

Weder Greí noch Elias hielten sie auf.

Bevor sie dieses Feuer überlebt hatte, hatte sie nicht mal einen Gedanken daran verschwendet, ob die Götter wirklich existieren könnten. Sie hatte nicht einmal an die Götter gedacht.

Und jetzt sollte ausgerechnet sie von einem besetzt sein? Eine Auserwählte?

»Sinphyria!«, rief Greí ihr nun doch hinterher, aber sie blieb nicht stehen.

Greí rief noch mehrmals ihren Namen, doch sie ignorierte ihn auch weiterhin.

Sie hörte nur ihre eigenen Schritte sowie ihr Keuchen, das von den Wänden widerzuhallen schien.

Inzwischen rannte Sinphyria. Sie wollte hier weg, weg von Greí, weg von dem verdammten Buch und von Elias, dessen sorgenvoller Blick, den er ihr zugeworfen hatte, gar nicht gefiel.

Da endlich war die große Tür, die immer noch offenstand. Zum ersten Mal hatte Sinphyria sich nicht in einem Gewirr von Gängen verlaufen. Doch sie verschwendete keinen Gedanken daran, sondern rannte weiter zu der Wendeltreppe.

Sinphyria hetzte die Wendeltreppe hoch und machte sich sofort daran, das Schloss der Tür zu knacken. Ein paar geübte Griffe mit dem Dolch und ein paar Minuten später war die Tür offen. Sie rannte durch den Innenraum der Kirche, rannte fast einen Novizen über den Haufen, der den Boden schrubbte. Dann stand sie auf dem Vorplatz der Kirche.

Kurz hielt sie inne und stemmte die Hände auf ihre Schenkel. Sie brauchte eine Weile, um zu Atem zu kommen und sich zu überlegen, was sie jetzt tun wollte.

Wo sie sich vor Greí verstecken würde. Zumindest für den Moment, bis sie wieder einen klaren Kopf hatte, keine fremden Stimmen mehr hörte oder von Kerlen angeglotzt wurde, als wäre sie verrückt.

Da fiel ihr ein, dass es zwei Menschen gab, die ihr vielleicht mehr erzählen konnten.

Es wurde Zeit, für eine Weile unsichtbar zu werden. Etwas, das Sinphyria sehr gut konnte.

24. Kapitel

Aufbruch gen Montegrad

Am Mittag des zweiten Tages ertönte die Glocke der Stadt und ein Horn antwortete aus der Ferne. Sofort waren die Krieger bereit. Zu der Rüstung eines jeden Soldaten gehörte ein Überwurf, der das Wappen des Königs zeigte. Das Wappentier war ein Bär, der aufrecht stand, die Krallen gegen einen unsichtbaren Gegner gerichtet. Hinter ihm waren seine drei Jungen abgebildet.

Eigentlich sollte das Königshaus von Kanthis für familiären Zusammenhalt stehen, und für den Mut, diesen zu verteidigen. In Anbetracht dessen, was sein Vater getan und wie er Erik dessen ganzes Leben lang behandelt hatte, war die Bedeutung des Wappens eigentlich ein Witz. Dennoch trug er es mit Stolz. Erik liebte sein Land und sein Vater war ja nicht seine ganze Familie.

Gyscha hatte Erik heute Morgen dabei geholfen, sein Haar an den Schläfen in kleine Zöpfe zu flechten und mit Perlen zu versehen. Er wollte seinen Kriegern damit seine Bereitschaft demonstrieren und ihnen ein wenig Hoffnung schenken.

Erik wartete zusammen mit Gyscha und Frau Dott sowie einigen Soldaten auf der Hauptstraße von Königsthron, um die Verwundeten zu empfangen.

Die Truppe mit den Verwundeten wurde angeführt von zwei gebrechlich wirkenden Heilern, die zwei Esel an einem mit einer Plane überspannten Karren führten. Eigentlich war so ein Plankarren etwas Besonderes in Kanthis, denn die meisten waren offen oder höchstens mit einer niedrigen Plane oder einem Netz überspannt. Aber obwohl diese hohe Plane in friedlichen Zeiten von Reichtum gezeugt hätte, war sie hier nur ein Abbild der langen und beschwerlichen Reise, den der Trupp hinter sich haben musste. Sie wies einen gigantischen, schwarzen Brandfleck an der rechten Seite auf und einige, kleinere Brandlöcher an der linken. Vorne war die Plane nur lose zusammengebunden worden. Ein Rad eierte. Die Reise aus Sinthaz musste schrecklich anstrengend gewesen sein.

Beide Heiler sah erschöpft und müde aus, als sie schließlich vor Erik stehenblieben. Begleitet von Gyscha trat er den Heilern entgegen.

»Ich bin Prinz Erik von Kanthis und ich entschuldige mich für meine Abwesenheit. Ihr habt tapfer gedient und seid zurückgekehrt.«

Die Heiler waren blass, sie sahen ihn nicht direkt an. Erik konnte keine Verletzungen sehen, vielleicht hatte die Reise sie so mitgenommen, dass sie ihre Umgebung kaum noch wahrnahmen. Die beiden Männer blickten aus glasigen Augen ins Leere und regten sich kaum. Was mochte ihnen zugestoßen sein?

Erik konnte keine Spur der Erleichterung erkennen, keine Andeutung eines Lächelns, weil sie es trotz der Widrigkeiten und der Schrecken, die sie sicher gesehen haben mussten, nach Hause geschafft hatten. Solch eine Abwesenheit hatte er selten bei Überlebenden erblickt. Vielleicht reichte seine Erfahrung aus dem Bürgerkrieg einfach nicht aus, um die Auswirkungen eines Krieges in einem fremden Land einzuschätzen, der auch noch gegen solch fremde Mächte geführt wurde. Erik warf einen Blick zu der Plane rüber. Was mochte ihn dahinter erwarten? Welche Verletzungen hatten die Verwundeten, welche Schrecken hatten sie überlebt? Würden sie ihnen vielleicht mehr erzählen können?

»Frau Dott«, sprach Erik und winkte sie herbei, »kümmert Euch um die Männer.«

Frau Dott eilte herbei und nickte eifrig. Sie nahm sich der Heiler an und führte diese Richtung Taverne, während sie beruhigend auf sie einredete.

Erik trat an den Karren heran. Er spürte, wie sich sein Herzschlag verdoppelte und seine Hände zitterten, als er nach der Plane griff.

Beim Anblick der Verwundeten wurde ihm sofort klar, dass er sich zumindest vorerst keine Hoffnung auf weitere Informationen machen durfte.

Ihm schlug ein fauler Geruch entgegen. Es stank nach Verwesung. Erik musste die Zähne zusammenbeißen, um nicht zurückzufahren und sich zu übergeben. Als er den Blick über das Innere des Wagens schweifen ließ, konnte er elf Gestalten erkennen.

Vier davon lagen weiter hinten als die anderen – soweit Erik erkennen konnte, hoben und senkten sich ihre Brustkörbe nicht mehr. Sie waren vermutlich tot. Der Geruch im Karren trug zu dieser Vermutung bei.

Hoffentlich hatten die Toten noch das Amulett dabei, mit deren Hilfe man sie identifizieren könnte. Sonst würde es sehr schwer werden, ihre Angehörigen zu finden, selbst wenn die Verwesung noch nicht zu weit fortgeschritten sein sollte.

Erik winkte ein paar seiner Soldaten heran, damit sie die Toten aus dem Wagen holten.

Die anderen Verwundeten – vier Männer, zwei Frauen und ein Junge – lebten zumindest noch. Sie alle lagen im vorderen Teil des Karrens auf dem blanken Holz. Alle waren bewusstlos.

Das Gesicht von einer der Frauen war fast bis zur Unkenntlichkeit verbrannt. Sogar ein großer Teil ihres Haars fehlte. Bloß an der Schläfe konnte Erik die Andeutung braunen Haars erkennen. Der Saum ihrer Tunika war am Hals mit ihrer Haut verschmolzen. Erik wurde übel.

Wie konnte jemand so etwas überleben?

Aber obwohl sie schlimme Schmerzen haben musste, atmete sie rasselnd durch die leicht geöffneten Lippen. Auch die anderen wiesen Brandwunden auf, teilweise ebenso schwere wie die Frau.

Einer der Männer hatte statt einer gesunden Brust nur noch einen großen, roten und faltig verzerrten Fleck verletzter Haut, ohne Brusthaar und ohne deutlich erkennbare Brustwarzen. Einer Frau fehlte ein Bein, ihr Stumpf wies krebsrote Verletzungen auf. Nur der Junge schien auf den ersten Blick von Brandverletzungen verschont zu sein.

Als Erik sich aber zu ihm herunterbeugte und das feine Laken, das ihn bedeckte, nur ein wenig anhob, sah er, dass sein ganzer Rücken verbrannt worden war. Der Stoff des Lakens klebte an geronnenem Blut. Vorsichtig ließ Erik das Laken wieder sinken.

Der rechte Unterschenkel des Jungen war rot und wund. Die Verletzung nässte. Hoffentlich hatte sie sich noch nicht zu stark entzündet, sonst mussten sie vielleicht amputieren.

Die Verwundeten mussten dringend aus diesem Karren rausgeschafft werden. Erik ließ eine weitere Gruppe an Soldaten kommen und die Verletzten auf Tragen in Richtung Schenke transportieren.

»Vikem, Kayrim – bitte durchsucht den westlichen Teil der Stadt nach weiteren Heilern und jedem, der sonst noch Erfahrungen mit Verbrennungen hat. Ana und Orya – ihr nehmt den östlichen Teil. Wir müssen alles daransetzen, die Verwundeten so schnell wie möglich stabil zu kriegen.«

Alle vier machten sich wortlos auf den Weg. Orya schaute die ganze Zeit an Erik vorbei. Sie war immer noch beleidigt. Vielleicht würde er später das Gespräch mit ihr suchen.

Ihm war mittlerweile klar, dass es nur eine Möglichkeit gab, den Krieg vielleicht doch noch für sich zu entscheiden: Sie mussten den Kopf erwischen, den Herrn des Feuers.

Und diese Verwundeten waren ihre größte Hoffnung, um vielleicht doch noch an entscheidende Informationen zu gelangen.

Solange nach weiteren Heilern gesucht wurde, konnte Erik für die Verwundeten nichts weiter tun. Also beschloss er, bei der Verbrennung der Toten zu helfen.

Außerhalb von Königsgrub gab es einen Hinrichtungsplatz, der seit der Abschaffung der Todesstrafe nach dem Bürgerkrieg damals zu einem Trauerplatz umfunktioniert worden war. Dieser Trauerplatz befand sich direkt neben der Tümpelplatte und dem Königsgrub. Von der Verwalterin des Platzes, die vor dem Bürgerkrieg die Henkerin gewesen war, wurde dafür gesorgt, dass immer genug geschlagenes Holz nahe den Gruben lag.

Erik kannte die Verwalterin flüchtig, weil er einige Hinrichtungen durch ihre Hand noch mitangesehen und ihr danach Anweisungen gegeben hatte, wie sie ihre Profession von nun an ausführen sollte. Ihr Name war Solveig, falls er sich recht erinnerte.

Erik errichtete zusammen mit einigen Soldaten vier Scheiterhaufen aus dem Holz, das sie von Solveig erhalten hatten. Gilien hatte einige Kräuter gesammelt, die er auf den Körpern der Toten platzierte. Doch der Geruch der Kräuter kam nicht ansatzweise gegen den Verwesungsgestank an.

Da die Gesichter bereits zu sehr zersetzt waren, mussten sie nach den Amuletten suchen. Erik und die anderen hatten sich Tücher über Mund und Nase gezogen, aber auch das half nur wenig.

Erik trat näher an den ersten Scheiterhaufen heran und versuchte, die Tunika des Toten beiseitezuschieben. Der Gestank trieb Erik die Tränen in die Augen. Fliegen ließen von den Augenhöhlen der Toten ab und umschwirrten nun Eriks Kopf. Er unterdrückte den Drang, sie fortzuschlagen.

Seine Finger schlossen sich um das silberne Amulett des Soldaten und vorsichtig löste er es von dessen Hals.

Erik richtete sich auf und las: »Stefan Sivensten, Montegrad«.

Hinter Erik schrieb einer der Soldaten hastig mit. Das Kratzen der Feder konnte Erik nur hören, weil alle schwiegen und kein

Wind wehte. Es lag beinahe schon eine gespenstische Stille über dem Trauerplatz.

Erik übergab das Amulett Solveig. Sie würde die Feuer überwachen, wenn Erik und die anderen in den Ort zurückgekehrt waren. Dann würde sie einen winzigen Teil der Asche aufsammeln und in das Amulett füllen. Dieses Amulett wurde dann der Familie von Stefan Sivensten übergeben werden.

Natürlich war es oft nicht möglich, die Asche von im Gefecht verstorbenen Soldaten einzusammeln. Aber immerhin konnten die leeren Amulette für Gewissheit sorgen. Sofern jemand zurückkehrte, um sie in Kanthis den Angehörigen zu übergeben. Wie viele Soldaten würden für immer als verschollen gelten, wenn dieser Krieg vorbei war?

Erik zwang sich, diesen Gedanken ziehen zu lassen und weiterzumachen.

Er beugte sich über den nächsten Toten.

»Ingrimm Perlental, Pórta.«

Einer der Soldaten entzündete die ersten beiden Scheiterhaufen. Das Holz brannte schnell. Es war jetzt lange trocken gewesen in Kanthis und Solveig hatte sicher für fachgemäße Lagerung gesorgt. Rauch stieg Erik in die Nase und trieb ihm die Tränen in die Augen, als er sich über den dritten Mann beugte. Er griff nach dem Amulett und fuhr mit dem Daumen über die verrußte Inschrift.

»Per Karlsson, Königsthron.«

Erik hielt inne und bedeutete dem Fackelträger, diesen Scheiterhaufen noch nicht zu entzünden. Er überlegte, ob er die Familie des Toten herholen lassen sollte. Dabei betrachtete er sich Pers verwestes und entstelltes Gesicht und sah eine Fliege aus dessen Nase kriechen. Dann wandte er sich an Solveig.

»Was meinst du, sollen wir der Familie Zeit geben, sich zu verabschieden? Oder ist es besser, ihnen ein mit Asche gefülltes Amulett zu überreichen, bei dem Zustand, in dem Pers Leiche jetzt ist?«

Solveig trat näher an Erik heran und überlegte selbst einen Moment.

»Ich kenne Pers Mutter Elisa und ihren Mann, den alten Karl. Karl würde nicht wollen, dass seine Frau Per so sieht. Ich werde ihnen erklären, warum sie bei der Verbrennung nicht dabei sein konnten.«

Erik nickte und wies den Fackelträger an, auch Pers Scheiterhaufen zu entzünden. Er als Vater wäre zwar gern dabei gewesen, aber er vertraute Solveigs Einschätzung. Zuletzt beugte Erik sich über die Frau. Aber bei ihr suchte Erik vergebens nach einem Amulett. Erik spürte, wie ihm das Herz schwer wurde und auf einmal fühlte er sich entsetzlich müde. Wann hatte er eigentlich das letzte Mal Bechda genommen?

Erik richtete sich auf und griff verstohlen nach dem Döschen in seiner Tasche. Er warf einen Blick zu Gilien hinüber, der seinen Blick fragend erwiderte. Nein, Erik konnte jetzt nichts nehmen. Nicht hier, im Beisein der gefallenen Krieger.

»Unbekannte Tote, in einem Zug mit Stefan Sivensten, Ingrimm Perlental und Per Karlsson heimgekehrt. Dunkelblondes Haar, gebräunte Haut, circa hundertachtzig Zentimeter groß.«

Der Schreiber hielt hastig alle Daten fest, die Erik diktierte. Vielleicht halfen diese Informationen, doch noch herauszubekommen, wer die Tote war. Aber die Hoffnung darauf war gering.

Erik trat zurück. Der Fackelträger entzündete den letzten Scheiterhaufen und stellte sich dann hinter Erik, genauso wie die restlichen Helfer und auch Solveig.

Erik räusperte sich. Er wusste, dass die anderen einige Worte erwarteten, und normalerweise fiel ihm das nicht schwer. Aber jetzt fiel ihm einfach nichts ein. Die Gedanken daran, wie hoffnungslos die Situation nun war, wie wenig sie wussten, wie klein ihr letztes Aufgebot an Kriegern war, erdrückten ihn förmlich. Er konnte sich nicht gut konzentrieren, die Worte wollten sich nicht zu einem richtigen Satz formen.

»Verdammt«, murmelte Erik, griff nach der Dose in seiner Gürteltasche und pfiff einfach drauf, was die anderen denken würden. Er meinte zwar, ihre Blicke glühend heiß in seinem Nacken brennen zu spüren, aber er konnte ohne Bechda einfach nicht seiner Pflicht nachkommen. Es ging nicht. Also öffnete er die kleine Dose und legte sich etwas von Giliens Bechda auf die Zunge. Nur wenige Sekunden dauerte es, bis Wärme seinen Körper durchströmte und seine Zunge lockerte. Erik ließ die Dose schnell wieder in seiner Tasche verschwinden und richtete den Blick stur geradeaus. Ihm war klar, dass er die anderen nicht unbedingt sehen lassen sollte, dass er Bechda am helllichten Tag nahm. Aber er das Verlangen einfach nicht unterdrücken können.

»Ich weiß, wie hoffnungslos unsere Situation erscheinen mag. Wie wenig wir, die wir noch nicht nach Sinthaz gezogen sind, den Krieg verstehen können oder warum unsere Kameraden und Kameradinnen, Kinder Kanthis, sterben mussten.«

Erik spürte, wie seine Brust sich enger zusammenschnürte.

»Stefan Sivensten. Ingrimm Perlental. Per Karlsson. Kameradin. Ich, Erik Bjoreksson, Prinz von Kanthis, kann euch nicht versprechen, in eurem Namen diesen Krieg zu gewinnen. Aber ich werde alles, was in meiner Macht steht, dafür tun, dass euer Tod nicht umsonst war. Und ich hoffe, dass meine Soldaten mich dabei unterstützen werden. Ruht in Frieden. Eure letzte Schlacht ist geschlagen.«

Erik kehrte zu der Schenke zurück, wo die Verwundeten über Nacht in einem eigenen Raum einquartiert wurden. Bisher war keiner von ihnen aus seiner Bewusstlosigkeit erwacht. Auch die Heiler waren nach ihrer Ankunft sofort in einen tiefen Schlaf gefallen, ohne ein Wort gesprochen zu haben.

Erik musste seine Enttäuschung darüber beiseiteschieben und sich ihrem weiteren Vorgehen widmen.

Dafür saß er mit Jan, Gyscha und Frau Dott an der großen Tafel ihrer Schenke und brütete über einer Karte von Zagath.

Gyscha und Frau Dott waren die heilkundigsten Frauen der ganzen Stadt, denn alle anderen Heiler waren in den Krieg gezogen und nicht heimgekehrt. Erik fragte sich, ob sie Frau Dott mitnehmen sollten, wenn sie gen Süden zogen. Allerdings wäre dann überhaupt kein Heilkundiger mehr in der Stadt.

»Die Verwundeten sind nicht transportfähig. Wenn sie nicht die ganze Zeit betreut werden, könnten sie sterben«, sagte Frau Dott besorgt.

Gyscha nickte.

»Allerdings könnte es auch sein, dass einige von ihnen sowieso nicht überleben würden. Ihre Verbrennungen sind stark. Ich wundere mich sowieso schon, wie sie es bis hierher geschafft haben.«

Erik hörte nur mit einem Ohr der Unterhaltung zu. Er war sich sicher, dass er die Verwundeten mitnehmen würde, wenn sie nicht aufwachten. Sie mussten wenigstens versuchen, Greí noch einzuholen. So kläglich seine Armee auch sein mochte, ihre Chancen waren besser, je mehr Soldaten sie hatten. Er durfte keine Zeit mehr verlieren. Ganz gleich, was der Transport der Verwundeten kosten würde. Selbst, wenn es ihr Leben war.

»Wenn wir morgen nicht aufbrechen, werden wir Greí vielleicht nicht mehr einholen«, bemerkte Jan.

Als Erik zu ihm aufsah, konnte er die tiefe Sorgenfalte zwischen seinen Augenbrauen erkennen.

Der Drang, Greí einzuholen, war groß. Aber ob es auch der klügste Weg war, direkt wieder gen Süden zu reisen? Von Königsthron bis zur Grenze war es sicher ein Siebentagesritt. Nach sechs Tagen würden sie Kanthri-Stadt erreichen, aber auf dem Weg dorthin gab es keine größere Rastmöglichkeit.

Und dann war da ja noch der Aufruhr in Montegrad gewesen, von dem Gyscha berichtet hatte. Erik sollte wenigstens einmal

Präsenz zeigen, und vielleicht waren ja auch noch nicht alle kampffähigen Männer und Frauen mit Greí gereist.

»Lasst uns einen Boten zu Greís Trupp schicken. Sie sollen auf uns warten. Wir müssen jetzt alle verfügbaren Kräfte zusammenhalten, wenn wir einen letzten Schlag gegen den Feind ausführen wollen.«

Bevor Jan oder Gyscha etwas einwenden konnten, fuhr Erik fort.

»Wir müssen so schnell wie möglich nach Montegrad ziehen. Wenigstens einen Tag muss ich dort Präsenz zeigen und mit dem Statthalter sprechen. Es bringt uns nichts, wenn wir den Krieg gewinnen, wenn dafür in den inneren Reihen unseres eigenen Landes Chaos herrscht.«

»Was, wenn der Feind dann inzwischen über das Torkengebirge zieht?«, fragte Frau Dott, auch wenn sie wahrscheinlich im selben Moment merkte, dass ihre Frage logisch zu beantworten war.

»Dann stellen wir seine Truppen direkt an der Grenze. Immerhin befinden wir uns auf unserem Terrain, und können das hoffentlich zu unserem Vorteil nutzen.«

Erik lehnte sich zurück und massierte sich die Schläfen.

Er war in Gedanken noch bei den Verwundeten, weshalb er nicht laut aussprach, dass die Sinthazianer ja auch auf ihrem eigenen Terrain überrannt worden waren.

»Die Verwundeten müssen wir mitnehmen. Auch die Heiler. Früher oder später werden wir ihre Dienste benötigen«, sagte er mit fester Stimme.

»Das könnt Ihr doch nicht machen! Haben sie nicht schon genug gelitten?«

In Frau Dotts Gesicht bildeten sich rote Flecken. Erik sah den Vorwurf in ihren Augen.

»Frau Dott, ich kann Eure Bedenken wirklich verstehen. Aber wenn sie auch nur irgendetwas Wichtiges wissen, kann uns das einen entscheidenden Vorteil verschaffen. Versteht Ihr das?«

Frau Dott nickte widerwillig. »Dann komme ich auch mit.«
Erik hob verwundert die Augenbrauen.
»Das kann ich nicht von euch verlangen, gute Frau. Und ich kann es nicht von diesen Menschen hier verlangen. Was werden sie davon halten, wenn ich die Heilkundigste unter ihnen auch noch mit in den Krieg ziehen lasse?«
Frau Dott schüttelte entschlossen den Kopf und erhob sich. Der Stuhl hinter ihr wurde mit einem lauten Quietschen über die Holzdielen geschoben.
»Ihr müsst es nicht verlangen, mein Prinz. Und die Erlaubnis meiner Nachbarn benötige ich nicht. Ich werde Euch ganz freiwillig begleiten. Mit allen Vorräten, die ich noch habe. Hier gibt es nichts mehr für mich, außer diese alten Wände aus Stein und Holz. An ihnen liegt mir nichts mehr, seitdem die Witze meines Mannes und das Gelächter meines Sohnes sie nicht mehr mit Leben füllen. Ich komme mit.«
»Vielleicht gibt es in Montegrad noch einen Heilkundigen, den wir nach Königsgrub schicken können«, schlug Jan vor und Erik nickte, auch wenn er nicht glaubte, dass sie jemanden finden würden. Aber Königsgrub würde hoffentlich noch länger ohne eine Heilkundige auskommen.
Erik, Jan und Gyscha suchten nach dem schnellsten Weg nach Montegrad und organisierten den Transport der Verwundeten sowie die Verteilung der Vorräte. Der Weg, den sie nehmen würden, führte sie durch den Nordwald zwischen Königsgrub und Montegrad. Dort gab es nur einen befestigten Weg und wenig Licht. Wenn man nicht aufpasste, konnte man schnell im Moor versinken. An manchen Stellen versank man so schnell, dass kaum Rettung möglich war. Und dann gab es da noch diese Geschichten von Irrlichtern, die einen dazu verführten, den sicheren Weg zu verlassen, und von Nebelgeistern, deren Anblick jeden Mann in den Wahnsinn treiben konnte. Erik war nicht besonders von solchen Geistergeschichten beeindruckt, aber einige seiner Männer schon. Aberglaube war manchmal ein viel

größerer Feind als die Realität, denn Angst trieb die Menschen manchmal zu sehr gefährlichem Verhalten.

Hatten sie den Wald und das Moor hinter sich gebracht, würden sie dem großen Fluss Sarém folgen, die kleineren Städte umgehen und schließlich in das Innere von Montegrad gelangen.

25. Kapitel
RECHT UND UNRECHT

Sinphyria knetete ihre eigene Handinnenfläche, während sie in den Zellentrakt abbog. Ihr Herz klopfte heftig gegen ihre Brust. Die Flucht aus der Kirche steckte ihr noch tief in den Knochen. Sie hatte sich sofort zurück ins Rathaus begeben und sich über die Geheimgänge, die sie bereits kennengelernt hatte, hoffentlich unbemerkt durch das Gebäude bewegt. Aries und Aryan waren in den Zellen im Erdgeschoss untergebracht worden, weil sie zwar ziemlich eindeutig verdächtigt wurden, Schreckliches begangen zu haben, aber noch kein offizielles Urteil gefällt wurde. Nach einem Urteil wurden Gefangene in den Kerker unter dem Rathaus verlegt oder ins Gefängnis nach Kanthri transportiert.

Aries und Aryan würden allerdings vermutlich sowieso zum Tode verurteilt werden. Ehrlich gesagt bereitete Sinphyria der anstehende Prozess genauso große Bauchschmerzen, wie das, was sie im Süden erwartete. Aber jetzt musste sie den Kopf frei bekommen und auf die Gunst der Wache hoffen.

Eben diese ging zwischen zwei offenen Holztüren hin und her, einer auf der rechten Seite des Ganges und eine am Ende. Beide standen offen. Dahinter konnte Sinphyria dicke Eisenstangen, aber keinerlei Insassen erkennen.

Noch.

Sinphyria atmete tief durch.

»Entschuldigung.«

Der Wachmann blieb stehen und zog fragend die Augenbrauen in die Höhe.

»Hey, ich kenne dich«, sagte er nach kurzer Überlegung. Dann schlich sich ein Lächeln auf seine Lippen. »Du bist doch diese Soldatin, die dabei geholfen hat, das korrupte Schwein und diesen ekelhaften Mörder zu fassen, oder?«

»Hey, ich kann dich hören!«

Das war Aries gewesen. Seine Stimme zu hören, ließ Sinphyria vor Ekel die Nase rümpfen. Aries hatte es wirklich verdient, für seine Taten zur Rechenschaft gezogen zu werden. Ein fairer Prozess nach neusten Standards wäre zwar noch wünschenswerter, aber bevor Aries ungeschoren davonkam, nahm Sin das in Kauf. Die Wache ignorierte den ehemaligen Bürgermeister einfach.

Kurz stockte Sinphyria, weil die Wache sie eine Soldatin genannt hatte. Offenbar hatte ihre vorherige Berufung noch nicht die Runde gemacht. Ob man sich in Montegrad an sie erinnern würde?

Sin erwiderte trotz ihrer Nervosität sein Lächeln und nickte.

»Stimmt. Das bin ich.«

»Na, dann muss ich mich wohl im Namen der Stadt bedanken.«

Sinphyria lachte kurz auf. Sie schaute zu dem Wachmann auf und versuchte herauszufinden, wie ernst er das mit dem Dank meinte. Vielleicht würde das hier leichter werden, als sie gedacht hatte. Immerhin hatte kein Spott in seiner Stimme gelegen.

»Ach, das ist doch nicht nötig. Die Verhaftung der beiden war weniger mein Verdienst ... zumindest nicht allein.«

»Nein, nein, rede deine Taten bloß nicht klein. In meinen Augen seid ihr echte Helden.«

»Helden? Diese Diebin und ihr merkwürdiger Haufen? Dass ich nicht lache!«, tönte es von Aries. Inzwischen war er an die Gitterstäbe herangetreten und grinste sein falsches Lächeln.

»Klappe!«, brüllte die Wache, und an Sinphyria gewandt: »Sag schon, was führt dich her?«

Sinphyria senkte ihre Stimme und trat dichter an die Wache heran, damit Aries sie nicht wieder belauschen könnte.

»Ich würde dich bitten mir ein paar Minuten allein mit Aryan zu gewähren. Ich ... muss ihn etwas fragen.«

Der Wachmann machte einen Schritt zurück und verzog die Augenbrauen und betrachtete sie kritisch. Sinphyria war dabei, seine Zustimmung zu verlieren.

»Was, dieser verrückte Mönch?«, fragte die Wache misstrauisch und warf einen Blick zu der Zelle, die sich rechts von ihnen befand.

»Bitte. Nur ein paar Minuten. Mit dem komme ich schon klar.«

»Das bezweifle ich nicht. Aber ...«

Sinphyria setzte schon dazu an, ihren Geldbeutel hervorzuholen und die Wache bestechen zu wollen. Aber vielleicht würde das den Stolz dieses Mannes mehr verletzen als wenn sie ihn vielleicht noch mal darauf hinwies, was sie alles für die Stadt getan hatte.

»Na gut. Ausnahmsweise. Aber wenn der Typ irgendetwas macht, was nicht okay ist, dann rufst du mich. Okay?«

»Danke.«

Das war fast zu einfach gewesen. Aber Sinphyria wunderte sich nicht lange darüber. Offenbar war diese Woche wirklich beeindruckt davon, was sie getan hatte.

Mit klopfendem Herzen ging sie die paar Meter zu der Zelle hinüber.

Der Raum war klein und lag im Halbschatten. Nur ein schwacher Lichtstrahl fiel durch ein kleines Fenster direkt auf die Pritsche der Zelle, die an der Wand befestigt war. Darauf saß Aryan im Schneidersitz, das Gesicht zur Hälfte von dem letzten Licht des Tages erhellt. Sie hielt sich soweit es ging von dem Gitter fern, ohne sich allerdings an die Wand zu drängen wie ein ängstliches Tier.

Aryan sah sie an. Und wieder lag dieses kalte Lächeln auf seinen Lippen. Als habe er erwartet, dass sie hier auftauchen würde.

Ihr Herz schlug aufgeregt gegen ihre Brust, ihre Hände zitterten, ohne dass sie es vermeiden konnte. Ihr ganzer Körper bebte, als die Bilder von den Toten vor ihrem inneren Auge vorbeirasten. All die schweren Verletzungen, das Blut, das Leid, die Trauer, Lin und Aiden und ihre eigene Schuld.

Wie sollte sie auch nur ein einziges Wort rauskriegen, ohne ihre Emotionen zu verraten, ohne Schwäche zu zeigen?

Und doch musste sie es. Sie zwang sich, seinen Blick zu erwidern, während sie tief durchatmete. Sie musste ihre Fragen jetzt stellen. Bevor die Wache zurückkam und Greí Bescheid gab oder sie direkt rauswarf.

»Ich weiß von dem Buch.«

Aryan grinste. In seinem Gesicht änderte sich nichts, er schwieg weiter.

»Sag mir, was du herausgefunden hast. Warum hast du wirklich gemordet?«

Er schwieg weiter.

Sinphyria ballte die Hände zu Fäusten, atmete so kontrolliert sie konnte.

Dann, quälend langsam, ohne dass sein Lächeln verschwand, erhob Aryan sich von seinem Platz und trat näher an das Gitter heran.

»Ich habe in den letzten Tagen mit niemandem gesprochen. Selbst nicht, als sie mir mit Folter drohten. Warum also sollte ich mit dir sprechen?«

Sinphyrias kam plötzlich ein Gedanke. Sie machte einen Schritt auf Aryan zu, achtete aber darauf, außerhalb seiner Reichweite zu bleiben.

»Weil ich eine Auserwählte bin.«

Aryan lachte heiser auf und wirkte nicht im Mindesten überrascht oder ungläubig. Sinphyria biss die Zähne zusammen.

»Ah, du beginnst dein Schicksal also anzunehmen. Allerdings deuten deine Fähigkeiten doch eher darauf hin, dass dich der Verräter auserwählt hat? Kannst du nicht dem Feuer widerstehen?«

Sinphyria antwortete nicht. Natürlich wusste er Bescheid. Immerhin hatte Greí ja unbedingt seine kleine Demonstration vor Aries vorführen müssen.

Weiterhin funkelte sie Aryan böse an, während sich ihr Magen vor Wut und Unsicherheit umdrehte. Sie wollte ihn anschreien, ihn unter Qualen zwingen, ihr alles zu erzählen. Doch sie war sich bewusst, dass ihn vermutlich nicht einmal die grausamste Folter zum Reden bringen würde. Und so tief wollte sie nicht sinken.

Plötzlich kam ihr eine letzte, verzweifelte Idee.

»Schön. Was, wenn du dadurch, dass du es mir sagst, mein Verhalten beeinflussen kannst? Vielleicht kannst du mit deinen Worten ihren Willen bewirken. Warum wäre ich sonst hier?«

Aryan zog eine Augenbraue in die Höhe. Plötzlich schien er so etwas wie Interesse zu entwickeln. Doch dann lachte er wieder.

»Armes Täubchen. So verzweifelt. So verunsichert.«

»Na gut.«

Sinphyria drehte sich augenblicklich um und ging auf die Tür zu. Sie ahnte plötzlich, dass es nur eine Art gab, wie man mit ihm umgehen musste. Er hielt sich jedem überlegen und wollte stets die Kontrolle behalten. Ihm war klar, dass er etwas besaß, das sie haben wollte. Damit hatte er Macht über sie.

»Wahrscheinlich habe ich hier sowieso meine Zeit verschwendet. Ich glaube kaum, dass ausgerechnet du den Code hättest knacken können. Wärst du so schlau, hätte Elias dir sicher eine verantwortungsvollere Aufgabe zugeteilt als die Gänge zu putzen.«

Sie war schon beinahe an der Tür angekommen, da hieb Aryan gegen die Gitterstäbe und rief: »Du?! Du unwissendes, lasterhaftes Miststück wirfst mir vor, ich sei dumm?!«

Sinphyria wandte den Kopf ein wenig, um Aryans aus den Augenwinkeln betrachten zu können. Sein Gesicht war vor Wut zu einer Fratze verzerrt, die fast noch schlimmer anzusehen war als sein eiskaltes Starren.

»Früher oder später wirst du zu ihm gehen. Du kannst nichts dagegen tun. Gar nichts! Dein Schicksal ist vorherbestimmt!«

Eine dumpfe Stimme rief von weit weg: »Was ist da drin los?«

Sinphyria versuchte gar nicht zu fliehen. Tränen stiegen ihr in die Augen, als sie die Tür aufriss und zu dem Wachsoldaten hinaustrat. Der zuckte zusammen.

»Was hat dieser Widerling gemacht?«, rief er, aber Sinphyria antwortete ihm nicht.

»Dieses Mal werden die Hüllen meine Herrin nicht einsperren!«, rief Aryan mit schriller Stimme.

Die Hüllen? Meinte er die Hüllen der Macht? Inwiefern sollten sie Cahya *einsperren*? Und warum?

»Und es ist nicht Cahya, der ich diene. Eure Unwissenheit wird euer Schicksal früh genug besiegeln!«

Die Wache begann nun, mit einem Schlagstock gegen die Gitterstäbe zu schlagen. Dabei schrie er Aryan an, er solle die Klappe halten und Sinphyria in Ruhe lassen.

Aryan trat zurück und sagte zwar nichts mehr, aber er lachte so irre, dass es Sinphyria die Haare zu Berge stehen ließ. Sie wischte sich über die Augen und schniefte einmal. Verdammt, sie musste sich wieder fassen.

Hinter ihr kam die Wache aus der Zelle und zog die Tür mit einem Knall zu.

»Entschuldige. Ich hätte dir niemals gestatten sollen, diesen Verrückten zu sehen. Redet doch eh nur Mumpitz«, erklärte die Wache.

«Schon gut. Danke, dass du ihn ruhiggestellt hast. Und danke für dein Entgegenkommen. Ich wäre übrigens sehr froh, wenn Hauptmann Greí nicht hiervon erfährt.

Der Wachmann nickte und wischte sich den Schweiß von der Stirn.

»Kein Problem.«

Sinphyria nickte ihm noch einmal freundlich zu und verschwand dann. Sie hätte wissen müssen, dass das hier nur eine Zeitverschwendung war.

Ihre Augen tränten. Hinter dem Schleier formte sich das Bild einer Stadt, die gänzlich in Flammen stand. Verwirrt versuchte sie, sich zu erinnern, warum sie hier gewesen war. Sie hatte sich verloren gefühlt, versucht, Kontakt zu ihm aufzunehmen. Falls es ihn gab. Sie suchte nach ihm.

Aber hier gab es keinen Geruch, keinen Geschmack, nur das Gefühl purer Verzweiflung und verschwommene Bilder. Ziellos irrte sie umher, folgte einem Strom aus fließender Lava, der in verzweigten Adern über den Boden floss.

Sie brauchte Antworten. Sie musste wissen, was ...

Plötzlich schrie jemand aus Leibeskräften. Sie sank zu Boden, musste sich die Hände auf die Ohren pressen.

Der Schrei war nicht menschlich, er war viel voller und tiefer als eine menschliche Stimme und so laut, dass er in ihren Ohren klingelte. So stark riss der Schrei an ihrem Herzen, denn er war so voller Leid, dass sie voll und ganz von dem Gefühl massiver Verzweiflung eingenommen wurde.

Plötzlich befand sie sich woanders, ohne dass sie sich bewegt hatte. Der Schrei ebbte nicht ab, keine Sekunde lang, als müsste derjenige, der ihn ausstieß, niemals Luft holen.

Da sah sie ihn. Einen Mann in Ketten

Er war riesig, weit über zwei Meter, hatte langes, schwarzes Haar, das zu feinen Zöpfen geflochten war. Sein Oberkörper war entblößt, er trug nichts als eine dunkle Hose. Er kniete, bäumte sich auf, und schrie, schrie sich die Seele aus dem Leib. Sein muskulöser Oberkörper spannte sich so sehr gegen die schweren, dicken Eisenketten, die ihn umgaben, dass es aussah, als würde seine Lunge gleich daraus hervorbrechen. Seine starken Arme umschlangen ebenfalls seine Fesseln, die sich blutig in seine schwarze Haut schnitten. Sie mündeten fest in den Boden und egal, wie sehr sich der Mann gegen sie aufbäumte, er hatte keine Chance, sie zu durchbrechen. Doch jedes Mal, wenn er es versuchte, zeichneten sich pechschwarze Flammen auf seiner Haut ab. Auf einmal unterbrach er seinen Kampf und öffnete die Augen. Darin stand Angst geschrieben.

Sie starrte ihn an, mit offenem Mund, und in seinen orangefarbenen Pupillen spiegelte sich ihr von Furcht erfülltes Abbild.

»Sinphyria«, sprach der Mann mit heiserer Stimme.

Dann füllten sich seine Augen mit Flammen und aus irgendeinem Grund wusste sie, dass ihre Augen das Gleiche taten.

»Sinphyria!«

Sie fuhr hoch und verstand einen Moment lang nicht, dass sie geträumt hatte. Doch je klarer die Welt um sie herum wurde, das Zimmer mit dem bunten Fensterglas, Athrons besorgtes Gesicht, der leicht muffige Geruch von einem Zimmer, in dem zwei Menschen die ganze Nacht ohne großartige Belüftung geschlafen hatten, umso verschwommener wurde ihr Traum. Sinphyria versuchte verzweifelt, eines der Bilder festzuhalten, die sie gesehen hatte, in der Überzeugung, dass sie wichtig gewesen waren. Aber es gelang ihr nicht. Der Traum war ihr entglitten.

»Tut mir leid, dass ich dich geweckt habe. Aber du musst was essen«, sagte Athron und strich ihr liebevoll über das Haar. Als Sinphyria sich aufsetzte, sah sie, dass er bereits vollständig angezogen war. Auf dem Nachttisch neben ihrem gemeinsamen Bett stand ein Tablett mit Broten und Saft.

»Du hast geschlafen wie ein Stein, ich habe schon gedacht, ich kriege dich gar nicht mehr wach.«

Ihr Kopf dröhnte und sie bewegte ein paarmal die Finger, als wollte sie überprüfen, dass sie noch alle dran waren.

Mit finsterem Blick und zusammengekniffenen Augen starrte sie zu Athron auf. Was fiel ihm verdammt noch mal ein, sie ausgerechnet jetzt zu wecken?

Der feindselige Gedanke verweilte nur einen kurzen Moment.

»Die Verhandlungen beginnen in einer Stunde. Du wirst aussagen müssen, vermute ich. Außerdem dachte ich, dass du das sicher nicht verpassen willst.«

Sinphyria griff nach einem der belegten Brote und biss eher halbherzig hinein. Aber sie musste etwas essen, sonst würde sie sich nicht konzentrieren können. Und das wäre in der Verhandlung nachher ganz schlecht.

»Sag mal, hab ich zufällig im Schlaf gesprochen?«

Athron sah sie überrascht an.

»Nicht, ... dass ich wüsste. Wieso?«

Sinphyria zuckte mit den Schultern und mied Athrons Blick.

»Ich hatte einen Traum, und beim Aufwachen spürte ich, dass er wichtig sein könnte. Aber ich habe ihn wieder vergessen.«

»Du kannst dich wirklich an gar nichts mehr erinnern? Wie kommst du dann darauf, dass er wichtig war?«

Athron strich ihr langsam und behutsam über den Rücken und schaute sie besorgt an. Was er jetzt wohl dachte?

»Nur so eine Ahnung.«

Während Sinphyria ihn von der Seite ansah, fragte sie sich, ob er wusste, was in ihr vorging. Sie hatte ihm nicht erzählt, was gestern in der Kirche passiert war. Aber sie war sich auch nicht sicher, ob sie bereit war überhaupt darüber zu reden. Eigentlich hatte sich ja nichts geändert. Es gab eine Schrift, die möglicherweise alles, was bisher in Kanthis über die Götter geglaubt worden war, verneinte. Das konnte alles bedeuten.

Es gab eine Andeutung, dass besonders die Vorstellung darüber, welche Götter ›böse‹ und welche ›gut‹ waren, falsch sein könnten. Das könnte man in Sinphyrias Sinne auslegen, da sie angeblich von dem als böse geltenden Feuergott besetzt war. Oder auserwählt. Oder was auch immer. Aber es handelte sich dabei nur um eine Andeutung in einem Vorwort eines angeblich verfluchten Buches. Was darin wirklich geschrieben stand, würden sie erst in den nächsten Wochen erfahren, wenn überhaupt.

Aryan wusste vielleicht etwas, aber er war ein ziemlich durchgeknallter Mörder.

Wieso sollte sie seinen wirren Worten Glauben schenken?

Und doch ...

Dieses Mal werden die Hüllen meine Herrin nicht einsperren! Und es ist nicht Cahya, der ich diene. Eure Unwissenheit wird euer Schicksal früh genug besiegeln.

Diese Sätze bekam sie einfach nicht aus dem Kopf. Dazu drängte sich ein weiterer, den sie allerdings nicht zuordnen konnte.

Er ist ihr Gefangener.

Woher kam dieser Gedanke? War er ein Fragment ihres Traumes?

Jemand hatte doch in Ketten gelegen und geschrien ...

»Hey, wo bist du in Gedanken?«

Sinphyria schüttelte den Kopf und spürte, wie der Honig von ihrem Brot auf die Bettdecke in ihrem Schoß tropfte. Dann seufzte sie und sah Athron zum ersten Mal an diesem Morgen richtig in die Augen und bevor sie es sich anders überlegen konnte, sagte sie:

»Gestern in der Kirche hat Elias uns etwas gezeigt, das mich verfolgt. Es gibt dort unten eine Kammer, in der ein Buch in Eisenketten gelegt wurde. Darin steht ein Text geschrieben, der durch einen Code an den Wänden verschlüsselt ist. Um diesen Raum herum wurde die Kirche erbaut. Nur das Vorwort steht unverschlüsselt darin und das ...«

Sie zögerte einen Moment, unsicher, ob sie Athron alles erzählen wollte. Aber jetzt hatte sie angefangen zu reden. Er unterbrach sie nicht, sondern wartete gespannt darauf, dass sie weitersprach.

»Das Vorwort deutet an, dass alles, was wir von den Göttern geglaubt haben, falsch ist. Besonders, welcher Gott gut oder böse ist. Welchen wir verachten und welchen verehren sollten.«

Athron wartete wieder, ob sie von allein weitersprechen wollte. Dann sagte er: »Aber ist das nicht etwas Gutes? Immerhin würde das bedeuten, dass Azaaris gar nicht schlecht ist, sondern dass er dich dabei unterstützen könnte, das Richtige zu tun.«

Sinphyria zuckte mit den Schultern. »Es ist ja nur ein ziemlich vages Vorwort in einem uralten Buch, das niemand seit Jahrhunderten entschlüsselt hat. Nun ja. Außer Aryan.«

»Aryan? Was hat der damit zu schaffen?«

Besorgt blickte Sinphyria Athron direkt in die Augen.

»Er hat zumindest versucht, den Code zu entschlüsseln, bevor er die Morde beging. Elias vermutet darin den Auslöser. Immerhin hat er vorher Jahre lang in Montegrad gelebt, ohne dass er groß aufgefallen wäre.«

»Ach, das ist doch Unsinn!«

Sinphyria wich Athrons Blick aus und starrte stattdessen ihre Hände an, als ob sie das Interessanteste auf der Welt wären. Athron ergriff sie und hockte sich vor Sinphyria, um ihren Blick zu erhaschen.

»Hör mal. Dass dieser verrückte Mörder vorher versucht hat, den Code zu entschlüsseln, in dem es um die Götter geht, muss überhaupt nichts zu bedeuten haben. Das wird dir Greí doch bestimmt auch versichert haben? Der ist doch ganz hin und weg von dir.«

Sinphyria drehte den Kopf, um Athron nicht ansehen zu müssen.

»Weiß nicht. Ich bin weggerannt.«

Athron seufzte und nahm Sinphyria in den Arm.

Einen Moment lang hielt er sie nur fest. Ganz sacht konnte sie seinen Herzschlag an ihrem Oberarm spüren. Sie hatte die Umarmung nicht erwidert.

»Er hätte dir gesagt, dass er noch an dich glaubt. Dass er alles dafür tun wird, dass du uns bei diesem Krieg helfen wirst. Da bin ich ganz sicher.«

Langsam spürte Sinphyria, wie etwas Gewicht von ihr genommen wurde. Wie alles, was gestern passiert war, etwas leichter zu ertragen war.

Doch eine leise Stimme in ihrem Hinterkopf sagte ihr, dass er das unmöglich wissen konnte. Hatte er vergessen, was Greí angeblich zu Aries gesagt hatte?

»Ich bin noch mal bei Aryan gewesen, um herauszufinden, was er weiß.«

Sie versuchte immer noch, Athrons Blick auszuweichen, doch als er sie nicht sofort verurteilte, blickte sie scheu zu ihm auf. Er schürzte auf jeden Fall missbilligend die Lippen, schien sich aber entschlossen zu haben, Sinphyria in jedem Fall ausreden zu lassen.

»Ich habe einen wunden Punkt erwischt und behauptet, er könnte es gar nicht geschafft haben, das Buch zu übersetzen. Und dann sagte er etwas, das mich nachhaltig verfolgt.«

Athron seufzte. Er legte eine Hand auf Sinphyrias Schulter und strich beruhigend auf und ab, dieses Mal etwas weniger sanft. Wahrscheinlich war er sich jetzt schon sicher, was er sagen wollte. Dennoch wiederholte Sinphyria Aryans Sätze.

»Die Hüllen würden seine Herrin nicht erneut einsperren. Seine Herrin sei nicht mehr Cahya. Und dass ich meinen Part schon spielen würde.«

Jetzt nahm Athron seine Hand von Sinphyrias Schulter und rieb sich mit beiden Händen über das Gesicht. Dann schenkte er ihr einen langen, ernsten Blick.

»Sin. Der Typ ist durchgeknallt. Er ist fanatisch. Was auch immer er sich in seinem komischen Hirn zusammengereimt hat, es entspricht nicht der Wahrheit. Nicht den Tatsachen. Okay?«

»Wie kannst du das wissen?«, erwiderte Sinphyria.

Athron seufzte noch einmal und blickte an die Wand. Dann drehte er sich wieder zu Sinphyria.

»Das kann ich natürlich nicht wissen. Aber was ich weiß, ist, dass der Typ wahrscheinlich alles sagen würde, um dich zu verunsichern. So funktioniert sein perfider Humor, ganz sicher. Und ich weiß, dass du zwar eine Teilzeitdiebin mit biegsamen

Moralvorstellungen bist, aber ganz sicher kein böser Mensch. Sonst hätte ich dich nämlich nicht so gern.«

Athron legte wieder einen Arm um Sinphyria und zog sie dieses Mal dicht zu sich. Dann drückte er ihr einen Kuss auf die Schläfe.

»Komm, geh dich waschen und zieh dich an. Wir müssen zu Aries Verhandlung. Du wirst schon sehen, wenn wir endlich Abstand zu dieser verdammten Stadt gewinnen, dann wirst du diesen Verrückten und seine Behauptungen ganz schnell vergessen.«

Ja, weil wir dann in den Krieg ziehen, dachte Sinphyria bei sich. Athron hatte ihr nicht geholfen, ihre Zweifel beiseitezuschieben. Aber wie sollte er das auch? Wie sollte ihr irgendjemand helfen?

Keiner schien eine Idee zu haben, was es mit den Göttern auf sich hatte. Und Sinphyria bekam keine Signale oder Hinweise von »ihrem« Gott. Ihr blieb nichts anderes übrig, als einen Fuß vor den anderen zu setzen. Und zu hoffen, dass sie tatsächlich das Richtige tat.

Athron und Sinphyria nahmen wieder den Geheimgang, dieses Mal ohne Finns Hilfe. Doch anstatt wie bei der Vorverhandlung gestern auf eine Menschenansammlung zu treffen, trafen sie dieses Mal nur wenige Besucher vor den großen Eichentüren an. Leider war Hauptmann Greí da, dem Sinphyria tunlichst aus dem Weg ging.

Zu den bekannten Gesichtern gesellten sich nun auch einige der Köche, die von einem Trupp Wachen begleitet wurden. Die junge Frau sowie der Mann, der sie vor Aryans Angriff bewahrt hatte, und auch Markesch erkannten Sinphyria und nickten ihr zu. Sie alle trugen Ketten und hatten die letzten Tage in den Kerkern des Rathauses verbracht, darauf wartend, dass sie zum Zwangseinzug verurteilt wurden. In den Zellen oben war kein Platz mehr gewesen. War ihr Einsatz in der Kanalisation gar nicht berücksichtigt worden?

Ohne sie würde Sinphyria hier nicht mehr stehen und Aries wäre vielleicht niemals aufgeflogen!

Auf der anderen Seite war der Zwangseinzug vermutlich die mildeste Strafe, die bei Verurteilten mit weniger schweren Strafen überhaupt verhängt wurde.

Immerhin war Sin dazu auch ohne einen Prozess verurteilt worden. Trotzdem kam ihr das alles nicht sehr gerecht vor.

»Fräulein Leon, könnte ich Euch kurz sprechen?«

Für einen kurzen Moment war sie abgelenkt gewesen und genau den musste sich der Hauptmann natürlich aussuchen. Er war an sie herangetreten und bedachte sie mit einem ernsten Blick.

»Bitte, ich ...«

Doch bevor Greí weitersprechen konnte, räusperte sich jemand hinter ihnen laut. Greí wandte sich um und Sinphyria sah, dass Filian das Wort an ihre kleine Gruppe richtete.

»Ich danke euch allen für euer Kommen. Bevor wir beginnen, muss ich euch noch mitteilen, dass die Verhandlungstage auf Wunsch der beisitzenden Jury getauscht wurden. Heute wird die Verhandlung von Aryan stattfinden.«

Sofort brachen alle anwesenden Zeugen in Gemurmel und Getuschel aus. Sinphyria blickte Athron nur ratlos an. Der zuckte mit den Schultern.

Was hatte das für einen Grund? Wäre es nicht sinnvoller, erst einmal Cansten Aries Intrigen zu verhandeln und in diesem Zusammenhang dann Aryans Morde?

Filian hob die Hand und allmählich verstummten alle Gespräche wieder.

»Die Gründe hierfür sind mir noch nicht bekannt, allerdings ändert es nichts an dem Vorgehen, das ich Euch nun beschreiben werde. Ich gehe davon aus, dass einige von Euch noch nie an einer Gerichtsverhandlung teilgenommen haben?«

Sinphyria fragte sich an diesem Punkt schon gar nicht mehr, warum Filian nicht versuchte, etwas an diesem Prozess zu ändern. Er hatte offenbar kein Interesse daran, dass es zu einer fairen Verhandlung für Aries kam. Oder seine Macht reichte nicht aus, um etwas dagegen zu unternehmen, wie ungerecht das alles geführt wurde.

Die anderen nickten, während Sinphyria Filian nur ansah.

»Schön. Dann werde ich euch kurz den ungefähren Ablauf erklären. Solange ihr noch nicht ausgesagt habt, müsst ihr draußen warten. Erst, nachdem ihr eure Aussage gemacht habt, dürft ihr euch auf euren Platz auf der Galerie begeben und zuhören.«

»Wie bitte?«, flüsterte Sinphyria aufgeregt Athron zu. Sofort glitt Filians Blick in ihre Richtung, aber sie ignorierte ihn, denn sie hatte gerade keine Lust, sich wie ein Kind ermahnen zu lassen. Sie hatte absolut nicht damit gerechnet, dass man sie vor ihrer Aussage von der Verhandlung ausschließen würde.

Was machte das überhaupt für einen Sinn? Damit die Zeugen sich nicht gegenseitig beeinflussten?

Sie hatten sich die ganze Zeit über gesehen, miteinander gesprochen und sich ausgetauscht. Was spielte es dann noch für eine Rolle, wenn sie jeweils die Aussagen der anderen hören konnten? Oder sollte hier wieder um jeden Preis der Schein gewahrt werden?

»Da ich darum gebeten wurde, die Anklage zu vertreten, werde ich Aryans Verteidiger in dessen Interesse verhören. Danach gibt es eine feste Reihenfolge, in der ein Diener euch aufrufen wird. Ich habe sie zusätzlich auf einem Pergament festhalten lassen, das in der Kammer ausgehängt wird, in der ihr warten dürft.«

Wieder fragte Sinphyria sich, was das sollte. Ob sie alle zusammen in dieser Kammer herumstanden oder im Gerichtssaal, machte doch nun wirklich keinen Unterschied. Sie verdrehte die Augen, was Filian mit gerunzelter Stirn zur Kenntnis nahm.

In diesem Augenblick trat ein Diener an Filian heran und flüsterte ihm etwas ins Ohr. Dieser nickte kurz und fuhr fort.

»In dieser Zeit dürft ihr die Kammer nur verlassen, um eure Notdurft zu verrichten. Ihr dürft euch unterhalten, aber keinesfalls über etwas, das den verhandelten Fall betreffen könnte. Verstanden?«

Die anderen nickten, doch Sinphyria fragte sich, wer das denn überwachen wollte.

»Gut. Alles Weitere wird euch erklärt, wenn ihr auf dem Zeugenstuhl sitzt. Gibt es noch Fragen?«

Niemand rührte sich.

»Schön. Dann lasst uns beginnen.«

Filian verschwand in einer kleinen Tür, die in die großen Flügel des Eichenportals eingelassen worden war, um schnell einzelnen Personen den Zutritt zu gewähren.

Die Zeugen folgten dem Diener, der sie in einen der kleineren Säle des Rathauses führte, in dem einige Tische, Stühle sowie ein paar Couches standen. Direkt neben der Eingangstür hatte man die Liste ausgehängt, die sich Kathanter, Sinphyria und Athron gleich ansahen. Sinphyria sollte an siebter Stelle aussagen, nach Kathanter, aber vor Athron.

Sinphyria seufzte und ging zusammen mit Athron zu Nickolas und Torben, die amüsiert den Jungen lauschten, die sich aufgeregt miteinander darüber unterhielten, dass sie das erste Mal in ihrem Leben als Zeugen aussagen mussten. Als Kathanter gerade an ihr vorbeiging, hielt sie ihn kurz am Arm zurück.

»Tust du mir einen Gefallen? Wenn du Greí siehst, kannst du ihm sagen, dass ich nach dem Prozess mit ihm sprechen möchte?«

»Bin ich jetzt dein persönlicher Bote geworden, oder was?«, pampte Kathanter, verdrehte dann aber die Augen und nickte missmutig.

Sinphyria lächelte dankbar. Sie hatte keine große Lust, sich mit Greí zu unterhalten.

Dann nahm sie neben Jonas auf einem Stuhl Platz. Ihre Gedanken kreisten immer wieder um die Frage, was es mit den Hüllen der Macht auf sich hatte.

War sie eine Hülle? Eine Hülle des Feuers? Doch was bedeutete das genau, was für Folgen würde dies für sie haben? Und für andere …

Während sie ihren Blick trübsinnig durch den Raum schweifen ließ, entdeckte sie die junge Köchin. Stumm nickte Sinphyria ihr zu. Sie war schon gespannt darauf, was die Köche zu dem Prozess beizutragen hatten. Frauen mussten sich eigentlich nicht aktiv vor dem Truppeneinzug verstecken, da sie immer noch als das Geschlecht galten, das im Falle eines Krieges die Stabilität im Land aufrechterhalten sollte. Deshalb war auch Sinphyria nicht eingezogen worden. Obwohl die Gilde der Goldenen Hand auch so ihre Taktiken hatte, um ihre Mitglieder vor dem Einzug zu schützen. Aber nicht nur ihr Geschlecht war ein der Grund, dass sie in ihrer Heimat geblieben war: Sinphyria hatte ihrem Vater, kurz bevor dieser in den Krieg gezogen war, ihr Wort geben müssen, ihm nicht zu folgen.

Komisch, es fiel ihr erst jetzt wieder ein. Miran Leon hatte seiner Tochter damals beschworen, nicht freiwillig in den Krieg zu ziehen. Er wollte, dass sie so lange wie möglich in Sicherheit blieb. Zusätzlich hatte er behauptet, dass es sowieso unwahrscheinlich wäre, dass sie sich wiedersahen, wenn Sinphyria sich freiwillig als Kämpferin meldete. Sollte er sich nicht mehr melden, sollte sie lieber Tante Mol darum bitten, einen Menschfalken zu bezahlen. Der würde ihn dann schon finden. Sie hatte ihm das versprechen müssen.

»Keine Sorge, Jungs. Wenn ihr nur ehrlich seid, kann euch gar nichts passieren«, hörte Sinphyria Nickolas sagen und für einen kurzen Moment stieg sie wieder in das Gespräch ein.

»Außerdem schulden wir es Aiden, dass wir aussagen. Seine Mörderin ist zwar tot, aber ohne Aries wäre es niemals dazu gekommen, dass wir in die Kanalisation gehen«, sagte

Jonas entschlossen. Der Junge mit dem schmutzig blonden Haar und den leuchtenden blauen Augen schien um Jahre gealtert zu sein, seit Sinphyria ihn vor ein paar Tagen auf der Beerdigung seines Freundes im Arm gehalten hatte. Bei dem Gedanken daran, was ihm noch bevorstünde, zog sich ihr Herz zusammen.

Sie saßen stundenlang in dem dämlichen Raum rum und warteten. Zwischendurch wurden ihnen Brot und Kekse serviert. Einer nach dem anderen wurden sie aufgerufen. Schließlich verließ Kathanter den Raum und Sinphyria würde die Nächste sein.

Sie rechnete damit, dass man sie bald rufen würde, weil Kathanter sich mit Sicherheit so kurz und knapp wie möglich fassen würde. Sie stellte sich vor, wie Kathanter Irius in diesem gigantischen Raum saß, unter einem Deckengemälde, das ihn selbst zeigte, und einsilbige Antworten knurrte. Der Gedanke daran entlockte ihr ein leichtes Lächeln.

»Sinphyria Leon«, rief der Diener mit ausdruckslosem Gesicht. Sinphyria stand auf, spürte Athrons Hand kurz auf ihrer Schulter, drehte sich aber nicht nach ihm um. Plötzlich war ihr kalt. Etwas steif folgte sie dem Diener in Richtung der großen Eichenportale.

Sinphyria lehnte mit geschlossenen Augen an der Außenwand des Rathauses und ließ nicht nur die vorüberziehenden Versammlungsmitglieder passieren, sondern auch die letzten Stunden. Die Prozesse gegen Aryan und Aries waren vorüber. Und sie waren beide nervenaufreibend gewesen.

Der Verteidiger, von Duhn, hatte Sinphyria ganz schön in die Mangel genommen. Er hatte sie ständig unterbrochen und war darauf herumgeritten, dass Greí angeblich glaubte, Sinphyria wäre von einem Gott besessen.

Einem schlechten Gott, einem bösen. Er hatte versucht, Aryans Strafe abzumildern, indem er behauptete, dass dieser Mönch noch wichtig für das Weltgeschehen sein konnte.

Was fiel diesem Typen eigentlich ein? Wie konnte er es mit seinem Gewissen vereinbaren, dass ein Monster wie Aryan keine gerechte Strafe bekam, bloß weil er es vielleicht geschafft haben könnte, ein uraltes Buch zu übersetzen? Immerhin hatte Aryan fünf Menschen getötet!

Mindestens. Wer konnte schon wissen, was dieser Mönch sonst noch getrieben hatte.

Aber Sinphyria musste auch zugeben, dass ihr der Prozess noch deutlicher gezeigt hatte, dass Gut und Böse keine Begriffe waren, die man auf Menschen anwenden konnte. Nicht eindeutig.

In der Aussage von Lins Vater war ihr aufgefallen, dass er sich selbst eine Mitschuld am Tod seiner Tochter gab. Hätte er seine Steuern bezahlt, wäre Lin niemals zum Opfer von Aryan geworden.

Vor allem aber war Sinphyria wütend. Sauer, weil sie geglaubt hatte, dass die Institutionen sich durch den Einfluss von Filian und durch das Auffliegen von Aries Korruption ändern würden. Dass sie Gerechtigkeit anstreben würden.

Stattdessen hatte der Richter nicht nur Aryan zum Tode verurteilt, sondern auch Aries. Und das auf bestialische Weise. Aries sollte nämlich von Aryan selbst hingerichtet werden, bevor dieser durch den Strang sterben würde.

Sinphyrias Herz hatte ausgesetzt, als sie dieses Urteil gehört hatte. Das war noch grausamer als jede Todesstrafe, die sie erwartet hatte.

Der Richter musste sich doch denken, dass Aryan dieses Urteil in vollen Zügen auskosten würde!

Wie kam jemand darauf, ein solches Urteil zu verhängen?

Aber Sinphyria war sich sicher, dass er darauf nicht allein gekommen war. Niemals. Die Verhandlungsgruppe musste Einfluss auf ihn genommen haben. Sie mussten glauben, dass es das war, was das Volk wollte. Und Sinphyria hatte auch keinen großen Widerspruch aus den Reihen der Beisitzenden gehört. Nicht einmal von Filian.

Das alles begründete ihr Misstrauen in Greí eigentlich nur noch, und Sinphyria fragte sich, warum sie nicht längst getürmt war.

Eigentlich fiel ihr nur Athron ein. Und Kathanter. Er war der Einzige gewesen, der neben Sinphyria und Athron noch eindeutige Missbilligung gezeigt hatte. Die Jungen waren nur schockiert gewesen. Klar, sie waren Kinder. Aber Kathanter hatte sehr zornig ausgesehen.

Sinphyria hätte das niemals von ihm erwartet, war er doch eigentlich für seine Grausamkeit bekannt. Die Vorstellung, dass Aries durch die Hand starb, die er selbst befehligt hatte, müsste ihm doch Genugtuung verschaffen, oder?

»Leon.«

Sinphyria schreckte aus ihren Gedanken. Kathanter stand vor ihr. Der kam ja gerade wie gerufen.

»Greí lässt ausrichten, dass er nicht kommen kann. Er muss mit Filian und dem Richter sprechen.«

Sinphyria hob überrascht die Augenbrauen.

»Über das Urteil?«

Irius Kiefer mahlte.

»Na hoffentlich. Ich weiß nicht, wie viel Bechda man geraucht haben muss, um auf so ein bestialisches Urteil zu kommen. Den Mörder zum Henker machen – so was habe ich nicht mal in den Zeiten vor dem Bürgerkrieg erlebt.«

26. Kapitel
GNADE

Sinphyria wollte nicht hier sein, aber da die ganze Einheit anwesend zu sein hatte, schloss dies auch sie ein.

Sie stand an dem improvisierten Gitterzaun, der auf dem Platz zwischen Kirche und Rathaus hochgezogen worden war – an der gleichen Stelle, an der vor nicht einmal einer Woche zwei Scheiterhaufen gebrannt hatten. Und wieder schien es, als hätte sich ganz Montegrad hier versammelt. Einige der besonders Vorwitzigen waren auf Balkone und Vorsprünge geklettert, nur, um nicht zu verpassen, wie der ehemalige Bürgermeister von Aryan hingerichtet wurde.

Sinphyria fühlte nichts. Sie stand zwischen Athron und Kathanter, hinter ihr befanden sich Greí und der Rest der Einheit. Sie hatte immer noch nicht mit ihm gesprochen, weil er nach dem Urteil viel mit Filian zusammengesessen war. Der Bibliothekar hatte mit allen Mitteln versucht, die Art des Urteils zumindest auf eine gängige Todesstrafe zu verringern, es hatte aber nichts genützt. Der Richter hatte sein Urteil gefällt und die Art der Hinrichtung festgelegt. Der Großteil der Bürger, die sich nun dicht an das Gitter drängten, sah auch so aus, als ob sie das Verfahren guthießen. Sie wirkten aufgeregt, manche lachten sogar, so, als ob sie es kaum erwarten konnten.

Die Stadtwachen, aber auch einige der Soldaten, standen an den Ecken des Gitters und patrouillierten an den äußeren Rändern der Zuschauermenge, um zu verhindern, dass eine Massenpanik ausbrach.

Der Himmel war heute vollständig bewölkt. Vermutlich würde

es später am Nachmittag Regen geben.

Plötzlich teilte sich die Menge. Eine Gruppe Soldaten trat aus dem Rathaus und eskortierte Cansten Aries in ihrer Mitte. Der ehemalige Bürgermeister hatte in den wenigen Tagen seiner Haft viel an Gewicht verloren. Er trug ein knöchellanges Hemd aus einem schmutzig-weißen Stoff. Sinphyria musste plötzlich an einen Ausdruck denken, den sie irgendwann einmal gehört hatte: befleckte Unschuld.

Ob Cansten Aries jemals unschuldig gewesen war?

Auch er war mal ein Kind gewesen, hatte eine Mutter und einen Vater, eine Familie gehabt. Er war ein Mensch, wenn auch kein guter.

Cansten Aries hatte jegliche Selbstachtung verloren. Er wimmerte, schniefte und heulte. Er flehte darum, Aryan das nicht tun zu lassen, dass man doch gnädig sein und ihn erschießen solle. Tatsächlich richtete er die Bitte direkt an die Wachen, die am Zaun stationiert waren. Sie waren mit schweren Armbrüsten ausgerüstet, deren dicke Bolzen einen Menschen augenblicklich töten konnten, wenn man die Stirn oder eine Hauptschlagader traf.

Doch keiner reagierte auf sein Flehen. Stattdessen wurde er von den Wachen, die ihn begleitet hatten, in die Mitte des Platzes gestoßen.

Sinphyria fragte er sich, ob er vorher wohl wenigstens so viel Bechda genommen hatte, dass er nicht mehr alles mitbekommen würde.

Aber so wirkte er nicht. Sein Blick war nicht glasig oder abwesend.

Wenige Augenblicke später kam auch Aryan, begleitet von mehreren Wachen, die ihn nicht aus den Augen ließen. Auch dem Mönch hatte man seine Kutte genommen und sie gegen ein schmutzig-weißes Hemd getauscht.

Bevor man Aryan zu Aries stieß, der sich auf dem Boden zusammengekrümmt hatte, drückte man ihm ein langes Jagdmesser in die Hand.

In diesem Augenblick drehte Aryan den Kopf und sah Sinphyria an. Er lächelte.

Sinphyria verzog das Gesicht vor Abscheu.

Nein, das war ein verdammtes Unrecht. Es war nicht richtig, dass Aryan seiner ekelhaften Freude am Töten noch einmal nachgehen durfte.

Aber das Volk feuerte ihn an.

Sinphyria merkte, wie Kathanter sich neben ihr bewegte.

Sie wandte nur kurz den Blick von Aryan und Aries ab, da war Kathanter verschwunden. Sinphyria spürte, wie Übelkeit in ihr aufstieg, als Aryan langsam auf den wimmernden Cansten Aries zuging. Beinahe wie eine Raubkatze auf seine Beute, so, wie der Mönch auch schon Sinphyria fixiert hatte, unten in der Kanalisation.

Doch sie konnte ihren Blick nicht abwenden. Sie wollte irgendetwas tun und wusste gleichzeitig, dass sie dies nicht durfte. Jubeln, Forderungen nach Leid und Blut, dröhnte in Sinphyrias Ohren.

»Nein! Nein, nein, nein, bitte, bitte!«, flehte Aries immer wieder. Die Angst in seiner Stimme, vor den furchtbaren Schmerzen, die Aryan ihm bereiten würde, hatte beinahe nichts Menschliches mehr an sich.

Sinphyria packte den Griff eines Wurfmessers, das an ihrem Gürtel steckte. Aries kroch auf dem Boden rückwärts, während Aryan sich Zeit ließ. Er kostete Aries Angst aus.

Immer wieder versuchte Aries, auf die Beine zu kommen und immer wieder fiel er hin. Bei jedem Mal fuhr ein Aufschrei durch die Menge, als wären sie hier bei einem Ritterturnier. Sinphyria wandte sich vor Abscheu ab, als die Leute schrien: »Verräter! Ketzer! Gierschlund! Ekelhafter Verschwörer!« und noch viel wüstere Beschimpfungen.

Als Aryan Aries erreichte, wurde das Geschrei lauter. Sin konnte hören, wie der ehemalige Bürgermeister sich zu wehren versuchte, es klatschte, als würde er Aryan treffen. Sin versuchte, sein Wimmern auszublenden, aber es ging nicht. Das hier würde sie für immer verfolgen.

Sinphyria hörte das Knacken von Fingern und ein Geräusch, dass sie daran erinnerte, wenn Tante Mol einem Reh die Gliedmaßen abtrennte, damit sie den Leib verarbeiten konnte. Übelkeit stieg in ihr auf.

Aries schrie und schrie, bis er keine Stimme mehr hatte, und krächzte dann noch weiter. Das war fast noch schlimmer, diese heiseren Laute, die kläglich darin versagten, sein Leiden an die Außenwelt zu tragen.

Sinphyria versuchte, sich nicht mehr auf diese grausame Szenerie zu fixieren. Sie umrundete langsam den Zaun, stand längst nicht mehr bei Athron, der allem immer noch von hinten zusah.

Sie hatte ein Ziel.

Ein Gurgeln ertönte und Aries Schreie erstickten vollständig. Es klang, als würde sein eigenes Blut in seine Lungen rinnen und sofort musste Sinphyria an Bormir denken. Jetzt war es genug.

Sinphyria stieß die Wache neben sich zur Seite und nahm dem überraschten Mann die Armbrust ab. Plötzlich hörte sie, wie sich von anderer Stelle ein Bolzen aus einer Armbrust löste. Im gleichen Augenblick sackte Aryan zusammen. Ein Bolzen ragte zwischen seinen Augen hervor.

Die Menge schrie auf.

Sinphyria reagierte schnell, bevor einer der Umstehenden eingreifen konnte. Sie zielte ihrerseits auf Aries und traf ihn mit einem gezielten Schuss ebenfalls in die Stirn.

Das Leben wich aus den angst- und schmerzerfüllten Augen von Cansten Aries, während eine letzte Träne seine Wange hinab auf das Kopfsteinpflaster rollte.

Beide – Mörder und Anstifter – lagen nebeneinander auf dem harten Pflaster des Platzes.

Als Sinphyria aufschaute, sah sie Kathanter auf der gegenüberliegenden Seite des Feldes stehen. Langsam nickte er ihr zu. Dann ließen sie beide gleichzeitig die Armbrüste fallen, bevor jemand auf die Idee kommen könnte, sie wären eine Bedrohung.

Die Menge war mittlerweile verstummt und der Platz lag in beinahe völliger Stille da. Schließlich begannen die ersten sich schweigend zu entfernen und nach und nach leerte sich die Hinrichtungsstätte. Manche spien auf den Boden, bevor sie sich abwandten.

So endeten die Leben von Aryan, dem mordenden Mönch, und Cansten Aries, dem Bürgermeister von Montegrad, der ihn erschaffen hatte. Sinphyria sah zu, wie ihre Körper von dem Platz gezogen wurden und fühlte nichts als Leere. Aber sie hoffte, dass Montegrad sich von diesem Schrecken wenigstens kurz erholen konnte, bevor der Krieg kam.

»Wie sollen wir nach so einem Schrecken fortfahren? Wie soll die Welt je wieder die alte werden, nachdem ihr gesamtes System eine Lüge gewesen ist?«

Sinphyria knetete ihre Hände, während sie der Rede von Jasper Kohn lauschte. Sie saß zwischen Athron und Jonas im Gerichtssaal. Greí hatte ihnen noch einen freien Tag nach der Vollstreckung des Urteils gewährt, da Filian heute Abend ein großes Fest auf dem Rathausplatz geben wollte. Da wo gestern noch ein Mann gegen einen anderen aufgehetzt worden war und man einige Tage davor deren Opfer verbrannt hatte. Sinphyria hielt davon nicht viel. Sie hatte eigentlich keine Lust, mit den Menschen zu feiern, die ein solch schreckliches Urteil wie das für Aries zugelassen hatten. Auf der anderen Seite sah sie, wie sich Jonas, William und Tomf darauf freuten, und behielt deshalb ihre Bedenken für sich.

Die Vorbereitungen waren draußen in vollem Gange, während hier die Nachfolge von Aries entschieden wird.

»In einer Zeit, in der die Angst vor einem immer näher rückenden, unbekannten Krieg stetig in unser aller Nacken sitzt, sind wir von demjenigen verraten worden, der uns beschützen sollte. Ich denke nicht, dass wir einfach weitermachen sollten. Wir sollten neu anfangen, mit jemandem an der Spitze, dem wir wieder unser Vertrauen schenken können.«

Sinphyria wusste schon, wen Doktor Kohn vorschlagen würde. Sie verdrehte die Augen bei all den Floskeln, die er benutzte, um das anzukündigen. Neu anfangen. Von wegen.

Nach der Hinrichtung gestern Abend hatte es unter den hochrangigen Anwesenden eine lange Beratung gegeben. Danach hatte man eilig geschriebene Flugblätter in den ersten drei Ringen verteilt, die zur Teilhabe an der heutigen Sitzung aufriefen. Man wollte vorerst einen Statthalter ernennen, der sich bis zu einer ordentlichen Bürgermeisterwahl mit neuen Kandidaten um die Belange der Stadt kümmerte. Das alles wusste Sinphyria von Finn, der bei der Sitzung als Diener gearbeitet und alles mitangehört hatte. Er war es auch, der ihr sagte, dass einstimmig Filian vorgeschlagen worden war. Erst hatte der sich geweigert, weil er nicht mit vollem Eifer hinter einem Volk stehen konnte, das sich so sehr an der grausamen Hinrichtungsart von Cansten Aries erfreut hatte. Aber besonders der Doktor und Durian Prím, der als Richter die Prozesse gegen Aryan und Aries geführt hatte, hatten insistiert, dass Filian der Beste dafür wäre.

»Bis eine ordentliche Bürgermeisterwahl vorbereitet und durchgeführt werden konnte, nominieren ich und der gesamte Rat Montegrads Filian Eregor.«

Es hatten sich eine große Anzahl von Montegrads Bürgern in dem großen Gerichtssaal versammelt, die nun eifrig applaudierten. Auch Sinphyria klatschte, obwohl die Bilder der Hinrichtung sie immer noch verfolgten. Die Erinnerung an die Brutalität und die Art, wie sich Aryan daran erfreut hatte – und nicht nur er, sondern auch die Zuschauer –, gingen ihr einfach nicht mehr aus dem Kopf.

Inzwischen war Filian aufgestanden.

»Danke«, sagte er, als der Beifall verebbt war.

»Ihr alle wisst, dass es von Anfang an mein Ziel gewesen war, nicht nur Aryan zu fassen, sondern auch Cansten Aries. Ich habe nie ein Geheimnis daraus gemacht, dass ich mit seiner Politik nicht einverstanden war. Aber erst dieses ganze Unheil hat mir die Erkenntnis gebracht, dass man selbst aktiv werden muss, um etwas zu verändern. Anstatt sich bloß darüber zu beschweren.«

Sinphyria betrachtete den alten Mann, der immer so zerbrechlich gewirkt hatte, aber doch einiges einstecken konnte. Und er machte nicht andere verantwortlich, sondern sah die Fehler bei sich.

War das eine gute Eigenschaft?

Sie wusste keine Antwort darauf.

»Ich werde dieses Amt des Statthalters annehmen und mein Bestes tun, ihm gerecht zu werden. Und wenn die Zeit gekommen ist, werde ich es mit Freuden an einen besseren Kandidaten abgeben. Danke euch für diese Ehre.«

Wieder applaudierten die Anwesenden. Sinphyria bemerkte, dass der Anteil Angehöriger niedriger Schichten deutlich geringer war als bei den Prozessen war. Wahrscheinlich, weil sie aus jahrzehntelanger Erfahrung wussten, dass das, was jetzt kommen würde, wenig bis gar nichts mit ihnen zu tun haben würde. Welcher Bürgermeister oder sonst ein Angehöriger der oberen Schichten hatte jemals etwas für die einfache Bevölkerung getan?

Deshalb war es ihnen vermutlich egal, was hier besprochen und wer gewählt wurde.

»Als ihr hierhergekommen seid, habt ihr sicher gesehen, dass ich einiges für ein Fest vorbereiten lasse. Mag es auch makaber wirken, so finde ich es wichtig, dass wir diese grausamen Wochen gemeinsam mit etwas Schönem abschließen. In Ehren den Toten gedenken und Cansten Aries zu einem ehrenvollen Ansehen zwingen, indem wir einen Teil seines privaten Vermögens heute miteinander in Speis und Trank und guter Musik teilen. Legt eure Arbeit nieder, esst und trinkt und singt Lieder, ladet alle ein, die ihr kennt. Egal, welchem Ring sie angehören. Ab morgen werde ich dann gleich damit beginnen, die restlichen Gelder für den Ausbau der äußeren Ringe und als Hilfe für die Ärmeren unter uns zu verwenden. Wir sehen uns heute Abend. Danke.«

Mit diesem letzten Wort brach Jubel aus.

»Hey, hey, hey, hey,
noch ein Bier, noch ein Wein, wir wollen heute fröhlich sein,
auf die Tische tanzt mit mir, was haben wir zu verlier'n?«

Grinsend nahm Sinphyria einen Schluck ihres Schwarzbiers und stellte es schnell wieder ab, damit sie den Rhythmus des Liedes mitklatschen konnte. Das Pärchen, das auf Filians Feier Musik spielte, hatte einen Großteil der feiernden Gäste dazu gebracht, das ganze Lied über im Takt mitzuklatschen. Kaum einer konnte sich bei dem Spektakel auf seinen Plätzen halten.

Es wurde getanzt, gelacht und gegrölt. Bier wurde verschüttet und manch einer warf ein paar Münzen in den Hut, den die beiden Musiker vor sich aufgestellt hatten. Der sanfte Rausch des dritten Biers und die fröhliche Musik erfassten auch Sinphyria.

»Morgen ist ein andr'er Tag, da zieh'n wir in die Schlacht.
Falls es dann vorbei ist haben wir heut nochmal gelacht.«

Wohl wahr. Morgen früh würden sie weiterziehen. Greí hatte beschlossen, dass es nun endgültig Zeit war, Montegrad zu verlassen und gen Süden zu marschieren. Einige der Köche und ein paar Freiwillige der Stadtwache würden sie begleiten.

Sinphyria sah den alten Gregor das Tanzbein schwingen wie ein junger Mann. Athron spielte Nageln mit Nickolas, Torben, William und Tomf, während Kathanter Jonas Kriegsgeschichten erzählte. Nageln war ein Spiel, bei dem man mit der scharfen

Kante einer Axt versuchte, einen Nagel mit einem Schlag pro Runde in einen Baumstamm zu befördern. Wer es als Letztes schaffte, hatte verloren und musste irgendeine dumme Aufgabe erledigen.

Kathanter hatte seine Beine auf einer Bank abgelegt und kraulte mit der Hand, die kein Getränk festhielt, einem großen, flauschigen Hund den Kopf.

Das Lied des Paars endete in lautem Beifall. Eine Schankmaid brachte ihnen neues Bier und lächelte beide so breit an, dass da nicht nur normale Freude mitschwang. Sinphyria schüttelte lächelnd den Kopf.

»Sie machen das fantastisch, nicht wahr?«

Sinphyria zuckte leicht zusammen verschüttete etwas Bier auf ihre Hose.

»Verdammt.«

Filian lächelte amüsiert und reichte ihr sein Stofftaschentuch. Er sah müde aus. Im Schein der Fackeln, Laternen und Feuerkörbe, die man überall verteilt hatte, wirkte sein Gesicht noch faltiger und älter als zuvor. Die gesamten letzten Wochen hatten an ihm gezehrt.

»Ich habe die beiden persönlich ausgesucht. War ein reiner Zufall, dass sie gestern in die Stadt kamen. Fast so, als habe eine höhere Macht geahnt, dass wir sie heute brauchen würden.«

Eine höhere Macht. Nachdenklich betrachtete Sinphyria den schwindenden Schaum ihres Schwarzbieres. Letzte Nacht hatte sie von ihrem Vater geträumt. Sie hatte sich in einer vertrauten Situation befunden, beim Spielen mit ihm im Wald. Als sie ein kleines Kind gewesen war, hatten sie das öfter zusammen gemacht. Und doch war im Traum etwas anders gewesen. Arátané und Baldin waren da gewesen, hatten auf Sinphyria aufgepasst. Beide waren aber genauso alt gewesen, wie sie jetzt waren, während Sinphyria ein Kleinkind gewesen war. Seltsam.

Von den Göttern hatte sie nicht geträumt, zumindest glaubte sie das.

»Ja, sie machen das wirklich gut.«

Einen Moment lang schwiegen Filian und Sinphyria. Sie hörten den Musikern zu, wie sie Witze rissen und sich gegenseitig schöne Augen machten. Dann stimmten sie eine epische Geschichte über eine Frau und einen Elf an.

»Meine Familie hat immer behauptet, von den Elfen abzustammen«, erklärte Filian und lachte selbst darüber. »Madelaine sagte mir mal, dass ich die Züge dafür besitzen würde und meine Ohren vielleicht auch etwas spitzer wirkten als die anderer Menschen. Aber tatsächlich halte ich das für Humbug.«

Sinphyria grinste.

»Madelaine deutete an, dass die Geschichte der Eregors eine spannende ist. Ich würde sie gern mal von dir hören.«

»Warum nicht? Es sind mehrere Geschichten, um genau zu sein. Aber bevor wir darüber sprechen, meine ich, dass ich dir noch meinen Dank schulde.«

Verwundert sah Sinphyria zu Filian hinüber.

»Nun schau nicht so verwundert. Du hast mir in der Kanalisation das Leben gerettet und ich hatte dafür bisher nichts als Verurteilung und moralische Lektionen übrig. Das tut mir leid.«

Sinphyria seufzte und blickte wieder nach vorn zu den Musikern. Inzwischen hatte sich jemand mit einer Trommel spontan zu ihnen gesellt.

»Du musst dich nicht entschuldigen, Filian. Vielleicht hattest du recht. Das Töten fällt mir zu leicht.«

»Nein.«

Sein entschiedener Tonfall brachte Sinphyria dazu, ihn wieder anzusehen. Er schüttelte den Kopf.

»Du hattest da unten keine andere Wahl. Bormir hätte die Wachen alarmiert. Aber in jedem Fall hätte ich dort unten nicht mit schönen Worten um mich schmeißen sollen, sondern dich deine Arbeit machen lassen. Und das war es für dich. Überlebenswille und Teil deines Berufs. Ein notwendiges Übel. Aryan in Aktion zu sehen hat mir gezeigt, dass es einen Unterschied dazwischen und purer Mordlust gibt.«

Sinphyria schüttelte leicht den Kopf.

»Am Ende spielt es keine Rolle. Tot ist tot.«

Nun legte Filian eine Hand auf Sinphyrias Schulter und sah sie aus ernsten, aufrichtigen Augen an. Diesmal wich sie seinem Blick nicht aus.

»Egal, was du getan hast: Ich bin stolz darauf, wie du mit der Situation in der Kanalisation umgegangen bist. Ohne dich hätten viele Menschen ihr Leben verloren. Und ich würde heute Nacht vielleicht nicht in mein Ehebett fallen können, um meinen Frauen einen Kuss zu geben. Du hast ein gutes Herz, Sinphyria. Und du solltest dir das von niemandem ausreden lassen.«

Dankbar lächelte Sinphyria Filian an. Seine Worte erwärmten ihr Herz und nur deshalb sah sie davon ab, ihre Gedanken über die Verhandlung zu äußern. Die Hinrichtung würde sie für immer verfolgen, aber Sin hatte keine Lust, mit ihm im Streit auseinander zu gehen.

»Also, die Familiengeschichte der Eregors?«

Filian lachte.

»Tja, wo soll ich anfangen? Bei der Geschichte unseres angeblichen Urvaters Nhanduit? Oder Hugo Eregor, der nach den Zentauren suchte? Wie wäre es mit dem Schlächter von Marrístal?«

Beim letzten Vorschlag verstellte er die Stimme, als wollte er unbedingt gruselig klingen und ließ seine Finger in der Luft tanzen.

In dem Moment grölten die Nagler: William hatte gewonnen.

Während Nickolas und Torben die nächste Runde begannen, kam Athron zu Filian und Sinphyria. Im Hintergrund spielten die beiden Musiker ein Tanzlied.

»Entschuldigt bitte die Störung, aber dürfte ich diese Dame zu einem Aufmunterungstanz auffordern?«, fragte Athron mit einem leichten Lallen in der Stimme und in furchtbar gestochenem

Tonfall, sodass Filian und Sinphyria wie zwei junge Mädchen losprusteten.

»Ich habe gerade gegen einen Zwölfjährigen im Nageln verloren und nur die Begleitung einer schönen Dame kann mich noch aufmuntern.«

Er streckte die Hand aus und Sinphyria ergriff sie. Sie konnte sich noch immer kaum halten vor Lachen.

»Allerdings befürchte ich, dass ich zwei linke Füße habe«, sagte sie, während Athron sie in Richtung der Musik entführte. Sie warf noch einen Blick zu Filian hinüber, der ihnen viel Spaß wünschte.

In Sinphyrias Bauch explodierte ein Schwarm an Schmetterlingen, als Athron sie an sich zog und sie leicht zum Takt in seinen Armen wiegte. Auch an seinem Gleichgewichtsgefühl merkte man seinen Alkoholpegel wohl. Aber das war okay. Sinphyria passte sich seinem schwankenden Rhythmus einfach an, ließ sich mit der Musik treiben. Nach einer Drehung zog Athron sie noch dichter an sich und legte die Stirn an die ihre. Sinphyria forderte einen Kuss ein, während sie sich weiter im Takt drehten, und sie gab sich dem Gefühl ausgelassener Freiheit an. Vielleicht würde es das letzte Mal sein, dass sie einen solchen Moment genießen konnten.

Sinphyria erwachte nach einer traumlosen Nacht mit leichten Kopfschmerzen. Eigentlich wollte sie die Laken des Bettes und Athrons Körperwärme noch einen Moment länger genießen, aber ihre volle Blase drängte sie dazu, aufzustehen. Sie zog sich an und ging in das nächste Zimmer, um sich zu erleichtern. Danach hatte sie Lust, frische Luft zu schnappen.

Im Rathaus waren nicht einmal die Diener auf den Beinen.

Die Sonne brach soeben durch die Wolkendecke, als Sinphyria das Rathaus verließ und über den Platz schlenderte.

Das Fest war vermutlich erst vor einigen Stunden beendet worden.

Auf den Tischen standen noch halbvolle Trinkbecher, manche waren auch umgekippt, und ihr Inhalt tropfte nun auf das hellgraue Kopfsteinpflaster unter ihnen. Der Stand, an dem das Bier ausgeschenkt worden war, hatte seine Läden geschlossen. Dahinter hörte man ein Schnarchen, das den ganzen Stand erzittern ließ. Der Wirt war schien an Ort und Stelle eingeschlafen zu sein.

Der Platz war umsäumt von den Zelten der Einheit.

Aus Kathanters Zelt ragte die weiße Schwanzspitze des Hundes, den er gestern gekrault hatte. Sinphyria musste grinsen. Der alte Kauz hatte definitiv eine weiche Seite, egal, wie bärbeißig er sich geben mochte.

Plötzlich sah sie, dass einer der Tische nicht leer war. Sofort erkannte sie den Mann, der dort saß, selbst von hinten. Das lange, graubraune Haar fiel ihm über die Schultern. Er trug seinen roten Mantel mit dem Wappen des Königs, obwohl die Sonne schon einiges an Kraft besaß.

Zögernd trag sie an Hauptmann Greí heran.

»Guten Morgen«, begrüßte sie ihn mit einem halben Lächeln. »Darf ich?«

Greí nickte. Er versuchte es zwar mit einem Lächeln, wirkte aber eher abgekämpft und verkrampft. Unter seinen Augen lagen tiefe Schatten. Sie waren schon immer da gewesen, hatten ihm ein ewig müdes Antlitz verliehen, aber heute wirkten sie noch tiefer.

Hatte der Hauptmann überhaupt geschlafen?

Greí schwieg. Nachdenklich starrte er die Kirche an, die nun direkt vor ihnen aufragte. Inzwischen empfand Sinphyria leichte, unterschwellige Furcht, wenn sie das Gebäude sah. Die Flucht aus den Katakomben hatte ihre Spuren hinterlassen.

»Unser Gespräch musste immer wieder verschoben werden«, stellte Greí fest und wirkte dabei trotzdem noch abwesend. Erst nachdem einige Sekunden vergangen waren, sah er Sinphyria direkt an und lächelte nun auch offener.

Sinphyria nickte. »Ich schätze die Neuordnung einer Stadt erforderte deine Anwesenheit.«

»Aber nur, weil den Politikern hier nicht mehr zu trauen war. Eigentlich bin ich zum Militär gegangen, um mich nicht zu sehr mit politischen Machenschaften herumschlagen zu müssen.«

Sie schwiegen wieder eine Weile. Sinphyria fragte sich, ob das Urteil über Aries anders gelaufen wäre, wenn der Hauptmann ein anderer Mann wäre. Wenn er Bestrebungen gehabt hätte, sich aktiver in diesen Prozess einzumischen.

Hätte er als Hauptmann dann etwas ändern können?

Sinphyria fiel auf, dass sie Greí zwar von Anfang an als edel wahrgenommen hatte, er diesen Eindruck bisher aber kaum durch Taten bestätigt hatte. Eigentlich wirkte er auf sie nur noch abgekämpft. Ähnlich dachte Sin inzwischen über Filian, auch wenn sie es genossen hatte, sich gestern mit ihm zu versöhnen. Der erste Eindruck von ihm war sehr positiv gewesen, wie er die Kinder unterrichtet und vor der Stadtwache verteidigt hatte. Aber dass er dann dieses Urteil gegen Aries nicht verhindert, nicht einmal laut vor dem versammelten Volk widersprochen hatte ... das schadete seinem Ansehen. Sinphyria fragte sich, ob sie Greí und Filian im ersten Augenblick so positiv wahrgenommen hatte, weil diese sie an ihren Vater erinnerten. Aber niemand wurde bisher Miran Leon gerecht, der sicher auch seine Schwächen gehabt hatte, aber dennoch ... ein guter Vater und Mann war.

Der einzige Mann, der sich mit der Zeit als besser herausstellte als der erste Eindruck hatte vermuten lassen, war Kathanter Irius. Vielleicht könnte er Sinphyria tatsächlich noch einiges beibringen.

Die Sonne verschwand immer mal wieder hinter gemächlich vorüberziehenden Wolken, und oben hinter den Glasfenstern meinte Sinphyria, die ersten Mönche vorbeihuschen zu sehen.

Die armen Tropfe waren sicher schon seit Stunden wach, um zu beten oder zu arbeiten.

Was hatte es eigentlich mit ihnen und ihrer Gemeinschaft gemacht, einen Mörder unter sich gehabt zu haben?

»Bezüglich dem Buch und dem, was in der Kirche passiert ist, wollte ich dir jedenfalls nur sagen, dass du nichts zu befürchten hast. Du bist sicher in meiner Einheit, Sinphyria. Das Vorwort hat mich nur darin bestärkt zu glauben, dass du etwas Gutes tun kannst.«

Sinphyria nickte, war aber nicht ganz überzeugt.

»Danke. Ich werde dir schon nicht weglaufen. Wenn wir wirklich nichts anderes tun können, als in den Süden zu ziehen, dann werde ich helfen. Und, auch wenn die Hoffnung klein ist, vielleicht noch ein paar Überlebende retten.«

Greí hob die Augenbrauen und sah sie fragend an.

»Meinen Vater zum Beispiel«, erklärte Sinphyria tonlos und starrte in Richtung der Kirche. »Er ist vor ein paar Monaten eingezogen worden.«

Der Hauptmann nickte langsam und starrte dann auf seine Hände. Beide steckten, wie fast immer, in dicken Lederhandschuhen. Sinphyria erinnerte sich daran, dass die eine entstellt war und fragte sich, was passiert war. Aber sie wollte Greí nicht darauf ansprechen.

»Meine beiden Töchter waren schon bei den ersten Truppen«, sagte Greí stattdessen und seufzte schwer.

Sie sah ihn erstaunt und auch ein wenig entsetzt an. Sie hatte nicht gewusst, dass er Töchter hatte.

Waren sie freiwillig gegangen oder blieb ihnen gar keine andere Wahl, als Töchter eines Hauptmanns? Hatte er versucht, sie davon abzuhalten?

»Wir haben den Kontakt schon nach zwei Briefen verloren. Ich denke nicht, dass sie noch am Leben sind. Aber sie haben sich freiwillig dazu entschieden zu gehen. Jeden Tag habe ich für sie gebetet, selbst, wenn die Götter zu schlafen schienen.

Vielleicht haben sie meine Gebete ja doch erhört und dich zu uns geschickt.«

Sinphyria wusste nicht, was sie dazu sagen sollte. Nur, weil sie das Feuer aushalten konnte, hieß es nicht, dass sie die Macht besaß, einen ganzen Krieg zu beenden. Ihr wurde auf einmal zweierlei klar: dass der Hauptmann insgeheim seine ganze Hoffnung auf sie gesetzt hat und dass er sehr verzweifelt war.

»Es tut mir leid.«

Greí lächelte.

»Danke.«

Einen Moment lang sah es aus, als wolle Greí noch etwas sagen. Doch dann sah er wieder an ihr vorbei zu der Kirche. Gerade schoben zwei Novizen die beiden großen Torflügel auf.

»In einer Stunde wecke ich alle und lasse die Zelte abbrechen. Du solltest dich von Filian verabschieden.«

Sinphyria verstand, dass ihre Unterhaltung beendet war.

Doch während sie aufstand und sich zum Gehen wandte, fiel ihr noch etwas ein.

»Hast du Aries wirklich zugestimmt, dass ich eine Bedrohung darstelle?«

Greí drehte sich nur halb zu Sinphyria um. Sein Gesichtsausdruck war freundlich, selbst wenn in seinen Augen eine tiefe Traurigkeit lag.

»Hätte ich gewusst, dass Jonas uns belauscht, hätte ich das niemals getan. Doch zu diesem Zeitpunkt, ja, da fand ich es taktisch klüger, einem Mann wie Aries recht zu geben.«

Sinphyria nickte, als hätte sie sich das schon gedacht. Trotzdem hakte sie noch einmal nach.

»Das war der Grund?«

»Ja.«

Sie beschloss, ihm zu glauben. Sie musste ihm zumindest ein wenig vertrauen können, wenn sie weiterhin gemeinsam herausfinden wollten, worin Sinphyrias Fähigkeiten bestanden und welchen Nutzen diese vielleicht haben konnten. Dennoch blieb ein Gefühl von Unsicherheit, als ob der Hauptmann ihr nicht alles gesagt hätte und etwas Wichtiges zurückhielt.

Als Sinphyria das nächste Mal das Rathaus verließ, hatte sie sich von Finn verabschiedet. Sie trauerte dem weichen, warmen Bett jetzt schon nach, wenn sie daran dachte, dass sie in den kommenden Wochen nur im Zelt auf einer Pritsche schlafen würde. Wenn überhaupt. Als sie zum Rathausplatz zurückkam, war dieser deutlich belebter als noch eine Stunde zuvor.

Die Männer und Frauen der Armee waren emsig dabei, alle Zelte abzubauen, während ein paar Diener im Hintergrund die Überreste der Feier beseitigten.

Mitten auf dem Platz stand Filian und unterhielt sich mit Greí. Bei ihnen standen zwei große Wagen, vor die jeweils zwei Pferde gespannt waren. Als Sinphyria und Athron sich näherten, kam Filian lächelnd auf sie zu.

»Sinphyria! Athron! Ich dachte schon, ich könnte mich gar nicht mehr von euch verabschieden.«

Nun kamen auch Madelaine und Natalie hinter den Wagen hervor. Bei sich hatten sie eine ganze Schar Frauen, in deren Schürzen Nadeln steckten. Näherinnen, wie Sinphyria vermutete.

Bevor er ging, wandte Greí sich ihnen noch einmal zu: »Sucht euch aus den Stallungen zwei Pferde aus. Die sind beim Gasthaus hier im ersten Ring. Jetzt entschuldigt mich bitte.«

Filian deutete auf die beiden Wagen. »Ihr solltet euch schnell etwas aussuchen, bevor Greí alles wahllos verteilt.«

Neugierig folgte Sinphyria Filians Aufforderung und umrundete die Wagen. Sie waren so hoch, dass man ihre Ladung nur von hinten erkennen konnte.

Was Sinphyria darauf sah, ließ sie nicht schlecht staunen. Filian hatte offenbar jegliche Waffenkammer der Stadt absuchen lassen und alles eingesammelt, was entbehrt werden konnte:

Rüstungsteile, Schwerter, Dolche, Speere und Schilde. Nicht alle Soldaten würden brandneue Waffen bekommen, aber insgesamt waren sie nun deutlich besser ausgerüstet. Sinphyria war mit ihren Dolchen sehr zufrieden, aber sie fand eine Weste aus dickem Leder, in der sie sich sicher noch gut bewegen konnte.

Während sich die anderen Soldaten bedienten, sah Sinphyria sich um.

Wie seltsam es war, dass sie erst vor zwei Wochen hierhergekommen waren, eigentlich bloß in der Absicht, ein paar Tage zu bleiben, um bei dem Bürgermeister wegen Unterstützung anzufragen. Nur, um dann in ein politisches Komplott zu geraten. Sie waren mit den unvorstellbaren Taten Aryans konfrontiert worden und hatten Aries Anhängern gegenübergestanden, die in seinem Auftrag Bechda herstellten. Sinphyria kam plötzlich der beängstigende Gedanke, als hätte sie das Universum damit auf kommende Schrecken vorbereiten wollen. Oder eben die Götter. Während sie dem alten Gregor half, sich eine neue Lederrüstung über das Haupt zu ziehen, starrte Sinphyria in Richtung der Kirche.

Wie lange der Erste Priester Elias wohl brauchen würde, um die Schrift zu entschlüsseln?

»Sinphyria, komm doch noch mal zu mir herüber!«

Filian, Madelaine und Natalie standen immer noch bei den Wagen.

Sinphyria sah, dass Filian eine große, schwerbeladene Tasche bei sich trug, in der er nun kramte. Bei näherer Betrachtung sah sie, dass die Tasche mit dicken Büchern gefüllt war.

»Ich wollte dir noch etwas schenken, bevor ihr geht. Hier.«

Endlich hatte Filian gefunden, was er suchte. Er zog mühsam ein dickes Buch mit dunklem Einband hervor und reichte es ihr. Sinphyria las den Titel leise vor, während sie mit den Fingern über den Einband fuhr.

»Licht, Schatten und Feuer – wie sich die Götter in unseren Träumen zeigen.«

Sie sah Filian fragend an. War das Zufall?

Sie hatte niemandem von ihrem Traum, an den sie sich nicht erinnern konnte, erzählt. Es hatte ja auch nichts zu erzählen gegeben, außer einer Ahnung, dass er vielleicht etwas mit den Göttern zu tun gehabt haben könnte.

»Es ist das einzige Buch, das ich in der Bibliothek zum Thema Kommunikation mit den Göttern finden konnte«, erklärte Filian. »Allerdings hatte ich keine Zeit, es selbst zu lesen. Es könnte also sein, dass es dir gar nichts bringt.«

Sinphyria lächelte.

»Das werde ich herausfinden. Danke, Filian.«

Sinphyria umarmte die drei ein nacheinander ein letztes Mal.

»Pass auf dich auf, Sinphyria«, sagten Madeline und Natalie, wobei es verdächtig in ihren Augen schimmerte.

»Und ihr passt auf Filian auf«

Filian lachte und tätschelte väterlich Sinphyrias Schulter.

»Keine Sorge. Ich bin hier in guten Händen und habe eine wichtige Aufgabe. Der Weg, den ihr beschreiten müsst, ist viel gefährlicher und wird deutlich härter werden. Haltet genauso gut zusammen, wie ihr es hier getan habt, und euch wird nichts geschehen.«

Sinphyria wünschte sich, dass es so einfach wäre. Aber inzwischen wusste sie es besser. Zusammenhalt hatte Aiden nicht davor bewahrt, von einem Schwert durchbohrt zu werden.

»Ich muss noch die Pferde satteln«, murmelte sie, um den Abschied nicht mehr unnötig in die Länge zu ziehen. Und vielleicht auch, weil sie spürte, wie ihr die Tränen kamen, als sie Filian und seine Frauen so ansah. In den zwei Wochen, die sie jetzt in Montegrad verbracht hatten, waren sie ihre Freunde geworden. Nun musste sie die drei hinter sich lassen, und war sich dabei ziemlich sicher, dass sie keinen von ihnen wiedersehen würde.

Das machte die Schrecken, die vor ihr lagen, mit einem Mal viel realer, als ihr lieb war.

»Mach's gut, Sinphyria«, rief Filian ihr hinterher, als sie sich auf in Richtung Stallungen machte. Sie drehte sich nur noch einmal um und winkte lächelnd.

Bereits nach wenigen Minuten hatte sie die Stallungen erreicht. Eigentlich hatte Sinphyria ja nie viel Zeit mit Pferden verbracht, aber ihr Geruch bedeutete trotzdem Heimat für sie.

Plötzlich fragte sie sich, wie es Tante Mol und Nobb wohl gehen mochte? Ob jetzt überhaupt noch Kundschaft in den ›Torkelnden Waldgeist‹ kam?

Mist, Sinphyria hatte so viele Gedanken in ihrem verdammten Schädel, dass sie nicht mal mehr regelmäßig an ihre Verwandten dachte. Vielleicht sollte sie ihnen endlich einen Brief schreiben. Ein Lebenszeichen geben, anders als ihr Vater. Daran hatte sie bisher gar nicht gedacht.

Auf dem Weg gen Süden würde sie sicher wieder mehr Zeit haben und durch ihren Kontakt zu Greí bestimmt auch die Mittel.

Sie entdeckte, dass man bereits fünf Pferde an einen Balken gebunden hatte. Es waren mittelgroße, kräftig gebaute Tiere, die ganz entspannt auf ein paar Heuhalmen herumkauten. Bis auf ein Pferd. Es war kleiner und schlanker als die anderen – Hemeras Stute. Die, mit dem die Botin in ihr Lager geritten war. Sinphyria konnte Hemera selbst aber nirgendwo entdecken.

Also ging sie auf eines der anderen Pferde zu und streichelte es am Hals.

Gedankenverloren drückte Sinphyria ihr feuchtes Gesicht in die Mähne eines grauen Tiers und kraulte es sanft an der Brust. Die Nähe des Pferdes beruhigte sie und trocknete ihre Tränen. Nur einen Moment lang verlor Sinphyria sich in ihren Erinnerungen, erlaubte sich, daran zu denken, wie ihr Vater sie auf den Rücken eines Ponys gesetzt und im Kreis geführt hatte. Dabei hatte er sie ermutigt, die Mähne loszulassen und die Arme auszustrecken. Sinphyria hörte ihre Mutter im Hintergrund lachen. Damals war sie noch bei ihnen gewesen.

»Das war eine ganz rührende Abschiedsszene.«

Sinphyria fuhr erschrocken zusammen. Hastig wischte sie sich mit dem Ärmel über die Wangen und drehte sich zu Hemera um. Sie war wütend, dass sich die Botin, nach tagelanger Abwesenheit, einfach hinter sie geschlichen und sie ausgerechnet in diesem Moment ansprechen musste.

Doch sie wollte jetzt keinen Streit vom Zaun brechen und sah sich stattdessen nach den Sätteln der Pferde um.

Aus den Augenwinkeln beobachtete sie, wie Hemera ihrem Pferd über die Flanken strich. Die Geste sah aber eher prüfend aus, denn liebevoll. So, als ob Hemera testen wollte, ob das Tier schon wieder bereit war, sie zu tragen.

»Ich werde mit euch zurück in den Süden reisen«, verkündete sie plötzlich.

Die unterschwellige Arroganz in Hemeras Tonfall ging Sinphyria ziemlich auf die Nerven. Deshalb versuchte sie auch, so schnell wie möglich mit dem Satteln der Pferde fertig zu werden, um hier wegzukommen. Sie suchte für Athron das Größte aus und entschied sich selbst für das Graue, mit dem sie eben geschmust hatte.

Da baute Hemera sich direkt vor ihr auf. Sie hatte die Arme in die Hüften gestemmt und eine Augenbraue in die Höhe gezogen.

»Hab ich was verpasst?«, fragte sie kühl.

Sinphyria sattelte ihr Pferd fertig und versuchte dann an Hemera vorbeizukommen, um Athrons Pferd zu satteln. Doch die Botin rührte sich nicht. Sinphyria seufzte.

»Ich habe dich gesucht und du warst nicht da. Und alles bloß, weil du beleidigt warst.«

Sinphyria bückte sich unter dem Balken durch und ging um die Pferde herum. Energisch striegelte sie den Rücken des Tiers, das mit einer heftigen Kopfbewegung signalisierte, dass es ihre Wut spürte. Sinphyria milderte ihre Bewegungen sofort.

Im Grunde verhielt sie sich Hemera gegenüber ja auch kindisch. Diese hatte schließlich nicht ahnen können, dass Sinphyria ihre Hilfe hätte brauchen können.

»Entschuldige. Ich habe mich im Rathaus nicht mehr wohl gefühlt, nachdem dieser Filian mich als Lügnerin beschimpfte.«

Sinphyria unterbrach die Pflege des Pferdes und sah Hemera direkt in die Augen.

»Hast du denn gelogen?«

Doch diese lächelte nur und stellte eine direkte Gegenfrage.

»Warum hast du mich gesucht?«

Sinphyria zuckte mit den Schultern und hievte den Sattel auf den Rücken des Pferdes.

Plötzlich machte Hemera einen Schritt auf Sin zu und packte sie so fest am Handgelenk, dass es fast wehtat.

»Sag es mir, Sinphyria.«

Erschrocken sah Sinphyria in Hemeras bernsteinfarbene Augen und antwortete beinahe mechanisch:

»Ich wollte dich fragen, ob du etwas über die Hüllen der Macht weißt. Und über ... über eine falsche Schöpfungsgeschichte.«

Verdammt!

Wieso plapperte sie auf einmal drauf los, wie ein Kind? Was ging hier vor?

Hemera ließ Sinphyrias Handgelenk nicht los. Im Gegenteil – sie kam noch einen Schritt näher. Jetzt war sie Sinphyria so nahe, dass sich ihre Nasenspitzen fast berührten, und das obwohl Hemera noch ein gutes Stück kleiner war als Sin. Der Ausdruck in den Augen der anderen war beinahe gierig und machte ihr Angst.

Sie verstand nicht warum, bis ihr bewusst wurde, an wen sie der Ausdruck erinnerte.

Aryan.

Sinphyrias Herz schlug ihr bis zum Hals. Sie versuchte, zurückzuweichen, aber dann spürte sie den Balken im Rücken. Und Hemera folgte ihr einfach. Auf einmal nahm sie einen starken Duft wahr, etwas Blumiges, aber keine Rosen.

»Du wirst deine Rolle schon spielen, Sinphyria.«

Sinphyrias Herz machte einen Aussetzer. Das waren auch Aryans Worte gewesen. Hemera war weder bei ihrem Gespräch noch im Gerichtssaal anwesend gewesen.

Oder doch? Wie sollte sie sonst den exakten Wortlaut wiederholen können?

Es sei denn ...

Sinphyria konnte sich nicht rühren. Jeder Gedanke daran, sich zu wehren oder zu befreien, war wie ausgelöscht.

»Und ich werde dir dabei helfen.«

Bevor Sinphyria irgendetwas tun konnte, drückte Hemera ihre Lippen auf Sins. Sinphyria versuchte, Hemera wegzustoßen, doch es gelang ihr nicht.

Einige Sekunden später löste Hemera sich von ihr und gab sie frei. Sinphyria stolperte zur Seite und spürte, wie nur der Bauch des Pferdes einen Sturz bremste.

Ihre Lippen wurden taub. Ihre Beine fühlten sich auf einmal weich an, als ob sie gleich nachgeben würden. Aber am schlimmsten war, dass Sinphyria keinen klaren Gedanken mehr fassen konnte. In ihrem Hirn gab es nur noch Brei. Ihre Sicht verschleierte sich.

»Was hast du mit mir gemacht?«, fragte sie, doch ihre Zunge war wie gelähmt. Es kostete sie schon Kraft, sich überhaupt auf den Beinen zu halten. Währenddessen lachte Hemera, sie lachte Sinphyria aus.

In Sins Bauch wurde es ganz warm und diese Wärme breitete sich allmählich über ihren ganzen Körper aus. Plötzlich verschwanden Panik und Angst, und an ihre Stelle trat eine unbeschreibliche Leichtigkeit. Die Welt fühlte sich an wie flüssiges Gold, als hätte jemand alles in Honig gegossen und in wunderbaren Farben angemalt.

Langsam richtete Sinphyria sich wieder auf. Ihr Körper schien leicht wie eine Feder zu sein. Dann sprach eine Frau zu ihr. Sie war wie die Lichtgöttin selbst in strahlendes Goldgehüllt.

»Nimm jetzt die Pferde und kehre zu den anderen zurück«, sagte sie.

Ihre Stimme drang wie fernes Glockengeläut an Sinphyrias Ohren. Sie lächelte.

Wovor hatte sie eben noch Angst gehabt? Warum war sie traurig gewesen? Sie wusste es nicht mehr. Alles würde gut werden.

Irgendetwas stimmte mit Sinphyria nicht.

Athron warf ihr einen Blick von der Seite zu und fragte sich, was er verpasst hatte. Dass sie eine ganze Weile nicht sprechen würde, darauf hatte er sich fast vorbereitet.

Es würde dauern, bis sie die Ereignisse in Montegrad vollständig verarbeitet hatte und einiges würde sie sicher niemals vergessen. Auch, dass Menschen sich manchmal komisch verhielten, nachdem sie traumatische Dinge erlebt hatten, war ihm schon aus den Ereignissen im Bürgerkrieg bekannt. Soldaten, die Gliedmaßen verloren hatten oder deren gesamte Einheit ausgelöscht worden war, hatten hysterisch gelacht und waren Sekunden später in einen Heulkrampf ausgebrochen.

Aber die wenigsten hatten stundenlang glasig in die Gegend gestarrt und dümmlich gelächelt. Und Sinphyria hatte bisher noch nie auf diese Weise gelächelt. Sie wirkte beinahe so, als ob sie überhaupt nicht mehr anwesend war.

Den ganzen Tag war Greis Trupp südlich geritten. Nun neigte sich die Sonne dem Horizont entgegen und sie hatten Rast gemacht. Der Ozean war ganz in der Nähe und die Luft roch sanft nach Seetang und Meerwasser. Eine kühle Brise wehte ihnen um die Nase.

Früher, in Montegrad, hatte Athron sich manchmal eingebildet, er könne das Meer auch dort riechen.

Dann hatte er die Augen geschlossen und sich an einen besseren Ort gewünscht, hatte sich vorgestellt, dass ein Fischer ihn wie einen eigenen Sohn aufzog und es jeden Tag ein warmes Essen gab. Seine Fantasien dazu waren lebhaft gewesen, hatten aber nicht gereicht, um ihn aus seinem wahren Leben zu befreien.

Er hatte sich immer vorgenommen, einmal die Hafenstadt Pórta zu besuchen.

Aber dann war der Bürgerkrieg ausgebrochen und Athron hatte sich als Knappe bei der Armee beworben und war später Soldat geworden. Er hatte es nie geschafft, seinen Vorhaben zu verwirklichen. Auch jetzt würden sie nur an der Stadt vorbeireiten.

Athron hatte beim Aufbau der Zelte geholfen und nun saß er mit Sinphyria, Torben, Nickolas, Tomf und William an einem der Feuer und aß Eintopf. Jonas war nicht bei ihnen. Er erbrach sich gerade in ein Gebüsch. Schien sich den Magen verdorben zu haben. Er hatte jegliche Hilfe abgelehnt und die anderen gebeten, sich nicht um ihn zu sorgen. William hatte ihm etwas Wasser und trockenes Brot gebracht.

»Wie lange dauert es noch bis zur Grenze?«, fragte Tomf und riss Athron damit aus seinen Gedanken.

Er hatte Sinphyria die ganze Zeit über angestarrt und es gar nicht gemerkt.

»Ungefähr vier Tagesritte, bei dem Tempo, in dem sich unser bescheidenes Heer bewegt«, antwortete Torben mit einem leicht spöttischen Unterton und puhlte sich mit einem Messer zwischen den Zähnen herum.

»Und dann müssen wir auch noch das Gebirge überwinden«, meinte Nickolas und betrachtete Torbens Bemühungen, sich Essensreste aus dem Mund zu entfernen leicht angewidert.

»Danke. Ich will nachher noch einen Brief an meine Familie schreiben. Greí schickt morgen einen Boten los, der unsere Briefe mitnehmen kann.«

Tomf stellte seine Schüssel beiseite und machte Anstalten, aufzustehen.

»Hm, dann solltest du deiner Mutter auch mal wieder schreiben, Nick«, meinte Torben und beendete seine Mission mit dem Messer endlich.

»Hast recht. Ey, Tomf, kann ich mir deine Feder und dein Pergament leihen?«

»Klar.«

Die beiden ehemaligen Wächter gingen mit den Jungen davon.

»Bis später«, sagte Athron und fügte dann an Sinphyria gewandt hinzu: »Möchtest du deiner Tante nicht auch mal wieder schreiben? Du hast ihr überhaupt noch keine Nachricht zukommen lassen.«

Sinphyria reagierte nicht. Sie blinzelte nicht einmal, hatte überhaupt nicht verstanden, dass sie gemeint war.

»Sinphyria.«

Endlich wandte sie den Kopf und sah Athron abwesend an.

»Hm?«

»Ich habe gefragt, ob du nicht mal deiner Familie schreiben willst.« Athron wurde beinahe wütend, doch dann bemerkte er, dass sie zu antworten versuchte, es aber aus irgendeinem Grund nicht schaffte. Was war mit ihr los? War sie krank, oder hatte sie ... etwas genommen?

Ratlos fuhr seine Hand an seine Gürteltasche, in der er noch immer eine kleine Portion Bechda aufbewahrte. Damals in Grünwald hatte er den Vorrat weggeschmissen, den er tatsächlich dabeigehabt hatte. An diesen Rest Bechda hatte er seitdem aber auch nicht mehr gedacht. Athron tastete nach der Dose – sie war noch da.

»Kannst du das für mich übernehmen?«

Entgeistert starrte Athron Sinphyria an.

»Ich? Warum sollte ich deiner Familie schreiben?«

Sinphyria zuckte mit den Schultern. Dann wandte sie den Blick wieder ab und starrte in die Gegend.

»Sag mal, was ist eigentlich los mit dir? Soll ich mal nach einem Heiler fragen?«

Erst nachdem er es ausgesprochen hatte, fiel Athron auf, dass sie gar keinen Heiler dabeihatten. Verdammt.

»Ist sie nicht schön?«, sagte Sinphyria plötzlich und ihr Lächeln wurde breiter.

»Was? Wer?«, fragte Athron irritiert.

»Hemera.«

»Hemera? Wie kommst du denn jetzt auf Hemera?«

»Ich liebe sie!«

Das kam jetzt unerwartet.

»Seit wann das denn?«

Er konnte das einfach nicht glauben. Nein, wenn sie tatsächlich Gefühle für Hemera entwickelt hätte, dann hätte sie ihm das auf andere Weise gesagt. Außerdem war sie ganz offensichtlich nicht sie selbst.

Sinphyria zuckte mit den Schultern.

»Gut, dann komm mal mit.«

Entschlossen stellte Athron seinen Eintopf auf den Boden und stand auf. Dann nahm er Sinphyria bei der Hand und zog sie auf die Füße. Sie wehrte sich nicht, reagierte aber auch nicht auf Athron. Gemeinsam gingen sie durch das Lager, Athron zog Sinphyria in hastigem Schritt hinter sich her und suchte das Zelt von Hemera.

Die Stadt Montegrad hatte ihnen die Zelte übergeben, sodass niemand mehr im Freien schlafen musste. So auch die Botin, die ihres direkt neben dem großen Hauptzelt von Vardrett Greí aufgebaut hatte.

So was hatte Athron sich schon gedacht. Hemera war auf jeden Fall jemand, der sich für unfassbar wichtig hielt.

Ein süßlicher, blumiger Duft zwischen drang zwischen den Zeltplanen der Botin hindurch. Wie viel Duftstoffe brauchte diese Frau eigentlich? Athron kam plötzlich ein Gedanke: Vielleicht hatte sie Sinphyria vergiftet oder ihr irgendwelche Drogen verabreicht.

Aufgebracht stieß Athron die Zeltplane beiseite und trat in

Hemeras Zelt. Sinphyria zog er hinter sich her.

Hemera stand vor ihm, bekleidet nur mit einer weißen Tunika. Sie hatte sich offenbar gerade bettfertig gemacht, und das, obwohl die Sonne noch nicht untergegangen war. Vor ihr lag ein großer, schwarzer Beutel. Athron hätte gern gewusst, was sie darin mit sich herumtrug.

»Na, was verschafft mir die Ehre?«, fragte Hemera.

Sinphyria lächelte breiter. Athron sah wütend zwischen den Frauen hin und her und schnaufte dann.

»Was hast du mit ihr gemacht?«

Hemera stemmte die Arme in die Hüften und erwiderte seinen Blick eiskalt. »Was meinst du?«

»Tu nicht so unschuldig. Sie ist den ganzen Tag schon nicht mehr sie selbst, seit sie von den Pferden zurückkam.«

Unbeeindruckt wandte Hemera sich ab und grinste. Sie begann, eine Stoffhose aus ihrem Beutel zu ziehen und sich langsam anzukleiden.

»Dann solltest du wissen, was mit ihr los ist. So sieht wahre Verliebtheit eben aus.«

Athron schnaubte verächtlich.

»Verarschen kann ich mich selbst! Sinphyria wirkt schon den ganzen Tag, als wäre sie auf Droge.«

»Vielleicht hast du sie ja nur noch nie verliebt erlebt.«

Athron wurde allmählich richtig wütend und ballte unwillkürlich die Fäuste, als er hinter sich ein leises Stöhnen vernahm.

»Athron?«

Sofort drehte Athron sich um und sah, dass Sinphyria zurückgewichen war. Ihr Rücken drückte sich von innen gegen die Zeltplane, während sie sich die Stirn hielt. Sie hatte die Augenbrauen zusammengezogen, als leide sie unter Schmerzen und sah auf einmal so zerbrechlich aus. Ganz bleich und schwach, als würde sie gleich ohnmächtig werden.

»Hey«, raunte Athron sanft, und machte einen Schritt auf Sinphyria zu.

Behutsam legte er die Hände an Sinphyrias Wangen und hob ihren Kopf, sodass sie ihm direkt in die Augen sah.

«Was ist hier los?», fragte sie und lallte dabei leicht, als wäre sie betrunken. »Ich glaube, Hemera hat etwas mit mir gemacht ...«

Plötzlich spürte Athron, wie jemand von hinten an ihn herantrat. In Sekundenschnelle schob sich eine Hand vor seine Nase. Sie hielt eine geöffnete Phiole, aus der ein scharfer, süßer Gestank in Athrons Nase drang. Hastig machte Athron einen Schritt nach hinten und schlug nach der Phiole, doch Hemera wich seiner Bewegung geschickt aus. Athron spürte sofort, wie ihm die Sinne schwanden. Er stolperte und fiel rücklings auf das Gras. Über ihm sah er nur die Decke des Zeltes. Er wollte nach Sinphyria schreien, doch seine Zunge gehorchte ihm nicht.

Mit allerletzter Kraft rollte Athron sich auf die Seite und versuchte, sich nach oben zu stemmen. Da sah er, wie Hemera Sinphyria auf den Mund küsste. Sinphyria versuchte, sie wegzustoßen, doch ihre Arme erschlafften.

Hemera war das gewesen. Verdammte Hexe! Und jetzt würde er wahrscheinlich hier sterben, am Boden des Zeltes, weil er so dumm gewesen war. Er hätte Irius oder Greí Bescheid geben müssen. Oder ihr wenigstens nicht den Rücken zudrehen dürfen. Athron sah noch, wie Sinphyria sich auf Hemeras Pritsche legte. Sie hatte wieder dieses dümmliche Lächeln auf den Lippen. Dann wurde alles Schwarz.

Sinphyria war wach. Sie hatte die Augen geöffnet und sah, dass Hemera sie anzog. Aber sie spürte es nicht. Ihr Körper war taub. Sie konnte sich nicht erinnern, wo sie war oder was in den letzten Stunden passiert war.

Sie ließ den Blick nach unten an sich herabwandern. Hemera hatte ihr bereits Hose und Stiefel angezogen und auch eine Tunika über den Kopf gezogen.

Plötzlich fiel ihr Blick auf eine leblose Hand, die im Gras vor ihren Füßen lag. Athron. Sie wollte schreien, doch kein Laut drang aus ihrer Kehle. Sie wollte aufstehen und sehen, wie es ihm ging, aber nicht einmal ein Finger zuckte.

Was hatte Hemera mit ihr gemacht? Was hatte Hemera mit Athron gemacht?

»Keine Sorge, der schläft nur«, flüsterte Hemera leise, dicht an Sinphyrias Ohr. »Meine Herrin wäre sehr wütend, wenn ich jemanden töte, der dir etwas bedeutet. Und der Typ hat's dir aus mir unerfindlichen Gründen ja angetan.«

Tatsächlich sah Sinphyria aus den Augenwinkeln, wie sich Athrons Brust hob und senkte. Ein kleiner Funken der Erleichterung erfasste sie. Sie konnte sich nicht wehren, nicht weglaufen, sich nicht beschützen. Sie konnte keine Fragen stellen oder jemandem ein Zeichen hinterlassen. Aber sie konnte sehen, dass Hemera sich hastig auf einen Aufbruch vorbereitete.

Die Botin beugte sich zu Sinphyria herüber, griff ihr mit einem Arm um die Schulter und richtete sie auf, um ihr die Hände auf den Rücken fesseln zu können. Dann band sie ihr ein Tuch über den Mund.

»Nur zur Sicherheit. Das Gift sollte eigentlich noch ein paar Stunden wirken.«

Gift. Sie war also tatsächlich von Hemera vergiftet worden, vermutlich schon seit sie ihr bei den Pferden begegnet war.

»Steh auf«, befahl Hemera, immer noch leise, aber jetzt nicht mehr im Flüsterton. Sinphyria wollte schon innerlich lachen vor Schadenfreude, denn sie konnte sich keinen Zentimeter bewegen. Vielleicht hatte Hemera das Gift ja falsch dosiert. Aber zu Sinphyrias Schrecken gehorchten ihre Beine Hemera. Sie versuchte wegzulaufen, aber es gelang ihr nicht. Hemera war jetzt die Herrin über Sinphyrias Körper.

Welcher schreckliche Zauber konnte so etwas verursachen?

»Folge mir.«

Hemera verließ das Zelt und tatsächlich ging Sinphyrias Körper gehorsam hinter ihr her. Sie konnte Athron keinen Abschiedskuss geben, sie konnte ihm nicht noch einmal zuflüstern, dass sie ihn liebte. Hemera trug eine Armbrust und an ihrem Gürtel steckten mehrere Wurfdolche. Wenn Sinphyria nur einen davon erreichen könnte... Aber es war vergebens. Ihr Körper gehorchte ihr nicht.

Hemera führte sie zu ihren Pferden, dem schwarzen dünnen und dem grauen, auf dem Sinphyria wohl her geritten war. Immerhin hatte sie es sich ausgesucht, bevor sie das Bewusstsein verlor.

Hemera sattelte die Pferde, während Sinphyria neben ihr stand.

Warum wurden sie eigentlich nicht aufgehalten?

Irgendjemand musste doch Wache halten.

»Steig auf das graue Pferd und setz dich fest in den Sattel«, befahl Hemera und Sinphyrias Körper folgte. Sie zog sich ohne jegliches aktive Zutun von sich selbst in den Sattel, während Hemera ihr half.

Immerhin musste Sinphyria es freihändig tun, weil ihre Hände ja gefesselt waren. Nun konnte sie wenigstens einen Blick auf das Lager werfen. Sie konnte wenige Soldaten an dem Feuer erkennen. Ein paar waren in sich zusammengesackt, als wären sie eingeschlafen, andere lagen daneben im Gras.

Sin fühlte trotz der Taubheit, die ihren Körper im Griff hatte, wie es ihr eiskalt wurde. Die Soldaten schliefen nicht.

Hatte Hemera sie ebenfalls vergiftet? Waren sie tot?

Angestrengt versuchte sie, etwas zu erkennen, aber in der Dunkelheit und auf die Entfernung konnte sie nicht feststellen, ob sie noch atmeten. Sie wollte schreien, irgendetwas tun, aber ihr blieb nichts weiter, als verzweifelt auf die leblosen Gestalten zu starren.

Plötzlich tauchte jemand zwischen den Zelten auf und näherte sich langsam Sinphyria und Hemera.

Sinphyria erkannte Jonas, der einen Speer in der Hand hielt. Sinphyria versuchte verzweifelt, ihren Kopf zu bewegen, zu schreien, Jonas irgendwie zu warnen. Aber ohne Erfolg.

»Hey! Halt! Was machst du da?! Sinphyria? Was ...«, rief Jonas. Neben Sinphyria zurrte eine Sehne und ein Bolzen bohrte sich in Jonas' Stirn. Der Junge brach augenblicklich zusammen und stürzte zu Boden.

Sein Blut sickerte in das frische Gras und färbte es dunkelrot. Sinphyria versuchte zu schreien, zu wüten, doch noch immer: kein Laut, keine Bewegung. Nur Tränen rannen ihr über die Wangen. Sinphyria blinzelte. Sie wollte nicht, dass die Tränen ihr die Sicht nahmen. Hemera riss ihr Pferd am Zügel herum und beide Pferde galoppierten los. Auch ohne sich festzuhalten, blieb Sinphyria fest und sicher im Sattel sitzen. Das Bild von Jonas' totem Körper im Gras würde sie nie vergessen.

27. Kapitel
DREI ZEICHEN

Am frühen Morgen des nächsten Tages brachen sie auf. Erik und Gyscha führten die Letzte Legion auf ihren Pferden an. Darauf folgten Yndor und Calia, die ebenfalls Pferde besaßen. Dann kam der Wagen mit den Verwundeten und den zwei Heilern, die immer noch nicht aufgewacht waren. Gezogen wurde er von zwei gesunden Eseln aus Königsthron, die von Tonda und Gilien geführt wurden, die neben den Tieren gingen.

Auf dem Wagen bei den Verwundeten saß außerdem Frau Dott. Dahinter zog ein weiterer Wagen ihre Vorräte.

Den Abschluss bildete wieder ein Gruppe Reiter, darunter Inya auf ihrem schwarzen Ross.

Würden sie ohne Schwierigkeiten vorankommen, wären sie in spätestens zehn Tagen in Montegrad. Allerdings war damit zu rechnen, dass sie durch den Transport der Verwundeten mehr Zeit brauchen würden. Erik hoffte darauf, dass die Verwundeten bald erwachen und ihnen wichtige Informationen liefern würden.

Schließlich erreichten sie den Rand des Nordwaldes, der sich wie eine dunkle Mauer vor ihnen erhob. Sobald sie den Wald betraten, schluckten die großen Nadelbäume das Licht, sodass sie ihren Weg im Halbschatten fortsetzen mussten.

Nur spärlich kämpften sich einzelne Lichtstrahlen den Weg durch das dichte Blätterdach der Bäume und auf einen Schlag wurde es kühler. Die Luft war feuchter und man roch die vermodernden Pflanzen in den stehenden Gewässern. Erik hatte den Wald und seine Mysterien immer gemocht, selbst wenn er nicht an Märchen glaubte. Hier war es nie ganz still – in den Baumkronen ertönte das Zwitschern der Vögel und der Wind blies durch die Wipfel. Ganz entfernt konnte man das Rauschen des Sarém hören, dem großen Fluss, der um Montegrad herumfloss und im Osten dann in das Meer mündete. Je weiter sie sich auf die Stadt zu bewegten, umso lauter würde auch das Rauschen des Sarém werden. Früher als Junge war Erik den Weg oft an der Seite seines Vaters geritten, der in Montegrad ein paarmal im Jahr geschäftliche Angelegenheiten zu erledigen hatte. Jetzt war schon seit Monaten niemand vom Königshaus da gewesen.

Was mochte seitdem passiert sein?

Die Nadel- und Laubbäume säumten den festen Sandweg, der sie nach Montegrad führte, so dicht, dass Erik zwischen ihnen nichts als undurchdringliches Grün erkennen konnte. Genau das hatte Erik an Wäldern gern. Sie wirkten wie eine ganz eigene Welt, abgekoppelt vom Rest des Landes und doch ein Teil davon.

Auf den Sandweg wuchsen wilde Pflanzen und gleich am Anfang mussten Erik und Gyscha einmal absteigen, und mithilfe weiterer Soldaten einen dicken Baumstamm aus dem Weg räumen, damit der Wagen weiterfahren konnte. Offenbar hatte sich längere Zeit niemand mehr um den Weg gekümmert. Vermutlich auch eine der Aufgaben, die König Bjorek schon viel zu lange vernachlässigt hatte.

Die nächsten Stunden gehörten seit Langem zu den friedlichsten in Eriks Leben. Gierig atmete er den Geruch von Harz, Tannennadeln und Moos ein, als hätte er den Atem die letzten Monate lang angehalten.

Nach einiger Zeit (Erik hatte das Zeitgefühl verloren, während er die Natur genoss und seinen Gedanken nachging), holte Jan zu Fuß in leichtem Trab zu Erik auf und lächelte zu ihm hoch.

»Na, bereit, die Gedanken rauszulassen?«, fragte Jan.

Erik wimmelte ihn ab.

»Ich kann dich nicht zwingen, mein Prinz«, sagte Jan schulterzuckend und ließ sich wieder zurückfallen.

Was Erik nun brauchte, war Ablenkung. Ein freier Kopf, um bloß nicht an diese schlimmen, furchtbaren Ereignisse zurückzudenken. Er wollte den Frieden des Waldes genießen. Aber auch seine Schwester schien ihm diesen Frieden nicht lassen zu wollen.

Gyscha betrachtete ihn besorgt von der Seite.

»Es war mein erster Toter, weißt du?«, sagte sie leise nach einer Weile, ohne ihn dabei anzusehen. »Ich habe noch nie jemanden umgebracht.«

»Der erste ist immer furchtbar«, antwortete Erik kurzangebunden. Er hatte keine Lust darüber zu reden. Natürlich wusste er, dass er als Bruder eigentlich für Gyscha da sein sollte. Er sah, wie schlecht es ihr damit ging, ein Leben einfach so ausgelöscht zu haben. Sicher fragte sie sich, ob der Tod der Wache nötig gewesen war. Aber Erik hatte keine befriedigende Antwort parat. Jeder, der eine Waffe in die Hand nahm, musste früher oder später damit rechnen, ein Leben auszulöschen. Egal, aus welchem Grund, ob man aus Verzweiflung oder Wut heraus handelte oder aus Notwehr. Oder um ein Leben zu beschützen. Ihm hatte nach seinem ersten Toten auch niemand das Händchen gehalten. Außerdem war er so verdammt müde.

Wieso konnten ihm weder Jan noch Gyscha wenigstens ein paar Stunden Ruhe gönnen?

Als Erik den Kopf leicht zur Seite drehte, sah er, dass Gyscha mit den Tränen kämpfte. Er seufzte und streckte den Arm nach ihr aus. Sie ergriff seine Hand und er drückte die ihre kurz. Dann schenkte er ihr ein müdes Lächeln. Zu mehr war er nicht imstande.

Als es langsam immer dunkler wurde, war es an der Zeit, einen Platz für ihr Lager zu suchen. Gyscha sah in der Ferne Rauch aufsteigen und schlug vor, vorsichtig in diese Richtung vorzustoßen. Also zogen sie auf einem kleinen Nebenweg auf den Rauch zu und stießen nach einer Weile auf eine Lichtung, in deren Mitte ein Steinhaus stand. Oder vielmehr lag da ein Haufen Steine, auf den jemand Lehm und Stroh geklatscht hatte.

Überall waren Löcher und Lücken, es gab kein Fensterglas und der Schornstein wirkte wenig vertrauenserweckend. Erik hob die Hand, woraufhin die Truppe anhielt, und stieg ab.

Sein Hengst schnaubte beunruhigt. Kurz tätschelte der Prinz ihm den Hals. Erik hatte keine Ahnung, warum sein Pferd so nervös war. Eigentlich kannte es den Wald sehr gut, sie hatten ihn ja schon oft zusammen durchquert. Allerdings hatte er diese kleine Behausung noch nie zuvor gesehen.

Erik ging auf die Hütte zu und klopfte an die Tür. Er wollte die Bewohner des Hauses fragen, ob es in Ordnung wäre, wenn sie heute Nacht auf der Lichtung ihr Lager aufschlagen würden. Im Nordwald gab es kaum Lichtungen, die groß genug waren, und diejenigen, die Erik bekannt waren, lagen viel zu weit entfernt.

»Ja, ja, kommt endlich rein«, quäkte eine Stimme von innen und verwundert leistete Erik der Aufforderung Folge.

»Du bist spät dran, Prinzchen. Das Essen ist schon fast verkocht und ich bin sonst ... ach, was rede ich da. Das Essen wäre immer verkocht gewesen, egal, wann ihr angekommen wärt.«

Erik stieß mit dem Kopf fast gegen die niedrige Steindecke, als er die Hütte betrat. Er war verwirrt. Abgesehen davon, dass ihm die Anrede missfiel, klang es fast so, als wäre er erwartet worden. An einer Wand, direkt vor dem Feuer, stand eine kleine, gebeugte Gestalt, die mit einem riesigen Stock, an dem noch vereinzelte Blätter klebten, in einem Kessel herumrührte.

»Komm heran und mach dich nützlich, starr mich nicht an wie ein Kamel«, schimpfte die Gestalt und winkte mit einer knorrigen Hand nach Erik.

»Spät dran? Habt Ihr mich ...?«

»Erwartet? Natürlich habe ich dich erwartet, du Hornochse, und nun leg die Handschuhe ab und hilf mir beim Kochen.«

Erik wurde allmählich wütend, doch die ganze Atmosphäre kam ihm so eigenartig vor, dass er trotz seines Unwillens beschloss, vorerst den Worten der Gestalt Folge zu leisten.

Also legte er die Handschuhe und sein Schwert ab. Dann ging er zu dem Feuer und beugte sich neugierig über den Kessel.

Nun, da er direkt neben der Gestalt stand, konnte er sie erstmals deutlich erkennen. Sie war eine alte Frau, knorrig, mit einem faltigen und warzenübersäten Gesicht, doch ihre Augen glänzten aufgeweckt und wachsam.

Das Gebräu in ihrem Kessel duftete erstaunlich gut dafür, wie es zubereitet worden war, und Erik fragte sich, wofür sie ihn überhaupt benötigte.

Dann fiel ihm plötzlich etwas ein.

»Meine Krieger, sie brauchen ...«

»Ach, denen wird Ossá schon sagen, was sie zu tun haben und nun ... atme ein.«

Erik tat wie ihm geheißen und nahm einen tiefen Atemzug über dem Kessel. Beinahe hatte er das Gefühl, den Eintopf schon auf der Zunge zu spüren. Wildfleisch und Rüben, Kohl und Zwiebeln, ein Hauch Wacholder vielleicht ... genießerisch schloss Erik die Augen.

Er hörte die Frau kichern, dann nahm er plötzlich den Geruch seines Lieblingsessens aus der Kindheit wahr.

Wie konnte das sein?

Eben noch hatte er etwas ganz anderes gerochen. Aber jetzt fühlte er sich zurückversetzt in die Zeit, als er vielleicht sechs oder sieben Winter zählte und sich zu Jennefer in die Küche schlich, um eine Scheibe Wurst zu stibitzen oder ein Stück Käse ...

Erik ließ die Augen geschlossen und atmete weiter ein. Wieder überfluteten ihn Erinnerungen, sie benebelten seinen Verstand und alles drehte sich.

Er war vier Winter alt und Gyscha ertrank fast im Königsgrub. Er war elf Winter alt und Ruben wurde geboren. Seine Mutter schrie vor Schmerzen, es war keine leichte Geburt, und Erik drückte Gyscha an sich und betete zu Cahya, dass sie seine Mutter und seinen ungeborenen Bruder beschützen mochte.

Erik war fünfundzwanzig Winter alt und war gezwungen, bei der Hinrichtung der Rebellenanführerin zuzuschauen. Sie hatte ihn aus ihren eisblauen Augen angestarrt und ihm prophezeit, dass ihn das Volk dafür eines Tages hassen würde.

Plötzlich öffnete Erik die Augen und war wieder in den Kerkern seines Vaters. Sein Herz klopfte. Er sah sich selbst neben dem Geheimgang stehen und Gyscha, die gerade im Begriff war sich aufzurichten. Sie hatte mitten in der Bewegung innegehalten. Genauso wie Ruben, der gerade dabei war, aufzustehen.

Erik stockte. Er blickte an sich selbst hinab und sah, dass er immer noch die Plattenrüstung mit dem Waffenrock trug, auf dem das Wappen seines Vaters gestickt war.

Er war doch gerade noch in der Steinhütte im Nordwald gewesen und das hier war ein furchtbarer Teil seiner jüngsten Vergangenheit.

Träumte er?

Oder hatte er eine Halluzination?

Bechda hatte eigentlich keine so starke Wirkung auf ihn, dass er Erinnerungen wiedererlebte, als hätte er sich durch die Zeit rückwärts bewegt. Trotzdem war das hier der Kerker in der Burg – mit dem Geheimgang rechts und den Gitterstäben der Zelle links.

Geradeaus, am anderen Ende des Raumes, stand Rupert, genauso wie in der Nacht, in der er starb.

Erik spürte einen Stich in der Brust. Ihm wurde schlecht.

»Rupert«, sagte er leise, aber seine Stimme klang, als wäre er unter Wasser. Weder sein Vater oder die Wache neben ihm, noch Rupert oder er selbst, Gyscha und Ruben im Geheimgang reagierten.

Sie hörten ihn nicht.

Sie bewegten sich auch nicht. Die Szene vor ihm war wie ein Gemälde, mit dem jemand seine Erinnerung festgehalten hatte. Als wären alle Beteiligten im Moment eingefroren.

Erik fühlte, wie Tränen in ihm aufstiegen und über seine Wangen rollten. Seit Jahren hatte er nicht mehr geweint. Bis zu dem Moment, als Rupert starb. Doch hier war kein Jan, keine Gyscha, die ihn ständig fragten, wie es ihm ging. Hier war nur er und eine längst vergangene Erinnerung, in der ihn niemand wahrzunehmen schien.

Doch so schmerzhaft es auch war, sich wieder in diese Erinnerung zu begeben, erneut den Moment zu sehen, kurz bevor Rupert starb, so sehr genoss Erik es auch, Rupert hier wieder vor sich stehen zu sehen.

Noch lebendig.

Vorsichtig, als könnte jede hastige Bewegung Erik aus diesem Moment reißen, ging er auf Rupert zu und wollte ihn berühren.

Da sah er, dass er sich doch nicht in dem Moment vor Ruperts Tod befand. Direkt vor Ruperts Gesicht schwebte in der Luft ein Armbrustbolzen. Erik sah zu der Wache hinüber, die ihn abgeschossen hatte. Er hatte gerade auf Rupert gezielt und den Mechanismus gelöst, der den Bolzen in seiner Fassung hielt.

Aber wie konnte der Bolzen in der Luft schweben, als würde er von unsichtbaren Fäden gehalten?

Natürlich, das hier war ein Bruchteil einer Erinnerung. Sie war wie in Eis gefroren, alles stand still und rührte sich nicht, außer Erik, der gezwungen war, den Moment zu beobachten, indem er vielleicht noch etwas hätte ändern können, wenn er nur schneller gewesen wäre. Nicht so lang gequatscht hätte, sondern der Wache den Befehl gegeben hätte, die Armbrust zu senken.

Aber warum war Erik hier? Wieso sah er diese Szene wieder?

Erik griff nach dem Armbrustbolzen in der Luft und versuchte, ihn aus seiner Schussbahn zu schieben oder zu ziehen. Aber so viel Kraft Erik auch aufwendete – der Bolzen bewegte sich keinen Zentimeter.

»Verdammt!«, rief Erik verzweifelt und wieder klang seine Stimme ganz dumpf und fern, als spreche er unter Wasser. Warum sah er dieses Bild so deutlich?

War das eine Strafe der Götter?

Erik hatte eigentlich nicht gedacht, dass diese überhaupt existierten, aber zu irgendetwas musste diese bildhafte Erinnerung ja gut sein.

»Rupert«, sagte Erik noch einmal und hasste sich dafür, wie zittrig seine Stimme klang. Könnte ihn jemand hören, er wüsste sofort, dass Erik weinte.

»Rupert, wenn es irgendeine Chance gibt, dass du mich hörst, dann ... du fehlst mir. Du warst mir ein besserer Vater, als er es je sein könnte ...«

Erik nickte mit dem Kopf in Richtung Bjorek. Er ging um den starr in der Luft stehenden Bolzen herum und legte Rupert eine Hand auf die Schulter.

»Ich wünschte, ich könnte etwas ändern. Verhindern, dass du stirbst. Ich wünschte ...«

Erik brach die Stimme. Er kam sich furchtbar dämlich vor, wie er hier mit seiner eigenen Erinnerung sprach. Rupert war tot, er konnte ihn nicht hören. Trotzdem konnte Erik nicht anders, als ihn zu umarmen.

»Ich vermisse dich so sehr, Rupert«, raunte er leise und drückte sein Gesicht an Ruperts Schulter, die steinhart und kalt war. Tatsächlich wie Eis.

»Das bewegt dich sehr, Prinzchen, he?«

Erik fuhr erschrocken zusammen.

Das war die Stimme der Alten gewesen. Und plötzlich war er wieder in der schiefen Steinhütte. Rupert war fort. Genauso wie die anderen Bilder aus seiner Vergangenheit.

Verdutzt wischte Erik sich über die nassen Wangen und sah sich um.

Das kleine Weib saß auf einem Schaukelstuhl zwischen zwei silberglänzenden Rüstungen und strickte an einem Stück kunterbunter Schafswolle herum. Immer wieder sah sie kurz zu Erik auf. Er antwortete nicht.

»Was ist das hier?«, fragte er stattdessen.

»Stell nicht so dumme Fragen!«, schimpfte die Alte und stand von ihrem Platz auf, »was glaubst du, wo wir sind?«

Sie war auf Erik zugegangen und klopfte ihm gegen die Stirn. Der Prinz zuckte zurück

»Hey!«, rief er.

»Hey!«, äffte die Alte ihn nach. »Hey, hey, hey, streng dein Köpfchen an! Du siehst hier, was man nicht ändern kann.«

Erik zog die Augenbrauen zusammen und musterte diese kleine, alte Frau kritisch, die ihn nun aus ihren jugendlichen Augen herausfordernd anblickte.

»Wer bist du?«, fragte er leise. Kannte er die Alte? War er ihr schon einmal begegnet? Etwas an ihrer Art kam Erik bekannt vor, aber so sehr er sich auch anstrengte, er wusste nicht warum.

Die Alte aber raunte:

»Prinzchen, du wirst bald verstehen;
du musst andere Wege gehen.
Drei Zeichen werden es dir zeigen;
sie werden ändern deinen Reigen.
Eins – Das Schicksal, das so bleiben muss.
Zwei – Du kannst nicht löschen des Feuers Kuss.
Drei – Das Leben, das niemand retten kann, soll lösen deinen inneren Zwang.«

Erik kam sich auf einmal vor, als wäre er in einem dieser alten Märchen, die Rupert ihm immer vorgelesen hatte.

Lieschen und die Nebelgeister. Die Hexe und der Prinz.

Moment – war das nicht das Märchen, aus dem er die Alte kannte?

Plötzlich fuhr Erik ein stechender Schmerz durch die Schläfen und bohrte sich wie ein silberner Bolzen in sein Gehirn. Sein ganzer Körper fühlte sich auf einmal viel schwerer an, als würde ein ausgewachsener Mann auf seinen Schultern sitzen. Erik wurde schwindelig.

Vor seinen Augen verschwamm die Hütte und die Alte und in seinen Ohren klingelten nur noch ihre letzten drei Sätze.

»*Eins – Das Schicksal, das so bleiben muss.*
Zwei – Du kannst nicht löschen des Feuers Kuss.
Drei – Das Leben, das niemand retten kann, soll lösen deinen inneren Zwang.«
»Warte«, murmelte Erik, obwohl er das Wort eigentlich hatte schreien wollen. »Warte ...«
Doch dann wurde ihm schwarz vor Augen. Er spürte, wie er fiel, doch den Aufprall spürte er schon nicht mehr.

Das Nächste, woran Erik sich erinnerte, war, wie er die Augen aufschlug und in das Gesicht von Gyscha sah. Sie streichelte seine Wange und sagte immer wieder seinen Namen.
Über ihr erhoben sich die Bäume, die sich langsam in Dunkelheit hüllten und ihre grünen Kronen von der Nacht verdecken ließen. Eriks Kopf dröhnte wie nach einer Nacht mit zu viel rotem Wein und er brauchte einen Moment, bis seine Augen sich an die Umgebung gewöhnt hatten. Seine Soldaten standen um ihn herum und musterten ihn besorgt. Erik richtete sich auf und spürte, dass seine Wangen ganz nass waren. Eine Stille herrschte auf der Lichtung, die Erik schwer deuten konnte.
War es ihnen – wie auch ihm selbst – unangenehm, dass er vor ihnen geweint hatte? Wie war er überhaupt hierhergekommen?
»Ich sehe, dass es Eurem Prinzen wieder besser geht«, sagte da eine sanfte Stimme und Erik sah, wie sich zwischen den Soldaten eine Frau in die Mitte des Kreises schob. Sie war ungefähr in Eriks und Gyschas Alter und trug einen großen Holzbottich in den Armen. Sie kam Erik bekannt vor. Diese eichenbraunen Haare und die grünen Augen hatte er doch irgendwo schon mal gesehen ...
»Besser? Mir ging es die ganze Zeit vortrefflich, bis diese Alte in dem Häuschen mich verzauberte.«
»Erik, hast du völlig den Verstand verloren?«, fragte Gyscha entsetzt und musterte sein Gesicht, als könnte sie darin ein Anzeichen für Geisteskrankheit finden. »Nachdem wir die Hütte

entdeckt hatten, bis du einfach wie ein Stein vom Rücken deines Pferds gefallen! Du hast geschrien und geweint und dummes Zeug geredet und wir haben eine Stunde lang versucht, dich wach zu bekommen!«

Verwirrt schob Erik seine Schwester zur Seite und musterte seine Umgebung. Er stand auf und sah die Hütte vor sich. Sie schien genauso wie zu dem Zeitpunkt, als er sie betreten hatte.

»Aber ich habe die Alte doch gesehen!«, antwortete er verwirrt und schob sich durch die Reihen seiner Krieger. »Sie war dort drinnen. Erst hatte ich Visionen von ... früheren Erlebnissen. Und dann hat sie mir diese Prophezeiung mitgegeben, sie sprach von drei Zeichen ...«

Hinter ihm kicherte die schöne Frau und hielt sich dabei die Hand vor den Mund.

»Hattet Ihr heute ein wenig zu viel Sonne, mein Prinz? Meine alte Großmutter spricht schon seit zwei Jahrzehnten kein Wort mehr.«

Sie zeigte auf eine Stelle neben der Waldhütte, von wo ein seichtes Quietschen zu vernehmen war. Dort saß die Alte, die Erik in seinen Träumen gesehen hatte, doch als er sie näher betrachtete, erschrak er. Ihre Augen waren milchig weiß und trüb.

»Das liegt bestimmt an diesem furchtbaren Teufelszeug, das du dir jeden Tag reinziehst!«, platzte es aus Gyscha heraus.

Eriks Herz machte einen Aussetzer. Wütend starrte er seine Schwester an.

Wie konnte sie ihm so etwas an den Kopf werfen, vor seinen Soldaten? Wir konnte sie es wagen?

Erik war gerade dabei, Gyscha klar zu machen, wo ihr Platz war, da unterbrach ihn die schöne Fremde: »Nun kommt, der Eintopf ist fertig. Wir müssen ihn wohl sehr stark strecken, damit es für alle reicht, aber das wird schon werden. Ach, und ich brauche ein paar starke Hände, die mir beim Tragen helfen.«

Das ließen sich die Soldaten nicht zweimal sagen. Nachdem sie dabei geholfen hatten, den großen Holzbottich mit dem Eintopf in die Mitte des Lagers zu stellen, stellten sie sich brav an und bekamen jeder ihre Portion, und obwohl sie so viele waren, schien der Inhalt nicht weniger zu werden.

Erik sah, dass dies auch seinen Soldaten auffiel. Aus der Richtung von Tonda und Dante meinte Erik zu hören: »Die Menge des Eintopfes erscheint mir aber schon recht *magisch* ... ob sie Erik doch verzaubert hat?«

Er nahm sich vor, Dante später nach dem Märchen von der Hexe und dem Prinzen zu fragen.

Erik erfuhr, dass ihre Gastgeberin Ossá hieß – von ihr hatte die Alte gesprochen, zu der er auch immer wieder hinsah. Doch die schaukelte unentwegt weiter, ohne jemals aufzusehen oder etwas zu sagen.

Einmal sah er nach den Verwundeten, doch keiner von ihnen war bisher erwacht. Nur einer wühlte und wälzte sich in seiner Bewusstlosigkeit. Er schwitzte und murmelte unentwegt vor sich hin, ohne, dass Erik ihn verstehen konnte. Frau Dott hatte einmal versucht, seine Augen zu öffnen und darunter hatte sie gesehen, wie die Pupillen sich wild und ziellos hin- und herbewegten. Ein Zeichen für große Unruhe. Aber der Verwundete war nicht erwacht.

Nun brach die Nacht herein und das kleine Feuer brannte langsam nieder. Da erhob Dante die Stimme. Sein braunes Haar lag wie immer perfekt an seinem Kopf an und er zupfte sich Reste des Eintopfes aus seinem Bart, als er zu sprechen begann.

»Ihr wisst aber schon, was man sich über diese Wälder erzählt, meine lieben Brüder und Schwestern?«, fragte er geheimnisvoll und senkte die Stimme mit einem überlegenen Lächeln auf den Lippen. »Über das Moor und das Unheil, das es birgt?«

Erik hatte es noch nicht geschafft, mit Dante zu sprechen und hoffte, dass er jetzt eine Geschichte erzählen würde, die ihm vielleicht sagen würde, was es mit der Alten auf sich hat.

Jansson rückte noch etwas näher an das Feuer heran und seine Augen weiteten sich unmerklich, als Dante zu erzählen begann.

Gyscha verdrehte die Augen. Sie glaubte noch viel weniger als Erik an magische Wesen wie Geister, Hexen oder Drachen und konnte Märchen oder Erzählungen darüber nicht leiden.

Aber Erik liebte es, wenn Dante Geschichten darbot, denn er hatte ein Talent dafür, sie so realistisch und emotional herüberzubringen, als hätte er sie wirklich erlebt.

Erik schmunzelte und stieß Gyscha mit dem Ellbogen an. Daraufhin ließ sie sich neben ihn auf den Waldboden plumpsen und drängte sich an ihn. Eigentlich war Erik immer noch verärgert, aber er wollte nicht die Vorfreude über die Geschichte verderben. Außerdem erinnerte ihn diese Situation – sie beide dicht nebeneinander gedrängt an einem Lagerfeuer – an seine Kindheit. Nachdem sie am See schwimmen war, hatte Rupert ihnen oft Märchen am Kaminfeuer erzählt. Gyscha hatte schon damals so getan, als ob sie das überhaupt nicht leiden konnte. Aber dann hatte sie doch ganz still neben Erik gesessen und sich immer, wenn etwas Gruseliges passierte, näher an ihn gedrückt.

Erik lächelte.

»Diese Geschichte hörte ich zum ersten Mal, als ich noch ein kleiner Junge war ...«, begann Dante, doch wurde er von Kayrim unterbrochen, der rief: »Und du hast alle Monster mit einem Schlag besiegt, nicht wahr?«

Ein paar der anderen lachten, doch Dante ließ sich nicht verunsichern. Er nahm einen kräftigen Schluck Schnaps und begann, mit einem dicken Ast im Feuer herumzustochern.

»Ihr könnt ruhig lachen, meine Freunde, aber auch wenn ich bei manch anderer Geschichte vielleicht ein winzig kleines Bisschen übertrieben habe ...«

Besonders diejenigen, die Dante schon länger kannten, kicherten leise.

»... habe ich diese Geschichte von einem Freund erzählt bekommen. Dieser Freund kam aus Leblichheim, einem Dorf, das etwas weiter südlich von hier direkt an der Grenze des Nordwaldes liegt.«

Einige der Soldaten nickten, da sie schon einmal da gewesen waren. Erik selbst konnte sich gut an Leblichheim erinnern, weil dort eine der besten Bäckereien von ganz Kanthis ihren Sitz hatte.

»Als mein Freund vielleicht sieben oder acht Winter alt gewesen war, kam sein Großvater, ein Jäger, nicht mehr aus dem Nordwald zurück.

Die Dunkelheit brach herein und obwohl der Großvater bereits in den frühen Morgenstunden zur Jagd aufgebrochen war, war er bisher noch nicht nach Hause zurückgekehrt. Er war ein sehr erfahrener Jäger, der den Wald gut kannte, und daher war die Sorge um ihn bereits sehr schnell sehr groß.«

Ganz entfernt schrie eine Eule. Erik bemerkte, wie Jansson zusammenzuckte. Rückte Gyscha etwa jetzt schon näher an Erik ran?

Erik schmunzelte darüber und legte freundschaftlich einen Arm um die Schulter seiner Schwester.

»Die Eltern meines Freundes wollten sofort mit der Suche beginnen, aber im Wald war es bereits stockfinster und auf ihr Rufen hin meldete sich der Großvater nicht. Also beschlossen sie, bis zum Morgengrauen zu warten. Ihr kennt ja die Gerüchte über den Nordwald. Wegen dieser Geschichten warteten die Eltern des Jungen nicht nur bis Tagesanbruch, sondern wendeten sich auch an die Kräuterkundige von Leblichheim. Vielleicht gab es Zauber, welche die Suchenden schützen konnten.

Doch die Kräuterkundige gab ihnen nichts als Watte. Dazu empfahl sie ihnen, dass die Suchenden sich die Watte in die Ohren stecken sollten, falls sie in einen Nebel kamen. Dann mussten sie dicht zusammenbleiben – nur so gab es eine Chance zu entkommen.«

Eine kalte Brise umwehte Eriks Nase. Bis auf das leise Zirpen von Grillen, dem sanften Rauschen der Blätter und des Sarém, der nun schon ein ganzes Stück näher war, und dem Knacken des Feuers, herrschte tiefe Stille um sie herum.

Die Soldaten hielten den Atem an und lauschten Dantes Geschichte.

»Sie nahmen die Watte zwar an, waren der Kräuterkundigen aber auch böse, dass sie ihnen nicht mehr mitgab. Auf Nachfragen hin, was ihnen im Nebel denn so gefährlich werden würde, schüttelte die Kräuterkundige nur den Kopf. Weiteren Schutz wollte oder konnte sie ihnen nicht bieten.

Sie aber hatten keine Wahl, als trotzdem nach dem Großvater zu suchen. Es war helllichter Tag, die Sonne schien und selbst, als sie wenige Meter in den Wald hineingelaufen waren und das Licht immer schwächer wurde, konnten sie kein Anzeichen für Nebel erkennen.

Immer tiefer drangen die Suchenden in den Nordwald vor. Eigentlich kannten sie ihn wie ihre eigene Westentasche, und sie verließen auch nie den Weg, so, wie man es ihnen schon von Kindsbeinen an beigebracht hatte. Aber je weiter sie in den Wald vordrangen, umso fremder kam er ihnen vor. Woran genau das lag, konnten sie sich nicht erklären.

Vielleicht lag es daran, dass sie mit einem Mal keine Vögel mehr singen hörten? Keinen Specht, der emsig gegen das Holz eines Baumes klopfte. Und auch keine Brise, die durch die Blätter fuhr und diese zum Rauschen brachte.

Etwas schien die Tiere des Waldes verschreckt zu haben. Aber was?«

Dante machte eine Kunstpause und ließ den Blick in die Dunkelheit des Waldes schweifen. Plötzlich gefror das Lächeln auf Dantes Gesicht. Erik versuchte, in dieselbe Richtung zu schauen, doch er konnte dort nichts als Dunkelheit erkennen.

Dante schüttelte leicht den Kopf, als wollte er wirre Gedanken vertreiben. Er räusperte sich.

»Den Suchenden wurde mulmig zumute. Da fanden sie plötzlich einen Platz, an dem das Gras platt getrampelt war und ein paar Äste abgeknickt. Hier musste der Großvater gehockt und auf Beute gewartet haben. Seine Tochter, die Mutter meines Freundes, fand die Armbrust des Großvaters.

Plötzlich veränderte sich die Luft und es wurde schlagartig kühler. Langsam, wie die langen, weißen Finger eines Diebes, krochen feine Nebelschwaden über den Waldboden. Sie bahnten sich ihren Weg zwischen den Baumstämmen hindurch und erreichten auch die Suchenden, die es nun doch mit der Angst zu tun bekamen. Sie drängten sich dicht aneinander. Einige wollten umkehren. Aber die Mutter meines Freundes wollte ihren Vater unbedingt wiederfinden. So begannen sie, trotz des Nebels, der nun immer dichter wurde, nach Spuren zu suchen, die auf den Verbleib des Großvaters hindeuten könnten.

Um sie herum wurde es zunehmend kälter. Und dann – ganz plötzlich – hörte einer der Suchenden eine Stimme. Sie sang ein Lied. Erst schien der Gesang noch ganz fern zu sein, aber dann kam er näher. Und zwar schnell. Der Gesang war schön, und je näher er der Gruppe kam, desto mehr Stimmen waren zu hören. Worte konnten die Suchenden nicht verstehen.

Panisch sahen sie sich an. Sie wollten schon fliehen, aber da erinnerte sich die Tochter des Großvaters an die Worte der Heilkundigen. ‚Wir müssen zusammenbleiben!' rief sie und griff nach den Händen der anderen. Die Suchenden drängten sich dicht aneinander. Wo sie sich befanden, konnten sie nicht mehr erkennen, so dicht war der Nebel. Aber jetzt konnten sie langsam verstehen, was die Stimmen sangen. Und zwar den Namen eines der Suchenden.«

»Jaaaaanssooooo«, summte Ana, die hinter Jan und Jansson saß und kam dem Ohr des Jungen immer dichter.

»Hör auf, hör auf!«, rief er und hieb vor sich in die Luft. Orya stieß Ana von der Seite an, obwohl sie dabei grinste.

Dante ließ sich nicht beirren.

»Und erst jetzt erinnerten sie sich auch an die weiteren Worte der Kräuterhexe. Sie nahmen die Watte und formten sie zu kleinen Bällchen. Diese steckten sie sich in die Ohren, so, wie ihnen geheißen worden war. Sobald sie die Stimmen nicht mehr vernehmen konnten, lichtete sich der Nebel ein klein wenig und sie konnten wieder erkennen, wo sie waren. Aber nicht nur das – im Nebel konnten die Suchenden auch Gestalten erkennen. Zwischen den Bäumen und Sträuchern tanzten menschenähnliche Wesen, die viel größer waren als Menschen und aus Nebel zu bestehen schienen. Oder waren sie ein Teil davon? Sie wiegten sich zu dem Klang ihrer geisterhaften Melodie und streckten ihre langen, weißen Finger nach den Suchenden aus.

Und einer von ihnen verließ die anderen und ging auf die Nebelgestalten zu.«

Niemand machte diesmal einen Witz. Dante schaute zu Boden und schwieg eine Weile. Dann hob er den Kopf und starrte zu den Sternen.

»Er hatte sich die Watte zu spät in die Ohren gesteckt. Nun ging er auf die Nebelgeister zu, die ihn zu sich lockten. Die anderen Suchenden riefen seinen Namen, schrien nach ihm, so laut sie konnten. Doch er schien sie gar nicht mehr wahrzunehmen.

Vor Verzweiflung versuchten sie, sich ihm in den Weg zu stellen, ihn festzuhalten, doch er wehrte sich mit aller Kraft. Als er sogar ein Messer zog und es auf die Tochter des Großvaters niederfahren lassen wollte, schob sich eine der Nebelgestalten zwischen sie und ließ das Messer in weißem Rauch aufgehen.

Das Nebelwesen drehte sich zu den anderen Suchenden um. Und diese erstarrten. Im Gesicht des Nebelwesens erkannten sie die Züge des Großvaters. Er war ein Nebelgeist geworden.«

Jansson atmete geräuschvoll ein und krallte sich in den Arm seines Vaters. Vielleicht hätte er lieber zu Hause bleiben sollen. Vielleicht war er noch zu jung für den Krieg, wenn er sich vor einer Geistergeschichte derart fürchtete. Aber Erik wusste auch, dass Jans Frau schon lange tot war und Jansson dann ganz allein daheim geblieben wäre. Vielleicht hatte Jan auch Angst, dass sein Sohn ihm sowieso gefolgt wäre und er ihn dann nicht hätte beschützen können.

»Genau das Gleiche geschah jetzt mit dem Mann, dessen Name gesungen worden war. Als er die Nebelgeister erreichte, löste er sich in dem Nebel auf. Kurz darauf formte sich ein weiterer Nebelgeist, der zwischen den Bäumen auf und ab tanzte.

Der Nebel lichtete sich. Ein letztes Mal strich der Großvater über das Gesicht seiner Tochter. Doch seine Berührung fühlte sich kalt an, eisig sogar, und mit dem Nebel löste auch er sich auf. Die Nebelgeister hatten zwei Tribute gefordert in dieser Nacht und an diesem Tag.«

Dante nahm einen großen Schluck aus seinem Horn und linste in die Runde. Während Jan seinem Sohn die Schultern rieb und ihm beruhigend zusprach, tauschten sich Vikem und Kayrim über Theorien aus, welche logischen Erklärungen es für diese Geschichte geben mochte. Auch Ana und Orya unterhielten sich leise miteinander, während Calia und Yndor zufrieden lächelten.

»Seitdem erzählt man sich die Geschichte in allen Dörfern rund um den Nordwald und manchmal, wenn jemand verschwindet, dann munkelt man, ob die Nebelgeister nicht wieder ein Leben eingefordert haben.«

»Eselmist!«, rief Marik, der etwas abseits vom Feuer saß und mit seinem Messer auf Dante deutete. »Ich lebe ebenfalls schon mein ganzes Leben in der Nähe des Moores und ich habe diese Geschichte noch niemals gehört.«

Dante verdrehte die Augen.

»Na, kein Wunder. Sogar Nebelgeister können Klugscheißer nicht ausstehen«, antwortete er feixend und legte sich mit hinter dem Kopf verschränkten Armen in das weiche Gras.

Orya, Ana und Tonda lachten und Inya murmelte etwas wie: »Verdammter Angsthase.«

Da meldete Ossá sich zu Wort. »Der einzige Eselmist an der Geschichte ist, dass der Geist des Großvaters seine Tochter rettete. Sobald die Nebel einen in sich aufgenommen haben, existiert die eigene Seele nicht mehr – man bleibt nicht mal mehr ein Schatten seiner selbst. Man kann nur hoffen, dass die armen Seelen dorthin gehen, wo sie es auch tun, wenn sie sterben würden, und nicht in der ewigen Zwischenwelt umherirren ...«

Es war totenstill nach dieser Bemerkung. Sogar Erik bekam eine Gänsehaut und alle starrten Ossá an, als wäre sie ein Gespenst.

»Alles klar«, sagte Jan schließlich und klatschte dabei in die Hände, »es wird eine lange Reise und wir sollten alle so viel Schlaf kriegen, wie möglich.«

Erik stand auf und teilte die Wachen für die Nacht ein. Die anderen beschlossen über seinen Kopf hinweg, dass er heute keine Wache übernehmen würde.

Zwar wollte Erik widersprechen, aber als er Gyschas und Jans mahnende Blicke sah, gab er nach. Eigentlich ließ Erik die Wache heute auch ganz gern aus, denn nach allem, was er erlebt hatte, fühlte er sich hundemüde. Er baute sein Nachtlager wieder in Gyschas Nähe auf, die nun beschlossen hatte, ihm nicht mehr von der Seite zu weichen. Ihm sollte es recht sein.

Es war die erste Nacht, in der Erik seit dem Mord an Rupert wieder ruhig schlafen konnte – bis er davon geweckt wurde, dass Gyscha sich im Schlaf unruhig hin und her wälzte. Sie murmelte unverständliche Worte und als Erik sich schlaftrunken über sie beugte, konnte er sehen, dass ihre Augen hinter den Lidern rasten. Sanft rüttelte Erik seine Schwester an der Schulter. Er konnte es nicht leiden, wenn sie einen Alptraum hatte und setzte sich lieber mit der missgelaunten, wachen Gyscha auseinander, als zuzusehen, wie sie sich im Schlaf quälte.

Gyscha schlug so plötzlich ihre Augen auf, dass Erik zusammenzuckte.

»Hey«, raunte er sanft und strich ihr eine verirrte Strähne aus dem Gesicht. »Du hast mich erschreckt. Geht's dir gut?«

Kurz ließ Gyscha den Blick über ihre Umgebung streifen, dann betrachtete sie mit einem eigenartigen Ausdruck in den Augen. Erst dann setzte sie sich langsam auf und massierte sich die Schläfen.

»Ich habe sie jetzt auch gesehen«, sagte Gyscha und nuschelte dabei ein wenig, fast so, als hätte sie zu viel Wein getrunken.
»Wen hast du gesehen?«
»Die alte Hexe im Steinhaus.«
Eriks Herz begann schneller zu schlagen. Er rutschte unruhig auf seiner Decke hin und her.
»Tatsächlich? Du glaubst mir also?«
Gyscha zögerte einen Moment und warf ihrem Bruder erneut einen nachdenklichen Blick zu. Dann nickte sie langsam. »Sie hat mich dafür ausgelacht, dass ich dir nicht glaube. Und mir das Gedicht von den drei Zeichen vorgetragen.«
Er betrachtete die Körper seiner schlafenden Soldaten und die zwei Wachen, die stumm am ausglimmenden Lagerfeuer saßen. Nachdem sie sich eine Weile angeschwiegen hatten, fragte Gyscha: »Also, die drei Zeichen. Was mögen sie bedeuten?«
Erik zuckte mit den Schultern und ließ sich wieder rücklings auf seine Decke fallen. Über ihm befand sich das Sternenzelt. Der Himmel war ganz klar gewesen, der Mond schien, ohne, dass eine einzige Wolke sich vor ihn schob. Also hatte Erik beschlossen, dass er unter freiem Himmel übernachten wollte, und einige andere Soldaten hatten es ihm gleichgetan. Nun funkelten abertausende Sterne über ihnen, wahrscheinlich waren es Millionen und noch viel mehr, die keiner je gezählt hatte.
Erik wünschte sich fast, dass diese Nacht nie vergehen mochte. Oder, dass einer dieser Nebelgeister ihn holen würde und er damit all seine Verpflichtungen vergessen konnte. Vielleicht war es ja gar nicht so schrecklich, einer von ihnen zu sein. Durch die Wälder streifen, Angst und Schrecken verbreiten, ab und zu einen Menschen in die eigenen Reihen aufnehmen ...
»Eins – Das Schicksal, das so bleiben muss.
Zwei – Du kannst nicht löschen des Feuers Kuss.
Drei – Das Leben, das niemand retten kann, soll lösen deinen inneren Zwang.«

Gyscha ließ die Worte langsam auf der Zunge vergehen, als ob sie diese dann besser verstehen könnte.

»Die Hexe sagte mir, dass es deine Prüfungen wären, nicht meine. Aber dass ich dir trotzdem ... dabei helfen könnte, sie durchzustehen.«

»Durchzustehen? Nicht zu bestehen?«

Gyscha legte sich ebenfalls wieder auf ihren Platz und starrte die Sterne an. Sie kaute auf ihrer Unterlippe herum und kräuselte die Stirn. Das machte sie immer, wenn sie intensiv über etwas nachdachte.

Dann schüttelte sie sanft den Kopf.

»Die Formulierung des Rätsels zeigt ja schon, dass du die drei Zeichen einfach geschehen lassen musst, oder?«

Erik antwortete nicht. Aber er wusste, dass er nicht einfach zusehen würde, wenn jemand den Flammen zum Opfer fiel.

28. Kapitel

Nahender Schrecken

Arátané schreckte nach einer unruhigen und viel zu kurzen Nacht auf. Sie hatte ewig nicht mehr in so einem großen Bett geschlafen. Die Matratze war fast schon unangenehm weich. Meist gab sie sich mit dem Boden des Waldes zufrieden, wenn sie zwischen ihren Aufträgen bei Baldin lebte.

Baldin. Arátané spürte einen Stich in der Brust. Sie hatte ihn ganz vergessen. Sie schämte sich dafür, dass sie nicht an den einzigen weiteren Vertrauten, den sie neben Sinphyria besaß, gedacht hatte. An den Mann, für den sie doch eigentlich mehr als nur Freundschaft empfand.

Was er wohl trieb? Suchte er nach ihr? Würde er dafür seinen Wald verlassen?

Als Arátané die Augen öffnete, konnte sie einen Käfer auf dem Netz, das sie in der Nacht sorgfältig verschlossen hatte, sitzen sehen. Sie rollte mit den Augen und drehte sich noch einmal auf die Seite.

Es war nicht nur die ungewohnte Schlafsituation, die sie nervte. Auch ihre Träume waren wild und chaotisch gewesen. Sie sah ständig Sinphyria vor sich, die von gesichtslosen Wärtern der namenlosen Festung zu Tode gefoltert wurde. Und die Folterknechte trugen alle das Gesicht von Kathanter Irius. Oder sie sah ihre Freundin abwechselnd in Flammen stehen, vom Licht verschluckt oder im Schatten verschwinden.

Auch hatte sie sich noch immer nicht entschieden.

Ihr war klar: Wenn sie von hier fort wollte, musste es im Geheimen passieren. Auch wenn man sie gegen ihren Willen entführt hatte, wollte sie doch niemanden verletzen. Nicht, wenn es sich vermeiden ließ.

Doch immer noch war da diese Stimme, die ihr zu bleiben riet. Zwar konnte sie nicht sicher sein, wie viel von dem, was Quirin ihr erzählt hatte, tatsächlich der Wahrheit entsprach, aber ihr Gefühl sagte ihr, dass sie ihm vertrauen konnte, vertrauen musste – zumindest bis zu einem gewissen Grad.

Denn, was wäre, wenn alles der Wirklichkeit entsprach und die Kräfte in ihr plötzlich unkontrolliert losbrachen?

Bei ihrem ersten Zusammentreffen mit Constantin hatte sie ja feststellen können, dass sie ihre neuen Fähigkeiten ganz offensichtlich nicht im Griff hatte.

Vielleicht würde sie für Sinphyria und alle anderen sogar eine Gefahr darstellen.

Unruhig drehte Arátané sich auf den Rücken.

Als sie aus dem Fenster sah, stellte sie fest, dass der Morgen bereits heraufdämmerte.

Plötzlich klopfte es leise an ihrer Tür.

Sie stand mit einem Seufzen auf. Vor dem Schlafengehen hatte sie sich kaum ausgezogen, nicht einmal die Hose hatte sie abgelegt. Als sie öffnete, stand Ámara vor ihr.

»Bist du bereit?«, schnarrte sie und bewegte sich dabei keinen Zentimeter. Irritiert stand Arátané einen Moment lang nur da.

Ein freundliches Guten Morgen hatte sie von Ámara zwar nicht erwartet, aber irgendeine Form von Begrüßung war wohl nicht zu viel verlangt, oder?

Kommentarlos blickte sie an sich herunter.

»Brauche ich mehr Rüstung als das hier?«, fragte sie. Die Ausbilderin schüttelte bloß knapp mit dem Kopf. Jede ihrer Bewegungen wirkte steif.

Arátané trat aus ihrem Zimmer und schloss sorgsam die Tür hinter sich. Ámara musterte sie von oben bis unten.

»Willst du gar nicht wissen, ob ich mich entschieden habe, zu bleiben oder zu gehen?«

Ámara drehte sich um und ging voraus. Ohne sich umzublicken, antwortete sie: »Sag es Quirin, wenn wir mit unserem Training fertig sind.«

Arátané erwiderte darauf nichts mehr und folgte der Ausbilderin.

Sie liefen in Richtung Innenhof und bogen rechts ab zu einem großen Gebäude, das offensichtlich als Lagerhalle benutzt wurde. In diesem Raum standen drei Konstruktionen, die ungefähr so hoch waren wie Arátané. Sie bestanden aus hölzernen Stangen, die man in große Blumentöpfe gesteckt hatte. Doch statt mit Erde, waren diese offenbar mit Stein gefüllt. Am anderen Ende der Stangen waren mit dünnen Seilen Säcke festgebunden worden, die mit irgendetwas prall gefüllt worden waren. So erinnerten diese Konstruktionen mit ganz viel Vorstellungsvermögen an Menschen ohne Kopf. Oder, um es etwas plumper zu beschreiben, als hätte man ein altes Holzkreuz mit Säcken behängt und in einem Blumentopf festgegossen.

Ansonsten war die Lagerhalle voll mit Regalen, Heuballen und Essensvorräten.

Arátané betrachtete die Konstruktionen und danach Ámara. Sie verzog dabei keine Miene.

»Und warum genau bin ich jetzt hier?«

Immerhin hatte sie schon früh Schwertkampfunterricht bekommen. Im Unwissen ihres Vaters natürlich und nur, weil ihre Mutter ihr damals einen Schwertmeister besorgt hatte und dieser nach der Verbannung von Arátanés Mutter bereit war, sie im Geheimen weiter zu unterrichten.

»*Wenn dein Vater uns erwischt, könnte ich mein Leben verlieren.*«
»*Ohne unsere Lektionen weiß ich nicht mehr, warum ich noch leben soll.*«

Arátané schüttelte den Kopf, um sich in die Gegenwart zurückzuholen.

Hatte sie Ámaras Antwort verpasst?

»Erstens – besteht am ehesten die Möglichkeit, dass sich deine Schattenkräfte zeigen, wenn du dich aufregst oder wenn dein Körper viel Energie verbraucht. Nur, wenn sich deine Kräfte zeigen, können wir auch anfangen, mit ihnen zu arbeiten.«

Ámaras Blick war hart, während sie Arátané fixierte. Sie zählte die Punkte, die sie sagte, an ihren Fingern ab.

»Zweitens hast du vielleicht von irgendeinem Schlächter im Norden kämpfen gelernt. Aber du weißt nichts über die wendige Kampfkunst des Südens. Ich kann dir auf den ersten Blick ansehen, dass du noch viel zu lernen hast.«

Tatsächlich ließ Ámara ihren Blick an Arátané auf- und abschweifen. Arátané war ein bisschen gekränkt. Fabian war ein guter Lehrmeister gewesen, und sie hatte sich immer eingebildet, dass sie seine Lektionen während ihrer Tätigkeit als Diebin noch verfeinert hatte. Er hatte sich für sie geopfert und jetzt trampelte Ámara einfach auf seinem Andenken herum.

Aber Arátané sagte nichts. Ein Teil von ihr war neugierig, was Ámara ihr zeigen konnte.

»Hast du jetzt genug Antworten auf deine Fragen, Schattenkind? Dann fang!«

Arátané reagierte blitzschnell, vielleicht einen Deut schneller, als sie es von sich selbst erwartet hatte. Erstaunt starrte sie auf ihre eigenen Finger, die ein Holzschwert umfassten. Sie hatte nicht mal bemerkt, wie Ámara eines aufgenommen hatte. Aber jetzt sah Arátané, dass ihre neue Lehrerin ebenfalls ein Übungsschwert in Händen hielt.

»Versuch für den Anfang mich zu entwaffnen«, sagte Ámara und das erste Mal zeigte sich so etwas wie ein Lächeln auf ihren Lippen.

Der folgende Schwertkampfunterricht fand ungefähr so statt, wie Arátané es von früher kannte.

Ihr Schwertmeister war ein warmherziger Mann gewesen, der ihr mehr Vater war als ihr leiblicher. Seine Enttäuschung, nachdem Arátané ihre von ihm geförderten Talente für Schreckliches eingesetzt hatte, wog selbst heute noch schwer.

Ámara schwang das Übungsschwert flinker als Arátané, nutzte ausgefeilte Finten und schien keinen festen Bewegungsabläufen zu folgen. Zwar besaß Arátané durchaus einige Erfahrungen – schließlich hatte selbst Kathatner Irius seine Probleme mit ihr gehabt – doch Ámara kämpfte noch einmal raffinierter. Fast schien es, als wäre das hier kein Training, sondern ein echter Kampf. Arátané konnte viel öfter als ihr lieb war Ámaras schnellen Hieben nur mit knapper Not ausweichen.

Doch nach einiger Zeit fiel ihr etwas auf. Obwohl sie schon eine ganze Weile trainierten und das Tempo eher zunahm, wurde sie nicht müde. Sie schwitzte nicht einmal, das Training raubte ihr nicht den Atem und ihre Glieder schmerzten nicht.

Als sie ihr Training beendeten, war es bereits Mittag. Die Sonne schien durch die Fenster der Lagerhalle, doch Arátané schwitzte noch immer nicht.

»Gut, übe allein weiter. Das Ausweichen sollte unbedingt geschmeidiger werden.«

Ámara nickte ihr kurz zu und machte sich auf den Weg, die Halle zu verlassen. Kurz vor dem Ausgang blieb sie noch einmal stehen und sagte, ohne sich umzudrehen: »Dein Lehrmeister kann doch kein einfacher Schlächter gewesen sein, Schattenkind. Du hast gute Grundlagen.«

Wenn das ein Kompliment sein sollte, war es ein ziemlich mieses. Aber vielleicht wollte Ámara auch nur einem anderen Lehrmeister ihren Respekt zollen.

Arátané dachte an Fabian und sein enttäuschtes Gesicht zurück, als er sie über dem Leichnam ihres Vaters stehen sah. Sie konnte das Blut von ihrer Klinge auf den Boden tropfen hören und ihr war fast, als bliebe auch jetzt ihr Herz wieder stehen.

Doch sie hatte erneut keine Zeit, um sich in der Erinnerung zu verlieren.

Kaum war Ámara draußen, stolzierte Shinahed Akall, der Schattenpriester, herein. Fast so, als habe er bereits draußen gewartet.

Er trug eine violette Kutte mit schwarzen Verzierungen und seine langen, grauen Haare hatte er zu einem Pferdeschwanz zusammengebunden.

»Berinara, wie schön, dich zu sehen!«, sagte er und grinste. »Bitte folge mir. Hast du schon eine Entscheidung gefällt bezüglich deines Aufenthalts hier?«

Arátané schüttelte den Kopf.

Sie wollte jetzt nicht mit ihm über ihre weiteren Pläne sprechen. Abgesehen davon, dass sie keine hatte. Aber vielleicht konnte das Gespräch mit Shinahed ihr ja dabei helfen, welche zu schmieden. Oder zumindest eine Entscheidung zu treffen.

Der Priester schien nicht im Mindesten enttäuscht.

»Ich verstehe. Du hast auch viel zu verarbeiten. Trotzdem hoffe ich, dass wir mehr Zeit zusammen verbringen können als nur die kommende Stunde.«

Arátané folgte dem Priester über den Innenhof zu einem kleinen, runden Gebäude, das nur eine einzige Eingangstür zu besitzen schien. Auf dem Weg nickten ihr ein paar Diener zu und Arátané erwiderte ihren Gruß stumm.

»Hoffentlich kann ich dir helfen, besser zu verstehen«, fuhr der Priester munter fort und schloss mit einem großen, schwarzen Schlüssel die Tür vor ihnen auf. Hier gab es tatsächlich nur einen Raum. Er war so klein und dunkel, dass Arátané sich sofort eingeengt fühlte. Seine Wände waren in dunklem Violett gestrichen und das einzige Fenster war klein und hatte Scheiben aus gelbem Glas, sodass das Licht eher schummrig denn hell wirkte. Außerdem roch es hier so stark nach Räucherstäbchen, dass Arátané einen leichten Hustenreiz verspürte.

Trotzdem konnte sie die ganze Zeit den Geruch des Priesters wahrnehmen. Wenn sie die Augen schloss, war es fast als sehe sie ihn vor sich. Bloß mit der Nase. Anhand seines ganz eigenen Geruchs wusste sie genau, wie er sich bewegte, wo er saß. Beinahe, als *wittere* sie ihn.

Arátané jagte ein Schauer den Rücken hinab. Gleichzeitig spürte sie ihr Herz aufgeregt schlagen sowie das drängende Verlangen, herauszufinden, welche neuen Fähigkeiten sie sonst noch entwickelt hatte. Weniger Ermüdung bei körperlicher Anstrengung und eine geschärfte Wahrnehmung waren nützliche Eigenschaften. Langsam begann Arátané, Gefallen an diesen Veränderungen zu finden.

Arátané und Shinahed waren umgeben von so vielen Büchern in hohen Regalen, dass kaum Sonnenlicht durch das kleine Fenster drang.

Außerdem war es hier wirklich sehr eng und sie musste achtgeben, nicht ständig mit dem Priester zusammenzustoßen.

Shinahed setzte sich im Schneidersitz in die Mitte des Raumes auf den Boden und lehnte sich an einen der niedrigen Tische.

Auf diesem stand nur eine einzige Kerze. Sie tauchte sein Gesicht in ein schummriges, unheilvolles Licht und Schatten umspielten seine Züge.

»Wir werden nun eine Reise in die Vergangenheit antreten«, sprach er und lächelte, »sodass du die Geschichte am eigenen Leib erfahren kannst.«

Arátané nahm ihm gegenüber Platz und verschränkte ebenfalls die Beine, obwohl sie wusste, dass nach kurzer Zeit ihre Knie schmerzen würden. Sie wusste einfach nicht, wohin mit ihren langen Beinen in diesem kleinen Raum. Shinahed zündete ein Räucherstäbchen an.

»Schließe die Augen«, raunte er mit rauchiger Stimme.

Arátané leistete Folge, obwohl leichtes Misstrauen sie wachsam bleiben ließ.

»Du musst nichts tun, außer mir zuzuhören. Folge dem Klang meiner Stimme und entspanne dich.«

Entspannung. Das war ein sehr absurdes Wort, wenn man die Situation bedachte, in der Arátané sich befand. Doch sie versuchte, auch dieser Anweisung zu folgen. Tief durchzuatmen, nicht zu husten.

Und bald überkam sie eine friedliche Müdigkeit und sie sank in eine Art Rauschzustand.

Ganz entfernt drang die Stimme des Schattenpriesters zu ihr durch.

»Vor der Schöpfung unseres Universums, unserer Existenz und der Welt, in der wir leben, gab es nur die große Leere. Die Mächte existierten nebeneinander, ineinander, miteinander und waren pure Energie: Licht, Feuer, Schatten.«

In ihrer Trance spürte Arátané, wie sich etwas Seltsames tat. Es war, als würde sie selbst in der Leere schweben. Und sie war nicht allein.

»Nach ewigen Zeiten von reiner Existenz spürte das Licht den Wunsch, etwas zu erschaffen.

Es probte und prüfte und grübelte, bis es eine Welt erschuf. Und es fand Gefallen daran, sie ganz nach seinem Willen zu gestalten. Die Schatten betrachteten die Welt und waren begeistert von ihrer Schönheit, aber sie wollten auch etwas erschaffen. Und so formten sie das erste Wesen.«

Nun fühlte Arátané etwas ganz und gar Seltsames. Sie sah ganz deutlich vor ihrem inneren Auge, wie sich etwas formte, Silhouetten in Schwarz, die sie mal an einen Fisch, mal an einen kleinen Bären erinnerten. Es war Arátané, als nehme sie Einfluss auf diese Formen, diese Schöpfung, als müsste sie nur die Hand ausstrecken und schon änderte sich die gesamte Erscheinung und ein neues Wesen erblickte das Licht der Welt. Aber auch jemand anderes schien die Gestalten immer wieder zu verändern und dabei fühlte sie eine Freude, wie sie sie noch nie empfunden hatte.

»Die Schatten waren stolz auf ihre Schöpfung und gaben ihr einen Namen. Und so sehnten sie sich auch selbst danach, einen Namen zu besitzen. Sie gaben sich die Namen Sunyl und Rajanja und stolz präsentierten sie ihren Geschwistern, dem Licht und dem Feuer, ihre Schöpfung.«

Arátané spürte ganz deutlich ein Gefühl von Stolz und Freude in sich aufsteigen. Der Stolz, etwas erschaffen zu haben, und die Freude darüber, einen eigenen Namen zu besitzen. Arátané erinnerte sich auf einmal an das Gefühl, das sie gehabt hatte, nachdem sie die Scheibe zum ersten Mal berührt hatte.

»Das Licht reagierte zuerst sehr zurückhaltend auf die Schöpfung seiner Geschwister. Es musterte die Wesen und fühlte Neid, denn es erkannte die Genialität der Schöpfung. Doch es war auch voller Bewunderung, deshalb konnte es den Schatten ihren Wunsch nicht abschlagen, die Wesen am Leben zu erhalten. So erlaubte das Licht ihnen, in seiner Welt zu leben. Aus Dankbarkeit schenkten Rajanja und Sunyl auch dem Licht einen Namen – Cahya.«

Je weiter die Geschichte fortschritt, desto mehr verlor Arátané sich darin. Ihre eigenen Erinnerungen schienen nach und nach mit diesen Geschichten aus Urzeiten zu verschmelzen.

»Das Feuer beobachtete die Zusammenarbeit seiner Geschwister, doch es sah eine Bedrohung in der neuen Schöpfung. Von Anfang an fürchtete das Feuer, dass die Menschen mit ihrer Neugier und ihrem Wissensdurst die Natur zerstören könnten. Aber es tat so, als ob es ebenfalls voller Bewunderung wäre und schenkte den neuen Wesen und der neuen Welt ein Stück seiner Macht. So entdeckte einer der ersten Menschen, wie sie das Feuer selbst erschaffen und kontrollieren konnten. Seine Geschwister gaben dem Feuer den Namen Azaaris. Sie freuten sich über das Geschenk des Feuers, doch die Wesen begannen, die Macht, die sie von dem Feuer erhalten hatten, zu missbrauchen. Und Zerstörung hielt Einzug in die neue Welt.«

Alles, was Arátané jetzt fühlte, war Feuer. Gleißendes Licht, Körper, die verbrannten, den Gestank brennender Menschen.

Ihr Herz schlug schneller und sie bekam Angst, es war, als hatte sie vergessen, dass sie sich behütet auf Quirins Anwesen befand. Sie steigerte sich immer weiter in diese Gefühle hinein, bis sie nichts anderes mehr sehen oder fühlen konnte, und aus dieser Verwirrung heraus brach der Rausch ab. Arátané kehrte zurück in die Realität und keuchte auf.

Starke Kopfschmerzen überkamen sie in Wellen. Alles in ihr versuchte zu verarbeiten, was gerade geschehen war, was sie gesehen oder besser erlebt hatte. Sie begann zu begreifen, dass die Schöpfungsgeschichte, die Shinahed ihr erzählt hatte, der Realität entsprach. Obwohl Licht, Schatten und Feuer als Gegensätze eigentlich keinen Sinn ergaben.

Warum ausgerechnet das Feuer und kein anderes Element? Und was das alles für sie selbst bedeuten würde, verstand sie immer noch nicht.

Shinahed lächelte mild.

»Ich denke, für heute ist es genug«, sagte er sanft und erhob sich.

Arátané tat es ihm gleich und verzog vor Schmerzen das Gesicht. Es hatte ihren Knien nicht gutgetan, so verschränkt da zu hocken. Doch irgendwie hatte der Schmerz auch etwas Vertrautes und erinnerte sie daran, dass sie immer noch sie selbst war.

Trotz der bisherigen Anstrengungen war Arátané nicht nach Mittagessen zumute. Eine Dienerin hatte sie in einen der Säle geführt, in denen normalerweise das Essen eingenommen wurde. Er war groß und hellgelb gestrichen. Mehrere kleine und große Tische standen in Reihen neben- und hintereinander. An einigen aßen Bedienstete, die Arátané an ihrer Kleidung erkannte. Arátané war nicht nach Gesellschaft zumute. Außerdem entdeckte sie niemanden, den sie kannte. Weder Shinahed noch Ámara, Jamel oder Constantin. Also setzte sie sich allein an einen Tisch. Crola brachte ihr ein paar belegte Brote und einen bunten Obstsalat, doch dann verschwand sie wieder in der Küche.

Alles schmeckte für Arátané nach nichts. Ob es nun daran lag, dass sie in Gedanken immer noch die intensive Erfahrung ihrer Vision, oder was das gewesen war, verarbeiten musste, oder ob es etwas mit den Schattenkräften zu tun hatte, die in ihr wirkten, wusste sie nicht.

Wenn allerdings ihr Geruchssinn um ein Vielfaches verstärkt wurde – musste das dann nicht auch für alle anderen Sinne gelten?

Während sie tief in Grübeleien versunken war, griff sie ohne groß darüber nachzudenken nach der Kette um ihren Hals. Immer wieder dachte sie an Sinphyria. Plötzlich stieg ihr ein neuer Geruch in die Nase und ohne aufzuschauen wusste sie, dass Quirin sich ihrem Tisch näherte.

»Du isst ja gar nichts«, stellte er mit einem leichten Lächeln fest und setzte sich Arátané gegenüber.

»Liegt es an den vielen Eindrücken, die du heute bekommen hast, an den Sorgen um deine Freundin, oder könnte es sich um eine Veränderung durch die Schatten handeln?«

Arátané zuckte mit den Schultern.

»Vielleicht ein bisschen von allem.«

»Natürlich. Darf ich?«

Quirin deutete auf eines der Brote und brachte Arátané damit dazu, aufzublicken. Mit einem Nicken erlaubte sie ihm, ein Brot zu nehmen. Dann seufzte sie schwer.

»Du möchtest wahrscheinlich wissen, ob ich bei euch bleibe«, sagte Arátané nach einem Moment des Schweigens, lehnte sich im Stuhl zurück und verschränkte die Arme.

»Wenn du deine Entscheidung bereits getroffen hast, gern.«

Arátané nahm sich Zeit mit ihrer Antwort, zu antworten. Sie musterte Quirin dabei ununterbrochen, als ob nur eine kleine Regung von ihm fehlte, um ihre Entscheidung zu besiegeln.

»Wie oft hört ihr von euren *Berichterstattern* im Norden?«

Quirin zuckte mit den Schultern. »Das ist schwer zu sagen. So oft es eben etwas Neues gibt.«

»Ich möchte alle drei Tage von ihnen hören. Egal, was sie zu berichten haben – ich möchte es auch erfahren. Und wenn es zwei Wochen lang keine Nachricht aus dem Norden gibt, dann will ich das ebenso erfahren. Sobald ein Bericht ausfällt, verschwinde ich.«

Quirins Gesicht hellte sich in dem Moment auf, als er begriff, dass Arátané bleiben würde. Seit ihrem ersten Treffen war es das erste Mal, dass er beinahe grinste.

»Berinara, ich freue mich so sehr! Afritalim! Sie bleibt hier!«

Das letzte rief er so laut, dass der gesamte Essenssaal ihn hören konnte. Dabei klatschte er einmal fröhlich in die Hände.

»Aber ich werde *nicht* gegen Sinphyria kämpfen«, fügte Arátané hinzu, »und sobald sie den Süden erreicht, werde ich nach ihr suchen.«

Das schien Quirins Freude ein wenig zu dämpfen, doch er ließ die Hände sinken und schaute nach unten, in Richtung Tischplatte.

»Gut. Das sind sehr akzeptable Bedingungen. Ich freue mich darauf, dich auszubilden.«

Arátané spürte ein Stechen des Zweifels in ihrer Magengegend. Hoffentlich war es die richtige Entscheidung gewesen.

In den folgenden Tagen trainierte Arátané mit Ámara, lernte die Geschichten der Urmächte kennen, erkundete ihrer Umgebung und dinierte mit ihren Lehrmeistern, Quirin, Constantin, Jamel und Crola. Sie freundete sich mit Irma an, wenn diese nicht gerade auf einem Botengang war, besuchte zusammen mit Constantin die Kamele und lernte nur so zum Vergnügen die Namen der Pflanzen, die auf dem Geländer wuchsen, und zu welchen Heilmitteln man diese verarbeiten konnte. Über den Krieg sprach Arátané jedoch nie.

Sie verdrängte jeden Gedanken daran, so gut es ging, und dank der vielen neuen Eindrücke, gelang ihr das meistens.

Die zehn Fluchmagier, die Quirin zum Erhalt und zur Verteidigung der Kuppel gegen Sandbanditen eingestellt hatte, mieden Arátané meistens. Sie wusste nicht warum, aber keiner von ihnen suchte wirklich Kontakt zu ihr. Bis sich Arátané eine üble Schramme zuzog, als sie versuchte, Ámara beim Training auszuweichen. Die Wunde blutete heftig und Arátané wurde zur Heilerin geschickt.

Der Raum der Heilerin befand sich auf der Seite des Gartens, die gegenüber von Arátanés Zimmer lag. Sie fand es ein wenig albern, wegen der blutenden Schramme zu einer Heilerin zu gehen, aber Ámara bestand darauf. Auch, weil sich vielleicht kleine Holzsplitter von dem Übungsschwert darin befanden, die eine Fluchmagierin ohne Probleme entfernen konnte.

Was hatte eine Fluchmagierin mit dem Heilen von Wunden zu tun, abgesehen davon, dass sie Tränke brauten?

Arátané hatte immer gedacht, dass die Fluchmagier nur Gegenstände verändern konnten, sie zum Beispiel stärker machen. So wie die Seile, die Sinphyria und Arátané in der Festung benutzt hatten.

Als Arátané an die Tür der Heilerin klopfte, drang eine dumpfe Stimme nach außen.

»Herein.«

Arátané folgte der Aufforderung, schob die Tür zum Heilzimmer auf und wurde sofort empfangen von einer Wand aus blumigen, schweren Dürften. Einige davon rochen auch würzig, als wäre jemand gerade dabei, Mittagessen zu kochen.

»Ach, die Berinara. Komm rein.«

Arátané seufzte und verdrehte die Augen. Sie hatte genug von den diversen Spitznamen, die sie hier bekam.

Die Heilerin war eine junge Frau mit dunkelbrauner Haut und schwarzen Haaren. Sie trug ein langes, einteiliges Gewand in einem sanften Beige.

»Wäre dankbar, wenn du mich einfach Arátané nennst«, sagte Arátané und ließ sich auf einen Hocker plumpsen, auf den die Heilerin wies.

»Gut, wenn du es so willst. Ich bin Marlien, die Heilerin. Was ist passiert?«

»Ich war zu langsam.«

Arátané schob den Ärmel ihrer Tunika hoch. Durch den Schlitz, den Ámaras Holzschwert hineingerissen hatte, konnte Marlien wohl kaum erkennen, ob sich Splitter in der Wunde befanden. Die Wunde hatte aufgehört zu bluten, aber sie brannte leicht.

Mit festem Griff packte Marlien Arátanés Oberarm und begutachtete die Wunde. Arátané verzog das Gesicht vor Schmerz, gab aber keinen Laut von sich.

»Hm, also hat dich ein Holzschwert erwischt? Ja, Ámara ist da wirklich gnadenlos. Aber eine gute Lehrerin.«

Marlien beugte sich zur Seite und angelte nach einem weißen Wattebausch und einer Pinzette. Arátané biss die Zähne zusammen und wappnete sich für den kommenden Schmerz.

»Du trainierst auch mit Ámara?«, brachte Arátané zwischen zusammengebissenen Zähnen hervor, während Marlien begann, mit der Pinzette in Arátanés Wunde herumzustochern.

»Hab ich, ja. Sie hat mir und meinen Brüdern alles beigebracht, was ich weiß.«

»Deinen Brüdern?«

Verdammt, wenn diese Frau nicht bald aufhört, in meinem Arm rumzustochern, werde ich ihr noch aus Reflex eine scheuern, dachte Arátané und versuchte, sich auf die Unterhaltung zu konzentrieren.

»Ja, den anderen neun Fluchmagiern. Wir kennen Quirin schon mindestens ein Jahrzehnt. Verdanken ihm viel.«

»Du hast *neun Brüder*?!«

Marlien lachte und legte die Pinzette beiseite. Dann stand sie auf.

»Du bist nicht die Erste, die so reagiert. Ich werde dir noch einen Wundheilungstrank holen, dann sollte die Wunde morgen geschlossen sein.«

Arátané war Einzelkind und schon von den Stallburschen genervt gewesen. Sie konnte sich gar nicht vorstellen, wie es war, als einzige Frau mit neun Brüdern aufzuwachsen. Marlien musste mit allen Wassern gewaschen sein.

Plötzlich spürte sie in ihrem rechten Arm einen eiskalten Impuls, der von den Fingern bis hinauf zu der Wunde am Oberarm schoss. Es war, als hätte jemand Eiswasser zu Arátanés Blut gemischt. Verwundert sah sie zu der Wunde am Oberarm, die überhaupt nicht mehr schmerzte – stattdessen verschloss sie sich von ganz allein.

War das eine Auswirkung dieser Schattenkräfte?

Ehrlich gesagt hatte Arátané noch immer nicht ganz verstanden, wie diese sich auswirkten. Ob sie jetzt von den Göttern selbst besessen war oder nur einen Teil ihrer Energie besaß.

Als Marlien zurückkam, war die Wunde geschlossen. Entgeistert betrachtete die Heilerin Arátanés Oberarm.

Arátané stand auf und schob den Ärmel ihrer Tunika zurück.

»Ihr meidet mich, hab ich recht? Liegt das an diesen Schattenkräften?«

Aus den Augenwinkeln meinte Arátané zu sehen, wie es in Marliens Gesicht kurz zuckte. Doch diese überspielte diesen Moment so schnell mit einem Lächeln, dass Arátané die dahinter versteckte Emotion nicht deuten konnte.

»Ich bin zwar mit dem Glauben an die Schatten aufgewachsen, seitdem ich ein Mädchen war, aber dass sie sich so aktiv zeigen würden ... und dann noch in einer Frau des Nordens ... vergib mir und meinen Brüdern, wenn es uns schwer fällt, das zu akzeptieren. Wir werden noch etwas Zeit brauchen.«

Arátané nickte und schaute zu Boden. Eigentlich hätte sie mit so etwas rechnen müssen. Sie hatte nie darüber nachgedacht, dass es Angehörigen des Schattenordens sicher nicht leicht fiel, dass ausgerechnet jemand so Ungläubiges und Fremdes wie sie von ihren Göttern auserwählt worden war. Aber sie hatte sich dieses Schicksal nicht ausgesucht.

»Danke«, sagte sie und wünschte sich einmal mehr, dass Sinphyria hier wäre.

Arátané besuchte die Kamele so häufig wie es nur ging.

Der Aufenthalt in den Ställen hatte jedes Mal eine beruhigende Wirkung auf Arátané. Es duftete dort so angenehm nach dem Fell der Kamele und nach Stroh. Sogar dem stechenden Aroma des Dungs konnte sie etwas abgewinnen.

Auch an diesem Tag betrat sie sie die großräumigen Stallungen. Kamele waren so ganz anders als Pferde. Sie hatten ein ruhigeres Gemüt und wirkten fast schon gleichgültig gegenüber ihrer Umgebung.

Als Arátané zu ihnen trat, hoben sie die langen Hälse und schauten sie aus ihren großen, braunen Augen an, während sie weiter gemächlich Heu kauten. Arátané legte eine Hand auf die weichen Nüstern einer großen Stute. Der Kontakt mit dem Fell munterte sie auf und entspannte sie.

»Sie sind wirklich schöne Geschöpfe, nicht wahr?«, sagte Constantin und lächelte ehrlich.

Arátané nickte.

»Möchtest du mir helfen, sie auf die Weide zu bringen?« Seine Augen funkelten aufgeregt und auf seinen Lippen lag ein herausforderndes Grinsen.

Arátané überlegte kurz und nickte erneut.

»Dann komm.«

Constantin öffnete die Stalltür und ließ Arátané hindurch. Dann griff er an eine der Seitenwände, wo mehrere Stricke und Halfter hingen. Er reichte Arátané drei davon und sagte ihr, welche Kamele sie mitnehmen sollte. Dann stellte er sich an das erste Tier heran und zeigte ihr, wie es ging.

»Du fängst an, ihnen die Brust zu kraulen, an dieser Stelle hier«, erklärte er, und sobald er damit begonnen hatte, sank der Kopf des Kamels gen Boden. »Dann legst du den einen Arm um ihren Kopf, siehst du«, er tauchte mit einem Arm unter dem breiten Hals ab, »und streifst ihr das Halfter einfach über den Kopf.«

Das Kamel schnaufte wie zur Bestätigung und begann unberührt weiter Heu zu fressen.

»An diesem Ring dort unten befestigst du den Strick. Dann kannst du zum nächsten Kamel gehen. Lass die Stricke einfach fallen, sie werden schon nicht drauftreten.«

Arátané nickte und glaubte, alles verstanden zu haben. Sie ging auf das erste Kamel zu und versuchte, es Constantin gleich zu tun. Am Anfang funktionierte es ganz gut, aber das dritte Kamel wollte einfach seinen Kopf nicht anheben. Arátané zweifelte allmählich an ihren Streichelfähigkeiten, und dann schubberte sich das Tier sogar an ihr, sodass sie beinahe umfiel.

Constantin lachte fröhlich. Er hatte die anderen Kamele viel schneller aufgezäumt und eilte ihr nun zu Hilfe.

»Das ist Djacko, bei ihm darfst du ruhig etwas ruppiger sein.«

Er griff dem Kamel in den Schopf und riss seinen Kopf nach oben, was das Tier aber überhaupt nicht zu stören schien. Dann zäumte er es auf und reichte den Strick an Arátané weiter.

»Nun sammle deine Kamele ein und folge mir!«, sagte er fröhlich und schritt auf seine Kamele zu. Er die Stricke auf und öffnete das Gehege. Arátané hatte Mühe hinterherzukommen. Die Kamele umgaben sie wie riesige Kolosse aus Fell und Hufen, aber das machte ihr keine Angst. Es war sogar beinahe gemütlich. Sie hatte gar keine Angst, dass die Tiere ihr gefährlich werden konnten.

Gemeinsam verließen sie die Stallungen und gingen auf ein Feld hinaus, das natürlich auch von einer Kuppel überspannt und von einem Zaun umgeben war. Der Boden bestand aus Sand und die Kamele wurden etwas aufgeregter. Constantin öffnete die Pforte und zog an den Enden der Stricke, um die Tiere freizulassen.

Arátané hatte sich ein wenig in den Stricken verheddert, doch schließlich konnte sie sich befreien und die Kamele galoppierten sofort los.

Nur ihren Duft und ein paar Fellbüschel ließen sie zurück. Die Ausgelassenheit der Tiere übertrug sich auch auf Arátané und zum ersten Mal seit ihrer Entführung verspürte sie so etwas wie Freude. Gleichzeitig empfand sie eine Sehnsucht nach derselben Unbeschwertheit, nach Freiheit und ihrem Zuhause. Sie vermisste die grünen Wälder und die frische Luft von Kanthis und Grünwald, sie vermisste den Rücken eines Pferdes und sogar ein Bisschen die dunklen, grauen Wolken und den Nieselregen. Arátané lächelte.

Sie merkte gar nicht, dass Constantin dicht bei ihr stand und sie betrachtete.

»Ein schönes Lächeln hast du«, sagte er, doch sie reagierte nicht darauf.

In diesem Moment hörten sie hinter sich Rufe und Schreie.

»Öffnet das Tor!«, brüllten ein paar der Diener.

»Sie ist zurück! Irma ist zurück!«

Arátané und Constantin wechselten einen alarmierten Blick.

Irma war auf einem Botengang gewesen und schon lange zurückerwartet worden.

Ohne ein weiteres Wort zu verlieren, rannten Arátané und Constantin in Richtung des Schleusentors.

Zwei der zehn Fluchmagier standen am Eingang und betätigten Hebel und Schalter, kippten Flüssigkeiten in Rinnen, um die Öffnung voranzubringen. Als sie es geschafft hatten, kam dahinter Irma zum Vorschein.

Ihr Gesicht war vollkommen mit schwarzem Dreck bedeckt, ihre Haare hingen zerzaust unter ihrer Mütze hervor. Schrammen zogen sich über die Haut ihrer Arme und Beine, die nur deshalb sichtbar war, weil Irmas Kleidung nur noch in Fetzen an ihr herunterhing.

Sobald Irma und ihr Pferd das Tor passiert hatten, brach das Tier zusammen. Arátané fing Irma auf, die von dem Pferd herunterglitt. Nachdem man sie mit Wasser versorgt und nach größeren Wunden abgesucht hatte, kam Quirin angelaufen. Constantin kümmerte sich in der Zwischenzeit um das Pferd. Arátané geleitete Irma vorsichtig zu einer großen Topfpflanze, an die sie sich lehnen konnte. Irma stank nach verbranntem Fleisch.

»Der Feind ...«, keuchte sie schließlich mit rauer Stimme. »Er kommt zu uns.«

29. Kapitel

DAS ERSTE ZEICHEN

Erik wusste am nächsten Morgen nicht mehr genau, wann er eingeschlafen war. Er erwachte von dem allgemeinen Lärm, denn seine Soldaten verursachten, während sie sich auf den Aufbruch vorbereiteten.

Jan veranlasste, dass jeder Soldat sich etwas besorgte, das er oder sie sich in die Ohren stopfen konnte. Nur, falls die Geschichten doch stimmen sollten.

Erik belächelte Jans Vorsicht zwar (und wusste sofort, woher Jansson seine Angst vor Gruselgeschichten hatte), nahm aber ebenfalls gehorsam seine Watte entgegen. Dann ging er noch einmal zu Ossá, die neben der Alten stand und mit ihr zu sprechen schien.

»Im Namen von König Bjorek bedanke ich mich für Eure Gastfreundschaft, Ossá«, sagte Erik und lächelte. »Kann ich Euch etwas für Eure Dienste anbieten?«

Ossá grinste schelmisch und da erkannte Erik, woher ihm ihre Augen so bekannt vorkamen. Es waren genau die Augen der alten Frau aus der Vision oder dem Traum, den er gehabt hatte.

Konnte Ossá diejenige gewesen sein, mit der Erik eigentlich gesprochen hatte? Versteckt hinter einer Illusion oder einem Trugbild? Oder hatten sie einfach ähnliche Augen, weil sie verwandt waren?

»Ihr könnt aufhören, Euch durch denjenigen vertreten zu lassen, der Euch so zuwider ist«, antwortete sie und da krächzte die Alte aus ihrem Schaukelstuhl.

»Eins – Das Schicksal, das so bleiben muss. Zwei – Du kannst nicht löschen des Feuers Kuss. Drei – Das Leben, das niemand retten kann, soll lösen deinen inneren Zwang!«

Erik starrte die Frau an und sein Herz pochte heftig.

»Ich dachte, Eure Großmutter hätte seit Jahren nicht gesprochen?«

Inzwischen wiederholte die Alte das Gedicht leise vor sich hinmurmelnd, während ihre trüben Augen ins Leere starrten und sie vor und zurück schaukelte. Vor und zurück.

Ossá zuckte mit den Schultern.

»Sie hat auch seit Jahren nicht mehr so viele Menschen gesehen. Wahrscheinlich hat sie sich bei eurem Anblick einfach an etwas erinnert.«

Erik wollte Ossá fragen, ob sie die Bedeutung der Worte kannte, doch er brachte keinen Ton hervor.

»Wir ... sollten aufbrechen«, murmelte er schließlich und zwang sich zu einem Lächeln. »Danke, Ossá. Euch und Eurer Großmutter.«

Auf einmal hatte Erik es sehr eilig, auf sein Pferd zu steigen und zu verschwinden. Woher dieses drängende Gefühl kam, dass er die Steinhütte endlich hinter sich lassen musste, wusste er nicht ganz genau. Wenn er sich sein plötzlich rasendes Herz und seine verschwitzten Hände logisch erklären würde, würde er sagen, dass er Angst hatte. Aber das wollte er nicht mal vor sich selbst zugeben.

Erik ging hinüber zu seinem Pferd und schwang sich auf dessen Rücken. Er hörte, wie auch Gyscha noch einen Dank murmelte, dann folgte sie ihm.

Die Legion war auf Jans Kommando bereits losmarschiert und da Gilien fröhliche Wanderlieder angestimmt hatte, in die alle miteinstiegen, hatte keiner auch nur ein Wort der Alten gehört.

Erik und Gyscha trabten an den Soldaten vorbei an die Spitze.

Es war ein schöner Tag, genau wie in der Geschichte, die Dante am letzten Abend erzählt hatte.

Die Truppe wanderte durch den Nordwald, während die Abergläubischen unter ihnen immer wieder überprüften, ob ihr Wachs und ihre Watte für die Ohren noch da waren.

Gegen Mittag wurde das Rauschen des Sarém immer lauter. Die Bäume wurden zahlreicher und ihre Blätter verdichteten sich so sehr, dass das Tageslicht fast gänzlich von ihnen geschluckt wurde. Bald mussten sie die Mitte des Nordwaldes erreichen. Von da an war es nur noch ein kurzer Weg bis Montegrad.

Obwohl er gehofft hatte, dass er ruhiger werden würde, sobald sie die Hütte und die seltsame Alte hinter sich gelassen hatten, nahm seine Angst – und nichts anderes war es – stattdessen noch zu. Erik spürte, wie sein Herzschlag schneller wurde. Er hatte das Gefühl, dass jemand ihn aus den Tiefen des Waldes beobachtete.

Verdammt, Erik durfte sich nicht so von den Worten der Alten oder von Dantes Schauergeschichte verrückt machen lassen. Das hier war der Nordwald, den er schon kannte, seit er als Junge das erste Mal nach Montegrad geritten war. Noch nie war ihm hier etwas Böses widerfahren. Nicht mal Banditen, die sich sowieso nur selten in den Nordwald wagten, hatten sich je getraut, die Karawanen des Königs anzugreifen. Das lag daran, dass der Nordwald Kathanter Irius' bevorzugtes Jagdgebiet war. Und er jagte nicht nur Wild, sondern am liebsten Verbrecher.

Eigentlich war es erstaunlich, welchen Schrecken ein einzelner Mann verbreiten konnte. Aber Kathanter Irius allein hielt den Nordwald zu großen Teilen frei von Verbrechern.

Plötzlich riss ihn eine eiskalte Brise, als wäre sie direkt von der Polarebene herübergeweht, aus seinen Gedanken. Sie kroch ihm unter die Rüstung und seine Nackenhaare stellten sich auf. Es war mit einem Mal deutlich kühler im Wald als noch vor wenigen Minuten.

Eriks Puls wurde immer schneller. Dann hörte er einen Ruf.

»Da!«

Schnell riss Erik den Kopf herum und machte denjenigen ausfindig, der gerufen hatte.

Jansson deutete in das Dickicht des Waldes. Erst konnte Erik nichts erkennen. Dann aber gefror ihm das Blut in den Adern.
Nebel.
Wie lange, weiße Finger schob er sich zwischen den Baumstämmen hindurch auf die Soldaten zu.
Konnte ihnen jetzt tatsächlich das passieren, was Dante ihnen gestern noch am Lagerfeuer erzählt hatte? Es gab doch diese ganzen Märchen nicht – Hexen, die Visionen auslösten, Irrlichter und Nebelgeister. Warum schlug Eriks Herz denn dann so panisch? Warum zitterten seine Finger?
»Verschließt eure Ohren!«, brüllte Erik, während er sein Pferd am Zügel herumriss.
Jan half seinem Sohn, seine Ohren zu verschließen. Die anderen suchten hektisch ihr Wachs und ihre Watte heraus.
»Erik!«, rief Gyscha, »Du auch!«
Fast hatte Erik sich selbst vergessen. Jetzt, da er nach seinen zwei Wachspfropfen suchte, konnte er plötzlich ganz fernen Gesang hören, dessen Worte er noch nicht verstehen konnte.
Erik griff nach seinem Wachs, doch seine Hände zitterten und er ließ es fallen. Er schwitzte, die Nervosität stieg ihm schneller zu Kopf als sonst. Hastig sprang er vom Rücken seines Pferdes und holte sich das kleine Zeug wieder, um es sich in die Ohren stopfen zu können. Zwischendurch sah Erik immer wieder auf. Der Nebel kam stetig näher und verdichtete sich immer mehr. Wuchs höher und höher, umschlang die Bäume, ließ ihre dunklen Stämme verschwinden.
Das Wachs war dreckig geworden. Erik pustete es hektisch sauber und verschloss sein rechtes Ohr. Als er gerade im Begriff war, auch sein linkes Ohr mit dem Wachs zu verstopfen, blieb ihm das Herz in der Brust stehen.
Erik erstarrte.
Er konnte den Gesang jetzt verstehen, der aus dem Nichts zu kommen schien.
Sie sangen einen Namen. Immer wieder.

Ganz langsam drehte Erik sich zu Dante um.

Dieser stand wie erstarrt.

Tonda beugte sich zu Dante hinüber und drückte ihm unsanft das Wachs in die Ohren. Aber Dante rührte sich gar nicht mehr. Er starrte auf den Nebel, der seinen Namen rief. Genau wie in der Geschichte, die er gestern noch am Lagerfeuer erzählt hatte.

Eriks Herz raste. Er durfte keinen Mann verlieren, nicht an etwas, an das er bis eben nicht einmal geglaubt hatte.

Irgendetwas musste er tun können.

Er schwang sich wieder auf den Rücken seines Pferdes, gab ihm die Sporen und galoppierte zu Dante hinüber.

Ein paar Soldaten und Soldatinnen machten ihnen eilig Platz, einer von ihnen fiel rücklings auf den Waldboden. Aber Erik war es egal. Er musste versuchen, Dante vor den Nebelgeistern zu retten.

Zusammen mit Tonda schaffte Erik es, Dante hinter sich auf den Rücken seines Pferdes zu hieven.

»Ich versuche, ihn hier rauszubringen!«, brüllte Erik so laut er konnte, auch wenn er sich sicher war, dass Tonda ihn gar nicht hören konnte.

Trotzdem nickte Tonda. Erik gab seinem Pferd die Sporen, und ritt im Galopp an den Soldaten vorbei. Er musste es bis an den Waldrand schaffen, auf freies Feld, dorthin, wo diese Nebelgeister keine Macht mehr besaßen. Hoffentlich.

Dante klammerte sich wie ein Kind an Eriks Rücken.

Als Erik es wagte, einen Blick zur Seite zu werfen, sah er, wie sich Gestalten in den Nebeln abzeichneten. Doppelt so groß wie Menschen, mit langen Gesichtern, leeren, dunkelgrauen Augenhöhlen und weit aufgerissenen, zahnlosen Mündern. Erik konnte ihren Gesang nicht hören, aber er konnte diese Kälte spüren, die vor dem Nebel nicht da gewesen war. Und das, obwohl er inzwischen seine Plattenrüstung wieder trug, unter der ihm praktisch immer viel zu heiß war.

Eriks Hengst preschte wie wild voran, doch er konnte den Waldrand immer noch nicht erkennen.

Stattdessen wurde der Nebel immer dichter. Bald konnte er nicht mal mehr die Bäume erkennen, geschweige denn den Sandweg vor sich. Alles war nur noch undurchdringlicher Nebel.

»Scheiße!«, fluchte Erik, und seine Stimme erklang dumpf in seinem Kopf.

Plötzlich sah er ein Licht. Konnte das der Waldrand sein?

Oder war das ein weiterer Spuk, der Dante und Erik endgültig ins Verderben stürzen würde?

Scheiß drauf, dachte Erik. Er musste es darauf ankommen lassen.

Als er sein Pferd diesmal antrieb, spürte er den Widerstand des Tiers. Es wollte sich erst nicht so recht bewegen, aber es vertraute Erik genug, um seinen Fluchtinstinkt zu überwinden.

Erik trieb sein Pferd nun weiter auf das Licht zu. Es wurde größer, kam näher ... Und mit einem Mal fiel ihm auf, wie seltsam das Licht war. Es leuchtete orangefarben, wie eine Kerzenflamme, und tanzte hin und her.

Erik hatte nicht den rettenden Waldrand erreicht, sondern ritt stattdessen auf Gyscha und seine Truppe zu.

Wie konnte das sein? War er im Kreis geritten?

Erik kam vor ihr zum Stechen und sah verzweifelt zu Gyscha hinüber, die seinen Blick ebenso ängstlich erwiderte.

Das Licht, das Erik gesehen hatte, war eine Fackel gewesen, die Tonda entzündet hatte und nun dem Nebel entgegenstreckte. Aber die weißen Schwaden zuckten nicht zurück.

Allmählich umschlich der Nebel die Füße der Soldaten, die sich immer dichter aneinanderdrängten. Orya und Ana und einige weitere Soldaten zogen ihre Schwerter und streckten sie verzweifelt den Nebelgeistern entgegen. Als könnten sie damit diese Zauberwesen verjagen, diese Gespenster, die immer noch zwischen den Bäumen auf und ab tanzten.

Erik konnte nicht zulassen, dass die Nebelgeister Dante als Tribut forderten.

Noch einmal riss er sein Pferd am Zügel und galoppierte in die andere Richtung durch den Wald davon.

Aber wieder passierte dasselbe.

Der Nebel verdichtete sich immer weiter, bis Erik nur noch weiß und dann ein tanzendes, orangefarbenes Licht in einer undurchdringlichen Wand aus Nebel sah.

Wieder waren sie im Kreis geritten. Der Nebel hielt ihn und Dante gefangen, die Nebelgeister ließen sie nicht gehen. Die Wesen im Nebel forderten einen Tribut. Und dieser Tribut war ausgerechnet derjenige, der ihre Geschichte erzählt hatte.

Erik konnte es nicht glauben, einfach nicht fassen. Gab es denn kein Entkommen aus dieser verdammten Situation?

Vielleicht, wenn Erik sich nicht an den Weg hielt ... Wenigstens das wollte er noch versuchen.

Dieses Mal trieb Erik sein Pferd mitten durch das Unterholz. Er beugte sich tief über den Hals seines Pferdes und spürte, wie auch Dante sich dicht an Erik drängte. Äste schlugen ihnen ins Gesicht und peitschten ihnen gegen die Oberschenkel, und Erik konnte immer nur kurz die Augen öffnen und hoffen, dass sein Versuch gelingen würde.

Dante zitterte am ganzen Körper. Auch Eriks Herz schlug ihm bis zum Hals. Er hatte entsetzliche Angst vor diesen schaurigen Nebelgeistern, deren lange Körper sich irgendwo hinter ihnen befanden.

Als Erik für einige Sekunden wagte, die Augen zu öffnen und hinter sich zu schauen, stellte er fest, dass sie sich tatsächlich von den Nebelgeistern entfernt hatten. Erik sah Bäume um sich, Sträucher und sogar einige Lichtstrahlen, die durch das Blätterdach schienen.

Sollte er die Wesen überlistet haben? Konnte er Dante in Sicherheit bringen?

Der Waldrand war zwar noch bestimmt ein ganzes Stück entfernt und sie würden das Tempo nicht aufrechthalten können, aber die Nebelgeister blieben immer weiter hinter ihnen zurück und vor ihnen erstreckte sich das saftige Grün des Waldes.

Inzwischen tat Erik das Herz in der Brust weh. Es fiel ihm schwer zu atmen, fast so, als wäre er ein Kaninchen, das auf der Flucht vor einem Fuchs war.

Doch gerade, als Erik meinte, sich in Sicherheit zu befinden, zogen vor ihm wieder Nebelschwaden zwischen den Bäumen entlang. Erik sackte das Herz in den Magen. Ihm wurde übel. Als sein Pferd die Nebelschwaden durchquerte, baute sich vor ihnen plötzlich einer der Nebelgeister auf. Sein langer Körper schoss aus dem Boden. Eriks Pferd stoppte abrupt und scheute. Es stieg. Zwar versuchte Erik noch, sich in dessen Mähne festzuhalten, doch es war vergebens.

Zuerst spürte er, wie Dante fiel und dann verlor auch Erik den Halt. Dabei presste Erik die Augen zusammen, als erwarte er einen Schlag oder einen schmerzhaften Zauber. Hart schlug er auf dem Waldboden auf.

Kurz sah er Sterne und versuchte mühsam, seine Sicht zurückzuerlangen.

Erik stemmte sich in die Höhe und zwang sich dazu, sich umzusehen. Plötzlich spürte er eine Hand auf seiner Schulter. Er zuckte zusammen, fuhr in die Höhe und wirbelte herum – nur, um in das Gesicht seiner vollkommen verschreckten Schwester zu schauen.

Verwirrt sah Erik sich um.

Vor ihm stand seine Truppe, die Pferde und der Wagen mit den Verwundeten. Eriks Pferd stand direkt neben ihm. Es tänzelte unruhig hin und her. Aber Gyscha hielt es am Zügel.

Daneben stand Dante, der ängstlich auf die Nebelgeister starrte.

»Wie kann das sein?«, fragte Erik, aber Gyscha schüttelte nur den Kopf. Sie konnte sich wahrscheinlich denken, was er sagte. Aber sie hatte keine Antwort darauf.

Erik spürte, wie die Verzweiflung langsam die Oberhand in ihm gewann.

Die Nebelgeister durften Dante nicht mit sich nehmen! Sie konnten niemanden als Tribut haben, das durfte einfach nicht geschehen. Aber was konnte er tun?

Was sollte Erik gegen diese verdammten Nebelgeister ausrichten?! Plötzlich beobachtete Erik, wie Dante die Schultern sinken ließ.

Nein, dachte Erik, schrie es fast, *finde dich bloß nicht damit ab. Wir können dich beschützen, wir müssen etwas tun!*

Kurzerhand legte Erik Dante eine Hand auf die Schulter und schob ihn zwischen die anderen Soldaten. Dann winkte Erik heftig, sodass die anderen ihn ansahen. Er bedeutete ihnen, dass sie ihre Schwerter ziehen und einen Kreis um Dante bilden sollten. Erik wandte sich mit dem Rücken zu Dante und drängte ihn sanft weiter nach hinten, dicht zu dem Wagen mit den Verwundeten. Dann zog er sein Schwert. Die Soldaten zögerten nicht lange. Sie zogen ihre Waffen und stellten sich um Dante herum auf.

Grimmig starrte Erik in Richtung der Nebelgeister, die immer noch ihren Tanz aufführten. Immer im Kreis um die Legion herum. Aber jetzt, da die Soldaten alle zum Stehen gekommen waren, auch Erik und Dante, rückten die Nebelgeister dichter und dichter an sie heran. Sie zogen ihren Kreis immer enger, ganz unbeeindruckt von den Schwertern, die auf sie gerichtet wurden.

So harrten Erik und seine Truppe eine gefühlte Ewigkeit aus. Sie konnten nur noch ihre Körper spüren, den Tanz der Nebelgeister beobachten und die angsterfüllten Gesichter ihrer Kameraden sehen.

Das Blut rauschte in Eriks Ohren.

Plötzlich fuhr ein stechender Schmerz durch Eriks Schädel. Erik musste darum kämpfen, um bei Bewusstsein zu bleiben und die Augen offenzuhalten. Den anderen schien es ähnlich zu gehen. Auch Gyscha, Jan, Orya, Ana, Inya, Vikem und die anderen fassten sich abrupt an die Stirn. Einige gaben dem Schmerz nach und schlossen die Augen. Aber Erik zwang sich, seine Augen offenzuhalten. Da sah er, wie plötzlich einer seiner Männer den

Halt verlor, hintenüberfiel und ruckartig in den Nebel gezogen wurde.

Keiner seiner umstehenden Kameraden konnte schnell genug reagieren. Der Krieger war einfach fort.

Hundertneunundzwanzig.

Plötzlich wurde wieder jemand von den Füßen gerissen. Es war Ana.

Erik brüllte auf, genauso wie Orya, doch keiner konnte sie hören. Diesmal aber hatte Erik genau gesehen, wie sich der Nebel um Anas Knöchel verdichtet und sie zu Boden gezogen hatte. Die Nebelgeister forderten einen Krieger nach dem anderen ein.

Hundertachtundzwanzig.

»Rück näher zusammen!«, brüllte Erik, »haltet durch! Haltet euch aneinander fest!« Erik griff nach Gyschas Handgelenk, aber nicht ohne sein Schwert zu senken. So konnte er Jan zu seiner rechten nicht festhalten.

Außerdem hörte Erik ja immer noch niemand, und so spürte er auch nicht, wie Jan sich an ihm festhielt.

Hundertsiebenundzwanzig.

Hundertsechsundzwanzig.

Jan verlor den Halt. Erik versuchte, nach ihm zu greifen, doch er erwischte ihn nicht. Die Legion wurde durch den Nebel immer weiter dezimiert und Erik war hilflos, komplett hilflos. Kein Befehl der Welt half.

Erik versuchte, mit dem Schwert nach dem Nebel zu schlagen, doch seine Klinge fuhr ohne jegliche Auswirkung durch die Nebelschwaden.

Das konnte nicht das Ende sein, es durfte nicht. Sie mussten doch Sinthaz helfen, in den Krieg ziehen, sie mussten zusammenbleiben, irgendetwas tun.

Plötzlich spürte Erik eine Hand auf seiner Schulter.

Als er sich kurz umblickte, sah er Dante direkt in die Augen.

Dort lag eine Entschlossenheit, die Erik einen Schauer über den Rücken jagte.

»Nein«, sagte Erik, und nicht mal er konnte noch seine eigene Stimme hören. Vermutlich hatte er sich heiser geschrien. »Nein, du darfst ihnen nicht nachgeben!«

Eine Träne bahnte sich den Weg über Eriks Wange, dann eine zweite.

Dantes Lippen formten einen Satz, vielleicht Eriks Namen, und dass es in Ordnung sei. Dass er gehen musste, um die anderen zurückzuholen.

Erik schüttelte den Kopf, aber er wusste, dass er verloren hatte. Dante hatte sich entschieden.

Er zog Erik in eine feste Umarmung und Erik schloss die Arme um Dante, der nicht nur sein Soldat war. Er war sein Kamerad, sein Freund. Dante löste sich aus der Umarmung und auch er weinte. Aber schließlich drängte er sich an Erik vorbei. Der Kreis der Soldaten öffnete sich.

Dante wandte sich Tonda zu und nahm auch diesen in die Arme. Er warf seinen Kameraden einen letzten Blick zu, dann drehte er sich dem Nebel und dem Waldrand zu.

Erik sah, wie Tonda zu weinen begann, wie er flehte, seine Lippen zitterten, während sie immer wieder Dantes Namen formten. Erik war ganz froh, dass Tondas Rufe noch von dem Wachs in seinen Ohren geschluckt wurden.

Nun wurden sie zu Schreien. Zwei Soldaten hatten Tonda gepackt, um ihn davon abzuhalten, Dante hinterherzurennen.

Dieser ging langsam auf die Nebelgeister zu. Gierig waberten die Nebelschwaden um seine Beine, krochen an seinem Körper empor und erst kurz bevor der Nebel sein Gesicht vollkommen schluckte, drehte Dante sich noch ein letztes Mal um.

Er lächelte und nickte Tonda zu. Dann salutierte er locker vor Erik.

Erik konnte sich nicht bewegen. Er konnte nicht einmal mehr weinen oder schreien. Stattdessen stand er bloß da und sah zu, wie Dantes Haut immer bleicher wurde, bis er sich schließlich auflöste und verschwand.

Augenblicklich lichtete sich der Nebel, die Kälte verschwand und nach kurzer Zeit waren sie lediglich von den Bäumen des Waldes umgeben.

Erik spürte sich selbst nicht mehr, spürte seinen Herzschlag nicht und auch nicht, ob er überhaupt noch atmete.

Die verschwundenen Mitglieder waren wieder aufgewacht. Sie lagen zwischen ihnen auf dem Boden und schienen langsam zu Bewusstsein zu kommen. Orya stürmte auf Ana zu und umarmte sie stürmisch, während Vikem sich zu Kayrim herunterbeugte. Jansson warf sich weinend in die Arme seines immer noch benommen wirkenden Vaters. Erik beachtete sie nicht. Er fühlte sich taub. Verzweifelt grub er die Finger in den sandigen Waldweg.

Plötzlich tauchte vor ihm ein Schatten auf und Erik spürte eine Hand auf seiner Schulter. Gyscha.

Zitternd richtete Erik sich auf und puhlte sich das Wachs aus den Ohren. Immer noch starrte er auf die Stelle zwischen den Bäumen, wo Dante verschwunden war. Und jetzt hörte er das leise Schluchzen von Jansson, der sich zu Tode gefürchtet haben musste und das leise Raunen von Jan: »Ich bin da, mein Sohn. Alles ist gut.«

Erik hörte, Ana, die schniefend sagte: »Lass das, Orya. Mir geht's gut.«

Er hörte Tonda immer wieder Dantes Namen rufen, als könnte er ihn damit zurückholen.

Erik wollte weinen, aber all seine Tränen waren versiegt. Er hatte nichts tun können.

»Das Schicksal, das du nicht ändern kannst«, murmelte Gyscha, hockte sich neben Erik und strich ihm sanft durch das Haar, so wie seine Mutter es früher immer getan hatte. Aber Erik wollte jetzt nicht bemuttert werden.

Er wollte seinen Freund zurück.

Gyscha ließ sich auf ein Knie sinken und schien die Arme um Erik legen zu wollen. Doch bevor sie das auch noch tun konnte, erhob Erik sich langsam und brummte: »Wir müssen weiter.«

Gyscha richtete sich ebenfalls auf und starrte ihn entgeistert an.

»Willst du deinen Soldaten nicht einen Moment geben, um zu trauern? Willst du dir selbst nicht einen Moment ...«

»Ich will endlich aus diesem verdammten Wald raus!«, brüllte er so laut, dass ein paar Vögel über ihnen aufflogen und seine Stimme weiter drinnen im Wald widerhallte.

Gyscha starrte ihn erschrocken an.

Plötzlich waren alle ganz still. Niemand wagte es, etwas zu sagen, alle starrten Erik und Gyscha an.

Da ertönte der Schrei eines Jungen und kurz darauf schrie auch Frau Dott: »Mein Prinz! Kommt her, schnell!«

Sofort riss ihr Ruf Erik aus seiner Starre und er hastete auf den Karren mit den Verwundeten zu. Ein weiterer Schrei erklang.

Erik hastete auf den Wagen.

Der Junge war erwacht und schrie wie am Spieß. Frau Dott hatte ihr Bestes gegeben, um die Wunde an seinem Rücken zu versorgen, aber der Schmerz schien ihm unerträglich zu zusetzen. Die Heiler hatten immer noch nicht das Bewusstsein wiedererlangt.

Erik griff nach einer der Flaschen mit Alkohol, der zum Säubern der Wunden verwendet wurde, und gab ihm dem Jungen zu trinken. Frau Dott warf ihm einen vorwurfsvollen Blick zu, doch sie sagte nichts. Der Junge trank in großen Schlucken und schien sich langsam zu beruhigen.

»Wie ist dein Name?«, fragte Erik.

Der Junge zitterte. Seine Lippen bebten.

Panisch betrachtete er seine Umgebung und sein Blick blieb schließlich an Erik haften.

»Birk«, murmelte er mit heiserer Stimme und Tränen flossen über sein schmerzverzerrtes Gesicht, »mein Name ist Birk.«

Erik half ihm, sich aufrecht zu halten, während Frau Dott die Stirn es Jungen fühlte. Sorgsam reichte Erik dem Jungen Wasser.

»Frau Dott«, sagte Erik leise und winkte sie zu sich heran. »Darf ich Euch bitten, mir ...« Er stockte. Normalerweise hätte er jetzt nach Dante verlangt, der auch ihr Schreiber gewesen war, doch dieser war fort, in die Nebel gegangen. »Darf ich Euch bitten, mir Gyscha zu schicken? Sie möge die Geschichte des Jungen festhalten.«

Gleichzeitig vertraute er seiner Schwester immer noch am meisten, aber das wollte er nicht unbedingt laut aussprechen.

Eriks Gemüt war immer noch sichtlich getrübt, doch er war auch gespannt, ob Birk ihnen etwas Hilfreiches erzählen konnte. Gesetzt den Fall, dass er überhaupt reden würde. Nachdenklich betrachtete er Birk, dessen braune Locken und grüne Augen, und er fragte sich, welche Schrecken der Junge schon gesehen haben mochte.

»Mein Name ist Erik Bjoreksson und ich bin so froh, dass du es zurück in die Heimat geschafft hast. Ich danke dir dafür, was du für Kanthis getan hast.«

Birk starrte ihn nur an, als hätte er ihn nicht verstanden.

»Mein Prinz«, murmelte der Junge dann mit rasselndem Atem, »wo seid Ihr gewesen? Wo war Euer Vater?«

Beschämt blickte Erik zur Seite. Plötzlich erfasste ihn das Bedürfnis nach Bechda, damit würde er sich besser fühlen, nicht mehr so wertlos. Seine Hände begannen zu zittern, also faltete er sie im Schoß. Schnell schlug nun sein Herz. »Ich musste auf Anweisung meines Vaters im Norden bleiben.«

Erik wollte keine Entschuldigungen mehr für sein Fehlen in der Schlacht aussprechen. Jetzt war er da, und das war es, was zählte. Zumindest musste er sich das einreden, solange er noch nichts hatte bewirken können. Und seine Männer schon auf einer normalen Reise durch den Wald verlor.

Wütend blickte Birk zur Seite und verstummte.

Unentwegt flossen Tränen über die Wangen des Jungen und Erik vermutete, dass sie nicht mehr nur vom Schmerz herrührten. Die Scham saß tief in Eriks Eingeweiden und beschwerte seinen Magen wie Blei. Wieder quälten ihn die Fragen – wieso hatte er sich nicht früher befreit?

Und dann waren da wieder die Schuldgefühle wegen Ruperts Tod. Erik ballte die Hände zu Fäusten.

In diesem Moment betrat Gyscha den Wagen.

Sie trug Feder und Pergament bei sich und blickte besorgt drein.

»Birk, dies ist meine Schwester Gyscha. Wir ziehen nun gegen den Willen unseres Vaters in den Krieg und möchten ihn für uns entscheiden.«

Birk schnaubte.

Bevor er etwas dazu sagen konnte, räusperte sich Gyscha und sagte: »Erik, kann ich dich kurz sprechen?«

Etwas widerwillig stand Erik auf, wobei er merkte, dass er furchtbar schwitzte.

»Die Krieger möchten endlich aus diesem Wald raus. Sie warten nur auf deinen Befehl.«

Vollkommen verdutzt fuhr Erik sich durch das Haar und sagte: »Natürlich. Gib den Befehl. Jan soll die Truppe anführen, wenn er möchte auf meinem Pferd. Dann komm wieder her und schreib Birks Geschichte auf.«

Gyscha schaute Erik ungläubig an.

»Ich soll den Befehl geben? Aber Erik, du bist doch ihr Hauptmann, ihr Prinz ...«

»Gyscha, bitte.«

Erik konnte sehen, dass Gyscha seine Bitte unangenehm war, aber trotzdem informierte sie die Legion für ihn.

Vielleicht aus Mitleid. Aber er kam nicht umhin, zu bemerken, dass sie verstohlen auf seine Gürteltasche blickte.

Würde jetzt eigentlich jeder seiner Fehler und schlecht gewählten Worte auf Bechda zurückgeführt werden? Oder durfte er auch einfach erschöpft sein, weil er gerade verzweifelt versucht hatte, seinen Freund vor Nebelgeistern zu retten?

Erik konnte immer noch nicht glauben, dass das wirklich passiert war. Bis vor einer halben Stunde hatte er nicht mal geglaubt, dass Nebelgeister überhaupt existierten.

Gyscha kehrte schnell zurück. Wenn sie sich über Eriks Verhalten geärgert hatte, behielt sie das für sich.

Sie setzte sich zu Erik und Birk und schenkte Letzterem ein aufmunterndes Lächeln.

»Kannst du uns erzählen, was passiert ist?«, fragte Erik vorsichtig und versuchte, das dringende Bedürfnis nach Bechda zu unterdrücken.

Erneut schnaubte Birk nur abfällig, doch er sagte kein Wort. Ratlos blickten die Geschwister sich an.

»Mein Prinz, der Junge ist gerade aufgewacht, das erste Mal, seit er in Königsthron angekommen ist. Lasst ihm doch einen Tag Ruhe!«, insistierte Frau Dott, und Erik musste sich zurückhalten, um nicht aus der Haut zu fahren.

»Ruhe können wir uns nicht leisten. Bevor wir Montegrad erreichen, muss ich alles wissen, was du weißt, Birk. Du musst uns genau erzählen, was passiert ist. Ich brauche Informationen über den Feind, über das Gebiet, in dem er kämpft.«

Aber Birk schüttelte entschieden den Kopf.

»Nein. Es hätte keinen Sinn.«

»Birk, wir müssen unseren Feind verstehen lernen, um ihn besiegen zu können ...«

»Das könnt ihr nicht!«, fuhr Birk die beiden an und sein Gesicht war von einer solchen Wut verzerrt, wie Erik es noch nie bei einem Menschen gesehen hatte.

»Seid Ihr Magier? Beherrscht Ihr die Elemente mit bloßen Händen oder könnt Ihr das Feuer bei seinem Namen rufen und es gehorcht? Könnt Ihr Tote wiederauferstehen und für Euch kämpfen lassen? Könnt Ihr menschliche Körper als Waffe nutzen und ganze Legionen mit dem Schnippen eines Fingers zerstören?«

Erik schwieg. Gyscha schrieb jedes Wort mit, doch mit jedem von Birks Worten wurde ihr Blick sorgenvoller.

Weder Erik noch Gyscha antworteten.

»Nein, das dachte ich mir«, sagte Birk und sah wieder fort.

»Das hast du alles gesehen?«, fragte Gyscha, während sie die Feder mit zitternden Fingern in der Luft hielt.

Birk schwieg.

Erik ließ den Blick über die anderen Verwundeten wandern und blieb an dem Mann hängen, der im Schlaf vor sich hinmurmelte.

»Willst du etwa, dass sie alle umsonst gestorben sind?«, sagte er dann mit rauer Stimme und blickte Birk eindringlich an.

»Willst du den Schmerz umsonst gefühlt, den Kampf umsonst gekämpft haben? Oder willst du uns wenigstens eine Chance geben?«

Der Junge drehte endlich den Kopf und sah Erik direkt in die Augen.

»Ihr habt so oder so keine Chance«, sagte er mit rauer Stimme und wich Eriks Blick keine Sekunde lang aus. »Wenn ich Euch alles erzähle, was ich gesehen habe, dann nur, um Euch davon abzuhalten, noch mehr Leben in diesem sinnlosen Krieg zu vergeuden. Vielleicht sollten wir lieber in die vergessenen Lande fliehen, und Kanthis einfach aufgeben.«

Die vergessenen Lande? Kanthis aufgeben?

Vielleicht war es wirklich keine gute Idee, Birk direkt nach seinem Aufwachen und nachdem er einige Schlucke Alkohol getrunken hatte, nach Informationen zu fragen. Niemand kehrte aus den vergessenen Landen zurück.

Der ganze Osten jenseits des Nordostwaldes war ein weißer Fleck auf der Landkarte und jeder, der versuchte, dieses Gebiet zu erreichen, ging in dem Wald verloren.

»Aber vielleicht ... wenn ich Euch erzähle, was ich gesehen habe, dann werdet Ihr mir glauben und versuchen, die Bevölkerung von Kanthis zu beschützen, anstatt in Euren sicheren Tod zu rennen«, sagte Birk und es klang, als spreche er seine Gedanken laut aus.

Erik hoffte einfach, dass Birk sich damit tatsächlich dazu überreden ließ, endlich zu erzählen. Und dass sich aus seinen Erlebnissen dann taktisch brauchbare Informationen gewinnen ließen.

»Gut. Ich werde Euch alles erzählen. Aber dafür möchte ich, dass Ihr mich in Montegrad zurücklasst.«

Erik lächelte.

»Natürlich.«

»Denn ich werde mich eher ins Meer werfen, als noch mal der Armee des Feuers begegnen zu müssen.«

Erik wurde mulmig, als Birk diesen Satz sagte.

Ihm war klar, dass so ein Satz kein Scherz war, wenn er aus dem Mund eines Überlebenden kam. Viele waren an dem zerbrochen, was sie im Krieg gesehen hatten, und waren lieber freiwillig in den Tod gegangen, als weiter mit den schrecklichen Bildern und den eigenen Taten leben zu müssen.

Und hatte Erik sich nicht vor ein paar Stunden noch selbst gewünscht, einfach zu verschwinden?

Doch als Birk seine Geschichte begann, schob Erik diese Gedanken beiseite.

»Die Rekruten holten mich kurz vor meinem vierzehnten Geburtstag. Erst hatte ich mich stolz gefühlt, in den Krieg zu ziehen. Das ist erst ein paar Wochen her, aber es fühlt sich wie eine Ewigkeit an. Mein Vater war während der Bürgerkriege schon gestorben und mir wurde immer erzählt, er sei ein großer Held gewesen. Ich wollte in seine Fußstapfen treten.«

Birk blickte auf seine Hände und schwieg.

»Aber natürlich hatte ich auch Angst. Ich war kein guter Kämpfer, hatte gerade erst mit dem Üben angefangen. Aber mein Hauptmann, Hauptmann Tally, war ein sehr gütiger und gerechter Mann. Er nahm mich unter seine Fittiche und brachte mir alles bei, was ich auf dem Weg nach Sinthaz eben lernen konnte.«

Eine einzelne Träne rollte Birks Wange hinab und Erik war sich sicher, dass die Erinnerung an den Hauptmann Birk sehr schmerzen musste. Er wusste selbst, wie es war, jemanden zu verlieren, der ihm alles beigebracht hatte. Sogar das Laufen. Der ein Vater für ihn geworden war, mehr als der eigene. Aber jetzt wollte er nicht wieder an Rupert denken.

«Auch mit dem Rest meiner Einheit verstand ich mich gut. Na ja, mit denen, die ich kennenlernte. Immerhin waren wir fast fünfhundert, da kann man nicht jeden kennen.

Die Reise in den Süden war lang und beschwerlich, wir hörten nichts von den Schlachten dort und diese Ungewissheit machte uns fast verrückt. Unsere Reise sollte eigentlich noch bis Viranzya gehen, in den Osten, doch sobald wir das Gebirge durchquert hatten, erwartete uns ein sinthazianischer Bote. Er sprach nur Brocken unserer Sprache und erklärte, dass Viranzya längst gefallen sei. Die Kämpfe fanden gerade in Juisk statt.«

Birk unterbrach ihn an dieser Stelle.

Gyscha hatte Probleme ihm zu folgen und Erik wirkte zu schockiert über die Nachricht, wie nah der Feind Kanthis bereits gekommen war. Birks Bericht war mehrere Wochen alt.

Wie konnten der Feind so schnell so weit vorrücken?

»Wir machten uns auf den Weg nach Juisk. Das ganze Land wirkte wie ausgestorben. Wir trafen niemanden, keinen einzigen Flüchtenden. Die Menschen waren einfach nur fort. Auf unserem Weg kamen wir an Dörfern vorbei, die vollständig verlassen waren. Es gab keine Kampfspuren, nur Unmengen an Asche. Ausgebrannte Steinhäuser, wohin man auch blickte. Ausgetrocknete Brunnen. Niedergebrannte Oasen. Die Stille war geisterhaft.

Ich hatte mir den Süden immer magisch vorgestellt, mit belebten Märkten und bunt gekleideten Tänzern, mit Musik und den exotischsten Speisen. Aber das ganze Land war eine leere Wüste mit verlassenen Steinhäusern und gestürzten, gigantischen Steinfiguren.

Meine Angst wuchs. Und auch die der anderen Soldaten.«

Erik war nun vollkommen im Bann von Birks Geschichte. Endlich näherten sie sich dem Krieg und damit auch dem Herrn des Feuers. Birk begann zu zittern, trotz der dicken Wolldecke, die er um die Schultern trug.

»Als wir in Juisk ankamen, befanden wir uns quasi sofort inmitten einer Schlacht. Eine erschreckend kleine Anzahl unserer Leute kämpfte aufseiten von Königs Ruben gegen eine Armee an schwarz gekleideten Soldaten.

Die ganze Welt brannte. Ich ... ich habe so etwas noch nie zuvor in meinem Leben gesehen.«

Birk stockte. Er schloss die Augen, um sich zu sammeln, und eine einzelne Träne bahnte sich den Weg über seine Wange. Eriks Herz schlug aufgeregt, sein Puls beschleunigte sich. Er musste einfach hören, wie es weiterging, auch dann, wenn Birk darunter sichtlich litt. Dessen Lippen bebten, als er wieder zu sprechen begann.

»Große Teile des Sandes standen einfach in Flammen, als wäre der Sand selbst brennbar, und die Mauern der Stadt waren ein kaum erkennbarer Haufen Asche. Ich konnte mir nicht erklären, wie das möglich war. Und auch der Rest meiner Kameraden nicht.

Am schlimmsten aber war der Gestank. Ich hatte noch nie in meinem Leben etwas so Furchtbares ... gerochen. Erst, als wir die Verwundeten sahen, die sich hilflos am Boden wälzten vor Schmerzen, verstand ich, was das für ein Geruch war. Es war ihr verkohltes Fleisch. Ihre Haut, die gebrannt hatte, ihre Haare. Einige von ihnen blieben einfach am Boden liegen, andere schrien vor Schmerzen. Diese Schreie ...«

Birk stockte wieder. Seine Finger krallten sich so sehr in seine Decke, dass seine Knöchel weiß hervortraten.

»Mein Prinz«, sagte Frau Dott noch mal, in schärferem Tonfall diesmal. Doch Erik ignorierte sie und starrte Birk an, seine Augen glitzerten fast wie im Fieberwahn. Er *musste* wissen, was dann geschah. Wie Birk verletzt wurde.

»Woher kam das Feuer, Birk?«

Birk schüttelte den Kopf. Er presste die Augen zusammen und sagte: »Erst wussten wir es nicht. Aber dann kam der erste, brennende Regen vom Himmel. Es regnete flüssiges Feuer. Die Tropfen brannten sich sofort in ungeschützte Haut, meist ins Gesicht, und selbst dicke Lederrüstung schützte davor nicht. Wenn man Glück hatte, blieb es bei dem kleinen Loch, das der Tropfen hinterließ. Manchmal tropfte das Feuer auf die Haut und fraß sich von dort weiter. Nur Wasser konnte die Ausbreitung stoppen. Durch den Feuerregen wurden augenblicklich Dutzende Soldaten verbrannt, die keinen Schild trugen, der sie geschützt hätte.«

Birk umschlang seinen Oberkörper. Sein Atem ging schneller.

»Erik, gib ihm wenigstens eine Pause«, schlug Gyscha vor und wollte schon die Feder beiseitelegen. Doch bevor Erik etwas erwidern konnte, rief Birk: »Nein! Ich will es jetzt hinter mich bringen.«

Gyscha und Erik tauschten einen Blick und Erik zuckte mit den Schultern. Mit zitternder Stimme fuhr Birk mit seinem Bericht fort.

»Die Armee hatte es kaum geschafft, ein Lager aufzubauen. Bloß ein paar Zelte standen in der Wüste, in denen die Verwundeten, die wir vom Schlachtfeld ziehen konnten, notdürftig versorgt wurden. Es gab nur einen sehr kurzen Zeitraum, als die Kämpfe aufhörten. Zwei Stunden zur Mittagszeit und fünf Stunden in der Nacht. Es wurde beschlossen, in dieser Zeit einen Spähtrupp loszuschicken. Wir hatten nämlich immer noch nicht gesehen, woher der Feuerregen kam und was an vorderster Front geschah. Wir wussten nicht, wo der Feind lagerte. Unsere Gegner zogen sich wie Schatten zurück in die Stadt oder verschwanden hinter Hügeln, die sie im Wüstensand aufgeschüttet hatten. Einen Anführer konnten wir bis dahin nicht ausmachen.«

Birk atmete tief ein und aus. Er zog die Knie an den Körper. Inzwischen war er so bleich geworden, dass Erik Sorge hatte, er könnte gleich wieder in Ohnmacht fallen.

Wieder bot er Birk einen Schluck Wasser an.

»Ich wurde also dem Spähtrupp zugeteilt. Als wir uns hinter der Schwarzen Armee nach Juisk vorgekämpft und das Rathaus erreicht hatten, sahen wir ihn ... Ein einzelner Mann. Ein Mann, dessen bloße Hände all dies Feuer aus dem Nichts zu erschaffen schienen.«

Birk machte wieder eine Pause. Er war beim Reden schneller geworden, konnte Erik und Gyscha nun gar nicht mehr in die Augen sehen. Sein ganzer Körper wurde von einem heftigen Zittern erschüttert, und als Erik ihm beruhigend eine Hand auf die Schulter legen wollte, zuckte er zurück. Dann sprach er mühsam weiter.

»I-ich konnte einfach nicht glauben, was ich da sah. Ein Mensch sollte Feuer aus dem Nichts erschaffen können, einfach so ... seine Hände selbst *bestanden aus* Feuer. Unser Spähtrupp verbarg sich in der Stadt und beobachtete ihn aus einiger Entfernung. Ich sah, wie er regierte, seine Truppen führte und wie er kämpfte. Und es war nicht nur das Feuer, das er beherrschte - auch seine Instinkte waren übermenschlich.

Einmal beobachtete ich, wie der Herr des Feuers sich mit diversen Armbrustbolzen beschießen ließ und er wich jedem einzelnen davon mühelos aus.

Und seine Krieger ... sie folgen ihm, ohne, dass er jemals auch nur ein Wort zu ihnen sagte. Oder sein Gesicht zeigte. Die ganze Zeit trug er eine Maske, die nur seine Augen zeigte.

Ich hörte den Herrn des Feuers niemals Befehle brüllen. Aber ...«

Erik sah Schweißperlen auf Birks Stirn glitzern. Seine Augen weiteten sich, sein Atem ging schneller, als er zum letzten Mal ansetzte, um seine Geschichte weiter zu erzählen.

»Und dann folgten wir dem Herrn des Feuers ins Gefecht. Er zog hinter seiner Armee in den Kampf, auf dem Rücken eines riesigen Elefanten, und da erst wurde mir das wahre Ausmaß seiner Macht klar.

Von dem Rücken des Tieres aus ließ der Herr des Feuers gigantische Feuerbälle aus seinen Händen entstehen und warf sie ohne Erbarmen auf unsere verbündeten Truppen. Er tötete, als hätte er lästige Fliegen vor sich. Sah Menschen ungerührt dabei zu, wie sie bei lebendigem Leibe verbrannten.

Er sprach niemals von seinen Zielen, nicht mal, als einer unserer Leute ihn anflehte.

Warum? Warum tut Ihr das? Warum?

Er verbrannte den Mann zu Asche.«

Birk hielt inne, doch diesmal nicht aus Angst, sondern weil sich sein Gesicht nachdenklich verzog.

»Aber eines hörte ich den Herrn des Feuers sagen – er rief etwas, kurz bevor ... ja, ich glaube, er sagte *Für den Gott des Feuers. Für Azaaris.*«

Erik hatte keine Ahnung, was Birk da vor sich hinmurmelte. Bisher hatte er so klar erzählt, aber seine letzten zwei Sätze hatten so wirr gewirkt. Frau Dott kam noch einmal zu Birk und legte ihm eine zweite Decke um die Schultern.

Gyscha flüsterte: »Azaaris ...«

»Wie bitte?«

Erik war vollkommen verwirrt.

»Es steht wirklich schlimmer um deine Bildung, als ich dachte«, brummte Gyscha und fuhr hastig fort, um Protest ihres Bruders zu vermeiden.

»Azaaris ist der Gott des Feuers und der Zerstörung, die Inkarnation des Bösen, der es sich zur Aufgabe gemacht hat, die Schöpfungen der anderen Gottkräfte zu zerstören. Es gibt eine sehr alte Legende, dass die Götter menschliche Vertreter ihrer Macht auserwählten, um ihre Kräfte während des großen Schlafes auszutragen. Doch ich glaubte, das wäre alles nur erfunden.«

Erik wusste natürlich ungefähr, wer Azaaris war. Aber das mit den Vertretern der Macht sagte ihm nichts. Obwohl ... hatte es da nicht diese alte Geschichte gegeben?

Birk lachte abfällig auf.

»Es ist wahr. Oder Azaaris selbst ist erwacht und in diesen ... diesen Mann gefahren.«

Frau Dott baute sich nun hinter Birk auf und stemmte die Arme in die Hüften.

»Mein Prinz, Birk hat nun wirklich genug getan. Er muss sich ausruhen, verdammich noch eins.«

Erik nickte diesmal.

Konnte Birks Erzählung tatsächlich der Wahrheit entsprechen? Und was hatte es mit diesem Vertreter der Götter auf sich?

Er wünschte, dass Dante jetzt noch hier wäre, um ihnen diese Geschichte vielleicht erzählen zu können.

Als Gyscha und Erik das Zelt verließen, war sein Kopf voll von Gedanken und Sorgen.

30. Kapitel

Birk

In den nächsten Tagen verließen sie die Wälder und gelangten auf freies Feld.

Der Verlust von Dante setzte allen zu, besonders Tonda, der sich nicht für die Pläne interessierte und sich damit nicht ablenken konnte. Erik sprach unterdessen viel mit Birk.

Gemeinsam zeichneten sie eine Karte und Erik versuchte, sich ein noch besseres Bild vom Herrn des Feuers zu machen.

Erik zog Kayrim zu Rate, um sicherzustellen, dass der Anführer nicht doch nur ein sehr gewitzter Fluchmagier war. Doch obwohl auch Kayrim kaum eigene Erfahrungen mit Fluchmagiern gesammelt hatte, war er sich aufgrund von Erfahrungsberichten anderer vollkommen sicher, dass es keine Fluchmagie gab, die solch grausame Wunderwerke vollbringen konnte.

Allerdings stellte er auch nochmals klar, dass er ja nur als Kind in Sinthaz gelebt und nicht mehr viele Erinnerungen an sein Geburtsland hatte.

Immerhin war Erik so abgelenkt, dass er drei Tage ohne Bechda auskam. Dann allerdings nahm er gleich etwas mehr als seine gängige Dosis, weil die Entzugserscheinungen zu heftig wurden.

Eines Nachts erwachte Erik von einem gellenden Schrei.

Er schreckte aus dem Schlaf hoch und blinzelte, um sich seiner Situation bewusst zu werden. Auch Gyscha saß aufrecht da, ihr Atem ging schnell und sie schwitzte. Ihre Augen waren angsterfüllt.

»Hattest du einen Alptraum?«, fragte Erik, der auf einen Schlag wach war und wollte sich gerade wieder entspannen, als ein weiterer Schrei ertönte.

Gyscha schüttelte den Kopf.

»Also, ich hatte einen Traum, aber ich habe nicht geschrien ...«

»Dann reden wir später weiter.«

Erik zog sich nur schnell ein Paar Hosen über, dann hastete er aus seinem Zelt. Schnell sah er sich um.

Ein paar der Soldaten hatten wieder draußen geschlafen. Jan war unter ihnen. Er stemmte sich in die Höhe und rieb sich die Augen.

»Bei den Verwundeten«, sagte er nur knapp, als er Erik sah.

Birk.

Er musste geschrien haben.

Erik hastete hinüber zum Planwagen und als er dort ankam, lag Birk auf seinem Bett. Die anderen Verwundeten waren immer noch bewusstlos.

»Was ist los?«, fragte Erik keuchend. Er setzte sich zu dem Jungen und sah ihn besorgt an. Birk antwortete nicht.

»Birk, rede mit mir«, drängte Erik behutsam.

Langsam, ruckartig, blickte Birk zu Erik, seine Augen waren von Tränen erfüllt.

»Wir werden alle sterben«, wisperte er leise und das Erschreckende daran war, dass keine Angst in seiner Stimme mitschwang. In seinem Ausdruck lag eine tiefe Gewissheit, die Erik Angst machte. Als hätte er die unabänderliche Zukunft gesehen.

»Nein, hab' keine Angst. Ich werde einen Weg finden«, sagte er beruhigend. Birk seufzte und blickte dem Prinzen in die Augen.

»Werdet Ihr nicht.« Dann fügte er leise hinzu: »Ihr könnte Euch ja nicht einmal selbst helfen.«

Erik schluckte.

»Denkt Ihr, ich merke es nicht? Die Augenringe, die Haarbüschel, der Schweiß. Abends verwäscht Eure Sprache manchmal und ich bin sicher, Euch ist bereits der ein oder andere Zahn ausgefallen. Auch in Königsthron gibt es Bechdasüchtige.«

Frau Dott, die natürlich wach war, schaute zu Erik und Birk herüber, sagte aber nichts.

Er ließ die Zunge über seine Zähne wandern und hatte das Gefühl, dass wirklich bereits ein Zahn lose war.

Niedergeschlagen ließ er den Kopf sinken.

Seine Augen füllten sich mit Tränen. Auf diese Weise hatte ihn noch nie jemand damit konfrontiert, was er sich antat, obwohl natürlich alle wussten, was los war.

Gilien, Gyscha und Jan. Und auch die anderen. So viele hatten immer wieder vorsichtig versucht, mit ihm darüber zu sprechen, aber Erik hatte sie jedes Mal angefahren.

Birk hatte jedoch keine Skrupel. Wahrscheinlich, weil er auch keinen Respekt vor ihm hatte.

»Du hast recht«, sagte er zu Birk und sackte auf seinem Platz zusammen. Er schwieg einen Moment - das Seufzen des Verwundeten im Hintergrund klang ihnen ständig in den Ohren.

»Aber ich kann die Sucht besiegen«, sagte Erik und richtete sich wieder auf. »Ich weiß, dass ich damit aufhören kann. Hilfst du mir?«

Birk betrachtete ihn lange, als wolle er in sein Inneres blicken, dann nickte er langsam.

Nach diesem Gespräch begann Erik seinen Entzug.

Der erste Tag war noch erträglich.

Man musste Bechda eigentlich nur einmal am Tag nehmen, um seine Sucht zu befriedigen, und so spürte Erik nichts, bis er zu Bett ging. Dann träumte er schlecht, geriet mehrfach in einen Zustand zwischen Wachen und Schlafen, in dem er vor seinen Augen die Bilder seines Traumes sehen konnte. Er hörte Ruperts Stimme.

Am nächsten Morgen erwachte er schweißgebadet und zitterte dennoch. Ihm war speiübel und ans Frühstücken war nicht zu denken.

Trotzdem fühlte er sich kräftig, also startete er seinen Tag. Er nahm sein Schwert und begann sein morgendliches Programm für den Körper. Mühsam schaffte er Dreiviertel davon, dann rang er nach Atem. Der Schweiß lief ihm in die Augen. Niedergeschlagen blieb er auf dem Boden liegen und japste. Gyscha und Jan beobachteten ihn aus der Ferne. Tonda trat zu ihnen.

Zu gern wüsste Erik, was sie über ihn redeten.

Manchmal glaubte er, dass er als Prinz niemals so richtig einer von ihnen sein würde. Obwohl Erik ein gutes Verhältnis zu seinen Soldaten hatte - ein besseres vielleicht als manch anderer Hauptmann -, war er immer noch der Prinz. Er hatte mehr Macht über seine Soldaten als ein gängiger Hauptmann. Selbst wenn er sie nicht nutzte, traute sich nicht mal Jan, Tacheles mit Erik zu reden. Gyscha ließ sich auch zu oft von seiner pampigen Art zum Schweigen bringen. Besonders wenn es um das Thema Bechda ging.

Ob die Droge Eriks Persönlichkeit in den letzten Jahren verändert hatte? Ob er vielleicht doch nicht so anders war als die Süchtigen in den äußeren Ringen Montegrads?

In diesem Moment hörte Erik schon wieder Rufe aus der Richtung des Verwundetentransports. Erik erhob sich und hastete hin, wobei er kurz stolperte.

Als er dort ankam, konnte er sehen, wie Birk am Ausgang des Transportes hangelte und versuchte auszusteigen, während eine zeternde Frau Dott versuchte, ihn davon abzuhalten.

»Was ist hier los?«, sagte Erik vollkommen außer Atem und für eine Sekunde hörte Frau Dott auf zu zetern und Birk hielt inne bei dem Versuch, aus dem Wagen zu steigen. Beide glotzten Erik an, als hätten sie ein Gespenst gesehen.

Sah Erik denn wirklich so schrecklich aus?

Dann versuchte Birk wieder, aus dem Wagen herauszukommen und Frau Dott schimpfte weiter.

»Stopp!«, rief Erik und stellte sich Birk in den Weg. »Was geht hier vor?«

»Ich verbringe keinen weiteren Tag in diesem Wagen!«, schimpfte Birk wütend und schweratmend von der Anstrengung.

Erik betrachtete die Verletzung an Birks Bein kritisch.

Ob er damit wirklich jetzt schon wieder laufen sollte? Zwar hatte sich die Entzündung nicht weiter verschlimmert und Frau Dott hatte den Verband am Bein bereits abgenommen, aber die Haut war immer noch stark gerötet. Birk belastete das Bein kaum, als ob es noch zu sehr schmerzte.

Aber Erik wollte Birk unterstützen. Vielleicht würde es ihm wirklich besser gehen, wenn er nicht ständig im Wagen mit den immer noch bewusstlosen Verwundeten umherfahren musste.

Also sagte Erik: »Lass es ihn versuchen«.

Erik machte einen Schritt zur Seite. Frau Dott protestierte lautstark, aber er gebot ihr Einhalt. Unterdessen kämpfte Birk sich ab, über den Rand des Wagens zu rutschen.

Er schien überzeugt davon, wieder laufen zu können.

Als Birk es jedoch geschafft hatte, die Füße auf den Boden zu setzen und versuchte, aufzutreten, knickte er sofort ein und ging zu Boden wie ein Schilfhalm.

Birk fluchte. Erik schmunzelte. Nicht, um den Jungen zu demütigen, sondern weil Birk ihn so sehr an sich selbst erinnerte.

Erik beugte sich zu Birk herunter und half ihm Staub hoch. Erik wollte es eigentlich dabei belassen, aber Frau Dott meinte schnippisch.

»Ich habe es ja gesagt«, und verschränkte die Arme vor der Brust, bevor sie schnaubend davonhastete.

»Sieht so aus, als könnten wir uns gegenseitig helfen, oder?«, fragte Erik und klopfte Birk, der nun wieder auf dem Krankentransport hockte, aufmunternd auf die Schulter.

»Ich möchte nur nicht mehr in diesem Transport übernachten.«, sagte Birk mit Nachdruck. Erik dachte nach.
Es gab keinen anderen Schlafplatz für ihn, außerdem hielt der Prinz es für unvernünftig, jemanden mit solch einer Wunde zu weit von Frau Dott entfernt schlafen zu lassen.
Doch vielleicht konnte er dem Jungen helfen. Nachdenklich ließ Erik seinen Blick über das Lager schweifen.
Sie lagerten derzeit in einer weiten Hügellandschaft, ein Bild, das Kanthis berühmt gemacht hatte. Die von teils saftigem, teils trockenem Gras bewachsenen Hügel wirkten wie die Rücken wilder Tiere, die aus einem Meer an Erde und Pflanzen aus dem Boden ragten. Hie und da gab es einen gelben Fleck im grünen Gras, der aufgrund der langen Trockenperiode entstanden war, doch heute war die Luft feucht und stickig und Erik vermutete, dass es bald einen ordentlichen Regenguss geben würde.
In der Ferne konnte man die Ruinen von Morgur erkennen, düstere Überbleibsel alter Zeiten, die auf einem der höchsten Hügel thronten. Wenn Erik sich genau erinnerte, gab es keine niedergeschriebenen Geschichten über diesen Ort, was das Feuer der Legenden umso mehr entfachte. Zwischen den Hügeln erhob sich ein kleines, schmales Tal, in dem die Truppe ihren Platz für die Rast gefunden hatte. Nur spärlich wuchsen hier ein paar Laubbäume, einsame, stumme Wächter einer längst vergangenen Zeit. Früher musste der Wald sich bis hierher ausgestreckt haben, aber die Menschen hatten ihn nach und nach abgeholzt. Weitere Dörfer gab es auf dem Weg nach Montegrad nicht.
Erik entdeckte Tonda vor einem Zelteingang, wie er an einem Stück Holz arbeitete und rief ihn herbei. Der Mann wirkte immer noch deprimiert. Als er angetrottet kam, konnte man seine geröteten und verquollenen Augen erkennen und sein Gesicht war ausdruckslos.
»Tonda, würdest du meinem Freund hier ein paar Krücken schnitzen?«, fragte Erik und klopfte dem rundlichen Mann auf

die Schulter. Tonda betrachtete Birks Verletzung einen Moment lang, vielleicht schätzte er auch bereits die Länge seiner Beine ab.

Dann nickte er.

»Gut, ich werde dir helfen«, antwortete Erik auf das Nicken. »Welchen Baum müssen wir dafür fällen?«

Erik sah sich bereits nach einem geeigneten Objekt um, als Tonda etwas herumdruckste und offenbar etwas zu sagen versuchte, aber nur unverständlich vor sich hinmurmelte.

»Was bitte?«, fragte Erik.

»Ich glaube, er wollte sagen, dass Ihr mit Euren Entzugserscheinungen lieber keine Axt oder anderes scharfes Werkzeug in die Hände nehmen solltet«, sagte Birk geradeheraus und verschränkte die Arme vor der Brust.

»Außerdem werden wahrscheinlich auch zwei dicke Äste reichen«, warf Tonda ein, aber Erik beachtete ihn gar nicht.

»Und du teilst diese Meinung?«, fragte Erik an Birk gewandt, nachdem er einen Moment gebraucht hatte, um sich wieder zu sammeln.

»Ja«, erwiderte Birk ohne Umschweife. Sein Ausdruck war gnadenlos und seine Antwort traf Erik wie der Bolzen einer Armbrust.

Sein Körper reagierte mit heftigem Herzrasen und einem Schweißausbruch auf diese Kränkung. Ob das Teil des Entzugs war oder ob sein verletzter Stolz sich rührte, wusste er nicht.

Doch dann riss er sich zusammen. Er zwangs sich einmal tief durchzuatmen und versuchte sich dann an einem gequälten Lächeln.

»Also gut. Aber nachdem du offenbar kein Blatt vor den Mund nimmst, kannst du auch gleich Erik zu mir sagen.«

Birk schien einen Moment zu überlegen, dann erschien so etwas wie ein angedeutetes Lächeln auf seinen Lippen. Er nickte kurz.

Erik grinste zurück, dann klopfte er Tonda auf den Rücken.

»Na, dann wollen wir uns mal auf die Suche nach zwei Ästen machen, die stabil genug für Krücken sind.«

Die Kolonne zog weiter in Richtung der Ruinen und tatsächlich begann es in der Nacht zu regnen.

In der Ferne erklang das laute Grollen eines Gewitters, das sicher bald über sie hinwegziehen würde, doch bis dahin hatten sie die Ruinen von Morgur erreicht und würden dort Schutz finden.

Tonda hatte die Krücken schnell fertig, und bei jeder Rast half Erik Birk, damit zu üben. Er hatte Schwierigkeiten, auf dem nassen Gras zu gehen, während immer weiter erbarmungslos der Regen auf sie niederprasselte, doch Birk übte trotzdem verbissen weiter.

Erik hatte ihm nämlich in Aussicht gestellt, dass er endlich einen eigenen Lagerplatz bekam, wenn er allein auf den Krücken gehen konnte.

Manchmal war Birk bis auf die Knochen durchnässt und Frau Dott schimpfte mit ihnen. Aber die Fortschritte konnten sich sehen lassen.

Erik ging es dagegen immer schlechter. Er wusste, dass er nur fünf Tage überstehen musste, dann würden die Entzugserscheinungen besser werden. Aber das Verlangen nach Bechda war stark und die Schmerzen unerträglich. Auch die Streiche, die sein Geist ihm spielte, wurden lebhafter und grausamer. Oft konnte man ihn beobachten, wie er verwirrt vor sich hin murmelnd durch das Lager zog. Dann schaffte nur Birk es, Erik in die Realität zurückzuholen.

Der Junge hatte einen großen Einfluss auf Erik. Dass Birk aussprach, was vermutlich alle dachten, imponiert ihm.

Am dritten Tag erreichten sie endlich die Ruinen von Morgur.

Die schwarzen, massiven Säulen zeugten von der der Größe des Bauwerks, das hier einst gestanden hatte. Man wusste nicht einmal mit Sicherheit, ob es von Menschenhand errichtet worden war.

Vor einigen Jahrhunderten hatte es in Kanthis Orks, Elben, Zwerge und Zentauren gegeben. Aber die Menschen hatten ihre Spuren fast vollständig ausradiert oder unter den Mauern ihrer eigenen Städte begraben. Viele alte Ruinen waren abgetragen worden, um daraus neue Gebäude zu errichten.

Die Ruinen von Morgur könnten ein Relikt aus diesen Zeiten sein, als es die magischen Völker noch gegeben hatte. Aber keiner wusste das mehr genau. ›Morgur‹ sollte angeblich sogar ›magischer Ort‹ heißen, aber Erik hatte keine Ahnung, aus welcher Sprache das stammen sollte. Gyscha wusste das vielleicht. In der Bibliothek ihrer Burg gab es viele alte Schriften, die teilweise auch ausgestorbene Sprachen enthielten. Erik hatte sich dafür nicht interessiert (oder hatte sich dafür nicht interessieren dürfen, weil sein Vater ihn lieber Tag ein Tag aus den Schwertkampf trainieren ließ).

In den Ruinen gab es wenig Schutz von oben, doch immerhin blies der Wind nun nicht mehr so heftig von der Seite. Die Truppe hatte in den letzten Tagen hauptsächlich von Beeren und Pflanzen gelebt, nur das ein oder andere Brot war noch gut gewesen.

Aber heute Abend kamen Vikem und Kayrim mit einem Rehbock und ein paar Kaninchen von der Jagd zurück und so konnte Frau Dott Eintopf kochen. Diese warme Mahlzeit tat Erik sichtlich gut.

Er sah furchtbar aus. Um seine stark geröteten Augen hatten sich dicke Augenringe gebildet, seine Körperhaltung war eingefallen und er zitterte. Seine Haut war fahl, als hätte sie das ganze Blut verlassen, und seinem Kopf fehlte ein so großes Büschel an Haar, dass man die Kopfhaut sehen konnte. Die Halluzinationen waren zwar beinahe verschwunden, doch war das Verlangen nach Bechda nun auf dem Höhepunkt angelangt. Er wusste, wo Gilien seinen Vorrat aufbewahrte. Seinen eigenen hatte er in Birks Obhut gegeben, und er überlegte seit Stunden, wie er am besten unbeobachtet herankommen konnte.

Doch Birk, Jan und Gyscha ließen ihn keine Sekunde aus den Augen.

Auch Kayrim wusste von Eriks Zustand, Orya und Ana ebenfalls.

Vor dem Rest der Truppe versuchten sie seinen Entzugserscheinungen so gut es ging geheim zu halten, damit diese den Glauben an Erik nicht verloren.

Er konnte wirklich froh sein, dass er solche Menschen an seiner Seite hatte. Denn spätestens seit Dantes Tod, glaubte er nicht mehr daran, dass er ein guter Anführer war.

Es war Abend geworden und die Soldaten hatten sich um mehrere Lagerfeuer verteilt. In dem Schein sah Erik noch geisterhafter aus und einige Soldaten, die bisher wenig von seiner Sucht mitbekommen hatten, warfen ihm verstohlene Blicke zu.

Inzwischen drehte sich nur noch jeder zweite von Eriks Gedanken um Bechda. Das war immerhin ein Fortschritt.

Nur weiter hinten unterhielten sich ein paar der Soldaten. Erik konnte nicht hören, wer es war oder worüber sie sprachen. Aber er bemerkte, dass es um ihn herum auffallend still war und kaum jemand sich unterhielt oder scherzte.

Jan beschloss schließlich, das bedrückende Schweigen zu brechen und sagte in einem Anflug von Wut: »Ach verdammte Scheiße. Wir reden jetzt darüber. Wisst ihr eigentlich, wie Bechda entstanden ist?«

»Es war ein verrückter Forscher, nicht wahr?«, rief Janson und schien offenbar stolz zu sein, sich etwas gemerkt zu haben. Gyscha setzte an, ihn zu korrigieren, doch Erik legte ihr eine Hand auf den Arm. Jan war der bessere Erzähler und er wollte die Geschichte gern von ihm hören. Die anderen rückten gespannt etwas näher zusammen, um der Geschichte zu lauschen.

»Tatsächlich erzählt man sich heute, dass Bechda die Idee eines verrückten Forschers war. Sein Name war Irazius Bechda und er war nicht immer verrückt gewesen, nein. Es wäre ein

Irrglaube das zu behaupten. Der Mann war einmal ein genialer Mediziner, ein Arzt, dem wir viele Heilmittel zu verdanken haben. Vor allem eben Trizin, das Mittel, das Menschen bei schwierigen Operationen für einen vorübergehenden Zeitraum in einen Dämmerzustand versetzt.

Trizin beruht im Gegensatz zu der weitverbreiteten Pflanzenkunde auf einer fluchmagischen Basis, die Bechda im Süden in Zusammenarbeit mit sinthazianischen Fluchmagiern entwickelte. Dies brachte ihm großen Ruhm und Reichtum ein. Er hatte eine große Zahl an Anhängern, aber auch eine ebenso große an Feinden.

Als er seinen fünfzigsten Winter erreicht hatte, ließ er das Krankenhaus in Kanthri errichten und lehrte dort sein Wissen. Er hatte im Laufe der Zeit viele Morddrohungen erhalten, die er jedoch alle ignorierte und stattdessen unbeeindruckt mit seinen Forschungen fortfuhr. Und doch kennt man ihn heute nur noch für das traurige Erbe einer Droge.

Diese Geschichte beendete den Höhenflug Irazius Bechdas und besiegelte seine Geisteskrankheit. Er entwickelte Bechda als Medizin für seine Tochter, die an einer Krankheit litt, die man heute als das Schleierleiden kennt.«

Diejenigen, die der Geschichte lauschten, begannen bei der Erwähnung des Schleierleidens zu tuscheln und ein Raunen ging durch die Menge.

Schleierleiden ist ... eigentlich keine eigene Krankheit, sondern das, was manchmal daraus resultiert, wenn man stark am Kopf verletzt wird. Etwa durch einen Sturz oder einen Schlag. Die Betroffenen sind weder wach, noch schlafen sie ... und bewusstlos sind sie auch nicht. Aber sie sind auch nicht ansprechbar. Sie bewegen ihre Gesichter, als hätten sie Schmerzen, manchmal geben sie Laute von sich. Aber sie sprechen keine Worte. Es ist schwierig, ihnen zu essen oder zu trinken zu geben, weil sie sich sehr leicht verschlucken. Meist sterben sie schnell, aber manchmal gelingt es, sie am Leben zu erhalten. Dabei hilft vor allem auch Trizin. Denn wie ihr wisst, können Menschen in dem Dämmerzustand, der durch Trizin verursacht wird, oft länger überleben. Sie empfinden keine Schmerzen und sind kaum bei Bewusstsein, aber die Reflexe, die man zum Essen und Trinken benötigt, funktionieren noch.

Wenn ihr noch nie jemanden gesehen habt, der am Schleierleiden erkrankt ist, dann ist es schwer, euch diese armen Menschen zu beschreiben. Es ist, als schwebten sie zwischen dem Erwachen und dem Tod. Aber, was ihr wissen müsst: Manchmal wird das Schleierleiden auch durch eine Überdosis von Trizin verursacht.«

Jan fuhr fort.

»Das Schleierleiden. Manche werden damit geboren, ja, aber manchen passiert eben etwas, das dann zu diesem Leiden führt. Und von einem auf den anderen Moment schwebt man in einem Zustand zwischen Wachsein und Schlaf, die Glieder sind steif, man bewegt sich kaum noch. Man spricht nicht, es sei denn man hat eine Art Anfall. Dann schreit und jammert man, als ob man in einem niemals endenden Alptraum gefangen ist.

Victoria, so hieß Bechdas Tochter, war ein ganz normales Mädchen. Sie studierte gar nicht so weit entfernt von ihrem Vater, in Montegrad, und wollte auch Forscherin werden. Allerdings die Art von Forscherin, die alte Ruinen erkundet. So wie die Ruine von Morgur.

Doch eines Tages wurde sie entführt.

Ohne jegliche Spur, es gab nur eine sauber geschriebene Forderung von hunderttausend Goldstücken. Bechda zahlte sofort. Es dauerte allerdings immer noch drei Tage, bis er seine Tochter wiedersah.

Als Bechda seine Tochter endlich zurückbekam, die Umstände hier sind nicht ganz überliefert, litt sie allerdings unter dem Schleierleiden. Sie reagierte nicht auf die Stimme ihres Vaters, und alles, was die Persönlichkeit der jungen Frau zuvor ausgemacht hatte, war verschwunden.«

Eine gespenstische Stille hatte eingesetzt. Erik fühlte sich daran erinnert, als Dante vor ein paar Tagen die Geschichte über die Nebelgeister erzählt hatte. Die Erinnerung schmerzte ihn. Jan war kein halb so guter Geschichtenerzähler wie Dante es gewesen war, und dieser hätte sich bestimmt nicht zurückhalten können, selbst weiterzuerzählen, wenn er hier gewesen wäre.

Aber Dante konnte nicht mehr hier sein. Er war ein Teil der Nebelgeister geworden.

»Hier begann seine Besessenheit, die schließlich im Wahn endete. Er wollte seine Tochter unbedingt von dem Schleierleiden heilen, bevor sie durch die schwierige Ernährung eine Lungenentzündung bekommen und sterben würde. Und in ihm setzte sich der Gedanke fest, dass, wenn eine Überdosis Trizin die Ursache für Victorias Krankheit gewesen sein könnte, ein Medikament, das er selbst entwickelt hatte, er auch ein Gegenmittel finden konnte. Bechda wollte sein Kind zurück, sah nicht ein, dass er sich als berühmtester Forscher seiner Zeit geschlagen geben sollte.

Bechda experimentierte mit verschiedenen Stoffen, die einen aufputschen – und schließlich fand er die Zusammensetzung für das, was wir heute als Bechda kennen.

Doch da er hauptsächlich an sich selbst experimentierte, wurde er auch langsam aber sicher süchtig nach den verschiedenen Stoffen. Und die Einsamkeit macht viele von uns ebenso langsam aber sicher verrückt, ja. Auch Bechda war davor nicht gefeit. Er schaffte es gerade so die Zusammensetzung seines neuen *Medikaments* fertigzustellen und verabreichte es seiner Tochter. Nach der dritten Dosis aber zeigte es immer noch keine Wirkung.

Verzweifelt wie er war, zu dem Zeitpunkt galt schon sein halber Verstand als verloren, erhöhte er die Dosis.

Und man erzählt sich, dass sie tatsächlich für einen klitzekleinen Moment wieder sie selbst war. Dass sie ihn angelächelt und ihm übers Gesicht gestrichen habe. Und dann war sie wieder fort.

Noch in derselben Nacht starb sie und niemand weiß bis heute, ob es an der Überdosis lag.

Das ließ den armen Bechda endgültig seinen Verstand verlieren. Was danach mit ihm geschah, ist ein Geheimnis, das niemand so recht zu kennen scheint. Manche munkeln, er habe in seinem eigenen Labor Selbstmord begangen, und ein Freund ließ seinen Körper verschwinden, damit seine Nachfolger ihn nicht für eine Obduktion nutzen konnten.

Andere sagen, dass er bis heute in den Gassen von Montegrad unter den Bechdasüchtigen sein Unwesen treibt. Und wieder andere behaupten, er sei Insasse eines Zuchthauses. Aber jeder ist sich sicher: Bechda, die Droge, zerstörte von Anfang an Leben.«

Durch die Geschichte fühlte Erik sich noch elender als zuvor. Es rumorte in seinem Innern, doch das Verlangen war unterschwelliger geworden.

Erik stand ruckartig auf - er wankte etwas - und stürzte auf den Krankentransport zu.

Birk rief: »Erik, nicht!« und versuchte, sich aufzurichten. Doch er zuckte sofort zusammen, als er versuchte, sein Bein ohne Krücken zu belasten. Gyscha und Jan sprangen auf, doch bevor sie einen Entschluss fassen konnten, kehrte Erik schon zurück und hielt eine kleine Dose in der Hand. Er stellte sich neben das Feuer und öffnete die Dose langsam. Einen Moment hatte das Verlangen ihn fast vollständig wieder in seiner Gewalt. Aber er kämpfte dagegen an und warf die gesamte Dose in das Feuer. Niemand sagte etwas. Gyscha rollte eine Träne die Wange herunter, ohne dass sie es selbst bemerkte.

Das Bechda verbrannte und nur eine kleine, grüne Flamme züngelte auf und zeugte für ein paar Sekunden davon, dass im Feuer die letzten Reste einer Droge verbrannt wurden.

Nach einem kurzen Moment, während dem alle nur in das Feuer gestarrt hatten, stand auch Gilien auf und warf seinen letzten Rest Bechda in die Flammen.

Erik machte einen Schritt zurück, um den Rauch nicht einzuatmen. Dann ging Gilien auf Erik zu und nahm ihn fest in die Arme.

Erik blickte durch den Schein des Feuers zu Birk hinüber und dieser hatte zum ersten Mal einen Ausdruck in den Augen, der nach Anerkennung aussah.

Erik schlief nach dieser Nacht einen ganzen Tag durch. Er erwachte mitten in der zweiten Nacht, die sie in den Ruinen verbracht hatten, von einem merkwürdigen Geruch.

Einen Moment lang musste er sich sammeln, während er sich langsam aufrichtete. Zwar hatte er noch etwas Gliederschmerzen und fühlte sich vollkommen ausgelaugt, aber sein Kopf war wieder klar. Seine Gedanken wirbelten nicht mehr ziellos umher.

Nachdem Erik sich etwas übergezogen hatte, wurde der seltsame Geruch immer stärker und da durchfuhr es ihn wie einen Schlag. Es roch nach brennendem Holz, die Luft flimmerte vor Hitze. Doch er roch auch noch etwas anderes – es war der Gestank von brennendem Fleisch.

Plötzlich gelten Schreie an seine Ohren.

Hastig schlüpfte er in seine Stiefel und trat vor das Zelt.

In einigen Metern Entfernung flammte ein riesiges Feuer in die Höhe, dort, wo einmal der Karren mit den Verwundeten gestanden hatte. Eriks Herz setzte für einen Schlag aus, er hielt den Atem an.

Nein! war sein einziger Gedanke, als die Angst wie eine Welle über ihn hinwegschwappte. Erik begann, zu zittern, sein Puls raste und ohne lange darüber nachzudenken, rannte er auf den lichterloh brennenden Wagen zu.

Birk.

Erik hörte andere nach ihm rufen, aber er reagierte nicht. In wenigen Schritten war er bei dem Karren angelangt.

»Birk! BIRK!«

Erik versuchte in den Flammen etwas zu erkennen, doch dicker, schwarzer Rauch schlug ihm entgegen und Flammen lechzten aus dem Inneren des Wagens hervor.

Nein!

Eriks Herz pochte schmerzhaft gegen seine Brust.

Schnell wandte er den Blick ab und verdeckte das Gesicht mit seinem Unterarm, als die Flammen aus dem Inneren des Wagens drängte.

Erik hörte ein Zischen. Einige Soldaten begannen, das Feuer zu löschen.

Wie hatte es überhaupt so schnell so groß werden können, ohne dass irgendjemand etwas bemerkt hatte?

»BIRK!«

Plötzlich hörte Erik hinter sich ein klägliches: »Ich bin hier.«

Birk hustete. Erik fuhr herum und entdeckte Birk, der neben Frau Dott an einer vom Feuer weit entfernten Säule der Ruinen lehnte. Der Weg zu ihm war beinahe frei, da man die Zelte um das Feuer hastig zusammengebaut und in Sicherheit gebracht hatte.

Birk hatte seine Krücken neben sich liegen und schien unversehrt – außer, dass ein Ausdruck in sein Gesicht zurückgekehrt war, den Erik von ihm bereits kannte. Trauer, Wut und Verzweiflung. In Birk tobte ein Sturm an schlechten Gefühlen.

Er war verrußt und in seinen Augen standen Tränen. Frau Dott sah nicht besser aus.

Sie schluchzte.

»Was ist passiert?«, fragte Erik erschrocken, war aber gleichzeitig unendlich erleichtert, die beiden lebend vor sich zu sehen. Birk zitterte. Er antwortete nicht. Auch Frau Dott wirkte zuerst zu verstört zum Reden, fand dann aber doch ihre Sprache wieder.

»Es war der Mann, der die ganze Zeit vor sich hingewimmert hat. Er begann plötzlich sich zu schütteln und zu winden. Zu diesem Zeitpunkt half ich Birk gerade dabei, den Wagen zu verlassen. Er wollte ... Gerade reichte ich ihm die Krücken raus, dann gab es hinter uns einen heftigen Laut, eine Art leises Knallen und ein ... Zischen, und als ich mich umdrehte, war dort, wo vorher der Schläfer gewesen war, eine riesige Flammensäule, die nach dem Gespann des Wagens leckte. Die anderen Verwundeten waren davon binnen Sekunden erfasst worden. Das Feuer verbreitete sich rasend schnell, so etwas habe ich noch nie gesehen. Sie haben geschrien, das erste Mal, dass ich überhaupt eine Regung von ihnen mitbekommen habe. Aber jedes Mal, wenn einer ihrer Körper von dem Feuer erfasst wurde, gab es noch mehr Zischen und Knallen und das Feuer breitete sich immer weiter aus ... Es war furchtbar ...«

Frau Dotts Stimme brach am Ende des letzten Satzes.

Sie war bleich und zitterte am ganzen Körper.

Während Frau Dott ängstlich war, sah Birk nur erschöpft und teilnahmslos aus.

Wir werden alle sterben.

Erik war erstarrte. Ihm war plötzlich etwas eingefallen, das Birk gesagt hatte.

Könnt ihr menschliche Körper als Waffe benutzen?, hallte es in Eriks Kopf wieder.

Eriks Gedanken rasten wie tausend schnelle Pfeile und er packte den Jungen an den Schultern und sah ihm tief in die Augen.

»Birk, wie seid ihr heimgekehrt? Wie?«

Erik fiel erst jetzt auf, dass er Birk nie diese Frage gestellt hatte. Aber wenn dieser Herr des Feuers so mächtig war ... wenn er das Feuer beherrschen konnte, wie er wollte ... da er seinen Plan im Süden begonnen hatte, Ursprung und Hochburg der Fluchmagie, und da kaum Verwundete nach Hause zurückkehrten, eigentlich gar keine, außer ein paar Boten und dieser hier ...

Der Junge schüttelte den Kopf. Er weinte.

»Erzähl es mir, wie seid ihr hierhergekommen?«

Erik musste es wissen. Wenn er all die Gedanken zu einer Schlussfolgerung ordnete, sie zusammensetzte mit der Art, wie schnell sich das Feuer ausgebreitet hatte und wie Frau Dott geschildert hatte, dass die Körper der Verwundeten sich anhörten, dann ließ das nur einen Schluss zu. Erik wollte es von Birk hören.

Erneut schüttelte dieser sich, während Eriks Gedanken gegen die Innenseite seiner Stirn hämmerten. Verzweiflung erfasste ihn, Fragen quälten ihn.

Was, wenn Erik das Feuer hätte verhindern können? Wenn er Birk früher danach gefragt hatte, wie sie es geschafft hatten, zurückzukommen. Hätte er die Leben der Verwundeten dann retten können?

»Er hat uns benutzt«, schluchzte Birk auf und bestätigte damit Eriks Vermutung. Er verbarg das Gesicht in den Händen und zog die Knie an den Körper.

»Er hat uns benutzt und ich hätte mich erinnern müssen! Ich hätte es dir sagen können und wir hätten ...«

Seine Stimme brach.

Auch Erik kamen nun die Tränen und er nahm Birk, der am ganzen Körper von Schluchzern gepackt wurde, fest in die Arme.

»Er hat uns zu lebendigen Waffen gemacht ... deswegen sind die anderen nicht aufgewacht. Nur mich hat er verschont, weil ...«

Birk schniefte. Erik ließ ihn los und der Junge richtete den Kopf auf, um ihm in die Augen zu sehen.

»Weil ich es erzählen sollte. Jetzt weiß ich es wieder. Ich weiß wieder ganz genau, warum ich mir so sicher bin, dass du nichts ändern kannst.«

Erik musste schlucken. Er hielt Birk an der Schulter und schaute ihm direkt in die Augen.

»Der Herr des Feuers will alles zerstören. Und er lässt sich von niemandem aufhalten. Er wird alles tun, um die Menschheit komplett auszulöschen. Er will nicht herrschen, kein Land und keine Gefolgsleute für sich gewinnen. Die Welt soll brennen.«

Erik gefror das Blut in den Adern. Und in Birks Blick lag jetzt nicht mehr Wut, Verzweiflung oder Trauer.

Sein Blick war abwesend, gleichgültig. Als hätte er endgültig aufgegeben.

Das Feuer, das du nicht löschen kannst.
Erik schwebte dieser Satz im Kopf herum, während sie auf dem Weg in die Hauptstadt waren. Die Stimmung der Truppe wurde immer trüber.
 Es regnete die ganze Zeit und kaum einer sprach ein Wort. Inzwischen hatten Gyscha und Jan es aufgegeben, mit Erik über Dante und das Feuer reden zu wollen, und ein jeder zog sich in seine Gedanken zurück. Nicht einmal Gilien war noch gut drauf.
 Erik dachte die ganze Zeit über die Worte der Alten nach. Über das Gedicht der drei Zeichen, das wohl eine Prophezeiung gewesen war. Genau, wie Gyscha vermutet hatte, wurde Erik gesagt, er dürfe nichts tun. Er könnte auch nicht tun. Und so sehr Erik versuchte, das zu akzeptieren, er konnte es nicht. Immer wieder fragte er sich, ob er etwas hätte anders machen können. Ob er sie am Wald hätte vorbeileiten können und Dante damit das Leben hätte retten können. Ob er Birk nach dem Rückweg hätte fragen sollen, und dann vielleicht irgendwo jemanden hätte auftreiben können, der sich mit derlei Magie auskannte ...
 Erik wusste, wie unwahrscheinlich das klang. Aber ihm gefiel nicht, wie machtlos er dem Herrn des Feuers gegenüber war.
 Als schließlich in der Ferne Montegrad auftauchte, erhellte sich kaum ein Gesicht. Janson hatte die Stadt noch nie gesehen und war als einziger dementsprechend begeistert.
 Jan klopfte Erik aufmunternd auf die Schulter, als würde es irgendetwas bedeuten, dass sie dieses Zwischenziel jetzt erreicht hatten. Erik war sich da nicht so sicher. Hauptmann Greí hatte vor einigen Wochen sicher alle übrigen, kampffähigen Männer und Frauen mitgenommen. Außerdem bedeutete Montegrad für ihn, dass er Birk zurücklassen musste. Und ob es nun an Birks Art lag oder ob er ihn an seinen kleinen Bruder

erinnerte – Birk hatte in den letzten Tagen Eriks Lebenswillen erheblich aufrechterhalten.

Erik sah zu Birk rüber, der auf Eriks Pferd saß.

Inzwischen konnte der Junge sicher auf seinen Krücken gehen und hatte eine von Eriks Decken abbekommen, damit er sich nachts neben Jansson ins Zelt legen konnte. Sie hatten natürlich sowieso einen neuen Schlafplatz gebraucht, jetzt, da der Verwundetentransport verbrannt war. Erik ballte die rechte Hand zur Faust. Ein Stich in seiner Brust erinnerte ihn an seine nagenden Schuldgefühle.

Montegrad bedeutete auch, dass sie dem Torkengebirge und damit der Grenze nach Sinthaz immer näherkamen. Erik war sich sicher, dass viele seiner Soldaten, so wie er, dem Tag der ersten Schlacht mit zunehmender Angst entgegensahen. Birks Erzählung hatte sich unter den anderen schnell verbreitet und die Hoffnung, gegen so einen Gegner etwas auszurichten, war gering. Die Bechdasucht von Erik hatte dazu ihr Übriges beigetragen. Selbst, wenn es ihm in den letzten Tagen deutlich besser ging und er einigermaßen über den Berg war, hatte sein Kampf gegen die Droge seinem Ansehen eher geschadet.

Bisher hatte zwar keiner seiner Soldaten ihm gegenüber einem Zweifel geäußert, aber Erik meinte in ihren Gesichtern zu erkennen, dass sie den Glauben an einen Sieg verloren hatten. Wie sollte er das wieder hinbiegen?

Vikem und Kayrim hatten zum Beispiel dauerhaft die Stirn in sorgenvolle Falten gezogen, seit sich die Mauern Montegrads am Horizont abzeichneten. Und sie waren nicht die Einzigen.

Auch in den Gesichtern weiterer Krieger sah Erik Unmut darüber, die Mauern von Montegrad passieren zu müssen. Es ging ja auch nur noch um die Aufstockung ihrer Vorräte, vielleicht um die Unterbringung von Birk und die Rekrutierung weiterer Männer.

Danach mussten sie in den Krieg ziehen. Oder sich zumindest überlegen, wie sie den Herrn des Feuers so lange wie möglich von Kanthis fernhielten.

Wieder sah Erik zu Birk rüber.

Birk hatte geschwiegen, seit Montegrad sich am Horizont aufgetaucht war. Vielleicht wollte er ja doch noch länger bei der Truppe bleiben. Natürlich würde Erik ihn nicht wieder in den Krieg ziehen lassen, aber ... wenn Birk noch etwas bliebe, bis Pórta vielleicht oder einem der Dörfer in der Nähe des Gebirges, dann hätte Erik auch nichts dagegen.

Niemand wollte in der folgenden Nacht rasten und so ritten sie bis Montegrad durch.

So passierten sie schnell das Armen- und Händlerviertel und kamen schließlich vor der Burg im Inneren zum Stehen. Es war ein kühler Morgen, als die Truppe auf dem Rathausplatz von Montegrad stand, durchnässt und erschöpft.

Außerdem sah Erik in den erschreckten Gesichtern einiger, zum Beispiel Vikem und Jansson, dass sie trotz aller Erzählungen über Montegrad das Elend in den äußeren Ringen maßlos unterschätzt hatten.

Der Regen hatte vor ein oder zwei Stunden aufgehört. So war es kein Wunder, dass der neue Statthalter, Filian Eregor, persönlich vor das Portal des Rathauses trat und Erik mit einer Verbeugung begrüßte.

»Mein Prinz«, sagte er mit höflicher Stimme und setzte ein erzwungenes Lächeln auf.

»Mein Name ist Filian Eregor und ich bin der Statthalter von Montegrad, solange das Volk noch keinen Bürgermeister gewählt hat. Ich freue mich, dass Ihr es in die Mauern unserer Stadt geschafft habt. Hoffentlich war Eure Reise nicht zu unbeschwerlich?«

Erik musste schmunzeln, er konnte einfach nicht anders. Der Statthalter war gewiss nicht blöd und sah ja, wie erschöpft, verschreckt und durchnässt seine Soldaten und Soldatinnen waren.

Und Erik musste zwar als der Prinz und Hauptmann dieser Legion immer noch Eindruck wahren, aber bei dem freundlichen Lächeln des Statthalters konnte er nicht anders, als wenigstens ein bisschen ehrlich zu sein.

»Wir hatten große Schwierigkeiten auf unserer Route. Bei einem Feuer verloren wir zwei Heiler und beinahe alle Verwundeten. Nur einer kam davon.«

»Mein Beileid«, antwortete Eregor und es lag ehrliche Trauer in seinen Augen. »Nun, wir Ihr sicher gehört habt, musste Cansten Aries vor einiger Zeit ... abdanken und sein privates Vermögen wurde der Stadt gespendet. Eure Soldaten und Soldatinnen können sich also ein paar Tage ausruhen und wenn nötig auch Ihre Ausrüstung ausbessern lassen. Meine Frauen werden sich um euch kümmern. Und dann werden wir sehen, inwieweit wir Eure Truppe noch unterstützen können.«

Erik stutzte kurz und fragte sich, wie viele Frauen Eregor denn hatte. Aber natürlich wäre es vollkommen unangemessen, diese Frage auch zu stellen.

»Ich werde meinem Leutnant sagen, dass wir unsere Zelte um den Rathausplatz aufschlagen können. Unterdes würde ich Euch bitten, mir alles über Aries zu erzählen.«

Filian nickte und lud Erik dazu ein, ihm ins Rathaus zu folgen. Zuvor gab Erik alle Informationen an Jan weiter.

Ein paar Bedienstete wuselten heran und kümmerten sich um die Pferde.

Es waren hauptsächlich junge Frauen und schwächliche Männer, die wohl im Schutz vor dem Einzug in Montegrad lebten. Erstaunlich viele von ihnen sahen aus, als wären sie ebenfalls ehemalige Drogensüchtige. Die Frau, die Erik sein Pferd abnahm, war eine davon.

Sie hatte faszinierende grüne Augen und mausbraunes Haar, doch konnte man in beidem Spuren von langjähriger Bechdaabhängigkeit erkennen. Erik lächelte ihr zu und sie lächelte zurück.

Schnell holte Erik Filian ein und gemeinsam gingen sie in das Rathaus.

»Habt Ihr ehemalige Bechdaabhängige als Bedienstete eingestellt, als Ihr Statthalter wurdet, Herr Eregor? Und wann seid Ihr als Statthalter ernannt worden?«

»Es sind jetzt genau siebzehn Tage her. Wir hatten hier eine unerfreuliche Reihe an Morden und während ihrer Aufklärung stellte sich heraus, dass Cansten Aries diese in Auftrag gegeben hatte. Und nicht nur das – er hatte in der Kanalisation Montegrads auch eine eigene Bechdamanufaktur errichtet. Obwohl Manufaktur dafür vielleicht ein etwas zu hochgestochenes Wort ist.«

Das Schmunzeln auf Eregors Lippen wurde begleitet von einem schmerzlichen Blick.

»Die Morde dienten der Verschleierung der hohen Zahlen an Bechdatoten, die durch seine Machenschaften nur noch gestiegen waren. Die Leute sollten abgeschreckt werden, um einen Aufstand zu verhindern.«

»Und Eure Rolle in dem Ganzen war welche?«

Erik war schon oft im Rathaus Montegrads gewesen, weshalb er die Umgebung nicht besonders beachtete. Sie waren auf dem Weg zum großen Audienzsaal, in dem der Bürgermeister die Stellvertreter des Volkes empfing.

»Ich wurde von Aries als Mordermittler eingesetzt, obwohl ich zuvor nur der Bibliothekar der Stadt war. Wahrscheinlich hatte er nicht damit gerechnet, dass ich ihm wirklich auf die Schliche kommen konnte.«

Er lachte und darin lag eine gewisse Bitterkeit. Ohne, dass Erik nachfragen musste, fuhr Filian fort.

»Wir haben eine Verhandlung abgehalten, aber in Anbetracht des Krieges war es gar nicht so leicht, unabhängige Ratsmitglieder zu finden. In alter montegradischer Tradition wurde Aries leider zum Tode verurteilt. Obwohl ich mich dagegen ausgesprochen hatte. Die Menschen wollten sein Blut fließen sehen für das, was er ihnen angetan hatte.«

Warum genau König Bjorek Aries seinen Willen gewährt hatte, wusste Erik bis heute nicht. Sein Vater hatte es so bestimmt, als war es umgesetzt worden. So war es schon immer gewesen.

»Nun, als Bürgermeister sehe ich mich nicht berufen, aber die Wahlen haben wir bis zum Ende des Jahres erst einmal ausgesetzt. So lange werde ich Statthalter bleiben. Die Leute scheinen damit zufrieden zu sein. Vor allem, da ich sozusagen meinen eigenen, kleinen Rat mitbringe.«

Eregor lachte.

Bevor Erik ihn fragen konnte, warum er nicht Bürgermeister sein wollte und was er mit seinem »kleinen Rat« meinte, kam ihnen eine Frau entgegen.

Sie war etwas molliger, hatte ein liebliches Gesicht für ihr Alter, das Erik auf fünfzig oder sechzig Winter schätzte, und wunderschönes, weizenblondes Haar. Sie strahlte über beide Ohren.

»Ah, hallo Madelaine. Mein Prinz, das ist eine meiner Ehefrauen, Madelaine Eregor.«

Erik küsste ihr die Hand und entschuldigte sich für sein Aussehen.

»Ach bitte. Das macht doch nichts. Filian erzählt Euch Blödsinn. Es stimmt schon - unsere gemeinsame Ehe mit Natalie ist etwas Besonderes und wir stehen ihn bei Regierungssachen wie ein kleiner Rat bei. Doch er war schon immer im Volk beliebt, da er sich um Bechdasüchtige kümmerte und sie zur Abstinenz brachte. Er verschaffte ihnen Jobs in der Bibliothek und nun arbeiten sie hier für uns.«

Erik konnte nicht anders, als zu denken, dass er Eregor unbedingt sein Geheimnis entlocken musste, wie man bei der heiligen Cahya zwei Frauen fand, die mit einem eine Ehe schlossen. Zur gleichen Zeit. Offenbar zufrieden. Aber so etwas würde er einen Freund in einer Taverne fragen, nach vielen gemeinsamen Bieren, und nicht den Statthalter der wichtigsten Handelsstadt Kanthis.

Erik musste sich zugestehen, dass er massiven Respekt vor Filian Eregor hatte, der Bibliothekar, Mordermittler, Mann zweier Frauen und nun Statthalter war. Aber eigentlich wünschte er sich nur ein heißes Bad und ein weiches Bett.

»Herr Eregor, Frau Eregor, ich entschuldige mich im Namen des Königshauses, dass keiner unserer Abgesandten Euch in den letzten Monaten zu Hilfe kam. Dafür gibt es keine Ausreden, selbst der Krieg ist keine.«

Herr und Frau Eregor nickten dankend.

»Ich habe Euch über den Krieg einiges zu berichten. Dann würde ich gern wissen, ob Ihr noch weitere Ressourcen zur Verfügung habt. Wehrfähige Männer und Frauen, Waffen, Vorräte für den Krieg. Aber bevor wir in diese Verhandlungen gehen, würde ich doch darum bitten, mich kurz ... herrichten zu dürfen.«

»Natürlich, mein Prinz!«, sagte Madelaine sofort und schenkte Filian einen vorwurfsvollen Blick. »Folgt mir.«

Nicht nur Erik bekam eins der Zimmer im Rathaus.

Ein Großteil der Truppe bekam ein eigenes Bett, wenn auch manche Soldaten sich ein Zimmer teilen mussten. Einige mussten nach wie vor draußen in den Zelten übernachten und Erik freute sich, als einige seiner engsten Vertrauten sich dafür freiwillig meldete.

Erik genoss es, allein zu sein. Natürlich war er früher schon auf viel längeren Reisen gewesen, auf langwierigeren Schlachtzügen, aber in den letzten zwei Wochen war so viel passiert, dass sie ihm wie eine Ewigkeit vorkamen.

Es gab ein reiches Abendmahl und ein schönes Fest, bei dem Erik immer wieder mit der Bediensteten Blicke wechselte, die sich vorhin um sein Pferd gekümmert hatte.

Ausnahmsweise dachte er mal nicht an Birk oder über irgendwelche Schlachtpläne nach. Doch beobachtete er sehr wohl, dass der Junge nur mit leerem Blick dasaß, nichts sagte, kaum aß. Es ging aber vielen so und Erik konnte es niemandem hier übelnehmen.

Sie hatten bereits Schreckliches gesehen, ohne dass sie das Schlachtfeld überhaupt erreicht hatten.
Und diesen Schrecken hatten sie nichts entgegenzusetzen.

In dieser Nacht wurde Erik von einer sanften Berührung geweckt. Eine Hand strich ihm über das Gesicht, durch das Haar, am Hals über die Brust und schließlich zwischen seine Beine.
Er ließ sich einen Moment lang verwöhnen, bevor er die Augen öffnete und die junge Bedienstete auf sich sitzen sah, nackt. Sie hatte einen dünnen, aber schönen Körper, mit kleinen Brüsten und wenig Hüfte. Sie war sehr zierlich, ihre Lippen öffneten sich leicht, als er sie seines gehend streichelte. Dann packte er sie und stieß beinahe unsanft in sie. Es war, als legte er alle negativen Gefühle in diesen Akt körperlicher Nähe, und es schien ihr zu gefallen.
Er wusste bis nach dem Beischlaf nicht einmal, wie sie hieß, doch dann flüsterte sie es ihm zu. Franziska, hauchte sie. Und dann war sie eingeschlafen.

Am nächsten Tag planten sie ihren Einsatz. Filian blieb die gesamte Zeit über dabei und hörte aufmerksam zu. Dann nahm er sich Erik zur Brust.
»Erik. Ihr wirkt wie ein fairer Mann. Ich muss Euch etwas sagen und ich bitte Euch, mir bis zum Ende zu zuhören.« Erik versprach es mit einem Nicken.
»Der alte Bürgermeister schloss Pakte mit Menschen, die Angst vor dem Krieg hatten. Sie mussten gewisse Aufgaben für ihn übernehmen und im Gegenzug würde er sie vor den Greifern des Königs verstecken. Es sind tüchtige Männer und Frauen, sie hatten einfach nur Angst. Einige von ihnen setzte er als Bechdaköche ein, andere als Verkäufer. Aries verkaufte das Teufelszeug im Geheimen, um seine eigenen Bürger von sich abhängig zu machen, und nutzte die Angst dieser Menschen aus. Als ich ihnen zeigte, was für ein Unheil sie angerichtet hatten, sahen

einige ihre Verbrechen ein. Ein Teil von ihnen hat schon mit Offizier Greí die Stadt verlassen. Ein paar weitere würden nun gern dienen.«

Erik nickte. Er konnte diese Menschen gut verstehen, vielleicht, weil er selbst ein Opfer der Angst war.

Er folgte dem Bürgermeister einen langen Gang hinunter, in die Kellerräume der Burg, die früher sicherlich als Kerker gedient hatten. Heutzutage gab es dafür ja das Gefängnis.

»Ich habe sie bisher nicht ausgeliefert, weil ich nicht wollte, dass man sie allein nach Sinthaz schickt. Ich vertraue vielen von ihnen, aber nicht allen, versteht Ihr? Aber nun seid Ihr gekommen ... Und ich bitte Euch, diese Menschen in Euren Trupp aufzunehmen und angemessen zu behandeln. Ich hoffe, Ihr seid niemand, der Reue einfach ausnutzt oder gar noch bestraft.«

Je weiter sie in das Innere des Rathauses gelangten, umso mehr Stimmen konnte Erik hören, und als sie das flackernde Licht von ein paar Fackeln erreicht hatten, stießen sie auf eine Gruppe an Menschen, die wirklich wie tüchtige Arbeiter aussahen.

Einer von ihnen war groß wie ein Bär. Filian hatte offenbar Angst, dass Erik wütend werden würde, doch er war nur erleichtert – seine Truppe hatte gerade zwanzig wehrfähige Männer und Frauen dazugewonnen.

Erik entschied sich, noch einen Tag länger in Montegrad zu verbringen.

Sie würden die Ruhezeit benötigen, bevor sie sich auf eine Reise begaben, die für viele, wenn nicht für alle, vermutlich mit dem Tod enden würde. Es war dennoch eine notwendige Last, die sie auf ihren Schultern zu tragen hatten, denn sollten sie erfolglos bleiben, würde ihrer geliebten Heimat ein schlimmes Schicksal blühen.

Am Morgen hielt Erik eine Rede dieser Art vor den neuen Rekruten, um sie darauf vorzubereiten, für was sie sich mehr oder weniger freiwillig gemeldet hatten. Als er von den Flammen erzählte und dabei teilweise in Birks Worten die Szenarien beschrieb, wirkten einige der Neuen so, als ob sie am liebsten sofort desertieren würden.

Doch jeder, der nicht wegen seiner persönlichen Reue hier war, war vermutlich seinem Retter Filian so verbunden, dass es ihm nicht wirklich in den Sinn kam, zu flüchten. Als Erik fertig war, übergab er die Rekruten in Jans erfahrene Hände, der sie ab diesem Zeitpunkt bis nach Sinthaz zu vollwertigen Soldaten und Soldatinnen ausbilden sollte.

Viele von ihnen waren bereits erfahren im Umgang mit dem Schwert oder der Axt, andere schienen noch nie einen Kampfplatz aus der Nähe gesehen zu haben. Doch während der Prinz sie so betrachtete, kehrte zumindest ein bisschen Hoffnung zu ihm zurück.

Danach beriet er sich weiter mit seinen Kriegern über den Plan, mittels Attentätern den Herrn des Feuers auszuschalten, und verbrachte dann den ganzen Nachmittag mit Franziska, mit der er Geschichten über Bechda und die Götter und die gesamte Welt tauschen konnte. Zudem gaben sie sich natürlich den körperlichen Freuden hin und Erik stellte zunehmend fest, dass er vergessen hatte, wie befreit und locker man sich ohne Bechda fühlen konnte.

Als es auf den Abend zuging, wollte der Prinz dann seinen Soldaten ein letztes Mal etwas Gutes tun und kehrte zu diesem Zwecke auf den Platz zwischen Kirche und Rathaus zurück, auf dem die Truppe ihr Lager aufgeschlagen hatte. Die Zelte hatten nach den Regentagen auslüften müssen und die Krieger benötigten einen Platz unter freiem Himmel, um zu üben.

Dort traf Erik auf Gilien, Gyscha, Orya und Ana, die in der spätnachmittäglichen Sonne trainierten. Seine Schwester wurde immer besser mit ihrem Kurzschwert, obschon Gilien sie mit seinen beiden Schwertern jedes Mal zu Fall zu bringen schien.

»He, habt ihr Birk irgendwo gesehen?«, fragte Erik verwundert, nachdem er eine Weile zugeschaut hatte und blickte sich unter den Kriegern um. Es war wohl wahr, dass er seinen Freund einige Zeit nicht mehr gesehen hatte, und er musste zugeben, dass ihm dies nach dieser langen, gemeinsamen Zeit auch sehr gutgetan hatte.

Seitdem sie Montegrad betreten hatten, war Birks Stimmung wieder schlechter geworden. Seine Worte Erik gegenüber waren wieder bösartiger geworden und er hatte weniger Witze gerissen. Erik fühlte sich in Birks Nähe wieder schuldiger, während er sich durch Franziskas Gesellschaft endlich mal glücklich fühlte. Da war es natürlich klar, mit wem er mehr Zeit verbrachte.

Dennoch war er dem Jungen dankbar und er mochte ihn nicht aus seinem Leben missen. Vielleicht würde er ihm ja helfen können, wenn die Zeit gekommen war ...

»Ich hörte ihn vorhin den Weg hinauf zum Kirchturm erfragen. Der Erste Priester war überrascht, aber gestattete ihm den Wunsch«, antwortete Gilien mit einem Schulterzucken und wandte sich dann wieder Gyscha zu.

Zum Kirchturm? Was wollte Birk denn da?

Erik sollte sich wohl mal wieder mit ihm unterhalten, sich um ihn kümmern. Vielleicht könnten sie ja gemeinsam etwas finden, das auch Birk etwas glücklicher machen würde.

Erik ging zu der Kirche hinüber und suchte nach jemandem, der ihm ebenfalls den Weg zum Kirchturm erklären konnte. Eigentlich hatte er keine große Lust, da hochzugehen. Er hatte ein bisschen Höhenangst. Aber er hatte Birk zu lange nicht mehr gesehen.

Es war keine übliche Zeit zum Beten und so gelangte er ohne große Umstände in den Saal der Kirche. Hier gab es idyllische, deckenhohe Gemälde, viel Licht und zwei zeremonielle Becken. Riesige Tribünen ragten im Halbkreis um die Mitte des Saales herum auf, es gab sogar eine Galerie, die beinahe rundherum führte. Nur an der gigantischen Statue der Cahya durfte keiner sitzen. Sie wirkte beinahe angsteinflößend, wie sie so übermächtig ihre Arme empfangend ausbreitete und auf die Zeremonienbecken hinabblickte.

Erik fuhr ein Schauer über den Rücken, als er an Birk dachte. Ob der Junge auch ein bisschen Angst vor dieser Statue gehabt hatte?

Erik fühlte sich in Kirchen jedenfalls nicht besonders wohl. Aber vielleicht war das für Birk anders.

»Mein Prinz«, begrüßte ihn der Erste Priester verwundert, »seid Ihr gekommen, um zu beten?«

Erik lächelte und antwortete: »Heute nicht, werter Priester. Mir wurde zugetragen, dass ein Junge den Weg zum Kirchturm hinauf erfragte. Ist er seitdem zurückgekehrt?«

Der Priester schüttelte mit dem Kopf.

»Gut, dann bitte ich Euch höflichst, mir denselben Weg zu zeigen.«

Der Priester deutete auf eine kleine Tür, hinter der sich eine Wendeltreppe verbarg, die es in sich hatte. Erik spürte noch ein wenig die Nachwirkungen seines Entzugs, da er schneller außer Atem geriet als noch vor einem Jahr. Außerdem wurde ihm bei den engen Windungen allmählich schwindlig und mit jeder weiteren Stufe wurde ihm ein wenig mulmiger wegen der Höhe. Aber dann stieß er auf eine Ebene und der Anblick raubte ihm für einen Augenblick den Atem.

Dort, direkt am Rand, saß Birk und ließ die Beine baumeln. Es hatte sich niemand die Mühe gemacht, ein Geländer zu errichten, denn warum sollte sich jemand hier oben aufhalten? Aber Birk hatte sich hier niedergelassen, als sitze er auf einem Stein an einem friedlichen Bach.

Vorsichtig ging Erik auf ihn zu und setzte sich neben ihn, blieb aber in einigem Abstand zu dem Rand. Wenn er in den Abgrund sah, brach ihm der Schweiß aus. Von hier oben waren es bestimmt fünfzehn Meter in die Tiefe.

Allmählich beschlich ihn ein ungutes Gefühl.

Was machte Birk hier? Wollte er nur allein sein, um die Aussicht genießen?

Erik sah zu dem Jungen rüber. Mit steinerner Miene und glasigem Blick sah Birk in die Ferne, über die Mauern von Montegrad hinweg.

Seine Augen hatten oft diesen ausdruckslosen, leeren Blick. Doch dieses Mal sah Erik einen Ausdruck in den Augen des Jungen, der ihn zugleich verwirrte und seltsam berührte.

Es schien, als leide er an einer Art friedlicher Sehnsucht, als starre er in die untergehende Sonne und sehe eigentlich etwas ganz anderes. Oder jemanden vielleicht?

Erst jetzt fiel Erik auf, dass sie kaum über Birks Vergangenheit gesprochen hatten. Aber er hatte auch nicht das Gefühl, dass sie jetzt davon sprechen sollten.

Eine Weile schwiegen sie, dann war es zu Eriks Überraschung Birk, der sprach.

»Hier ... ist es zum ersten Mal ... wunderschön«, sagte er nachdenklich und langsam.

Und das stimmte tatsächlich. In den Strahlen der untergehenden Sonne wirkte Montegrad wie ein geordnetes Chaos an schönen, geraden und schiefen, hässlichen, hohen und niedrigen Gebäuden, die alle von einem fast zauberhaften Licht erhellt wurden. So konnte man an der Großstadt beinahe Gefallen finden und das Leid, das in den äußeren Ringen herrschte, für einen Augenblick vergessen.

In Eriks Bauch regte sich etwas.

Konnte es sein, dass Birk endlich seinen Frieden machte, mit dem, was er gesehen hatte?

Aber er schwieg und ließ den Jungen reden.

»Ich habe lange nachgedacht«, fuhr dieser fort, und Erik fragte sich, ob Birk wirklich mit ihm sprach oder eher mit sich selbst. Doch er wagte es nicht, ihn zu unterbrechen.

»Und ich denke, dass ich das, was ich sage, gar nicht mehr fühle.«

Erik verstand nicht. Er wollte etwas sagen, doch der Junge wandte sich in diesem Moment um und blickte ihm tief in die Augen, als würde er ihn anflehen, ihn einfach ausreden zu lassen, und da Erik spürte, dass es wichtig war, leistete er der stummen Bitte Folge.

»Es herrscht eine tiefe Leere in mir ... Vielleicht ist es immer noch *Er*, der mich kontrolliert und in mir haust. Er hat eine Wunde hinterlassen, die wahrscheinlich niemals fortgehen wird und sie tut so weh ...«

Da erst sah Erik, dass sein Freund weinte. Er nahm ihn kurz in den Arm, hielt ihn fest, flüsterte: »Die Wunde, von der du sprichst, wird irgendwann verheilen. Ganz sicher. Sie wird zu einer Narbe werden und ab und zu schmerzen, aber du wirst mit ihr leben können.«

Erik ließ Birk los und lächelte ihm aufmunternd zu.

»Glaubst du?«

Ohne den Blick von Birk abzuwenden, nickte Erik.

»Ganz bestimmt. Vielleicht wird es eine Weile dauern, aber ... du hast dein ganzes Leben noch vor dir.«

Birk antwortete nicht. Doch er hörte auch nicht auf, still zu weinen. Hatte Erik das Falsche gesagt?

»Aber was ... wenn ich noch eine Gefahr für euch alle bin? Was, wenn der Herr des Feuers noch Kontrolle über mich besitzt?«

Erik schüttelte sanft den Kopf.

»So darfst du nicht denken, Birk. Du bist der Einzige, der die Kontrolle über dich und deine Entscheidungen haben kann.«

»Aber er wird auch hierherkommen«, flüsterte Birk und seine Augen weiteten sich. »Du kannst ihn nicht aufhalten. Er wird alles verbrennen, er wird jeden töten, den du liebst und der dir wichtig ist. Ich kann das nicht ... ich kann nicht dabei zusehen, wie das Feuer dich holt.«

Erik sah zu Birk rüber, ohne zu wissen, was er dazu sagen sollte. Birk erwiderte Eriks Blick, sein Gesicht von Tränen verschleiert.

»Ich habe lange darüber nachgedacht.«

Erik wollte sich zu Birk rüberbeugen, ihn noch einmal in den Arm nehmen. Aber in diesem Moment stand Birk auf und ließ sich vornüberfallen.

»Nein!«

Erik machte einen Satz nach vorn und versuchte, nach Birk zu greifen, doch seine Hand fuhr durch das Nichts. Verzweifelt krallte Erik sich in das Holz der Plattform und sein ganzer Körper zitterte.

Plötzlich ertönte ein dumpfer Schlag. Erik zuckte zusammen, sein Atem beschleunigte sich rasend schnell. Er bekam keine Luft. Tränen schossen ihm in die Augen, und seine Fingernägel brachen an dem Holz, als er sie hineinkrallte.

»Nein!«

Erik versuchte, nach Luft zu ringen, versuchte, gegen die Tränen anzukämpfen, die unkontrolliert über seine Wangen rollten, ihm die Sicht verschleierten.

Obwohl er wusste, was ihn dort erwartete, zwang Erik sich dazu, über den Rand der Plattform zu schauen.

Dort unten sammelte sich eine Traube Menschen um eine Gestalt, die mit verrenkten Gliedmaßen auf dem Pflaster lag.

»Birk, nein, nein, nein. Oh. Nein, bitte nicht.«

Winzig klein, wie ein Holzsoldat, den Kinder zum Spielen nutzten.

»Nein. NEIN!«

Das Leben, das niemand retten kann, soll lösen deinen inneren Zwang.

Hier endet Teil 1 der Hüllen der Macht.

Teil folgt 2024.

Danksagung

Okay, wenn du es bis hierhin geschafft hast, danke ich in allererster Linie dir, denn egal, wie du die letzten Seiten gefunden hast – du hast Zeit, Geld, Aufmerksamkeit und hoffentlich auch eine Menge Gefühle in meine Schöpfung investiert. Und das ist ein unglaubliches Geschenk.

Dann gilt mein Dank meinem Mann Alvo, der dieses Buch fast genauso lange begleitet wie mich und wirklich tapfer jede Krise mit mir durchgestanden hat. Einen so erdenden, aber gleichzeitig inspirierenden Menschen an meiner Seite zu haben, macht mich zu einer der glücklichsten Frauen.

Ein bisschen kitschig wird's noch, aber nicht mehr zu sehr. Versprochen!

Danke an meine Eltern, die hoffentlich auch nach diesem Buch noch völlig hin und weg und nicht schockiert sind.

Natürlich gilt ein riesiger, gigantischer Dank Anja, meiner Lektorin – du hast die Hüllen geformt und drölfzig mal besser gemacht. Und ja, diese Fantasiezahl ist hier, um dir wenigstens ein wenig auf die Nerven zu gehen.

Danke, dass du liebevoll Händchen gehalten und gelobt hast, aber auch genervt jeden wiederholten Fehler angemerkt oder mich mal geärgert hast, damit ich endlich aufhöre »Menschen« oder »es« zu schreiben.

Danke auch an Jan, der Anja und mich einander vermittelt hat. Ohne dich wären die Hüllen eben auch nur halb so gut geworden.

Großer Dank gilt auch meiner besten Freundin Annika, die dieses Buch genauso lange begleitet wie Alvo und mich, sogar noch ein Stückchen länger. Ich hoffe, du weißt inzwischen, dass Sinphyria und Arátané nicht nur unsere Anfangsbuchstaben teilen.

Danke an Izzy aka katzeimkarton, die mir dabei geholfen hat, dass die Hüllen der Macht auch auf allen Social-Media-Plattformen gut aussehen. Und ich auch.

Vielen Dank an Dennie. Du hast die Hüllen von Anfang an inspiriert, gefördert und innig geliebt und ich hoffe, dass dir diese Version genauso gut gefällt, wie die Rohfassung, die du vor gefühlten Äonen mal gelesen hast. Ich teasere ein wenig und schreibe: Der Phönix wird immer wieder aus der Asche steigen.

Vielen Dank an Madita, die nicht nur eine der fleißigsten Crowdfunderinnen ist, sondern insgesamt eine der emsigsten Supporterinnen, die ich je kennenlernen durfte. Danke!

Und auch Hax darf nicht unerwähnt bleiben. Danke, dass du all meine Ideen so fleißig unterstützt und auch mir ein bedingungsloser bester Freund bist, auf dessen Nachricht ich mich immer verlassen kann. Drück auch deine Mama von mir, ich glaube, der bringe ich einfach mal ein Exemplar vorbei.

Schlussendlich vielen lieben Dank an die restlichen Crowdfundenden, die inzwischen zu zahlreich sind, um sie alle aufzuzählen. Ich danke euch von Herzen. Ihr habt diesen Traum von mir verwirklicht.

Mehr von Silja C. Hoppe

Der Song zum Buch!
»Die Hüllen der Macht« auf Spotify und Youtube nur bei Leonea!

Du willst Teil von Siljas kreativem Universum werden?
Dann scanne den QR Code oder schau bei Patreon vorbei!
www.patreon.com/leonea

Auf Siljas Website kannst du auch einen Newsletter abonnieren, um keine Neuigkeiten zu »Die Hüllen der Macht«, Musik und weiteren fantastischen Projekten zu verpassen.

Vielleicht magst du ja auch mal bei twitch reinschauen unter:
https://www.twitch.tv/siljachoppe

Weitere Projekte von Silja C. Hoppe:
Wo Whitechapels Tauben schlafen – Eine Novelle über die Leben der fünf offiziellen Jack The Ripper Opfer (nur bei Patreon)

Coming Soon:

»Zwischen Backstein und Kanälen« - Ein fantastisches Urban Fantasy Kriminalabenteuer im schönen Buxtehude!

Printed in Poland
by Amazon Fulfillment
Poland Sp. z o.o., Wrocław